Zum Buch:

Mr. Doublers große Leidenschaft ist die Kartoffel. Seit Jahren lebt er zurückgezogen auf seiner kleinen, aus der Zeit gefallenen Farm und baut Kartoffeln an. Tag für Tag. Als seine Haushälterin und einzige Freundin Mrs. Millwood erkrankt und seine Hilfe benötigt, erkennt Mr. Doubler, dass es für ihn Zeit wird, seine festgefahrenen Bahnen zu verlassen und sich wieder mit den Menschen, statt nur mit seinen Kartoffeln auseinanderzusetzen. Dabei stellt er mit Erstaunen fest, dass die sich in ihrem Wesen gar nicht so sehr voneinander unterscheiden.

»Im Stile von Büchern wie *Der Hundertjährige, der aus dem Fenster stieg und verschwand* liefert Glaister eine philosophische Geschichte über die Liebe, die Freundschaft – und die Kartoffel als Sinnbild für ein lebenswertes Leben.«
Oranienburger Generalanzeiger

Seni Glaister

Mr. Doubler und die Kunst der Kartoffel

Roman

Aus dem Englischen von
Julia Walther

HarperCollins

Die Originalausgabe erschien 2019 unter dem Titel
Mr. Doubler begins again bei HQ, London.

1. Auflage 2021

Ungekürzte Ausgabe im HarperCollins Taschenbuch

Published by arrangement with HarperCollins *Publishers* Ltd., London
Umschlaggestaltung von Deborah Kuschel,
Artwork von bürosüd, München
Umschlagabbildung von Uwe Umstätter / Westend61 / plainpicture
Gesetzt aus der Stempel Garamond
von GGP Media GmbH, Pößneck
Druck und Bindung von GGP Media GmbH, Pößneck
Printed in Germany
ISBN 978-3-95967-567-3
www.harpercollins.de

Klimaneutral
Druckprodukt
ClimatePartner.com/15109-2009-1001

FSC
MIX
Papier
FSC® C014496

Für meine inspirierende und unersetzbare Mutter,
Penelope Glaister.

Und im Gedenken an

Mary Ann Brailsford 1791–1852
Maria Ann Smith 1799–1870
John Clarke 1889–1980

und an all die anderen unbesungenen Helden
der Obstplantagen und Felder.

KAPITEL 1

Doubler war der *zweit*größte Kartoffelbauer der Grafschaft. Dass sein Konkurrent mehr Kartoffeln anbaute als er (und zwar erheblich mehr), störte ihn wenig. Doubler ging es nicht um Quantität, sondern um *Qualität*. Die bloße Tatsache, dass sein Rivale mehr Land besaß als er, sagte wenig über ihre jeweiligen Fähigkeiten als Kartoffelbauern aus.

Im Gegensatz zu seinem Kontrahenten war Doubler nämlich *Experte*. Er verstand von Kartoffeln so viel wie kaum jemand sonst. Er verstand von Kartoffeln mindestens so viel, das hoffte er jedenfalls, wie jener andere Kartoffelexperte: John Clarke. Mr. Clarke, der berühmte Kartoffelbauer und -züchter, war Doublers inspirierendes Vorbild. Doubler suchte oft seinen Rat, indem er auf den täglichen Kontrollgängen über seine Ländereien laut vor sich hin sprach. Wenn er dann später an seinen Notizen arbeitete und die Erkenntnisse des Tages festhielt, hatte er das Gefühl, als würde Clarke ihm die Antworten auf seine Fragen zuflüstern. Obwohl sie sich nie begegnet waren und Clarke seit Jahrzehnten tot war, fand Doubler diese Zwiegespräche enorm tröstlich.

In letzter Zeit waren Doublers Experimente ausgesprochen gut verlaufen. In der Gewissheit, dass er kurz davor stand, sich seinen Platz in der Geschichte des Kartoffelanbaus zu sichern, verspürte er (manchmal im Herzen, manchmal im Bauch) so etwas wie freudige Aufregung in Form von Hoffnung. Doubler war von Natur aus kein optimistischer Mensch, und das Wissen, womöglich bald zu den einflussreichsten Kartoffelbauern aller Zeiten zu gehören, erfüllte ihn mit kribbelnder Energie, die allerdings durch Ungeduld und Sorge wieder gedämpft wurde.

Doubler bedeutete sein Vermächtnis alles.

Aber genau mit diesem Vermächtnis hatte er negative Aufmerksamkeit auf sich gezogen. Die jüngste Drohung hatte an diesem Morgen auf seiner Fußmatte gelegen. Sie steckte in einem braunen Umschlag mit weißem gedruckten Adressaufkleber, was auf unheilvolle Professionalität seitens des Absenders schließen ließ. Noch übler wurde die davon ausgehende Bedrohung in Verbindung mit den beiden anderen Umschlägen, die Doubler bereits erhalten hatte. Alle drei Schreiben stammten von Peele, dem größten Kartoffelbauern der Grafschaft. Zusammengenommen hatten diese drei Umschläge, die nun im Dunkel der Kommodenschublade ihr Dasein fristeten, die Grenze zwischen reiner Korrespondenz und systematischem *Feldzug* überschritten.

Ein starker Wind hatte die eisige Luft aus den umliegenden Tälern aufgewirbelt und sie erbarmungslos auf der Mirth Farm abgeladen. Dadurch war es so ziemlich überall wärmer als bei Doubler zu Hause auf dem Berg, doch trotzdem beeilte er sich nicht. Auf dem Weg zum Wohnhaus ging er einmal um den Hof herum, um den Einstellwinkel der neu installierten Überwachungskamera zu überprüfen und an den Schlössern der Scheunen zu rütteln. Selbst zu glücklicheren Zeiten, als seine Frau noch bei ihm gewesen war, war Doubler ein vorsichtiger Mann mit Hang zur Nervosität gewesen. Doch nun, wo er sich durch die jüngsten Vorkommnisse bedroht fühlte, hatte er für seine täglichen Kontrollgänge über die Mirth Farm neue Formen der Wachsamkeit eingeführt. Zu seinen Routinen gehörte jetzt eine Vielzahl zusätzlicher Vorsichtsmaßnahmen, die ihm schnell selbstverständlich geworden waren, so als begleiteten sie ihn bereits genauso lange wie die Jahreszeiten.

Trotz seiner Nervosität gaben ihm diese Maßnahmen zum Schutz der Mirth Farm eine gewisse Sicherheit, sodass er seine Aufmerksamkeit – kaum dass Hut und Mantel aufgehängt waren – sofort dem Päckchen zuwandte, das gestern mit der Post gekommen war. Er hoffte, der Inhalt würde seine Verteidigungsposition weiter stärken. Wie erwartet befand sich in dem

Karton ein nagelneues Fernglas, das Doubler einer kritischen Prüfung unterzog. Zuerst nahm er die Schutzklappe ab und steckte sie wieder auf. Diesen Vorgang wiederholte er mehrmals und verspürte dabei eine stille Freude darüber, wie gut sie passte. Dann setzte er sich auf die Fensterbank, und nachdem er abgewartet hatte, bis seine Atmung ruhiger geworden war, hob er das neue Geschenk an die Augen.

Langsam drehte er das Einstellungsrad nach links und rechts, bis der Buchfink am Futterhäuschen, das von einem knorrigen Ast des nächstgelegenen Apfelbaumes hing, plötzlich überwältigend scharf wurde. Doubler hielt einen Moment inne, um sich selbst zur Bestimmung des Vogels zu gratulieren. »Buchfink!«, rief er überrascht.

Noch vor nur einer Woche wäre das für ihn bloß irgendein kleiner Vogel gewesen, der sich die Zeit vertrieb, bis er die Beeren von Doublers Hecken fressen konnte. Dieses erst kürzlich erworbene Wissen zur Vogelbestimmung versetzte Doubler einen kleinen freudigen Stich. Er konnte die Regung zwar nicht so ganz einordnen, aber sie bewegte ihn dazu, den Buchfinken noch etwas länger zu beobachten. Die glänzenden Augen des Vogels traten in ihrer Schärfe klar hervor. Doubler war beeindruckt. Dieses Fernglas war seinem alten weitaus überlegen und würde zweifellos zur Absicherung seiner Arbeit beitragen. Voller Zufriedenheit schwenkte er den Fokus nun nach rechts und stellte auf ein wesentlich weiter entferntes Objekt scharf: das Einfahrtstor zur Mirth Farm am Fuß des Hügels.

Doubler wusste genau, wie sich das Tor in seinen Händen anfühlte, wenn er es öffnete und zur Seite schwingen ließ. Es hatte mal eine Zeit gegeben, als er es fast sorgenfrei regelmäßig geöffnet und geschlossen hatte. Er hatte das Tor selbst angebracht, und es war immer leicht gegangen, ohne sich zu beschweren oder Widerstand zu leisten. Doch nun gab es für Doubler kein Kommen und Gehen mehr: Er war ausschließlich ein Mann der Mirth Farm.

Das war nicht allmählich passiert; er war nicht nach und nach in die Einsamkeit abgeglitten. Genauer gesagt hatte er es selbst so entschieden: Ab dem Moment, wo seine Kinder zu Hause auszogen, würde er die Mirth Farm nicht mehr verlassen. Wenn man nie fortging, so hatte er sich eingeredet, bestand auch keine Gefahr, dass man nicht mehr zurückkehrte.

Doubler wurde abrupt aus seinen Gedanken gerissen, als am Fuß des Berges ein Wagen in die Einfahrt bog. Es war nur Mrs. Millwood, deren Ankunft er erwartet hatte, und trotzdem spürte er, wie sich seine Muskeln verkrampften und die Haare im Nacken aufrichteten. Das Gewicht des Fernglases in seiner Hand linderte seine Angst, und es beruhigte ihn, es auf das nahende Fahrzeug zu richten. So beobachtete er nun jede Bewegung: wie seine Besucherin aus dem kleinen roten Auto stieg, das hölzerne Tor öffnete, langsam hindurchfuhr und dann wieder anhielt, um es hinter sich zu schließen.

Sobald sich das Fahrzeug auf seinem Grundstück befand, konnte Doubler das Nummernschild erkennen. Er notierte es am Rand der Zeitung mit der Absicht, es später in ein Logbuch zu übertragen, das er genau zu diesem Zweck bestellen wollte. Das Auto kam den Berg heraufgefahren, wobei es immer wieder für einige Sekunden aus dem Sichtfeld verschwand, um bei der nächsten scharfen Kurve wieder aufzutauchen. Die Auffahrt zur Mirth Farm war lang und beschwerlich. Doubler stellte fest, dass die Geschwindigkeit, mit der sich Fahrzeuge seinem Hof näherten, vermutlich wenig mit deren Motorleistung zu tun hatte – wenn überhaupt, dann galt: je mehr PS, desto langsamer. Die Fahrer schneller Autos hatten meist Sorge wegen der Spurrillen, den Unebenheiten und den scharf glitzernden Kanten der Steine, die in jeder Biegung lauerten. Doubler beschloss, die Anfahrtszeiten zu notieren, um diese Theorie zu überprüfen. Er wollte wirklich nichts dem Zufall überlassen.

KAPITEL 2

Neun Minuten später schloss Mrs. Millwood die Seitentür zur Küche auf. Die Abfolge von Geräuschen, die ihre Ankunft begleitete, war stets dieselbe, und Doubler lauschte aufmerksam, wie sie ihren Schlüssel aufhängte, den Mantel auszog, ihre Tasche verstaute und die Straßenschuhe gegen solche fürs Haus tauschte. Sie schimpfte leise vor sich hin, als ihr Blick auf den übervollen Komposteimer fiel, aus dem Kartoffelschalen quollen. Ihr Schimpfen wurde lauter, als sie sich auf die Suche nach Doubler machte.

»*Mister* Doubler, Sie haben in der Küche wieder eine unzumutbare Unordnung hinterlassen.«

Doubler beobachtete, wie sie an ihm vorbeihuschte und dabei Dinge zurechtschob, aufschüttelte, glattstrich und geraderückte. Wäre Mrs. Millwood ein Vogel, dann wäre sie ein Zaunkönig, dachte er beglückt, während er ihr dabei zusah, wie sie mit leichter Hand ans Werk ging.

»Es ist ziemlich unordentlich, ich weiß. Das tut mir leid.«

»Es ist unordentlich, weil Sie Unordnung machen. Sie brauchen sich nicht zu entschuldigen. Besser wäre es, einfach gar keine Unordnung zu machen.« Sie zog bereits einen Holzstuhl quer durchs Zimmer und war blitzschnell hinaufgestiegen, um all die ungelesenen Bücher wegzuräumen, die sich wie von selbst in ihren Armen aufgestapelt hatten. Auf Doubler wirkte es so, als würde sie die Bücher wahllos ins Regal stellen, doch wenn er später nachsah, schienen sie immer irgendeiner Art von Ordnung zu folgen. Ehe er ihre Methodik genauer studieren konnte, war sie auch schon wieder vom Stuhl geklettert, und statt der Bücher hatte sie nun einen Staubwedel in der Hand.

»Wie ich sehe, waren Sie wieder mit Ihren Kartoffeln zugange«, stellte sie mit Enttäuschung in der Stimme fest.

»Meine Kartoffeln. Ja. Ich …« Plötzlich wollte Doubler auf der Stelle seine Sorgen mit jemandem teilen, statt damit bis zur Mittagszeit zu warten. Sein Kopf war angefüllt mit widersprüchlichen Prioritäten, und um diese irgendwie zu strukturieren, benötigte er dringend Mrs. Millwoods Pragmatismus. Er stand auf, um die Angelegenheit aktiv in die Hand zu nehmen, doch das Blut stieg ihm in den Kopf, und seine Gedanken glichen einem blubbernden Whirlpool aus Sorge. Er suchte nach Worten. Wenn er Mrs. Millwood *vor* der Hausarbeit um ein Gespräch bat, würde er damit ein eineinhalb Jahrzehnte andauerndes Ritual durchbrechen. Bis er schließlich einen gedanklichen Faden zu fassen bekam (einen Faden, der das Gewebe auftrennen würde, das seine Seele verbarg, sobald man an ihm zog), war sie bereits verschwunden, eine kleine Staubspur hinterlassend.

Während er noch um Fassung rang, hörte er bereits, wie über ihm der Staubsauger in Position gezogen wurde, und er wusste, dass sie nun für zwei Stunden für ihn verloren war.

Doubler tapste in die Küche. Die Enttäuschung war an seinen hängenden Schultern deutlich abzulesen. Unter seinen bestrumpften Füßen fühlten sich die dicken Steinfliesen erschreckend kalt an, wurden jedoch angenehmer, je näher er dem alten Aga-Herd kam. Dort hielt er inne, um sich einen Moment lang zu wärmen. Links von ihm befand sich ein Holzblock, dessen Oberfläche von Messern und Lappen eines längst verstorbenen Metzgers schartig und glatt zugleich geworden war. Darauf standen drei große verbeulte Blechtöpfe von der Sorte, wie viktorianische Köche sie einst zur Zubereitung größerer Mengen Chutney oder Marmelade verwendet hatten. Jeder der Töpfe war mit einem Musselintuch abgedeckt. Diese hob Doubler nun der Reihe nach an, um den jeweiligen Inhalt zu inspizieren. Mit einem langen Holzlöffel stocherte er in der obersten Kartoffelschicht herum, betrachtete sie kritisch und griff dann nach dem dazugehörigen Klemmbrett. In diesen steckten jeweils dicke

Stapel Notizpapier, das mit Doublers ordentlicher Handschrift bedeckt war. Mit Bleistift fein säuberlich festgehaltene Daten, Maßangaben, Zahlen und Berechnungsformeln, Skizzen und Diagramme füllten die Seiten. Allein diese Fakten ließen bereits Großartiges über die Studie erahnen. Doch dem geübten Auge eines professionellen Kartoffelbauers offenbarten die Seiten den Ehrgeiz eines ganzen Lebens: Rechercheergebnisse, die in der Tat bahnbrechend waren. Zusammen mit Fußnoten und Anhängen umfassten sie die Hoffnungen und Träume eines Mannes, der fest entschlossen war, etwas von Dauer zu hinterlassen, wohlwissend, dass die Zeit gegen ihn arbeitete.

Mit einer Gabel prüfte Doubler mehrere Kartoffeln aus jedem Topf. Aus dem, dessen Inhalt ihm am wenigsten gefiel, entnahm er einige Knollen und kochte sie rasch in Salzwasser. Diese stellte er für sein Mittagessen beiseite.

Zufrieden mit seinen Vorbereitungen machte er sich daran, die Erkenntnisse des Vormittags niederzuschreiben. Dazu setzte er sich an den riesigen Küchentisch, einst aus hellem, unbehandeltem Kiefernholz gebaut, doch nun von unzähligen Wasserringen und Brandflecken durch heiße Töpfe gezeichnet und so oft mit Bienenwachs poliert, dass er die Farbe und Oberfläche von Hartholz besaß. Doubler breitete seine Unterlagen aus, um immer wieder in älteren Aufzeichnungen nachschlagen zu können. Die Ergebnisse deckten sich mit seinen früheren Schlussfolgerungen, und er war sich weiterhin sicher, dass seine Resultate unwiderlegbar waren. Trotzdem beruhigte es ihn, zusätzliche Daten, weitere Bestätigungen, noch mehr Beweise hinzuzufügen, während die Tage länger wurden und der Boden taute, weil selbst minimale Temperaturanstiege die Erde für eine ganz neue Generation der Überprüfung vorbereiteten.

Doubler arbeitete eine Stunde ohne Unterbrechung. Er machte Notizen, verfeinerte, überprüfte seine Arbeit und unterstrich (erneut) seine Schlussfolgerungen. Da Mrs. Millwood immer noch nicht wieder aufgetaucht war, brach er dann zu seinem zweiten Rundgang über die Ländereien auf, eine Routine, die er zuverlässig viermal am Tag wiederholte. Er zog einen dicken Wollpullover über und genoss die kratzige Wärme, ehe er den Reißverschluss seiner Wachsjacke schloss. Die Klappen seiner Mütze deckte er über die Ohren, um den Wind abzuhalten, sobald er den Schutz der Hofgebäude verließ.

Es lag eine Stille, ein Innehalten in der Luft, wie es nur im Februar vorkam. Doubler liebte diese einzigartige Stimmung. Die Felder waren erst kürzlich geeggt worden, und die Erde glänzte in der schwachen Wintersonne in warmem Schokoladenbraun, während in den Furchen dazwischen das gesammelte Regenwasser glitzerte. Die gefälligen Streifen zogen sich so weit das Auge reichte. Heute waren andere Vögel zu sehen als sonst. In großen Schwärmen flatterten sie über die Felder. Größer als Spatzen, die Doubler eindeutig identifizieren konnte, aber in ihrem Braunton für sein immer noch ungeübtes Auge ansonsten nicht von ihnen unterscheidbar. Er beschloss, auf seinem nächsten Rundgang das Fernglas mitzunehmen. Auch wenn Vogelbestimmung nicht dessen eigentlicher Zweck war, verspürte er auf einmal den Drang zu wissen, wer genau diese Neuankömmlinge waren. Er war schon jetzt recht zufrieden mit sich, weil er relativ sicher war, dass sie vor einer Woche noch nicht da gewesen waren.

Doubler ging langsam weiter am Rand des Feldes entlang, der unregelmäßigen Linie der Hecke folgend – dick und undurchdringlich selbst ohne frische Blätter – bis zu einem von zwei Aussichtspunkten. Von dieser kleinen Anhöhe aus konnte er das gesamte Gelände im Norden überschauen. Er ließ den Blick von Feld zu Feld wandern und glich rasch mit seinem gedanklichen Register ab. Zu dieser Jahreszeit gab es wenig zu vermerken, doch in nur einem Monat, wenn das Risiko starken Frosts vorüber war, würde er die Erde genauestens überprüfen, um den optimalen Moment zum Stecken seiner Saatkartoffeln abzupassen. Der Winter bot ein wichtiges Zeitfenster, um den Boden vorzubereiten und die Maschinen zu warten, doch momentan reichte es aus, das Land zu beobachten, zu würdigen und zu ehren, sozusagen die Grundlage an Wohlwollen zu legen, auf die er sich in den folgenden Monaten verlassen würde.

Nachdem er das größte Feld einmal komplett umrundet hatte, stapfte er den gleichmäßig ansteigenden Hang hinauf, wobei er seine Schritte den Erhebungen und Senken der Furchen anpasste und in Gedanken die Größe seines Landes abmaß – das empfand er als tröstlich. Im Lauf der Jahreszeiten nahm der Boden an Höhe und Potenzial zu und ab, während die Pflanzen wuchsen und vergingen, die Ernte erfolgreich oder enttäuschend ausfiel, je nach Kraft dieser alchemistischen Mischung aus Wissenschaft, Können und Magie, vor allem jedoch bestimmt durch die Natur selbst, die immer das letzte Wort behielt. Viele Faktoren beeinflussten die Kraft des Wuchses, die Abmessungen des Landes selbst veränderten sich hingegen nicht. Vorausgesetzt seine Schritte versagten nicht, dann würde deren Anzahl stets dieselbe sein, wie sie es gewesen war, seit er den Hof vor bald vierzig Jahren gekauft hatte.

Schließlich bog er um die Ecke wieder auf den Hof vor dem Bauernhaus ein, um erneut die Schlösser an allen Scheunentoren zu überprüfen. Das Haupthaus war umgeben von einigen Garagen und Außengebäuden, doch die drei Scheunen bereiteten ihm die größte Freude und auch den größten Stress, denn sie beherbergten sein Vermächtnis.

Jedes dieser Gebäude war aufwändig durch schwere Ketten zwischen Eisenstangen gesichert. Doubler warf einen Blick nach oben Richtung Überwachungskamera, ehe er sich selbst verhalten zuwinkte. Später würde er das am Monitor überprüfen. Er hatte damit gerechnet, dass ihm die Kamera ein Gefühl von Sicherheit geben würde, dann aber überrascht festgestellt, wie viel Vergnügen es ihm bereitete, sich abends beim Abspielen der Aufnahmen selbst zuzusehen.

Die beiden großen Scheunen würde Doubler erst am frühen Abend wieder überprüfen. Darin sollte es so dunkel wie möglich bleiben, deshalb öffnete er die Türen nie bei Tageslicht. Doch im Vorbeigehen spürte er förmlich das Kribbeln aufkeimenden Lebens darin und konnte beinahe hören, wie das neue Wachstum von innen gegen die Schale der letztjährigen Ernte drückte. Zu dieser Jahreszeit mochten die Fortschritte zwar minimal sein, multiplizierte man sie jedoch mit den Tausenden von Kartoffeln, die auf kühlen Holzregalen lagerten, konnte man sich den Effekt all dieser aufgestauten Energie auf ihre direkte Umgebung durchaus vorstellen. Oder zumindest tat Doubler das gerne.

Den dritten Schuppen schätzte er am allermeisten, obwohl er um diese Jahreszeit nicht im Einsatz war. Am liebsten würde er das Gebäude wie ein riesiges Paket fest verschnüren. Stattdessen musste er sich mit den Maßnahmen begnügen, die er bereits ergriffen hatte.

Er vergewisserte sich mehrfach, dass ihn niemand beobachtete, als er den Code in das Kästchen neben der Tür eingab, die ins geheimste seiner Lager führte. Er schob sich hinein und schloss die Tür hinter sich. Dann holte er tief Luft und erlaubte sich, einen Moment lang den unverwechselbaren Duft zu genießen, der noch lange nach Benutzung der Anlage in der Luft hing. Kartoffel, ja, für eine geübte Nase erkennbar, doch ein auffälligerer Hauch von Sauberkeit überlagerte die Noten von Pflanzensaft und Honig. Es würde noch mehrere Wochen dauern, bis dieses Lager wieder zum Leben erwachte, und Doubler liebte die Leere und das Versprechen im Winter. Er genoss diese noch einige weitere tiefe Atemzüge lang, ehe er eine schwache

Lampe einschaltete und die großen Kupferkessel mit ihren fantastischen Rohren, Trichtern und Messanzeigen inspizierte. Selbst in diesem trüben Licht glänzte das Metall.

Die Anlage war bereits da gewesen, als Doubler den Hof mit seiner Frau Marie zusammen gekauft hatte. Entdeckt hatte er sie ein paar Wochen nach ihrem Einzug, als er damit begann, die Berge an rostigen Gerätschaften zu inspizieren, die der Vorbesitzer hinterlassen hatte. (Dieser war plötzlich verstorben, fünfzehn Jahre früher, als man es eigentlich erwartet hätte, doch Doubler bezweifelte, dass er diesen Stapel vergangener Fehlentscheidungen je abgetragen hätte, selbst wenn er vor seinem Ableben rechtzeitig gewarnt worden wäre.)

Als Doubler unter Traktorzubehör, Ballenpressen und fauligen Futtersäcken auf diesen Berg von Metallteilen gestoßen war, hatte er den grünen Farbton gleich als oxidiertes Kupfer erkannt. Es müsste einiges wert sein, dachte er, wenn er nur den richtigen Schrotthändler fand. Doch als er dann begann, peinlichst genau Spreu von Weizen zu trennen, begriff er, dass es sich um einen alten Destillierapparat handelte, wie man ihn zur Wodkaherstellung benutzte. Um sich von den Mühen der Vaterschaft und von einer Frau, die er ständig enttäuschte, abzulenken, begann er, die Anlage genauer zu untersuchen. Zuerst bastelte er nur ein bisschen daran herum, besserte hier und da etwas aus und fragte sich halbherzig, ob er wohl je dazu kommen würde, das Ding richtig zu restaurieren. Doch plötzlich, für sich selbst nicht nachvollziehbar, überkam ihn das dringende Bedürfnis, den gesamten Apparat auseinanderzunehmen und jedes einzelne Teil zu reinigen und zu reparieren, Dichtungen und Ventile zu ersetzen und dann alles wieder zusammenzufügen, wobei er sich mit dem Können eines Mechanikers und der Geduld eines Orgelbauers Stück für Stück vortastete.

Nun kannte er die Anlage in- und auswendig, war mit ihren Seufzern und Launen vertraut und wusste, wie man sie perfekt einstellte. Er behandelte sie mit dem Respekt, den ein solch altes Stück Technik verdiente. Doubler war sich durchaus bewusst, dass moderne Technologien dieses betagte Gerät sicher weit übertrafen, doch in den Ergebnissen, die seine Destille produzierte, steckten die kleinen eigenwilligen Unvollkommenheiten, die das Endprodukt so besonders und begehrenswert machten. Einige Flaschen davon lagerten im Keller.

Nachdem Doubler seine Überprüfung beendet hatte, schaltete er das Licht aus und schloss die Tür hinter sich, wobei er zweimal an der Klinke rüttelte, um sicherzugehen, dass auch wirklich abgeschlossen war. Draußen auf dem Hof blickte er zur Sonne hinauf, die nun die Kante der Küchenmauer streifte, und eilte ins Haus, in der Gewissheit, dass er die Zeit bis zum Mittagessen sinnvoll genutzt hatte, um nun endlich, vorsichtig, seine Sorgen mit Mrs. Millwood teilen zu können.

KAPITEL 3

Während Mrs. Millwood geschäftig in der Küche herumwuselte, eine Kanne Tee kochte und auf dem nun aufgeräumten Küchentisch für zwei Personen deckte, bereitete Doubler sein Essen zu. Aus dem Dunkel der Speisekammer holte er einige Schalotten, die er zwischen Daumen und Zeigefinger auf ihre Festigkeit prüfte – selbst nach all den Monaten waren sie immer noch nicht weich geworden.

»Ihren Verwandten, den Zwiebeln, haushoch überlegen«, verkündete er an Mrs. Millwood gewandt, die zusah, wie er das Gemüse in winzige Würfel hackte. Er konnte ihren misstrauischen Blick förmlich spüren. »Sehen Sie sich das an! Was für eine Freude!« Die Stücke glänzten perlmuttweiß und gaben knackig unter seinem Messer nach. Er gab sie in eine Pfanne und dünstete sie nur wenige Sekunden in Butter an, ehe er die vorgekochten Kartoffeln hinzufügte, die er geschickt mit dem Rücken einer Gabel zerdrückte. »Nicht pürieren, ganz wichtig, nur zerdrücken«, beantwortete er munter die stumme Frage.

Mit zwei kräftigen Drehungen der Mühle gab er schwarzen Pfeffer darüber, ehe er den dampfenden Teller zum Tisch trug.

Mrs. Millwood öffnete den Deckel ihrer Tupperdose und nahm die mitgebrachten Sandwiches heraus, die sie sich jeden Tag überraschend abwechslungsreich zubereitete.

»Was Ihnen da drauf jetzt noch fehlt, Mr. Doubler« – sie deutete mit dem Kopf auf seinen Teller – »ist eine schöne Scheibe geschmolzener Cheddar.«

»Cheddar? Geschmolzen? Gütiger Himmel, nein, Mrs. Millwood. Warum, um alles in der Welt, sollte ich das tun?«

»Na, für ein bisschen Geschmack. Oder wegen der Vitamine. Man kann nicht allein von Kartoffeln leben.« Sie wusste genau, wie provokativ ihre Aussage war, und doch handelte es sich dabei nicht um eine absichtliche Provokation, sondern um echte, lang währende Sorge um Doublers Ernährungsgewohnheiten.

»Ach, Mrs. Millwood. Muss ich Ihnen wirklich einen Vortrag über die positiven Eigenschaften der britischen Kartoffel halten? Sie wissen genauso gut wie ich, dass Kartoffeln täglich pro Hektar Land mehr Eiweiß liefern als Reis oder Weizen.«

»Aber ich werde keinen Acker voller Kartoffeln essen, Mr. Doubler. Ich will einfach nur etwas Leckeres zu Mittag. Lecker und gesund.«

»Jetzt fangen Sie mir nicht mit gesund an! Die biologische Wertigkeit von Kartoffeleiweiß ist höher als die von Weizen, Mais, Erbsen oder Bohnen. Kartoffeln sind genauso gesund wie Milch, und niemand würde deren Vorzüge anzweifeln, habe ich recht?«

»Ich bin mir der gesundheitsförderlichen Eigenschaften der britischen Kartoffel sehr wohl bewusst.« Das stimmte in der Tat. Erst am Abend zuvor hatte sie die Damen in ihrem Strickkreis darüber aufgeklärt. Diese waren durchaus überrascht gewesen – nicht nur über die Informationen an sich, sondern über die Tiefe von Mrs. Millwoods Wissen und die leidenschaftliche Überzeugungskraft ihres Vortrags. »Aber etwas geschmolzener Cheddar als Würze würde trotzdem nicht schaden.«

Doubler ließ die Gabel sinken und bedachte sein Gegenüber mit einem strengen Blick. »Mrs. Millwood. Hitze ist mit Abstand das Schlimmste, was Sie einem Cheddarkäse antun können. Es würde lediglich dazu führen, dass das Öl herausläuft und der Geschmack zerstört wird. Wenn man sich schon die Mühe macht, einen anständigen Cheddar herzustellen, dann sollte man diesen nur auf eine einzige Art und Weise genießen.« An diesem Punkt seiner Ausführungen stand er auf, ging in die Speisekammer und kam mit einem großen Paket zurück, das fest in Wachspapier eingewickelt und verschnürt war.

»Ich werde es Ihnen zeigen.« Er gestikulierte übertrieben und ließ sein Publikum dabei nie aus den Augen. »Servieren Sie Cheddar auf Holz. Nicht auf Keramik oder Porzellan. Regel Nummer eins«, erklärte er nachdrücklich und legte den verpackten Cheddar auf ein hölzernes Schneidbrett. »Die natürlichen Öle und der Geschmack im Holz werden vom Käse aufgenommen und verleihen ihm eine Qualität, die sich durch nichts anderes erreichen lässt. Außerdem ist Holz porös. Es bildet keine undurchdringliche Barriere gegen den Käse, sodass er atmen kann.«

Mrs. Millwood ihrerseits schien den Atem anzuhalten.

»Den Käse atmen lassen ist eine weitere Regel. Ansonsten fängt er an zu schwitzen, und das ist nicht gut. Ein verschwitzter Cheddar ist nie gut.« Vorsichtig wickelte Doubler das Paket aus.

Mrs. Willwood schüttelte feierlich den Kopf.

»Regel Nummer drei.« Er zählte mit den Fingern mit und wurde sich dabei plötzlich bewusst, dass es viele Regeln gab, wenn es um Cheddar ging, und er wahrscheinlich eine Liste anlegen sollte. »Nur ein Schnitt, Mrs. Millwood, oder zumindest so wenig Schnitte wie möglich.« Mit seinem Taschenmesser fuhr er diagonal durch die schmalste Stelle, bis er das Stück mit den Fingern abbrechen konnte. »Cheddar ist ein Finger-Käse, eine wahrhaft sinnliche Erfahrung. Man atmet ihn ein, man fühlt ihn, und man schmeckt ihn. Das Gefühl dabei darf man auf keinen Fall außer Acht lassen. Indem man den Käse mit den Fingern greift, bereitet man das Gehirn darauf vor, was es erwarten kann. Man will da keine Überraschungen erleben. Mein Gehirn weiß jetzt, dass es sich auf die salzige Schärfe von gutem Cheddar einstellen darf, weil meine Finger ihn bereits vor meiner Zunge geschmeckt haben. Verstehen Sie?«

Mrs. Millwood beobachtete ihn aufmerksam. Ihr eigenes Sandwich hing etwas schlaff in ihrer Hand, und ihre Stirn war leicht gerunzelt.

»Also, ein Schnitt mit dem Messer und dann mit den Fingern abbrechen, um das volle Erlebnis auszukosten. Sie können ihn mit einem Apfel servieren – ein Cox Orange passt wahrscheinlich am besten, aber ich bin kein Pedant. Und Chutney. Entweder ein süßes Chutney oder etwas ziemlich Trockenes, Herbes. Ich lasse Sie mal von zweien probieren, die ich empfehlen würde, aber Chutney ist etwas sehr Persönliches – eine Frage des Geschmacks. Hauptsache, nichts sauer Eingelegtes: Das Salzwasser konkurriert mit einem guten Cheddar, statt ihn zu ergänzen. Sie wollen keinen Wettkampf auf Ihrem Teller. Sie suchen Harmonie. Harmonie und Klang. Stellen Sie es sich wie ein Musikstück vor, und Sie sind der Dirigent.«

Mrs. Millwood betrachtete ihr Sandwich und biss vorsichtig davon ab.

»Hitze? Nein. Ich würde einen guten Cheddar nicht mal an einem eiskalten Tag erhitzen. Völlige Verschwendung.«

»Entschuldigen Sie, dass ich es gewagt habe, es auszusprechen.« Mrs. Millwood nahm einen größeren, trotzigeren Bissen von ihrem Sandwich und weigerte sich, sich für ihren eintönigen Scheiben-Käse zu schämen, der zusammen mit Schinken aus dem Supermarkt, Senf, Gürkchen, Paprika und einem Salatblatt zwischen den Brotscheiben steckte. »Wunderbar«, erklärte sie und biss noch einmal herzhaft hinein. »Ich dachte lediglich, es würde Ihr Mittagessen aufwerten«, fügte sie hinzu und trank einen großen Schluck Tee.

»Nun ja. Ich bin etwas Käse zu meinen Kartoffeln grundsätzlich nicht abgeneigt, aber nicht in diesem Zusammenspiel, und nie mit Cheddar. Es gibt genug Käsesorten, die förmlich danach lechzen, geschmolzen zu werden. Zu dieser Kategorie würde ich die meisten aus der Ziegenfamilie zählen.« Er wischte sie mit einer Handbewegung beiseite. »Aber mir geht es nicht um zusätzlichen Geschmack. Ich arbeite, Mrs. Millwood, und das, was ich schmecken will, ist die Kartoffel.«

»Und sind Sie mit den heutigen Kartoffeln zufrieden?«

»Oh ja! Das bin ich, das bin ich. Ich bin hoch erfreut. Sie verhalten sich wirklich bestens. Es gibt wenig Neues zu berichten, und das ist gut. Nur weitere Bestätigung.« Doubler senkte die Stimme etwas und fügte verschwörerisch hinzu: »Sobald die Experten – unsere Freunde im Ausland – meine Ergebnisse bestätigt haben, bin ich fertig.«

Mrs. Millwood betrachtete ihn aufmerksam. »Mit Ihren Forschungen? Mit Ihren Kartoffeln? Womit sind Sie fertig?« Sie klang besorgt. Sie hatte selbst erlebt, als er das letzte Mal fertig gewesen war, und es hatte ihn beinahe umgebracht.

Doubler bemerkte ihre Sorge und versicherte ihr eilig, dass seine Motivation, seine Lebensfreude und sein Hunger auf weitere Forschungen ungebrochen waren. »Ich kann mir nicht vorstellen, dass ich jemals mit Kartoffeln an sich komplett abgeschlossen habe. Ich habe sie im Blut. Womit sollte ich mich beschäftigen, wenn sie nicht jede freie Arbeitsminute füllen würden? Aber die Detailanalyse, ja, ich glaube, die habe ich wahrscheinlich beendet. Ich wüsste nicht, wo noch Verbesserungen notwendig oder Fragen offen wären. Sobald ich die Bestätigung erhalte, bedeutet das das Ende einer sehr langen Phase konzentrierter Arbeit. Wenn ich recht habe und meine Forschungen offiziell anerkannt sind, dann werde ich mir wohl ein anderes Projekt suchen oder während meiner verbleibenden Jahre dafür sorgen, dass meine Arbeit zum Nutzen kommender Generationen auch richtig dokumentiert wird. Das wird der bedeutendste Moment meines Lebens sein, daran habe ich keinen Zweifel. Natürlich warte ich immer noch auf offizielle Nachricht vom Institut, und Sie können sich sicherlich vorstellen, dass mir das Warten nicht besonders leichtfällt.« Er seufzte schwer. Sofort war die Zuversicht untergraben, die er eben noch an den Tag gelegt hatte.

Mrs. Millwood wusste ganz genau, dass ihm das Warten

schwerfiel. Auch sie wartete ungeduldig auf Nachricht. Schließlich war sie es gewesen, die Doubler maßgeblich dahingehend beeinflusst hatte, diese komplizierte Vorgehensweise zu wählen, nachdem er ihr seine Entdeckung anvertraut hatte. Nun hofften sie beide, dass Doubler die wissenschaftliche Bestätigung erhalten würde, die er sich so dringend wünschte. Mrs. Millwood hatte seine Möglichkeiten bis ins Kleinste recherchiert und Rat bei Leuten eingeholt, die sich in Sachen Recht, Copyright, Patente und wissenschaftliche Prüfungen auskannten, natürlich ohne dabei Doublers Vertrauen zu missbrauchen. In vielerlei Hinsicht waren diese Erkundigungen genauso akribisch und sorgfältig gewesen wie Doublers Unterfangen selbst.

Die Situation war folgende, wie sie ihm während eines Mittagessens vorsichtig erklärt hatte: Im Lauf der Jahrzehnte, die er als Kartoffelbauer arbeitete, hatte sich die Landwirtschaft weiterentwickelt und ihn überholt. Wie sich herausstellte, wurde Forschung an Kartoffeln vorwiegend durch die *Großnutzer* finanziert, die durch Prozessoptimierungen den größten kommerziellen Nutzen erzielen wollten. Die Produzenten ofenfertiger Pommes beherrschten Recherche und Entwicklung, und auch die Fast-Food-Firmen hatten ein eigennütziges Interesse an der Kartoffelfäule. »Wer hätte gedacht, dass ein paar Pommes so viel Macht besitzen, Mr. Doubler!«, hatte sie ausgerufen, ehe sie mit ihren düsteren Ausführungen fortfuhr.

Trotz seiner beachtlichen Produktionsmenge hatte Doubler nie mit solchen kommerziellen Partnern zusammengearbeitet. Auch ins Wodka-Geschäft war er durch den glücklichen Zufallsfund bei seiner gründlichen Scheunenreinigung eher so hineingeschlittert – ganz diskret und nie in größerem Stil. Er wurde zwar in dieser Branche hoch geschätzt und respektiert, doch auch hier musste man sich erst mal in die besonderen Bestimmungen der Spirituosenindustrie und in deren schier endlosen Gesetze hineinarbeiten. Doubler war nicht wichtig genug für jene, die Forschungen finanzierten oder Einfluss zugunsten der Kartoffelbauern nahmen, und für die Getränkefirmen war er ein kleiner Fisch. Er bewegte sich einfach nicht in den richtigen Kreisen.

Mrs. Millwood hatte dies alles sorgfältig recherchiert und schnell erschreckend viel über die scheinheilige Natur der Geschäftswelt gelernt. Sie hatte viel Zeit damit verbracht, mit Juristen zu sprechen, die ihr allesamt davon abgeraten hatten, die Entdeckungen ihres anonymen Freundes mit jemandem zu teilen, bevor sie nicht einen liquiden Partner gefunden hatten, dem man den wissenschaftlichen Part anvertrauen konnte. Sie solle bloß vorsichtig sein, hatte man sie gewarnt, denn ein skrupelloser Mitspieler weiter vorne in der Lieferkette würde nicht zögern, diese Forschungsergebnisse als seine eigenen auszugeben oder Doublers Arbeit zu sabotieren. Wie einer dieser schlauen Köpfe es formuliert hatte: »Sobald die Großen Wind davon bekommen, was er da auf seinem Hof treibt, werden sie ihn einfach schlucken, und das war's.« Daher hatte Mrs. Millwood Doubler eines Tages beim Mittagessen eine Vorgehensweise vorgeschlagen, die etwas länger dauern würde, seine Arbeit jedoch einigen der qualifiziertesten und angesehensten Fachleute präsentieren würde.

Nach langer Recherche lautete Mrs. Millwoods Vorschlag, eine unparteiische Meinung vom *Institute of Potatoe Research and Development* in Nordindien einzuholen. Auf Nachricht von dieser hoch geschätzten Einrichtung warteten sie nun.

»Also, lassen Sie uns mal nachrechnen.« Mrs. Millwood kramte einen kleinen ledergebundenen Kalender aus ihrer Handtasche und blätterte darin herum. »Wir haben Ihr Päckchen kurz nach Weihnachten abgeschickt, richtig? Ja, da steht es. Am siebenundzwanzigsten. Nun, es wird Verzögerungen wegen der Feiertage und so weiter gegeben haben, aber trotzdem ist das jetzt sechs Wochen her.«

Doubler wirkte niedergeschlagen.

»Andererseits sind sechs Wochen nicht wirklich viel, wenn man es sich recht überlegt. Es handelt sich schließlich um Post auf dem Landweg, keine Luftpost, und ich weiß nicht, wie die Post dort funktioniert. Rechnen wir also mal mit vier Wochen, ja? Dann wird die Bearbeitung noch einige Zeit dauern – zwei Wochen? Wir wollen ja nicht, dass sie nur oberflächlich draufschauen. Vier vielleicht? Vier Wochen für eine gründliche Analyse. Und das wollen wir doch, richtig? Dann vier Wochen per Post zurück. Mr. Doubler, ich denke, Sie sorgen sich verfrüht. Ich glaube, wenn Sie Anfang April noch nichts gehört haben, können Sie anfangen, sich zu fragen, ob es ein Problem gibt.«

»Was für ein Problem?« Doublers Stirn war von Falten durchzogen, die allen möglichen diffusen Ängsten entsprangen.

»Unterwegs verloren gegangen. Ein Verwaltungsfehler vor Ort. In einem Postfach verschwunden. Und dann gibt es noch die technische Seite. Man hält Ihre Arbeit dort für nicht wichtig. Man hält Ihre Ergebnisse für falsch. Man hält sie für nicht wichtig genug, um darauf zu reagieren.«

Jede einzelne dieser Möglichkeiten versetzte Doubler schon in Schrecken, doch in der Summe (warum sollte er an einer Stelle versagen, wenn er es an so vielen konnte?) – ihm wurde ganz schwindlig.

Mrs. Millwood lächelte ihn beruhigend an. »Aber begreifen Sie nicht, wie absolut sinnlos es ist, sich wegen irgendeiner dieser Möglichkeiten verrückt zu machen? Wir können uns nicht um Dinge sorgen, die außerhalb unserer Macht liegen. Sie haben Ihren Hof. Sie haben Ihre Kartoffeln. Sie haben *Bahnbrechendes* herausgefunden, Mr. Doubler. Und das wird man anerkennen.«

Da sie sah, wie wenig Wirkung ihre Worte zeigten, griff sie nach einer stärkeren Waffe aus ihrem Arsenal: »Glauben Sie denn, Ihr Mr. Clarke hat beim ersten Hindernis aufgegeben?«

Doubler dachte angestrengt nach. Er stellte sich vor, wie sein großer Held bei Kerzenlicht arbeitete, seine Erkenntnisse kratzend mit einem Bleistiftstummel notierte. Er dachte an die vielen Generationen von Kartoffeln, die dieser Mann ohne ein klares Ziel vor Augen angebaut haben musste, angetrieben von nichts als dem brennenden Wunsch, die Knolle zum Wohle aller zu verbessern. Er dachte an die Leistung, die das darstellte, weil sie zudem von einem Mann ohne höhere Bildung erbracht worden war. Doubler schämte sich.

»Nein, natürlich nicht. Mr. Clarke hat alle Hürden überwunden.«

Mrs. Millwood lachte leise in sich hinein. »Das hat er, nicht wahr? Und Sie lassen hier beschämt den Kopf hängen, obwohl Sie noch nicht einen einzigen Rückschlag einstecken mussten!«

»Sie haben natürlich recht, wie immer. Der arme Mr. Clarke hatte noch nicht einmal ein Vorbild so wie ich. Aber, Mrs. Millwood, Sie verstehen doch meine Sorge, oder? Das hier ist mein *Lebenswerk*. Auch ich habe Opfer gebracht, und ich will, dass alles einen Sinn, einen Zweck hatte. Ich will etwas *hinterlassen*.«

Er stand auf, um aus dem Fenster zu schauen, wobei er zuerst ein Stück der beschlagenen Scheibe freiwischen musste, um sehen zu können, wie die letzten Wintersonnenstrahlen über seine Felder huschten.

»Wenn ich sterbe, wird diese Arbeit das Einzige sein, was von mir übrigbleibt. Meine Kartoffeln sind mein Vermächtnis. Ich habe ihnen jede wache Minute gewidmet, und meine nützlichsten Tage liegen bereits weit hinter mir. Ich will etwas hinterlassen, ich will der Welt zeigen, dass es die Mühe wert war. Ich will mit dem Wissen sterben, dass ich etwas verändert habe. Ist das zu viel verlangt? Bin ich zu vermessen?«

Mrs. Millwood dachte gründlich nach, ehe sie antwortete. »Nicht vermessen, aber vielleicht ein bisschen ungeduldig. Sie sind doch bei guter Gesundheit, Mr. Doubler, und außerdem haben Sie noch jede Menge Zeit, um etwas zu verändern. Sie sollten sich zu den Glücklichen zählen.« Sie hielt inne, und Doubler, der den Blick immer noch aus dem Fenster gerichtet hatte, entging der ängstliche Schatten, der über ihr Gesicht huschte.

Er drehte sich zu ihr um und sah sie fragend an, während er darauf wartete, dass sie weitersprach. Doch sie schüttelte den Kopf, ein wenig traurig zwar, aber mit einem entschlossenen Lächeln auf den Lippen. Dann nahm sie eine andere Denkweise ein:

»Mr. Doubler, wir bekommen nicht alle die Chance, etwas von nachhaltiger Dauer zu schaffen, deshalb sollten Sie stolz auf das sein, was Sie bereits erreicht haben. Und wer behauptet, dass Ihr Lebenswerk damit bereits abgeschlossen ist? Das wird sich erst mit der Zeit zeigen. Eine kurze Wartephase, bis der Postbote Ihnen eine Antwort bringt, ist kein hoher Preis. Andere leiden wesentlich mehr für ein geringeres Vermächtnis, Mr. Doubler.«

Mrs. Millwood biss genüsslich in einen Granny-Smith-Apfel. Doubler, der wieder einmal dankbar für ihre tiefe Weisheit war und sich inzwischen daran gewöhnt hatte, dass seine Haushälterin einen wesentlich besseren Instinkt als er selbst besaß, was die Dinge des Lebens betraf, beschloss, die Wahl ihrer Apfelsorte nicht zu kommentieren.

KAPITEL 4

Am ersten Sonntag jeden Monats kam Doublers einzige Tochter Camilla mit ihrer Familie zu Besuch auf die Mirth Farm. Das war seit vielen Jahren so. Camilla hatte diese Tradition ins Leben gerufen, als sie selbst Kinder bekam, so als könnte sie ihrem Vater auf diese Weise beibringen, wie man eine Familie zusammenhält. Ein oder zwei solcher Mittagessen schufen einen Präzedenzfall, ein paar weitere ließen daraus eine Gewohnheit werden, die von Camilla fortan mit großem Eifer gepflegt und stolz wie eine Art Abzeichen töchterlicher Pflichterfüllung getragen wurde.

»Es ist einfach schön zu wissen, dass meine Kinder ein Teil von Dads Leben sind«, erklärte sie ihrem Bruder Julian in einem leicht aggressiven Ton kaum verhohlener Überlegenheit, den sie in Julians Gesellschaft nur selten an den Tag legen konnte.

Doublers einziger Sohn hingegen hatte ein eher zwiespältiges Verhältnis zu seiner Familie und auch zur Mirth Farm. Beide waren mit seiner Kindheit verbunden. Jetzt, als Erwachsener mit entsprechender Verantwortung, bestand seine Hauptbeschäftigung an Wochenenden darin, aus der Ferne seine teure Ex-Frau zu managen und die beiden teuren Kinder zu versorgen, die einen Kartoffelhof völlig uninteressant fanden. Schließlich hatten sie von Kindesbeinen an gelernt, dass grüner Rasen mehr wert war als Acker. Selbst wenn sie darum gebettelt hätten, ihren Großvater besuchen zu dürfen, hätte Julian eine Ausrede gefunden. Auf der Mirth Farm gab es kaum Möglichkeiten, seiner Vaterrolle zu entfliehen, was ihm peinlich war. In krassem Gegensatz dazu bot sein eigenes Zuhause unzählige Dinge, um sich abzulenken und zu verkriechen, was es den Kindern und ihrem Vater erlaubte, nebeneinanderher zu leben, ohne sich ihren jeweiligen Schwächen stellen zu müssen.

Bis heute hatte Julian seinen Anteil an der Kindererziehung

als wenig erfüllend erlebt, abgesehen von dem befriedigenden Gefühl, Zahlen in eine Spalte in seinem mentalen Kassenbuch einzutragen. Trotz allem war seine väterliche Verpflichtung eine schwere Last auf seinen gebeugten Schultern, was selten so offensichtlich war wie unter den Blicken seines Vaters und seiner Schwester. Er verstand Camillas Bedürfnis nicht, regelmäßig so zu tun, als wären sie eine normale Familie, doch gleichzeitig traute er seinen eigenen emotionalen Reaktionen nicht genug, um das Muster zu verändern oder zu durchbrechen.

Camilla jedoch hatte eine ganz genaue Vorstellung davon, wie sich diese Besuche für ihren Nachwuchs anfühlen sollten. Auch wenn ihre eigene Kindheit ihrer Assoziation von Familie nicht gerecht geworden war, bestand sie darauf, allen anderen ihre Vorstellungen aufzuzwingen. Sie sorgte dafür, dass Julian und seine Kinder sie mindestens viermal im Jahr begleiteten. Dieser Sonntag war einer der vorgeschriebenen Termine, an denen Doublers Sohn und Tochter und seine vier Enkelkinder sich auf der Mirth Farm versammelten.

In den vielen Jahren freiwilliger Isolation hatte Doubler gelernt, auf dem extrem schmalen Grat zwischen Alleinsein und Einsamkeit zu balancieren. Er suchte Ersteres, Letzteres suchte ihn. Doch nie hatte er weniger Zweifel daran, dass er lieber alleine wäre, als dann, wenn er von seiner Familie heimgesucht wurde. Wäre Marie nicht auf diese Weise aus seinem Leben verschwunden, sähen die Dinge sicherlich anders aus. Die Kinder großzuziehen war eine Aufgabe gewesen, die seine Frau und er sich geteilt hatten, und er war fest davon überzeugt, dass er das Großelternsein mit einem ähnlichen Gefühl der Gemeinsamkeit angegangen wäre. Doch er hatte die Rolle des Alleinerziehenden mit doppelten Pflichten nicht freiwillig gewählt, und so mied er jegliche großväterliche Einflussnahme aus Angst, ein zweites Mal zu versagen. Er hasste den zusätzlichen Druck zutiefst, der ihm durch den Fortgang seiner Frau auferlegt worden war.

Außerdem war Doubler gern für sich. Er genoss die Stille, und sein Intellekt brauchte kaum mehr Stimulation als die, die ihm seine Kartoffeln, sein sorgfältig bestückter Keller und sein tägliches Mittagessen mit Mrs. Millwood boten. Um ehrlich zu sein, fürchtete er sich inzwischen vor diesen Familienzusammenkünften, aber er wusste, je mehr Normalität er zur Schau stellte, umso eher würde man ihn für den Rest des Monats in Ruhe lassen. Das bedeutete: sich so unauffällig wie möglich zu verhalten, Interesse an den anderen zu heucheln, einen Bogen um Konflikt bergende Themen zu machen und um jeden Preis zu verhindern, dass jemand aus seiner Familie durchschaute, dass er das Einsiedlerdasein frei gewählt hatte.

Julian interessierte sich sowieso nicht sonderlich für die Details aus dem Leben seines Vaters, das wusste Doubler. Doch wenn Camilla auch nur den Hauch einer Ahnung davon bekäme, wie weit, wie endgültig er sich aus der Gesellschaft zurückgezogen hatte, dann wäre sie noch enttäuschter von ihm. Bisher hatte er den Eindruck, relativ erfolgreich Theater gespielt zu haben, denn seine Tochter verkündete gerne lautstark, ihr Vater käme »so gut zurecht, wie man es unter den Umständen eben erwarten kann«.

Um den Eindruck von Stabilität zu erwecken, gehörte es zu Doublers Inszenierung, ein perfektes Sonntagsessen zu servieren. Gut zu kochen bereitete ihm zunehmend Freude, und diese Besuche gaben ihm die Gelegenheit, sein Können unter Beweis zu stellen. Er konnte einen Braten für acht Personen zaubern, ohne dass einer seiner Gäste auch nur ahnte, wie viel Kochkunst dahintersteckte. Für seine Besucher bedeutete Mittagessen, dass Punkt ein Uhr Schüsseln mit heißem Essen aus dem Ofen geholt wurden. Sie begriffen nicht, wie viele wesentliche Entscheidungen den Unterschied zwischen einem guten und einem *exzellenten* Sonntagsessen ausmachten. Doublers Trick war, sämtliche Vorbereitungen längst abgeschlossen zu haben, bis sie kamen – selbst die Soße war schon fast fertig. Während die Familienmitglieder sich in der Küche versammelten und ihn mit Details aus ihrem banalen Leben belästigten, musste er lediglich den Braten herausnehmen, die Yorkshirepuddings reinschieben und die Soße verfeinern, indem er den Bratensaft unterrührte, während das Fleisch vor dem Aufschneiden ruhte.

Was die nächste Generation anbetraf (Generation »f« wie Doubler sie insgeheim gerne nannte), so interessierte er sich kaum für seine Enkel. Es faszinierte ihn zwar zu sehen, welche seiner genetischen Merkmale weitergegeben worden waren, wenn überhaupt, doch dies ließ sich durch Seitenblicke feststellen, während er seiner Küchentätigkeit nachging. Das Problem mit Menschen war, dass ihr Lebenszyklus zu lange dauerte, um sinnvoll in die Genetik einzugreifen. Bis sich die schwachen oder unerwünschten Eigenschaften voll ausprägten, hatte das Exemplar sich vermutlich bereits fortgepflanzt.

Doubler nahm an, dass Marie, wenn sie noch da wäre, eine sehr gute, engagierte Oma gewesen wäre, die sich für schulische Fortschritte, außerunterrichtliche Neigungen, ausgefallene Milchzähne, neue Frisuren oder die kleinen Triumphe interessierte, über die alle unbedingt reden wollten, die Doubler aber langweilten. Marie wäre eine *hervorragende* Oma gewesen, daher kam Doubler seiner Verpflichtung wenigstens insofern nach, indem er nickte und zuhörte und sogar dann und wann einen kleinen Kommentar abgab, während er so gut wie möglich Interesse heuchelte. Er wartete auf etwas bei seinen Enkeln, das seine Aufmerksamkeit weckte. Eine plötzlich aufkeimende genetische Verbesserung, die verhindern würde, dass sie zu dumpfen Inkarnationen ihrer Eltern wurden.

Julians Kinder, die eine ordentliche Portion derselben DNS wie ihre Cousins besaßen, waren bereits durch ihre teure Schulbildung verdorben worden. Schon jetzt waren sie arrogant, genau wie ihr Vater, und durch das fehlende stabile Familienleben hatten sie rasch gelernt, Julians Schuldgefühle zu ihrem Vorteil auszunutzen. Genau das hatte man ihnen auf ihrer Privatschule beigebracht: die Schwächen der Erwachsenen zu erkennen und Kapital daraus zu schlagen. Das zeigte sich in kostspieligen Dingen wie Skiurlauben und Cricket-Reisen in die USA, teurem elektronischen Schnickschnack und dem Gefühl, dass ihnen das alles zustand – was ihnen im späteren Leben eine erfolgreiche Karriere sichern würde.

Camillas Nachwuchs wiederum war etwas jünger, und man konnte noch nicht so recht erkennen, wie die beiden sich in den kommenden Jahren entwickeln würden. Was sie betraf, hegte Doubler etwas Hoffnung. Allerdings rechnete er damit, dass man ihm ihre Vorzüge präsentieren würde wie Auszeichnungen für einen Jagdhund. Er mochte sie nicht genug, um ihnen versuchsweise etwas Positives zu entlocken oder Einfluss auf ihre Entwicklung zu nehmen.

Sie kamen auch heute im üblichen Chaos aus Mänteln und Gummistiefeln an, die quer durch die Küche geschleudert wurden. Doubler, der stolz darauf war, übers Wochenende so etwas Ähnliches wie Ordnung in seinem Zuhause zu wahren, räumte hinter ihnen her, während er gleichzeitig dem Mittagessen den letzten Schliff gab.

Als sie sich um den Tisch versammelten, lächelte Camilla wohlwollend in die Runde. »Ist das nicht etwas ganz Besonderes!«, sagte sie, genau wie immer. »Als Familie zusammen zu sein ist doch einfach das Allerwichtigste, findet ihr nicht auch?«

Ihr Gatte, ein blasser Mann mit dünnen Lippen, die seinem Gesicht einen grimassenhaften Zug verliehen, murmelte etwas Zustimmendes, während Julian seine verzogenen Kinder zurechtwies, die bereits mit den Fingern nach den Kartoffeln griffen. Beleidigt lehnten sie sich mit verschränkten Armen zurück und äußerten knurrend ihren Unmut – ein Moment der besonderen Kameradschaft, die Geschwister im Groll auf ihre Eltern vereint.

Doubler tranchierte den Braten. Sein schweres Stahlmesser durchschnitt mühelos das Rindfleisch. Camilla verteilte das Gemüse, während Julian sich prüfend im Zimmer umsah.

»Und, Dad, in letzter Zeit mal was von Peele gehört?«

Doubler hielt inne, das Messer in der Luft. Nach einigen Sekunden fuhr er mit dem Aufschneiden fort und beobachtete erneut mit Freude, wie der Saft aus dem Braten lief.

Um sich eine größere Bühne für seinen Auftritt zu sichern, kippte Julian seinen Stuhl nach hinten – eine Angewohnheit, die Doubler missfiel. Aufmerksam beobachtete er seinen Sohn, als dieser betont beiläufig fragte: »Wie ich höre, überlegt er, dir den Hof abzukaufen?«

»Wo hast du das denn gehört?« Doubler schnitt gekonnt eine Scheibe Fleisch ab.

»Ach, hier und da. Weiß nicht mehr genau. Wahrscheinlich auf dem Golfplatz. Wir sind beide Mitglied dort. Golfplatzgeschwätz eben«, fügte er grinsend hinzu.

Doubler sprach an den Braten gewandt, nicht an seinen Sohn. »Ich stehe mit Peele in keinerlei Verhandlungen.«

»So? Es gibt aber Gerüchte, dass er überall alles aufkauft. Angeblich gehört ihm schon die halbe Grafschaft.«

Doubler zuckte mit den Schultern. »Ich interessiere mich nicht für Peele.«

»Nun, das ist vermutlich keine schlechte Taktik. Je länger du ausharrst, umso wertvoller wird dieser Hof für ihn sein. Aber warte nicht zu lange. Irgendwann kommt der Punkt, da ist es einfach nicht mehr praktikabel, einen Betrieb mitten in seinen Ländereien zu besitzen. Momentan ist dieser Hof interessant für ihn. Aber irgendwann wird der Moment kommen, wo er für niemanden sonst mehr Wert besitzt.«

»Mein Hof liegt nicht mitten in seinem Land. Seine Felder umgeben meine. Und was er in meiner Nähe besitzt, hat wenig Einfluss auf mich, vorausgesetzt, er lässt mich einfach in Ruhe.«

»Aber wird er dich in Ruhe lassen? Ich bezweifle es. Nicht, wenn er mal die Beute ins Visier genommen hat. Das hier könnte für ihn das Sahnehäubchen werden.« Julians Augen leuchteten vor Vorfreude.

»Möchte jemand Kartoffeln?«, fragte Doubler die Kinder am Tisch. Er rührte die Soße einmal kräftig um, ehe er Platz nahm und das perfekte, medium gegarte Fleisch vor sich betrachtete.

»Wie ich schon sagte, ich interessiere mich nicht für Peele.«

Julian betrachtete seinen Vater über den Rand seiner Brille hinweg. »Wie dem auch sei, Dad, solltest du mal Unterstützung beim Verhandeln brauchen, bin ich gerne bereit zu helfen. Es ist sicher nicht leicht, sich hier allein um alles zu kümmern, und es ist ja nicht mehr dasselbe, seit Mum …« – er zögerte – »gegangen ist.«

Camilla erlaubte sich einen leisen Laut der Verzweiflung, ehe sie sich mit traurigem Jammerton an ihren Bruder wandte: »Julian, ich verstehe nicht, weshalb du immer gerade dann die schwierigen Themen anschneiden musst, wenn wir so kostbare Zeit miteinander verbringen. Lass uns doch über positive Dinge sprechen, ja?«

Julian antwortete im Flüsterton – wie erfahrene Picknicker, die wissen, dass es am besten ist, sich ruhig zu verhalten, wenn man von einer Wespe belästigt wird: »Ich würde ein spekulatives Angebot von einem stinkreichen Nachbarbauern nicht gerade als negativ bezeichnen, oder? Dieser alte Kasten ist trostlos – schau dich doch mal um. Die Fensterscheiben sind innen zugefroren, verdammt.«

Auch wenn es stimmte, dass an den Scheiben noch Eisreste vom strengen Frost der vergangenen Nacht hingen, war es im Haus selbst kuschelig warm. Das lodernde Feuer strahlte jede Menge Hitze ab und dazu noch jenes besondere Licht, das nur flackernde Flammen verbreiteten.

»Es ist gemütlich«, widersprach Camilla, die Anerkennung

ihres Vaters suchend. »Außerdem war das unser *Zuhause* – wir sind hier *aufgewachsen*. Ich verstehe einfach nicht, wie du da so gefühlskalt sein kannst, Julian. Ich weiß ja nicht, wie's dir geht, aber ich will, dass meine Kinder das hier kennen, sich als Teil davon fühlen. Für uns hängen hier so viele Erinnerungen dran.«

Julian wirkte wenig beeindruckt von diesem Argument, während er in Gedanken seine Liste an Erinnerungen durchging. Erwachsensein kann den Blick zurück auf die Kindheit seltsam beeinflussen. Er und Camilla hatten dieselben Erlebnisse geteilt und verbanden doch völlig unterschiedliche Assoziationen damit. Für Julian waren sie schwarz-weiß. Seine Mutter war da gewesen, und dann war sie es nicht mehr. Sämtliche Eindrücke früherer Freude waren mit ihr ausgelöscht worden.

»Camilla, der Grund und Boden ist viel wert. Du bist naiv. Und wer weiß, was in Zukunft damit passiert? Die neue Zugstrecke könnte den Wert dieser Grundstücke völlig zunichte machen. Ich denke, wenn ein rentables Angebot auf dem Tisch liegt, wäre es von Dad nur vernünftig, es ernsthaft in Betracht zu ziehen.«

Doubler richtete sich auf und verkündete mit klarer, nachdrücklicher Stimme: »Ich würde es sehr zu schätzen wissen, wenn ihr nicht über mich reden würdet, als wäre ich nicht da. Ich verkaufe das Haus nicht, ich verkaufe den Hof nicht, und ich werde hierbleiben, bis ich sterbe. Bitte sprich nicht von Dingen, die dich nichts angehen, insbesondere wenn deine Gesprächsthemen den Braten verderben.« In Wirklichkeit jedoch sagte er all das nur in Gedanken. Stattdessen fing er stumm an zu essen.

»Das Essen ist ausgezeichnet, Dad. Gut gemacht. Dein Sonntagsbraten ist einfach köstlich«, lobte Camilla ihn mit traurigem Lächeln.

»Ich mag die Kartoffeln am liebsten«, meldete sich eine leise Stimme zu seiner Rechten.

Doubler betrachtete das Kind, Camillas jüngeren Sohn, mit wachsendem Interesse.

»Ach ja? Und warum?«

»Weil sie knusprig sind«, erklärte der Junge ernsthaft. »Und fluffig.« Er betrachtete die Kartoffel am Ende seiner Gabel. »Sie sind knusprig *und* fluffig.«

»Junger Mann, du zeigst vielversprechende Ansätze. Genau deshalb sind sie gut.« Doubler lächelte. Er sah dabei aus wie ein gütiger Großvater und fühlte sich auch so.

Das Kind, ermutigt durch die Herzlichkeit seines Opas, fuhr fort: »Die von Mum sind ölig. Und ein bisschen matschig. Manchmal sind sie innen noch hart.«

»Schatz, das ist aber nicht sehr nett«, beschwerte sich Camilla. »Darren, sag Benj, dass das nicht sehr nett ist.«

»Benj, das ist nicht sehr nett. Die Kartoffeln deiner Mutter sind nicht so lecker, weil wir keinen altmodischen Aga-Herd haben. Dein Großvater hat so einen, deshalb sind die Kartoffeln leckerer«, erklärte Darren, ohne den Blick von seinem Teller zu heben.

Diese Information überraschte Doubler. Es überraschte ihn, dass sein Schwiegersohn zu diesem Thema so viel zu sagen hatte. Schade nur, dass er falschlag.

»Der Herd hat die Kartoffeln nicht gekocht. *Ich* habe die Kartoffeln gekocht. Man braucht nur eine anständige Hitze. Im Grunde kann man gute Ofenkartoffeln in so ziemlich jedem Backofen machen, sogar in einem mit ungleichmäßiger Temperatur, vorausgesetzt man passt ein bisschen besser auf. Auf die Vorbereitung kommt es an. Man muss die Kartoffeln vorher lange genug kochen, damit sie in der Mitte nicht mehr hart sind. Es ist wichtig, dass die äußere Schicht gerade anfängt aufzubrechen, damit sie etwas von dem Fett aufnehmen, in dem man sie anbrät. Nach dem Abtropfen in der Pfanne gut wenden, damit sie von allen Seiten knusprig werden. Auch das Fett an sich ist wichtig. Ich nehme Gänseschmalz.«

»Igitt«, tönte es links neben Doubler. Julians Ältester.

Seine jüngere Schwester unterdrückte ein Kichern.

Doubler fuhr fort: »Das Braten ist einfach, vorausgesetzt man gibt die vorgekochten Kartoffeln in sehr heißes Fett. Da kann man nichts falsch machen. Sie müssen auch gut gewürzt sein. Würzen ist immer wichtig.«

»Ich weiß nicht, warum du mir nie beigebracht hast, wie man Röstkartoffeln macht, Dad, wenn meine offensichtlich so unterdurchschnittlich sind.« Camillas Kommentar richtete sich an ihren Mann, und ihr war deutlich anzuhören, wie verletzt sie war.

»Weil du hier immer erst auftauchst, wenn das Essen fertig ist. Wenn du sehen willst, wie ich koche, musst du gegen neun kommen.«

»Verstehe, aber was ist mit damals, als ich noch ein Teenager war? Da wäre es vielleicht nützlicher gewesen. Es hätte mich davor bewahrt, meiner Familie ein Leben lang minderwertige Kartoffeln zu servieren.« Wieder schien Camilla sich an ihren Mann zu wenden.

»Deine Mutter hat gekocht«, sagte Doubler bestimmt.

Camilla blickte auf ihren Teller und aß weiter.

Julian, an Kartoffeln und ihrer Zubereitung völlig uninteressiert, fuhr achtlos fort: »Ackerland bringt momentan Höchstpreise. Fünfzehn Riesen pro Viertel Hektar. Bei der Lage hier könnte es noch weit mehr wert sein. Und der Hof selbst hat auch anständig Grundfläche. Von einem Bauunternehmer würde man sicher ein ordentliches Sümmchen bekommen. Da könnte es sich sogar lohnen, vorher noch eine Baugenehmigung einzuholen. Das würde Peele zumindest dazu bringen, seinen Einsatz zu erhöhen.«

Doubler blickte an seinem Sohn vorbei aus dem Fenster. Zu dieser Jahreszeit konnte er trotz der vereisten Scheibe meilenweit sehen. Im Sommer wurde die Aussicht durch die Glyzinie beeinträchtigt, die sich ums Haus rankte und deren kräftige neue Triebe mit dem dazwischen wachsenden Geißblatt und den Rosen kämpften. Die Blätter tauchten das Zimmer dann in grünes Dämmerlicht, was zusammen mit den dicken Steinfliesen dafür sorgte, dass der Raum wunderbar kühl blieb. Doubler liebte diese Aussicht. Er liebte dieses Zimmer, warm und rauchig im Winter, kühl und schattig im Sommer. Er war kein materialistischer Mensch, er war ein Mann der Erde, und trotzdem fragte er sich, ob man ein Haus mehr lieben konnte als er seines.

Auch Camilla sah sich nun aufmerksam um. »Deine Haushaltshilfe leistet offenbar immer noch gute Arbeit: Es ist blitzsauber.«

Doubler wurde es einen Moment lang warm ums Herz. Mrs. Millwood, dachte er bei sich. Doch ebenso schnell verbannte er den Gedanken wieder. Sie hatte in dieser Runde keinen Platz. Ihr gemeinsamer Tisch war nur für zwei Personen gedeckt.

»Mmmm«, machte er vage.

»Kommt sie immer noch täglich hierher?«, hakte Julian ein und rechnete kurz nach. »Das scheint mir ein ziemlicher Luxus zu sein, Dad. Wenn du eine kleinere Wohnung hättest, würdest du nicht so viel Hilfe brauchen. Weniger, um das du dich in deinem Alter sorgen musst.«

»Möchte noch jemand einen Nachschlag?«, wandte Doubler sich an die Runde.

»Wirklich, Dad, du solltest nicht länger den Kopf in den Sand stecken. Gelegenheiten können genauso schnell wieder verschwinden, wie sie gekommen sind. Denk doch mal daran, wie du in fünf Jahren klarkommen willst oder in zehn. Es wird nicht einfacher werden.«

Doubler fühlte sich nicht alt. Er spürte die Jahre auf seinem Buckel, aber diese Jahre brachten auch ihre Vorteile mit sich. Er kannte seinen Körper gut, und sie beide hatten eine verlässliche Vereinbarung. Doubler versorgte seinen Körper mit dem nötigen Brennstoff – nicht zu viel, nicht zu wenig – und hielt ihn gut in Schuss. Im Gegenzug ließ sein Körper ihn nicht im Stich. Doubler hatte das Gefühl, dass durch den gegenseitigen Respekt von Geist und Körper beide durchaus ewig zusammen so weitermachen könnten. Doch wenn Julian da war, fühlte er sich anders. Nicht älter, aber *unsicherer*. In Gegenwart seines Sohnes fühlte Doubler sich fehlbar. Julians Ungeduld, wenn er nicht flink aufsprang oder vor dem Sprechen kurz zum Nachdenken innehielt, wich solch offenkundiger Verachtung und unverhohlener Feindseligkeit, dass Doubler anfing, an seinem Körper *und* seinem Geist zu zweifeln.

»Ich bin nicht alt«, sagte er, »aber du machst mich ganz schön müde, mein Lieber.« Letzteres fügte er in Gedanken hinzu.

Einige am Tisch streckten Doubler ihre Teller hin, und während er auf jeden dünne Bratenscheiben schichtete, um sie dann Richtung Gemüse weiterzugeben, dachte er über seinen Sohn nach, der im Hintergrund weiterjammerte, wie gebrechlich und unfähig sein Vater bald sein würde.

Das bin *ich*, über den er da redet, dachte Doubler. Es ist das Leben seines alten Vaters, das er sich davonwünscht. Er spricht über nichts anderes als das Älterwerden, wann ich sterbe, was ich wert bin. Was er wirklich wissen will, ist, wann er einen Teil meines Vermögens auf sein Konto überweisen kann. Ich weiß, was ihm durch den Kopf geht. Er hat Angst, ich könnte es sinnlos verprassen oder irgendetwas Dummes tun. Es dem Tierheim vererben oder so.

Vom Tierheim wanderten Doublers Gedanken wie von selbst weiter zu Mrs. Millwood. Mrs. Millwood half nämlich in einem Tierheim aus. Er wusste nicht viel darüber, wie so ein Ort funktionierte, abgesehen von den Geschichten, die er beim Mittagessen hörte. Und da neigte Mrs. Millwood zu Berichten herzerwärmender Güte, die seine Stimmung heben sollten. Doch vom Verlassenwerden verstand Doubler eine ganze Menge.

»Vielleicht wäre etwas Bargeld wirklich ganz gut, du hast recht, Julian«, sagte Doubler, aus seinen Gedanken auftauchend, und verspürte aufwallende Vorfreude, seinen wichtigtuerischen Sohn zu provozieren.

Julian blickte von seinem Teller auf, überrascht, dass seine Worte endlich Gehör gefunden hatten.

»Das hört sich doch vernünftig an, Dad. Sprich weiter …«

»Das örtliche Tierheim macht eine Spendensammelaktion, und ich bin am Überlegen, mich einzubringen. Den Verein ein bisschen unterstützen und so.«

»Das örtliche *was*?« Julian sah aus, als hätte er etwas Schlechtes gegessen.

»Na, du weißt schon, das *Tier*heim. Wo sie Tieren in Not helfen. Da wird alles Mögliche abgegeben. Es ist kaum zu glauben, wie grausam die Leute sein können, wenn sie keinen Spaß mehr an Tieren haben, die sie mal gernhatten. Vor allem die alten. Die Esel und Ponys zum Beispiel. Die sind schwer unterzubringen. Und viele ältere Katzen und Hunde, die man einfach *ausgesetzt* hat. Es ist wirklich unfassbar, dass Menschen so egoistisch sein können.«

»Dad. Dafür brauchst du kein Geld. Mach bloß nichts Dummes. Camilla, Darren, unterstützt mich mal. Wollt ihr, dass euer Erbe für Stroh für Esel draufgeht, wollt ihr das?«

»Oh, Julian, die brauchen noch viel mehr als Stroh«, unterbrach Doubler ihn ernst. »Die brauchen das ganze Jahr über Gras. Wenn ich mit den Kartoffeln fertig bin, würden diese Felder tolles Weideland für bedürftige Esel abgeben. Ich hab das den Leuten im Tierheim schon vorgeschlagen.«

»Du hast was?« Zwei rote Flecken erschienen auf Julians Wangen, und seine Augen traten starrend hervor.

»Ich hab's einfach nur mal durchgesprochen. Die Vor- und Nachteile. Also, was ich tun müsste, um einen konkreten Beitrag zu der wertvollen Arbeit zu leisten, die die dort unten machen.«

»Dad, alles, was recht ist. Leiste einen Beitrag, wenn es denn unbedingt sein muss. Wirf Geld in die Sammelbüchse beim Supermarkt. Kauf einen Anstecker. Verdammt, steck dir das Ding von mir aus an die Jacke! Aber das reicht. Mehr bekommen die nicht von dir.«

Camilla ließ klappernd ihr Besteck fallen. »Julian, du bist mal wieder viel zu hart. Wenn Dad sich für etwas Neues interessiert, dann ist das doch toll. Geh und engagier dich, Dad. Tu's einfach! Wirf nicht bloß dein Kleingeld in die Sammelbüchse – geh selber Spenden sammeln! Schließ dich den freiwilligen Helfern in der Fußgängerzone an. Die können ganz schön überzeugend sein. Also, manchmal ist es fast ein kleines bisschen, nun ja, beängstigend, wenn man in Eile ist und sein Kleingeld für den Parkautomaten braucht, und man hat es schon in der Hand und merkt, wie man im Vorbeigehen von Blicken durchbohrt wird. Da muss man einfach etwas sagen, findet ihr nicht? Man fühlt sich irgendwie verpflichtet. Ich merke dann oft, wie ich mich im Vorbeigehen entschuldige.« Camillas Blick huschte von einem zum anderen auf der Suche nach Zustimmung.

Darren machte selten den Mund auf, aber nun unterbrach er seine Frau. »Engagier dich ehrenamtlich. Aber in einem stimme ich Julian zu: Unterschreib bloß nichts.«

»Dad wird natürlich nichts unterschreiben, nicht wahr? Also nicht ohne vorher mit uns gesprochen zu haben?« Dabei sah Camilla ihren Vater fragend an.

Julian schien durch das schwache Insistieren seiner Schwester ungeduldig zu werden und schnitt ihr scharf das Wort ab. »Wie lange geht dieses, äh, diese Geschichte schon, Dad? Wie tief haben die bereits ihre Finger drin?«

Doubler hob den Kopf und blickte in drei besorgte Augenpaare.

»Ach, keine Angst. Ich werde nichts Dummes machen. So weit bin ich noch nicht.«

»Nun, dann sag uns bitte Bescheid, wenn du vorhast, etwas Dummes zu tun.«

Ich hab was Dummes gemacht, als ich meinen Genen erlaubt habe, sich zu reproduzieren, dachte Doubler bei sich und fuhr schweigend fort zu essen.

KAPITEL 5

Über Nacht hatte sich der Mantel der Unruhe, der sich seit dem Sonntagsessen auf Doubler gelegt hatte, fest um den Keim der Angst gewickelt, der bereits aus den drei braunen Umschlägen in der Schublade gesprossen war. Die Sache war ihm nicht unmittelbar dringlich erschienen, doch Doubler wusste leider nur zu gut, was ein einziges fauliges Exemplar in einem Sack einwandfreier Kartoffeln anrichten konnte. So fürchtete er, der Inhalt der Umschläge könnte vor sich hin gären und durch den Mangel an Aufmerksamkeit womöglich noch brisanter werden.

Die Wochenenden waren immer lang, aber in ein paar Stunden würde Mrs. Millwood zur Mirth Farm zurückkehren. Doubler war fest entschlossen, sich ein Herz zu fassen und sie um Hilfe zu bitten. Niemand sonst auf der Welt wäre besser geeignet, ihn bei der Suche nach der richtigen Vorgehensweise zu unterstützen, und er wusste, dass sein erster Impuls, die Drohung einfach zu ignorieren, zweifellos die gefährlichste Taktik war.

Trotz dieses Entschlusses entschied sich Doubler, den dritten Umschlag nicht sofort zu öffnen. Sein Tag folgte einem festen Ablauf, an den es sich zu halten galt, und später würde noch genug Zeit bleiben. Also ruhten die Umschläge vorerst weiter in der dunklen Schublade, während Doubler Tee kochte.

Er wärmte die Kanne vor und maß einen großen Löffel seiner speziellen Teemischung ab. Dann leerte er die Kanne, gab den Tee hinein und goss heißes Wasser darauf, wobei er die Kanne direkt am Herd füllte, um dadurch so wenig Hitze wie möglich zu verlieren. Doubler war der Meinung, dass Teeblätter ihren Geschmack am besten entfalteten, wenn sie sich frei im kochenden Wasser bewegen durften. Deshalb benutzte er kein Teesieb, sondern seihte sie erst beim Einschenken ab. Teil seines Sonntagabendrituals war es, eine ausreichend große Menge dieser Teemischung für die ganze Woche vorzubereiten. Die Tüten mit den einzelnen Schwarzteesorten bewahrte er in einer dunklen, kühlen Ecke der Speisekammer auf, und er verspürte ein außerordentliches Gefühl der Zufriedenheit, wenn er die benötigte Wochenration richtig abgeschätzt hatte. Seine Mischung (Keemun, Assam und Ceylon zu gleichen Teilen) war so vielseitig, wie er es von einem Tee erwartete: hell in der Farbe, mit weichem, mildem Geschmack, dessen runder Charakter morgens ebenso gut passte wie nachmittags.

Mit Kanne, Tasse, Untertasse und Milchkännchen saß Doubler schließlich am Küchentisch und breitete alle drei Umschläge vor sich aus. Er untersuchte deren Inhalt in der Reihenfolge, in der er sie erhalten hatte. Das Thema blieb dasselbe. Mr. Peele wollte seinen Hof kaufen.

Der erste Brief war ganz konventionell per Post gekommen, und sobald Doubler den Inhalt verdaut hatte, hatte er ihm kaum noch Beachtung geschenkt, sondern ihn, ohne groß zu überlegen, in der Kommodenschublade verschwinden lassen.

Der zweite Brief jedoch war deutlich anders, sowohl im Ton als auch in der Art der Zustellung. Jemand hatte ihn persönlich durch Doublers Briefschlitz geschoben, was bedeutete, dass dieser Jemand auf der Mirth Farm gewesen sein musste.

Dieses Eindringen hatte Doublers Alarmglocken losschrillen lassen. Er reagierte rasch mit einer entsprechenden Aufrüstung seiner Sicherheitsvorkehrungen. Doubler – scheinbar ein Mann ohne Freunde – hatte das Glück, dass ihm viele Leute zu Dank verpflichtet waren, und daher war es nicht schwierig, mal einen Gefallen einzufordern, vor allem da er diesen Umstand so selten geltend machte. Die, die in seiner Schuld standen, halfen nur zu gerne aus. Nach einigen kurzen Telefonaten waren innerhalb von zwei Tagen zwei Männer in einem weißen Lieferwagen gekommen, um die Überwachungskamera an der Ecke von Doublers Hof zu installieren. Diese Kamera hielt nun wachsam Ausschau nach unbefugten Eindringlingen.

Doubler ging akribisch jeden Brief durch und machte sich sorgfältig Notizen zu den wesentlichsten Punkten, auch wenn diese mitunter aus den geschraubten Formulierungen schwer herauszuschälen waren. Peeles Ton verschärfte sich mit jedem Schreiben. Doubler fiel auf, wie schnell auf Peeles großzügiges Kaufangebot eine direkte Forderung gefolgt war. Auf die unverhohlenen Drohungen des dritten Briefes war er jedoch überhaupt nicht vorbereitet. Peele war es offensichtlich gewohnt, seinen Willen zu bekommen, und schien ein ungeduldiger Mann zu sein, weswegen er Doublers ausbleibende Reaktion wohl schnell als Affront aufgefasst hatte.

Hätte Doubler auf den ersten oder zweiten Brief reagieren sollen, und sei es nur, um höflich abzulehnen? Das war eine Frage für Mrs. Millwood. Mrs. Millwood mochte vielleicht keine Ahnung vom Immobiliengeschäft haben, doch sie besaß eine ausgezeichnete Menschenkenntnis und hatte ganz sicherlich eine Meinung zu dieser Sache.

Der im ersten Brief gebotene Kaufpreis war sehr gut. Das war Doubler sofort klar gewesen. Selbst in Anbetracht der winzigen Summe, für die er den Hof einst erworben hatte, und auch ohne auf steigende Immobilienpreise geachtet zu haben, erkannte er, wie großzügig das Angebot war. Um genau zu sein, war schwer vorstellbar, weshalb sich jemand im Tausch gegen sein Zuhause von einer solch großen Geldsumme würde trennen wollen. Doubler schloss daraus, dass Peele nicht versuchte, seinen Hof zu *stehlen* oder ihn auf irgendeine Weise *übers Ohr zu hauen*. Doch die Höhe des Angebots zeigte ihm auch, wie sehr Peele am Kauf dieses Hofes gelegen war. Er hatte seine Entschlossenheit deutlich gemacht, indem er Doubler ein Angebot unterbreitete, das wohl unwiderstehlich sein sollte. Als Doubler nicht einmal den Erhalt dieses Angebots quittierte, legte Peele nach, indem er die Gründe auflistete, derentwegen Doubler seine mangelnde Nachgiebigkeit bereuen könnte.

Der zweite Brief verfiel schnell in einen Juristenjargon. Er begann mit den Worten ›Ohne ein Urteil vorwegzunehmen‹, was schon als indirekte Drohung gemeint war. Doubler hatte die Definition bereits von Mrs. Millwood überprüfen lassen, daher wusste er, was diese Formulierung bedeutete: Der Brief konnte vor Gericht nicht gegen den Absender verwendet werden. Doubler fragte sich ernsthaft, weshalb Peele und er in einen Rechtsstreit geraten sollten. Konnte man ihn verklagen, weil er auf den ersten Brief nicht reagiert hatte? War es eine Straftat, sich nicht auf Verhandlungen einzulassen, an denen man kein Interesse hatte? Doubler glaubte das nicht wirklich, doch allein schon die Worte ›Ohne ein Urteil vorwegzunehmen‹ beunruhigten ihn.

In seinem zweiten Brief bediente sich Peele der Sprache aus Gerichtssälen, um nachdrücklich zu betonen, dass er sein großzügiges Angebot zurückziehen würde, sollte Doubler dieses nicht innerhalb von vierzehn Tagen annehmen. Daraufhin sähe sich Peele gezwungen, einen entsprechenden Marktpreis zu zahlen. Doubler wusste theoretisch, dass diese Drohung keinen Sinn ergab, weil er sein Zuhause zu gar keinem Preis verkaufen wollte.

Ein vergleichender Blick auf die drei Briefe zeigte, dass nicht nur ihr eindringlicher Ton zugenommen hatte, sondern auch die Menge an geschraubten Formulierungen. Der erste Brief enthielt kein ›ungeachtet dessen‹, der zweite schon zwei, und der dritte war voll davon.

Der dritte Brief war ein direkter Einschüchterungsversuch, und Peele wurde in seinen Drohungen durchaus konkret. So betonte er zum Beispiel seine volle Absicht, den Einsatz von Pestiziden auf seinen Feldern zu erhöhen. Des Weiteren warnte er davor, dass seine großflächige Verwendung genmanipulierter Sorten Doublers Status als Biobauer negativ beeinflussen würde. Dieser Punkt gab Doubler erheblichen Anlass zur Sorge, und er unterstrich diese Beobachtung in seinem Notizbuch. Er fürchtete weniger aus wirtschaftlichen Gründen um sein Biozertifikat: Seine Anbauweise war zwar tatsächlich biologisch, denn zu Beginn seines Bauernlebens kannte er keine andere Art, und im weiteren Verlauf hatte er dem Fortschritt wenig Aufmerksamkeit geschenkt, sodass er nie auf produktivere Methoden umgestellt hatte. Seine Hofeinkünfte aber hingen nicht von seinem Biobauernzertifikat ab.

Peele jedoch durfte auf keinen Fall erfahren, dass diese Drohung aus anderen Gründen alarmierend war. Doublers Äcker waren von Peeles Land umgeben, und es war unmöglich, die Insekten, die Peeles Felder besuchten, davon abzuhalten, unterwegs Pause zu machen, um die von Doubler zu inspizieren. Dies könnte die Reinheit von Doublers Kartoffelexperimenten ernsthaft beeinträchtigen und die bislang gesammelten Daten enorm schwächen. Was, wenn das *Institute of Potatoe Research and Development* von diesem möglichen Verstoß erfuhr? Doubler war sich sicher, dass er genügend Abstand zum Rand jedes Feldes gelassen hatte, um die Prüfung durch die Bio-Inspektoren zu bestehen, aber würde sich Indien so leicht zufriedenstellen lassen? Doublers Recherche hatte sich bis jetzt auf absolute genetische Integrität jeder Kartoffelgeneration gestützt, und nun wurden vierzig Jahre Arbeit von Peele bedroht.

Das war in der Tat sehr beängstigend.

Und als würde Doubler nicht schon von genug Zweifeln und Sorgen geplagt, fügte Peele noch eine weitere Drohung hinzu (als besäße er einen endlosen Vorrat an juristisch wasserdichten Formulierungen, auf die er zurückgreifen konnte). Er hatte angeblich ›ausgezeichnete Verbindungen und Beziehungen zu einflussreichen Personen, Regierungsmitgliedern und Lokalpolitikern‹. Diese Leute könnten Doubler durchaus zum Verkauf seines Landes zwingen, und zwar mit einer Enteignungsklage in Verbindung mit der geplanten Schnellbahntrasse. Diese drohte, die Kreidehügel zu zerteilen. Peele machte mehr als deutlich, dass seine strategischen Allianzen ihm diesbezüglich eine starke Position verschaffen würden, während Doubler einsam und allein in den sinnlosen Kampf gegen die Monster von Westminster ziehen müsste.

Doubler seufzte laut und fragte sich, ob Peeles augenscheinlicher Erfolg darin begründet lag, dass er seine Schläge im Dreierpack austeilte. Das großzügige Barkaufangebot allein konnte man ignorieren. Was um alles in der Welt sollte Doubler schließlich mit so viel Geld anfangen, außer den idealen Ort zum Leben und Arbeiten zu finden. Diesen besaß er aber mit der Mirth Farm bereits. Doch die Vorstellung eines ungewollten Angebots von offizieller Seite war genauso irritierend wie genmanipulierte Pollen sammelnde Insekten. Doubler betrachtete sie als eine Heimsuchung von skrupellosen Kämpfern, die in Schwärmen von Peeles Leuten ausgesandt wurden, um Doublers Lebenswerk zu zerstören.

Es ließ sich nicht leugnen: Peeles Drohungen hatten ihn schwerer getroffen, als der Absender es je zu hoffen gewagt haben konnte. Die Gefahr, seinen Biobauernstatus zu verlieren, war nichts im Vergleich zu der für seine bahnbrechenden Kartoffelforschungen. Auch die Andeutung, dass Beamte bei der Diskussion über den Streckenverlauf einer neuen Zugtrasse zufällig über die Geschäfte eines gewissen Kartoffelbauern stolpern könnten, war für Doubler extrem besorgniserregend, denn nur er allein kannte die wahre Tiefe seiner Aktivitäten im Untergrund. Sollte der Staat von diesem anderen Unterfangen Wind bekommen, weil jemand ganz routinemäßig den Widerstand gegen eine Anordnung zur Zwangsveräußerung untersuchte, dann könnte das jede Menge Ärger geben.

Doubler blickte auf seine Notizen. Er hatte die Seite in drei Spalten unterteilt, von denen jede eine der Drohungen repräsentierte. Die schiere Ungeheuerlichkeit des Angriffs ließ ihn zurücktaumeln. Beim Eintreffen des dritten Umschlags hatte er sich noch gefragt, ob die Verschärfung seiner Sicherheitsmaßnahmen wohl eine unverhältnismäßige Reaktion gewesen war. Doch nun, nachdem er aus den Worten eine sich steigernde Bedrohung herausdestilliert hatte, wusste er, dass es sich tatsächlich um eine Kriegserklärung handelte. Ja, es bestand kein Zweifel: Er brauchte Mrs. Millwood.

Doubler freute sich immer auf die Ankunft seiner Haushälterin, doch mit so klaren Themen für ihre bevorstehende Unterhaltung war er rastloser als je zuvor. Zehn Minuten vor ihrer üblichen Ankunftszeit begann er, am Fenster auf und ab zu gehen und dabei das Ende der Einfahrt nicht aus den Augen zu lassen. Bei jeder eingebildeten Bewegung hob er das Fernglas.

Letztlich holte er just in dem Moment, als sie durchs Tor fuhr, gerade sein Notizbuch. Um keine Lücke in seinen Aufzeichnungen zu haben, vermerkte er die ungefähre Zeit ihrer Ankunft, während sich der Wagen den Berg hinaufschlängelte. Da seine Nervosität schier unerträglich war, wanderte Doubler durchs Haus in Erwartung der vertrauten Geräusche ihres Eintreffens. Deshalb dauerte es einige Minuten, bis er bemerkte, dass mit dem Motorengeräusch etwas nicht stimmte. Mrs. Millwood hatte einen ganz eigenen Fahrstil. Sie hielt die Drehzahl relativ konstant und nahm die Kurven in langsamem, gleichmäßigem Tempo, mit dem sie mühelos den Hügel hinaufzurollen schien. Obwohl er sich absolut sicher gewesen war, dass es ihr Wagen war, den er vor ein paar Minuten gesehen hatte, fing er nun an zu zweifeln. Das Auto heulte an jeder Steigung auf, um dann in den Kurven auf Kriechgeschwindigkeit abzubremsen, was den nahenden Motor angestrengt und zögerlich klingen ließ. Doubler blieb stehen und hielt den Atem an, um den akustischen Nuancen besser lauschen zu können, bis hin zum Schlagen der Autotür, als der Wagen schließlich auf dem Hof angekommen war.

Stocksteif stand er da, die Aufmerksamkeit auf die Seitentür zur Küche gerichtet. Als diese nicht geöffnet wurde, sondern stattdessen die Türglocke durchs Haus schallte, machte sein Herz vor Schreck einen Satz. Es gab keinen Grund, weshalb Mrs. Millwood an der Haustür läuten sollte – das hatte sie noch nie getan. Deshalb durchquerte er den Flur mit einem Gefühl äußerster Beklemmung, um nachzusehen, welcher trojanische Eindringling es bis zu diesem Punkt geschafft haben könnte. Sein Blick fiel misstrauisch auf den Fußabstreifer unter dem Briefschlitz, denn fast erwartete er, ein weiterer brauner Umschlag könnte vor seinen Augen hindurchgeschoben werden. Stattdessen klingelte es erneut, und da Doubler es nicht weiter ignorieren konnte, nahm er vorsichtig die Kette ab und drehte den schwergängigen Schlüssel im Schloss. Sein Puls hämmerte laut in den Ohren.

Als er die Tür zögerlich öffnete, streckte eine Frau den Kopf durch den schmalen Spalt. Sie trug eine kunterbunte Strickmütze, die sie über die Ohren gezogen hatte, und eine Art Duffle Coat zu Jeans und Gummistiefeln. Mit gerunzelter Stirn versuchte Doubler, diese Bedrohung einzuordnen.

»Doubler?«

»Der bin ich«, krächzte er, obwohl er sich in diesem Moment über gar nichts mehr im Klaren war.

»Hallo! Ich bin Gracies Tochter.«

»Gracie.« Er wurde noch nervöser, weil sie behauptete, die Tochter von jemandem zu sein. Welche Gracie?

»Gracie«, wiederholte er, unsicher, ob er zugeben sollte, dass er niemanden mit diesem Namen kannte.

»Ja. Kann ich reinkommen?«

Er schien kein wirkliches Mitspracherecht zu haben, denn sie schob bereits die Tür auf. Ihr Eintreten war fast gewaltsam, doch Doubler war von ihren leuchtenden, blitzenden Augen überwältigt. Ihre Bewegungen besaßen eine Leichtigkeit, die er wiedererkannte und auf die er sofort reagierte. Also trat er einen

Schritt zurück, um sie hereinzulassen. Sie ging vor ihm her, als würde sie das Haus kennen.

»Soll ich Teewasser aufsetzen?«, fragte sie auf dem Weg in die Küche. Ihr unbekümmertes, sicheres Auftreten wirkte zunehmend vertraut. Gracie. Gracie musste Mrs. Millwoods Vorname sein, und das hier war ihre Tochter. Doubler schloss die Tür und eilte ihr nach.

»Ja, natürlich, setzen Sie ruhig Wasser auf«, erwiderte er perplex. Bis er sie eingeholt hatte, füllte sie bereits den Kessel am Spülbecken, als hätte sie dies bereits tausend Mal getan.

Doubler setzte sich an den Küchentisch und ließ den Ereignissen ihren Lauf. Er erlaubte dieser Frau, sich in seiner Küche zurechtzufinden, während sie Tassen und Untertassen zusammensuchte, die Kanne vorwärmte und ganz selbstverständlich nach der Teedose griff. Er sah ihr zu und staunte über die vielen Kleinigkeiten, an denen man sie als Tochter ihrer Mutter erkennen konnte.

»Haben Sie mit mir gerechnet?«

»Nein, überhaupt nicht. Ich habe Ihre Mutter erwartet.«

»Das habe ich mir schon gedacht. Sie hätte es Ihnen eigentlich sagen sollen, aber wahrscheinlich war sie zu feige.«

»Mir was sagen?«

»Mum ist ganz schlecht beisammen.«

Mit diesen Worten nahm sie ihm gegenüber Platz. Sie schob ihm eine Teetasse hin.

»Trinken Sie das.«

Doubler versuchte, die heiße Flüssigkeit an die Lippen zu führen, doch irgendwie bekam er die Tasse nicht fest genug zu fassen, um sie hochzuheben. Er sah Gracies Tochter an.

»Schlecht. Auf welche Art schlecht?«

»Ach, auf die denkbar schlechteste, fürchte ich.« Sie streckte den Arm aus, um etwas Zucker in seine Tasse zu löffeln und umzurühren. Dann nippte sie an ihrem Tee. Ihr Lächeln war schwach und sorgenvoll. Für Doubler sah es fast so aus, als läge darin neben der eigenen Traurigkeit auch eine Spur Bedauern für seine Person. »Sie hat ihn ja schon mal besiegt, aber ich fürchte, dieses Mal hat er sich richtig festgebissen.«

Doubler hatte Mühe zu schlucken, als hätte die Krankheit ihre spitzen Zähne in seinen Nacken geschlagen.

»Wann? Wann hatte sie das schon mal?«, fragte er, sobald er seine Stimme wiedergefunden hatte. Das war ihm völlig neu. Dieser erste zahnlose Schub und jetzt der zweite, bissigere.

»Ist schon eine ganze Weile her. Sie war damals jünger, besser in der Lage, damit fertigzuwerden, und es ging ihr ja auch so lange gut, dass wir dachten, sie hat ihn besiegt.«

Doubler stellte sich vor, wie Mrs. Millwood auf ein Ding mit spitzen Zähnen einschlug. Mit einem Stock. Einem Wischmopp. Oder einem Besenstiel. Da hätte das Biest doch sicher keine Chance. Nun fiel es ihm wieder ein, ihre Abwesenheit. Sie hatte sich eine Weile freigenommen. Er hatte ihr deshalb sehr gegrollt, was in einer Menge anderen Grolls untergegangen war. Seine vielschichtige Verstimmung hatte in ihrer Wucht irgendwie den Grund für ihr Fernbleiben verschleiert. Er war damals am Tiefpunkt seines Lebens gewesen, hatte sich zwar an ein Dasein ohne Marie gewöhnt, doch nach wie vor hatte nichts so richtig Sinn ergeben. Nun versuchte er, sich an die Dauer von Mrs. Millwoods Abwesenheit zu erinnern.

»Wie lange?«, fragte er. Mit beiden Händen hob er die Tasse unsicher an die Lippen.

Ein scharfer Schmerz huschte über das Gesicht von Gracies Tochter, und Doubler begriff, wie sie seine Frage interpretiert hatte.

»Bis sie wieder *hierher zurückkommt*, meine ich. Zurück zur Arbeit, bis sie nicht mehr *schlecht beisammen* ist.« Die Worte klebten in seinem Mund wie Staubflocken, verfingen sich dort und trockneten seine Zunge und Lippen aus, bis er dachte, sie würden nie wieder funktionieren. Es war die Formulierung der Tochter gewesen, ihre Wortwahl. Doch natürlich war das Wort ›schlecht‹ nicht stark genug, um dieses Ding mit den grässlichen Zähnen zu beschreiben.

Gracie griff über den Tisch nach seiner Hand. »Mum ist dieses Mal wirklich sehr krank. Wir müssen einfach von Tag zu Tag weitersehen. Sie wird kämpfen, und die Ärzte fahren alle Geschütze auf. Aber die Behandlung wird furchtbar, deshalb wird sie sich zuerst noch viel schlechter fühlen, bevor es aufwärts geht. Wenn sie sich überhaupt jemals wieder besser fühlt.«

Doubler war entsetzt über seinen Egoismus, doch er konnte an nichts anderes denken als an die Leere, die für ihn entstehen würde. Nicht durch Mrs. Millwoods endgültige Abwesenheit (diese zog er nicht einmal ansatzweise als Möglichkeit in Betracht), sondern durch ihr Fehlen in den nächsten Tagen und Wochen. Er war nicht sicher, ob er ohne ihre Besuche, die seinem Tag Struktur und Sinn verliehen, zurechtkommen würde. Doubler merkte, wie es ihm die Kehle zuschnürte.

»Was denken Sie, kommen Sie zurecht?«, erkundigte sich Gracies Tochter freundlich.

Doubler war sprachlos. Als hätte sie in seine Seele geblickt. Stammelnd suchte er nach Worten, um auszudrücken, wie es sich anfühlte, heute Mittag nicht mit Mrs. Millwood essen zu können. Ganz zu schweigen von der Angst, die er verspürte, wenn er sich die ihm bevorstehende Trostlosigkeit vorstellte.

»Da wären dann noch die täglichen Hausarbeiten, nehme ich an. Es sollte aber nicht allzu schwierig sein, jemanden zu finden, der ihnen da über die Runden hilft.« Gracies Tochter blickte sich in der Küche um. »Es wundert mich wirklich, dass sie das nicht selbst mit Ihnen durchsprechen wollte. Wissen Sie, es geht ihr zwar schlecht, aber sie denkt an Sie.«

Doubler schluckte seine Gedanken hinunter. Das Thema Haushalt kratzte nicht einmal an der Oberfläche des tiefen Verlusts, den er verspürte. Und doch schien er sich hier mitten in einer Unterhaltung zu befinden, bei der Gracies Tochter seinen Part mit übernahm.

»Wissen Sie, was? Wie wäre es, wenn ich Ihnen jemanden organisiere, der kurzfristig Mums Platz einnimmt? Ich schalte gern ein paar Anzeigen für Sie und kümmere mich um die erste Runde der Auswahlgespräche, wenn Ihnen das helfen würde. Soll ich das machen?«

Doubler nickte langsam. Nicht ganz sicher, was er hier zustimmte. Er wollte nicht, dass jemand Mrs. Millwoods Platz einnahm. Weder kurzfristig noch langfristig. Er wollte ihre Straßenschuhe unter der Bank neben der Küchentür stehen haben, während sie im Haus herumwirbelte, als berührten ihre Füße kaum den Boden. Das Besondere an Mrs. Millwood war, dass sie von Zimmer zu Zimmer zu fliegen schien. Erst wenn sie sich mittags zum Essen hinsetzte und sie beide redeten und redeten, kam sie zur Ruhe. Diesen Platz konnte erst recht niemand einnehmen.

»Ich werde natürlich niemanden engagieren, ohne dass Sie die Person vorher getroffen haben. Ich führe einfach nur die ersten Gespräche, und Sie können dann letztlich die Entscheidung treffen. Wie klingt das? Ich denke, es wird Mummy sehr glücklich machen, zu wissen, dass sich jemand hier oben um alles kümmert. Sie macht sich ein bisschen Sorgen, wissen Sie, und ich will nicht, dass sie abgelenkt ist. Ich will, dass sie sich ganz aufs Gesundwerden konzentriert. Ihre Stärke liegt in ihrer Lebendigkeit und Energie, aber es ist so wenig von ihr übrig, dass sie ihre gesamte Kraft brauchen wird, um die Chemo zu überstehen.«

Da. Sie hatte es gesagt. Doubler hatte gewusst, dass auch die Sprache um Mrs. Millwoods Gesundheit bissiger werden musste, um die tatsächlichen Details zu beschreiben. ›Schlecht beisammen‹ war einfach viel zu vage. Nun stand es im Raum: ein

Wort, das körperschädigende Medikamente, Schläuche, Nadeln, Gift und Schmerz heraufbeschwor. Es klang nicht wie eine Behandlung. Es klang wie eine Strafe.

Gracies Tochter merkte, wie Doubler zusammenzuckte, und fragte sich zum ersten Mal seit ihrer Ankunft, wie hart Doubler die Nachricht von ihrer Mutter traf. Bis jetzt hatte sie sein Schweigen lediglich als Wortkargheit gewertet, daher griff sie nun wieder nach seiner Hand.

»Wir werden das alle gemeinsam durchstehen. Ich muss dafür sorgen, dass Mum die nötige Ruhe hat, um gesund zu werden, deshalb übernehme ich alle ihre Aufgaben. Das heißt, ich bin für Sie da. Sie werden sicher Ihren Teil dazu beitragen, wir wissen nur alle noch nicht, was genau das bedeuten wird. Ich nicht, Sie nicht und Mum erst recht nicht. Aber ich bin sicher, Sie werden sie unterstützen, wenn Sie gebraucht werden. Habe ich recht?«

Doubler verspürte Hoffnung durch eine mögliche Aufgabe. »Natürlich. Alles. Ich verlasse das Haus nicht mehr oft. Erst recht nicht, seit … seit Marie gegangen ist. Aber, ja, ich tue, was man von mir verlangt. Sagen Sie ihr das, ja?« Er schloss kurz die Augen und stellte sich vor, ins Auto zu steigen und zum ersten Mal seit zehn Jahren den Hof zu verlassen. »Sagen Sie ihr, ich komme sie besuchen. Vielleicht langweilt sie sich. Vielleicht mag sie etwas Gesellschaft haben.«

»Nun, das ist ein sehr liebes Angebot, aber ich kann mir nicht vorstellen, dass sie besonders vielen Besuchern gewachsen sein wird – ich werde schon kämpfen müssen, ihre Freundinnen fernzuhalten. Meine Güte, von denen hat meine Mutter im Lauf der Zeit wirklich ganz schön viele angesammelt! Die aus der Kirche, ihr Strickkreis, die Leute vom Tierheim. Ganz zu schweigen von der Schar an Freundinnen, die sie schon ihr ganzes Leben lang kennt. Das ist ein netter Haufen, ihre Mädels aus der Schule. Die sind immer füreinander da, aber jetzt kommen sie alle in ein Alter, wo sie sich ständig gegenseitig unterstützen müssen. Sie sind wirklich wunderbar, von denen kann man noch was lernen. Aber das ist ein sehr lieber Gedanke, wirklich, und ich werde ihr ausrichten, dass Sie es angeboten haben. Da wird sie sicher gerührt sein.«

Doubler zog sich in sich zurück. Er wusste von ihrem Strickkreis. Er wusste, dass sie in die Kirche ging. Er wusste, dass sie ehrenamtlich in einem Tierheim aushalf. Doch wenn sie von diesen verschiedenen Bereichen ihres Lebens sprach, hatte er angenommen, dass es sich bloß um Zeitvertreib handelte, um Ablenkung. Damit sie nicht der gleichen intensiven Einsamkeit ins Gesicht blicken musste, die ihm jedes Mal begegnete, wenn er in den Spiegel sah. Eine *Schar an Freundinnen*? In Gedanken ging er ihre zahllosen Gespräche beim Mittagessen durch. Jean? Der Name war oft gefallen. Dot? War sie Teil dieser Schar? Mabel?

»Jean? Dot? Mabel?«, wagte er.

»Oh, Mum hat Ihnen also von ihnen erzählt, ja? Mum redet wirklich gern.«

»Sie hört auch zu. Sie ist eine ausgesprochen gute Zuhörerin.«

»Hmm«, machte Gracies Tochter beim Versuch sich vorzustellen, wie ihre Mutter zuhörte statt zu reden.

»Doch, wirklich. Sie ist eine außergewöhnlich gute Zuhörerin. Eine von der Sorte, die tatsächlich aufhört zu denken, während sie einem zuhört. Das gibt es meiner Erfahrung nach nicht oft. Die meisten Leute sind bei einem Gespräch zu sehr damit beschäftigt, sich zu überlegen, was sie als Nächstes sagen werden, um wirklich gut zuzuhören.«

»Das ist wirklich ein schönes Kompliment für meine Mutter. Wahrscheinlich haben Sie recht. Vielleicht erklärt das auch, weshalb sie so einen großen Freundeskreis hat.«

Ein ›großer Freundeskreis‹. Doubler dachte über diesen Ausdruck nach. Ein Kreis war eine vollkommene Sache, ohne Unterbrechung, ohne Lücken. Kein Platz für einen anderen.

Wie lächerlich war es doch von ihm gewesen, sich als ihr Freund zu betrachten. Andererseits war *sie* eindeutig *seine* Freundin. Vielleicht seine einzige. Doubler sah sich als kleine Blase außerhalb ihres großen Kreises. War es möglich, dass diese zwei Gewissheiten in seinem Kopf beide wahr waren? Dass sie für ihn eine Freundin war, er aber kein Freund für sie?

Gracies Tochter stand auf und fing an, die Teetassen abzuräumen und zur Spüle zu tragen. Während sie mit dem Rücken zu Doubler das Geschirr abwusch, redete sie weiter. »Sie hat eine Woche intensive Chemo vor sich, deshalb gehen wir davon aus, dass sie in der Zeit im Krankenhaus sein wird. Wenn alles nach Plan läuft, wird sie danach weiter ambulant behandelt. Ich halte Sie auf dem Laufenden, was passiert und wie sie auf die Chemo anspricht. In der Zwischenzeit konzentrieren wir uns am besten auf die praktischen Dinge. Ich werde schauen, ob ich jemanden finde, der Sie hier ein bisschen unterstützen kann, und sage Ihnen Bescheid, wie es damit aussieht. Brauchen Sie Hilfe bei bestimmten Dingen? Putzen und Kochen? Besorgungen erledigen? Einkaufen?«

»Nicht Kochen. Ich koche selbst«, erwiderte Doubler mit einer Heftigkeit, die sie beide überraschte. »Nur die anderen Dinge.« Er schwieg einen Augenblick, unsicher, wie er ausdrücken sollte, dass er jemanden brauchte, der sich mit ihm hinsetzte und ihm genau die richtige Anzahl an Fragen zu seinen Experimenten stellte. Jemand, dem das Thema fast genauso wichtig war wie ihm. Jemand, der besser wusste als er, wie sein Leben funktionierte, sich aber nie einmischte, sondern immer darauf vertraute, dass er zurechtkam. Jemand, der ihn vor und nach Marie kannte. Jemand, der wusste, wie tief er gefallen war und wie mühsam der Aufstieg danach gewesen war.

»Nur putzen«, sagte er und stand auf, um die Tassen abzutrocknen.

KAPITEL 6

Eine dicke Wolkendecke zog über dem Hof auf und regnete ohne Pause auf Doublers Elend herab. Die frisch gepflügte Erde, schwer und klebrig, sammelte sich an seinen Stiefeln und machte seinen Rundgang um die Felder mit jedem Schritt beschwerlicher. Es gab keinen Hoffnungsschimmer, dass dieser Zustand sich je wieder ändern würde. Alleine mit dem Matsch und seinen Erinnerungen waren ihm die vergangenen Tage unerträglich erschienen, und am Ende des vierten mischte sich immer mehr Groll in seine Gedanken an Mrs. Millwood. Seine Tage hatten an Struktur verloren, und ohne die zusätzlichen Akzente, die Mrs. Millwoods Besuche normalerweise setzten, schaffte er es nicht, seine üblichen Routinen einzuhalten. Er gab ihr die Schuld für diese Unterbrechung seiner Gewohnheiten und die daraus entstehende Ziellosigkeit. Vieles fing er an, brachte aber kaum etwas zu Ende. Und selbst die notwendigen Erledigungen fühlten sich lust- und sinnlos an. Widerwillig schleppte er sich rund um den Hof, doch selbst dieser eigentlich erfreulichsten Routine fehlte der nötige Anreiz. Schließlich musste er nicht rechtzeitig zum Mittagessen in netter Gesellschaft zurück sein.

Peeles Drohungen waren bis zur Unwichtigkeit verblasst. Inzwischen fragte sich Doubler, weshalb er sich überhaupt einen Kopf um diese Briefe gemacht hatte. Peele wollte den Hof kaufen. Doubler wollte nicht verkaufen. Damit war, was Doubler anging, die Sache erledigt. Er schob die Umschläge zurück in die Schublade und begrub sie unter einem Stapel anderer Papiere. Irgendwann würde Peele der Warterei müde werden und seine Aufmerksamkeit einer anderen Beute zuwenden. Doublers Forschungsergebnisse würden entweder durch Peeles Landwirtschaft kontaminiert werden oder eben auch nicht. Es kam ihm nicht mehr wichtig vor.

An diesem Morgen hatte er überlegt, einfach im Bett zu bleiben. Wenn er nicht nach unten ging, müsste man auch nichts aufräumen, wodurch er nicht ständig an ihre Abwesenheit erinnert wurde. Er war nicht traurig, er war gereizt. Er sorgte sich auch nicht um sie, sondern überwiegend um sich selbst. Das Selbstmitleid schwappte wie Wellen über ihn hinweg, seine Stimmung verdüsterte sich, und er hatte immer weniger Lust, dem Tag etwas von seiner Aufmerksamkeit zu schenken.

Als er sich schließlich langsam nach unten schleppte, stellte er fest, dass die Teedose leer war. Verwirrt begriff er, dass er nicht wusste, welcher Wochentag war. Er bereitete hastig eine neue Ration zu, wobei er den Tee achtlos aus den verschiedenen Packungen in die Dose schüttete, ohne ihn abzuwiegen. Einige lose Krümel kehrte er einfach wahllos in eine der Packungen zurück. Als er schließlich den ersten Schluck trank, schalt er sich für seine Hast. Der Tee schmeckte falsch und würde es weiterhin tun, bis Doubler eine neue Mischung herstellte.

Er ließ seine halb ausgetrunkene Tasse stehen und zwang sich widerwillig in den kalten, feuchten Tag hinaus, ohne Mantel oder Hut mitzunehmen. Der Wind biss ihm in die Ohren und ließ seine Augen tränen, während Doubler flüchtig seine kahlen Ackerflächen inspizierte. Als Nächstes kontrollierte er oberflächlich die Scheunen auf irgendwelche Einbruchspuren, und auf dem Weg zurück ins Haus warf er der Überwachungskamera einen finsteren Blick zu. Ein giftiger Groll rumorte tief in seinem Innern. Er stieß die Küchentür auf, zog die Stiefel von den Füßen und schubste sie mit einem Tritt unters Regal. Dann machte er sich auf den Weg nach oben, denn sein Bett war offenbar der einzige Ort, der Trost bot. Als er die letzte Stufe erreichte, klingelte im Flur unten das Telefon. Doubler verzog das Gesicht. Die Störung war zweifellos Teil einer Verschwörung, sein Leben zu ruinieren. Das Klingeln hörte nicht auf. Also machte er kehrt und tapste zurück in den zugigen Flur, wo der

Telefonapparat geräuschvoll auf dem kleinen Tisch vibrierte.

Seine schlechte Laune ließ Doubler mit dem Schlimmsten rechnen. Der Gedanke, dass womöglich Peele anrief, gefiel ihm schon fast. Während er nach dem Telefonhörer griff, formulierte er bereits eine angemessen scharfe Erwiderung, sollte sein Kontrahent tatsächlich die Frechheit besitzen, diese kostbare Zeit des stillen Selbsthasses zu stören. Am anderen Ende jedoch herrschte eine kurze, befremdliche Stille. Sein plötzliches Zögern hallte in dieser Stille wider. Doubler drückte den Hörer fester ans Ohr, um die unausgesprochenen Worte nicht zu verpassen, während er auf die gesprochenen wartete.

»Mr. Doubler. Wo um alles in der Welt haben Sie denn gesteckt? Ich habe extra um diese Zeit angerufen, weil Sie jetzt doch Ihren Tee trinken. Aber Sie sind ewig nicht rangegangen. Ich dachte schon, es wäre etwas passiert.«

»Etwas passiert, Mrs. Millwood? Nein, hier ist alles in Ordnung soweit, vielen Dank«, sprach Doubler laut in die ungefähre Richtung des Krankenhauses. Seine Antwort war sofort fröhlich, denn beim Klang ihrer Stimme waren sämtliche Spuren der Unsicherheit verschwunden. Doubler presste den Hörer noch fester ans Ohr. Am liebsten hätte er ihn ans Herz gedrückt. Zu seiner großen Überraschung war das der Teil von ihm, der ihre Stimme am dringendsten hören wollte.

»Wie geht es Ihnen?«, fragte sie.

»Mir? Wie es mir geht? Wie geht es *Ihnen*? Das ist doch die Frage.«

»Ach, den Umständen entsprechend gut. Eigentlich sollte ich inzwischen zu Hause sein, aber die weisen Ärzte wollen mich hierbehalten. Irgendein Unsinn, die Behandlung würde nicht anschlagen, wo doch jeder Dummkopf sehen kann, dass mein Körper aufs Krankenhaus reagiert. Das ist das wahre Problem. Die nächsten paar Tage sind deshalb ein bisschen unvorhersehbar, aber alles läuft so gut, wie man's eben erwarten kann.« Nach einer kurzen Pause fuhr sie mit dem eigentlichen Grund ihres Anrufs fort: »Mr. Doubler, ich mache mir Sorgen wegen etwas, und Midge glaubt, dass Sie mir helfen könnten.«

Midge? fragte sich Doubler stumm, bis die Erkenntnis aufblitzte: Mrs. Millwoods Tochter! Er beglückwünschte sich, dieses Rätsel selbst gelöst zu haben.

»Midge, Ihre Tochter. Ja, natürlich wäre es mir eine Freude. Egal worum es geht.«

»Nun ja, ich mache mir Gedanken wegen meiner Kollegen auf der Grove Farm – Sie wissen schon, das Tierheim. Ich habe sie hängen lassen und brauche jemanden, der meine Schicht übernimmt. Glauben Sie, Sie würden das schaffen? Es ist nur zweimal die Woche für ein paar Stunden, und ich bin sicher, sie suchen dort schon nach einem langfristigen Ersatz für mich, aber ich glaube, diesen Monat sind sie ziemlich unterbesetzt.«

Doublers Herz machte einen Satz, weil es die bedrohliche Botschaft ihrer Worte verstand, bevor sein Gehirn Gelegenheit hatte, sie zu verarbeiten.

»Was meinen Sie mit ›langfristigem‹ Ersatz, Mrs. Millwood? Sie kommen doch zu uns zurück, oder? Ich meine, zum Tierheim und zur Mirth Farm?«

»Oh, gütiger Himmel, natürlich, aber Sie wissen doch, wie die Ärzte sind. Wenn die einen mal in den Klauen haben, wollen sie einen gar nicht mehr gehen lassen.«

Klauen. Doubler stellte sich sofort vor, wie Finger mit scharfen Krallen an der momentan völlig wehrlosen Mrs. Millwood herumdrückten und -zogen. Genau diese Krallen sollten doch eigentlich das Monster mit den scharfen Zähnen bekämpfen, nicht Mrs. Millwood.

»Aber es läuft alles nach Plan, ja? Die Behandlung im Krankenhaus, von der Ihre Tochter erzählt hat, und danach dann ambulant. Ist das immer noch der Plan? Bald wieder zu Hause, wieder ganz auf dem Damm?«

»*Mein* Plan ist das auf jeden Fall, aber wir müssen wohl abwarten. Ich will nichts versprechen, weil ich nur ungern jemanden enttäusche. Ich will nur sicher sein, dass jemand für mich im Tierheim aushilft. Sonst mache ich mir nur noch mehr Sorgen, und hier habe ich gerade schon Sorgen genug.«

»Was bereitet Ihnen denn die meisten Sorgen? Abgesehen vom … vom Offensichtlichen.«

»Oh, die sind hier alle wirklich wunderbar – ich bin in den besten Händen, aber ich habe dauernd solchen Durst, und dieser verflixte Teewagen verspottet mich. Ich kann ihn hören, wie er durch die Gänge rattert. Er hat so ein ganz eigenes Klappern. Ich schwöre Ihnen, er braust mehrmals am Tag an mir vorbei, nur um abzubremsen, sobald er meine Station passiert hat.«

Doubler strahlte.

Mrs. Millwood fuhr fort: »Ich liege hier und träume von einer schönen Tasse Tee, aber dieses Ding führt mich an der Nase herum.« Mrs. Millwood machte eine Pause. »Mr. Doubler«, sagte sie dann streng. »Ich kann Sie lächeln hören. Das ist wirklich nicht lustig.«

Doubler biss sich auf die Lippe. Er versuchte, seine Freude beim Klang ihrer Stimme nicht laut zu äußern.

»Und wissen Sie, was das Schlimmste ist? Wenn ich gerade schlafe und sie mit dem Wagen vorbeikommen, dann wecken sie mich nicht! Also muss ich ständig wach bleiben, nur für den Fall, dass sie den Kopf durch den Vorhang stecken. Und natürlich döse ich genau dann ein oder habe die Augen ein Weilchen zu, und dieser Wagen saust schnurstracks zur nächsten Station weiter. Macht sich lustig über mich.«

»Oh, Mrs. Millwood! Das klingt ja schrecklich. Tee sollte immer zur Verfügung stehen.«

»Wenn ich Glück habe, kann ich drei Tassen am Tag ergattern.«

»Drei? Nur drei? Das ist ja eine *Farce*!«

»In der Tat. Aber abgesehen davon, keine Beschwerden. Ich sollte mich auch darüber eigentlich nicht beschweren, wo die hier auf Hochtouren arbeiten, um mein Leben zu retten.«

»Ihr Leben, Mrs. Millwood, wird gerettet werden. Durch eine Kombination aus fortschrittlicher Medizin und *Camellia sinensis*. Teeblättern. Sollte auf diesem Gebiet ein Mangel bestehen, lassen Sie es mich wissen, und ich bin da.«

»Das ist ein sehr aufmunternder Gedanke, aber meine größte Sorge ist das Tierheim. Vor allem mein armer Schatz, Percy. Wären Sie so lieb?«

»Es ist mir eine Ehre. Ich werde mich dort melden, in Ordnung? Bei Percy, richtig?« Doubler verspürte einen eifersüchtigen Stich beim Wort ›Schatz‹.

»Oh, liebe Güte, nein. Das wird Ihnen wenig bringen. Sprechen Sie mit Colonel Maxwell: Er kümmert sich um die Zeitpläne. Offiziell ist er nicht dafür zuständig, aber er kann einfach nicht anders. Wäre er eine Frau, würde man ihn als herrisch bezeichnen, aber er ist keine Frau, also nennt man ihn wohl einen geborenen Anführer.«

»Mrs. Millwood?«

»Oh, Verzeihung, Mr. Doubler. Da sind wohl die Pferde mit mir durchgegangen.«

»Nein. Nein, überhaupt nicht. Vielleicht ein bisschen, aber ich mag das. Reden Sie nur weiter. Wirklich.«

»Was ist denn mit Ihnen los? Kommen Sie zurecht? Sie klingen ungewöhnlich heiter.«

»Ich komme bestens klar. Ich war ein wenig neben der Spur, aber das hat sich schon wieder sehr gebessert.«

»Gut, gut. Vergessen Sie nicht, Colonel Maxwell anzurufen, ja? Ich melde mich dann in ein paar Tagen wieder bei Ihnen, in Ordnung?«

»Wunderbar, ja, tun Sie das. Dann auf Wiederhören.«

Doubler hielt den Hörer noch eine Weile am Ohr und lauschte dem endgültigen hohlen Echo, ehe er ihn lächelnd zurück auf die Gabel legte. Sein Lächeln hielt an, während er sich auf die Suche nach der neuesten Ausgabe der Gelben Seiten machte.

»Was für ein passender Zufall!«, rief er fröhlich, während er den schweren Wälzer ganz hinten aus einem Schrank zog. »Julian wird sich zu Tode erschrecken!«, freute sich Doubler. Er ließ das Buch auf den Küchentisch plumpsen. Mit einem schelmischen Grinsen blätterte er die dünnen Seiten durch, bis er unter dem Eintrag ›Grove Farm Animal Rescue Centre‹ die Nummer des Tierheims fand. Er kringelte sie sorgfältig mit rotem Stift ein und schrieb den Namen Maxwell fein säuberlich daneben. Dann trug er das Buch hinaus in den Flur und stellte sich neben das Telefon, in der Hand einen Stift, falls er sich irgendwelche Notizen machen musste.

Er starrte den Apparat an und stellte sich vor, wie er dort anrief. Das Lächeln, das er seit dem ersten Klang von Mrs. Millwoods Stimme auf den Lippen hatte, verblasste zusehends.

Die Minuten tickten schmerzhaft vorbei, und je länger er das Telefon anstarrte, umso weniger konnte er das Gefühl der Zielstrebigkeit von zuvor wieder aufrufen. Mit gerunzelter Stirn stellte er sich vor, wer wohl am anderen Ende abnehmen würde. Maxwell selbst oder jemand anderes aus Mrs. Millwoods Freundeskreis? Würde Percy-*Schatz* ans Telefon gehen? Diese schwer vorstellbare Gruppe von Personen musste wirklich aus guten Freunden von ihr bestehen, sonst würde sie sich keine Sorgen um sie machen, während sie an diesem Ort unaussprechliche Behandlungen über sich ergehen lassen musste.

Doubler malte sich aus, wie er den Hörer abhob und die Nummer wählte. In seiner Vorstellung unterbrach das aggressive Schrillen des Telefons einen Raum voller Gelächter. Jemand würde ungeduldig abnehmen. Doubler würde zuerst einem Fremden erklären müssen, wer er war, und dann noch einmal

Maxwell, einem geborenen Anführer, der fragen würde, was um alles in der Welt Doubler ihnen zu bieten hatte. Sie waren ein enger Kreis von Freunden mit jahrelanger Tierpflegeerfahrung auf dem Buckel, und er war ein Niemand. Er besaß noch nicht einmal einen Goldfisch. Er hatte sich immer nur um Kartoffeln gekümmert … und um Marie. Und man brauchte sich bloß anzusehen, was mit ihr passiert war.

Doubler knickte die Ecke des Telefonbuchs fein säuberlich um und stellte es dann wieder in den Schrank. Langsam kehrte er in die Küche zurück. Er fragte sich, weshalb er sich kurz zuvor noch so lebendig gefühlt hatte. Er öffnete den Deckel der Teedose, atmete tief ein, runzelte die Stirn und schloss die Dose kopfschüttelnd wieder. Stumm betrachtete er seine Kartoffeln, aber da auch sie keine Antwort gaben, kehrte er zu seinem Platz am Fenster zurück. Dort hob er das Fernglas an die Augen und richtete seine Aufmerksamkeit mit erneuter Sorge auf die Auffahrt.

KAPITEL 7

Gracies Tochter hieß also Midge. Das hatte Doubler bei Mrs. Millwoods Anruf aus dem Krankenhaus erfahren. Zufrieden mit diesem Wissen, beobachtete er, wie sie zögerlich die schärferen Kurven den Berg hinauf nahm. Es bereitete ihm ein gewisses Vergnügen, die Unterschiede zwischen diesen beiden Frauen zu studieren, die sich auf so viele Arten ähnelten.

»Guten Morgen«, rief Midge mit melodischer Stimme, als sie feststellte, dass die Haustür nicht verschlossen war, und einfach das Haus betrat. Doubler hätte ihr dieses ziemlich freche Eindringen übelnehmen können, aber die Tage seit ihrem letzten Besuch waren lang und leer gewesen, und er war froh über die Gesellschaft.

Sie war auf den Namen Madeleine getauft, aber alle hatten sie immer Midge genannt. Doubler war ein bisschen stolz auf seinen eigenen Spitznamen – der Metzger hatte ihm den verliehen, und er mochte ihn, weil er auf seine nicht unwesentlichen Fähigkeiten als Kartoffelbauer hindeutete –, aber trotzdem war Doubler von Natur aus misstrauisch, was Spitznamen anging. ›Midge‹ passte jedoch perfekt zu dieser lebhaften Frau, deshalb zögerte er nicht, sie so zu nennen. Ihren Namen zu kennen verlieh ihrer Persönlichkeit Tiefe, sodass sie jetzt so viel mehr war als nur Gracies Tochter.

»Meine Güte, Doubler. Ist das hier der kälteste Ort auf der Welt?«, rief Midge, während sie ihren Schal vom Hals wickelte und ihren Mantel an den Haken hängte.

Doubler betrachtete die vorbeieilenden Wolken durchs Fenster. »Das ist noch gar nichts. Um ehrlich zu sein hätte ich nichts gegen einen richtigen Kälteeinbruch. Die Erde mag das – tötet jede Menge unwillkommener Besucher ab. Und was dem Boden guttut, tut meinen Kartoffeln gut.«

Midge schüttelte sich theatralisch beim Gedanken an noch

eisigere Temperaturen. »Ich dachte, ich bringe Ihnen mal ein paar Lebensmittel vorbei, damit Sie das Nötigste für diese Woche haben. Ich kann das nicht ewig übernehmen, verstehen Sie, aber Mum hat sich Sorgen gemacht. Angeblich holt sie ja einmal die Woche Ihre Bestellung ab.«

Doubler beeilte sich, ihr beim Auspacken der braunen Papiertüten zu helfen. Erfreut stellte er fest, dass sie nicht versucht hatte zu improvisieren, sondern einfach seine übliche Bestellung vom Hofladen gebracht hatte. Käse für die Speisekammer, Mehl und frische Hefe fürs Backen am Nachmittag, ein bisschen Wintergemüse und ein Dutzend Eier.

»Ich muss gestehen, ich bin überrascht, dass Sie nicht ein paar von den Sachen selber produzieren. Hühner wären doch nette Gesellschaft, oder? Und Schweine?« Ihr Blick fiel auf die Kartoffelschalen, die aus dem Komposteimer hingen. »Das da würde Schweinen ausgezeichnet schmecken.«

»Wahrscheinlich haben Sie recht, aber es ist einfach nicht praktikabel. Ich weiß nicht, ob ich die Verantwortung übernehmen will. Ich kümmere mich um mich selbst und um meine Kartoffeln, aber ich würde ungern jemanden im Stich lassen.«

»Warum sollten Sie jemanden im Stich lassen? Sie gehen doch kaum fort, oder? Ich bin mir sicher, Sie wären genau der Richtige für so was. Ich würde mir zu Hause Tiere halten, wenn ich den Platz hätte.«

»Wenn ich einfach so weggehen würde, dann würde ich sie im Stich lassen«, sagte Doubler leise.

»Seien Sie nicht albern. Wohin würden Sie denn einfach so gehen?« Gracies Tochter warf lachend den Kopf in den Nacken, während sie den Wasserkessel aufsetzte.

»Ich weiß nicht. Aber eines Tages werde ich sterben. Und wer würde sich dann um die Schweine und die Hühner kümmern? Die Kartoffeln, nun, die würden irgendwann wieder zu Erde werden, aber ich mag die Vorstellung nicht, ein Lebewesen im Stich zu lassen.«

»Sterben? Sie planen für Ihren Tod? Der Tod darf einen nicht vom Leben abhalten. Nehmen Sie sich ein Beispiel an Mum. Wissen Sie, was sie mit ins Krankenhaus genommen hat? Wolle und Stricknadeln. Sie fängt eine unglaublich komplizierte Decke an – ich hab mir das Strickmuster angeschaut. Es wird Jahre dauern, bis sie die fertig hat, *Jahre*. Ich finde, das ist eine ziemlich trotzige Haltung, Sie nicht? Der Tod muss es schon sehr auf sie abgesehen haben, um sich mit ihr und ihren Stricknadeln anzulegen.«

Doubler dachte darüber nach. Das Bild gefiel ihm. Vielleicht konnte sie sich einen Kokon stricken, der sie beschützte, vor den Zähnen und allem anderen.

»Vermutlich haben Sie recht. Ich glaube … ich glaube …« Er dachte weiter nach. »Ich glaube, wenn man sich für etwas oder jemanden entscheidet, dann muss man das auch durchziehen. Man kann sich nicht einfach davonstehlen, ohne Vorkehrungen zu treffen. Ohne dafür zu sorgen, dass die anderen ohne einen klarkommen. So ein Verhalten ist unverantwortlich und verursacht jede Menge Schmerz und Leid. Ich glaube nicht, dass ich das könnte.«

»Aber ein paar Hennen wären doch wunderbare Gesellschaft hier oben, und Sie hätten dazu noch die Eier. Wissen Sie, was? Ich verspreche Ihnen etwas. Sollte Ihnen irgendetwas Unerwartetes zustoßen, dann kümmere ich mich darum, dass alle Ihre Tiere versorgt werden. Wie klingt das?«

In Doublers Ohren klang das erstaunlich liebenswürdig, dieses Hilfsangebot einer quasi Fremden. Andererseits war sie ja nicht wirklich eine Fremde. Sie war Mrs. Millwoods Tochter. Und sie war bereit, ihm in einem der Bereiche zu helfen, in dem er die meiste Hilfe benötigte: Verantwortung für etwas anderes zu übernehmen als für seine Kartoffeln. Liebe für etwas zu empfinden und zu wissen, dass niemand als Folge dieser Liebe leiden musste.

»Ich werde darüber nachdenken«, antwortete er und stellte sich bereits vor, wie schön es wäre, morgens mit ein paar Hennen sprechen zu können. Und es stimmte, von den Kartoffelschalen würden jedes Jahr garantiert einige Schweine fett werden.

»Was ist mit diesen Einkäufen?«, fragte Midge, nun wieder ganz auf die praktischen Dinge konzentriert. »Muss ich da was für Sie bezahlen? Soll ich auf dem Rückweg noch mal halten?«

»Nein. Nein, das passt alles. Es gibt nichts zu bezahlen. Ich mache das im April.«

»Oh.« Gracies Tochter zuckte mit den Schultern. »Na gut.« Dann nahm sie einen geräuschvollen Schluck Tee. Wie bei so vielen anderen Dingen erinnerte sie Doubler auch hierbei an ihre Mutter. Sie wusste, wann sie nachbohren und wann sie etwas auf sich beruhen lassen musste.

Sie tranken ihren Tee in geselligem Schweigen.

»Ich habe eine Anzeige geschaltet. In ein oder zwei Wochen sollte ich ein paar Kandidaten zur Auswahl haben. Soll ich die vielversprechenden hierherbringen?«

Doubler bemühte sich nach Kräften um einen Gesichtsausdruck der Kooperationsbereitschaft, doch seine Miene bröckelte rasch.

»Ich weiß nicht, ob ich schon so weit bin. Ich will Ihnen oder Ihren Bewerbern keine Unannehmlichkeiten bereiten, aber ich bin nicht ganz so anpassungsfähig, wie ich die Leute gerne glauben lasse.«

Midge lachte bei der Vorstellung. »Ich glaube nicht, dass jemand bei Ihnen auf diese Idee kommen würde.« Sie blickte sich in der Küche um, in der sämtliche modernen Gerätschaften fehlten. Kupfertöpfe glänzten an rostigen Nägeln, die in den bröckelnden Fugen zwischen den Backsteinen klemmten, und große hölzerne Siebe verliehen den Regalinhalten eine ansprechende Struktur. In der Küche gab es nichts, was nicht schon vor hundert Jahren hätte da sein können. Oder noch länger, dachte Midge.

»Ich komme mit Veränderungen einfach nicht so gut klar, deshalb ist es wohl am besten, wenn ich mich selber so gut ich kann durchwurstele. Bis, Sie wissen schon …« Doubler ließ den Satz unvollendet und sah Midge dabei hoffnungsvoll an.

»Lieber Doubler, ich bewundere ja schon fast Ihre hartnäckige Weigerung zu akzeptieren, wie ernst es um Mums Gesundheit bestellt ist. Sie sind fast so zuversichtlich wie Mum selbst. Aber ich glaube, es wäre besser für uns alle, wenn Sie aufhören würden davon auszugehen, dass Mum zu Ihnen zurückkommt. Wenn sie es übersteht, dann wird es lange dauern, und wer weiß, ob sie danach überhaupt noch arbeiten will. Wahrscheinlich hat sie sich etwas Ruhe verdient, denken Sie nicht auch?«

Doubler wollte widersprechen. Er schüttelte heftig den Kopf, während er die Sätze formte, die nicht nur Midge zum Schweigen bringen, sondern auch ihre Zweifel und ihre Abweisung beiseitewischen würden. Er kämpfte um Worte, die mächtig genug waren, die Unterhaltung zu einer Zeit zurückzudrehen, als die Mutter, nicht die Tochter, ihm am Tisch gegenübersaß und ihn schalt.

Midge brachte ihn mit einem strengen Zeigefingerwackeln zum Schweigen. »Nein, Doubler, es tut Ihnen nicht gut, Ihr Leben auf Eis zu legen, und es tut Mum nicht gut, davon auszugehen, dass ihr Leben so weitergeht wie vorher. Bevor diese schreckliche, schreckliche Krankheit sie eingeholt hat.«

Doubler schnappte nach Luft, und Midge wurde sanfter. »Sie werden ihr gegenüber nicht untreu, wenn Sie sie ersetzen. Sie wird es verstehen, und ich auch. Das hier ist ein großes Haus, und Sie geistern hier alleine herum, deshalb ist es auf jeden Fall sinnvoll, dass jemand vorbeikommt, nach Ihnen schaut und ein bisschen für Ordnung sorgt.«

»Ich brauche nichts. Ich brauche niemanden«, beharrte Doubler, doch seine Stimme kippte.

»Gut. Wie Sie wollen.« Midge griff nach seiner Hand und hielt sie fest, genau wie bei Ihrer ersten Begegnung. »Soll ich später in der Woche noch mal vorbeischauen?«

Doubler nickte heftig. »Das wäre ideal. Wunderbar.« Schnell gewann er seine Fassung wieder und machte sich in der Küche zu schaffen, wo er die Tassen abwusch. Er hoffte sehr, so den Eindruck eines Mannes zu machen, der nichts und niemanden brauchte.

KAPITEL 8

Doubler dachte wieder darüber nach, im Tierheim anzurufen. Um sich Klarheit zu verschaffen, spazierte er den Berg hinunter, wobei er der Auffahrt statt wie sonst den Feldwegen folgte. Seine Füße gerieten auf den vereisten Steinen immer wieder ins Rutschen. Nachts hatte es heftigen Frost gegeben, und der Wind war beißend, was noch mehr Kälte verhieß. Es würde ein später Frühling werden. In der Ferne hörte Doubler einen Specht hämmern, doch abgesehen davon war um ihn herum kein Lebenszeichen zu vernehmen. Beim Gehen grübelte Doubler über die Möglichkeiten nach, die sich ihm boten. Einerseits versetzte ihn der Gedanke, mit Mrs. Millwoods Freundeskreis Kontakt aufzunehmen, in Angst und Schrecken, andererseits war die Vorstellung, wie sehr Julian sich aufregen würde, wenn sein Vater sich für eine Wohltätigkeitsorganisation engagierte, höchst reizvoll. Er fragte sich, ob das nicht sogar schwerer wog als seine Furcht, die Mirth Farm zu verlassen. Der Spaziergang machte ihm den Kopf frei, und beim Aufstieg verlangsamte er sein Tempo ein wenig, um seine Schritte dem Atemrhythmus anzupassen. Wann war er ein so schlechter Vater geworden, dass die Vorstellung, seinen Sohn zu ärgern, ihn genug motivierte, um mit einem Mal Jahre der Isolation hinter sich zu lassen?

Das Telefon im Flur klingelte, als er das Haus betrat, und Doubler eilte darauf zu, atemlos und höchst zufrieden mit sich, dass seine Rückkehr genau mit Mrs. Millwoods erhofftem Anruf zusammentraf.

Er riss den Hörer herunter und schmetterte fröhlich: »Wie schön, dass Sie anrufen!« Das war zwar eine eher ungewöhnliche Begrüßung, schien aber zu seiner Stimmung zu passen.

»Dad?« Die Stimme am anderen Ende klang verwirrt und sogar ein wenig empört.

»Wer spricht da?«, fragte Doubler und konnte die Enttäuschung nicht verbergen, die ihn wie ein Schlag in die Magengrube traf.

»Wie viele Männer nennen dich ›Dad‹?« Julian passte seinen Tonfall dem seines Vaters an, indem er aus seiner Verachtung kaum einen Hehl machte.

»Ach, Julian, du bist es.« Doubler war enttäuscht und kam sich gleichzeitig dumm vor. »Du rufst nicht oft an.«

»Mach mir jetzt kein schlechtes Gewissen, Dad. Schließlich telefonieren wir ja gerade, oder etwa nicht? Außerdem nehme ich sonst immer an, dass du sowieso nicht da bist, um ans Telefon zu gehen. Normalerweise bist du draußen bei deinen blöden Kartoffeln. Aber ich dachte, ich versuche heute mal mein Glück. Ich hab nachgedacht, seit wir uns beim Mittagessen gesehen haben.«

Doubler fühlte sich müde. »Julian, ich verkaufe die Mirth Farm nicht.«

»Ich rede nicht vom Hof. Also zumindest nicht fürs Erste. Es geht um das Auto. Deine alte Schrottkarre.«

»Mein Auto?«

»Genau. Ich hab es am Wochenende gar nicht gesehen, und normalerweise steht es doch auf dem Hof rum. Hast du's jetzt drinnen geparkt?«

»Drinnen?«

»Dad, ist alles in Ordnung? Du klingst noch zerstreuter als sonst. Du hattest doch keinen Anfall oder so was?«

Doubler konnte sich gerade noch bremsen nachzufragen, »Einen Anfall?«, obwohl es das Sinnvollste war, was ihm einfiel.

Julian sprach weiter. Er klang etwas blechern und abgelenkt, so als würde er gleichzeitig etwas anderes tun. Doubler versuchte, auf die Geräusche hinter den Worten zu lauschen, und hörte immer wieder eine Tastatur klappern. Julian arbeitete also nebenher.

»Ich habe über das Auto nachgedacht. Es ist uralt, und ich glaube nicht, dass es noch fahrtüchtig genug ist. Wenn du bei schlechtem Wetter irgendwo steckenbleibst, willst du dich nicht auf einen Wagen verlassen, der seine besten Jahre hinter sich hat. Der ist doch jetzt bestimmt – was, vierzig?«

»Nun, das mag stimmen. Aber um ehrlich zu sein, brauche ich ihn nicht oft, und er lässt mich nicht im Stich. Warum um alles in der Welt machst du dir Gedanken über mein Auto?«

»Oh, ich mache mir im Winter immer Sorgen um dich. Dich da oben zu sehen, hat mich daran erinnert, wie einsam es sein kann. Also hab ich mich gefragt, ob ich dir das Auto abnehmen soll. Es gegen was Praktischeres eintauschen. Einen Toyota Yaris vielleicht oder einen kleinen Clio? Wenn dir der Allrad-Antrieb wichtig ist, dann gibt's da einen ziemlich smarten kleinen Fiat Panda, der gut zu dir passen würde. Was meinst du?«

Doubler zerbrach sich den Kopf auf der Suche nach einer angemessen dankbaren Antwort. Sein Sohn zeigte ein zuvor nie dagewesenes Interesse an ihm.

»Ich weiß nicht, was ich sagen soll. Du hast da gerade ein paar Worte benutzt, die ich nicht verstehe. Yaris? Was um alles in der Welt ist ein Yaris? Und was waren die anderen, die du genannt hast?«

»Mach dir keine Gedanken um Details, Dad. Ich mach mich da mal schlau. Ich such dir einen kleinen Flitzer, der immer zuverlässig anspringt. Lass mich einfach nur wissen, ob du grundsätzlich zustimmst, und dann komm ich vorbei und hol den Land Rover ab.«

Der Land Rover. Allein die Worte erfüllten Doubler mit einem Gefühl der Wärme. Natürlich war die alte Schrottkiste sein Land Rover. Er hatte ihn neu gekauft, kurz nach dem Hof, und der Wagen hatte ihn nie hängenlassen. Im Grunde genauso treu wie seine Kartoffeln. Doubler dachte an diese Zeitspanne zurück. Zwei Drittel seines Lebens. War irgendjemand sonst so verlässlich gewesen? Marie? Ganz bestimmt nicht. Die Kinder? Kaum. Alles in allem hatten sie ihm ebenso viel Sorge wie Freude bereitet. Dieses Auto jedoch war noch genauso schön und robust wie an dem Tag, als er es gekauft hatte. Die staubgrüne Lackierung und das cremefarbene Dach hatten zweifelsohne prächtig gewirkt, als er den Wagen nach Hause gefahren hatte, doch dann war er schnell Teil der Landschaft geworden, getarnt zwischen den Farbtönen des Hofs und Doubler so vertraut wie sein eigenes Gesicht.

Julian wartete auf eine schnelle Antwort. Er wurde ungeduldig, nun, wo sein arbeitsreicher Tag wieder nach ihm rief. »Dad? Bist du noch da?«

»Julian. Ja. Ich denke nur darüber nach. Ich glaube eigentlich nicht, dass ich ein neues Auto brauche, aber es ist wirklich nett von dir, dass du dir Sorgen um mich machst. Außer dass ich mal zu den unteren Feldern runterfahre, kommen nicht viele Kilometer zusammen. Manchmal muss ich den Land Rover ein bisschen traktieren, bis er anspringt, aber sonst läuft er gut. Ich glaube, dass nichts zu meinem Lebensstil besser passt.«

»Dad, ich versuche doch nur, dir zu helfen. Mach's mir nicht schwer. Ich finde für dich was Kleines, Spritziges, das dich in die Stadt und zurück bringt, und dann muss ich mir keine Gedanken mehr darüber machen. Da will ich von dir jetzt auch keine Einwände hören.«

Doubler sah auf die Uhr und stellte entsetzt fest, das Mrs. Millwood ihn womöglich gerade von ihrem Krankenbett aus anzurufen versuchte. »Julian? Ich bin wirklich sehr gerührt, aber ich erwarte einen anderen Anruf, deshalb kann ich mich nicht richtig auf das konzentrieren, was du sagst. Wärst du so lieb, dich später wieder zu melden?«

»Einen anderen Anruf von wem, Dad? Du benimmst dich ein bisschen komisch. Du hast doch nichts Dummes angestellt, oder?«

»Du lieber Himmel, nein. Schön wär's.« Doubler genoss den Klang des Echos in der Leitung, ehe er mit einem klangvollen Klick auflegte.

Das Telefon klingelte fast im selben Moment.

»Bei Ihnen war belegt. Ich hab mich schon gefragt, ob Sie vielleicht nicht richtig aufgelegt haben. Ich dachte, womöglich muss ich Midge zu Ihnen raufschicken, um nach Ihnen zu schauen.«

Doubler schnaufte glücklich. »Sie machen schon wieder Aufhebens um mich, Mrs. Millwood, wo Sie doch Ihre Energie darauf verwenden sollten, *gesund zu werden*. Und es ist immer eine Freude, Ihre Tochter zu sehen, aber ich möchte nicht, dass sie schlecht von mir denkt. Nicht, dass sie mich als Belastung empfindet.«

»Oh, ich glaube nicht, dass sie das tut. Sie betrachtet Sie vermutlich eher als Mission.«

»Als Mission? Was für eine Mission?« Doubler blätterte in Gedanken eine Bildkartei durch, auf der Suche nach möglichen Bedeutungen. Das tat er in letzter Zeit häufig, wenn er Worten nicht ganz traute. Dieses Wort löste nun in rascher Folge eine Reihe von Bildern aus, auf denen weiße Männer in zu warmer Kleidung in heißen Ländern Bibeln herumschwenkten.

»Oh, Midge glaubt, Sie sind einsam«, erwiderte Mrs. Millwood und verscheuchte damit die Bilder in Doublers Kopf. »Wie ich höre, will sie Sie mit Schweinen oder Hühnern ausstatten. Oder beidem.«

»Ah, ja. Schweine und Hühner. Ich hätte wahrscheinlich gar nichts dagegen, es mal mit etwas Vieh zu versuchen. In letzter Zeit fühle ich mich ein wenig hoffnungsvoller.«

»Na, das kann ja nur gut sein. Sie sind schließlich nicht gerade für Ihren Optimismus bekannt.«

»Ich habe ja auch nicht optimistisch gesagt – das wäre wohl etwas hoch gegriffen. Aber nicht ohne Hoffnung, nicht ganz so viel Verzweiflung.«

»Ein Mangel an Verzweiflung? Ach du lieber Himmel! Was hat das denn Ihrer Meinung nach ausgelöst?«, scherzte Mrs. Millwood, wobei in ihrem Lachen vermutlich ein wahrer Kern steckte.

»Schwer zu sagen.« Doubler überlegte, welche Richtung er dem Gespräch geben sollte. Es gab so viele Möglichkeiten. Er entschied sich für die Wahrheit. Die Distanz des Telefons machte es ihm leichter. »Ich glaube, ich war etwas aufgewühlt, als Sie nicht erschienen sind. Als ich die Nachricht von Ihnen bekommen habe. Die Nachricht, dass es Ihnen schlecht geht. Und mir wurde klar, wie wichtig unsere Gespräche für mich sind. Und dann haben Sie mich netterweise angerufen. Ich glaube nicht, dass ich in den letzten zehn Jahren einen einzigen Anruf erhalten habe! Das war irgendwie *belebend.*«

»So was. Nun, vielleicht vermisse ich unsere gemeinsamen Mittagessen auch. Ich kann mir beim besten Willen nicht vorstellen, warum. Wo Sie mich ständig nur kritisieren.«

»Ich kritisiere Sie? Aber nicht doch, das habe ich noch nie getan! Wie um alles in der Welt kommen Sie denn auf *die* Idee?« Doubler war entsetzt. Er ging in Gedanken blitzschnell die mehreren Hundert Unterhaltungen durch, konnte sich aber an nichts erinnern, was als Kritik hätte missverstanden werden können.

»Wenn es nicht mein Käse ist, ist es mein Brot. Wenn es nicht mein Brot ist, ist es mein Apfel«, erklärte Mrs. Millwood.

»Nun verraten Sie mir mal, wann ich *je* Ihre Apfelwahl kritisiert habe.« Da war sich Doubler ganz sicher, wobei er womöglich ein paar Mal Kommentare zu ihrem Brot gemacht haben könnte.

»Oh, es sind nicht immer die Worte, Mr. Doubler. Es ist Ihr Blick. Der bohrt sich mit solcher Kraft in meinen Apfel, dass er fast den Aufkleber wegbrennt.«

»Das bilden Sie sich ein.«

»Tue ich nicht. Seien Sie ehrlich, Mr. Doubler. Sagen Sie mir, was Sie von meinen Granny Smiths halten.«

Doubler zögerte. Er wollte so gerne *jede* Entscheidung von Mrs. Millwood gutheißen. Sie schien für ihn nichts als Wohlwollen zu empfinden. Aber ihm war immer noch nach Ehrlichkeit zumute. »Ertappt. Ich glaube, dass Sie in Sachen Äpfel eine minderwertige Wahl treffen.« Er wartete. Auf eine kurze Pause folgte ein langer Seufzer.

»Mr. Doubler, ich wünsche mir schon, dass Sie meine Entscheidungen *respektieren*, auch wenn sie sich nicht *ganz* mit Ihren eigenen Vorlieben decken.«

»Aber natürlich respektiere ich Sie, Mrs. Millwood. Ich will Sie ja auch nicht absichtlich kritisieren. Es ist nicht Ihre Schuld, dass Sie noch nicht all das gekostet haben, was ich mir für Sie wünsche. Ich denke nur, dass ich Ihnen vielleicht noch ein wenig beibringen kann, wenn das von Ihnen Gewählte schlichtweg schlecht durchdacht ist.«

Am anderen Ende der Leitung war ein Prusten zu hören, und Doubler hatte schon Sorge, einen Anfall ausgelöst zu haben. »Mrs. Millwood?«

»Alles in Ordnung. Ich lache nur, Mr. Doubler. Sie sind mir vielleicht einer. Sie sind sich Ihrer Überlegenheit wirklich sehr sicher.«

»Um ehrlich zu sein, Mrs. Millwood, bin ich mir bei nicht vielem sicher. Wenn ich also über ein Thema spreche, das mir nicht ständig zu entgleiten scheint, dann bin ich mir tatsächlich gerne sehr, sehr sicher. Zu diesen Themen gehören Kartoffeln. Ich weiß eine Menge über Kartoffeln.«

»Und über fast alle anderen Lebensmittel.«

»Gott bewahre, nein! Da gibt es alles Mögliche, worüber ich überhaupt nichts weiß. Bananen zum Beispiel. Gibt es überhaupt unterschiedliche Sorten? Ich könnte Ihnen Dutzende von Apfelsorten und Hunderte unterschiedlicher Kartoffeln aufzählen, aber nicht eine einzige Bananenart. Für mich gibt es Bananen in genau zwei Stadien: noch nicht reif genug und überreif. Und Meeresfrüchte. Ich weiß so gut wie nichts über Meeresfrüchte. Ich könnte Ihnen beschreiben, wie ein Hummer aussieht, aber ich weiß nicht, wie er schmeckt. Und das will ich auch gar nicht.«

»Was haben Sie denn gegen Hummer?«

»Ich bin einfach nicht besonders angetan davon, eine Kreatur zu verspeisen, die für mein Vergnügen lebendig in heißes Wasser geworfen wurde. Das hat mir ehrlich gesagt noch nie gefallen. Vor allem kommt das für mich nicht mehr infrage, seit ich gelesen habe, dass Hummer zu Angstzuständen neigen. Wer würde ein ängstliches Geschöpf bei lebendigem Leib kochen? Wir ängstlichen Typen müssen zusammenhalten. Deshalb meide ich den Hummer.«

»Das klingt sehr vernünftig, Mr. Doubler. Was dieses Nahrungsmittel betrifft, sind wir uns absolut einig.«

»Sollen wir vereinbaren, nie wieder Hummer zu essen, Mrs. Millwood?«

»Sehr gern. Ich werde einen heiligen Eid schwören. Vor allem während ich im Krankenhaus bin. Ich werde gleich mit dem Koch sprechen und ihm sagen, dass sie mir ab sofort bitte keinen Hummer mehr servieren sollen.«

»Sehr gut. Ich bin so gerne einer Meinung mit Ihnen, Mrs. Millwood.«

»Machen Sie es sich ruhig zur Gewohnheit. Das wäre eine nette Abwechslung. Aber erzählen Sie doch mal, mit wem haben Sie telefoniert? Ich war so überrascht, als ich nicht durchgekommen bin.«

»Und ich erst. Es war Julian. Er hat angerufen, und ihm schien mein Wohlergehen am Herzen zu liegen. Ich begreife es auch nicht ganz.«

»Ach, nun seien Sie nicht so. So schlimm kann er doch nicht sein.«

»Genau das ist es ja. Er hat angerufen, um mir seine Hilfe anzubieten, und ich kann mich nicht daran erinnern, wann er überhaupt das letzte Mal angerufen hat. Ganz zu schweigen davon, sich solche Gedanken zu machen. Normalerweise organisiert Camilla alles, wenn die Familie zum Sonntagsessen bei mir einfällt, aber von Julian höre ich zwischen zwei Besuchen so gut wie nie etwas.«

»Dann ist das ja jetzt ein Fortschritt. Sie sollten sich freuen. Werten Sie diese kleinen Liebenswürdigkeiten als Zeichen dafür, was in ihm steckt. Die Menschen werden mit den Jahren sanfter, habe ich festgestellt.«

»Ja, ich schätze mal, ich muss es als Schritt in die richtige Richtung sehen.«

»Womit wollte er Ihnen denn helfen?«

»Mit meinem Auto. Er meint, er würde es mir abnehmen und gegen ein kleineres, flotteres eintauschen, das im Winter etwas zuverlässiger ist. Ich bin nicht im Geringsten daran interessiert. Ich bin sehr zufrieden mit meinem Land Rover, aber andererseits haben Sie natürlich recht. Ich sollte eine nette Geste nicht einfach ignorieren. Vielleicht willige ich ein, um keine Schwierigkeiten zu machen. Ich will nicht, dass er mich für stur hält oder schwer zufriedenzustellen.«

Am anderen Ende der Leitung herrschte Schweigen.

»Mrs. Millwood? Sind Sie noch dran?«

»Ja, Mr. Doubler. Ich bin noch da. Ich denke nach. Ihr Land Rover, sagen Sie. Wie alt ist der jetzt?«

»Nun, gute Frage. Ich habe ihn im zweiten oder dritten Winter angeschafft, nachdem ich den Hof gekauft habe, und seither fahre ich ihn. Er ist inzwischen wirklich uralt. Vierzig vielleicht?«

»Das ist nett, Mr. Doubler, wirklich nett, dass Ihr Sohn sich Gedanken um Ihre Bedürfnisse macht. Aber willigen Sie nicht gleich ein. Ich bin sicher, er wird Ihnen etwas Bedenkzeit geben, was stattdessen die beste Wahl wäre, oder nicht?«

»Nun ja, er schien ziemlich erpicht darauf zu sein, die Sache anzustoßen, aber ich kann mir nicht vorstellen, dass etwas überstürzt passieren wird.«

»Gut. Dann lassen Sie mich ein bisschen recherchieren. Mein Mann war ein hervorragender Automechaniker. Er wusste unheimlich viel über Autos, deshalb haben wir alle nebenbei auch ein bisschen was gelernt. Lassen Sie mich mit ein oder zwei Leuten sprechen. Sie wissen ja, wie gerne ich Nachforschungen anstelle, um zu verhindern, dass, nun ja, dass im Eifer des Gefechts falsche Entscheidungen getroffen werden. Ich werde mal ein bisschen nachbohren. Das hilft Ihnen dann, sich richtig zu entscheiden.«

»Das ist wirklich ausgesprochen liebenswürdig, Mrs. Millwood.« Doubler veränderte seine Position neben dem Tischchen am Flur und stieß einen leisen Schmerzenslaut aus, als sein Bein kurz unter ihm nachgab.

»Alles in Ordnung, Mr. Doubler?«

»Alles gut, alles bestens, vielen Dank. Ich mache es mir nur etwas gemütlicher. Das ist möglicherweise die längste Unterhaltung, die ich je am Telefon geführt habe, und ich bin nie auf die Idee gekommen, einen Stuhl in den Flur zu stellen.«

»Sie armer Kerl. Ich hatte Sie mir irgendwie in der Küche vorgestellt oder im Wohnzimmer vor dem Kamin. Im Flur ist es ja auch noch zugig. Gehen Sie und wärmen Sie sich auf. Ich sollte jetzt wahrscheinlich sowieso Schluss machen. Ich ernte hier schon leicht missbilligende Blicke.«

»Also gut, Mrs. Millwood. Vielen Dank für Ihren Anruf.«

»Ich rufe morgen um dieselbe Zeit an, um zu sehen, wie es Ihnen geht, in Ordnung?«

»Wunderbar«, erwiderte Doubler. Jegliche Traurigkeit ob des nahenden Gesprächsendes verflog beim Gedanken an einen garantierten Anruf schon am nächsten Tag. »Auf Wiederhören.«

Doubler legte den Hörer auf die Gabel und ging in die Küche, wo er sich still hinsetzte und lächelnd in Gedanken die Unterhaltung noch einmal durchging. Hochkonzentriert versuchte er, sich an alles so genau wie möglich zu erinnern, denn auf einmal kam es ihm extrem wichtig vor, jedes einzelne Wort festzuhalten.

KAPITEL 9

Etwas später am Nachmittag saß Doubler da und beobachtete die untere Einfahrt mit dem Fernglas. Manchmal gab ihm sein Platz oben auf dem Berg das Gefühl, unbesiegbar zu sein. An anderen Tagen wiederum kam er sich auf der Mirth Farm eher exponiert vor. Das Fernglas war ein wesentlicher Teil seiner Rüstung geworden, und er genoss den Vorteil, den es ihm verschaffte.

Midge würde wahrscheinlich frühestens am Donnerstag wieder vorbeischauen. Wenn er Glück hatte. Sie hatte gesagt, dass sie seine Lebensmittel nicht auf unbegrenzte Zeit abholen konnte, aber das implizierte, dass sie die Lieferung wenigstens noch ein Mal übernehmen würde. Also durfte er sich diese und vielleicht nächste Woche auf einen Besuch freuen.

Auch wenn er beschlossen hatte, sich von der Außenwelt abzuschotten, hatte er nie ausprobiert, wie es wäre, wirklich als Einsiedler zu leben. Regelmäßig bekam er Besuch: Er musste nur zum Telefonhörer greifen, und unzählige ortsansässige Lieferanten und Handwerker ließen alles stehen und liegen, um sich um seine Belange auf der Mirth Farm zu kümmern. Öl wurde angeliefert. Abwasser abgeholt. Holz auf den Stapel geschichtet. Selbst der Arzt, der nur zu Maries Zeiten gerufen worden war, sorgte dafür, dass er Doubler zweimal im Jahr einen Routinebesuch abstattete. Diese Besuche liefen im Großen und Ganzen kurz und sachlich ab – der gut eingeübte Austausch von Dienstleistungen, der sich schon lange Zeit so abspielte. Sie boten zwar wenig intellektuelle Stimulation, aber Doubler fehlte nichts. Dafür hatte Mrs. Millwood gesorgt.

An fünf Tagen die Woche hatten sie beide miteinander am Tisch gesessen und geredet. Und kaum war sie gegangen, dauerte es nicht lange, bis er anfing, sich in Gedanken mit ihr zu unterhalten. Diese Gespräche waren anders als seine Ratsuche bei Mr. Clarke. Dabei ging es um die technischen Rätsel, die ihre geteilte Leidenschaft ihm aufgab. Von Mr. Clarke erhoffte er sich ganz spezifische Inspiration. Die kleinen Beobachtungen hingegen, die er sich merkte, um sie mit Mrs. Millwood zu teilen, umfassten alles andere, was Doubler empfinden konnte. Auch wenn es sich dabei nur um einen Bruchteil dessen handelte, was ein Erwachsener zu spüren in der Lage sein sollte, wusste Mrs. Millwood immer etwas zu erwidern.

Aber was wusste er eigentlich über sie? Inzwischen ein bisschen mehr: dass sie einen großen Freundeskreis besaß. Aber davor, was hatte er gewusst? Dass sie strickte, ja. Dass sie Familie und Freunde sehr schätzte. Da waren sie wieder – die Freunde! Dass ihr Mann verstorben war, aber nicht plötzlich. Er hatte über mehrere Jahre eine Sauerstoffflasche mit sich herumgeschleppt. Er war immer dünner geworden, und es war ihm immer schlechter gegangen, bis er schließlich an einem heftigen Asthmaanfall gestorben war. Es war eine *Erlösung* gewesen. Nun, das war ein großer Unterschied zwischen Mrs. Millwood und Doubler. Sie hatte sich nach und nach daran gewöhnt, dass ihr Mann langsam vor ihren Augen verschwand. Bei Doubler hingegen war Marie an einem Tag noch da gewesen und am nächsten nicht mehr. Keine Vorwarnung, keine Vorbereitung. Und Marie hatte eine Wahl gehabt – das war es, was er ihr nicht verzeihen konnte. Alles, was sie getan hatte und wie sie es getan hatte, war ihre Entscheidung gewesen. Kein einziges Mal während dieses Prozesses hatte sie an ihn gedacht oder an die Auswirkungen, die es auf ihn haben würde.

Doubler sah sich im Zimmer um und stellte sich vor, Marie wäre jetzt da. Würde sie sich für seine Kartoffeln interessieren? Wäre sie stolz auf ihn? Wäre es ihr überhaupt wichtig? Vielleicht würde Julian ihr etwas ins Ohr flüstern von vorzeitigem Ruhestand und einem geruhsamen Leben in einer Wohnung mit Zentralheizung. Das hätte sie ganz sicher gewollt. Es war unmöglich zu wissen, aber wenn er sich mit halb geschlossenen Augen im Raum umsah, konnte er sich nicht vorstellen, wie sie gemütlich auf einem der Stühle saß. Sie würde gerade von irgendwo zurückkommen oder wäre auf dem Weg nach draußen, mit einer Einkaufstasche über der Schulter, die Kapuze ihres Anoraks bereits zum Schutz gegen die Elemente aufgesetzt. Aber sie würde nicht still dasitzen und reden. Oder zuhören.

Doubler schloss die Augen und versuchte, sich so gut er konnte an das zu erinnern, was Mrs. Millwood ihm über den Tod ihres Mannes, Bert, erzählt hatte. Nach einigen Momenten der Konzentration hörte er ihre Worte wieder, als wäre sie bei ihm im Raum.

»Es war furchtbar mitanzusehen, wie der Mann, den man liebt, vor den eigenen Augen stirbt. Da waren so viel Schmerz und so viele *Unannehmlichkeiten*. Das war das Unerwartete daran. Er war wütend auf sich und auf mich. Ich war auch wütend auf ihn. Das Zusammenleben war eigentlich unmöglich: ich und er und diese verdammte Sauerstoffflasche. Aber wir haben darüber geredet. Wir haben geredet und geredet. Ich konnte ihm sagen, warum ich sauer bin, und er mir, wie wütend er ist, so furchtbar schwach zu sein. Aber, bei Gott, das Geräusch seines Atems hat einem das Herz gebrochen. Als er schließlich starb, war es eine *Erlösung*.«

»Glauben Sie, es war besser für Sie, dass Sie es gewusst haben? Ich meine, wenn er plötzlich gestorben wäre, ohne Vorwarnung, wäre das schlimmer gewesen?«, hatte Doubler sie gefragt.

»Hm, ja, ich glaube schon. Aber ich hätte ihm gerne den Schmerz erspart. Das war schlimm. Ihn leiden zu sehen war hart. Aber wir hatten die Gelegenheit, ein bisschen für die Zukunft zu planen, und wir haben nichts bereut. Wir haben uns alles oft genug gesagt. Selbst wenn er auf einmal tot umgefallen wäre, nachdem ich geschimpft habe, dass ich genug davon habe, nachts nicht schlafen zu können, weil er so furchtbaren Krach macht, dann hätte ich trotzdem nichts bereut, denn wir hätten erst kurz zuvor über unsere Liebe füreinander gesprochen. Wahrscheinlich hätten wir darüber geredet, wie wir uns kennengelernt haben oder über die Geburt unserer Tochter. Und wie verrückt ich nach ihm war und er nach mir und wie ungezogen wir waren, als wir frisch verliebt waren. Das haben wir nämlich gern gemacht, die wirklich guten Erfahrungen Revue passieren lassen. Das wurde ich nie müde. Ich schätze mal, all die schlimmen Zeiten gegen Ende konnten die guten vom Anfang nie wirklich kaputtmachen. Ich stelle mir unsere Ehe gerne ein bisschen wie eine handgestrickte Decke vor. Etwas Wunderbares mit kompliziertem Muster und vielen Farben und so schön anzusehen in den Details. Am oberen Ende gab es ein paar verlorene Maschen und einige Löcher, und vielleicht waren die Farben nicht mehr ganz so leuchtend und das Gewebe etwas ungleichmäßig, aber die Fäden haben sich nie *aufgetrennt*. Es hat immer noch als Decke funktioniert. Es war schön anzusehen, und es hat uns gewärmt, uns zusammengehalten. Da ist es so viel besser, den Anfang anzuschauen, über die Farben zu streichen und über die Liebe und die Freude zu reden, die in die Strickarbeit geflossen sind, als sich auf die letzten paar Reihen zu konzentrieren.«

»Meine Decke hat sich aufgetrennt«, hatte Doubler gesagt, und Tränen hatten hinter seinen Augen gebrannt.

»Ich weiß. Unsere Geschichten sind nicht dieselben, Mr. Doubler. Manchmal, wenn man eine Masche verliert, kann man das nicht wirklich ausbessern – sie fallt einfach durch. Das ist furchtbar. Es fühlt sich an wie Zeitverschwendung, nicht wahr, am Ende mit einem Haufen loser Wolle dazustehen, nachdem man zuvor etwas Sinnvolles in der Hand hatte.« Mrs. Millwood hatte nachdenklich ausgesehen. »Aber später, wenn der Schmerz aufhört, kann man alles etwas ordnen. Diese Decke kann man so nicht mehr stricken, nicht aus derselben Wolle, aber man kann die Wolle zu einem festen Knäuel aufwickeln – das allein braucht Zeit und Geduld und ein gewisses Maß an Liebe und Großzügigkeit – und dieses Knäuel an einem sicheren Ort aufbewahren. Es vielleicht dann und wann anschauen.«

»Davon bin ich weit entfernt. Mir liegt immer noch alles verknotet zu Füßen. Es bringt mich zu Fall, ich verheddere mich darin. Nicht einmal das lose Fadenende würde ich finden.«

»Dann lassen Sie es sein. Tun Sie das, was Sie tun. Machen Sie einen Bogen darum, einen großen Schritt darüber weg. Ignorieren Sie es. Kehren Sie es in eine dunkle Ecke, wenn es zu sehr wehtut, das Gewirr anzusehen. Aber eines Tages werden Sie die Kraft und die Entschlossenheit haben, ein Ende zu suchen. Dann können Sie langsam, ganz langsam mit dem Aufwickeln beginnen. Damit stellt sich auch ein Gefühl des Friedens ein.«

Doubler hatte das Bild sorgfältig in seinem Gedächtnis abgespeichert und dann gefragt: »Der Ärger, den Sie gespürt haben, als Ihr Mann im Sterben lag – ist der mit seinem Tod verschwunden?«

»In meinem Fall, ja. Denn wir haben uns ausgesprochen, alles, was uns verletzt hat und was uns leidtat, und ich war einfach nur froh, dass er nicht weiter leiden musste. Außerdem war ich unglaublich erleichtert, nachts durchschlafen zu können. Während der ersten Woche habe ich nur noch geschlafen. Meine Tochter dachte, der Arzt hätte mir was zur Beruhigung gegeben, aber, nein, ich habe einfach nur den Schlaf nachgeholt, den man nicht bekommt, wenn man jemanden Tag und Nacht pflegt.«

»Unsere Geschichten sind wirklich *sehr* verschieden, Mrs. Millwood.«

»So verschieden wie Tag und Nacht, nicht wahr? Ich wette, wenn Sie über diesen Wollhaufen stolpern, können Sie sich gar nicht vorstellen, dass der je eine Decke war. Aber das war er vermutlich – es ist nur schwer, durch den Schmerz hindurchzusehen. Diese Art von Traurigkeit kann einen blind machen.«

»Ich hatte keinerlei Vorwarnung, nicht die leiseste Ahnung. Aber sie wusste Bescheid! Sie hätte mir den Schock ersparen können. Sie kann mich nicht sonderlich geliebt haben, wenn sie es nicht für nötig gehalten hat, es mir sanft beizubringen.«

»Liebe, Mr. Doubler, ist seltsam. Wahre Liebe verschwindet nicht, aber die Zwänge des Lebens können Menschen verändern. Wer weiß, weshalb manche Menschen so anders reagieren? Manchmal hat es nur mit dem Altern zu tun. Wie bei Wein. Manche Weine trinkt man am besten sofort, sobald sie gekeltert wurden. Denn egal wie lange man sie sorgsam aufbewahrt, sie werden nicht besser. Andere sind am Anfang nicht besonders, aber sie werden immer besser. Die wirklich guten Weine, Mr. Doubler, die schmecken, wann immer man sie probiert, und können danach immer noch ausreifen.«

Doubler öffnete blinzelnd die Augen und sah sich um. Fast erwartete er, Mrs. Millwood in die Küche kommen zu sehen, um Teewasser aufzusetzen. Hatte er ihr gesagt, was seiner Meinung nach einen guten Wein ausmachte? Bestimmt – es war die Art von Information, die er gerne von sich gab. Sie wiederum hätte vielleicht ihren Freundinnen vom Strickkreis davon erzählt oder vielleicht denen vom Tierheim.

Es gab Leute im Tierheim, die Mrs. Millwood kannten, Leute, denen sie möglicherweise genauso fehlte wie ihm. Und bestimmt gab es auch Tiere, die vielleicht unter ihrem plötzlichen Fernbleiben zu leiden hatten. Mit ihnen allen hatte er etwas gemeinsam, und wenn es nur seine Traurigkeit war.

Doubler dachte an die Ausgabe der Gelben Seiten, die er in den Schrank geräumt hatte, und fragte sich, woher Mrs. Millwood ihre Kraft nahm. Sie war mit so viel Mut gesegnet, während er so wenig besaß. Sie hatte auf jeden Fall genug für sie beide, aber wenn er sich welchen von ihr ausborgte, was um alles in der Welt konnte er ihr im Gegenzug anbieten?

Er blickte auf seine starken, wettergegerbten Hände. Die Erde der Mirth Farm war so tief darin eingegraben, dass die feinen Linien eine schwarze Zeichnung ergaben. Ob er wohl, wenn er sie lange genug studierte, in seinen Handflächen die Topographie der Mirth Farm selbst finden würde? Seine Hände waren verhornt, und Doubler war dankbar für diese verhärteten Stellen, die ihn vor dem Werkzeug schützten, das er täglich benutzte. Mit der rauen Kuppe seines rechten Daumens fuhr er über die Rüstung seiner linken Hand. Wie clever diese Hautzellen doch waren, sich dort zu bilden, wo sie am dringendsten gebraucht wurden, als hätten sie aus jedem Schlag, jeder Blase, jeder kleinen Wunde ihre Schlüsse gezogen. Sein Herz jedoch hatte ebenfalls einige schwere Schläge einstecken müssen und trotzdem nicht gelernt, sich auf ähnliche Weise vor zukünftigen Verletzungen zu schützen, wie ihm nun bewusst wurde. Wenn überhaupt, dann war es jetzt verletzlicher als je zuvor.

Vielleicht, dachte er sodann, war sein Herz nicht verhärtet, weil das nicht die Stelle war, an der er am meisten gelitten hatte, als Marie gegangen war. Es war sein Kopf gewesen, nicht sein Herz, der den Großteil des Schmerzes abgefangen hatte. Sein Gehirn tat weh, weil er pausenlos ihr Handeln prüfte und die letzten Monate, Wochen, Tage immer wieder durchspielte, auf der Suche nach einem Hinweis, nach einem Moment, in dem er ihre gemeinsame Zukunft hätte verändern können. Es war sein Kopf, der vor lauter Grübeleien und Schuldzuweisung schmerzte. Sein Gehirn, das irgendwann nicht mehr klarkam und beinahe ganz abgeschaltet hätte, als er ins Tal der Verzweiflung stürzte, um den ständigen Gedanken zu entkommen. Doch der Effekt, den Mrs. Millwoods Abwesenheit auf ihn hatte, war ganz anders. Es schmerzte tief in seinem unvorbereiteten Herzen.

Doubler stellte sie sich in ihrem Krankenhausbett vor und fragte sich, ob *sie* wohl rundherum stark genug war, um gesund zu werden. Sie wirkte so viel widerstandsfähiger, als er es je sein würde. Hier saß er, körperlich so stark wie ein Ochse, und wurde von Mrs. Millwood, einer Kranken, gestützt. Irgendwoher würde er den Mut nehmen müssen. Er ging raus zu seinen Kartoffeln, um nachzudenken.

KAPITEL 10

Als auf ihr Klingeln hin niemand aufmachte, ging Midge ums Haus herum und überquerte den Hof Richtung Küchentür, unter jedem Arm eine Tüte mit Lebensmitteln. Heute war es ruhig hier oben auf dem Berg, wo normalerweise der Wind pfiff, wodurch man die Stille, von der ihre Mutter so oft gesprochen hatte, nicht richtig zu schätzen vermochte. Midge atmete bewusst die Bergluft ein und blickte sich um. Zum ersten Mal nahm sie ihre Umgebung richtig wahr, seit sie Doubler besucht hatte.

Sie stellte die Einkaufstüten auf den Boden, an eine halb verfallene Steinmauer gelehnt. Der Hof wurde eingefasst von der Rückseite des Wohnhauses, einer verschlossenen Garage und einer von mehreren riesigen Scheunen, die in ihrer Reglosigkeit etwas Unheilvolles ausstrahlten. Der Hof, genau genommen nicht mehr als ein Wendekreis, war mit Kies bedeckt, und die kahlen Felder, zwischen denen sie durchgefahren war, krochen bis direkt an die Gebäude heran. Bis auf ein dornenüberwuchertes schmales Blumenbeet rings ums Haus selbst gab es auf dem Gelände nichts, was man als Garten hätte bezeichnen können. Vorne standen einige Obstbäume – Apfel, dachte sie, und ein paar andere, die zu einem uralten Obstgarten gehören könnten –, doch ihre Skelettform zu dieser Jahreszeit lockerte den trostlosen Gesamteindruck nicht auf.

Der Berghang zur Straße hinunter war ziemlich steil für Ackerland, aber jedes Feld war von sorgfältigen Furchen durchzogen. Hinterm Haus erstreckten sich die Ländereien in sanfteren Wellen in alle Richtungen, bevor sie an der Grenze zu diesem anderen großen Kartoffelbauern, Peele, wieder abfielen. Midge wusste, dass die Felder, so weit ihr Auge reichte, Doubler gehörten. Die Erde war von einem tiefen, dunklen Braun, die Hecken dazwischen zu dieser Jahreszeit vorwiegend kahl, und die wenigen Büsche oder Waldstückchen enthielten wenig Immergrün. Midge hatte Peeles Ländereien im Vorbeifahren auf dem Weg zu Doubler registriert und eine Widersprüchlichkeit bemerkt, über die sie mehr wissen wollte.

Während sie noch so dastand und ihr Blick den fernen Horizont ebenso erfasste wie die nähere Umgebung, tauchte Doubler aus einem schmalen Durchgang neben der ersten großen Scheune auf. Als er Midge entdeckte, wich er von seinem geplanten Kurs ab und eilte quer über den Hof auf sie zu. Er winkte fröhlich und genoss für einen Moment den Gedanken, dass diese herzliche Begrüßung auf Film gebannt sein würde.

»Haben Sie nie daran gedacht, ein Gemüsebeet anzulegen? Ist doch eigentlich schade, dass Sie bei so viel Land Ihr Gemüse von auswärts kaufen müssen.«

Doubler grinste. Diese Angewohnheit, ein Gespräch zu beginnen, als hätte er an den vorangehenden, unausgesprochenen Worten in ihrem Kopf Teil gehabt, war ihm so vertraut. Das war definitiv eine Eigenheit, die er von Midges Mutter kannte.

»Ich weiß, es ist jammerschade, aber meine Kartoffeln füllen meinen Tag komplett aus. Ich bezweifle, dass ich irgendetwas anderem noch meine volle Aufmerksamkeit widmen könnte.«

»Aber ist das nicht eintönig? Nur Erde und Steine? Diese vielen Kartoffeln! Ich glaube, ich würde hier oben verrückt werden.«

»Eintönig? Hier? Gott bewahre, nein. Kaum ein Tag ist wie der andere.«

»Was Sie hier brauchen, Doubler, wie ich Ihnen schon einmal sagte, sind ein paar nette Hühner, die auf Ihrem Hof herumpicken« – sie deutete mit dem Kopf auf die leere Fläche um sie herum – »und vielleicht dort, im Windschatten von dieser Scheune, ein Gemüsebeet. Das wäre ein toller Platz. Schön geschützt.« Sie zeigte auf eine Ecke des nächstgelegenen Feldes, das bis direkt an die Garage reichte.

»Sie haben sicher recht. Eigentlich hatte ich mir vorgenommen, etwas abenteuerlustiger zu sein. Aber die Arbeit kommt mir immer dazwischen. Vielleicht im Ruhestand?«, scherzte er.

Midge hob die Einkaufstüten auf, und zusammen betraten sie das Haus.

Doubler deutete auf die Tüten. »Ich komme auch so ganz gut zurecht, alles in allem. Die Sachen werden vermutlich regional angebaut, und ich komme mit Hilfe meiner Freunde über die Runden.«

»Ihrer Freunde?«, fragte Midge mit hochgezogenen Augenbrauen und einem Hauch Zynismus im Tonfall. Der Mann im Hofladen hatte ihr die Lebensmittel ohne ein Wort des Grußes überreicht. Midge hätte erwartet, irgendeine Nachricht mit guten Wünschen aufgetragen zu bekommen, vor allem da Doubler selbst seit einigen Wochen nicht im Laden gewesen war.

Doubler beschloss nicht zu antworten, sondern machte sich stattdessen daran, die Lebensmittel zu verstauen.

Als er wieder aus der Speisekammer kam, setzte Midge bereits den Wasserkessel auf.

»Also, los. Mum erwartet einen Fortschrittsbericht.«

»Von mir? Ach, da gibt es nicht viel zu berichten, und ich habe erst gestern mit ihr gesprochen.«

»Nichts zu berichten? Das hatten wir beide befürchtet. Haben Sie schon ausgemacht, wann Sie die Grove Farm besuchen? Das ist es, was sie wirklich wissen will.«

Doubler studierte seine Fußspitzen und fragte sich, wie er am besten reagieren sollte.

Midge wirkte ernst. Sie hatte die Hände in die Hüften gestützt. »Haben Sie überhaupt dort angerufen?«

Zerknirscht schüttelte Doubler den Kopf. Er schaffte es immer noch nicht, Midge in die Augen zu sehen. »Leider nein. Ich habe den Mut verloren.«

»Ach, das ist wirklich jammerschade! Ich verstehe, wenn Sie sich nicht ehrenamtlich engagieren wollen, aber dann müssen Sie Mum sagen, dass Sie einen Rückzieher machen, sonst wird sie sehr enttäuscht sein. Sie hat wirklich gehofft, dass Sie einspringen und denen dort aus der Patsche helfen. *Ihr* aus der Patsche helfen. Außerdem rechnet man dort mit Ihrem Anruf, es würde also sehr unhöflich wirken.«

Doubler war entsetzt und verunsichert, was er tun konnte, um die Sache wiedergutzumachen. In den letzten Tagen hatte er sich kaum noch vorstellen können, diesen Anruf zu tätigen. »Ich war sehr beschäftigt hier oben. Die normale Arbeit muss erledigt werden, und ich habe ja auch noch die Haushaltspflichten übernommen. So habe ich schon eine ganze Menge Aufgaben. Da bin ich ziemlich *ausgelastet.*«

Midge blickte sich in der blitzsauberen Küche um. »Sie machen das alles ganz großartig, aber ich glaube, es ist einfach ungesund, sich die ganze Zeit hier oben zu verstecken.«

Doubler protestierte. »Ich bin den Großteil des Tages draußen, und ich sorge gut für mich. Das ist eine gesunde Lebensweise – Ihre Mutter wird das bezeugen.«

»Ich bezweifle ja auch nicht, dass Sie körperlich fit sind. Das meine ich nicht. Mir geht es um Ihre mentale Gesundheit. Sie sehen doch bestimmt tagelang keine Menschenseele hier oben.«

Doubler biss sich ertappt auf die Lippe.

»Machen Sie denn irgendetwas Geselliges? Golf? Bridge? Ein Lesezirkel?«

Doubler schüttelte den Kopf und ließ sich auf einen Stuhl fallen. Er stützte die Ellbogen auf den Tisch und das Kinn in die Hände.

»Was ist mit Freunden? Bekommen Sie viel Besuch hier auf der Mirth Farm?«

Doubler zuckte mit den Schultern.

»Wann waren Sie das letzte Mal zum Essen bei Freunden?« Midge hatte immer noch die Hände in die Hüften gestemmt. Sie fühlte sich so kämpferisch, wie sie aussah.

»Herrje, ich kann mich nicht erinnern. Wir sind viel ausgegangen, Marie und ich. Sie war sehr gesellig. Hat mich wahnsinnig gemacht, um ehrlich zu sein. Aber nachdem sie weg war, hatte ich zu nichts mehr große Lust. Da sind die Einladungen bald ausgeblieben. Ist nicht deren Schuld. Ich habe wahrscheinlich einmal zu oft ›Nein‹ gesagt, also hat man mich irgendwann nicht mehr gefragt.«

Midge setzte sich mit ungläubigem Blick neben Doubler. »Aber das war vor mehr als zwei Jahrzehnten! Sie wollen mir doch nicht ernsthaft erzählen, dass Sie in all der Zeit nicht mehr bei Freunden zum Essen waren?«

Doubler schob sofort seinen Stuhl zurück und stand auf, um sich um den Tee zu kümmern, den Midge vor lauter Schock mitten in der Zubereitung vergessen hatte.

»Vermutlich, ja. Unglaublich, wie schnell die Zeit vergeht. Aber es ist nicht verwunderlich. Ich war sehr in meine Arbeit vertieft, und von Montag bis Freitag hat mir Ihre Mutter Gesellschaft geleistet. Ich war nie einsam.«

»Aber, Doubler, das reicht doch nicht! Was ist mit Ausflügen in die Stadt? Zum Einkaufen? Wie oft pro Woche verlassen Sie tatsächlich den Hof?«

Doubler verstummte wieder. Seinen Kindern hatte er seine Isolation absichtlich verheimlicht, aber Midge würde sich vermutlich nicht so leicht mit einer geschönten Version abspeisen lassen. Außerdem kannte Mrs. Millwood das Ausmaß seines Einsiedlerdaseins. Welchen Sinn hätte es da, es vor ihrer Tochter geheim zu halten. Trotzdem zögerte er, als würde er zum ersten Mal zugeben, wie sehr er im Leben versagt hatte.

Doch sie ließ nicht locker. »Doubler, wie oft fahren Sie in der Woche in die Stadt?«

Doubler schenkte ihnen beiden Tee ein, nahm einen Schluck und konzentrierte sich verbissen auf den Rand seiner Tasse.

»Im Monat?«, hakte Midge nach.

Schließlich blickte Doubler auf und sah ihr in die Augen. »Um ehrlich zu sein, verlasse ich den Hof nicht.«

»Wie, *nie*?«

»Nein. Nicht seit Marie gegangen ist. Ich habe alles so organisiert, dass ich mit dem Nötigsten versorgt bin, und das passt mir sehr gut. Alles, was ich brauche, wird mir geliefert. Ich muss nur zum Telefon greifen. So kann ich mich um die Arbeit kümmern. Meine Kartoffeln sind nämlich ziemlich anspruchsvoll, und selbst im Winter gibt es so viel zu tun. Ich mache das größtenteils allein, müssen Sie wissen – nur ein paar Helfer bei der Ernte. Das meiste erledige ich selbst, und das könnte ich nicht, wenn ich ständig in die Stadt gondeln würde.«

»Ich rede ja nicht von *ständig*. Ich spreche von ein oder zwei Mal die Woche, mal ein bisschen rauskommen, sich mit jemandem unterhalten. Mit irgendjemandem. Sie leben als Einsiedler, das kann nicht gesund sein.«

»Mir geht es gut«, erwiderte Doubler nachdrücklich. »Ich brauche niemanden. Ich meine, natürlich habe ich mich sehr auf den Mittagsplausch mit Ihrer Mutter verlassen. Den vermisse ich fürchterlich.« Seine Augen wurden feucht, und Midge dachte schon, er würde zusammenbrechen, doch er schüttelte sich und richtete sich auf. »Aber ich komme auch so klar. Konversation wird überbewertet, wissen Sie.«

Midge schüttelte traurig den Kopf. »Nein, Doubler, wird sie nicht. Und wenn ich nicht hier wäre, um an Mums Stelle ein Auge auf Sie zu haben – ich will mir gar nicht vorstellen, was mit Ihnen passieren würde. Ich werde jetzt die Nummer der Grove Farm wählen, aber reden müssen Sie. Sie sind schließlich ein intelligenter, interessanter Mensch, und Sie sind absolut in der Lage, mit diesen Leuten Kontakt aufzunehmen. Sie werden sofort Ihre Hilfe anbieten – und mit sofort meine ich, am besten gleich morgen. Und damit Sie keine kalten Füße bekommen, fahre ich Sie das erste Mal höchstpersönlich hin. Ich kann mir vorstellen, dass das ein ziemlicher Schock sein wird, und ich will mich nicht verantwortlich fühlen, wenn Sie zusammenbrechen, weil ich Sie gezwungen habe, sich mit jemand anderem als meiner Mutter zu unterhalten. Kommen Sie, ich habe nicht den ganzen Tag Zeit.«

Sie führte ihn zum Telefon, suchte auf ihrem Handy die Nummer heraus, wählte und reichte Doubler den Hörer mit ungeduldiger Miene, die er mehr fürchtete als eine fremde Stimme am anderen Ende.

KAPITEL 11

Das Telefon klingelte genau in dem Moment, als Doubler sich zum Mittagessen hinsetzen wollte. Er hatte sich noch immer nicht an die Stille am Küchentisch gewöhnt, die so viel lauter war als alle Unterhaltungen, die er dort je geführt hatte. Midges felsenfeste Überzeugung, dass sein Lebenswandel ungesund war, hatte ihn aufgewühlt. Und der Wind, der an den Fenstern rüttelte und heulend Einlass begehrte, verstärkte die Stille in der Küche nur noch.

Doubler hatte den Kopf in die linke Hand gestützt und stocherte desinteressiert mit der Gabel in seinen Kartoffeln herum. Er hatte keinen Appetit. Während er ein Kartoffelstück von einem Tellerrand zum anderen schob, fragte er sich, ob er je wieder Freude am Essen empfinden würde. Mrs. Millwood mochte all die Jahre ein in seinen Augen minderwertiges Mittagessen verzehrt haben, aber sie hatte es *mit ihm* eingenommen. Dieser kleine Unterschied hatte nun überproportional große Auswirkungen auf den Geschmack seines eigenen Essens. Er fügte diese neue Kränkung zu den immer zahlreicheren Gründen hinzu, weshalb ihn Mrs. Millwoods Fehlen dermaßen verstimmte. Er war in Gedanken so mit der Erstellung einer mentalen Liste beschäftigt, dass ihn das schrille Klingeln des Telefons zusammenzucken ließ.

Kaum hatte er sein »Hallo« gestammelt, unterbrach auch schon die vertraute Stimme sein Murmeln. »Nun, Mr. Doubler, Sie spotten doch immer über die Äpfel, die ich esse.«

»Tue ich das?« Er versuchte, etwas Empörung in seinen Tonfall zu legen, um die Wärme aufzuwiegen, die sich tief in seinem Innern ausbreitete.

»Meine bevorzugte Apfelsorte. Sie spotten darüber. Und behaupten Sie jetzt bloß nicht das Gegenteil!« Mrs. Millwood hielt kurz inne, da sie ein Lächeln hören konnte. »Meine Granny-Smith-Äpfel?«

»Nun, ich vermute, es wäre nicht unbedingt der Apfel meiner Wahl, das stimmt. Auch nicht meine zweite Wahl. Ebenso wenig an dritter Stelle. Ich bezweifle, dass es der Granny Smith unter die ersten zehn schaffen würde. Selbst wenn ich hundert Apfelsorten aufzählen könnte, wäre der Granny Smith wohl nicht darunter.« Doubler genoss die Unterhaltung in vollen Zügen und streifte in Gedanken über die Obstplantagen Englands. »Cox Orange, Boskop und, oh, ich habe eine Schwäche für frisch geerntete Bramleys …«

Mrs. Millwood unterbrach ihn schnaubend. »Habe ich Sie etwa nach Ihren Lieblingsäpfeln gefragt? Nein. Ich habe auch nicht um einen *Vortrag* gebeten. Ich will nur, dass Sie offen zugeben, dass Sie meine Äpfel minderwertig finden.«

»Ich nehme an, Sie haben einen Grund für diesen Anruf? Es muss bei Ihnen auf der Station einige sehr kranke Patienten geben, und ich vermute, dass die nicht hören wollen, wie Sie grundlos mit mir streiten.« Noch während er sprach, fragte sich Doubler, ob er je eine so intensive Freude empfunden hatte.

»Es ist nämlich so, Mr. Doubler, ich habe heute etwas gelernt. Ganz durch Zufall. Wie sich nämlich herausgestellt hat – und ich hatte bisher keine Ahnung davon, deshalb hat es meine Apfelvorliebe auch nicht beeinflusst –, war Granny Smith selbst so etwas wie eine *Vorreiterin*. Sie erinnert mich sehr an Ihren John Clarke.« Offenbar merkte Mrs. Millwood, dass sie gleich unterbrochen werden würde, denn sie fuhr eindringlich fort: »Nun, ich weiß, Sie halten ihn für etwas ganz Besonderes, aber seien wir mal ehrlich: Sein Vater war bereits Kartoffelbauer, deshalb lag es ihm quasi im Blut. Granny Smith hingegen ist in den 1830er-Jahren nach Australien gesegelt! Sie war eine echte *Pionierin*. Und wenn man sich vorstellt, wie diese Reise damals gewesen sein muss – ich mag mir das gar nicht ausmalen, Schiffe voller Sträflinge und Krankheiten vermutlich. Aber Maria Ann Smith – so hieß sie nämlich, Maria Ann Smith – hat die beschwerliche Reise auf sich genommen und dort unten in New South Wales eine Obstplantage gegründet. Können Sie sich vorstellen, was das für einen *Mut* erfordert? Sie hat ihren Apfel ganz zufällig entdeckt. Ein Zufallssämling aus einem Setzling, stellen Sie sich das vor! Ich war bis ins Mark erschüttert, als ich das gehört habe. Bis ins *Mark*.«

Doubler dachte intensiv über diese Information nach. Obwohl die Beschreibung einer echten Pionierin auf die alte Dame wohl passen mochte, war er nicht gerade entzückt, dass Mrs. Millwood es so darstellte, als wäre ihr Unternehmergeist Mr. Clarkes genetischer Veranlagung zum Kartoffelzüchten überlegen. Nachdem er diese brandneue Information verdaut hatte, formulierte er seine Antwort.

»Ah, Mrs. Millwood, ich sehe, worauf Sie hinauswollen. Sie wollen sagen, Ihre Granny Smith ist meinem Mr. Clarke ebenbürtig. Richtig? Denn ich glaube nicht, dass die zufällige Entdeckung eines Setzlings sich mit jahrelanger, mühevoller Züchtung von Kartoffeln vergleichen lässt. Ein Zufallssämling aus einem Setzling klingt für mich ein bisschen wie ein *Versehen*. Das kann jedem passieren, Mrs. Millwood.«

Mrs. Millwood war offensichtlich auf diese Erwiderung vorbereitet. »So so! Aber hier ging es nicht um Zufall, sondern um genaue Beobachtung und entsprechende *Hartnäckigkeit*. Sie hat ihren Apfel entdeckt und dann herausgefunden, dass er einige ausgezeichnete und einzigartige Eigenschaften besitzt.« Mrs. Millwood sprach nun sehr laut und schnell, als würde sie mit irgendeinem Hintergrundgeräusch und anderen Dingen konkurrieren, die ihre Aufmerksamkeit verlangten. Doubler lächelte bei der Vorstellung, wie die Patientin Ärzte und Krankenschwestern mit einer Handbewegung fortscheuchte. »Ihren Apfel konnte man nämlich sehr lange lagern, müssen Sie wissen, und dadurch eignete er sich hervorragend, um rund um die Welt verschifft oder über den Winter aufbewahrt zu werden.«

»Das ist wirklich interessant. Aber es kann auch ein Segen sein, zu verderben, Mrs. M. Eine der interessanten Eigenschaften der Kartoffel ist der Umstand, dass sie gar nicht gern reist. Sie hält sich einfach nicht! Und warum, glauben Sie, ist das gut?«

Mrs. Millwood seufzte laut und theatralisch. »Ich habe nicht die leiseste Ahnung, aber ich nehme an, Sie werden mich gleich aufklären.«

»Es bedeutet, dass die Kartoffel nicht als internationales Gut gehandelt werden kann! Fleisch kann man einfrieren und verkaufen, anderes Getreide wie Reis hält sich ewig, aber die Kartoffel will entweder in der Erde oder in Ihrem Bauch sein. Dazwischen hält sie sich nicht gerne auf.«

»Und das ist gut, weil …?«

»Das ist gut, denn sobald etwas auf dem internationalen Markt gehandelt wird, wird es zum politischen *Pfand*. Die Preise schnellen in astronomische Höhen, Bauern werden vom Markt verdrängt, Quoten auferlegt und Sanktionen verhängt. Das alles ist mit der Kartoffel nicht möglich, deshalb baut einfach jedes Land seine eigenen an. Es bedeutet, dass in schweren Zeiten wirtschaftlicher Unruhe die Kartoffel erschwinglich bleibt. Man kann einer Kartoffel *vertrauen*.«

»Und Sie wollen sagen, dass man einem Granny Smith nicht vertrauen kann?«

»Nein, ich sage nur, dass Langlebigkeit nicht immer von Vorteil ist.«

»Wenn Sie ein Apfel sind, ist es einer. Zwei Weltkriege wurden ausgetragen und zweifellos mit Hilfe von Granny Smith gewonnen. Stellen Sie sich nur vor, wochenlang kein Obst, kein Gemüse, und dann dürfen Sie in einen süßen, knackigen, saftigen Granny-Smith-Apfel beißen, so frisch wie an dem Tag, als er gepflückt wurde. Sie würden denken, Sie sind im Himmel.«

»Ein überzeugendes Argument. Das will ich Ihnen lassen, aber es klingt trotzdem ein bisschen mehr nach Glück gehabt als nach sicherem Urteilsvermögen.«

»Glück? Sie nennen das Glück? Eine Frau reist ans andere Ende der Welt, pflanzt von Hand eine Obstplantage, ist so aufmerksam, die Kreuzung von einem einfachen alten Holzapfel und einer einheimischen Apfelsorte zu bemerken, und hegt sie dann so lange, bis eine neue Sorte entstanden ist. Das nennen Sie Glück?« Mrs. Millwood wandte sich vom Hörer ab, um schwach zu husten, das erste Anzeichen, dass sie von ihrem Krankenhausaufenthalt auf irgendeine Art beeinträchtigt wurde. Ihr Husten klang entfernt und erstickt, und es waren noch andere Geräusche zu hören. Vielleicht schenkte sie sich ein Glas Wasser ein. Doubler lauschte und genoss die Intimität des Moments. Als sie ans Telefon zurückkehrte, war ihre Stimme wieder so energisch wie eh und je.

»Sie war sowohl Wissenschaftlerin *als auch* eine Pionierin. Wussten Sie, dass man heute den Granny Smith nicht neu züchten kann? Wenn man es versucht, verwandelt er sich zurück in seine Bestandteile: einen sauren alten Holzapfel oder einen undefinierbaren normalen Apfel. Wenn man einen Granny Smith will, muss man direkt an den alten Wurzelstock zurückgehen. Jeder einzelne Granny-Smith-Apfel, der heutzutage gegessen wird, stammt von diesem einen zufälligen Setzling ab.«

»Alle Achtung, ich schätze, das will schon etwas heißen. Wie viele Granny Smiths werden wohl gegessen?«

»Viele. Vielleicht sogar mehr als unsere allgegenwärtige Maris-Piper-Kartoffel, meinen Sie nicht?«

»Nun, es wäre vermutlich ein Kopf-an-Kopf-Rennen. Eins ist sicher, mein Mr. Clarke und Ihre Mrs. Smith wussten, wie man der Welt etwas hinterlässt.«

»Was ich sagen will, Mr. Doubler. Ich wünsche mir, dass Sie ihr und ihrem Apfel gegenüber etwas mehr Respekt zollen.«

»Mehr Respekt?«

»Ja. So wie Sie über Ihren Mr. Clarke sprechen, sollte man meinen, er wäre der einzige unbesungene Held auf der Welt. Denken Sie nur an die Hindernisse, die es für Mrs. Smith zu überwinden galt! Sie ist als Frau im neunzehnten Jahrhundert zu fremden Ufern aufgebrochen! Mr. Clarke hat vielleicht nicht viel Schulbildung genossen, aber das ist für Sie nur deshalb interessant, weil Sie davon ausgehen, dass alle Männer eine Schulbildung bekommen *sollten*. Eine Frau im neunzehnten Jahrhundert konnte mit überhaupt keiner Bildung rechnen. Frauen sollten nur hübsch aussehen und Kinder gebären.« Mrs. Millwood hielt kurz inne, um nach Luft zu schnappen, ehe sie hastig weitersprach. »Und wie es scheint, war Mrs. Smith gut im Kinderkriegen *und* im Äpfel Züchten. Den Spitznamen Granny Smith hat sie nicht umsonst bekommen. Wobei, wenn ich es mir recht überlege, hätte ihr Mann diese bahnbrechende Entdeckung gemacht, hätten sie den Apfel bestimmt nicht Grandfather Smith genannt, oder? Das erscheint mir jetzt schon ein bisschen *sexistisch*.«

»Oh, da haben Sie zweifelsohne recht. Ich stimme Ihnen durchaus zu. Vielleicht hätten sie ihn Farmer Smith genannt?«

»Gut möglich. Aber hätte Granny Smith nicht selbst Farmer Smith sein können? Ich meine, die Rolle eines Landwirts muss nicht unbedingt ein Mann einnehmen, oder?«

Doubler dachte darüber nach, was das bedeutete, und wünschte sich einen gemütlichen Stuhl in den Flur. Stattdessen stützte er sich vorsichtig auf das Tischchen, wobei er den Hörer fest ans Ohr drückte, als könnte er Mrs. Millwood damit näher heranholen.

Sie fuhr fort. »Das ist sprachlich schon interessant, oder? Es heißt ›Bauersfrau‹, aber einen ›Bäuerinnenmann‹ gibt es nicht.«

»Stimmt.«

»Hat Ihre Frau sich so gesehen? Als Bauersfrau?«

»Gott bewahre, nein. Aus ihrer Sicht hatte sie nicht wirklich etwas mit dem Hof zu tun. Und als Bauer oder Bäuerin muss man doch als Erstes morgens beim Aufstehen und als Letztes, bevor man abends ins Bett geht, an den Hof denken.«

»Ist das Ihr erster und letzter Gedanke, Mr. Doubler?«

»In gewisser Weise, ja. Aber ich betrachte mich nicht als Bauer, sondern als Kartoffel*züchter*. Und als solcher möchte ich später irgendwann einmal anerkannt werden. Ich bin ein *Fachmann*.«

»Dann hätte Ihre Frau den Titel ›Frau des Kartoffelzüchters‹ getragen?«

»Ha!«, schnaubte Doubler. »Das hätte ihr gerade noch gefehlt!« Er schüttelte traurig den Kopf.

Mrs. Millwood entging die Traurigkeit, und sie meinte fröhlich lachend: »Grandfather Doubler und die Frau des Kartoffelzüchters! Was für ein Paar!« Es folgte eine kurze Pause mit gedämpfter Unterhaltung im Hintergrund, bevor Mrs. Millwood sich wieder meldete, diesmal in einem übertriebenen Flüsterton: »Ich muss Schluss machen. Ich ernte hier finstere Blicke.«

»Oh, verstehe«, sagte Doubler, der das Gespräch nur ungern beenden wollte.

»Ich rufe Sie wieder an.«

»Wunderbar.« Er bellte förmlich in den Hörer, um die Verbindung noch irgendwie aufrechtzuerhalten. Doch sie war weg. Es tutete ihm nur noch ins Ohr.

Doubler wanderte zurück in die Küche, um sich mit neuem Schwung seinen gekochten Kartoffeln zuzuwenden. Mrs. Millwood hatte ihm so viel zum Nachdenken gegeben. Da bestand nicht die geringste Gefahr, dass an diesem Nachmittag die Stille zwischen ihn und seine Arbeit treten würde.

KAPITEL 12

Es hatte fast eine ganze Woche gedauert, bis Doubler einen Termin fand, der Maxwell passte, doch nun war er schließlich unterwegs. Zusammengekauert auf dem Beifahrersitz des kleinen roten Autos verließ er zum ersten Mal seit Jahren den Hof. In jeder Variante, die er sich ausgemalt hatte, war er selbst im holprigen alten Land Rover gefahren, doch nun saß er hier neben Mrs. Millwoods Tochter, die kein Erbarmen kannte, zumindest nicht mit ihm. Sie war pünktlich erschienen, hatte vor dem Haus im Wagen gewartet und mehrfach gehupt, während Doubler mit einer Hand auf der Türklinke und der anderen an der Hauswand Halt gesucht hatte. Ihre Beharrlichkeit gab ihm den nötigen Anstoß, und bald bogen sie unten auf die Straße ein.

»Also, was wissen wir über diese Leute?« Midges Ton war versöhnlich. Sie verspürte nun doch einen Hauch von schlechtem Gewissen, weil sie so unnachgiebig gewesen war.

»So gut wie nichts außer den Geschichten, die mir Ihre Mutter erzählt hat. Ich habe bisher nur mit Colonel Maxwell gesprochen, aber ich weiß, dass sie viel zu wenig Leute haben, deshalb habe ich zugesagt, fürs Erste die Schichten Ihrer Mutter zu übernehmen. Nur bis, Sie wissen schon, bis sie wieder voll einsatzfähig ist.«

Doubler bemühte sich, souverän zu klingen, als würde er eine ganz normale Unterhaltung auf dem Weg zu einem nicht weiter erwähnenswerten Termin führen, doch seine zitternde Stimme verriet ihn. Midge warf ihm aus dem Augenwinkel einen Blick zu. Seine Fingerknöchel traten weiß hervor, so fest umklammerte er den Türgriff, und er hatte sich so weit wie nur möglich nach hinten in den Sitz gedrückt. Sein Blick huschte umher, als suche er die Landschaft nach einem Fluchtweg ab.

»Doubler, ich weiß, das hier kostet Sie sehr viel Überwindung, aber ich bin wirklich stolz auf Sie. Sie sind sehr mutig.

Und ich habe ein richtig, richtig gutes Gefühl, was diese Sache angeht. Sie werden ein paar schlechte Gewohnheiten ablegen und gute neue schaffen. Sich ehrenamtlich zu engagieren ist eine rundum tolle Sache, und ich bin sicher, die Leute dort sind wahnsinnig froh, dass Sie aushelfen. Ich wette, Sie haben ein paar Dinge auf dem Kasten, die dort keiner kann, deshalb können Sie bestimmt bei vielem helfen.«

Doubler fragte sich insgeheim, was er für Fähigkeiten besaß. Er kannte sich mit Kartoffeln aus. Wenn die jemanden brauchten, der etwas von Kartoffeln verstand, dann konnte er helfen, ja. Aber abgesehen davon bezweifelte er, überhaupt irgendetwas zu können. Bestimmt musste jemand ans Telefon gehen und Notizen machen. Diese zwei Dinge zumindest würde er hinkriegen.

Doubler blickte aufmerksam aus dem Fenster. Sein Horizont auf der Mirth Farm war endlos. Von dort aus konnte er meilenweit sehen. Diese Aussicht wurde weniger von Tagesanbruch oder Abenddämmerung bestimmt, sondern vom Kommen und Gehen der Jahreszeiten, die begannen und wieder davonzogen, als würde ein riesiger Pinsel die Landschaft vor ihm immer neu malen. Sein Horizont auf dem Hof hatte eine beruhigende Wirkung auf ihn.

Vom Auto aus, am Fuß seines Hügels, mitten in der Landschaft, die er so gut zu kennen glaubte, war der Horizont winzig und zerteilt. Aufblitzende Felder, zwischen Gebäuden kaum zu erkennen, buhlten mit Bäumen um seine Aufmerksamkeit, ohne ihr Potenzial zu entfalten. Er versuchte, diese kurzen Eindrücke im Kopf festzuhalten, bevor sie wieder von der nächsten schnellen Aussicht abgelöst wurden. Die kleine Welt flackerte vorbei, und als die Hecken den Mauern wichen, wurde seine Ängstlichkeit von Neugier vertrieben. Die Stadt hatte sich in den vergangenen Jahren weiterentwickelt und war gewachsen, doch Mrs. Millwood hatte immer so viel über jede Veränderung zu berichten gewusst, dass ihm dieses neue Stadtbild fast schon vertraut vorkam.

Nach fünfzehnminütiger Fahrt, den Großteil davon schweigend, bogen sie in einen holprigen alten Feldweg ein, in dem schwere Fahrzeuge tiefe Rillen hinterlassen hatten, sodass die grasige Erhöhung in der Mitte besorgniserregend am Unterboden von Mrs. Millwoods kleinem Auto kratzte. Sie mussten zweimal anhalten, um Gatter zu öffnen und wieder hinter sich zu schließen, aber bald erreichten sie ein altes Bauernhaus.

»Ich hole Sie dann in zwei Stunden wieder ab, ja?«

Doubler erschrak. Irgendwie hatte er nicht darüber nachgedacht, dass Midge ihn alleine lassen würde. Irgendwie war er davon ausgegangen, dass sie mit hineinkam und sich den Freunden ihrer Mutter vorstellte oder vielleicht einfach nur draußen im Auto auf ihn wartete. Aber nein, nein, das konnte sie natürlich nicht tun.

»Ich komme schon klar«, beantwortete er die Frage, die sie gar nicht gestellt hatte.

»Na dann, ab mit Ihnen.«

»Ja. Natürlich. Bin schon unterwegs. Ade.« Er brauchte einige Augenblicke, um seinen Mut zusammenzunehmen, ehe er ungeschickt aus dem Auto kletterte. Auf dem Weg zum Bauernhaus hörte er den Motor des kleinen roten Wagens im Rückwärtsgang aufheulen. Midge wartete also wirklich nicht auf ihn. Das Bellen eines einzelnen Hundes, tief und anhaltend, verkündete seine Ankunft, als er sich der Haustür näherte. Das Geräusch kam aus Stallungen zu seiner Linken, und bald fiel ein ganzer Chor von Hunden mit ein, von hohem Kläffen bis hin zu einem beunruhigenden Heulen.

Während das vielstimmige Konzert verebbte, drückte Doubler auf den Klingelknopf und lauschte, wie sich jemand im Inneren des Hauses der Tür näherte. In diesem Moment fragte er sich, wie er wohl für einen Besucher klang, der zum ersten Mal auf seinen Hof kam. Die Person dort drinnen machte ziemlich viel Lärm, vielleicht, weil sie mit Schlüsseln und Schlössern kämpfte. Er lauschte weiter. Vielleicht ging derjenige auch nur seiner normalen Beschäftigung nach und hatte das Klingeln gar nicht gehört. Zögernd überlegte Doubler, ob er noch mal klingeln sollte.

»Halloho! Doubler«, rief eine tiefe Stimme hinter ihm. Als er sich umdrehte, sah er, wie sich ein großer Mann durch die Tür eines alten Wohncontainers duckte und die drei Stufen herunterkam. »Sie müssen Doubler sein, richtig? Wir sind nicht im Haupthaus stationiert. Wir versuchen, Olive möglichst wenig zu stören. Kommen Sie, ich führe Sie durchs Hauptquartier.«

Doubler entschuldigte sich stumm bei der verschlossenen Tür und eilte schuldbewusst zum Container hinüber, in dem Colonel Maxwell bereits wieder verschwunden war.

Als Doubler den Kopf hineinsteckte, hatte der Colonel bereits Platz genommen und grüßte seinen Gast mit einer majestätischen Handbewegung. »Willkommen in den Räumen der Geschäftsleitung. Ich möchte mich im Voraus entschuldigen, sollte die überwältigende Weitläufigkeit Sie ein wenig einschüchtern.«

Doubler sah sich um. In dem zugigen rechteckigen Raum befand sich ein billiger Resopaltisch mit zwei Stühlen (auf beiden Seiten des Tisches, als wären sie dauerhaft für Einzelbewerbungsgespräche aufgestellt). Abgesehen davon gab es noch ein etwas ramponiertes Tablett auf einem kleinen Beistelltisch, auf dem ein elektrischer Wasserkocher, Tassen, eine Schachtel Teebeutel, eine Milchflasche und ein Schraubglas mit Zuckerwürfeln standen. Das einzige Regal enthielt einige sorgfältig geordnete Aktenordner. Sonst gab es nicht sonderlich viel zu sehen.

»Die meisten Leute nennen mich ›Colonel‹, aber wenn Sie kein Mann des Militärs sind, können Sie auch gerne Maxwell sagen, oder einfach nur Max. Wie Sie möchten. Machen Sie es sich ruhig bequem.« Er deutete auf den Besucherstuhl, als wäre Doubler zu einer Vernehmung einbestellt.

Obwohl es so wenig zu sehen gab, kämpfte Doubler trotzdem damit, alles zu verarbeiten.

»Hat es Ihnen die Sprache verschlagen, guter Mann?«

»Ich bin … Es ist nicht ganz so, wie ich es mir vorgestellt habe.«

»Tut mir leid, wenn wir Sie enttäuschen, aber wir müssen uns eben behelfen so gut es geht. Begrenzte Mittel und so.«

»Oh nein, das meinte ich nicht. Also, es erfüllt vermutlich seinen Zweck, oder? Ich hatte nur ein paar mehr Leute erwartet. Derek? Paula? Mabel? Olive? Das Team? Mrs. Millwood hat immer so viel vom *Team* gesprochen.«

»Oh, Kumpel, wir sind selten alle gleichzeitig hier. Wir arbeiten schließlich alle freiwillig und wechseln uns ab. Wir erledigen unsere Aufgaben, machen unsere Schicht und hinterlassen uns Nachrichten. Keine große Sache, aber ich zeige Ihnen, was Sie wissen müssen.«

»Und Tiere? Ich hatte Tiere erwartet.«

»Natürlich. Ohne Tiere nützen wir ja niemandem, nicht wahr, guter Mann? Ein andermal bekommen Sie eine kleine Führung durch den Betrieb, aber ich habe heute einen vollgepackten Vormittag, also fangen wir am besten mit einer schnellen Einsatzbesprechung an, einverstanden? Bringt nichts, hier herumzuhängen.«

Beim Betreten des Büros hatte sich Doubler gefragt, ob er etwas enttäuscht war. Schließlich hatte es ihn enorme Überwindung gekostet, den Hof zu verlassen und sich irgendwelchen Fremden zu stellen. Doch er hatte sich mit der unausgesprochenen Hoffnung motiviert, dass Mrs. Millwood hinterher stolz auf ihn sein würde. Als der Colonel nun die Übergabenotizen herunterrasselte und deutlich machte, dass er nur so lange bleiben würde, bis Doubler eingearbeitet war, wurde die Enttäuschung von einer riesigen Welle der Erleichterung weggespült. Er würde gar nicht mit irgendjemandem interagieren müssen. Er war hier als freiwilliger Helfer und würde Mrs. Millwood und Midge beeindrucken, aber es würde kein bisschen anstrengender sein, als zu Hause zu sitzen. Außerdem, dachte er mit Blick auf den spärlich eingerichteten Container, war es immerhin mal ein Tapetenwechsel.

Maxwell ging den täglichen Ablauf mit ihm durch. Es gab nur wenige Routineaufgaben, die man sich merken musste, und außerdem präzise schriftliche Notizen, die für alle Eventualitäten Rat oder Anweisungen gaben. ›Was bei einer Meldung von Tierquälerei zu tun ist.‹ ›Vorgehensweise bei Vermittlung eines neuen Zuhauses.‹ ›Vorgehensweise bei Annahme eines ungewollten Tieres.‹ Doubler warf einen Blick auf die einzelnen Punkte und ging davon aus, dass er all diese Szenarien vermutlich ohne größere Schwierigkeiten meistern könnte.

»Alle Klarheiten beseitigt?«, bellte Maxwell. »Wunderbar. Dann mal los!« Er verließ den Container so hastig, als hätte er Angst, Doubler könnte seine Meinung doch noch einmal ändern. Der Colonel stieg in einen sehr alten Renault 4, der erst nach einigen Startversuchen mit einem wenig überzeugenden Husten zum Leben erwachte, dann knatterte er lautstark davon.

Doubler setzte sich an den Tisch und betrachtete das stumme Telefon. Er überlegte sich, draußen einen Spaziergang zu unternehmen, um sich die Tiere anzusehen, aber er wollte seinen Posten nicht verlassen, falls das Telefon klingelte oder ein Besucher vorbeikam. So saß er mindestens eine halbe Stunde lang reglos da und zwang sich zu warten. Während er einen Bleistift durch die Finger gleiten ließ, fragte er sich, was Mrs. Millwood wohl während ihrer Schichten tat. Er konnte sie sich nicht still sitzend oder schweigend vorstellen. Nein, er hatte sich ausgemalt, einen geschäftig summenden Bienenstock anzutreffen, mit Mrs. Millwood als weiser und ziemlich gebieterischer Anführerin, die alle dazu anspornte, sich für die Schwachen, Kranken und Ungewollten einzusetzen und ein neues Zuhause für sie zu finden.

Da das Telefon weiterhin schwieg, trat Doubler hinaus auf die Treppenstufen, von wo aus er das Bauernhaus im Blick hatte. So konnte er nach Lebenszeichen, abgesehen von seinem eigenen Atem in der Luft, Ausschau halten und würde gleichzeitig das Telefon noch hören. Er betrachtete die Hofgebäude um ihn herum und das Haupthaus selbst. Am liebsten wäre er losgezogen, um alles zu erkunden, aber er traute sich nicht, so schnell schon seinen Posten zu verlassen. Also ging er wieder hinein, um Tee zu kochen. Er öffnete den Karton mit den Teebeuteln und schnupperte misstrauisch daran. Mit einem traurigen Kopfschütteln schloss er ihn wieder. Die Enttäuschung war ihm deutlich anzusehen, als er die spärliche Ausstattung nach einer Kanne oder einem Teesieb absuchte. Seufzend holte er aus seiner Jackeninnentasche ein kleines Stück zusammengefaltetes Papier. Aus der anderen Tasche zog er ein sauberes Baumwolltaschentuch. Während das Wasser kochte, schüttete er vorsichtig den losen Tee aus dem Papierpäckchen in die Mitte des Taschentuchs, das er zu einem provisorischen Teebeutel knotete. Dann goss er das heiße Wasser langsam in die Tasse, ließ den Tee die vorgeschriebenen drei Minuten ziehen und gab zum Schluss Milch hinzu. In kleinen Schlucken trank er seinen Tee, während er sich in seinem Notizbuch die Dinge aufschrieb, die er nächstes Mal mitbringen musste.

Die Minuten krochen vorbei, und nach einer langen Phase ununterbrochener Stille begann er sich zu fragen, ob es überhaupt ein nächstes Mal geben würde. Wie ihm schien, gab es keinen Grund, das Büro ständig zu besetzen. Vielleicht konnte man stattdessen eine Sprechstunde für potenzielle neue Besitzer an einem oder zwei Tagen in der Woche einrichten. Er dachte darüber nach, wie ineffizient eine gemeinnützige Einrichtung war, die nicht vorhersagen konnte, wann ihre Dienste vonnöten waren. Doch als er gerade überlegte, wie er sich aus der Sache herausreden konnte, hörte er das Rumpeln eines nahenden Fahrzeugs und eilte gerade noch rechtzeitig zur Tür, um zu sehen, wie ein alter Pick-up mit Pferdeanhänger auf dem Hof hielt.

Doubler trat hinaus, um den Besucher zu begrüßen, erfreut, dass er das erste Mal während seiner Schicht etwas Sinnvolles tun konnte. Zu seiner Überraschung öffnete eine kleine Frau mit fest unterm Kinn verknotetem Kopftuch die Tür des Trucks und sprang heraus, wobei sie beim Aufkommen schmerzhaft das Gesicht verzog. Dann holte sie einen Gehstock aus dem Wagen, mit dem sie sodann auf Doubler zeigte.

»Sind Sie der Neue?«

»Ja, ich bin Doubler.«

»Dann erwarten Sie mich sicher schon.«

»Nicht wirklich.«

»Hätte in der Akte stehen sollen. Ich bin gekommen, um einen Esel abzuholen. Gebe ihm ein neues Zuhause. Sie müssen mir aber helfen, ihn einzufangen.«

Doublers Blick wanderte von ihr zum Pferdeanhänger, der für sein ungeübtes Auge auf jeden Fall nach einem adäquaten Transportmittel für einen Esel aussah.

Er rief sich die Notizen in Erinnerung, die er zuvor durchgeblättert hatte, und versuchte, sich an das richtige Vorgehen zu erinnern. Gab es irgendetwas Wichtiges zu tun, außer Dankbarkeit auszudrücken und ihr alle Hilfe und Unterstützung anzubieten, zu der er in der Lage war? Das schien ihm am sichersten. Ermutigt durch all die Veränderungen, die er in seinem Leben bereits getroffen hatte, schlüpfte er in die Rolle eines selbstbewussten Mannes, der mit allen Dingen rund ums Thema Tierwohl bestens vertraut war.

»Sie geben ihm ein neues Zuhause? Wie wunderbar. Wir brauchen mehr Leute wie Sie!« Doubler war ziemlich stolz, dass diese Abwicklung unter seinen aufmerksamen Blicken vonstatten gehen würde. »Aber wie Sie wissen, bin ich neu hier. Also werden Sie vorangehen müssen.«

Die Frau, die sich immer noch nicht vorgestellt hatte, schien zu zögern, doch dann marschierte sie mit ihrem Stock als Stütze quer über den zerfurchten Hof. Sie passierten ein Gatter zu einer kleinen leeren Weide, die sie diagonal bis zur nächsten Wiese durchquerten. Diese war von einer dichten Weißdornhecke eingefasst.

»Mein Knie macht Sperenzchen. Sie werden jetzt übernehmen müssen.« Sie reichte Doubler ein Halfter mit Seil, drehte sich um und machte sich auf den Weg zurück zum Hof. Eigentlich wirkte sie dabei ziemlich fit.

Doubler sah ihr hinterher. »Aber ich brauche vielleicht Ihre Hilfe!«, rief er besorgt, weil er noch nie mit einem Esel zu tun gehabt hatte. Außerdem hatte er Angst, das richtige Tier in der Herde womöglich nicht zu erkennen.

Ohne sich umzudrehen, rief sie: »Ich bereite den Hänger vor.«

Doubler wollte niemanden enttäuschen, deshalb ging er vorsichtig auf das Gatter zu, ohne zu wissen, was ihn auf der anderen Seite erwarten würde. Seine größte Sorge stellte sich als völlig unbegründet heraus. Es gab nur einen einzigen Esel, ein kleines Tier mit wunderschönem, dichtem kohlgrauen Fell. Doubler öffnete das Gatter und hielt das Halfter hoch. Der Esel betrachtete ihn nervös und wich einige Schritte zurück.

»Komm schon, mein Junge. Ich hab gute Nachrichten für dich – du bekommst ein tolles neues Zuhause.«

Der Esel machte einige weitere Schritte in die falsche Richtung. Hätte er nach hinten über die Schulter blicken können, hätte er es sicherlich getan.

»Na, komm schon. Wundert mich nicht, dass du Bammel hast. Bist wahrscheinlich mal misshandelt worden. Deshalb bist du überhaupt hier, stimmt's?«

Der Esel reagierte auf seine tiefe, sanfte Stimme, indem er Doubler nicht mehr aus den Augen ließ.

Dieser sprach weiter. »Aber das hier ist ein *neues* Kapitel. Ein neues Zuhause wartet auf dich und jemand, der dich *für immer* liebhaben wird. Du wirst nie wieder einsam sein! Komm schon, mein Junge. Du weißt, wie schlimm es ist, Tag für Tag ohne die Aussicht auf Liebe. Aber hier kommt sie – deine zweite Chance. Komm schon, mein Junge. Die solltest du dir nicht entgehen lassen.«

Der Esel wurde von Doublers Geduld eingelullt und kam langsam auf ihn zu, um Doublers ausgestreckte Hand zu untersuchen. Beim Näherkommen konnte Doubler die Angst in den Augen des Tieres erkennen, außerdem war sein altes Gesicht von verschiedenen Narben, Kerben und Rissen zerfurcht. Aus der Ferne hatte er jung gewirkt, nun aber sah er ziemlich müde aus. Als er nahe genug herangekommen war, beugte Doubler sich vor und schob sanft das Halfter über die Nase und hinter die Ohren, um es dann unterm Kinn zu schließen. An diesem Punkt ergab sich der Esel und trottete brav neben Doubler her, der ihn zurück zum Gehöft führte und dabei beide Gatter sorgfältig hinter sich schloss.

Er führte das gehorsame Tier langsam auf den Hof, wobei er die ganze Zeit murmelnd von den vielen wunderbaren Dingen erzählte, die auf ihn warteten. Doubler war ziemlich stolz auf sich, dass er eine Reihe von Hindernissen überwunden hatte, auf die er nicht sonderlich gut vorbereitet gewesen war. Von der Frau war nichts zu sehen, aber die Rampe des Anhängers war heruntergeklappt, und im Innern wartete ein dickes Bett aus Stroh, das die Pferdebox sehr einladend wirken ließ. Doubler führte den Esel ganz gemächlich zur Rampe, doch sobald das Tier mit den Vorderhufen darauf stand, weigerte es sich, noch einen einzigen Schritt zu gehen. Doubler setzte seinen beruhigenden Monolog fort, um den Esel nach Kräften zu ermutigen, doch dieser rührte sich nicht mehr vom Fleck. Weder vor noch zurück. Doubler fühlte sich hilflos und beschämt. Er konnte den Esel nicht loslassen, denn das wäre ihm unverantwortlich vorgekommen. Er konnte auch nicht nach der neuen Besitzerin rufen, denn das könnte den Esel erschrecken, der immerhin ziemlich ruhig wirkte, obwohl er wie festgewurzelt dort stand. Doch weder mit Zerren am Halfter noch mit einem kräftigen Schubs gegen das Hinterteil konnte Doubler ihn bewegen. Ängstlich sah er sich um und hoffte, die Frau würde jeden Moment wieder auftauchen und ihm helfen.

Während er wartete, hörte er, wie sich mit ziemlich hoher Geschwindigkeit ein Auto näherte. Es war der jammernde Motor des Renault 4. Mit knirschenden Reifen kam er im Tor zum Stehen und blockierte so die Ausfahrt. Colonel Maxwell sprang aus dem Wagen.

»Anfängerfehler. Sie haben die Notizen nicht gelesen, guter Mann!«, rief der Colonel. An seinem Tonfall war nicht zu erkennen, ob er sauer war oder nicht.

Doubler sah sich erschrocken und verblüfft um. Die Frau würde ihm doch sicher Schützenhilfe leisten und die ganze Sache rasch aufklären. »Ich habe die Notizen gelesen. Habe ich etwas übersehen?«

»Den Anhang. Wir gehen ihn gleich noch mal durch, aber zuerst bringen wir besser Percy zurück auf seine Weide, einverstanden?« Maxwell kraulte den Esel hinter den Ohren und führte ihn dann sanft weg vom Anhänger. Der Esel trabte fröhlich los in Richtung des langen Grases im vorderen Feld.

»Fürs Erste können wir ihn hierlassen. Wir beide sollten uns jetzt erst mal um die nette alte Dame kümmern, einverstanden?«

Doubler war überrumpelt von der Gewissheit des Colonels, empfand sie aber gleichzeitig als tröstlich. Er blieb ein paar Schritte hinter Maxwell, der durch seine geistesgegenwärtige Entscheidung, sein Auto direkt am Tor zu parken, dafür gesorgt hatte, dass die Besucherin den Hof nicht verlassen konnte. Sie war inzwischen wieder aufgetaucht und versuchte, ganz allein die Rampe des Anhängers zu schließen.

»Warten Sie, ich helfe Ihnen!«, rief Doubler besorgt.

»Oh, fallen Sie bloß nicht darauf rein«, murmelte Maxwell. »Sie ist so stark wie ein alter Ochse.« In strengem Ton wandte er sich an die Dame. »Also, Mrs. Mitchell. Ich sage es noch ein letztes Mal: *Sie können den Esel nicht mitnehmen.* Sie haben kein Gras für ihn. Er braucht Pflege, Futter und Wasser und die richtige Fürsorge. All das braucht er zum Leben.«

Die Frau hatte tatsächlich die Klappe geschlossen und versuchte nun, ins Fahrerhäuschen des Trucks zu klettern, als wollte sie türmen. Hinter dem Fahrersitz zog sie eine Getränkekiste aus Plastik heraus, die sie umgedreht als Fußtritt benutzte.

»Suchen Sie die hier, Mrs. Mitchell?«

Maxwell winkte mit den Autoschlüsseln, an denen ein dicker Flaschenöffner als Schlüsselanhänger baumelte.

»Sie dürfen diesen Truck nicht fahren. Das ist Diebstahl. Aber der Besitzer hat versprochen, keine Anzeige zu erstatten, wenn wir Truck samt Anhänger unbeschadet zu ihm zurückbringen.« Der Colonel wandte sich nun mit einem gequälten Lächeln an Doubler. »Sie werden nicht glauben, was sie angestellt hat. Sie hat das Gespann an einer Tankstelle geklaut. Der Besitzer war beim Zahlen, und als er wieder rauskommt, brettert sie gerade mit seinem Pick-up davon. Sobald die Polizei informiert war, haben sie mich angerufen. Die wussten schon, wohin sie unterwegs war.«

»Dann hat sie das schon mal gemacht?«

»Oh ja! Oft. Der Tierschutzverein hat den Esel schon vor langer Zeit in Obhut genommen. Sie hat ihn in der Garage gehalten, können Sie sich das vorstellen? Und jetzt versucht sie bei jeder Gelegenheit, ihn hier zu stehlen. Sie hat nicht mal einen Führerschein. Sie wartet nur, bis sie ein passendes Fahrzeug sieht, und kapert es. Einmal ist sie hier im Laster einer Klavierumzugsfirma aufgetaucht. Der Flügel stand noch hinten drin.«

Mrs. Mitchell funkelte den Colonel böse an, schien jedoch wenig interessiert an seinen Ausführungen über ihre bisherigen Vergehen. Völlig unbeeindruckt lehnte sie sich an das Fahrzeug und blickte in die Ferne.

Doubler senkte die Stimme, damit Mrs. Mitchell ihn nicht hören konnte. Er deutete mit dem Kopf in ihre Richtung. »Weshalb kommt sie nicht einfach nachts? Da könnte sie doch wahrscheinlich einfach mit ihm davonspazieren, oder?«

»Tja, das ist es eben – der Esel geht nicht mit ihr mit. Er macht einen großen Bogen um sie. Sie muss warten, bis sie einen neuen Mitarbeiter oder einen Fremden dazu bekommt, ihr zu helfen.«

Sie verstummten beim Klang einer Polizeisirene, doch der Streifenwagen schien am Hof vorbei woandershin zu rasen.

»Wird man sie verhaften?«

»Nein, nein. Das hat keinen Sinn. Ich werde sie jetzt nach Hause bringen und ihr zum hundertsten Mal erklären, weshalb sie den Esel nicht behalten kann. Sie glaubt, man hat ihn ihr gestohlen. Ist ein bisschen wirr im Kopf, die Gute.«

Doubler warf einen vorsichtigen Blick zu Mrs. Mitchell hinüber, deren Gesichtsausdruck so gar nicht wirr wirkte. Sie hatte die Hände in die Hüfte gestützt, ihr spitzes Kinn ragte unter dünnen, geschürzten Lippen hervor, und ihre Augen schleuderten hasserfüllte Blitze in seine Richtung. Nein, keine Verwirrung, nur Härte und Entschlossenheit. Und etwas an ihrer Haltung berührte ihn, denn er fühlte eine Woge von Mitleid und Traurigkeit in sich aufsteigen, die ihn völlig unvorbereitet überrollte. Statt sich gedemütigt zu fühlen, dass sie ihn an seinem ersten Tag bloßgestellt hatte, kam es ihm so vor, als hätte er zum ersten Mal in seinem Leben eine Ahnung von den Menschen bekommen. Verwirrt und seltsam beschämt drehte er sich um, ging in Richtung Wohncontainer und ließ Maxwell einfach stehen. Dieser hatte die Situation sowieso viel besser im Griff. Er würde das Anhängergespann dem rechtmäßigen Besitzer zurück- und Mrs. Mitchell nach Hause bringen, wo er ihr zweifelsohne ordentlich die Leviten lesen würde.

Bevor Maxwell sich auf den Weg machte – Mrs. Mitchell hatte er auf dem Beifahrersitz angeschnallt –, kam er noch einmal kurz zum Container und steckte den Kopf zur Tür herein.

»Wir veranstalten regelmäßige Treffen. Da können wir Dinge inoffiziell besprechen – Sie wissen schon, uns gegenseitig auf dem Laufenden halten, was so los ist. Aufregungen wie das hier vermeiden. Wollen Sie nicht mal mitkommen?«

»Ja, natürlich. Das würde mich sehr freuen, und ich möchte sehr gerne den Rest des Teams kennenlernen.«

»Prima. Dann ist das abgemacht. Wir spielen abwechselnd Gastgeber – ist am sinnvollsten so.«

»Ja, wunderbar. Das klingt logisch.« Doubler war hocherfreut über den versöhnlichen Ton des Colonels und gab sich allergrößte Mühe, nach diesem verpatzten Start ebenso positiv zu klingen.

»Also sind als Nächstes Sie dran. Eigentlich wäre Gracie an der Reihe, da ist es am einfachsten, wenn Sie für sie übernehmen. Wir können die Reihenfolge nicht einfach ändern, ohne dass es weitere Wechsel nach sich zieht. Das ist doch in Ordnung?«

Doubler schluckte und nickte. »Vielen Dank«, erwiderte er, etwas verunsichert vom barschen Auftreten des Colonels. Er beschloss aber, die Anfrage als Ehre aufzufassen.

»Danken Sie nicht mir – danken Sie Gracie. Es war ihr Vorschlag.«

Doubler musste wieder schlucken. Ihn erfüllte eine komplizierte Mischung aus Dankbarkeit und Scham. Eine freundliche Abschiedsgeste rettete ihn vor der völligen Verzweiflung, aber sie reichte nicht aus, um den Gedanken zu verhindern, ob ihn nicht gleich zwei Leute lächerlich gemacht hatten. »Oder drei, wenn man den Esel mitzählt«, murmelte er. Er tröstete sich ein wenig mit dem Wissen, dass Mrs. Millwood diese Geschichte bestimmt unterhaltsam finden würde, und rief sich noch einmal die kleinen Details in Erinnerung, die beim nächsten gemeinsamen Telefonat seine Geschichte lebendig machen würden.

Nachdem das Motorengeräusch von Maxwells Auto verklungen war, senkte sich erneut Stille über den Container herab. Doubler merkte erst jetzt, dass sein Herz wild geklopft hatte. Nun zwang er sich, ruhiger zu atmen. In Gedanken spielte er die vergangenen zwei Stunden noch einmal durch. Drei Momente stachen in seiner Erinnerung besonders hervor: die bombastische Begrüßung des Colonels, die Angst des Esels und sein eigener Stolz, der nur von kurzer Dauer gewesen war. Doch es war Mrs. Mitchells hasserfüllter Blick, der sich in sein Langzeitgedächtnis eingebrannt hatte, und eine kleine, ungenutzte Ecke seines Gehirns besetzte, um dort vor sich hin zu schwelen. Obendrein hatte er auch noch eingewilligt, das gesamte Team auf der Mirth Farm zu empfangen. Doubler seufzte und fragte sich, ob es das war, was Mrs. Millwood im Sinn gehabt hatte, als sie und Midge ihn zu diesem Unfug überredet hatten.

KAPITEL 13

Wieder einmal wanderte Doubler in der Nähe des Telefons hin und her. Er hatte seinen Morgenrundgang abgekürzt, um sich keinesfalls zu verspäten. An diesem Morgen hatte er zum ersten Mal seit Jahrzehnten Tee in einem Becher aufgegossen, ohne sich die Mühe zu machen, eine Kanne vorzuwärmen. Er hatte im Stehen am Herd einen Keks gegessen, unfähig, sich in Ruhe hinzusetzen. Sobald das Telefon klingelte, stürzte er sich darauf.

»Und, wie ist es gelaufen, Mr. Doubler?«

Mrs. Millwood klang schelmisch, als hätte sie bereits von seinem Missgeschick erfahren. Nichtsdestotrotz begann er voller Begeisterung zu berichten.

»Ich finde, man kann durchaus behaupten, dass es nicht hätte schlechter laufen können. Eine totale Katastrophe.«

»Oh, Mr. Doubler, da kehre ich Ihnen nur kurz den Rücken zu, und schon bricht das Chaos aus! Was um alles in der Welt ist denn passiert?«

»Ich hätte beinahe Mrs. Mitchell erlaubt, den Esel zu stehlen.«

»Beinahe? Aber sie hat ihn nicht wirklich mitgenommen?«

»Nein, zum Glück kam der Colonel gerade noch rechtzeitig zurück, um sie aufzuhalten.«

»Aber dann haben Sie doch nicht völlig versagt. Es hätte noch viel schlimmer laufen können.«

»Das ist eine sehr nachsichtige Sichtweise«, meinte Doubler dankbar. »Aber ich glaube, der Colonel war nicht sonderlich beeindruckt.«

»Es ist nicht seine Aufgabe, beeindruckt zu sein«, gab Mrs. Millwood zurück. »Seine Aufgabe ist es, Sie zu beeindrucken. Und ich würde mir keine Sorgen deswegen machen: Die meisten von uns hatten schon ähnliche Begegnungen mit

Mrs. Mitchell. Sehen Sie es einfach als Teil des Einlernens.«

»Das scheint in der Tat der Fall zu sein. Deshalb ist mir schleierhaft, weshalb nicht deutlicher vor dem Risiko gewarnt wird, das sie darstellt. Es gibt im Büro eine ganze Anleitung darüber, wie viele Zuckerwürfel einem zustehen und wie die Vorräte wieder aufzufüllen sind. Grundlage ist die Anzahl an Dienststunden, die man leistet. Wenn ich die Anleitung streng befolgen würde, dürfte ich mir einen Zuckerwürfel pro gearbeiteter Stunde nehmen, was mit ziemlicher Sicherheit nicht genug wäre, würde ich meinen Tee mit Zucker trinken.«

»Oh, das haben Sie sich jetzt aber ausgedacht!«

»Ganz und gar nicht – es steht da in einem Ordner auf dem Regal. Zucker hat seinen eigenen Schnellhefter. Glauben Sie mir, ich habe jedes einzelne Wort in jedem Ordner gelesen, und Mrs. Mitchell wird da kaum erwähnt. Der Colonel steckt hinter dem Zuckerwürfelgesetz, da bin ich mir sicher. Es ist nur sehr schade, dass er nicht genauso sorgfältig war, was das Wohlergehen des Esels betrifft oder die Bedrohung, die diese total verrückte Mrs. Mitchell darstellt.«

»Tja, ich vermute, das genau ist der Knackpunkt. Ist Mrs. Mitchell wirklich verrückt? Im Sinne von krank? Denn niemand im Team würde eine geisteskranke Person verurteilen wollen. Wir sind alle selber ein bisschen verrückt oder durchaus in der Lage, es in der nahen Zukunft zu werden. Vielleicht vermeiden wir es alle, über Maddie Mitchells Geisteszustand zu spekulieren, weil wir dann auch über unseren eigenen nachdenken müssten. Ich wende gerne die Faustregel an: verrückt, gefährlich oder traurig? Nur das ›gefährlich‹ würde mir ernsthaft Sorgen bereiten.«

»Ich rede hier ja von keiner medizinischen Diagnose. Ich denke nur, ein Merkzettel an der Wand – vielleicht an *jeder* Wand – mit dem Hinweis ›Geben Sie unter keinen Umständen Mrs. Mitchell den Esel mit‹ würde ausreichen. Hilfreicher als das ›Handbuch zur fairen Zuckerwürfelverteilung‹. Hätte mir und allen anderen einige Unannehmlichkeiten erspart.«

»Das klingt, als hätte man Sie sich selbst überlassen? Wenn niemand da war, um Sie einzulernen, dann müssen Sie auch keine Verantwortung übernehmen für das, was passiert ist, oder?«

»Das stimmt natürlich, Mrs. Millwood. Ich bin schließlich kein Hellseher. Und ich finde es wirklich schade, dass mich niemand richtig eingelernt hat. Es wäre schön gewesen, das Team kennenzulernen.«

»Passen Sie bloß auf, was Sie sich da wünschen«, warf Mrs. Millwood leise lachend ein.

»Wirklich? Gibt es jemanden, vor dem ich mich in Acht nehmen sollte? Das sind doch sicher alles anständige Leute? Sonst würden sie sich doch nicht ehrenamtlich engagieren, oder?«

»Wir Altchen haben unsere eigenen Gründe, uns zu engagieren. Da müssen Sie nicht tief graben, um die Motive ans Licht zu bringen, die nicht immer so ganz selbstlos sind.«

»Was ist mit dem Colonel? Ein etwas furchteinflößender, aber ganz netter Kerl. Er ist aber der Einzige, den ich kennengelernt habe.«

»Also«, sagte Mrs. Millwood verschwörerisch. Doubler glaubte fast zu sehen, wie sie sich zu ihm vorbeugte und dabei in ihrer Teetasse rührte. »Der Colonel muss immer das Kommando über irgendwas haben, sonst würde er vermutlich tot umfallen. Er ist so ein typischer alter Leithammel in der Krise. Meines Wissens hat er mal ein Regiment oder eine ganze Armee oder irgend so etwas angeführt – jedenfalls viel Verantwortung und viel Respekt seitens der Truppe. Die Art von Respekt, die man sich durch jahrelangen Einsatz erarbeitet, aber nicht unbedingt von den Leuten, die seine Befehle erdulden müssen. Die neuen Rekruten müssen ihn einfach automatisch respektieren.

So was auf dem Lebenslauf zu haben, automatischen Respekt, bedeutet ganz schön viel Macht. Könnte dem einen oder anderen zu Kopf steigen. Und dann geht man in Rente, heim ins zivile Leben, wo der Ruhestand schon ganz exakt durchgeplant ist. Man weiß genau, wie es sein wird, schließlich hat man sich diese Entspannung hart erarbeitet. Man will die Füße hochlegen und es sich gut gehen lassen.« Mrs. Millwood machte eine Pause, vielleicht um einen Schluck Wasser zu trinken, vielleicht um zu schauen, wer auf der Station sonst noch zuhörte. Dann fuhr sie fort: »Aber am allerersten Morgen klingelt um sieben der Wecker, und um fünf nach sieben wird einem plötzlich klar, dass man überhaupt keine Rolle mehr spielt. Die Ehefrau, von der man annahm, dass sie kaum den Mund aufmacht, hat den Rest des Tages durchorganisiert und keinen Funken Respekt für irgendwelche Colonel-Fähigkeiten. Ein paar versuchsweise gebellte Befehle entlocken ihr nur eine hochgezogene Augenbraue. Ihr Gesichtsausdruck sagt alles: ›Damit bist du vielleicht in deinem letzten Job durchgekommen, aber hier habe ich das Sagen, und du wirst wieder ganz unten anfangen müssen.‹« Mrs. Millwood lachte erfreut bei der Vorstellung. »Dann der eigentliche Schock: Es gibt überraschend viel zu tun, und sie erledigt das alles mühelos, ebenso wie tausend andere Dinge. Sie dachten, sie wäre schlicht Hausfrau, aber sie scheint nie zu Hause zu sein. Überhaupt ist sie nie lange an einem Ort. Alles läuft mit wundersamer Leichtigkeit, aber dazwischen besucht sie noch die Alten und Kranken, hilft im Krankenhaus aus, beim Frauenverein vor Ort, trägt maßgeblich zur Verbesserung vieler Leben bei. Und ganz nebenbei taucht wie von Geisterhand Ihr Essen auf dem Tisch auf. Also was unseren Colonel betrifft: Er wird nicht mehr gebraucht. Ausgemustert. Er hat keine Truppen mehr, niemand zollt ihm Respekt, und er hat keine Ahnung, wie man irgendetwas hinbekommt. Sein Leben lang hatte er das Kommando, und als Folge davon ist er absolut alltagsuntauglich. Man kann über den alten Mann lachen, der hilflos die Waschmaschine anstarrt, weil er die Symbole nicht entschlüsseln kann. Aber es ist in Wirklichkeit ziemlich lähmend, wenn einem am Ende des Lebens bewusst wird, dass man im Grunde nicht in der Lage ist, sich selbst zu versorgen. Wenn einem die Frau wegstirbt, würde man nicht überleben. Also gilt es, sich jemanden oder etwas zu suchen, das man anführen kann, und die Frau sich selbst zu überlassen oder wahlweise vor lauter Schreck tot umfallen.«

Doubler lachte aus vollem Halse. Das Geräusch erfüllte die Mirth Farm mit Freude. »Was für ein schillerndes Bild Sie da heraufbeschwören, Mrs. Millwood! Ist er so zur ehrenamtlichen Arbeit gekommen?«

»Oh, höchstwahrscheinlich. Ich kenne die genauen Details nicht, aber er steht für eine Million von Führungspersonen, die sich nicht ehrenamtlich engagieren, um anderen zu helfen, sondern um wieder Leute zu haben, die sie herumkommandieren können. Denn ohne irgendwelche Untergebenen sind sie nichts. Ihnen fehlt die Definition, die Aufgabe.«

»Aber Sie wollen mir jetzt nicht weismachen, dass Sie eine von Maxwells Untergebenen sind? *Sie* kann ich mir in dieser Rolle wahrhaftig nicht vorstellen, Mrs. Millwood.«

»Ich kann ihn ganz gut einschätzen. Für sein Befinden ist es besser, wenn er sich wichtig fühlt, also spiele ich mit. Ich gebe ihm das Gefühl, wichtig zu sein, statt seine Autorität zu untergraben. Das ist gut für seine Gesundheit. Bestimmt ist es nicht einfach für ihn. Es muss sehr einsam sein, sich an ein Leben in zivil zu gewöhnen. Das zuzugeben ist für einen Mann wie den Colonel aber vermutlich unmöglich.«

»Sie sind sehr weise, Mrs. Millwood. Und was können Sie mir über die anderen erzählen?«

»Nun, da wäre Paula. Sie und ich wären normalerweise nicht gerade beste Freundinnen. Das Tierheim hat uns zusammengebracht. Sagen wir mal so, sie würde nicht unbedingt in meinen Strickkreis passen.«

Doubler, der von Mrs. Millwood eigentlich immer nur das Beste über die Leute hörte, genoss diese neue Seite an ihr.

»Erzählen Sie mehr.«

»Sie ist immer irgendwie am *Flirten*.« Mrs. Millwood flüsterte das letzte Wort.

»Wirklich?«

»Oh ja, unverbesserlich. Bei ihr folgt eine Katastrophe auf die nächste. Sie braucht ständig Hilfe, obwohl sie sich eigentlich bestens um sich selbst kümmern kann. Entweder ist es ihr Rasenmäher oder ein Wespennest oder irgendetwas anderes, das Probleme macht. Sie ist nicht in der Lage, das Büro zu betreten und sich in den Dienst von jemand anderem zu stellen. Stattdessen heißt es: ›Oh, ihr ahnt ja nicht, was jetzt wieder passiert ist‹ oder: ›Ich weiß wirklich nicht mehr, was ich machen soll‹, und die Männer schwirren um sie herum wie Bienen um den Honig. Einer der Herren springt garantiert sofort zu ihr ins Auto, um sich um die aktuelle Krise zu kümmern. Ich habe meine Hilfe auch schon angeboten. Sie kam herein und wirkte völlig verstört, weil ihre Katze eine Maus angeschleppt hatte, die sich dann unter den Küchenschränken verkrochen hat. Die Katze tigerte davor auf und ab, und Paula wollte ihr die Maus nicht direkt vors Maul scheuchen. Aber sie wollte auch nicht, dass das Tier sich dort einnistet und sich von Brotkrümeln und Elektrokabeln ernährt. Also musste einer der *mutigen Männer* kommen und sich darum kümmern.« Mrs. Millwood machte eine Pause, um Luft zu holen. »›Paula, also wirklich!‹, habe ich gesagt. ›Komm schon, eine Maus? Ist das dein Ernst? Ich erledige das für dich.‹ Ihren Blick, Mr. Doubler, den habe ich seither nicht mehr vergessen.«

»Was für ein Blick?«

»Ein Blick, der mich zunächst einmal zum Schweigen bringen sollte, aber da steckte noch viel mehr dahinter. Ein Blick, der ausgedrückt hat, dass ich irgendwie die gesamte weibliche Bevölkerung hintergehe. Als würden die Männer nie wieder ihrem albernen Charme erliegen, wenn ich verrate, dass Frauen sich tatsächlich selbst um Dinge kümmern können.«

»Donnerwetter! Das ist aber ein sehr komplizierter Blick.«

»Ja, der war wirklich unmissverständlich. Sie hat die Augen halb zusammengekniffen, aber gleichzeitig schienen sie irgendwie aus den Höhlen zu treten. Höchst beunruhigend.«

»Und was meinen Sie, warum hilft sie im Tierheim mit?«

»Oh, eindeutig wegen der sozialen Möglichkeiten. Sie ist gerne in Gesellschaft von Männern und spielt dort die Verletzliche.«

»Dann hat sie keinen Ehemann oder Partner?«

»Nein. Ich weiß nicht genau, was da los ist, denn ich bin mir sicher, sie würde sofort jemanden finden. Sie ist zwar ein bisschen üppig, aber das kann ab einem gewissen Alter ganz attraktiv sein, finde ich. Wer will schon eine Frau aus Haut und Knochen? Die Männer finden sie jedenfalls anziehend.«

Doubler spürte die besitzergreifenden Zwischentöne, was ihm wiederum einen kleinen Stich der Eifersucht versetzte. (Wessen Interesse versuchte sich Mrs. Millwood zu sichern? Weshalb störte sie sich an der Aufmerksamkeit, die Paula offensichtlich bekam? Doublers Gedanken überschlugen sich.)

»Andererseits, ich schätze mal, jemand wie Paula gibt Menschen wie dem Colonel das Gefühl, gebraucht zu werden, also tut sie letztlich vielleicht etwas Gutes.«

»Nun ja, wir brauchen alle jemanden, der uns das Gefühl gibt, etwas Sinnvolles zu tun.«

»Aber Sie doch nicht, Mr. Doubler. Ich habe noch nie einen so zielstrebigen Menschen getroffen.«

»Machen Sie sich über mich lustig?«

»Nein! Ihre Arbeit ist *unverzichtbar*. Noch dazu kann niemand sonst sie erledigen, weil niemand sonst Ihren Weitblick besitzt. Und Sie arbeiten auf den wichtigsten Stichtag überhaupt hin.«

»Den im April?«

»Nein. Den allerletzten Stichtag. Niemand wird Ihre Arbeit für Sie beenden, wenn Sie mal unter der Erde sind. Das ist ein Wettlauf gegen die Zeit, nicht wahr? Wenn Sie sterben und das Große Kartoffelexperiment nicht vorher irgendwo festgehalten und anerkannt wurde, dann geht Ihr gesamtes Lebenswerk den Bach hinunter. Zack.«

Doubler erschrak ob der Wichtigkeit seines eigenen Unterfangens. Er hatte das Gefühl, dass so etwas wie Höhenangst zuerst seine Knie erfasste und sich dann irgendwo tief in seinem Bauch einnistete, als er seinen Tod und die ewige Verdammnis vor sich sah, wo sein Versagen ihn verhöhnte und verfolgte. Doch noch im Fallen registrierte sein Gehirn ein weiteres Gefühl: eine wärmende Zufriedenheit, die unbedingt wahrgenommen werden wollte. Denn hinter dem möglichen Versagen steckte doch eindeutig auch ein unmissverständliches Kompliment. Er schob beide Empfindungen beiseite, um sie später genauer zu untersuchen, denn er wollte nicht, dass Mrs. Millwood ihren Schwung verlor.

»Und was ist mit den anderen? Was ist mit Derek und Mabel und Olive?«, drängte er in der Hoffnung, das Telefonat zu verlängern.

Mrs. Millwood ließ sich jedoch nicht so leicht festhalten. »Ich muss Schluss machen. Ich ernte schon wieder mahnende Blicke. Ich melde mich morgen wieder bei Ihnen.«

»In Ordnung, Mrs. Millwood.« Voller Respekt für ihre begrenzte Telefonzeit ließ er sie ziehen, doch statt zu seinen Kartoffeln zu eilen, um sein Versprechen einzulösen, dachte er über Mrs. Millwoods Wortwahl nach. Sie hatte seine Arbeit »unverzichtbar« und »wichtig« genannt. Sie schien den Anbau von

Kartoffeln nicht als niedere Tätigkeit zu betrachten. Er fragte sich, ob es wohl zu gewagt war, sich auszumalen, dass sie ihn für seine Zielstrebigkeit *bewunderte*. Doubler verspürte eine ganz neue Gefühlsregung, eine, die er vor Jahren begraben hatte. Er war stolz.

KAPITEL 14

Grove Farm, wo der Tierschutzverein untergebracht war, lag in einer kleinen Senke in einem friedlichen Tal. Zwischen dem Hof und Doublers Zuhause befanden sich die Stadt, eine beängstigende neue Umgehungsstraße, ein Supermarkt, ein Tierbedarfsgroßhandel und die ständig wachsenden Ländereien von Peele, dem Kartoffelbaron. Grove Farm war agrartechnisch einst wesentlich bedeutsamer gewesen und hatte sogar von sich behaupten können, so etwas wie wohlhabend zu sein, doch im Lauf der Jahre hatten sich die Größenordnungen verschoben, in denen ein Hof rentabel wirtschaften konnte. Es war eine Zeit gekommen, in der das Land für andere Nutzungsarten wesentlich wertvoller war, verglichen mit den sinkenden Einnahmen, die der Erde abgetrotzt werden konnten. Olive und Don, die Besitzer des Bauernhofs, hatten den Großteil ihrer Ackerflächen an Peele verkauft und damit seine Position als größter Kartoffelbauer der Region zementiert. Olive und ihr Mann hatten vor, die ihnen verbleibenden Tage als Hobbybauern zu verbringen. Dieser Handel hätte einen perfekt choreografierten letzten Tanz darstellen können, denn er nahm den beiden viele der Belastungen eines Bauernlebens ab, verschaffte ihnen ein gutes finanzielles Polster, und sie blieben trotzdem im Rentenalter mit den Füßen im Ackerboden verwurzelt. Doch wie viele Bauern bestätigen werden, laufen solche Dinge nicht immer nach Plan. Don war plötzlich tot umgefallen, sodass Olive vor mehreren Hektar Arbeit, einem Haus voller Kummer und einer Zukunft des Trauerns stand.

Don war ein anständiger Mann gewesen und hatte ein gutes Leben geführt. Er hatte genau die richtige Mischung aus praktischer Veranlagung und Sensibilität besessen, um sowohl ein hervorragender Bauer als auch ein fürsorglicher Ehemann zu sein. Olive hatte diese Eigenschaften mit ihm geteilt, was ihre Beziehung äußerst harmonisch gemacht hatte. Es war auch der Grund, weshalb sie sich weigerte, nach seinem Tod zusammenzubrechen. Stattdessen kam sie bewundernswert gut klar, außer an jenen Tagen, an denen die Traurigkeit sie lähmte.

Grove Farm beherbergte nun schon seit einigen Jahren das Tierheim. Es hatte als vollkommen symbiotische Zusammenarbeit begonnen, erdacht und ausgeführt von Colonel Maxwell. Das Tierheim nutzte die Ställe, beweidete die Wiesen und gab dem Hof eine Aufgabe. Das Arrangement lenkte Olive von ihrer herzzerreißenden Einsamkeit ab und verlieh ihrer Woche eine gewisse Struktur, nach der sie sich verzweifelt sehnte. Doch im Laufe der vergangenen zwölf Monate hatte man sie immer weniger in Anspruch genommen, und nun wurde sie das Gefühl nicht ganz los, dass sie von ihrem eigenen Grund und Boden verdrängt wurde. Der einzige regelmäßige Kontakt, den sie mit dem Tierheimbetrieb momentan hatte, fand jeden Freitag statt, wenn Maxwell und vielleicht Derek oder ein anderer aus dem Team sie besuchten, um sie über die Aktivitäten der Woche zu informieren. Da es sich um die einzig verlässliche Schnittstelle handelte, waren diese kurzen Treffen für Olive außerordentlich wichtig geworden.

Sie öffnete Derek und Maxwell die Tür, wie sie es jeden Freitag tat. Wie immer schlug ihr Herz ein bisschen schneller, als sie sich beeilte, ihre Besucher hereinzubitten. Sie verspürte einen kleinen Adrenalinstoß in Erwartung des Ungewöhnlichen, das die Monotonie ihres Tages durchbrechen würde. Und wie jede Woche folgte darauf auch heute die Ernüchterung, als sich der Colonel ungeduldig an ihr vorbeidrängte. Man sah ihm an, dass er nur widerwillig ein Ritual ausführte, für das er eigentlich gar keine Zeit hatte.

»Melden uns hiermit zum Dienst.« Maxwell hob mit übertriebener Geste seine flache Kappe.

Derek hielt sich ein paar Schritte hinter ihm, sah Olive aber in die Augen, als er ihr die Hand schüttelte, und lächelte mitfühlend. Derek bewunderte den Mann des Militärs und sein forsches Auftreten, aber gleichzeitig war es ihm peinlich, dass der Colonel dieses ständig betonen musste. Um einerseits dem Colonel Respekt zu zollen und andererseits Olive seine Verbundenheit zu signalisieren, setzte Derek eine möglichst neutrale Miene auf, genau in der Mitte zwischen den beiden Gefühlen, die in ihm kämpften.

Unerklärlicherweise hatte Olive Angst vor dem Colonel und war so eifrig bemüht, es ihm recht zu machen, dass sie vor lauter Verletzlichkeit in seiner Gegenwart vollkommen hilflos wurde. Bei Derek hingegen hatte sie nicht das Gefühl, ihn beeindrucken zu müssen. Ihn hatte sie sofort gemocht. Doch leider kümmerte sie sich nicht um die Freundschaft mit ihm, obwohl es sie wenig Mühe gekostet hätte, sie in etwas Kostbares zu verwandeln. Das war wirklich bedauerlich, denn Derek hätte Olive alles geboten, was sie von einer Freundschaft erwartete. So verhinderte der Colonel mit seinem zwanghaften Bedürfnis, im Zentrum zu stehen, dass die Menschen in seiner Umlaufbahn die Anziehungskraft der anderen um sie herum spürten.

Der Colonel nahm das angebotene Glas Saft und griff in die Keksdose. Den Sitzplatz jedoch lehnte er ab. Für die Kekse mit Vanillefüllung hatte er nur einen verächtlichen Blick übrig. Er konnte kaum verbergen, dass er sie als kläglichen Ausgleich für die zusätzliche Zeit betrachtete, die er am Ende jeder Woche opferte, um Olive Bericht zu erstatten.

Er wippte auf den Fersen hin und her, während er die Neuigkeiten der Woche durchforstete, um nur die Fakten herauszusieben, die er als relevant für Olive betrachtete. »Es gibt einen neuen Rekruten. Sie werden ihn sicherlich mal auf dem Gelände sehen. Er springt vorübergehend für Gracie ein. Stiller Typ, Kartoffelbauer Doubler. Wahrscheinlich merken Sie nicht mal, wenn er hier ist.«

Olive erinnerte sich an den Moment zu Beginn der Woche, als Doubler an ihre Tür geklopft hatte, und wie sehr sie bedauert hatte, ihm die Tür nur wenige Sekunden zu spät geöffnet zu haben. »Ja, ich habe schon gehört, dass er bei uns einsteigt, und gesehen, wie er gekommen ist. Er soll ein faszinierender Mann sein. Ich freue mich, ihn kennenzulernen. Etwas Durcheinander stört mich nicht. Ich mag es, unter Leuten zu sein, und etwas Abwechslung wird mir ganz guttun.« Olive hasste sich dafür, dass sie den Colonel so flehend ansah, aber sie sah keine andere Möglichkeit, in der kurzen, ihr zugebilligten Zeit die Tiefe ihrer Gefühle auszudrücken. Sie hörte sich wimmern und mochte sich noch weniger.

»Faszinierend? So wird er beschrieben? Schwer zu sagen, was an ihm faszinierend sein soll. Aus dem werden Sie nicht viel rauskriegen – bleibt gern für sich –, aber ganz unter uns, es bringt sowieso nicht viel, ihn kennenzulernen. Ich weiß nicht, ob er meine erste Wahl gewesen wäre, aber ich habe ihn angenommen, um Gracie einen Gefallen zu tun. Scheint ihr wichtig zu sein. Aber ich bezweifle, dass er lange dabei sein wird. Ich habe den Eindruck, dass er sich nur als Übergangslösung sieht, als Ersatz für Gracie, bis wir eine dauerhaftere Lösung finden.«

»Wie geht es Gracie denn? Was hört man so?« Olive sah Derek an, denn sie wusste, dass die beiden sich nahestanden, aber der Colonel war mit seiner Antwort schneller.

»Leider nicht gut. Die Chemo hat nicht angeschlagen – ihr Körper hat sie wohl komplett abgelehnt – also wird man sie noch eine Weile dabehalten, bis die Ärzte die Situation im Griff haben. Wahrscheinlich überlegen sie, was die beste Vorgehensweise ist. Schlechte Prognose, fürchte ich. Wenn die Halbgötter in Weiß nur noch darauf warten, bis man sich so weit erholt hat, dass sie einen ohne weitere Behandlung heimschicken können, dann kann das nichts Gutes heißen.«

Derek schaltete sich eilig ein, als er Olives bekümmerte Miene sah. »Es ist nicht wirklich so eindeutig – wir warten auf weitere Nachrichten, und Sie wissen ja, was für eine Kämpfernatur Gracie ist. Ich werde sie am Wochenende besuchen, soll ich ihr da alles Gute von Ihnen ausrichten?«

»Ja, bitte tun Sie das. Mein Gott, hoffentlich fühlt sie sich nicht zu elend. Ich wünschte, ich könnte irgendwie helfen.«

Der Colonel sah auf die Uhr und klimperte mit den Autoschlüsseln in seiner Tasche. Er machte bereits Anstalten zu gehen.

Olive war jedoch noch nicht bereit, wieder in die Einsamkeit zurückgeworfen zu werden. Bei dem verzweifelten Versuch, den Colonel am Küchentisch zu halten, verschluckte sie sich beinahe an ihren Worten. »Wie geht es den Tieren? Wie sieht es mit der Beweidung aus? Muss bis zum Frühling noch irgendetwas erledigt werden?« Ihr Jammerton war erbärmlich. Sie wünschte sich so sehr, die beiden Männer würden Platz nehmen, über ihre Arbeit sprechen und sich mit ihr beraten. Sie wollte etwas beitragen, Veränderungen vorschlagen, vielleicht sogar ein paar Entscheidungen fällen. Doch mehr als all das wünschte sie sich eine Unterhaltung, die länger dauerte als zehn Minuten jeden Freitag.

»Wir haben alles unter Kontrolle, denke ich. Der Tierbestand ist mehr oder weniger unverändert. Eine miese Zeit für Vermittlungen. Aber die Woche war nicht völlig ereignislos. Beinahe hätten wir den verdammten Esel verloren.«

»Percy?« Olive schlug die Hände vors Gesicht. »Geht es ihm gut?«

»Oh ja. Doubler, der Neue, hätte den armen Kerl fast Mrs. Mitchell übergeben. Da war er gerade mal eine Stunde im Dienst!«

Olive lachte. Die Vorstellung, wie Mrs. Mitchell den neuen Mitarbeiter überlistete, gefiel ihr, und diese neue Entwicklung übertünchte ihre Verzweiflung.

Der Colonel war weniger amüsiert. »Ich kann den Laden hier keine Minute alleine lassen, ohne dass nicht beinahe irgendeine Katastrophe passiert. Manchmal wünschte ich, ich hätte bessere Leute – sie sind einfach nicht ausreichend dafür ausgebildet.«

»Colonel, das ist dann doch ein bisschen übertrieben.« Derek war klar, dass er zu den Männern gehörte, von denen der Colonel sprach. Er wusste, dass der Colonel ihm misstraute und ihn auch beim Militär nicht in seiner Truppe hätte haben wollen. »Wir engagieren uns hier ehrenamtlich und investieren viel Zeit. Ich finde, unter diesen Umständen leisten wir ganz gute Arbeit. Und wir sind alle bereit dazuzulernen.«

»Ehrenamtliche Arbeit ist keine Entschuldigung dafür, die Messlatte zu senken. Wenn überhaupt, dann wird mehr erwartet. Wir haben mit der Kraft unserer freiwilligen Helfer zwei Weltkriege gewonnen. Diese tapferen Männer würde man nicht dabei erwischen, einer Fremden einfach einen Esel zu übergeben.«

»Aber diese Soldaten haben wenigstens eine gewisse Ausbildung genossen.« Derek fühlte sich angegriffen und ging in Verteidigungsposition. Wenn der Colonel sich selbst zu ihrem Anführer ernennen wollte, dann sollte er doch auch die Verantwortung für ihre Unzulänglichkeiten übernehmen, oder etwa nicht? Außerdem wollte Derek vor Olive nicht so verächtlich niedergemacht werden, doch während er seinen Einspruch vorbrachte, fragte er sich, wen er eigentlich verteidigte: sich selbst, den Rest des Teams oder den Neuen.

»Stimmt, stimmt. Wohl gesprochen. Führung. Darauf läuft es letztlich immer hinaus. Und Ressourcen.« Der Colonel schüttelte den Kopf, bestürzt über den Mangel an Führungsmöglichkeiten als auch an Ressourcen, die ihm zur Verfügung standen. »Olive, ich muss los. Es gibt viel zu tun.«

Olive wusste, wenn sie den Besuch der beiden hinauszögerte, verlängerte sie auch ihre eigene Qual, aber der Gedanke an die leeren Tage vor ihr war noch viel schrecklicher. Die Verzweiflung, die sie an sich so verabscheute, war ihrem Gesicht und ihrer Stimme deutlich anzumerken, doch sie konnte nicht anders. »Es steht doch sicherlich bald wieder ein Treffen an, nicht wahr? Eigentlich wäre Gracie an der Reihe, richtig?«

»Ja, was für eine Schande. Es war immer ganz passabel bei ihr. Verdammt schade, dass das ausfällt.« Der Colonel blickte wieder auf die Uhr, als ob das Vergehen der Zeit sein Bedauern noch verstärken würde. Seit seinem letzten Kontrollblick waren höchstens ein oder zwei Minuten vergangen.

»Vielleicht könnte ich Sie alle hier bewirten? Das würde ich sehr gerne tun.« Olive schöpfte Hoffnung und erlaubte sich ein aufgeregtes Zittern in der Stimme.

»Nicht nötig, überhaupt nicht nötig«, beteuerte der Colonel. Nichtsdestotrotz ließ er kurz den Blick umherschweifen, als überprüfe er die Räumlichkeiten auf ihre Tauglichkeit. Er landete beim enttäuschenden Keksangebot und verwarf den Gedanken so schnell, wie er gekommen war. »Der Neue übernimmt. Ist am besten, ihn gleich ins kalte Wasser springen zu lassen.«

Olives Miene leuchtete auf. »Oh, auf der Mirth Farm? Wie schön. Ich wollte schon immer mal dort hinauf. Die Aussicht muss umwerfend sein. Wahrscheinlich kann man auf all das hier runterschauen.«

»Natürlich sind Sie eingeladen, sich uns anzuschließen, aber machen Sie sich keine Umstände. Es ist ja nicht gerade um die Ecke, und ich weiß, dass Sie keine geübte Fahrerin mehr sind, also müsste Sie jemand mitnehmen. Warum warten Sie nicht ab, ob er überhaupt bleibt? Könnte ja sein, dass er nicht länger als eine Woche durchhält.«

Das Problem mit dem Colonel ist, dachte Olive widerwillig, dass er zwar grausam ist, aber meistens recht hat. Vermutlich würde jemand sie im Auto mitnehmen müssen, und dann wäre sie für einen der anderen eine Last. Es stimmte außerdem, dass der neue Mitarbeiter sich noch nicht bewiesen hatte. Ihre Begeisterung verebbte.

»Ich kann ja ein anderes Mal kommen«, sagte sie traurig. Dann fiel ihr etwas Tratsch ein, den sie erst vor Kurzem beim Metzger gehört hatte. »Wobei die Mirth Farm ja bald zum Verkauf stehen soll. Peele will sie angeblich übernehmen.«

Der Colonel, der versuchte, sich unauffällig Richtung Haustür zu bewegen, hielt in diesem peinlichen Unterfangen inne. Zum ersten Mal seit seiner Ankunft war er ernsthaft interessiert an etwas, das Olive zu sagen hatte. »Ach ja? Nun, Peele kauft ja alles auf, insofern ist es nicht wirklich verwunderlich, aber Doubler hat nichts von irgendwelchen Planänderungen erwähnt. Wie verlässlich ist denn Ihre Quelle?«

»Ernie hat es mir erzählt, und er weiß meistens über alles Bescheid, was in der Gegend passiert. Was die Bauern betrifft auf jeden Fall.«

»Ja, dieser Metzger hat wirklich ein Talent dafür, Neuigkeiten vor allen anderen aufzuschnappen. Wobei er sie auch nicht lange für sich behält. Nur zu gern packt er ein halbes Pfund Würstchen in eine Lage Tratsch ein.«

Olive rang sich ein Lächeln ab und wusste, dass sie geschlagen war. »Wenn das Land mal Peele gehört, werde ich dort nicht mehr raufkommen. Das hier war wahrscheinlich meine letzte Chance.«

Entnervt schaltete sich Derek ein, obwohl er damit riskierte, den Colonel zu verärgern.

»Seien Sie nicht albern, Olive – ich hole Sie ab. Natürlich kommen Sie zum nächsten Treffen mit. Es ist schön, alle beisammen zu sehen, und wer weiß, wer in einem Monat mit dabei ist. Nichts ist so sicher, als dass nichts sicher ist.«

Olive sah Derek an und nickte ihm erleichtert zu. Natürlich war sie ihm dankbar. Es war nett von ihm, sich um sie zu kümmern, wie er das oft tat, selbst wenn es bedeutete, dem Colonel die Stirn zu bieten. Aber es war dessen Anerkennung, die sie suchte, von ihm wollte sie eigentlich eingeladen werden. Absurderweise ärgerte sie sich auf einmal über Derek, weil er den Colonel davon abgehalten hatte, die Einladung selbst auszusprechen. Nun musste sie ohne seine Zustimmung gehen. Abrupt drehte sie sich von Derek weg, dessen Freundlichkeit immer noch in der Luft hing.

»Nun, Colonel, ich denke, damit wäre das geklärt. Ich werde mit Derek kommen und mich somit Ihnen allen anschließen. Vielleicht haben wir da ein bisschen mehr Zeit, um die Pläne für nächstes Jahr zu besprechen. Sie haben es immer so eilig.«

»Heute ganz besonders, fürchte ich. Bin auf dem Sprung. Kommen Sie, Derek, wir müssen los. Genug herumgetrödelt.«

Olive ging voraus, um ihnen die Tür zu öffnen. Sie lächelte tapfer, als der Colonel sich an ihr vorbeischob, und winkte Derek schwach zu. Nachdem sie die Tür hinter den beiden geschlossen hatte, ließ sie sich dagegen sinken und kniff fest die Augen zu, um die Tränen zu unterdrücken.

KAPITEL 15

Doublers Optimismus blühte weiter auf, verstärkt durch die regelmäßigen Telefonate mit Mrs. Millwood und die seltsame Intimität, die das Telefon in ihre Beziehung gebracht hatte. Sein Morgen war bisher perfekt gewesen. Er hatte seinen Rundgang über den Hof gemacht, das Fernglas über der Schulter, und dabei kleine Dinge wahrgenommen, die er zuvor nie beachtet hatte. Der Frühling kämpfte bereits gegen die Elemente, drückte mit aller Macht durch den harten Boden, um demnächst mit Pauken und Trompeten hervorzuplatzen. Normalerweise konzentrierte sich Doubler auf seine Kartoffeln und schrieb sämtliche anderen Lebenszeichen als für seine Sache irrelevant ab. Doch nun war sein Herz erfüllt von einer neuen Energie, die bestens zur Entschlossenheit der verdorrten Hecken passte, wieder voll aufzublühen.

Auf dem Weg zurück zum Haus machte Doubler einen Abstecher in die Destillerie, wo er im Dämmerlicht ein paar Minuten lang den Duft der Dunkelheit einatmete. Durch seinen Morgenspaziergang belebt, tauchte ein ungebetener Gedanke in seinem Kopf auf, zuerst als vage Idee, die jedoch fast sofort die Gestalt eines Planes annahm, mit klaren Konturen und merklichem Gewicht. Er schaltete das Licht an und ging zum Destillationsapparat hinüber. Dort, an der gegenüberliegenden Wand, stapelte sich ein halbes Dutzend uralte Eichenfässer, dunkelfleckig vom früheren Gebrauch. Doubler schob einige Kisten beiseite, um sie genauer unter die Lupe nehmen zu können. Mit dem Daumen fuhr er einen Fassreifen entlang, drückte die Nase ans Holz und atmete tief ein. Die berauschende Mischung aus Holzzucker und Kohle war immer noch zwischen den Dauben gefangen.

»Gerste«, sagte er zu den Fässern. »Vermute ich.« Er blieb noch einige Minuten stehen und erlaubte dem Gedanken, sich weiterzuentwickeln, bevor er hinter sich abschloss und den Hof überquerte. Nicht ohne mit ausgestrecktem Daumen zuversichtlich in die Kamera zu grüßen.

An diesem Morgen hatte er sich Zeit gelassen, sodass das Telefon schon klingelte, als er gerade erst seinen Tee aufgegossen hatte. Er ließ ihn in der Kanne neben dem Herd ziehen und eilte in den Flur hinaus.

»Wo waren wir stehengeblieben?«, fragte Mrs. Millwood, als er den Hörer ans Ohr hob.

Mit einem glücklichen Seufzer lehnte sich Doubler an die Wand, um sich auf eine längere Unterhaltung einzurichten.

»Wir hatten versucht, die dunklen Tiefen des Colonels zu erkunden«, antwortete er und hakte in Gedanken die freiwilligen Helfer von der Liste ab.

»Das, Mr. Doubler, möchte ich mir lieber nicht allzu bildlich vorstellen.«

Doubler lachte. »Und wir haben über die flirtende Paula gesprochen.«

»In der Tat. Mehr muss über die flirtende Paula auch nicht gesagt werden. Also ist es an der Zeit, Ihnen von Mabel zu erzählen.«

»Flirtet sie auch so gerne?«

»Oh nein. Mabel ist viel zu sehr damit beschäftigt, die Welt zu verbessern, um zu flirten.«

»Also ist sie so was wie ein Gutmensch?«

»Ja, ganz genau. Das Wort ist wie für sie geschaffen. Und was sie noch unerträglicher macht: Sie hat immer auf alles eine Antwort.«

Doubler, der stets mit Kritik rechnete, sich gleichzeitig nach Lob sehnte und bei Mrs. Millwood aufmerksam auf das eine oder andere lauschte, merkte sofort auf. Schließlich hatte *er* auch immer auf alles eine Antwort, das hatte er sich in der Vergangenheit oft genug sagen lassen müssen. Bisher hatte er es jedoch stets als Feststellung einer Tatsache aufgefasst, nicht als Kritik. »Wie *ich*, meinen Sie? An mir haben Sie das auch schon bemängelt, nicht wahr?«

»Nein. Sie haben nur Antworten auf Dinge, über die Sie Bescheid wissen. Dinge, bei denen Sie sich sehr sicher sind. Mabel hat eine Antwort auf alles. Es gibt buchstäblich nichts, was sie nicht weiß.«

»Buchstäblich?«

»Im wahrsten Sinne des Wortes. Sie kennt sich mit allem aus und kann normalerweise auch immer auf persönliche Erfahrungen zurückgreifen, deshalb kann sie sich zu allen erdenklichen Themen äußern. Ihr Onkel oder ihr Bruder oder ihr Nachbar oder irgendjemand sonst hatte genau das Gleiche, nur noch schlimmer, deshalb weiß sie genau, wovon man spricht.«

»Sie hat viel Einfühlungsvermögen.«

»Schlimmer. Bei ihr hat das *zwanghafte* Ausmaße.«

»Das klingt amüsant.«

»Um ehrlich zu sein, ist es manchmal ganz nützlich, sie im Team zu haben, denn sie kennt all diese Leute wirklich und hat schon so viel erlebt. Auf den ersten Blick scheint es ja nicht plausibel, dass eine Frau, die ihr gesamtes Leben in einem beschaulichen Städtchen verbracht hat, über so viel Wissen und einen solchen Erfahrungsschatz verfügt. Aber ich glaube, ich weiß, woher es kommt.

»Woher?«

»Weil sie ihre Nase in absolut alles reinsteckt. Beim geringsten Hauch eines Skandals oder einer Intrige steht sie bei den Leuten auf der Matte. ›Komm, ich mach dir einen Tee, ja?‹ steht für ›Erzähl mir alles, was du weißt, solange die schmutzigen Details noch neu sind.‹ Dann verteilt sie diesen frisch gesammelten Tratsch in kleinen Portionen an ihren Kreis weiter. Sie ist die selbsternannte Verbreiterin von Klatsch und menschlichen Dramen. ›Also das ist wirklich hart, dass dein Schwiegersohn mit der Raumausstatterin im Bett erwischt wurde, aber erzähl es bloß nicht jedem – sonst wird nur getratscht‹, sagt sie. Und wenn eine Woche später zufällig jemand erwähnt: ›Ach, ich bin am Überlegen, diese nette Raumausstatterin Dionne zu engagieren‹, dann senkt sie die Stimme und flüstert: ›Das würde ich an deiner Stelle lieber nicht tun …‹ Dann fragt man sich natürlich, ob die Vorhänge oder die Dame selbst nicht zu empfehlen sind. Aber die ganze Geschichte erfährt man erst, wenn man selbst etwas zu erzählen hat, was den Tauschhandel wert ist.«

»Ich werde in ihrer Gegenwart gut aufpassen, was ich sage … Wie Sie ja wissen, bin ich ohnehin vorsichtig, was so geredet wird.«

»Aber wissen Sie, was interessant ist, Mr. Doubler? Die Leute neigen dazu, sich ihr anzuvertrauen. Obwohl bekannt ist, dass Mabel ihre Nase ständig in fremde Angelegenheiten steckt. Es ist, als würde sie die Menschen hypnotisieren und ihnen dann ihre dunkelsten Geheimnisse entlocken.«

»Aber Sie sagen, sie kann auch nützlich sein?«

»Oh ja. Jemand gibt zum Beispiel eine Katze ab und versucht dabei etwas diskret zu sein, indem er behauptet, das Tier gehört einem verstorbenen Nachbarn. Die meisten von uns würden einfach die Katze nehmen und denjenigen das Formular unterschreiben lassen. Aber bei Mabel schniefen die Leute innerhalb von Minuten ins Taschentuch. Das ist schon eine beeindruckende Fähigkeit. Es ist nämlich *nie* die Katze des Nachbarn. Normalerweise geht es dabei um erbitterte Sorgerechtsstreitereien.«

»Ich hatte ja keine Ahnung, was sich in diesem Bürocontainer für Dramen abspielen. Vielleicht bin ich mit meinem Vorfall mit Mrs. Mitchell noch glimpflich davongekommen.«

»Die arme Mrs. Mitchell«, seufzte Mrs. Millwood inbrünstig. »Soweit ich weiß, hat bisher noch niemand herausfinden können, was mit dieser Frau los ist. Sie ist ein echtes Rätsel.

Grausam zu Tieren, da besteht kein Zweifel – was sie diesem Esel angetan hat, ist wirklich entsetzlich –, und doch ist da irgendetwas, das es fast *verzeihbar* erscheinen lässt. Ich kann es nicht genau sagen. Wir haben alle versucht, mit ihr zu reden, aber sie hat so eine scharfe Zunge. Maxwell sagt, man kann kein harmloses Gespräch mit ihr führen.«

Doubler versuchte sich vorzustellen, wie der Colonel mit irgendjemandem ein Gespräch führte. »Maxwell ist Soldat. Ich bin mir nicht sicher, ob Gespräche zu seinem Spezialgebiet gehören.«

Mrs. Millwood seufzte. »Da könnten Sie recht haben. Ich weiß, er hat nur unser Bestes im Sinn, aber ich frage mich trotzdem, ob nicht ein anderer Ansatz eine ganz *andere* Mrs. Mitchell zum Vorschein bringen würde.«

»An was für eine Art von Ansatz hatten Sie denn da gedacht, Mrs. M.? Eine, bei der ich mich mit einem Viehstock bewaffne?«

»Nein, genau das Gegenteil, um ehrlich zu sein. Ich vermute, wir neigen alle dazu, auf Grausamkeit mit noch mehr Grausamkeit zu reagieren. Uns gefällt nicht, was wir sehen, also fällen wir ein schnelles Urteil, und geblendet von unserer rechtschaffenen Empörung halten wir unsere Reaktion für angemessen. Aber vielleicht stellen wir einfach nicht die richtigen Fragen.«

»Wie zum Beispiel?«

»Was, wenn Mrs. Mitchells Verhalten dem Esel gegenüber eine Reaktion auf Grausamkeiten ist, die sie selbst erfahren hat? Was wenn *sie* Gleiches mit Gleichem vergilt? Und wir tun ihr vielleicht dasselbe an. So geht die Spirale immer weiter. Was, wenn jemand sieht, wie wir grausam zu ihr sind, uns dafür verurteilt und uns dann ebenso behandelt? Grausamkeit könnte sich wie eine Krankheit ausbreiten, oder?«

»Wie eine menschliche Kartoffelfäule!«, stimmte Doubler ihr inbrünstig zu, denn er verstand genau, wie es zu einer solchen Ausbreitung kommen könnte. »Wenn man sie nicht im Keim erstickt, wandert sie von den Blättern zu den Stängeln, von dort zu den Knollen und von den Knollen ins Erdreich.«

»Genau. Und wieder zurück. Von der Erde in die Samen.«

Doubler sinnierte einen Moment lang über die Fäule in ihrem endlosen zerstörerischen Kreislauf. Er hatte den Großteil seines Lebens darüber nachgedacht, wie man diesen Kreislauf unterbrechen könnte, doch die Mittel, die ihm zur Verfügung standen, waren für Mrs. Mitchell nicht passend. »Ich verstehe etwas von *Kartoffeln*, Mrs. M. Ich kann mir wohl erlauben, eine Aussage über deren Krankheiten zu treffen. Aber mit Menschen habe ich weniger Erfahrung. Wie können wir verhindern, dass sich der Grausamkeitserreger ausbreitet?«

»Vielleicht könnten wir den Kreislauf mit Güte und Freundlichkeit unterbrechen?«, schlug Mrs. Millwood vor.

Bei der Vorstellung runzelte Doubler die Stirn. Dann schüttelte er den Kopf. »Freundlichkeit? Das würde bei Kartoffeln nicht funktionieren.«

»Es gibt niemanden, der freundlicher zu Kartoffeln ist als Sie, Mr. Doubler. Wenn Sie sich selbst so freundlich behandeln würden wie ihre Kartoffeln, wären sie ein erheblich glücklicherer Mensch.«

Doubler speicherte diesen Gedanken ab, um ihn später genauer zu betrachten. Stattdessen fragte er: »Haben Sie selbst denn schon einmal versucht, Mrs. Mitchell mit Freundlichkeit zu begegnen?«

»Ich habe mit dem Colonel darüber gesprochen, aber er sagt, dann geraten wir nur in Eigenbeschuss.«

Doubler hörte die Frustration in Mrs. Millwoods Tonfall. Und die wollte er mindestens genauso sehr vertreiben wie die Kartoffelfäule von der Mirth Farm. »Ich werde es auf jeden Fall versuchen, Mrs. M. Ich kann mir zwar nicht vorstellen, dass ich noch mal die Gelegenheit bekomme, persönlich mit ihr zu sprechen – sie wird wohl kaum versuchen, den Esel ein zweites Mal zu holen, während ich Dienst habe –, aber ich werde die Idee im Hinterkopf behalten. In der Zwischenzeit, würden Sie mir dazu raten, Mabel aus dem Weg zu gehen? Um nicht womöglich von ihr hypnotisiert zu werden?«

»Ich glaube nicht, dass Sie etwas haben, das Mabel will. Also gehen Sie ruhig auf sie zu.«

»Das trifft mich jetzt aber doch. Schließlich habe ich jede Menge dunkle Geheimnisse, stecke bis über beide Ohren in unlauteren Machenschaften und habe mehr als genug Leichen im Keller.«

»Aber das *weiß* sie nicht. Außerdem geben Sie sich selten Vermutungen hin. Sie sind eher ein Faktenhändler.«

Doubler war perplex. »Ein was?«

»Ein *Fakten*händler.«

»Ach ja?«

»Sie handeln mit Fakten. Sie machen nur den Mund auf, wenn Sie wissen, wovon Sie sprechen.«

»Ahh«, stimmte Doubler ihr zu. »Das ist vermutlich richtig. Ich bin kein großer Freund von Spekulationen. Pure Zeit- und Energieverschwendung. Außerdem meiner Erfahrung nach oft eine Quelle von Kummer und unnötigem Leid.«

»Ja, so sehe ich das auch. Deshalb trifft meine Beschreibung des Faktenhändlers auch so gut auf Sie zu.«

»Der meiste Tratsch ist nichts als Spekulationen anderer Leute.«

»Und ein Großteil der Spekulationen ist meist nur der Tratsch anderer Leute«, gab Mrs. Millwood zurück.

»Also bin ich Mabel momentan zu nichts nütze, aber was, wenn sie Wind von meinem zwielichtigen Doppelleben bekommt?«

»Das wird nicht passieren. Sie sind ein Buch mit sieben Siegeln. Niemand wird glauben, dass Sie irgendetwas auch nur ansatzweise Interessantes beizutragen haben.«

»Aber das habe ich! Ich habe interessante Ansichten zu vielen interessanten Themen«, rief Doubler, teils im Scherz, aber auch mit dem Wunsch, in Mrs. Millwoods Ansehen etwas zu steigen. Schließlich hatte sie ihn gerade womöglich als langweilig beschrieben.

»Sie haben keine Ansichten, Sie haben ja kaum Meinungen. Nein, Sie gehen beim Reden fest davon aus, dass Sie lediglich die Wahrheit aussprechen. Nicht nur ihre, sondern auch die aller anderen.«

»Weil ich viel Zeit damit verbracht habe, die verschiedenen Optionen zu bedenken, und nur dann eine Meinung äußere, wenn ich von deren Richtigkeit absolut überzeugt bin.«

»Sie sind ein sehr bestimmter Mann.«

»Aber das war ich nicht immer, oder? Es gab mal eine Zeit, in der ich nichts wusste. Zumindest habe ich fröhlich vor mich hingelebt, und dann, nach Marie, ist meine Welt total aus den Angeln geraten. Die Menschen, die mir am nächsten standen, die einzigen wichtigen Menschen in meinem Leben, haben sich so unerwartet verhalten, dass ich mir überhaupt nichts mehr sicher sein konnte.«

Doubler dachte weiter darüber nach, während Mrs. Millwood geduldig abwartete und ihm Zeit gab, sich an seinen großen Kummer zu erinnern und ihn in Worte zu fassen. »Aus der Dunkelheit wieder herauszuklettern war eine Wiedergeburt. Bis ich schließlich wieder in der Lage war zu funktionieren, hatte ich mich gezwungen, alles zu vergessen, was ich je wusste, denn die Erinnerungen an mein Leben vor Marie waren nicht länger verlässlich. Ich konnte mir nicht mehr sicher sein, dass sie die Vergangenheit wahrhaftig wiedergeben.«

»Weil Sie es nicht hatten kommen sehen?«

»Nein. Ich habe es nicht kommen sehen. Das bedeutete, dass alles davor eine Lüge war und jede glückliche Erinnerung falsch abgespeichert.«

»Und als Sie aus dem Tal der Verzweiflung wieder herausgeklettert waren? Was ist dann passiert?«

»Nun ja, in diesem Tal habe ich ganz schön lange festgesteckt. Bis ich aus der Talsohle herausgekrochen war, hatte ich diese Erinnerungen so gut es ging ausgelöscht. Ich war wie ein neugeborenes Baby. Und ab diesem Punkt zählte für mich nur noch Gewissheit. Diese Kartoffel ist besser als jene. Da gibt es keine Meinung, keine Subjektivität. Ich hatte wissenschaftliche Daten als Beweis.«

»Deshalb sind Sie jetzt ein Buch mit sieben Siegeln, was seine Vorteile hat. Mabel kann Ihnen nichts entlocken.«

»Ich weiß nicht, ob mir das gefällt. Ich finde, ich klinge in Ihrer Beschreibung ziemlich *langweilig*.«

»Wer will schon *interessant* sein? *Interessant* zu sein hat noch nie zu etwas geführt. Sie sollten mit langweilig aber *gut* zufrieden sein. Mir würde das auf jeden Fall ausreichen.«

Doubler hätte das Gespräch an dieser Stelle gerne kurz unterbrochen, um zu entscheiden, was genau sie damit meinte. Wollte sie sagen, dass ihr diese Eigenschaften bei sich selbst genügen würden oder dass ihr jemand ausreichen würde, der diese Eigenschaften besaß? Es blieb jedoch keine Zeit nachzufragen, keine Zeit, sie zu einer Klärung zu zwingen. Mrs. Millwood fuhr bereits in ihrem üblichen Tempo fort. »Außerdem ist langweilig sehr gut, wenn man sich vor Menschen wie Mabel schützen will.«

»Aber Sie halten mich nicht für langweilig, Mrs. Millwood? Sie würden mit jemandem ...«

»Langweilig, Sie? Du lieber Himmel, nein! Ich kenne die dunklen Geheimnisse in Ihrem Keller. Ich weiß alles über Ihr zwielichtiges Doppelleben. Und ich kenne sowohl Ihre Vergangenheit als auch Ihre Wiedergeburt.«

»Das stimmt allerdings, Mrs. Millwood. Sie kennen mich gut. Sie sind möglicherweise der einzige Mensch auf der Welt, der alles weiß.«

Mrs. Millwood schnaubte durchs Telefon. Ein Laut, der ihre Ungläubigkeit zum Ausdruck brachte. »Das klingt, als würden Sie alles auf eine Karte setzen, Mr. Doubler. Und auf diese Karte passt nicht viel drauf. Ich glaube, Sie brauchen einen Plan B. Was ist mit Ihren Kindern? Wie offen sind Sie ihnen gegenüber? Die beiden wissen, was Sie durchgemacht haben, und sie wissen auch über Ihre geschäftlichen Angelegenheiten Bescheid, nehme ich an?«

»Natürlich nicht! Sie haben ihre eigenen Versionen ihrer Kindheit. Sie mussten sie nicht neu schreiben, deshalb kennen sie nur *ihre* Vergangenheit und nicht meine. Und was mein langsames Abtauchen in die zwielichtige Unterwelt des Geschäftemachens angeht, davon wissen sie überhaupt nichts. Beide Kinder sind sehr zufrieden mit ihrem langweiligen Vater und seinen langweiligen Kartoffeln. Mehr als das müssen sie nicht erfahren. Vor allem Julian geht es ausgesprochen gut mit dem Wissen über mein bemitleidenswertes Dasein. Es gibt ihm das Gefühl, erfolgreich zu sein. Je weniger er von mir hält, umso mehr hält er von sich selbst.«

»Das sind ziemlich traurige Aussichten. Es ist nur so, Doubler, wenn Sie nicht ehrlich darüber sind, was Sie alles erreicht haben, dann verstehen die beiden nicht wirklich, wie *außergewöhnlich* Sie sind. Sie stehen nicht nur kurz vor einem wissenschaftlichen Durchbruch, sondern sind auch noch *Unternehmer*! Sind Sie denn nicht versucht, Ihre Kinder in Ihr Geheimnis einzuweihen?«

»Nein. Camilla wäre entsetzt. Ich glaube, es würde ihre Moralvorstellungen verletzen. Sie gibt mir deutlich zu verstehen, dass ich sie schon genug enttäuscht habe. Und Julian würde eine Möglichkeit suchen, daraus Profit zu schlagen. Sobald er Bescheid weiß, würde er garantiert einen Weg finden, allem die Freude zu nehmen.«

»Und es macht Ihnen Freude, ja?«

»Das tut es. Kreativität ist gut für die Seele, und mein kleines Unternehmen ist das Medium, durch das ich meine Kreativität ausleben konnte. Ich hätte nie die Geduld zur Aquarellmalerei, ganz abgesehen vom Talent. Aber nebenher etwas Besonderes aus meinen Kartoffeln machen? Das kann ich durchaus. Noch dazu scheinen die Leute es wirklich zu schätzen zu wissen.«

»Aber Sie werden dafür nie Anerkennung bekommen! Es wird immer ein dunkles Geheimnis bleiben. Und Ihre Kinder werden Sie nie in Ihrer Genialität würdigen. Das ist doch eigentlich eine Schande.«

»Habe ich nicht genug getan, um für meine Kinder von Wert zu sein? Ich habe dieses Leben hier aufgebaut. Ich habe sie großgezogen. Ich habe mich weiter um sie gekümmert, lange nachdem ihre Mutter sie aufgegeben hat. Müssen andere Väter irgendwelche Kunststückchen vollführen, um sich den Respekt ihrer Kinder zu verdienen? Reichen ihnen die Blutsbande nicht? Ich finde nicht, dass ich ihnen etwas beweisen muss. Und ich brauche keine Anerkennung von anderer Seite – meine Kartoffeln werden meine Hinterlassenschaft sein.«

An den leisen Lauten des Missfallens am anderen Ende der Leitung konnte Doubler Mrs. Millwoods Unzufriedenheit erkennen. Er bemühte sich um einen versöhnlicheren Tonfall, um ihr zu versichern, dass er ein ehrgeiziger Mann war. »Sobald ich die Bestätigung vom *Institute of Potatoe Research and Development* in Nordindien erhalte, werde ich meine Forschungsergebnisse formal zu Papier bringen und zusammen mit der offiziellen Akkreditierung bei den entsprechenden Fachzeitschriften einreichen. Gleichzeitig werde ich die Registrierung der Gattung und die Eintragung als Marke beantragen. Ich hoffe sehr, dass es in wenigen Wochen so weit sein wird. Aber das andere? Nein, das ist nicht mein Erbe, sondern etwas, das mir große Befriedigung verschafft.«

Mrs. Millwood war mit dieser Antwort immer noch nicht zufrieden. Ihr missfiel die fehlende Mühe, die Doubler sich bezüglich seiner Kinder geben wollte. Aber sie kannte ihn gut und wusste, dass sein Tonfall nicht Ärger, sondern Traurigkeit verbarg. Sie ließ zu, dass das Schweigen sie beide einhüllte, bevor Doubler es brach.

»Außerdem ging es bei unserer Unterhaltung eigentlich nicht um mich, oder? Sie sollten mir doch etwas über das restliche Team erzählen. Also, was können Sie mir zu Derek sagen?«

»Derek? Oh, den werden Sie noch früh genug kennenlernen.« Mrs. Millwood klang, als hätte sie das Interesse am Gespräch verloren, doch Doubler war noch nicht bereit, sie ziehen zu lassen.

»Aber was ist mit ihm?« Statt sensibel auf ihre Zurückhaltung zu reagieren, war er auf ein weiteres vernichtendes Urteil aus, ausgeschmückt mit Tratsch, der die anderen Freiwilligen allesamt zu bloßen Nebendarstellern in dem Film machte, in dem Doubler und Mrs. Millwood die Hauptrollen spielten.

»Über Derek können Sie sich selbst ein Bild machen. Ich werde dafür sorgen, dass er da ist, wenn Sie das nächste Mal ins Büro kommen. Dann lernen Sie ihn kennen. Dank ihm machen der Colonel und die anderen keine Dummheiten. Derek ist ein verlässlicher Kerl.«

»Ich werde nach ihm Ausschau halten, aber ich glaube nicht, dass Sie den Dienstplan von Ihrem Krankenhausbett aus beeinflussen können?«

»Natürlich kann ich das. Derek kommt mich fast jeden Tag besuchen. Ich werde ihn einfach bitten vorbeizuschauen, wenn Sie das nächste Mal da sind.«

Doubler hatte auf einmal Schwierigkeiten zu schlucken. Doch von allen Empfindungen, die in seinem Kopf Karussell fuhren wie Quecksilber in einem Betonmischer, dominierte Übelkeit. Er hatte Angst, sich gleich hier im Flur zu übergeben.

Stattdessen atmete er langsam aus und versuchte sich zu beruhigen, bis er seine Stimme wiederfand. »Derek besucht Sie im Krankenhaus? Midge hat mir gegenüber sehr deutlich gemacht, dass Sie keine Besucher empfangen und nicht gestört werden sollen.«

»Ach, nun ja, mit Derek ist das was anderes. Ich betrachte ihn als Teil meiner Palliativpflege.« Mrs. Millwood sprach leise, und Doubler konnte trotz aller Anstrengung keinen scherzhaften Ton heraushören: Sie meinte das ganz ernst.

»Ich bin etwas erschöpft, Mr. Doubler. Wären Sie sehr böse, wenn wir morgen weitersprechen? Ich muss mich ausruhen.«

»Natürlich. Selbstverständlich. Schlafen Sie sich aus, und dann hören wir uns wieder.«

Mit zitternden Händen legte Doubler den Hörer auf. Bedrückt von den Dingen, die ihn Minuten zuvor noch so erfreut hatten, ging er langsam ins Wohnzimmer hinüber und ließ sich in seinen Sessel sinken, wo er ganz still sitzenblieb und den Tag um sich herum auch ganz, ganz still werden ließ.

KAPITEL 16

Midge klingelte anhaltend, woraufhin Doubler um die Hausecke geeilt kam, weil er seinen Rundgang gerade erst beendet hatte.

»Ich habe Ihr Auto gesehen – Sie brauchen wirklich nicht zu klingeln. Nehmen Sie den Seiteneingang und machen Sie es sich gemütlich. Die Tür ist immer offen.«

»Ich hatte eigentlich gar nicht vor heute vorbeizuschauen, aber Mum hat darauf bestanden. Sie hat mich gebeten, etwas für Sie zu besorgen.«

»Ach ja?«

Gemeinsam traten sie aus der Kälte in die warme Küche. In einem synchronisierten Ritual, das Doubler sehr freute, beugten sie sich beide hinunter, um sich von ihren Gummistiefeln zu befreien und diese nebeneinander aufzustellen. Dann gingen sie zum alten Küchenherd, wo sie sich ebenfalls wie einstudiert gleichzeitig umdrehten und dagegenlehnten, um sich aufzuwärmen.

»Wie geht es Ihrer Mutter, Midge? Darf sie bald nach Hause, was meinen Sie?«

Midge wirkte abgekämpft. »Doubler, die Sache mit meiner Mutter ist die: Sie ist ziemlich unverwüstlich. Das war sie schon immer. Ich höre die Ärzte etwas sagen, aber wenn ich in Mums Augen schaue, sehe ich darin etwas anderes. Meine Mutter wird von sturer Entschlossenheit angetrieben. Ich habe immer an sie geglaubt und sehe keinen Sinn darin, sie jetzt anzuzweifeln.«

»Dann würden Sie sagen, sie ist auf einem guten Weg? Sie kommt bald nach Hause?«

Midge studierte Doublers Gesicht aufmerksam. Seine grundlose Hoffnung wog ähnlich schwer wie die Streitlust ihrer Mutter. Sie schüttelte kurz den Kopf und wechselte das Thema, indem sie Doubler eine schlichte weiße Plastiktüte überreichte. Vorsichtig spähte er hinein.

»Dadrin versteckt sich aber kein Schwein oder Huhn, oder?« Er betrachtete die braune unbeschriftete Schachtel, so lang wie ein Schuhkarton, aber nur halb so breit.

»Es ist ein *Geschenk*, glaube ich. Also zumindest hoffe ich, dass Sie wissen, weshalb Mum wollte, dass Sie das hier bekommen, und weshalb sie der Meinung war, dass Sie es so dringend brauchen.«

Doubler betrachtete weiter den nichtssagenden Karton und genoss die vorfreudige Aufregung, während er sich gleichzeitig einen ungestörten Moment wünschte, um den Inhalt alleine anzuschauen. Schließlich war das hier nicht *irgendein* Geschenk, sondern ein *unverhofftes Geschenk*. Und nicht nur das: Es war ein Geschenk von Mrs. Millwood, die von ihrem Krankenhausbett aus an seine Bedürfnisse dachte. Es war im Grunde völlig egal, was sich darin befand. Er mochte es bereits jetzt sehr gern.

Midge beobachtete, wie er die Schachtel betrachtete. »Los, machen Sie schon auf. Es beißt nicht.«

Doubler nahm den Karton vorsichtig aus der Plastiktüte und stellte ihn neben den Herd. Dann faltete er die Tüte sorgfältig in der Mitte zusammen und strich sie glatt, um sie auf einen Stapel ebenso sauber gefalteter Plastiktüten in eine Schublade zu legen.

»Los jetzt. Ich weiß, was drin ist, und ich bin sehr gespannt zu sehen, ob Sie wussten, dass Sie es brauchen. Nun machen Sie schon. Ich habe nicht den ganzen Tag Zeit.«

Doubler holte sein Taschenmesser aus der Jackentasche und schnitt penibel genau die Tesafilmstreifen durch, die an beiden Enden klebten. Nachdem er hineingespäht hatte, versuchte er, den Inhalt auszukippen. Dieser klemmte jedoch ziemlich fest in der Schachtel, sodass er ein paarmal kräftig schütteln musste. Ein eng aufgewickeltes Kabel und zwei Stecker fielen schließlich auf die Arbeitsplatte. Doubler kratzte sich am Kopf, weigerte sich aber, Midge hilfesuchend anzusehen. Verwirrt betrachtete er das Kabel und dachte angestrengt nach. Dann dämmerte es ihm. Lächelnd nahm er das Kabel, eilte damit in den Flur hinaus und steckte es in die dafür vorgesehenen Buchsen. Er löste die Klemme und sah zu, wie sich das Kabel abwickelte, als er das Telefon in die Küche trug.

»Ist denn das die Möglichkeit!«, rief er. »Wer hätte das gedacht?« Er nahm das Telefon mit an den Tisch, setzte sich, hob den Hörer ab und tat so, als würde er wählen. »Was für eine famose Erfindung! Fast schon revolutionär, finden Sie nicht?«

»Absolut revolutionär, Doubler. Damit sind Sie mit einem Schlag im zwanzigsten Jahrhundert angekommen.«

»In der Tat. Ich bin auf dem allerneuesten Stand. Sehen Sie mich an – ich habe quasi ein Handy!« Er stand auf und trug das Telefon vorsichtig mit sich hinaus zurück in den Flur, um von dort aus ins Wohnzimmer abzubiegen. Wieder zog er das Kabel hinter sich her, als er neben dem Kamin Platz nahm. Er stellte den Apparat auf das Tischchen neben sich und betrachtete ihn, als rechne er damit, dass er sofort klingeln würde.

Midge beobachtete ihn lächelnd von der Tür aus. »Klein sind die Freuden der kleinen Leute, Doubler.«

Doublers Lächeln war noch breiter geworden. »Ihnen mag das unbedeutend erscheinen, aber ich versichere Ihnen, dass es mein Leben unglaublich verbessert. Ich würde sogar so weit gehen, es als grundlegende Veränderung zu bezeichnen. Ich kann das Telefon neben mir am Kamin haben oder in der Küche, genau wie sich das Ihre liebe, liebe Mutter gedacht haben muss. Diese Frau ist wirklich ein wahres Wunder. Manchmal glaube ich, sie versteht mich besser als ich mich selbst.«

Midge beobachtete ihn aufmerksam, dann schüttelte sie lachend den Kopf. »Das ist nicht gerade eine Hightech-Lösung. Ich glaube, diese Technologie gibt es schon so lange wie das Telefon selbst. Was um alles in der Welt hat Sie bisher davon abgehalten, sich ein Verlängerungskabel zuzulegen?«

Doubler dachte darüber nach und sah Midge dann ernst an.

»Ich schätze, ich hatte bis jetzt keinen Bedarf für das Telefon. Es kam mir nie in den Sinn, dass ein Telefon einen anderen Zweck erfüllen könnte, als kurze Nachrichten zu übermitteln, und dafür konnte ich problemlos im zugigen Flur stehen. Aber nun verbringe ich deutlich mehr Zeit am Telefon. Um ehrlich zu sein, habe ich nie wirklich zu schätzen gewusst, was für eine wunderbare Erfindung es ist. Natürlich wusste ich immer, wie wertvoll es bei einem Notfall ist, aber so im Alltag? Da hat es mir sein Potenzial erst jetzt offenbart.«

Midge lachte. »Wo ich schon mal da bin, Mum hat mich gebeten, einen kurzen Blick auf Ihren Land Rover zu werfen. Ist das für Sie in Ordnung?«

»Aber natürlich. Auch wenn ich nicht ganz verstehe, weshalb sich auf einmal alle so sehr für mein Auto interessieren. Ich zeige Ihnen, wo's langgeht.«

Sie verließen das Haus, indem sie das Ritual mit den Gummistiefeln und Mänteln in umgekehrter Reihenfolge wiederholten. Doubler ging voran, nachdem er sich einen dicken Schlüsselbund gegriffen hatte. »Danke, dass Sie heute hergekommen sind, Midge. Das wäre nicht nötig gewesen.«

»Es war Mum wichtig. Sie ist froh, dass ich ein Auge auf Sie habe.«

»Hmmm«, machte Doubler. »Gibt es noch andere Leute, auf die Sie, nun ja, für Ihre Mutter ein Auge haben?«

»Andere Leute? Wen denn zum Beispiel?«

»Derek? Hat Ihre Mutter Sie gebeten, ein Auge auf Derek zu haben? Sie scheint ihn sehr zu mögen.«

»Puh, da komme ich nicht mehr mit. Welcher ist Derek noch mal?«

»Vergessen Sie's«, meinte Doubler, beruhigt von ihrer Reaktion. Ihm war schon klar, dass er hier auf den Busch klopfte, um mehr zu erfahren, und er wollte Derek nicht noch größere Bedeutung einräumen, indem er weiter nach ihm fragte, deshalb wechselte er schnell das Thema. »Dann kennen Sie sich also mit Autos aus?«

»Ja, relativ gut. Das passiert fast von selbst, wenn man einen Automechaniker als Vater und keine Geschwister hat. Dad liebte Autos über alles. Steckte ständig unter der Haube irgendeines Herzensprojekts. Die alten mochte er am liebsten. Er sagte immer, je weniger Teile es gibt, die kaputtgehen können, umso besser das Auto.«

»So ähnlich geht es mir mit Telefonen. Wenn ich's mir recht überlege, auch mit dem Leben an sich. Da steht er.« Doubler öffnete das Garagentor.

Midge brauchte einen Moment, bis sich ihre Augen an die Dunkelheit gewöhnt hatten. Doch sobald sie den Wagen richtig erkennen konnte, stieß sie einen anerkennenden Pfiff aus.

»Was für eine Schönheit.« Sie strich über die Motorhaube.

»Bringt mich von A nach B. Ich brauche ihn nicht mehr oft, aber er lässt mich nie im Stich. Manchmal sind die alten einfach wesentlich zuverlässiger.«

»Da kann ich nur zustimmen. Diese hier wurden für die Ewigkeit gebaut. Und natürlich als Arbeitstiere. Durch und durch robust.«

»Also hart gearbeitet hat der Wagen, da besteht kein Zweifel. In der Vergangenheit musste er ordentlich schuften, deshalb hat er sich jetzt die Ruhe verdient.«

»Und Sie hatten nie irgendwelche Probleme mit dem Auto?«

»Nicht ein einziges.«

»Nie zur Reparatur in der Werkstatt?«

»Nein, nicht dass ich mich erinnern kann.«

»Dann ist es immer noch im gleichen Zustand wie damals, als es vom Band gerollt ist?« Midge war ihre wachsende Begeisterung durchaus anzuhören.

»Darf ich?« Sie kletterte auf den Fahrersitz und streichelte anerkennend übers Lenkrad. Dann stellte sie den Rückspiegel ein, als würde sie zu einer langen Reise aufbrechen. Beim Blick aufs Armaturenbrett war ihr das trübe Licht der Garage wenig Hilfe, deshalb schaltete sie die Taschenlampe ihres Handys ein und leuchtete auf den Kilometerzähler.

»Ich dachte, Sie hätten gesagt, der Wagen hat viel gearbeitet!« Sie quietschte förmlich. »Der ist ja fast noch brandneu. Da sind weniger als fünfzigtausend Kilometer drauf.«

Doubler spähte in den Wagen hinein, als würde er das Armaturenbrett zum ersten Mal genauer betrachten. »Fünfzigtausend? So viel? Das überrascht mich. Aber wahrscheinlich summiert sich das.« Er schloss die Fahrertür mit einem erfreulichen *Klonk* von Metall auf Metall, bevor er zur Beifahrerseite hinüberging und den Sitz neben Midge erklomm.

Midge sah ihn an. »Doubler, Sie können den Wagen doch kaum benutzt haben!«

»Oh doch. Damals war er viel im Einsatz. Allerdings nicht auf der Straße. Marie hatte ein größeres Auto, das wir für Ausflüge und so genommen haben. Sie wäre in dem hier nicht glücklich gewesen. Hat es förmlich gehasst. Sie wollte nicht einmal mitfahren. Ich habe den Land Rover gekauft, kurz nachdem ich den Hof gekauft habe, und es war eine ziemliche Investition, mir ein geeignetes Fahrzeug zuzulegen. Der Wagen war in tadellosem Zustand, so gut wie neu und kaum bewegt. Im Rückblick war die Anschaffung ziemlich verwegen. Fast schon leichtsinnig. Ich weiß auch nicht, was da in mich gefahren ist. Menschenskind, hat Marie sich aufgeregt.« Doubler lächelte gequält bei der Erinnerung. »Ich schätze mal, für sie war es ein ziemlich klares Signal, dass ich mich dem Leben als Bauer verschrieben hatte. Vielleicht hat sie da das erste Mal begriffen, worauf sie sich eingelassen hat. Lebenslänglich Kartoffeln.«

Midge saß ganz still da, beide Hände am Lenkrad. Doubler ließ sich in seinen Sitz sinken und schnallte sich an. Die Innenbeleuchtung des Land Rovers über ihnen erlosch langsam.

Doubler empfand die Dunkelheit der Garage als perfekte Umgebung für Ehrlichkeit. Er sammelte sich, um zu sprechen. Midge, die es spürte, hakte vorsichtig nach. »Das war bestimmt nicht leicht für sie.«

»Nein. Das war es nicht. Aber ich schwöre bei Gott, ich habe ihr nie etwas vorgespielt. Ich habe ihr nie etwas anderes versprochen als das hier, müssen Sie wissen. Mirth Farm war keine plötzliche Laune.«

»Hat sie es hier je geliebt?«

»Geliebt? Das ist wahrscheinlich zu viel gesagt. Aber als junge Mutter war es vielleicht nicht ganz so schlimm für sie. Viel Platz für die Kinder zum Rumtoben und nah genug an der Stadt, damit sie problemlos ab und zu entfliehen konnte. Das Haus ist groß, und es bot ein gesundes Leben mit viel frischer Luft. Wir haben auch nie Hunger leiden müssen. Es ging uns eigentlich ziemlich gut, wenn auch eher durch Zufall als durch gute Planung. Das Geld kam herein, besser als bei anderen Landwirten, deshalb dachte ich, sie ist stolz auf mich. Ich habe tatsächlich geglaubt, ich würde ihr einen besseren Lebensstandard bieten als erwartet. Sie war dauernd einkaufen, und ich habe mich nicht beschwert – damit hatte sie eine Beschäftigung. Es hat sie abgelenkt.«

»Von was?«

»Nun ja, von den Kartoffeln, nehme ich an. Von der Trostlosigkeit. Ich glaube, es gab einen Punkt, an dem ihr klar wurde, dass es nicht wirklich wichtig war, wie erfolgreich wir waren. Ich würde mich eh nie für Statussymbole interessieren, und Urlaub konnte ich mir nicht wirklich leisten. Sie schon – sie hat oft Urlaub gemacht –, aber für mich war es aus Zeitgründen schwer, den Hof zu verlassen. Damals hatte ich bereits mit meinen Untersuchungen begonnen und wusste, dass ich etwas Großem auf der Spur war. Ich hatte ein klares Ziel, aber mir war sofort klar, dass es sich um eine langwierige Angelegenheit handelte. Bahnbrechende Erkenntnisse passieren nicht über Nacht. Nicht auf dem Kartoffelfeld. Die Jahreszeiten müssen verstreichen, und die kann man nicht beschleunigen: Man kann die Natur nicht zu einem Tempo zwingen, das der eigenen Frau besser passt.«

Doubler wirkte traurig, als die Erinnerungen nach und nach zurückkamen. »Ich glaube, ich erinnere mich sogar an den Tropfen, der das Fass zum Überlaufen brachte, wie man so schön sagt.«

Midge hielt den Blick weiter nach vorn gerichtet und ließ Doubler die Zeit, die er brauchte.

»Ich weiß noch, wie sie sagte, dass sie die Nase voll hatte: genug Winter, genug Matsch, genug Kartoffeln. Die Kinder wurden langsam größer und brauchten sie nicht mehr so viel, deshalb ging es ihr irgendwie schlecht, glaube ich. Ein bisschen so, als würde ihr Leben nun ohne Abwechslung an ihr vorbeirasen. Ich habe ihr recht gegeben. Ich war sofort bereit, ihr recht zu geben. Ich habe ihre Hand gehalten und gesagt, ja, wir können uns etwas anderes suchen. Ja, wir können hier oben zusammenpacken, aber ich bin etwas Wichtigem auf der Spur, und ich brauche noch ein bisschen mehr Zeit.«

Doubler hielt inne, um den genauen Wortlaut aus zwei Jahrzehnten verdrängter Erinnerungen hervorzukramen. »›Wie lange?‹, hat sie gefragt. ›Wie viel Zeit brauchst du noch?‹ ›Zehn Jahre‹, habe ich geantwortet. ›Maximal fünfzehn.‹«

Midge lachte leise. »Noch zehn Jahre mehr von dem, was man hasst? Mein Gott, Doubler, da haben Sie ihr aber nicht gerade einen Rettungsanker zugeworfen.«

Doubler war niedergeschlagen, völlig fertig, dass Midge Maries Standpunkt sofort nachvollziehen konnte. »Ich war nur ehrlich. Ich konnte diese Arbeit nicht beschleunigen. Ich hatte mich diesem Lebenswerk verschrieben und musste es durchziehen, so lange es eben dauerte. Mir wurde zu dem Zeitpunkt klar, dass meine Experimente das Potenzial besaßen, für Kartoffelbauern auf der ganzen Welt wirklich etwas zu verändern. Die Arbeit war enorm wichtig, aber sie würde nicht über Nacht passieren.«

Nun wandte sich Midge ihm zu. »Sie haben das Richtige getan. Ehrlich zu sein, war gut. Zweifeln Sie jetzt nicht an sich – falsche Versprechungen wären in vielerlei Hinsicht schlimmer gewesen.«

Doubler ließ beschämt den Kopf hängen.

»Aber ich war doch gar nicht ehrlich! Als ich ihr den Zeitraum von zehn bis fünfzehn Jahren genannt habe, wollte ich nur Zeit schinden. Ich hatte nie vor, den Hof hier zu verlassen. Nicht vor Beendigung meiner Arbeit und danach auch nicht. Das weiß ich jetzt, und wahrscheinlich wusste ich es damals schon.«

Sie stiegen aus dem Wagen. Midge schloss die Tür hinter sich und sprach lauter, um Doubler auf der anderen Seite des Autos zu erreichen, sodass ihre Stimme freundlich in der Garage widerhallte. »Kommen Sie schon. Lassen Sie den Kopf nicht hängen. Ihre Arbeit hier ist wichtig, und manchmal kommt die Arbeit eben an erster Stelle. Nur selten gibt es echten Fortschritt ohne persönliche Opfer. Aber nicht viele Menschen haben den Mut, ihrer Überzeugung trotzdem treu zu bleiben und Vorhaben durchzuziehen. Sie sind ein mutiger Mann, Doubler.«

Doubler wollte gerade die Autotür abschließen, doch Midge hielt ihn davon ab.

»Dürfte ich?« Sie zeigte auf die Motorhaube.

Doubler zuckte mit den Schultern. »Nur zu.« Er öffnete die Klappe und befestigte sie mit dem Metallstab.

Midge schaltete ihre Handytaschenlampe wieder ein und ließ den Strahl über den Motor wandern, während sie bewundernde Laute von sich gab.

Doubler beobachtete sie neugierig. »Ihr Vater kannte sich

also mit Motoren aus, ja? Würden Sie sagen, dass Sie *genetisch vorbelastet* sind, Autos zu mögen?«

»Sie wollen wissen, ob ich das im Blut habe? Schon möglich. Aber wahrscheinlich liegt es doch mehr an der Umgebung. Mein Vater liebte Autos über alles. Er verdiente seinen Lebensunterhalt mit Autos, aber vor allem waren sie seine Leidenschaft.«

»Wie für mich die Kartoffeln!«, rief Doubler.

»Genau. Und ist es nicht schön, wenn diese beiden Dinge sich überschneiden? Dad verbrachte den Großteil seiner Freizeit damit, an alten Autos herumzuschrauben. Ich verbrachte gerne Zeit mit meinem Dad, also wurde das auch eine meiner Freizeitbeschäftigungen. Dad war bei der Arbeit am glücklichsten, was gar nicht so selten vorkommt. Es geht uns oft am besten, wenn wir das tun, was wir gut können. Aber wir erleben unsere Eltern nicht oft bei der Arbeit, deshalb erleben wir sie auch nicht immer in Bestform.«

Doubler dachte über ihre Worte nach. »Ich frage mich, ob meine Kinder denken, dass es mir bei der Arbeit am besten geht. Ich bin mir nicht mal sicher, ob sie glauben, dass es eine ›beste‹ Version von mir gibt. Ich wünschte, sie würden sich ein bisschen für das interessieren, was ich tue, aber das ist wohl unwahrscheinlich. Nicht, solange sie mich für das verantwortlich machen, was mit Marie passiert ist.«

»Ihre Kinder haben allen Grund dazu, sehr stolz auf Sie zu sein. Aber vielleicht müssen Sie ein bisschen mehr an Ihrer PR arbeiten.«

Sie wartete, während Doubler sorgfältig zuerst das Auto und dann die Garage hinter ihnen abschloss. Auf dem Weg zu Mrs. Millwoods Auto hakte sie sich bei ihm unter und zog ihn enger an sich.

»Die gute Nachricht ist jedenfalls, dass Ihr Auto eine echte Schönheit ist.«

»Oh, es freut mich, dass Sie das so sehen. Manchmal fällt es schwer, die Qualitäten einer alten Arbeitsmaschine zu erkennen, aber ich bilde mir ein, dass ich sie zu schätzen weiß.«

»Nun, um genau zu sein, übersteigt die Schönheit des Land Rovers das noch. Ich werde mal ein bisschen recherchieren, wenn ich nach Hause komme, aber ich glaube, was Sie da stehen haben, ist ein Vermögen wert.«

»Ernsthaft?« Doubler erlaubte sich einen kleinen überraschten Lacher. »Jemand würde gutes Geld dafür zahlen, selbst nach all den Jahren?«

»Vor allem nach all den Jahren. Ihre Frau mag etwas dagegen gehabt haben, aber Sie haben eine sehr weise Investition getätigt. Wenn der Wagen das ist, was ich glaube, dann ist er sehr, sehr viel wert. Sehr viel Geld. Und vor allem jetzt, wo die Dinger nicht mehr hergestellt werden. Sie sind sowieso schon lange Sammlerstücke, aber Ihr Land Rover ist etwas ganz Besonderes.«

»Nein, so was! Ich muss sagen, das überrascht mich schon.« Er schüttelte ungläubig den Kopf. Inzwischen hatten sie das kleine rote Auto erreicht. »Ist er mehr wert als eines dieser neuen Dinger?« Er zeigte auf den alten roten Wagen.

Midge lachte. »Mums alte Karosse? Aber ja, viel mehr! Sie könnten sich dafür mehrere nagelneue Autos kaufen.«

»Na, das erzähle ich besser mal Julian. Da wird er Augen machen. Und er sollte Ihnen sehr dankbar sein. Sie haben ihm zweifellos einiges an Peinlichkeit erspart. Stellen Sie sich vor, er hätte ihn gegen irgendeinen modernen Schrotthaufen eingetauscht und dann herausgefunden, was er getan hat. Das hätte er sich nie verziehen!«

»Oh, Doubler!«, erwiderte Midge traurig.

Doubler nahm an, dass es der beißende Wind war, der ihr die Tränen in die Augen trieb. Aber dann nahm sie ihn in den Arm und drückte ihn fest.

»Mum hat recht. Sie sind so ein netter Mensch«, sagte sie. Dann ließ sie ihn schnell los, sprang in Mrs. Millwoods Auto, ließ den Motor an und schloss schwungvoll die Tür.

Doubler sah zu, wie sie vom Hof fuhr, ehe er gedankenverloren zurück ins Haus ging. Er fragte sich, ob es womöglich doch nicht der Wind gewesen war, der ihr die Tränen in die Augen getrieben hatte, sondern vielleicht etwas ganz anderes.

KAPITEL 17

Doubler war doppelt so weit gegangen wie an einem gewöhnlichen Morgen. Nach einer ruhelosen Nacht war er lange vor der Dämmerung aufgewacht. Da er nicht wieder hatte einschlafen können, beschloss er, nicht auf den Sonnenaufgang zu warten. Er zog sich rasch an, griff nach seinem stabilsten Wanderstock und stolperte in die Nacht hinaus, um den Berg hinunterzuwandern. Unterwegs dachte er über die Information nach, dass Derek Mrs. Millwood regelmäßig besuchte. Mit jedem Schritt bemühte er sich herauszufinden, weshalb er innerlich so aufgewühlt war. Er untersuchte die einzelnen Bestandteile, um die Wellen der Eifersucht zu verstehen, die ihn immer wieder unvorbereitet überrollten.

In mancherlei Hinsicht war es geradezu logisch, dass Mrs. Millwood auf der Grove Farm einen besonderen Vertrauten hatte. Weshalb sonst hätte sie sich Gedanken über das Tierheim machen sollen, wo sie sich doch eigentlich ausschließlich auf ihre Genesung im Krankenhaus konzentrieren sollte? Doublers Eifersucht hätte eher zu einem Teenager gepasst, und er begann, die besondere Beziehung zwischen Mrs. Millwood und Derek gleichzeitig zu verdammen und stillschweigend hinzunehmen. Er fragte sich, ob Mrs. Millwood ihre Telefongespräche immer deshalb beendet hatte, weil Derek kam. Dann verfluchte er seine idiotische Eitelkeit, die ihn an eine eigene besondere Beziehung hatte glauben lassen.

Wütend eilte Doubler im Dunkeln den Berg hinunter, ohne auf seine Schritte über die scharfkantigen Steine zu achten. Ein paar Mal musste er sich mit seinem Stock abfangen, weil sein Tempo so gar nicht zur Dunkelheit passte.

Ja, dachte Doubler. Er war sich nun sicher, dass sein aufgeregtes Gebrabbel, teils laut, teils nur ein Zischen in seinem aufgewühlten Kopf, ihm dabei half, der Wahrheit auf die Spur zu kommen. Eine besondere Beziehung zu Derek, die gepflegt und gehegt werden wollte, erklärte auch die für Mrs. Millwood so untypische Abneigung Paula und Mabel gegenüber. Offensichtlich traute sie keiner von beiden, während sie in ihrem Krankenhausbett lag. Selbst Doubler empörte sich an ihrer statt, wenn er sich einen möglichen Verrat vorstellte.

Er blieb stehen und blickte sich um. Ohne es wirklich zu merken, hatte er das Ende der Auffahrt erreicht und bog nun nach links auf den Fußweg entlang der äußeren Grenze seiner Ländereien ein. Eine Weile folgte er diesem, ehe er an einem seiner Äcker abzweigte. Zu seiner Linken lag nun der Berg, auf dem sich sein Hof befand, von hier unten kaum zu sehen. Dafür hob sich die kurvenreiche Auffahrt am Hang durch das helle Gestein zwischen den Feldern deutlich ab, deren Dunkelbraunschattierungen sich in der blassen, mondbeschienenen Nacht in Schwarz verwandelten. Zu seiner Rechten befand sich ein breiter Streifen Land, ein Saum unbestellter Erde, auf der er Brombeerhecken und andere Dornenbüsche wild hatte wuchern lassen, was bis zu einem Stück Wald eine beinahe undurchdringliche Grenze zwischen seinen Feldern und denen von Peele darstellte.

Als Doubler nun an diesem Grenzstreifen stand, ließ er zu, dass sich in seinem Kopf Leere ausbreitete. Es war immer noch dunkel. Er hielt inne und lauschte. Der klare Klang drang durch die Dämmerung und lenkte Doubler von seinem Dilemma ab.

»Hallo, Rotkehlchen!«, flüsterte er, um den mutigen Sänger nicht zu erschrecken. »Noch ein bisschen früh für so viel Lärm, oder?«

In die einzelne Stimme fiel fast sofort eine zweite direkt hinter ihm mit flötengleichem Refrain ein. Die Vögel erahnten die Morgendämmerung, noch bevor irgendeine Spur des neuen Tages für Doubler erkennbar war. Zu diesen Vögeln, dem Rotkehlchen und vielleicht einer Amsel, gesellten sich bald mehrere andere, und bereits nach wenigen Augenblicken schwoll der Chor richtig an, sodass es unmöglich war, einzelne Stimmen auseinanderzuhalten. Zusammen hätte diese wetteifernde Kakophonie eigentlich schrecklich klingen müssen, doch stattdessen vereinigte sie sich zu einem harmonischen Ensemble, das von einem unsichtbaren Dirigenten angeleitet zu werden schien.

»Bist du das, mutiges Kerlchen?«, fragte Doubler das Rotkehlchen. »Bist du verantwortlich für dieses Orchester? Was für ein talentierter kleiner Vogel du doch bist!« Das Rotkehlchen fuhr mit seiner komplizierten Abfolge langer und kurzer Töne fort.

Doubler war der Auffahrt die westliche Bergflanke hinunter gefolgt, sodass sich die Sonne, sobald sie aufging, auf der anderen Seite befinden würde. Er begriff nun, dass er – statt früh aufzustehen, um den neuen Tag zu begrüßen – unabsichtlich die Nacht verlängert hatte, indem er diese Richtung eingeschlagen hatte. Für einen Mann, der sich nur an Gewissheiten hielt, steckte er auf einmal in einem Sumpf aus Zweifeln fest. Weshalb beschäftigt mich Mrs. Millwoods Bewunderung für Derek überhaupt so sehr, fragte er sich grimmig. Sie war schließlich nur eine Haushälterin, noch dazu eine mit schlechtem Geschmack, was sowohl Käse als auch Äpfel betraf.

Doch trotz Doublers schlechter Laune weckte der Optimismus der Vögel und ihre Fähigkeit, den Tag als gegeben hinzunehmen und ihn bereits zu feiern, bevor sie sich seiner ganz sicher sein konnten, einen Hoffnungsschimmer in seinem Herzen. Die Vögel warteten nicht darauf, was der Tag brachte, bevor sie jubilierten; sie stimmten ihr Lied unabhängig davon an, und würden wenn nötig den Tag wach singen. Doubler wanderte noch ein Stück weiter. Obwohl die tiefe Dunkelheit langsam lichter und zu einer blasseren Ausgabe ihrer selbst wurde, setzte er seine Schritte achtsam, da er fast nichts erkennen konnte und ab und zu ins Stolpern geriet. Inzwischen begleitete ihn die mitreißende Ermunterung sämtlicher Vogelarten der Region.

Als er plötzlich etwas platschen hörte, blieb er stehen und spähte in die Dunkelheit hinein, wo er zwischen den Haselbüschen einen kleinen Teich aus Regenwasser entdeckte, der im Mondlicht kaum zu sehen war. Ein Stockentenmännchen war unbeholfen neben einem Weibchen gelandet, und nun umkreisten sie sich zufrieden in ihrem winzigen Wasserreich, ein lautstarkes Duett aus Flügelschlagen, wobei sie sich fast aufrecht aus dem flachen Tümpel erhoben.

Der Anblick erfreute Doubler. Der Regenwasserteich, voll genug, um einem Pärchen Stockenten zur Balz zu dienen, zeigte ihm, dass sich die intensive Arbeit in den Monaten seit der Ernte ausgezahlt hatte. Er hatte den Boden über die Hügel hinweg tief gefurcht, um Abschwemmungen zu verhindern. Um diese steilen Hänge bewirtschaften zu können, hatte er sie systematisch wieder und wieder gepflügt, damit sein mühsam erarbeiteter fruchtbarer Erdboden vom Winterregen nicht weggespült wurde. Abgesehen von drei größeren Tümpeln, die einem Reiher als Heimat dienen konnten, gab es noch einige dieser kleinen Pfützen rings um sein Land herum, die auf natürliche Weise durch Regenwasser und einige kleine unterirdische Bäche gespeist wurden. Wenn sie im Frühling voller Wasser waren statt mit Erdreich und Schlamm gefüllt, war das ein Beweis, dass die extratiefen Furchen, die er mit dem Pflug gezogen hatte, ihre Wirkung zeigten. Diese Tümpel ab und zu zu inspizieren war sehr lehrreich, und den Enten dabei zuzusehen, wie sie spielerisch den Frühling begrüßten, erinnerte ihn wieder daran, diesen Spaziergang öfter zu unternehmen. Es hatte der lärmenden Enten bedurft, um sich zu vergewissern, dass sein Bauernhof in einem guten Zustand war. Nun wieder etwas besser gelaunt drehte er sich um und machte sich an den Aufstieg, damit er dem Tagesanbruch in all seiner Herrlichkeit würde beiwohnen können.

Auf dem Rückweg wanderten seine Gedanken in eine andere Richtung. Er war nun entschlossener, weniger pessimistisch.

Stattdessen dachte er daran, wie er Mrs. Millwood erklären konnte, wie sehr er in vielerlei Hinsicht auf sie angewiesen war, mehr als sie (oder Derek) es je verstehen konnten. In der Stille der Morgenluft begriff er jetzt auch, dass es nicht ihre Schuld war, dass sie nicht auf ihn reagiert oder ihn zu sich ins Krankenhaus eingeladen hatte. Er war kein Erpel, der laut in ihren Teich platschte. Eher hatte er wie ein schüchternes Wasserhuhn vom Ufer aus zugesehen und damit einer frecheren, farbenfroheren Spezies erlaubt, neben Mrs. Millwood zu landen und sie zu umkreisen. Vielleicht würde eine direktere Annäherung wenigstens dazu führen, dass sie ihn in ihren Freundeskreis aufnahm.

Er wanderte durchs Haus und erledigte einige Kleinigkeiten. Dann griff er nach ein paar Büchern und überlegte, sie zu lesen. Sofort verwarf er die Idee jedoch wieder und stapelte sie neben dem Kamin auf. Jetzt, wo das Telefon bequem auf dem Beistelltisch neben seinem Sessel ruhte, konnte sich Doubler erlauben, in seiner Nähe zu bleiben, ohne ausschließlich aufs Klingeln warten zu müssen. Er stellte fest, dass er sich mit einer ganzen Reihe von Aufgaben beschäftigen konnte, die er auf diese Weise draußen im Flur nicht hätte ausführen können. Er konnte an seinem Fensterplatz sitzen und die Vögel beobachten. Er konnte das Fernglas aufs Gatter richten und nach ungebetenen Besuchern Ausschau halten. Er konnte sogar am Kamin sitzen und sich am Kreuzworträtsel versuchen. Obwohl er von einigen Zweifeln geplagt wurde, während er seinen Aufgaben nachging, musste er nur einen Blick auf das Verlängerungskabel werfen, um sich sofort einzugestehen, dass sich einige Bereiche seines Lebens massiv verbessert hatten.

Schließlich begann er, die Bücherregale abzustauben. Die Hausarbeit entfaltete eine heilsame Wirkung, und er kam zu dem sicheren Schluss, dass er zwar in Herzensangelegenheiten nicht sehr versiert war, er jedoch seine Mrs. Millwood kannte.

Er würde abwarten, bis sie ihm von ihren Gefühlen für Derek erzählte, wenn sie dazu bereit war. Nach diesem Entschluss war ihm weniger ängstlich zumute, da die bevorstehende Konfrontation vom Horizont verschwand.

Als der Anruf kam, ließ er es vier Mal klingeln, bis sich sein Herzklopfen gelegt hatte. Dann nahm er den Hörer ab und fragte rasch, aber ganz ruhig: »Und was ist mit Olive? Was wissen Sie über sie?«

Mrs. Millwood zögerte nicht. Es war, als hätte auch sie nur darauf gewartet, den Gesprächsfaden genau dort wiederaufzunehmen, wo sie das letzte Mal geendet hatten, ohne die vergangenen vierundzwanzig Stunden zu erwähnen. »Ah ja, Olive. Also sie ist wirklich ein interessanter Fall. Sie ist einer dieser geradeheraus guten Menschen. Sie war dem Tierheim gegenüber außerordentlich großzügig. Sie lässt uns ihre Weiden und ihre Nebengebäude nutzen und hat dafür zweifellos ihre Privatsphäre und Zurückgezogenheit geopfert. Sie hat dem Colonel sogar erlaubt, direkt vor ihrem Haus den Container aufzustellen, den wir als Büro nutzen. Das ist zugegebenermaßen schon ein ziemlicher Schandfleck. Ich bin mir nicht sicher, ob ich so weit gegangen wäre. Und wenn ich mich nicht irre, bekommt sie im Gegenzug *gar nichts*. Sie mischt sich nicht oft unter die Leute, also tut sie es nicht wegen der Gesellschaft. Sie ist nicht Teil irgendwelcher Wohltätigkeitskomitees, also geht es ihr auch nicht um Anerkennung. Sie lässt uns einfach machen. Das ist doch Ausdruck eines wirklich *guten* Menschen, oder?«

»Selbstlos, meinen Sie?« Die Unterhaltung zog Doubler sofort so in ihren Bann, dass angesichts solch wichtiger Themen sein vorheriger Entschluss verblasste.

»Ja, finden Sie nicht auch? Etwas Gutes zu tun, ohne im Gegenzug etwas dafür zu erwarten, ist doch sicher ein eindeutiges Zeichen für echte Güte? Olive scheint keine Anerkennung oder Bestätigung zu erwarten. Selbst unsere kleinsten Gesten der

Freundlichkeit sind für gewöhnlich nicht ganz frei von Egoismus, oder?«

»Ich schätze, das hängt von der Größe der Gabe ab. Die Nutzung des eigenen Hofs zu gewähren ist ein ziemlich beachtlicher Beitrag. Aber wie ist es damit, Geld in eine Sammelbüchse zu werfen – in der Fußgängerzone oder vor einem Supermarkt, Sie wissen schon? Das ist eine anonyme Spende, für die man keine Anerkennung erwartet, oder doch? Es ist zwar nur eine kleine Geste, aber doch auch selbstlos?« Doubler widmete dem Gespräch seine ganze Aufmerksamkeit, fest entschlossen, die Ernsthaftigkeit zu würdigen, die Mrs. Millwood dem Ganzen beimaß.

»Nun ja, Sie wären schon ziemlich enttäuscht, wenn der Sammler mit der Büchse vor dem Supermarkt Ihre Spende völlig ignoriert, also erwarten Sie vermutlich wenigstens ein Dankeschön. Aber abgesehen davon tun Sie es auch wegen der Wirkung auf die Leute um Sie herum, wenn sie stehenbleiben, um ihre Münzen hineinzuwerfen, oder? Ich meine, man sieht diese Menschen, die mit gesenktem Kopf, die Hände in den Taschen vergraben, vorbeieilen oder auf die Uhr schauen, um zu zeigen, dass sie Wichtiges zu tun haben, und dann denkt man, ich bleibe stehen und werfe etwas in diese Büchse, weil ich besser bin als die …«

Doubler war ehrlich betroffen. Er dachte an die Reaktion seiner Tochter auf die Spendensammler und dass sie die Situation so einschüchterte. Er dachte an die Zeit, als er noch regelmäßig im Supermarkt eingekauft hatte, und fragte sich, was er damals für ein Mensch gewesen war. Es war so lange her, dass er sich gar nicht mehr richtig erinnern konnte. Außerdem hätte er seinem Gedächtnis sowieso nicht getraut.

Gedankenverloren antwortete er: »Das ist ziemlich zynisch, Mrs. Millwood. Ich hoffe sehr, dass die Leute nicht so denken. Es ist schon eine Weile her, seit ich das letzte Mal einkaufen war, aber ich glaube, ich habe damals immer ein bisschen Kleingeld in die Büchse geworfen, damit sich der Sammelnde etwas besser fühlt, weniger nutzlos.«

»Dann machen Sie also ein kleines Geschenk und üben dabei ein bisschen Macht aus oder nehmen Einfluss, damit Sie sich überlegen fühlen können? Das ist auch nicht ganz selbstlos.«

Doubler zuckte zurück. Mrs. Millwood verstand die Menschen erschreckend gut. Hatte er je eine Person getroffen, die sich selbst der banalsten Unterhaltung so intensiv widmen konnte? »Vielleicht. Aber ich würde nicht damit aufhören wollen zu spenden, nur weil ich nicht in der Lage bin, komplett selbstlos zu handeln. Damit ist niemandem gedient.«

»Aber was ich sagen will, ist, dass Olive durch und durch gut ist. Wenn es sie glücklich gemacht hätte, ihr Zuhause dem Tierheim zu überlassen, dann wäre das ja ein Grund. Aber es scheint ihr trotzdem ziemlich schlecht zu gehen.«

»Ist sie einsam?«

»Da bin ich mir ziemlich sicher. Die ganze Zeit allein dort auf dem Hof? Soweit ich weiß, hat sie keine Familie. Wer wäre da nicht einsam? Wir kommen und gehen, kümmern uns um die Tiere und machen die Büroarbeit, aber sie hat nichts mit uns zu tun. Diese Einsamkeit muss *lähmend* sein.«

Doubler war still. Heute konnte ihm das Telefon nicht die erhoffte Erlösung bieten. Wenn er diese Unterhaltung am Küchentisch beim Mittagessen führen würde, dann könnte er sie an dieser Stelle abbrechen. Er könnte den Fortgang aufhalten, indem er aufstand und den Wasserkessel aufsetzte. Tee zu kochen war die beste Möglichkeit, um die Zeit anzuhalten. Aber diese Option bestand hier nicht: Er musste entweder weitersprechen oder das Telefonat beenden. Ohne ihn konnte es nicht weiterlaufen.

»Das ist schon sehr interessant, Mrs. Millwood.«

»Was genau?«

»Sind wir alle einfach nur das Ergebnis unserer Beziehungen? Der Colonel engagiert sich ehrenamtlich, weil er zu Hause zum Stellvertreter degradiert wurde und sein Ego das nicht aushält. Paula verhält sich so, wie sie sich verhält, weil sie sich einen Ehemann wünscht und niemand sie in einem anderen Licht sehen kann: Sie ist bloß eine Frau auf der Suche nach einem Partner. Ich sitze hier allein auf einem Hof, ganz ähnlich wie Olive, wegen dem, was meine Frau getan hat. Und Sie, Mrs. Millwood? Auch Ihr Charakter muss teilweise durch Ihren Mann geformt worden sein?«

»Oder durch seine Abwesenheit, ja.«

»Ja, oder beides. Eine Kombination dieser beiden Dinge. Ein glückliches gemeinsames Leben, gefolgt vom Schmerz seines Verlustes. Sie müssen das Produkt dieser beiden Kapitel sein.«

»Sie meinen, er hat mich zu dem gemacht, was ich bin, und jetzt werde ich auf die Hälfte eines Paares herabgestuft?« Ihre Stimme wurde leiser, klang entfernt, aber Doubler verfolgte den Gedanken trotzdem weiter.

»Ja. Gewissermaßen. Ist irgendjemand von uns … Ist irgendjemand in der Lage, einfach nur er oder sie selbst zu sein? Nicht kaputt oder durch einen Partner vervollständigt, nicht gestärkt oder in den Schatten gestellt? Einfach nur ein unabhängiges Wesen?«

Mrs. Millwood machte eine Pause, bevor sie zögerlich erwiderte: »Ich glaube, der zufriedene Mensch, ganz allein in sich ruhend, kommt wahrscheinlich sehr selten vor.« Sie dachte noch etwas weiter nach. »Vielleicht ein Heiliger? Jemand, der die Einsamkeit auf der Suche nach Gott anstrebt, so jemand?«

Doubler war schnell dabei, dieses Argument zu widerlegen, als hätte er es bereits selbst geprüft. »Nein, denn dann wird Gott dieser Partner, diese andere Person in der Beziehung. Der oder die Heilige ist nicht einsam, denn er oder sie kommuniziert ja, nicht wahr? Zuzugeben, dass man einsam ist, würde bedeuten, man gibt die Abwesenheit von Gott zu.«

»Ja. Ja, da haben Sie natürlich durchaus recht.«

»Aber ich schätze, Olive hat nach außen hin so getan, als wäre sie glücklich. Könnten wir glauben, dass sie glücklich ist, wirklich glücklich, allein dort auf ihrem Hof?«

Mrs. Millwood schnaubte kurz, ein Zeichen, dass Doubler und sie demnächst nicht mehr einer Meinung sein würden. »Warum sich auf Olive konzentrieren? Nehmen wir doch mal ein naheliegendes Beispiel. Was ist mit Ihnen, Mr. Doubler? Auf *Ihrem* Hof. Können Sie glücklich sein, ganz allein dort oben?«

»Glücklich? Ich? Oh ja! Einige der glücklichsten Momente meines Lebens haben in Einsamkeit stattgefunden. Und sie sind nicht selten, sie kommen *oft* vor. Ich hatte Zeiten der Verzweiflung, das wissen Sie. Aber ich habe auch Momente, in denen ich außerordentlich glücklich bin, möglicherweise mehrfach am Tag. Damit will ich sagen, dass ich rundum zufrieden bin.« Nach einer kurzen Pause fügte er hinzu: »Es gibt *Auslöser*, glaube ich. Dinge, die ich sehe oder bemerke, die mich daran erinnern, wie viel Glück ich habe.«

»Was denn zum Beispiel?«

»Wenn die Körbe mit Kienspänen bis oben hin gefüllt sind und die Holzvorräte auch und ich dann ein schönes Feuer mache. Ich meine, ein richtig gutes Feuer. Eines, für das man nur drei aufgerollte Zeitungsblätter und ein Zündholz braucht. Wenn ich dieses erste Knistern höre, das mir sagt, dass das Holz brennt und nicht nur das Papier, und ich weiß, in wenigen Augenblicken kommt die Hitze, dann bin ich wirklich glücklich.« Bei dieser Erkenntnis musste Doubler lächeln. »Wenn meine Kartoffeln nicht nur brav sind, sondern über sich hinauswachsen, wenn sie genau das tun, was ich von ihnen erwarte, aber dieses Verhalten noch nie zuvor von einem anderen Kartoffelbauern erreicht wurde, dann bin ich wirklich sehr glücklich.

Aber mein Glück entspringt nicht nur persönlichem Erfolg. Meine Kartoffeln machen mich ständig glücklich. Wenn die Erde an einem Tag noch kalt ist und der unerbittliche Winter nie zu enden scheint und am nächsten Tag plötzlich tausend grüne Sprösslinge aus dem Boden schauen. So klein und zart, dass man sie einzeln fast nicht erkennen kann, aber zusammen bilden sie sichtbare grüne Linien, dann bin ich der glücklichste Mensch auf der Welt.«

»Dann sind Sie nicht das Produkt der Abwesenheit Ihrer Frau«, verkündete Mrs. Millwood feierlich.

»Nein, dann bin ich ein Pionier voller Entschlossenheit und Zuversicht.«

»Ein Pionier voller Entschlossenheit und Zuversicht!«, wiederholte Mrs. Millwood, begeistert vom Klang dieser Worte. »Wer könnte sich mehr wünschen, Mr. Doubler? Damit haben Sie Ihre Frage selbst beantwortet: Natürlich können wir alleine glücklich sein, und natürlich können wir mehr sein als eine Abwesenheit, mehr als ein Anhang.«

»Aber es gibt andere Arten des Glücks, und wenn man einen Blick auf die erhascht, dann können die vertrauten ihren Glanz verlieren.«

»Wie meinen Sie das?«

»Wenn Sie zum Beispiel das Wohnzimmer von oben bis unten geputzt und die Fenster blitzblank poliert haben. Auf einmal bahnt sich das Sonnenlicht einen Weg hinein, und sein Strahl trifft auf all den Staub in der Luft, lässt die Körnchen tanzen, und man sieht, dass Sie doch nicht sauber geputzt haben. Das Wohnzimmer ist nichts anderes als ein Strudel kleiner Schmutzpartikel. Aber ohne das Sonnenlicht hätte man sie nicht bemerkt ... Erst durch das Licht wurde das Dunkel sichtbar.«

»Sie sprechen in Rätseln, Mr. Doubler. Es beunruhigt mich, wenn Sie das tun.«

Doubler holte tief Luft, denn er begriff, dass seine Metapher nicht wirklich die Tür zu der Unterhaltung geöffnet hatte, die er führen wollte. »Nun. Nehmen wir zum Beispiel dieses Telefonat. Ich glaube, ich war noch nie glücklicher als jetzt gerade. Als das Telefon geklingelt hat und ich wusste, das sind Sie und Sie würden warten, bis ich den Apparat ins Wohnzimmer geschleppt habe. Ich hatte das klingelnde Telefon in der Hand und freute mich über mein wundervolles Verlängerungskabel. Ich grinste bis über beide Ohren, weil ich wusste, dass wir uns jetzt zu einem richtig langen Plausch hinsetzen können. Das ist eine sehr reine Form des Glücks.«

Mrs. Millwood lachte laut heraus. »Sie alberner Kerl!«

Doubler ließ sich nicht rausbringen. »Aber es gibt eine Kehrseite. Sollte das Telefon aufhören zu klingeln oder wenn ich wüsste, dass Sie es nicht sein können oder dass Sie nie wieder anrufen würden …« Er verstummte, denn er verspürte den vertrauten Schmerz in seinem Herzen, wenn er sich einen solchen Kummer auch nur ausmalte, dem er keinen Namen geben wollte.

»Warum?«, rief Mrs. Millwood erschrocken. »Wo bin ich denn hingegangen? Wo bin ich in diesem Szenario? Warum rufe ich Sie nicht an?«

Doubler schüttelte theatralisch den Kopf und stieß langsam die angehaltene Luft aus. »Ich vermute, Sie sind entweder tot, Mrs. Millwood, oder Sie sind mit Derek durchgebrannt.« Doubler zuckte zusammen. Er ärgerte sich über sich selbst, dass er Derek nun doch erwähnt hatte, obwohl er kurz zuvor beschlossen hatte, es nicht zu tun.

Mrs. Millwood ließ ihm keine Zeit. »Derek?«, kreischte sie. »Warum um alles in der Welt habe ich denn das getan? Das ist eine wirklich schreckliche Vorstellung!«

»Nun«, erwiderte Doubler traurig, »Sie sind nicht mit dem Colonel durchgebrannt, also muss es wohl Derek sein.«

»Derek oder tot? Heute ist wirklich nicht mein Tag, was?« In Mrs. Millwoods Stimme lag Wärme, doch Doubler hatte seine Seele geöffnet, und das schmerzte.

»Nein. Es ist ein rundum schlechter Tag«, stimmte er zu. »Aber am schlimmsten ist, dass nicht nur Ihre Anrufe für immer ausbleiben, sondern dass ich auch nie wieder Freude an all den anderen Dingen empfinden kann.«

»Das Feuer, die braven Kartoffeln, die ersten Sprösslinge im Frühling?«, ertönte Mrs. Millwoods Echo seiner Traurigkeit.

»Nein, ich fürchte nicht. Auch keine saubere, frische Bettwäsche montags. Ich werde wieder im Tal der Verzweiflung landen.«

»Also ganz ehrlich, ich fühle mich schrecklich, einfach schrecklich. Da schlendere ich mit Derek lustig umher, während Sie in einem Tal der Verzweiflung vor sich hin schmachten. Sie armer, armer Kerl!« Mrs. Millwood lachte aus vollem Herzen.

Das veranlasste Doubler, der schon ein wenig beleidigt war, sich in seinem Stuhl aufzurichten. »Sie klingen aber nicht so traurig, wie ich das vielleicht erwartet hatte.«

»Oh, ich bin sehr traurig, Ihretwegen! Wirklich. Es *beschämt* mich. Dass meine Abwesenheit Sie in diesen schrecklichen Abgrund stoßen könnte. Und das Schlimmste ist, meinem armen Derek, den ich von Herzen liebe, geht es ebenfalls elend.«

Ein heftiger Schmerz durchfuhr Doubler, dessen ausgemalter Verlust ihn tatsächlich zumindest nahe an den Abgrund zum Tal der Verzweiflung brachte, selbst wenn er noch nicht hineingestürzt war.

»Weshalb sollte er sich denn elend fühlen? Er scheint in diesem Szenario doch der Gewinner zu sein.« Doubler verspürte einen tiefen Hass Derek gegenüber und stellte sich einen Augenblick lang vor, wie aus dem All ein riesiger Feuerball auf Derek zuraste und ihn komplett auslöschte. Dieses heftige Bild verschaffte ihm jedoch kaum Erleichterung.

»Es geht ihm elend, weil Derek mich nicht *will*! Ich wäre der letzte Mensch auf Erden, mit dem er durchbrennen würde!« Mrs. Millwood lachte immer noch herzlich.

Doubler nahm ihr das Lachen übel, während er gleichzeitig den Schmerz vergrößern wollte, den er Derek zufügen konnte. Es war unmöglich: Er hatte die Bestrafung bereits bis an die äußersten Grenzen seines Vorstellungsvermögens ausgereizt. »Nun, das bezweifle ich. Sie sind schön. Sie sind talentiert. Sie sind weise. Und Sie lieben ihn ganz offensichtlich ›von ganzem Herzen‹. Er würde sofort mit Ihnen durchbrennen. Davon können Sie ihn gar nicht abhalten.«

Mrs. Millwood schnappte lachend nach Luft: »Derek ist schwul, Mr. Doubler. Er ist homosexuell. Ich bin nicht wirklich sein *Typ*.«

Entsetzt verbannte Doubler die gewalttätigen Bilder aus seinem Kopf und schämte sich sofort für seine drakonische Reaktion auf seine Eifersucht. Er war nun etwas besänftigt, blieb aber dennoch wachsam, misstrauisch ob der Liebe, die Mrs. Millwood zum Ausdruck gebracht hat. »Oh. Aha. Nun ja. Ich verstehe, das könnte ein Hindernis sein. Trotzdem hätte er großes Glück, Sie zu bekommen.«

»Nein, nein, nein«, widersprach Mrs. Millwood vehement. »Er wäre der traurigste Mann auf Erden, würde er mit einer Frau an seiner Seite enden, wo er doch vermutlich nichts als einen Ehemann will.«

Die Nachricht von Dereks Traurigkeit erfreute Doubler zutiefst. Er konnte wieder durchatmen, nachdem er während der ganzen Unterhaltung quasi die Luft angehalten hatte. »Dann sind Sie also tot, Mrs. Millwood, was immer eine sehr realistische Alternative war«, verkündete er entschlossen.

»Unter diesen Umständen ist mein Tod wesentlich vernünftiger. Also beerdigen wir mich lieber, statt mich Derek anzuhängen, einverstanden?«

»Aber ja!«, stimmte Doubler begeistert zu. Er dachte eine Weile nach und erinnerte sich an seinen Gedankengang von zuvor. Nun wurde ihm wieder bewusst, dass er trotz seines Triumphs, Mrs. Millwood aus Dereks Fängen befreit zu haben, wieder ganz alleine war. »Aber jetzt, wo Sie tot sind, befinde ich mich wieder in diesem Tal. Verstehen Sie? Deshalb besitze ich einerseits die Fähigkeit, ein Pionier voller Entschlossenheit und Zuversicht zu sein, und könnte andererseits ständig ins Tal der Verzweiflung stürzen.«

»Aber Sie kennen dieses Tal der Verzweiflung bereits, Doubler. Sie haben gezeigt, dass es nicht das Ende der Welt ist.«

»Nein, nicht auf diese Weise. Das hier ist eine völlig neue Bedrohung.«

Mrs. Millwood jedoch ließ sich nicht davon abbringen. »Doch, das haben Sie. Ich habe es selbst gesehen. Als Marie ging, sind Sie in dieses Tal gesprungen und haben Ihren Kopf am kältesten, tiefsten Punkt in den dunklen Schlamm gesteckt. Und Sie sind *trotzdem* wieder herausgeklettert.«

Doubler erinnerte sich an den Aufstieg. »Nur durch Ihre Hilfe, Mrs. Millwood. Sie haben mir die Hand gereicht. Sie haben sich über den Abgrund gebeugt und mir herausgeholfen. Tag für Tag, Mittagessen für Mittagessen. Ohne Sie wäre ich nie mehr aufgetaucht. Ich würde immer noch dort unten liegen.«

»Ich glaube, da trügt Ihre Erinnerung, Mr. Doubler. Sie reden Ihren Anteil klein. Ich war da, um Ihr Auftauchen mitzuerleben, und vielleicht habe ich Sie davon abgehalten, wieder hineinzufallen, aber Sie sind da definitiv selbst herausgekrabbelt. Sie hatten nämlich Ihr *Ziel* vor Augen. Ihr Ziel war es, das sie dort rausgeholt hat. Zum Glück. Es gab Zeiten, da habe ich mich gefragt, ob es Ihnen dort unten womöglich gefällt, so wie Sie sich im Selbstmitleid gesuhlt haben. Meine Aufgabe war es, Sie davon abzuhalten, sich dort unten so einzurichten, dass Sie gar nicht erst *versuchen* würden herauszuklettern.«

Doubler dachte an die dunkelsten Tage zurück. Jene Tage, als er nicht mehr atmen wollte, weil es zu sehr schmerzte. »Ich habe es gehasst. Ich war verzweifelt. Es hat mir dort unten überhaupt nicht gefallen.«

»Doch, ich glaube schon. Ich glaube, indem Sie dort unten sitzen blieben, hatten Sie eine Waffe gefunden, um Marie und die Kinder zu bestrafen. Es war Ihre Art zurückzuschlagen. Jemand anderes wäre vielleicht ausgegangen und hätte Bingo gespielt oder Tanzen gelernt, aber Sie beschlossen, selbst den letzten Hauch von Glück aus Ihrem Leben zu verbannen. Sie waren wütend, Mr. Doubler. Sie waren unglaublich wütend.«

»Aber was, wenn ich wieder in diesen Abgrund stürzen würde? Wie sollte ich noch einmal ein Ziel finden?« Doubler stellte sich immer noch ein Leben vor, in dem es keine Mrs. Millwood gab, doch er wollte ihren Tod nicht schon wieder heraufbeschwören. Nicht jetzt, wo sie während ihres Gesprächs in einem Krankenhausbett lag. Nicht jetzt, wo ihr ein anderer Fluchtweg versperrt war. Der Tod schien jetzt zu unausweichlich.

»Ach, solange Sie noch Ihre Kartoffeln haben, haben Sie Ihr Ziel«, schalt Mrs. Millwood ihn, wie sie ihn vor all den Jahren gescholten hatte, als Doubler keines der Gesprächsangebote hatte annehmen wollen, die sie ihm beim Mittagessen gemacht hatte. So niederschmetternd war seine Traurigkeit damals gewesen. »Es gibt außerdem noch weitere gute Neuigkeiten, Mr. Doubler.«

In seinem düsteren, niedergeschlagenen und mutlosen Zustand gelang es Doubler kaum, interessiert zu klingen. »Was denn?«

»Ich bin nicht tot!«

Er schüttelte sich, entsetzt darüber, dass er diese egozentrische Reise mit ihr am Telefon unternommen und sie dabei beinahe zurückgelassen hatte. Er wollte der Erpel sein. Er wollte lautstark in ihren Teich platschen.

Doubler grinste. »Nein, sind Sie nicht, obwohl ich Sie einen Moment lang erledigt hatte.«

»Außerdem«, sagte Mrs. Millwood, die die Leichtigkeit in seiner Stimme hörte, »scheine ich zwar nicht sonderlich erfolgreich darin zu sein, hier rauszukommen, aber ich habe absolut nicht vor, schon ins Gras zu beißen. Ich muss eine Decke stricken, und die ist höllisch kompliziert.«

»Das ist *Ihr* Ziel!«

»Ja, so ist es. Das Muster dieser Decke ist wirklich unfassbar knifflig. Manchmal erkenne ich kaum, worauf es hinauslaufen soll. Es gibt da nämlich diese unterschiedlichen Garne, die wie durch Zauberhand zusammenkommen müssen, um das Muster zu bilden, aber jedes Mal wenn ich mich frage, ob ich die nötige Fähigkeit oder die Geduld dazu besitze, genug Entschlossenheit, wenn Sie so wollen, dann habe ich plötzlich so etwas wie einen kleinen Durchbruch und … huiiii! Nur ein paar Reihen mehr, und ich bekomme eine Ahnung davon, wie herrlich es mal aussehen wird. Ich habe eine Vision der Zukunft, und mir gefällt, was ich sehe. Dieses Wissen, dass die Decke vollendet wird, hilft mir mehr als das ganze Gift, das sie in mich hineinpumpen.«

»Vielleicht möchten Sie sie nie fertig stricken. Wenn es die Decke ist, die Sie am Leben hält.«

»Oh nein, so ist es nicht. Ich werde nicht zuerst den buchstäblichen Faden abschneiden und dann den metaphorischen Lebensfaden. Aber ich will dieses Ding fertig kriegen. Ich will das Ende kennen, das ist alles.«

Doubler dachte, dass auch er gerne das Ende kennen würde.

»Ich sollte jetzt besser Schluss machen. Ich bin ein bisschen müde. Dieses ganze Gerede vom Tod, Mr. Doubler. Dafür mache ich Sie verantwortlich.«

»Keine Eile. Es war ein wunderbares Gespräch, Mrs. Millwood. Das beste. Um genau zu sein, kann ich mich an kein schöneres erinnern. Sollen wir morgen wieder reden?«

»Oh ja, wir haben da noch ein paar offene Rechnungen zu begleichen.«

Sie lachte ihr leises kehliges Lachen, das in Doublers Herz schmerzte, und legte dann auf.

»Bis morgen«, sagte er glücklich zu sich selbst und legte ebenfalls den Hörer auf.

KAPITEL 18

Doubler hatte nicht viel Zeit, um sich auf den Besuch der Tierheimmitarbeiter vorzubereiten. Vermutlich war das gar nicht schlecht, denn wenn er länger als ein paar Tage über den bevorstehenden Besuch nachgedacht hätte, hätte er sicher eine Ausrede gefunden, um abzusagen. Stattdessen hatte er sich an die Arbeit gemacht, um das Haus, die Küche und den Inhalt der Speisekammer so gut er konnte auf Vordermann zu bringen.

Nun war es fast so weit. Noch eine halbe Stunde. Doubler blickte sich in der Küche um. Da er, abgesehen von den ihm auferlegten Verwandtschaftssonntagen und Mrs. Millwoods täglicher, schmerzlich vermisster Gesellschaft keine wirkliche Erfahrung damit hatte, Besucher zu empfangen, war er sich nicht sicher gewesen, wie er vorgehen sollte. Nach reiflicher Überlegung war er zu dem Schluss gekommen, dass es ihm sehr wichtig war, ein guter Gastgeber zu sein und einen positiven Eindruck zu hinterlassen. Dafür war er sogar bereit, die Sicherheitsmaßnahmen auf dem Gelände kurzfristig zu lockern. Also fuhr er den Berg hinunter und öffnete das Gatter, damit seine Besucher problemlos Zugang hatten. Er wusste nicht, ob sie Fahrgemeinschaften bilden und alle gleichzeitig ankommen würden oder ob sie die Mirth Farm einzeln ansteuern würden. So oder so gefiel ihm die Vorstellung nicht, dass das Gatter seinen Gästen Unannehmlichkeiten bereitete.

Nach einem kurzen Blick in den Ofen zog er ein Blech mit Scones heraus, die er zum Abkühlen auf ein Gitter rutschen ließ. Er deckte den Küchentisch, wärmte beide Teekannen vor und legte das Früchtebrot auf einen Teller. Diesen stellte er zuerst in die Mitte des Tisches, um ihn dann mit gerunzelter Stirn ans andere Ende zu schieben, wo er nicht ganz so aufmerksamkeitsheischend wirkte. Als Nächstes holte er den Walnusskuchen aus dem Kühlschrank und überprüfte, ob die Glasur auch schön fest geworden war. Diesen stellte er neben das Früchtebrot, und zwar so, dass es nicht nach absichtlicher Symmetrie aussah. Zum Schluss schob er ein paar Brote in das kühlste Ofenfach des Agas, um sie sanft anzuwärmen. Der Tisch sah wunderbar aus, und das Haus wirkte einladend. In der Küche roch es köstlich.

Doubler war stolz auf sein Werk, aber trotzdem besorgt, er könnte nicht genug Aufwand betrieben haben. Schließlich hatte er keine Ahnung, wie förmlich diese Treffen waren und wie viel Mühe sich die anderen Gastgeber machten, wenn sie an der Reihe waren. Automatisch rechnete er mit seiner eigenen Unzulänglichkeit. Allerdings hatte er noch zwei weitere Kuchen vorbereitet: einen Zitronenrührkuchen und einen mit selbst gemachter Marmelade gefüllten, mit Puderzucker bestäubten Biskuit. Diese warteten in der Speisekammer, damit Doubler sie hervorzaubern konnte, sollten seine Gäste wenig begeistert oder enttäuscht wirken. Nun fragte er sich, ob er noch Schlagsahne für die Scones hätte vorbereiten sollen oder ob Butter und Marmelade ausreichten. Aber es blieb keine Zeit für Änderungen in letzter Minute, da seine Gäste jeden Moment eintreffen konnten.

Sie waren pünktlich und fühlten sich schnell wie zu Hause. Ihre Ankunft nahm Doubler wie durch einen Nebel wahr. Dabei fühlte er sich wie ein Schauspieler, der die Rolle des Gastgebers spielte. Einer nach dem anderen betrat seine Küche. Sie wirken erfreut, dachte Doubler, aber keinesfalls überwältigt von seinen Mühen. Maxwell, der ganz offensichtlich das Sagen hatte, stellte ihm Derek, Paula und Mabel vor sowie – zu Doublers großer Überraschung – Olive von der Grove Farm, die wenig sagte, aber von der Mirth Farm und allem, was dazugehörte, fasziniert zu sein schien.

Doubler hegte keinen Zweifel daran, dass er übereifrig wirkte. Er fühlte sich nicht kompetent genug, um an der Unterhaltung teilzunehmen, wollte aber gerne Eindruck schinden, was ihn zu einem geschäftigen, aber stummen Zuschauer machte. Tagelang hatte er gegen den Impuls angekämpft, davonzulaufen und sich zu verstecken, die ganze Aktion, Fremde auf seinem Hof zu empfangen, einfach abzusagen. Doch dem gegenüber stand der noch viel größere Wunsch, Mrs. Millwood zu erfreuen und alles in seiner Macht Stehende zu tun, sie während ihrer Genesung würdig zu vertreten. Nun lauschte er aufmerksam, speicherte Formulierungen, Blicke und Randbemerkungen ab sowie die kleinen unterschwelligen Spannungen zwischen seinen Gästen. Doubler war fest entschlossen, sich alles ganz genau zu merken, um Mrs. Millwood später davon berichten zu können. So kam es, dass er selbst kaum ein Wort sprach.

Zwei Kannen Tee mit Doublers spezieller Mischung waren vorbereitet. Er hatte kurz überlegt, zwei verschiedene Sorten anzubieten, seine eigene und eine gewöhnlichere, doch dann hatte er beschlossen, dass es nur wenig Sinn ergab, etwas Minderwertiges zu servieren. Schließlich hatte es ihn Jahre voller mühevoller Versuche gekostet, um die perfekte Mischung zu finden. Wenn er seinen Gästen nun den bestmöglichen Tee kredenzte, würden sie gewiss mehr als zufrieden sein.

Er hatte den Tee eingeschenkt und die Kuchen aufgeschnitten und verteilt. Während die anderen aßen, genoss Doubler kurze Momente der Geselligkeit, ständig unterbrochen von Holen und Bringen, Bewirten und Versorgen. Jedes Lob nahm er nur mit einem stillen, genügsamen Nicken entgegen. Ohne großes Tamtam hatte er den Zitronenkuchen aus der Speisekammer geholt und aufgeschnitten, als er sah, dass die anderen Kuchen langsam verschwanden.

Nun, da alle satt waren, hatten seine Gäste die Stühle ein Stück zurückgeschoben und unterhielten sich nicht nur über das Tierheim, sondern über ganz verschiedene Themen, die sie alle auf die eine oder andere Weise betrafen. Doubler konnte nicht mitreden, aber er verfolgte die Unterhaltung weiterhin aufmerksam, den Blick auf jeden einzelnen Anwesenden gerichtet. Er studierte ihr Verhalten und wollte für den Moment vorbereitet sein, an dem er selbst etwas beitragen würde, wann immer der auch kommen mochte.

Er kam, kurz nachdem die Teetassen geleert waren und das Angebot eines dritten Stücks Kuchen abgelehnt wurde. Der plötzliche Themenwechsel überraschte Doubler ebenso sehr wie seine Gäste.

Mabel hatte gerade eine Geschichte erzählt, über die die anderen sich sehr amüsierten. Soweit Doubler verstanden hatte, ging es dabei um einen ziemlich unbeliebten Mann aus der Stadt, der angeblich Supermarkteier als Bioeier von frei laufenden Hühnern zu Höchstpreisen verkauft hatte. Die Heiterkeit rund um den Tisch verwirrte Doubler. Er war sich sicher, dass die anderen das Verhalten dieses Nachbarn nicht guthießen und seine Dreistigkeit sie entsetzte. Gleichzeitig jedoch lachten sie ganz offen, was Doubler nicht verstand. Wenn eine Tat als so schwerwiegend eingestuft wurde, sollte ihr doch mit dem angemessenen Ernst begegnet werden.

Während er noch darüber nachdachte und gleichzeitig versuchte, der Unterhaltung zu folgen, schlug Derek aus vollem Hals lachend mit der Hand auf den Tisch und sagte: »So wie ich Mabel kenne, ist das erst der Anfang. Zuerst die kleinen Delikte, und demnächst erzählt sie uns, wer hier wirklich *schlimme* Sachen anstellt. Nehmt euch in Acht – da werden wir was Stärkeres als Tee brauchen!«

Maxwell stimmte ihm zu, allerdings ohne belustigt zu wirken. »Für Whisky ist es noch zu früh. Wobei Whisky zweifellos der richtige Drink für Unterhaltungen ist. Löst die Zunge, aber nicht so, dass man es später bereut.« Dabei spähte er auf den Grund seiner Teetasse, als könnte er darin die Zukunft lesen.

»Es ist doch gewiss zu früh für alles, was stärker ist als Tee – schließlich ist es gerade mal fünf Uhr!« Mabel schien die Vorstellung sehr zu beunruhigen.

Maxwell unterbrach ihren Protest jedoch ungeduldig. »Herrgott, gute Frau, es ist ja kein Arbeitstag. An Arbeitstagen oder solchen mit Verpflichtungen wartet man bis sechs. Aber an Feiertagen? Gott bewahre. Es gibt ein paar Gepflogenheiten, die längst wieder abgeschafft gehören. Früher haben wir uns nichts dabei gedacht, mittags eine schöne Flasche Portwein aufzumachen oder um vier einen vernünftigen altmodischen Drink zu mixen. Gut, dass wir dieses Thema mal aufs Tablett bringen. Mit Verlaub, mein letzter Vorgesetzter ließ zum Frühstück grundsätzlich die Korken knallen. Je früher am Tag man trinkt, desto besser. Es ist viel sinnvoller zu trinken, solange man es noch genießen kann statt in den wenigen letzten Augenblicken vor dem Einschlafen.«

Nach einem Moment der Stille räusperte sich Doubler. »Aufs Tapet bringen.« Er lauschte seiner Stimme in der voll besetzten Küche.

»Wie bitte?«, fragte der Colonel, dem Doublers mangelnde Gesprächsbeteiligung bis zu diesem Punkt eigentlich ganz gut gepasst hatte.

»Es heißt ›etwas aufs Tapet bringen‹.« Doublers Ton war freundlich, doch die sofort eintretende Stille rund um den Tisch legte den Hauch einer Konfrontation nahe. Schlagartig wurde den anwesenden Gästen unbehaglich zumute.

»Nein, mein Freund, ich denke nicht. Seemannsbegriff. Da kenne ich mich aus.« Um seine Worte zu unterstreichen, trank der Colonel mit dramatischer Geste seine bereits leere Teetasse aus.

»Es ist kein Seemannsbegriff. Kommt aus dem Französischen und heißt definitiv ›Tapet‹. Der Fehler wird gerne mal gemacht.«

»Du lieber Himmel«, murmelte Paula, der es gar nicht behagte, dass jemand dem Colonel widersprach. Ihrer Meinung nach hatte der Colonel für gewöhnlich recht. Sie lenkte die Unterhaltung auf das vorherige Thema zurück: »Wenn ich tagsüber trinken würde, dann läge ich ruckzuck unterm Tisch. Das kann ich mir gar nicht vorstellen.« Sie sah sich Zustimmung heischend um.

»Es gibt eine ganze Menge alkoholischer Getränke, die man tagsüber durchaus trinken kann«, sagte Doubler vom anderen Ende des Tisches, ohne zu merken, welche Feindseligkeit er möglicherweise riskierte.

»Was würden Sie denn empfehlen?« Die Frage kam vom Colonel und wurde von den anderen als Waffenstillstandsangebot gedeutet. Sie sahen nun Doubler in Erwartung einer ähnlich einlenkenden Erwiderung an.

Oftmals war Doubler überhaupt nicht in der Lage, die Nuancen des Kommunizierens zu verstehen. Doch jetzt hatte er aus dem plötzlichen Taktikwechsel des Colonels richtig geschlossen, dass Maxwell möglicherweise erwartete, von Doubler einen Drink ausgeschenkt zu bekommen. Also dachte er scharf nach, bevor er antwortete.

»Meiner Erfahrung nach passt ein Glas Cider ganz besonders gut zu einem Arbeitsmittagessen. Einem Bauernmittagessen, wohlgemerkt, oder zumindest zu einem Kartoffelbauernmittagessen. Wahrscheinlich weniger zu einem Büromittagessen.«

»Und was ist mit fünf nach fünf? Was würden Sie da empfehlen?« Die Frage hatte Herausforderungscharakter, doch Doubler war bereit, ganz direkt zu antworten.

»Einen Gin Tonic. Gin Tonic passt ziemlich gut zu Tee, überraschend gut zu Kuchen.«

Der Colonel lächelte breit, und die anderen entspannten sich. »Was für eine ausgezeichnete Idee, alter Freund! Vielen Dank. Aber Sie überraschen mich. Ich hätte Sie wahrlich nicht als Gin-Tonic-Trinker eingestuft.«

»Oh, auf diesem Gebiet kenne ich mich ziemlich gut aus.« Doubler hob die Augenbrauen und nickte seinen Gästen zu. Er war erfreut, so sicheren Boden gewonnen zu haben, nachdem die Unterhaltung bisher für ihn zu großen Teilen verwirrend gewesen war.

Doch sobald er die Worte ausgesprochen hatte, spürte er, wie die Gäste sich untereinander verstohlene Blicke zuwarfen, und um Maxwells Lippen spielte der Hauch eines Grinsens. Die Situation war ihm peinlich, ohne dass er begriff, warum. Er stand auf und fing mit dem Abwasch an, wodurch er seinen Gästen den Rücken kehrte. Ob sie ihn wohl für einen Dummkopf hielten?

»Na, kommen Sie, erzählen Sie uns, was Sie wissen«, drängte ihn Maxwell.

Doubler drehte sich mit leicht geröteten Wangen um. Alle blickten ihn erwartungsvoll und lächelnd an. Er hatte recht gehabt: Sie machten sich über ihn lustig.

»Weshalb machen Sie sich über mich lustig?«, fragte er, da seine Neugier größer war als seine Ängstlichkeit. Schließlich waren das hier nicht seine Freunde. Er hatte in diese Beziehungen nichts investiert außer etwas Backzeit, und sobald sie gegangen waren, musste er sie nie wieder sehen, wenn er nicht wollte.

»Jetzt sind Sie aber ein bisschen empfindlich. ›Lustig machen‹ ist ziemlich übertrieben. Gracie hat uns vorgewarnt, dass Sie so etwas wie ein Experte in Sachen Essen sind und dass Sie zu einer Menge Themen eine ausgeprägte Meinung haben.«

»Hat sie das? Habe ich das? Ich habe ganz sicher nie behauptet, ein Experte zu sein, was Essen angeht. Ich bin ein Experte auf sehr wenigen Gebieten. Wobei ich mich als führenden Experten in Sachen Kartoffeln betrachten würde. Und ich weiß etwas über die Themen, mit denen ich mich intensiv beschäftigt habe, aber das sind relativ wenige. Ich weiß viel über ein paar Dinge und fast nichts über so gut wie alles andere. Ich kenne mich mit Brot aus, weil ich schon mein Leben lang backe. Ich kenne mich mit Käse aus, aber nur mit den englischen Sorten.

Dasselbe gilt für englische Äpfel. Und ich weiß eine *Menge* über Gin.«

Das war vielleicht ein bisschen mehr, als er eigentlich zu diesem Thema hatte sagen wollen, und sich als Experte auf dem Gebiet zu bezeichnen, konnte gefährlich werden, aber das Ego ist ein schwer zu zähmendes Biest, selbst wenn man es den Großteil seines Lebens unterdrückt hat. Doubler fühlte sich nicht nur von diesen Leuten rund um seinen Küchentisch kritisiert, sondern auch von der abwesenden Mrs. Millwood, die möglicherweise recht herzlos über ihn gesprochen hatte. Etwas Kompliziertes war in seinem Kopf passiert, und auf einmal war es ihm nicht nur wichtig, gut dazustehen, sondern alle komplett für sich zu gewinnen.

Den Colonel amüsierte die Intensität von Doublers Überzeugung. »Tun Sie das, ja?«

»Ja, ich weiß *sehr* viel darüber.«

»Na, kommen Sie schon – teilen Sie Ihr Wissen mit uns. Am besten anhand eines praktischen Beispiels, ja? Vielleicht sollten Sie uns einen kleinen Schluck von etwas genehmigen, und dann wollen wir mal sehen, was Sie auf dem Kasten haben.«

Ohne ein weiteres Wort ging Doubler aus der Küche in die Speisekammer. Zur großen Überraschung seiner Gäste schloss er die Tür hinter sich, sodass sie nur den Geräuschen lauschen konnten, die Doublers Bemühungen für sie begleiteten. In der Speisekammer hatte Doubler am Kabel des Lichtschalters in der Ecke gezogen und schob nun einige Mehlsäcke beiseite, um an eine schwere hölzerne Falltür im Boden zu kommen. Er hatte sich nicht eingeschlossen, um allein zu sein, sondern weil die Umstände es verlangten: Er musste die Klappe an die geschlossene Tür zur Küche lehnen können. Dabei war er sich sehr bewusst, dass er durch sein geheimnisvolles Tun zusätzliche Faszination für etwas heraufbeschwor, was er eigentlich besser heruntergespielt hätte.

Doch er hatte sich entschieden, ordentlich anzugeben, also stieg er die Holzstufen hinunter und steuerte, geführt von den einzelnen fahlen Lichtstrahlen der Luftziegel auf Bodenhöhe die hintersten Regale an, wobei er mehrere Reihen sorgfältig aufgestapelter, unetikettierter Flaschen passierte. Sobald er das Gesuchte gefunden hatte, kehrte er mit seiner Beute zurück.

Ein Teil von ihm bereute, so kühn gewesen zu sein, aber nun war es zu spät. Und da er mit seiner Expertise geprahlt hatte, musste er seine Behauptung mit harten Fakten untermauern. Sobald er die Falltür geschlossen hatte, tastete er im Drahtkorb nach einer festen Zitrone und griff sich eine große Flasche Tonic Water, die auf dem Steinfußboden schön kühl geblieben war. Hocherhobenen Hauptes verließ er die Speisekammer und ging an seinen Gästen vorbei, die ihn aufmerksam und stumm beobachteten.

Er holte einen Krug mit Eiswürfeln aus dem Gefrierschrank und breitete alle Zutaten vor sich auf dem Tisch aus – wie ein Chirurg, der seine Instrumente für einen besonders schwierigen Eingriff bereitlegt.

»Tradition«, begann er in jenem selbstsicheren Tonfall, der Mrs. Millwood sehr vertraut gewesen wäre, »wird in Bezug auf Gin überschätzt. Denn Gin entwickelt sich weiter, und die vielfältigen Arten, ihn zu servieren, haben unser Verständnis für diese Spirituose sehr erweitert, ebenso wie den Genuss, den sie uns bereiten kann. Ich werde Sie jedoch nicht überfordern. Sicher sind Sie alle mit dem normalen Gin Tonic mit Eis und Zitronenscheibe vertraut. Genau den werde ich für Sie zubereiten, denn ich möchte, dass Sie den Gin wahrnehmen und nicht die weiteren Zutaten. Manche Gin-Sorten eignen sich besonders für diese klassische Verwendung. Doch es ist durchaus möglich, die Nuancen eines Gins durch die Zugabe anderer Aromen herauszukitzeln. Ich bin kein Pedant in Sachen Gin – um genau zu sein, würde ich mich sogar als toleranter als die meisten bezeichnen.«

Während er sprach, schnitt Doubler die Zitrone in dünne Scheiben. Der Zitrusduft erfüllte den Raum.

»Alle Gin-Hersteller verwenden eine Mischung aus Pflanzen und Pflanzenextrakten, um ihren Gin zu aromatisieren. Wir kennen und lieben alle die Wachholderbeere. Genau das ist der Geschmack, den wir mit Gin assoziieren. Um sich London Dry Gin nennen zu dürfen, ist sie sogar unerlässlich, wie Sie bestimmt alle wissen. Aber je nach Destillerie findet man Noten aller denkbaren Gewürze, Kräuter, Pflanzen oder anderer Aromen – zum Beispiel Koriander, Engelwurz, Orangenschale, Zitronenschale, Kardamom, Schwertlilie, Zimt, Muskat, Zimtkassie, Mandel, Lakritz oder Pfeffer. Wenn Sie einen Drink selbst mixen, ist es ratsam, das Aroma der Pflanzen, die in der Herstellung verwendet wurden, zu betonen. Bei einem Gin, dessen Geschmack mit Rosen und Gurke verfeinert wurde, würde man also eine Gurkenscheibe und ein paar frisch gepflückte Rosenblätter hinzufügen. Wenn es keinerlei Zitrusnoten gibt, dann besser Finger weg von Zitrone oder Limette.«

»Nein, so was!«, rief Maxwell, der sein Leben lang in der Weltgeschichte herumgereist war und in Clubs und Pubs mit Herrschern und Schurken gleichermaßen getrunken hatte. Doch er war sich sicher, dass er noch nie etwas so Absonderliches gehört hatte.

Paula und Mabel starrten Doubler mit offenem Mund an, als spräche er eine andere Sprache.

Doubler genoss es, sein Publikum so in der Hand zu haben. Bedächtig fuhr er fort: »Anderen Gins, vor allem denen vom zarteren Ende des Pflanzenaromenspektrums, tut vielleicht ein Zweig Rosmarin oder Fenchelkraut gut. Bis zu einem gewissen Grad kann man experimentieren, verschiedene Geschmacksrichtungen ausprobieren, aber es gibt natürlich auch einige grundlegende Regeln, die es zu befolgen gilt.«

Nun wurde Doublers Tonfall ernster, als er sich daranmachte, den Gästen ihre Drinks einzuschenken. »Dieser Gin, den wir hier trinken werden, ist verdammt gut. Die Zugabe von Zitrone soll hier kein Aroma überdecken oder ein anderes hinzufügen. Die Zitrusnote verleiht dem Ganzen eine willkommene Komplexität, und die Geschmacksnerven werden das Zusammenspiel genießen. Bei minderwertigem Gin ist die Zitrone natürlich unerlässlich, denn sie bringt überhaupt erst den Geschmack.«

Doubler war sich nicht sicher, ob seine Gäste ihm folgten, aber sie waren zum Glück still, während er hohe Gläser bis zum Rand mit Eis füllte und dann in jedes einen doppelten Gin einschenkte, bevor er mit Tonic Water auffüllte. »Verwenden Sie viel Eis. Je mehr Eis Sie nehmen, umso langsamer schmilzt es. Man will den Drink nicht mit Wasser verdünnen. Eine Katastrophe.«

Er reichte jedem Anwesenden ein Glas, wobei er den Inhalt ein wenig herumschwenkte. »Wir nehmen sie als Longdrinks, einverstanden? Das passt besser zum Nachmittagstee. Dieser Gin ist so gut, dass man ihn auch pur genießen kann. Nach dem Abendessen schmeckt er ganz vorzüglich in kleinen Schlucken aus einem kalten Glas. Das kann ich jedem nur empfehlen, aber jetzt erst mal Prost.«

Doubler erhob sein Glas und nahm einen großen Schluck. Er ließ die Aromen auf seiner Zunge tanzen und schloss die Augen, um allein seinen Gaumen urteilen zu lassen.

Derek reagierte als Erster. Auch er schloss die Augen, damit das Aroma sich entfalten konnte. »Also ich muss sagen, der ist ziemlich gut. Zwar nicht ganz das, was ich gewohnt bin, aber wirklich vorzüglich. Eher etwas …«

»Blumig«, schlug Mabel vorsichtig vor.

»Genau, und …«

»Kräutrig?«, ergänzte Paula, ehe sie einen zweiten ordentlichen Schluck nahm.

»Mhmmm. Und …«

»Komplex?«, ließ sich Olive vernehmen und blickte in der Hoffnung auf Zustimmung in die Runde.

»Ja.« Der Colonel nickte. »Besser hätte ich es auch nicht beschreiben können.«

Mabel nippte schüchtern an ihrem Drink, auf der Suche nach weiteren Aromen. Doch vor allem genoss sie den kühlen Alkohol nach heißem Tee und reichhaltigem Kuchen.

Paula trank ihren in weiteren gierigen Schlucken und war sichtlich angetan. »Ganz schön stark, was?«

»Vierzig Prozent. Ein guter, starker Gin. Gerade richtig für eine Spirituose, die mit hoher Wahrscheinlichkeit verdünnt wird.«

Maxwell fühlte sich durch seinen Drink wiederbelebt, hatte jedoch das Gefühl, während dieser unerwarteten Wendung der Ereignisse etwas die Kontrolle verloren zu haben. Daher lenkte er die Unterhaltung rasch auf ein Thema, von dem er deutlich mehr verstand. »Also ich muss sagen, ich finde es schon überraschend, dass Gin zu Ihren Spezialgebieten gehört. Wenn Sie so eine entschiedene Meinung zu Gin haben, dann sind Ihre Ansichten zu Whisky wahrscheinlich ebenfalls sehr ausgeprägt. Wasser oder kein Wasser?«

»Mir egal«, erwiderte Doubler und studierte aufmerksam seinen Gin.

»Also bitte, dazu hat doch jeder eine Meinung. Wegen nichtigerer Dinge wurden schon Kriege geführt.«

Doubler blickte zum Colonel auf. »Ja, natürlich ist mir wichtig, wie *ich* ihn trinke, aber mir ist egal, wie *Sie* ihn trinken. Whisky ist ein ganz persönlicher Drink. Ich bezweifle sogar, dass er für mich genauso schmeckt wie für Sie. Wie könnte ich da also eine richtige oder falsche Art vorschreiben? Geben Sie etwas Wasser hinzu oder auch nicht, es ist mir wirklich gleich.«

»Aber was ist mit Ihnen? Wie trinken Sie Ihren Whisky?«

»Highlands, niemals Lowlands. Gleiche Anteile Torf und Rauch. Single Malt, keine Verschnitte. Kein Wasser. Kein Eis. Kristallglas.« Doubler leerte seinen Gin, zufrieden mit der Schilderung seiner selbst.

Maxwell lachte schallend und nahm einen weiteren ordentlichen Schluck aus seinem Glas. Erfreut ließ er die Flüssigkeit um das Eis kreisen, weil ihm das Geräusch gefiel. »Ein ziemlich perfekter Nachmittagsdrink, da muss ich Ihnen recht geben.«

Doubler war stolz, dass er sich behauptet hatte und offenbar alle den Gin zu schätzen wussten. »Oh ja, unbedingt. Egal ob im Winter oder im Sommer. Nach dem Essen oder vor dem Essen, aber idealerweise nie zum Essen. Sonst kann man die einzelnen Nuancen nicht mehr schmecken.«

Doubler blickte tief in sein Glas und war sich bewusst, dass alle ihm gespannt lauschten. »Das Interessante an Gin ist, dass sein Aroma niemals zufällig entsteht. So etwas wie einen guten oder schlechten Jahrgang gibt es nicht. Die Basis für jeden Gin ist im Wesentlichen gleich. Wobei es natürlich hilft, mit einem anständigen Wodka zu beginnen.«

»Wodka?«, quiekte Paula und betrachtete entsetzt ihr Glas, als könnte sie einen gelegentlichen Gin Tonic am Nachmittag gerade noch durchgehen lassen, Wodka hingegen indiskutabel wäre.

»Natürlich! Gin ist nichts anderes als aromatisierter Alkohol.« Doubler genoss die gespannt auf ihn gerichteten Augenpaare sehr. »Wodka bietet sich als Ausgangsalkohol an, weil er in großer Menge produziert wird und in verschiedenen Qualitätsstufen erhältlich ist. Daher ist er kostengünstig. Jeder kann selbst Gin herstellen, indem er einfach eine Flasche Wodka kauft und dann seine eigenen Pflanzenstoffe hinzufügt.«

»So was.« Maxwell betrachtete seinen Drink mit neuem Respekt.

»Das ist Basiswissen. Aber darüber hinaus gibt es viele verschiedene Lehren. Ich glaube fest daran, dass für einen außergewöhnlich guten Gin die Qualität des Wodkas ausschlaggebend ist. Je besser der Wodka, desto besser der Gin.«

»Und was macht Ihrer Meinung einen guten Wodka aus?«, fragte Derek.

»Gute Kartoffeln natürlich.«

»Kartoffeln? Ahh, jetzt kommen wir langsam zum Kern Ihres Interesses«, sagte Maxwell und zwinkerte übertrieben.

»Ich wäre ein schlechter Kartoffelbauer, wenn ich die verschiedenen Verarbeitungsmöglichkeiten meiner Nutzpflanze nicht gründlich recherchieren würde, meinen Sie nicht?«

»Ja, natürlich. Das wäre wohl so, als würde man Trauben anbauen und keinen Wein trinken«, schlug Derek vor.

»Nein, nicht ganz. Ich könnte mich sehr für Trauben als Frucht interessieren, für ihre innewohnenden Eigenschaften, aber trotzdem einem Winzer vertrauen, guten Wein daraus zu machen und keinen weiteren Gedanken daran verschwenden. Eine Kartoffel ist da viel interessanter wegen ihrer vielseitigen Verwendung. Als kommerzieller Kartoffelbauer muss man seinen Markt ziemlich gut kennen, bevor man auch nur eine einzige Saatkartoffel steckt. Außerdem hilft es natürlich, wenn die Kartoffelsorte, die man anbaut, mehr als nur einen Zweck erfüllt. Das verleiht dem Geschäft in unsicheren Zeiten eine gewisse Robustheit.«

»Dann machen Sie Wodka aus Ihren Kartoffeln? Man hat mir gesagt, dass Sie zu den stillen Wassern gehören. Ist das Ihr großes Geheimnis?«, fragte Maxwell.

»Nein, das ist kein Geheimnis. Ich habe hier immer Wodka für eine bestimmte Firma gebrannt. Die sind dort *sehr* anspruchsvoll. Wodka rein aus Kartoffeln herzustellen ist nicht gerade kostengünstig. Das Ergebnis kostet vermutlich dreißigmal mehr als ein normaler Basisalkohol.«

»Aber«, fragte Derek, »weshalb sollte man diesen hohen Preis bezahlen?«

»Das tut nur jemand, dem die Qualität des Wodkas sehr wichtig ist, und von diesen Leuten gibt es vermutlich nicht besonders viele. Ich habe nur einen einzigen Kunden, und der kauft seit Beginn meiner Kartoffelbauerzeit stets meine gesamte Produktion auf. Vielen Leuten ist egal, wie ihr Wodka schmeckt – sie wollen nur etwas Kaltes, Billiges, das sich gut zum Cocktails Mixen eignet. Wer seinen Wodka mit Orangensaft aus dem Tetrapack verdünnt, würde ganz bestimmt nicht zu Mirth-Farm-Wodka greifen. Aber wenn man ihn nach dem Essen in kleinen Schlucken genießen will, dann ist einem das den Preis vielleicht wert.«

»Vielen Dank, Mr. Doubler. Wir hatten köstlichen Nachmittagstee mit Kuchen und haben dazu noch eine Menge gelernt. Also, wo können wir diesen köstlichen Gin herbekommen?« Der Colonel griff nach der Flasche, um das Etikett zu studieren. Es gab keines.

»Gar nicht, fürchte ich. Der Gin ist ein … Hobby. Er ist nicht regulär verkäuflich. Ich stelle ihn nach meinem eigenen Rezept für eine Handvoll besonderer Kunden her.«

»Wie wäre es mit einer Handvoll besonderer Kunden und ab und zu einem besonderen Freund?«, fragte der Colonel mit gierigem Blick.

»Mal sehen. Ich stelle sehr geringe Mengen davon her, und die sind schon im Vorfeld vergeben. Aber wenn ich mich mal entschließe, meine Produktionsmenge zu erhöhen, sage ich Ihnen Bescheid.«

Der Colonel runzelte die Stirn. Er hatte das Gefühl, abgespeist worden zu sein. Im Augenblick reichte es ihm aber, sich wieder seinem Glas zuzuwenden, über die Aromen nachzusinnen und der schleichenden Wirkung des Alkohols zu erlauben, seinen natürlichen Kampfinstinkt zu dämpfen.

Als Doublers Gäste schließlich aufbrachen, lag eine feierliche Stimmung in der Luft, obwohl Maxwell etwas nachdenklicher war als sonst. Zum Abschied klopfte er Doubler auf den Rücken. »Sie sind ein guter Kerl, alter Bursche. Sie haben sich heute Nachmittag Ihre Sporen verdient.«

Mit leicht geröteten Wangen beugte sich Paula vor, um Doubler zum Abschied zu küssen. Damit hatte dieser nicht gerechnet und ihr stattdessen die Hand hingestreckt, was zu einem kleinen unbeholfenen Tanz führte. Paula stolperte und fiel schwer in seine Arme.

Sofort bedachte Maxwell sie mit einem strengen Blick und nahm sie fest am Ellbogen. »Komm schon, Mädel. Wir bringen dich besser mal nach Hause. Das reicht jetzt.«

In der Zwischenzeit schüttelte Derek energisch Doublers Hand. Er schien irgendwie erleichtert, als hätte Doubler eine Art Prüfung bestanden, deren Ergebnis für Derek genauso wichtig war wie für Doubler.

Olive ging als Letzte – und wirkte dabei am widerwilligsten.

Doubler begleitete sie zum Auto. Man hatte ihr einen Platz auf der Rückbank von Maxwells kleinem Renault zugeteilt. Kurz bevor sie sich auf den engen Sitz schob, drückte sie fest seine Hand. Ihre Stimme war jedoch über das Motorengeräusch kaum zu hören. »Vielen Dank für diesen köstlichen Nachmittagstee. Sie sind wirklich ein begnadeter Bäcker und ein bemerkenswerter Geschichtenerzähler noch dazu.«

Doubler hielt ihre Hand in seiner, beglückt ob ihres Lobs, bis ihm plötzlich bewusst wurde, dass es quasi die ersten Worte waren, die er aus ihrem Mund vernommen hatte.

Er beugte sich in den kleinen Wagen hinein, ihre Hand immer noch in seiner. »Ich backe leidenschaftlich gern, und ich habe selten Publikum. Wenn Sie also Lust haben, nachmittags zwischen halb vier und Viertel nach vier mal vorbeizuschauen, können Sie immer mit etwas Leckerem aus der Keksdose rechnen.«

Olive strahlte, während Maxwell die Fahrertür zuschlug und Paula anwies, neben ihm Platz zu nehmen. Doubler trat zurück und sah dem Wagen nach. Er staunte über den Wust durcheinanderwirbelnder Gedanken, mit denen seine Besucher ihn zurückließen, und konnte es kaum erwarten, Mrs. Millwood die Neuigkeiten mitzuteilen, und fragte sich, ob sie wohl stolz wäre auf seine bisher nie erprobten Gastgeberfähigkeiten. Er hoffte es so sehr. Zwischendurch hatte er sich schrecklich unsicher gefühlt, doch die Erinnerung an dieses ungute Gefühl verblasste bereits durch die Vorfreude auf ein Lob von Mrs. Millwood, und sei es auch nur ein ganz kleines.

KAPITEL 19

Als es Zeit für seinen nächsten Dienst auf der Grove Farm war, redete Doubler sich gut zu und machte sich schnell auf den Weg, bevor ihn der Mut verließ.

Ein klares Ziel vor Augen zu haben hatte ihm geholfen, die Haustür abzuschließen, den Land Rover vorsichtig die Auffahrt hinunterzusteuern, das Gatter zu öffnen und seinen Hof zu verlassen. Als er sich dem Tierheim näherte, merkte er, dass seine Ängstlichkeit vom ersten Mal nun einer gewissen vorfreudigen Aufregung gewichen war. Er wusste, dass das vermutlich albern war und er nicht jedes Mal so viel Spannendes erwarten durfte – wie oft konnte er schon darauf hoffen, zum Komplizen bei einem Verbrechen gemacht zu werden? Sein letzter Besuch markierte das Ende seines Einsiedlerdaseins. Dieser nun sollte durch seinen Einsatz auf der Grove Farm in Erinnerung bleiben. Er hoffte, irgendetwas tun zu können, das als Beitrag gewertet werden konnte.

Seit seinem letzten Besuch verfolgte ihn die Traurigkeit dieses Esels, aber er fragte sich, ob die wahre Tragödie – wie Mrs. Millwood es angedeutet hatte – Mrs. Mitchells Misere war. Er war fest entschlossen, die Tiere kennenzulernen, und genauso fest entschlossen, mehr über Mrs. Mitchells Geschichte herauszufinden. Mrs. Millwood glaubte, es könnte mehr dahinterstecken, als auf den ersten Blick zu erkennen war, und Mrs. Millwood hatte einen guten Instinkt, was solche Dinge betraf.

Er war außerdem überrascht gewesen, wie viel Freude ihm Olives stille Anwesenheit auf der Mirth Farm gemacht hatte. Natürlich wollte er sie nicht stören, aber er überlegte trotzdem, ob er während seines Dienstes ein zufälliges Treffen mit ihr arrangieren konnte.

Als Doubler am Hofladen vorbeifuhr, der ihm regelmäßig seine Lebensmittel lieferte, zog er kurz in Erwägung anzuhalten und ein paar Karotten für den Esel zu besorgen. Aber obwohl er schon abgebremst und geblinkt hatte, zögerte er dann doch und fuhr weiter. Er war noch nicht bereit, das bestehende Arrangement zu ändern. Kisten voller Lebensmittel kamen zu ihm, und er bezahlte seine Lieferanten regelmäßig – nicht mit Geld, sondern in Form einer großzügigen Menge seines Mirth-Farm-Gins. Er und seine Lieferanten kannten sich kaum, und auch wenn dieser Handel nicht ganz legal war, so funktionierte er schon seit Jahren ganz wunderbar. Er wollte die Geschäftsbeziehung nicht aufs Spiel setzen, vor allem jetzt, wo so viel Veränderung in der Luft lag. Stattdessen beschloss er, Karotten auf seine wöchentliche Bestellliste zu setzen. Dieser Esel brauchte nicht nur die Freundschaft der Tierheim-Mitarbeiter, sondern beständige Fürsorge, auf die er sich verlassen konnte. Doubler glaubte, möglicherweise genau das bieten zu können. Vielleicht konnte der arme Percy anfangen, wieder einem Menschen zu vertrauen.

Als er am Bürocontainer ankam, nahm er den Schlüssel unter der Fußmatte hervor und schloss auf. Er war sich nicht sicher, ob Heizen genauso streng reglementiert war wie die Zuckerwürfel, aber er schaltete die Heizung einfach ein und drehte sie voll auf, damit sich der kalte Raum so schnell wie möglich erwärmte. Dann nahm er den Mitteilungsordner zur Hand und las ihn aufmerksam durch. Seit dem letzten Mal hatte sich wenig getan, abgesehen von der Ankunft einer großen Anzahl ehemaliger Käfighühner, der Rückkehr mehrerer Katzen aus der Sterilisationsklinik sowie einer hastig hingekritzelten Notiz zu Mrs. Mitchells Entführungsversuch des Esels. Ihm fiel auf, wie kurz der Eintrag war, und er fragte sich, ob es wohl seine Aufgabe war, einen ausführlichen Bericht zu schreiben.

Doubler freute sich über das hohe Maß an Verantwortung, das er auf einmal trug. Er hatte einen Schlüssel zu einem Büro und einen Bericht zu schreiben, aber er wusste, seine Dienstzeit würde sich unangenehm in die Länge ziehen, wenn er sie sich nicht gut einteilte. Daher beschloss er, zuerst einen Rundgang über den Hof zu unternehmen und sich mit den Tieren vertraut zu machen. Auf dem Tisch lag Mrs. Mitchells Akte für ihn bereit (das verriet ihm ein gelbes Post-it), die der Colonel aufmerksamerweise für ihn herausgesucht hatte. Um den Esel zu verstehen, musste er seine Geschichte kennen. Doch da er zwischen den Seiten unsägliche Tiefen der Verzweiflung und Einsamkeit vermutete, entschied er, dass seine Kraft dafür noch nicht ausreichte. Er würde die Akte deshalb nach seiner Rückkehr aufmerksam studieren.

Bevor er sich auf den Weg zu den Ställen machte, suchte Doubler erst einmal nach Percy. Der Esel befand sich nicht auf der Weide, wo er am Tag des Kidnappingversuchs gestanden hatte, doch Doubler fand ihn kurz darauf auf einer angrenzenden Koppel. Dort graste er zufrieden in der Gesellschaft einiger zotteliger Ziegen, die sich am Büffet der sprießenden Hecken bedienten: Weißdorn, junge Ulmen, Schwarzdorn, Weiden und Hasel. Mit langgestreckten Hälsen knabberten sie an den wenigen zarten Blättern, die der Winter bot, und nagten so systematisch die Zweige ab, als hätten sie eine Fleißaufgabe zu erfüllen. Doubler konnte nicht sagen, ob er je Zeuge eines so intensiven Kauvorgangs geworden war. Der Esel schien sich nicht viel mehr für den Besucher zu interessieren als die Ziegen, doch selbst mit der Nase im Gras behielt er Doubler argwöhnisch im Auge.

Ein wenig verlegen sprach Doubler mit den Tieren, wobei ihm seine Stimme auf der stillen Weide erschreckend laut vorkam. Mit dem Versprechen, bald wiederzukommen, ging er zurück und machte sich auf die Suche nach den Hunden, Katzen und Kleintieren, die in den Stallungen untergebracht waren, wie er wusste. Diese Gebäude fassten auf drei Seiten den großen Hofplatz ein. Es war ideal. Doubler nahm an, dass der Hof einst Stellplätze vermietet hatte, denn es gab genug Boxen für mehr als ein Dutzend Pferde, und welcher Hof brauchte schon mehr als eines? Doch nun hatte Olive den Platz diesen armen verlassenen und verstoßenen Kreaturen überlassen. Vermutlich kam ihnen diese Unterkunft wie der pure Luxus vor verglichen mit ihrem früheren Dasein.

Doubler war nicht beauftragt worden, sich während seiner Anwesenheit um die Tiere zu kümmern. Ein Team von Studenten kam abwechselnd morgens auf dem Weg zum College zum Füttern und Tränken vorbei, und dieselben Helfer kamen abends wieder, um die Tiere zu bewegen und die Ställe auszumisten. Trotzdem hatte er das Gefühl, dass die Tiere während seiner Anwesenheit in seiner Obhut waren, und selbst wenn er sie nicht direkt versorgen musste, trug er die Verantwortung auf seinen Schultern. Nachdem er diese Last eine Weile herumgetragen hatte, stellte er fest, dass er sie mochte.

Der erste Stall war in mehrere kleine Parzellen unterteilt. Einige waren leer, in anderen hausten ein paar gelangweilt wirkende Katzen. Sie blickten kaum zu ihm auf, als er von Käfig zu Käfig ging. Er dachte an die wenigen Katzen, die er im Lauf der Jahre gekannt hatte: Hofkatzen, die der Geruch von Beute rastlos umhertrieb und die in Erwartung sporadischen Menschenkontakts den Buckel krumm machten. Er dachte an die geschickten einsamen Jäger, die höchst wachsam durch ihr Revier streiften und dabei ganz unbeteiligt taten. Diese Katzen hier waren anders. Sie hatten sich ihrem Schicksal ergeben, hatten nichts mehr, wofür es sich zu kämpfen lohnte, und so dämmerten sie vor sich hin und nahmen voneinander ebenso wenig Notiz wie von ihrem Besucher. Nur eine von ihnen hob den Kopf, um Doubler mit verächtlichem Blick anzusehen, der ihn auf unheimliche Art an Mrs. Mitchell erinnerte. Schuldbewusst verließ er den Stall.

Wir alle kommen im Leben an einen Punkt, an dem wir niemandem mehr von Nutzen sind, dachte er. Ich frage mich, was um alles in der Welt unsere Herzen dazu antreibt, dann noch weiterzuschlagen.

Er öffnete den Riegel zur nächsten Box und spähte hinein. Sie war leer. Er atmete tief ein. Das frisch ausgestreute Stroh roch sauber und süß, als wäre es gerade für einen Neuankömmling vorbereitet worden. Bei dem Gedanken wurde er von Traurigkeit überwältigt. Ein Neuankömmling bedeutete Kummer an anderer Stelle – ein plötzliches Dahinscheiden oder der Verlust eines Zuhauses. Wie viele Versprechungen am Sterbebett wurden wohl nicht eingehalten und die Tiere stattdessen hier abgeladen, fragte er sich.

Es gab noch mehr als zehn Ställe zu erkunden, doch das Herz pochte ihm in der engen Brust, und seine Gedanken kreisten um die schmerzhafteste Weise des Verlassenwerdens. Er geriet ein wenig ins Stolpern, als ein Bild nach dem anderen vor seinem inneren Auge aufflackerte, bis ein Durcheinander sinnloser Verwirrung entstand. Seine Frau Marie, nicht so wie er sie zum Schluss gesehen hatte, sondern wachsam umherstreifend; Mrs. Millwood, bleich und dünn, aber nicht in einem sauberen Krankenhausbett, sondern auf einem Nest aus Stroh; der düstere Blick eines Esels.

Ein Hahn krähte laut, was bei den Hennen um ihn herum eine Kettenreaktion auslöste. Doubler lauschte dem Gegacker, um sich selbst zu versichern, dass der Lärm nichts Unheilvolles an sich hatte. Dann drehte er sich um und eilte zum Bürocontainer zurück, als hätte ihn der Hahnenschrei an einen dringenden Termin erinnert.

Drinnen setzte er sich an den Tisch und schlug Mrs. Mitchells Akte auf, er war hungrig nach Informationen. Überrascht und zunehmend enttäuscht musste er jedoch feststellen, dass ihre Geschichte nur auf einigen wenigen Seiten mit krakeligen Notizen festgehalten war. Diese überflog er rasch, um sie dann noch ein zweites Mal mit mehr Aufmerksamkeit zu lesen, doch sie lieferten ihm nichts als einige knappe Fakten. Daten und Vorkommnisse waren festgehalten worden, ebenso wie Mrs. Mitchells Adresse, aber es gab nur wenige Details und definitiv nichts, was auf Nachforschungen zu Hintergrundinformationen hingewiesen hätte.

Wenn Doubler sich einer Sache sicher war, dann, dass man Mrs. Millwoods Instinkten vertrauen konnte. Sie hatte auf jeden Fall recht: Bisher hatte niemand die richtigen Fragen gestellt.

KAPITEL 20

Maddie Mitchells Haus gehörte zu einer Reihe identischer Häuser in einer gepflegten Sackgasse. Jedes besaß eine Veranda, eine bunt angestrichene Haustür, eine Einzelgarage und eine dichte Lorbeerhecke, die es vom Nachbarn trennte. Doubler musste mehrmals klopfen, ehe Mrs. Mitchell die Tür zu ihrem adretten, aber unscheinbaren Zuhause öffnete.

Er erkannte sie fast nicht wieder. Es fehlten nicht nur der Spazierstock, das Kopftuch und das übertriebene Hinken, sondern auch das wilde Funkeln in ihren Augen. Sie trug eine weiße Bluse, die am Hals von einer großen Silberbrosche geschlossen wurde, eine lange cremefarbene Strickjacke, einen braunen Cordrock und hübsche Hausschuhe an den Füßen. Sie wirkte verhalten, fast sanftmütig, als sie zentimeterweise die Tür öffnete. Doch sobald sie ihren Besucher erkannte, kehrte die Trotzhaltung zurück, gepaart mit aufflackernder Feindseligkeit.

»Ach, Sie sind es«, sagte sie. »Der Neue.« Mrs. Mitchell machte keine Anstalten, ihn hereinzubitten – das wurde durch ihren abfälligen Tonfall ebenso deutlich wie durch ihren festen Griff an der kaum geöffneten Tür.

»Guten Morgen, Mrs. Mitchell. Können wir reden?«

»Nein.« Sie gab sich nicht einmal Mühe, ihre Abneigung zu verbergen. »Ich glaube nicht. Ich habe gehört, was Sie zu sagen haben, und Sie liegen falsch, falsch, falsch. Sie alle.« Sie machte sich daran, die Tür zu schließen, doch Doubler hob die Hand und versuchte, sie mit unterwürfigem Ton zu entwaffnen.

»Ich weiß nicht, was bisher alles gesagt wurde – wie Sie richtig festgestellt haben, bin ich der Neue –, aber lassen Sie uns doch drinnen reden. Vielleicht können wir dieses Schlamassel aufklären?« Doubler trat einen Schritt von der Tür zurück. Dies bewirkte, dass sich Mrs. Mitchells Haltung ein wenig entspannte, aber sie war immer noch höchst misstrauisch, was Doublers Motive anging.

»Ein Schlamassel ist das in der Tat. Genau das. Die haben mir meinen Esel gestohlen, ihn ohne Rücksprache einfach mitgenommen, und da gibt es nichts zu reden, solange Sie ihn nicht zurückbringen können.«

»Ich kann nichts versprechen, aber ich werde Ihnen zuhören. Ich werde mir Ihre Seite der Geschichte anhören. Ich habe Ihre Akte von Anfang bis Ende gelesen und überhaupt nichts daraus erfahren. Ich kenne die Fakten von unserer Seite aus, wobei die nur aus den Daten jedes Vorfalls bestehen und was unternommen wurde. Aber niemand hat Ihre Sicht der Dinge notiert, und soweit ich weiß, scheint niemand die einfache Frage gestellt zu haben, *weshalb* das immer wieder passiert. Bitte, darf ich reinkommen?«

»Sie wären tatsächlich der Erste, der zuhört.« Sie musterte ihn einige Sekunden lang und zuckte schließlich mit den Schultern. Dann trat sie beiseite, um ihn hereinzulassen, ehe sie sich umdrehte und stumm vorausging. Doubler folgte ihr durch einen Flur ins Wohnzimmer. Das Haus war spärlich eingerichtet, aber blitzblank. Trotz der wenigen Informationen, die er in ihrer Akte gefunden hatte, hatte Doubler sich irgendwie chaotischere Lebensumstände vorgestellt.

Er nahm Platz, und sobald er begriffen hatte, dass man ihm weder Tee noch Kekse anbieten würde, fing er an, die Fragen zu stellen, die ihm durch den Kopf gingen.

»Möchten Sie ganz am Anfang beginnen? Wie lange haben Sie den Esel gehabt? Womit verbringen Sie Ihre Zeit?« Auf jede Frage folgte ein ausgedehntes Schweigen.

Da Mrs. Mitchell Doubler nicht antwortete, fing er an, von sich selbst zu erzählen, da er merkte, dass eine aufmerksame Zuhörerin vor ihm saß und er nichts zu verlieren hatte.

»Ich habe ein großes Vorbild, Mrs. Mitchell. Seine Taten leiten mich an jedem einzelnen Tag meines Lebens. Er hieß John Clarke. Er wurde gegen Ende des neunzehnten Jahrhunderts geboren und starb als alter Mann. Er war ein Mensch mit klaren Prinzipien, ein ehrlicher Gentleman mit einer unglaublichen Arbeitsmoral und dem brennenden, selbstlosen Wunsch, die Welt zu verbessern.«

Auch wenn keine Reaktion kam, war sich Doubler sicher, dass sie ihm ihre volle Aufmerksamkeit schenkte.

»Wissen Sie, was er der Welt gab?«

Von Mrs. Mitchell kam kein Ton, doch sie hatte den Kopf schief gelegt und betrachtete ihn mit dem berechnenden Blick einer Elster.

»Er hat uns die Maris Piper geschenkt.« Doubler machte eine theatralische Pause.

»Man sollte annehmen, dass er Maris hieß, nicht wahr? Oder Piper. Aber nein, nichts derartig Grandioses. Er war ein bescheidener Mann, müssen Sie wissen. Einfach der gute alte Mr. Clarke. Er hat auch keine richtige Bildung genossen, sondern ist mit zwölf von der Schule abgegangen und hat sein Arbeitsleben dem Ziel gewidmet, die Kartoffeln dieser Welt zu verbessern. Dieser Mann hat Millionen von Menschen satt gemacht. Und trotzdem kennt niemand seinen Namen. Es gibt, soweit ich weiß, nicht mal irgendwo eine Statue, um sein Andenken zu ehren. Heutzutage kann man für fast alles zum globalen Phänomen werden. Sie brauchen bloß live im Fernsehen eine Grille zu essen, und schon sind Sie auf der ganzen Welt bekannt. Das begreife ich nicht.«

»Weshalb sollte jemand eine Grille essen?« Nun war Mrs. Mitchells Interesse geweckt. Sie rutschte auf ihrem Stuhl ein Stückchen vor, die hellen Augen immer noch fest auf ihren Gast gerichtet, denn sie wunderte sich, wohin diese Unterhaltung führte.

»Genau das, Mrs. Mitchell, ist die richtige Frage. Warum um alles in der Welt sollte man das tun? Und wird die Welt davon besser?« Doubler schüttelte den Kopf über die Verworrenheit des Daseins. Er sah sich im Zimmer um, registrierte die leeren Bücherregale, die fehlenden persönlichen Gegenstände und dass aus der Küche nicht mal der Hauch eines Essensgeruches kam.

»Verzeihen Sie mir, wenn diese Beobachtung sehr persönlich wirkt, aber ich habe den Eindruck, Mrs. Mitchell, dass Sie sehr einsam sind.«

Mrs. Mitchell seufzte schwer. »Ich schätze, ja. Aber um mich geht es hier nicht. Er ist so einsam, dass es ihn umbringt.«

»Glauben Sie? Ich denke, er ist wohl am denkbar besten Ort. Er wird gut versorgt. Darauf können Sie sich doch wenigstens verlassen, oder nicht?«

»Ach, das sagen sie alle. Sie sind auch nicht anders als die anderen.« Mrs. Mitchell stand auf und verließ das Zimmer. Durch die Durchreiche konnte er sehen, wie sie sich in der Küche zu schaffen machte, Schränke öffnete und schloss. Doch es war immer noch kein kochender Wasserkessel zu hören oder das verheißungsvolle Klappern einer Keksdose.

»Aber Sie verstehen doch sicher«, setzte er die Unterhaltung mit lauterer Stimme fort, »die praktischen Umstände? Sie verstehen, weshalb alle dachten, dass er anderswo besser aufgehoben wäre?«

Ihr Gesicht tauchte in der Durchreiche auf. Energisch schüttelte sie den Kopf. »Um ehrlich zu sein, nein. Nein. Nein. Das kann ich so nicht akzeptieren.«

Doubler beschloss, ruhig zu bleiben, eine sanfte, schmeichelnde Taktik zu wählen, statt auf Konfrontation zu gehen. »Aber er braucht eine gewisse Pflege, und um die können Sie sich unter diesen Umständen nicht kümmern. Ich weiß, das ist hart. Für Sie beide. Aber Sie können ihn doch besuchen, oder?«

»Ja, ja, das kann ich. Und das tue ich. Aber es fällt mir so schwer. Ich versuche, stark zu sein, aber ich weine dann die ganze Zeit, und das macht ihn traurig. Er versteht es nicht wirklich.«

»Das muss sehr, sehr schwer für Sie sein. Es tut mir so leid. Ich nehme an, Sie standen sich sehr nahe.«

»Nahe? Ja, natürlich. So nahe, wie zwei Wesen sich nur sein können.«

»Und wie lange hat er bei Ihnen gelebt?«

»Bei mir gelebt?« Sie dachte ein paar Minuten nach. »Herrje.« Sie runzelte die Stirn und lächelte dann bei der Erinnerung. »Ungefähr jetzt hätten wir unser fünfzigjähriges Jubiläum gefeiert. Demnächst.«

»Fünfzig Jahre! Meine Güte! Ich hatte ja keine Ahnung.« Doubler schüttelte ungläubig den Kopf. »Fünfzig Jahre! Stellen Sie sich das mal vor! Wie viel ist das in Eseljahren?«

»Sie haben recht.« Mrs. Mitchell nickte traurig und kehrte dann ins Wohnzimmer zurück, wo sie wieder Doubler gegenüber Platz nahm. »Eseljahre.«

»Kein Wunder, dass Sie die Trennung so traumatisiert hat. So langsam begreife ich die Tiefe Ihrer Beziehung. Aber *trotzdem*. Sie können ihn nicht hierbehalten!«

»Aber warum denn nicht? Das begreife ich einfach nicht. Es ist ein großes Haus. Zwei Schlafzimmer. Und ein Esszimmer. Wozu brauche ich ein Esszimmer? Ich gebe wahrlich keine Dinnerpartys. Meistens esse ich abends vor dem Fernseher. Allein. Er könnte das Esszimmer haben, wenn er die Treppe nicht schafft.«

»Aber nein, das geht nicht, Mrs. Mitchell. Genau das ist das Problem. Sehen Sie denn nicht, was für ein haarsträubender Vorschlag das ist?«

»Aber *warum*? Nennen Sie mir einen vernünftigen Grund. Niemand kann sich besser um ihn kümmern als ich. Niemand würde sich besser um ihn kümmern als ich.« Die Art, wie Mrs. Mitchell diesen Appell vorbrachte, zeigte Doubler, dass sie es vermutlich bereits viele Male zuvor getan hatte.

»Ich will Ihre guten Absichten ja gar nicht anzweifeln, aber es ist einfach nicht möglich. Das müssen Sie akzeptieren.«

Mrs. Mitchell funkelte ihn böse an, stand auf und erklärte mit in die Hüften gestemmten Händen und spürbarer Abscheu: »Sie finden selbst hinaus.«

»Na, na, Mrs. Mitchell, jetzt seien Sie doch nicht so. Lassen Sie uns schauen, ob wir nicht einen Kompromiss finden. Ich bin hier, um Ihnen zu helfen.«

»Sie können nicht helfen. Sie haben sich ja schon entschieden. Sie sind auch nicht anders als der Rest.«

»Ich *bin* anders. Ich *kann* Ihnen helfen.« Doubler betrachtete die Frau vor ihm, ihre hängenden Schultern, die Verzweiflung in ihren Augen. Wieder holte sie tief Luft – wie jemand kurz vor dem Ertrinken.

»Ich mache Ihnen ein Angebot: Sie nennen mir einen triftigen Grund, weshalb er nicht hier bei mir leben kann, und ich höre Ihnen zu. Aber strengen Sie sich an.« Das Feuer in ihrem Blick war zurückgekehrt, als sie nun herausfordernd die Arme vor der Brust verschränkte.

»Es gibt viele gute Gründe, aber ich fange mit dem offensichtlichsten an. Mrs. Mitchell, er braucht jede Menge Gras zum Weiden.«

»Er braucht *was*?«

»*Gras*, Mrs. Mitchell. Das verstehen Sie doch, oder?«

Mrs. Mitchells Blick wanderte an Doubler hinab und wieder hinauf, während sich eine Reihe von Gefühlsregungen auf ihrem Gesicht widerspiegelte. Empörung, Schock, Wut, Verwirrung. Dann eine kurze Pause, in der Doubler unruhig auf seinem Stuhl hin und her rutschte. Langsam ließ sie sich auf den Stuhl sinken, beugte sich vor und musterte ihn aufmerksam, als die Verblüffung von gerade eben der Erkenntnis wich.

»Ach, du liebes bisschen«, sagte sie. Ihr breites Lächeln wischte Jahrzehnte des Schmerzes weg. »Meine Güte!«

Doubler schluckte, unsicher, was jetzt folgen würde.

»Ich spreche nicht von dem Esel, Sie Dummkopf! Es ist nicht der *Esel*, der mir fehlt. Ich habe nicht seit fünfzig Jahren eine *Beziehung* mit dem Esel, Sie Trottel. Ich rede von meinem *Mann*! Ich vermisse Thomas!«

Doubler sah sie entsetzt an. »Ihr Mann? Sie haben einen Ehemann? Lebt er noch?«

Mrs. Mitchell sprang auf. »Natürlich lebt er noch. Und wie«, fügte sie etwas entrüstet hinzu. Dann, leiser: »Aber ich wette, er wünscht sich, es wäre nicht so.« Sie setzte sich wieder.

In Windeseile ging Doubler in Gedanken ihre Unterhaltung durch, um herauszufinden, was er bisher erfahren hatte. Wenn sie die ganze Zeit aneinander vorbeigeredet hatten, dann wusste er ziemlich wenig.

»Wir haben Kartoffeln angebaut«, sagte Mrs. Mitchell, als würde sie Doublers anfänglichen Gesprächsfaden über die Maris Piper wieder aufgreifen.

»Ist das Ihr Ernst, Mrs. Mitchell? Sie und Thomas?«

»Mein Mann und ich, ja. Und bitte, nennen Sie mich Maddie. Wir haben auch Weißkohl und Brokkoli angepflanzt. Außerdem Rosenkohl. Salat und so was nicht, aber wir mochten unseren Kohl sehr. Mit Kohl und Wurzelgemüse kommt man gut über den Winter.«

»Ein wahres Wort, Maddie. Dann hatten Sie also etwas Land?«

»Etwas? Mehr, als wir bewirtschaften konnten. Wir hatten keinen Schrebergarten, falls Sie das meinen – wir hatten einen *Hof*. Einen Kleinbauernhof würden manche das nennen, aber es kam einem nicht klein vor, wenn man für alles verantwortlich war, was man in die Erde steckte oder aus der Erde herausholte. Es fühlte sich nicht klein an, wenn es der eigene Boden war, den man umgraben musste oder vom Unkraut befreien, oder die eigenen Tiere, die starben, wenn man sich nicht richtig um sie kümmerte. Wir haben uns nie ausgeruht. Haben uns geschunden, aber ich wünschte …« Sie hielt inne, unsicher, ob sie diesen Gedankengang mit einem Fremden weiter teilen sollte.

»Was wünschten Sie?«

»Ich wünschte, wir hätten härter gearbeitet, hätten uns ins Grab gearbeitet. Es wäre so viel besser gewesen, wenn wir beide beim Umgraben tot umgefallen wären.«

Doubler wartete, bis sich Maddie wieder gefangen hatte, deren Brust vor lauter emotionalem Aufgewühltsein bebte. Dann erkundigte er sich sanft: »Was ist mit Thomas passiert?«

»Er ist nicht gestorben. Leider. Er ist immer noch sehr lebendig. Theoretisch. Aber er hat sich definitiv vom Leben verabschiedet. Ich wünschte, er wäre gestorben, und das ist die Wahrheit. Und ich wünschte, ich wäre mit ihm gestorben. Er hatte einen Herzinfarkt. Das war der Anfang vom Ende. Sie haben gesagt, der Hof wäre zu viel Arbeit. Sie haben uns gezwungen, ihn zu verkaufen, uns zu verkleinern. Kurz darauf hatte Thomas einen Schlaganfall, und sie haben ihn in ein Heim gesteckt. Mit dem Geld vom Verkauf des Hofs halten sie ihn am Leben. Pure Ironie.«

Doubler nickte. Die Stimme seines Sohnes klang in seinen Ohren. »Das ist keine ungewöhnliche Geschichte. Ich höre so etwas immer wieder. Aber das macht es nicht leichter zu akzeptieren. Mein aufrichtiges Beileid.«

»Wir hätten den Hof niemals verlassen dürfen. Niemals. Es wäre so viel besser, einfach dort zu sein, selbst wenn alles ein bisschen verwahrlost wäre. Aber *die* hatten andere Pläne.«

Doubler beobachtete sie aufmerksam. Obwohl das Thema sie offensichtlich aufwühlte, spürte er, dass sie sich ein wenig entspannte, als hätte allein schon die Tatsache, ihm ihre Geschichte erzählen zu dürfen, therapeutische Wirkung.

Mit bewusst ruhiger Stimme hakte er sanft nach: »Wer sind ›die‹? Diese Leute, von denen Sie sprechen? Die vom Sozialamt?«

»Himmel, nein! Die waren ziemlich anständig, wenn man bedenkt, wie ich sie behandle. Nein. Meine Söhne.« Mrs. Mitchell ließ beschämt den Kopf hängen.

»Oh, Maddie. Das tut mir so unendlich leid.« Der Kummer in ihren Augen warf dunkle Schatten auf ihr Gesicht, und es war leicht zu erkennen, wo der Schmerz und die Wut sich vermischt hatten und untrennbar geworden waren.

»Erzählen Sie mir, wie Sie die Leute vom Sozialamt behandeln. Was genau machen Sie da?«

»Ich weiß auch nicht. Mir geht's ganz gut, ich komme ein paar Tage einigermaßen klar. Und dann versinke ich in dieser entsetzlichen Dunkelheit, und alles, was ich will, ist, ihn aus diesem Heim rausholen. Er ist unglücklich, ich bin unglücklich, also beschließe ich, ihm zum Ausbruch zu verhelfen. Aber alles wird so verwirrend, und ich steigere mich so sehr rein, dass ich irgendwie – ich weiß selbst nicht wie – einfach losziehe und stattdessen diesen verdammten Esel befreien will.«

Maddie hielt einen Moment lang inne, um sich die Augenwinkel mit einem Taschentuch abzutupfen. »Sie haben alles mitgenommen. Percy war Toms Liebling, müssen Sie wissen. Er war der Einzige, der auf dem Hof nicht einen einzigen Tag wirklich arbeiten musste, und niemand hat es ihm übel genommen. Die Hühner mussten Eier legen, oder sie kamen in den Kochtopf. Die Katzen mussten Mäuse fangen, oder sie verhungerten. Das Gemüse musste Ernte bringen, oder es wurde untergegraben. Aber Percy nicht. Herr und Gebieter war er. Manchmal fühlte es sich so an, als wäre er der Chef des Ganzen. Durfte sich die besten Weiden aussuchen. Karotten wurden extra für ihn angebaut! Können Sie sich das vorstellen? Aber Thomas liebte diesen Esel. Er meinte, das Tier hätte ein bisschen was Heiliges an sich. Als Thomas in dieses Heim musste, flehte er mich an, mich um Percy zu kümmern, und ich wusste nicht recht, was ich tun sollte. Ich trauerte immer noch, weil meine Welt zusammengebrochen war, weil mein Thomas nicht mehr der war, den ich kannte. Ich hatte in diesem Moment, in dem ich wirklich stark hätte sein müssen, nicht genug Kraft, um mich gegen diese ganzen schrecklichen Veränderungen zu wehren, die mir aufgezwungen wurden. Es ist schwer zu beschreiben, wie grauenhaft diese Zeit war. Ein Albtraum. Der arme Thomas lag da im Krankenhaus, aber ich wurde behandelt wie eine Hirntote. Niemand hat mir *irgendwas* gesagt. Meine Söhne verkauften den Hof und kauften mir dieses Haus. Sie dachten vermutlich, es wäre am besten so, aber ich kann mich nicht daran erinnern, dass sie mich je nach meiner Meinung gefragt hätten.

Kurz nachdem ich eingezogen war, hatte ich die geniale Idee, den Esel zu mir zu holen. Ich war fast unerträglich einsam, und es schien mir der perfekte Plan zu sein. Trotzig. Der Esel war auf dem Hof geblieben, und ich nehme an, die neuen Besitzer wussten, dass eines Tages jemand kommen und ihn abholen würde. Also hab ich das gemacht. Niemand hat nachgefragt. Ich habe ihm ein Halfter umgelegt und bin mit ihm den Feldweg entlangmarschiert. Wir hatten einen ganz wunderbaren Spaziergang, wir beide. Einige Kilometer mit netter Unterhaltung, und dann habe ich ihm einfach hier in der Garage einen Stall eingerichtet. Ich weiß, es war falsch. Es war extrem falsch, aber ich dachte damals, dass Thomas vielleicht zu mir nach Hause kommen würde, und ich ertrug die Vorstellung nicht, dass Percy dann nicht hier auf ihn wartete.

Ich habe ihn so gut gehalten, wie ich nur konnte. Aber, mein Gott, machen die viel Mist! Es fällt einem gar nicht so auf, wenn sie draußen auf der Weide sind, aber umso mehr, wenn man sie drinnen hält und für jede Schubkarre voll Futter am anderen Ende drei Schubkarren voll Mist rauskommen. Das hat mich ein bisschen überfordert. Und das Zeug ist schwer. Eine Weile habe ich mein Möglichstes getan, es vor der Leerung in die Mülltonne zu schaufeln, aber je mehr ich geschaufelt habe, umso mehr Mist hat der Esel produziert. Es war wie eine Geschichte, die ich meinen Kindern früher vorgelesen habe, von einem bösen Mann und einem Zaubertopf, aus dem der Brei überquillt, zuerst in die Küche, dann ins ganze Haus. Es gab in diesem Buch ein schreckliches Bild, wie der Brei aus der Haustür herausfließt und droht, das ganze Dorf zu überschwemmen. So hat sich das angefühlt – dass Percy und ich in einem Berg aus Dung ersticken würden.«

Doubler versuchte, sich die Szene auszumalen, und musste bei der Vorstellung, wie diese energische Frau Eselmist in ihre Hausmülltonne schaufelte, ein bisschen lächeln. Er freute sich auch darüber, wie offen sie ihm die Geschichte erzählte. Um genau zu sein, fragte er sich, ob sie jetzt, wo sie einmal angefangen hatte zu reden, je wieder damit aufhören würde. Doch sie machte eine Pause, und ihr Blick flackerte bei der Erinnerung an den sich aufhäufenden Mist und die wachsende Panik.

»Was ist als Nächstes passiert?«, fragte er vorsichtig.

»Die Nachbarn haben Wind davon bekommen. Verstehen Sie? Oh, die haben ordentlich Wind bekommen! Bei dem Geruch muss sich die ganze Siedlung gefragt haben, was ich hier drin treibe.« Die Erinnerung schien Maddie auf einmal zu erheitern. »Ich schätze, es war der Gestank der Ratten. Ich werde wohl nie erfahren, was mich verraten hat, aber zuerst klopfte der Sozialdienst an die Tür, und dann kam der Tierschutzverein und hat mir einen Vortrag gehalten, als wäre ich eine Art Tierquälerin. Was ich *nicht* bin. Ich wollte nur, dass der Esel hier ist, wenn mein Thomas heimkommt. Und das will ich wohl immer noch.«

»Wird er je wieder heimkommen? Ihr Mann, meine ich.«

»Ja. Nein. Ich weiß es nicht. Es geht ihm schlecht. Nicht mehr in erster Linie körperlich, aber sein Geist hat sich verabschiedet. Ich glaube nicht, dass es ihm hier gefallen würde. Nichts wäre ihm vertraut. Aber er *hasst* es dort. Ich weiß, dass er das tut, und das ertrage ich nicht. Er würde keiner Fliege was zuleide tun, dieser Mann. Er hat so hart gearbeitet und jedem, der etwas brauchte, so viel gegeben, wie er nur konnte. Er war ein guter, guter Vater. Dieses Ende hat er nicht verdient.«

Doubler runzelte die Stirn. »Und was ist mit dem Esel? Vermissen Sie ihn auch? Kommen Sie deshalb immer wieder, um ihn zu holen?«

»Nein. Das ist ja der Witz an der Sache. Den Esel hier zu haben, war einfach schrecklich. Absolut fürchterlich. Aber wenn ich diesem Esel in die Augen sehe, dann sehe ich nur Thomas. Ich kann die beiden in meinem Kopf irgendwie nicht voneinander trennen. An guten Tagen schon, klar, aber an schlechten Tagen, da weiß ich nicht, wo unten und oben ist. Da fühle ich mich einfach so allein und verwirrt und im Stich gelassen.«

»Wer hat Sie denn im Stich gelassen?«

»Meine Söhne, indem sie mich hierher verpflanzt haben, ohne meine Entscheidungen respektiert zu haben. Ihr ganzes Leben habe ich mich um sie gekümmert, ihre Probleme gelöst, war immer für sie da. Aber kaum habe ich sie mal gebraucht, haben sie das gemacht, was für sie am bequemsten war. Also, ja, *sie* haben mich auf jeden Fall im Stich gelassen. Aber Thomas am allermeisten. Sein Verrat war der schlimmste. Wir hatten einen Pakt. Wir ziehen das gemeinsam durch. Es war eine Ehe. Und er hat mich verlassen.«

»Sind Sie da nicht ein bisschen sehr streng mit ihm? Ich meine, es klingt nicht so, als hätte er in der Sache viel zu sagen gehabt.«

»Aber er hat es mir versprochen! Er hat gelobt, in guten wie in schlechten Zeiten zu mir zu halten, und er hat ihnen gegenüber nachgegeben. Er hat sie entscheiden lassen, was das Beste ist.«

»Ihre Söhne?«

»Ja. Ich weiß nicht, wann er so willensschwach wurde. Es war ihm so wichtig, sie zu guten Menschen zu erziehen, dass er zu blind war, um zu sehen, als sie es nicht wurden. Was auch immer sie taten, er fand es hervorragend. Als sie ihm erklärten, wie die

Dinge nach seinem Herzinfarkt laufen würden, hat er einfach nachgegeben. Er wollte nicht zugeben, dass sie vielleicht nicht das Beste für ihn wollen, also hat er einfach allem zugestimmt.«

»Und Sie fühlten sich dadurch verraten.«

»Natürlich. Aber es sind auch *meine* Kinder. Niemand will sich eingestehen, dass die eigenen Kinder keine besonders netten Menschen sind. Es gibt als Eltern kein größeres Versagen, als lieblose Menschen heranzuziehen. Aber offen zuzugeben, dass der eigene Nachwuchs missraten ist, wird nicht nur als Zeichen schlechter Erziehung gewertet, sondern auch als Zeichen geistigen Verfalls, wie es scheint.«

»Ist das so? Ich glaube, ich kann offen zugeben, dass mein Sohn ein schlechter Kerl ist. Ich wäre nicht ganz bei Trost, wenn ich etwas anderes behaupten würde. Aber ist das mein Versagen? Ich finde nicht. Sind manche Kinder nicht einfach dazu bestimmt, nicht sehr nett zu sein? Muss immer irgendjemand Schuld haben?« Doubler dachte an Julian und war schockiert bei der Vorstellung, dass er das Ergebnis seines eigenen Tuns sein könnte. So hatte er das noch nie betrachtet.

Maddie zeigte Mitgefühl. »Ja. Jemand muss die Verantwortung übernehmen. Oder zumindest zugeben, dass sie leider einen miesen Menschen hervorgebracht haben. Aber so zu tun, als wären die Kinder besser, als sie es wirklich sind, nur weil sie das eigen Fleisch und Blut sind, ist ziemlich schwach. Eine Selbsttäuschung, finden Sie nicht?«

»Mein Gott, ich habe nie darüber nachgedacht. Mein Sohn scheint keinerlei Wertvorstellungen zu haben. Oder vielleicht hat er schon welche, aber sie überschneiden sich nicht mit meinen. Jetzt gerade versuche ich, auch nur einen einzigen positiven Charakterzug an ihm zu finden, aber es gelingt mir nicht.« Doubler brach ab, weil Bilder vom Verhalten seines Sohnes vor seinem inneren Auge vorbeiflackerten. »Nein. Nicht einer. Er ist nicht wirklich böse, er ist kein Psychopath oder so. Er ist einfach nur jemand, mit dem ich nicht wirklich Zeit verbringen möchte. Ist das meine Schuld? Ich denke, es ist ein klarer Fall der Genetik.« Doubler hielt wieder inne, auf der Suche nach einem Bild, das sein Argument veranschaulichen würde. Er fand eines. »Nehmen Sie zum Beispiel eine Kartoffel. Zwei Kartoffeln, die identisch aussehen, wenn man sie in den Kochtopf gibt. Es besteht die Möglichkeit, dass eine beim Kochen braun wird und die andere nicht. Wenn man sie ins Wasser legt, kann man nicht wissen, welche, und doch ist das Auftreten vollkommen vorhersehbar. Dieses Gen existiert, und die Chancen stehen eins zu vier, dass es passiert, unabhängig von der äußeren Erscheinung der Kartoffel. Mit uns muss das genauso sein. Wenn Nettigkeit dominant ist und Widerwärtigkeit rezessiv, dann ist es im Grunde egal, wie man sich als Eltern verhält – man hat eine fünfundzwanzigprozentige Chance, ein unerfreuliches Kind zu bekommen.«

»Keine besonders gute Quote.«

»Nein. Und vielleicht glaubt man, man könnte das Kind durch Zuwendung und Erziehung in etwas anderes verwandeln als seine wahre Bestimmung. Aber, nein, diese negativen Eigenschaften sind angeboren und werden vermutlich auch in der nächsten Generation wieder auftreten.«

»Also haben Sie auch eine schlechte Kartoffel großgezogen?« Maddies Erleichterung war deutlich spürbar. »Ich glaube, ich habe noch niemanden getroffen, der das zugegeben hat. Normalerweise überschlagen sich die Leute, um einem zu versichern, wie toll und vollkommen ihre Kinder sind. Wenn ich an die Weihnachtskarten denke, die ich bekomme, sollte man meinen, Nobelpreise werden wie Smarties verteilt.«

»Ah, das liegt vielleicht daran, dass sie genau dasselbe tun wie Sie: Sie fühlen sich für die Kinder verantwortlich und glauben, dass es sich dabei um ein Spiegelbild ihrer selbst handelt, obwohl es in Wahrheit doch einfach nur eine Dann-Kette ist.«

»Ich wünschte, ich hätte schon vor Jahren diese Unterhaltung geführt. Dann hätte ich meine Söhne überredet, sich nicht fortzupflanzen. Nun ist es leider zu spät.«

»Das kann ja aber auch nicht die Lösung sein, oder? Denn schließlich besteht eine fünfundsiebzigprozentige Chance, dass sie ein nettes Kind produzieren. Wobei ich ein paar Enkel habe und sagen muss, dass das letzte Wort noch nicht gesprochen ist.«

»Also haben Sie ein schwarzes Schaf. Haben Sie noch andere?«

»Ich habe nur die beiden Kinder. Julian, mein schwarzes Schaf, und Camilla, die genau wie ihre Mutter ist.«

»Und was ist mit Ihrer Frau? Vergöttert sie die Kinder, wie mein Thomas das tut?«

Doubler zögerte. »Sie … sie ist nicht mehr bei uns. Ich war ihr sehr zugetan. Aber ich glaube, ich war nicht in der Lage, ihr der Ehemann zu sein, den sie brauchte. Sie wollte, dass ich jemand anders war, und das habe ich nicht früh genug erkannt. Ich dachte, sie hätte sich in mich verliebt, aber ich glaube, sie hat sich möglicherweise in die Person verliebt, in die sie mich zu verwandeln hoffte. Ergibt das einen Sinn? Vielleicht, wenn ich es früher bemerkt hätte, hätte ich versuchen können, der Ehemann zu sein, von dem sie geträumt hat, und vielleicht wären die Dinge dann anders gelaufen. Aber ich hatte meine Kartoffeln. Lange habe ich mir selbst die Schuld dafür gegeben, und meine Kinder taten das auch.« Doubler dachte an Marie, was er hätte verändern müssen, um sie zufriedenzustellen. »Ich möchte nicht gern schlecht von ihr sprechen, aber möglicherweise war sie auch ein bisschen egoistisch.«

»Nun, es ist leicht, denen, die wir verloren haben, tolle Attribute zuzusprechen, die sie nie hatten. Das ist nichts Ungewöhnliches. Vielleicht wird es einfacher, Ihre Frau loszulassen, wenn Sie sich mit einigen ihrer Fehler aussöhnen?«

Doubler sah sie an, als wollte er etwas sagen, doch dann schwieg er.

Maddie versuchte, die Traurigkeit in seinen Augen zu interpretieren und sie gegen ihre eigene abzuwägen. »Oder vielleicht auch nicht. Vielleicht sind die Erinnerungen, egal ob gut oder schlecht, einfach alle nur destillierter Schmerz, wenn man das Ende nicht umschreiben kann.«

»Es ist ziemlich kompliziert, Maddie, aber Sie und ich sind gar nicht so verschieden. Eigentlich sind wir uns erstaunlich ähnlich. Wir sind beide gezeichnet.« Doubler wurde sanfter. »Aber Ihr Mann, Thomas, der hat Sie nicht wirklich hintergangen. Er wurde von Ihren Kindern unter Druck gesetzt, nichts weiter. Und er hasst dieses Gefühl wahrscheinlich ebenso sehr wie Sie. Vermutlich quält es ihn sehr.«

Maddie schüttelte traurig den Kopf. »Ich weiß auch nicht. Manchmal erkennt er mich nicht einmal, wenn ich ihn besuche. Er fragt nur nach ihnen, immer und immer wieder. Sie kommen natürlich nicht oft vorbei. Wahrscheinlich dachte er, wenn er sich ihren Wünschen beugt, hat er mehr von ihnen, dabei bekommt er nun viel weniger. Sie scheinen ihn vergessen zu können, sobald sie zur Tür hinaus sind.«

»Das muss schrecklich verwirrend für ihn sein.«

»Und mich verletzt es. Wären wir einfach vor Ort geblieben, auf unserem Hof, dann wäre es mit Thomas vielleicht ein bisschen abwärtsgegangen, vielleicht hätte er auch den Verstand verloren, aber es wäre sanfter abgelaufen. Ich bin auch nicht mehr ganz bei Trost, also hätten wir beide uns irgendwie zusammen durchgewurstelt. Gemeinsam hätten wir das hinbekommen.«

»Gott bewahre! Dann hätten Sie Percy das Kommando überlassen müssen!«, scherzte Doubler, um ein Gefühl zu verbergen, das ihn zu überwältigen drohte.

»Ja, darauf hätte ich selber kommen sollen. Es ist wirklich an der Zeit, dass dieser Esel nach einem Leben in Saus und Braus auch mal etwas leistet.«

Sie saßen in einträchtigem Schweigen beieinander, bis ein lautes Knurren aus Doublers Magen ihre Gedanken unterbrach. »Maddie, verzeihen Sie bitte, aber hätten Sie vielleicht einen Keks? Ich bin so beschaffen, dass ich ständig neuen Kraftstoff brauche, sonst werde ich ziemlich unausstehlich.«

Maddie wirkte bekümmert. »Nein, keinen einzigen. Es tut mir so leid. Ich bekomme nie Besuch, und es hat keinen Sinn, für mich selbst eine Packung her zu tun. Aber ich könnte kurz in den Laden gehen? Das schaffe ich in zwanzig Minuten, dann wäre ich in weniger als einer Stunde wieder zurück?«

Doubler winkte ab und ging in die Küche, wobei er weiter mit Maddie sprach. »Haben Sie Mehl, Butter und Zucker?« Nebenbei öffnete er die Kühlschranktür und verschiedene Schränke, aus denen er die Zutaten herausnahm, von denen er sprach.

»Vermutlich?« Maddie war sich nicht sicher, wann sie die Vorräte das letzte Mal aufgefüllt hatte.

»Wenn Sie Mehl, Butter und Zucker haben, dann ist das sogar noch besser als eine Packung Kekse. Kommen Sie, helfen Sie mir. Wir sorgen dafür, dass Ihre Küche riecht wie eine Küche. Ich kann schneller etwas Shortbread zaubern, als Sie in den Bus springen. Und während es im Backofen ist, überlegen wir zusammen, was wir mit Ihnen und Ihrem Esel machen.«

»Und mit Thomas?«, fragte Maddie mit hoffnungsvoller Stimme.

»Warum nicht? Wenn wir schon dabei sind, klären wir das mit Ihrem Mann auch noch.«

Maddie, die ihre Fassung wiedergewonnen zu haben schien, reichte Doubler eine gestreifte Schürze und sah sich in ihrer Küche um, als würde sie sie zum ersten Mal richtig wahrnehmen.

KAPITEL 21

Doubler berichtete Mrs. Millwood von seinem Besuch bei Maddie Mitchell. Sie hörte aufmerksam zu und unterbrach ihn nicht, bis er jedes Detail erzählt hatte – bis hin zu Maddies begeistertem Gesicht, als sie den ersten Bissen buttriges Shortbread frisch aus dem Ofen probierte.

»Das haben Sie sehr gut gemacht, Mr. Doubler. Es klingt, als hätte nur mal jemand fragen müssen, weshalb sie so traurig ist.«

»In der Tat, ja«, stimmte Doubler ihr zu.

»Sie ist traurig, weil sie und ihr Mann es nicht verdient haben, alleine und verwirrt zu sein. Sie sollten ihre letzten Jahre gemeinsam verbringen dürfen, leicht durcheinander vielleicht, aber vereint, selbst wenn es das für die Leute, die sich um sie kümmern, ein bisschen unbequemer macht.«

»So ist es, Mrs. M. Zusammen wären sie allen Schwierigkeiten des Lebens gewachsen, selbst dem Tod.«

Doubler lauschte Mrs. Millwoods Schweigen, während sie einige Zeit darüber nachdachte.

Nach einer Weile fragte sie: »Haben Sie Angst vor dem Tod, Mr. Doubler?«

Auch er dachte zuerst nach. »Vor Ihrem oder vor meinem, Mrs. M.?«

»Vor Ihrem Tod, Mr. Doubler. Fürchten Sie sich vor Ihrem eigenen Tod?«

Die Frage schockierte ihn nicht, aber er fühlte sich auch nicht in der Lage, sie von der umhüllenden Wärme seines Lieblingssessels aus zu beantworten. Also stand er auf und trug das Telefon zum Fenstersitz hinüber, ehe er zögerlich antwortete.

»Wenn früh morgens dicker Nebel herrscht, dann klart es hier oben auf dem Berg oft schon auf, bevor sich der Nebel unten im Tal lichtet. In diesem Moment könnte ich genauso gut allein auf der Welt sein. Im späten Frühling oder im Sommer ist es am dramatischsten und immer ausgesprochen schön. Dann sitze ich allein hier auf dem Hof mit einem Meer aus dicken weißen Wolken unter mir. Meine Sicht ist verhüllt, über mir nur blauer Himmel, und das Einzige, dessen ich mir sicher sein kann, ist meine kleine Insel auf dem Berggipfel, umwogt von dieser schäumenden weißen See. Es ist dann auch erstaunlich still. Fast schon unheimlich still. Keine Ahnung, was sich die Vögel in diesen Momenten denken. Wenn das passiert, stelle ich mir automatisch vor, ich wäre allein, der letzte Mensch auf Erden. Der Rest der Weltbevölkerung könnte durch einen Feuerball oder eine vernichtende Krankheit ausgelöscht worden sein, und ich würde es nicht einmal wissen.«

»Wie fühlen Sie sich dann? Einsam oder ängstlich?«

»Komischerweise weder noch. Es fühlt sich ruhig und seltsam natürlich an. Ich fühle mich hier oben sowieso isoliert und habe nichts gegen diesen Zustand, aber wenn ich gar nichts mehr sonst sehen kann, dann ist das ein bisschen wie der Tod. Nur ich auf meiner schwebenden Insel, und das *mag* ich. Das mag ich sogar *sehr*! Was wohl bedeutet, dass mich die Aussicht auf mein körperliches Ableben nicht schreckt.«

Mrs. Millwood gab am anderen Ende der Leitung einen Laut von sich, mit dem Doubler inzwischen vertraut war. Es war teils Schnauben, teils Ausdruck von Missfallen und diente zusammengenommen als Auftakt für eine Äußerung der Entrüstung. Lächelnd bereitete Doubler sich darauf vor.

»Aha. Daran werde ich ganz sicher denken, wenn es das nächste Mal hier unten neblig ist. Dann werde ich wissen, dass Sie dort oben in der Sonne sitzen und sich ganz ohne Kummer und Reue vorstellen, wie ich und alle anderen hier unten womöglich von einem Feuerball verbrutzelt oder einer schrecklichen Krankheit dahingerafft wurden.«

»Oh nein, Mrs. Millwood. So habe ich das nicht gemeint. Ich will doch nicht, dass Sie dem Feuerball in die Quere kommen.

Ich will Sie hier oben über den Wolken haben, sicher bei mir auf meiner Insel!«

Doch Mrs. Millwood ließ sich nicht so leicht besänftigen. Mit unverminderter Empörung fuhr sie fort: »Aber ich habe hier unten *Freunde*, Doubler. Und *Familie*. Ich glaube nicht, dass ich die ihrem grässlichen Schicksal überlassen will, während ich mich mit Ihnen dort oben diebisch freue. Ich bin anscheinend nicht so gleichgültig wie Sie. Ich habe *Verantwortung*.«

Das merkwürdige Bild eines Feuerballs, der auf Mrs. Millwood zuraste, während sie versuchte, Midge abzuschirmen, flackerte kurz in Doublers Kopf auf. »Vielleicht habe ich das nicht richtig durchdacht«, gestand er ein. »Ich habe nicht wirklich ans Ende der Welt im Zusammenhang mit Ihnen und Ihren Freunden und Ihrer Familie gedacht. Sondern eher an meine eigene Loslösung von Ihnen allen und dass mich der Gedanke hier oben in einem todesähnlichen Zustand oder gar tatsächlich tot zu sein, nicht mit Angst zu erfüllen scheint. Wenn ich hier oben über den Wolken bin, denke ich nicht wirklich nach. Ich kann einfach den Frieden und die Stille und das Weiß unter mir genießen. Das Wissen, dass nur ich hier bin, bedeutet Trost, keine Angst. Das ist alles.«

»Gut zu wissen, woran ich bin«, sagte Mrs. Millwood mit einem winzigen Anflug von Humor in der Stimme.

»Aber das Wissen, dass Sie dort unten sind und mich beneiden, verändert die Dinge ein wenig. Ich meine, ich bin nicht wirklich gerne der einzige Überlebende einer globalen Auslöschung der Menschheit, wenn ich weiß, dass Sie sich irgendwo dort unten vor Schmerzen winden oder zumindest ein kleines bisschen sauer auf mich sind, weil ich meine Abgeschiedenheit genieße. Ich scheine auf einmal weit weniger Gefallen an der Vorstellung zu finden.«

»Das will ich doch schwer hoffen, Mr. Doubler.«

Sie schwieg einen Moment lang, ehe sie leidenschaftlich fortfuhr: »Oh, ich *kenne* diese Tage, Mr. Doubler, wenn man morgens die Vorhänge aufzieht und der Himmel die Farbe alter Bettlaken hat. Aber ich denke, selbst wenn der Nebel bis direkt an die Fensterscheiben herangekrochen ist, muss man sich trotzdem des weit entfernten Horizonts bewusst sein, um die Schönheit undurchdringlichen Nebels genießen zu können. Wenn einem bloß ein paar Mülltonnen und ein Gartenzaun fehlen, dann liegt in diesem Weiß vielleicht weniger Zauber?«

»Da bin ich doch anderer Ansicht. Woher wollen Sie in einem dichten, dicken Nebel wissen, was Sie nicht mehr sehen? Mülltonnen? Das bezweifle ich sehr. Dort draußen könnte doch alles Mögliche sein.«

»Sie haben vermutlich recht. Ich werde mal darüber nachdenken, was ich wohl verpasse, wenn es sich das nächste Mal bewölkt. Ich mag es aber, wenn es hier unten in der Stadt und ringsum neblig ist. Und jetzt, da ich weiß, dass Sie dort oben über uns thronen, ein bisschen wie Gott, werde ich es wohl noch mehr genießen.«

»Wenn ich göttliche Kräfte hätte, würde ich sie einsetzen, um Sie aus dem Krankenhaus rauszuholen. Ich würde Sie gesund und munter machen, und dann säßen Sie ruckzuck mit mir in den Wolken.«

Mrs. Millwood dachte darüber nach, bevor sie ernst antwortete: »Es ist schon komisch, Mr. Doubler. Es gibt andere Tage, nicht wahr, wo es morgens in der Stadt ganz klar ist, aber eine kleine Wolke oben auf Ihrem Berg sitzt und die Mirth Farm in ihre ganz eigene Glocke der Mutlosigkeit hüllt. Wir hier unten genießen alle einen sonnigen Vormittag, aber wenn ich in Richtung Ihres Hofes blicke, sehe ich Wolken. Da werde ich immer ein bisschen traurig. Wie ist das, Mr. Doubler, allein dort oben in Ihrer persönlichen Wolke zu sitzen und zu wissen, dass der Rest der Welt in Sonnenschein badet?«

»Ich stecke hier oben oft in den Wolken, und es macht mir überhaupt nichts aus. Sie müssen *nie* meinetwegen traurig sein. Wenn es hier oben wolkig ist, dann gehe ich ehrlich gesagt meistens davon aus, dass es überall bedeckt ist. Es ist mir nie in den Sinn gekommen, weit über mein örtliches Wetter hinauszudenken. Aber das werde ich von jetzt an tun. Ich werde mir vorstellen, wie Sie in der Sonne baden, und hoffen, dass Sie mir fröhlich zuwinken. Das würde mir sehr gefallen.«

»Da bin ich aber froh, dass Sie das für mich geklärt haben! Ich werde mich selbstverständlich bemühen zu winken. Aber ich finde es schon interessant, dass ich immer von Mitgefühl für Sie überwältigt wurde, wenn Sie dort oben allein auf Ihrem wolkigen Berg saßen, während Sie gar nicht über Ihr direktes Umfeld hinaus gedacht haben. Ehrlich gesagt komme ich mir etwas albern vor.«

»Aber wenn ich im tiefen Tal feststecke, Mrs. Millwood, dann kann ich gar niemand anderen sehen. Ganz zu schweigen davon, mich in die Gefühle anderer hineinzuversetzen. Ich sehe nichts, nicht einmal an einem völlig klaren Tag. Im Tal der Verzweiflung, Mrs. Millwood, bin ich ein sehr egozentrischer Mann, und ich überlebe vermutlich nur, weil ich annehme, dass alle anderen in ihrer eigenen Version des Tales sitzen und auch nicht denken, fühlen oder sich in Mitmenschen hineinversetzen können. Wenn ich mir vorstellen würde, eine glückliche Welt würde ohne mich weiterlaufen, würde ich das Leben ziemlich unerträglich finden.«

»Aber haben wir über das Tal gesprochen, Mr. Doubler? Ich dachte, wir sprechen über eine echte Wolke, keine metaphorische.«

Doubler kniff die Augen zusammen, um besser sehen zu können. »Ja. Nein. Ich weiß es nicht. Es ist schwer, die beiden zu trennen, die Wolke vom tiefen Tal. Vielleicht habe ich mir vorgestellt, dass wenn ich in den Abgrund gestürzt bin, das vom

Flachland unten aus so wirken könnte wie die kleine Wolke der Verzweiflung, die Sie vorhin beschrieben haben. So oder so, ob in den Wolken oder im tiefen Tal, meine eigene Welt schrumpft sehr zusammen.«

»Aber Sie sind in letzter Zeit wesentlich fröhlicher, Mr. Doubler, oder bilde ich mir das nur ein? Sie klingen die meiste Zeit recht begeistert von sich.«

»Ich bin nicht begeistert von mir, Mrs. Millwood, sondern von Ihnen.«

»Meine Krankheit hat Sie also aufgeheitert, ja?«

»Gott bewahre, nein. Ihre Krankheit besitzt die Fähigkeit, uns beide zu zerstören. Aber dadurch, dass ich Sie so vermisse, habe ich mich so *lebendig* gefühlt, so lebendig wie schon seit Jahren nicht mehr. Sie zu vermissen hat mich daran erinnert, dass die Gefahr von Verlust etwas bedeutet.«

»Das ist alles ziemlich kompliziert, Mr. Doubler, und von meinem Krankenhausbett aus schwer zu ergründen. Aber ich denke, Sie machen mir ein Kompliment. Hab ich recht?«

»Ich weiß nicht, wie es je als Kompliment betrachtet werden könnte, von jemandem wie mir bewundert zu werden.«

»Meine Güte, sind Sie anstrengend! Können Sie mal aufhören, in Rätseln zu sprechen? Ich fühle mich dann immer so übermannt. Ich muss für Ihre Spielchen in Stimmung sein, und das bin ich einfach nicht. Steckte da nun ein Kompliment zwischen Ihren Rätseln oder nicht?«

»Nun, wenn Sie mit Kompliment meinen …«, setzte Doubler im verzweifelten Versuch an, Zeit zu schinden, aber Mrs. Millwood war ungeduldig und verärgert.

»Mr. Doubler!«

»Ich *bewundere* Sie, Mrs. Millwood.«

»Hervorragend«, erwiderte Sie mit einem Lächeln in der Stimme. »Ich dachte doch, dass Sie mir genau das sagen wollten.«

Doubler kaute stumm auf seiner Lippe herum, weil er das Schweigen nicht mit einer weltfremden Antwort brechen wollte.

»Und ich bewundere Sie ebenfalls, Mr. Doubler. Vor allem bewundere ich Ihren *Mut*.«

»Meinen Mut?« Sofort stellte Doubler Mrs. Millwoods Ernsthaftigkeit infrage. »Ich habe nicht viele bewundernswerte Eigenschaften, aber ich würde doch meinen, dass meine Zielstrebigkeit wahrscheinlich über meinem Mut stehen würde. Und meine Fähigkeiten im Umgang mit Kartoffeln. Die stünden auf der Liste vermutlich ganz oben.«

»Sie sind ein mutiger Mann, Mr. Doubler. Sie sind nicht mehr der Jüngste, Sie sind etwas festgefahren, aber Sie sind trotzdem bereit, Dinge zu tun, die Ihnen Unbehagen bereiten. Die Leute vom Tierheim auf dem Hof zu bewirten, hat Mut verlangt. Ebenso wie das Klettern aus den Tälern. Und Ihre Kinder alleine großzuziehen. Genauso wie es mit den Kartoffelriesen aufzunehmen.«

Doubler schwieg. Auch Midge hatte ihn mutig genannt. Aber Mrs. Millwood hielt ihn für gütig *und* mutig. Er fragte sich, ob es möglich sein könnte, nur durch ihren Glauben an ihn so zu werden.

Schließlich meinte Mrs. Millwood: »Sollen wir morgen wieder sprechen, Mr. Doubler?«

»Sehr gern. Wir müssen uns auch nicht über den Tod unterhalten. Wenn Sie möchten, können wir etwas fröhlicher sein.«

»Ich habe unser Gespräch über den Tod als sehr aufmunternd empfunden. Wirklich sehr aufmunternd.«

Doubler murmelte etwas unbeholfen seinen Abschiedsgruß, und nachdem er aufgelegt hatte, stellte er das Telefon vorsichtig beiseite, stand langsam auf und tat etwas, das er womöglich noch nie in seinem ganzen Leben getan hatte. Er vollführte einen kleinen Freudentanz, mitten in seinem Wohnzimmer, wo ihn alle Wände und Möbel, die Bücher und Teppiche sehen konnten. Ohne sich Gedanken darüber zu machen, wie das für die vielen Vögel aussehen könnte, die in diesem Moment vielleicht vorbeiflatterten.

KAPITEL 22

Das Telefon klingelte früh am Morgen, als Doubler gerade sein Frühstück zubereitete. Beim Gedanken, dass er vielleicht das Erste war, woran Mrs. Millwood beim Aufwachen dachte, machte sein Herz vor Freude einen Satz. Sie jedenfalls erfüllte *seinen* Kopf während jedes wachen Moments. Stattdessen war der Mensch am anderen Ende kurz angebunden, direkt und männlich.

»Also, alter Freund. Ich möchte gerne eine Bestellung für *Sie wissen schon, was* aufgeben.«

»Wer spricht denn da?«, fragte Doubler, der die Stimme sofort erkannte, aber etwas Zeit schinden wollte. »Sind Sie das, Maxwell?«

Doubler zog das Telefonkabel hinter sich her zum Fensterplatz, von wo aus er zuschauen konnte, wie der Wind mit den Zweigen des Apfelbaumes spielte, während er dem Colonel lauschte.

»Natürlich bin ich es. Kriege das verdammte Zeug einfach nicht aus dem Kopf. Ich möchte gerne eine Bestellung für eine ordentliche Menge aufgeben, wenn Sie das ermöglichen können. Möchte nicht auf dem Trockenen sitzen, wenn Sie verstehen, was ich meine.«

»Falls Sie vom Gin sprechen, so ist das schlicht nicht möglich. Es tut mir leid.« Doubler hörte Maxwell scharf nach Luft schnappen, als er das Wort ›Gin‹ aussprach, und begriff, dass Maxwell glaubte, sich auf etwas Illegales einzulassen, vielleicht zum ersten Mal in seinem Leben.

Der Colonel senkte die Stimme zu einem hörbaren Flüstern. »Wie meinen Sie das, es ist nicht *möglich*? Ich weiß, dass Sie ihn verkaufen – das haben Sie selbst erzählt. Und ich würde an Ihrer Stelle aufpassen, was Sie sagen. Die Wände haben Ohren«, fügte er etwas ominös hinzu.

»Ich glaube nicht, dass irgendjemand unser Gespräch hören kann, und, nein, ich *verkaufe* ihn nicht, sondern hauptsächlich tausche ich ihn *ein*. Ich *verkaufe* Wodka, um meinen Lebensunterhalt zu verdienen, aber ich *tausche* Gin *ein*, um mein Leben zu bereichern.«

»Von mir aus. Ich bin bereit, Ihren Gin gegen einige druckfrische Zehn-Pfund-Noten einzutauschen. Und Ihr Geheimnis wird bei mir sicher aufgehoben sein. Trotzdem«, meinte der Colonel und fiel dabei wieder in seinen konspirativen Tonfall, »möchte ich Ihnen einen Rat geben, von Mann zu Mann: Besser Sie plaudern Ihre dunkelsten und verborgensten Geheimnisse nicht aus, solange Sie nicht fest vorhaben, auf der Seite Ihrer Mitwisser zu bleiben. Ich will damit nicht andeuten, dass meine Laune demnächst umschlägt, aber das sollten Sie lieber nicht ausprobieren.«

»Maxwell, es gibt hier keine Verschwörung, und mit Drohungen werden Sie mich nicht umstimmen.«

»Gut. Also, wie sieht's aus? Ich bin ja auch nicht gierig. Eine Kiste würde mir über die Runden helfen.«

»Eine Kiste? Sie hätten Glück, eine Flasche zu bekommen. Ich habe keine übrig.«

»Was, *keine*?«

»Nein, ich habe ein paar Flaschen für meinen eigenen Bedarf reserviert, aber keine einzige für neue Kunden. Ich würde Ihnen eine Flasche zukommen lassen, wenn ich sie entbehren könnte, aber ich muss permanent über die bisherige Produktion Buch führen.«

Der Colonel klang sehr ernüchtert. »Enttäuschend. Sehr enttäuschend. Ich hatte fest damit gerechnet.« Maxwell verstummte, doch Doubler konnte ihn am anderen Ende schwer atmen hören, während er nachdachte. »Ich kann mehr bezahlen. Ich kann einen Höchstpreis zahlen. Wie es so schön heißt: Für Geld ist alles zu haben.«

»Nun, ich würde Ihnen gerne etwas verkaufen, wenn ich etwas dahätte. Und ich tausche den Gin ohnehin schon zu Höchstpreisen ein. Mirth-Farm-Gin liegt mehr als das Zweieinhalbfache über dem durchschnittlichen Preis der Eigenmarke aus dem Supermarkt.«

»Das Zweieinhalbfache?« Der Colonel rechnete im Kopf schnell nach. »Für die Qualität ist das noch immer ein recht günstiger Preis. Ich werde die Erinnerung daran einfach nicht los. Sehr, sehr gut. Ausgezeichnete Arbeit, das muss ich schon sagen. Vermutlich jeden einzelnen Penny wert.«

Doubler war erfreut, das zu hören. »Das sehe ich auch so. Jedes Jahr schaue ich, was der durchschnittliche Preis für eine 0,75-Liter-Flasche Gin aus dem Supermarkt beträgt. Den multipliziere ich dann mit zwei Komma fünf, um festzulegen, für wie viel ich meinen eintausche. Das bedeutet, dass ich mir keine Gedanken machen muss, was in der Lieferkette sonst so los ist. Ich vertraue immer darauf, dass meine Ware zweieinhalbmal so gut ist wie die Durchschnittsflasche.«

»Nur so viel? Ganz ehrlich, Ihr Gin war außergewöhnlich. Ich würde sagen, er war *zehnmal* so gut.«

Doubler dachte einen Augenblick lang ernsthaft darüber nach, bevor er den Einwand verwarf. »Das ist nicht möglich. Die Qualitätsmerkmale, nach denen man Spirituosen bewerten kann, sind *begrenzt*. Ich habe die Zahlen systematisch unter die Lupe genommen. Natürlich kann man die alkoholische Grundlage noch weiter verbessern, indem man den Drink auf eine besondere Weise mit bestimmten Beigaben garniert serviert, aber ich kann mit Gewissheit sagen, dass mein Gin, Zentiliter für Zentiliter, zweieinhalbmal so gut ist wie der durchschnittliche.«

Der Colonel dachte darüber nach und verfolgte dann unbeirrt seinen Handel. »Also, wann liefern Sie das nächste Mal? Kann ich eine Kiste oder zwei reservieren?«

Doubler betrachtete vom Fensterplatz aus das Wetter und

fragte sich, ob sich da ein neuer Sturm zusammenbraute. »Es ist noch ein bisschen früh, um es mit Sicherheit zu sagen, aber bis zu meiner Frühjahrsdestillation kann es nicht mehr lange dauern. Vermutlich Ende April, Anfang Mai, je nachdem wie die Bedingungen im Laufe der nächsten Wochen so sind. Aber ich muss Ihnen leider sagen, dass die Frühjahrsproduktion schon vergeben ist.«

»Alles? Bis auf den letzten verdammten Tropfen?«

»Ja. Aber ich kann Sie auf eine Warteliste setzen. Ein paar meiner Kunden sind ziemlich alt …« Doubler beendete den Satz nicht, sodass der Colonel die Bedeutung ohne weitere Erklärung begreifen konnte.

»Sie machen Witze. Ich hatte ja keine Ahnung, dass das so schwierig sein würde.«

»Es liegt mir fern, schwierig zu erscheinen. Ich stelle nur einfach nicht besonders viel her. Ich mache im Frühjahr tausend Flaschen und im Herbst noch mal tausend. Die beiden Destillationen sind sehr unterschiedlich. Ich empfehle immer – und das ist mir sehr wichtig –, dass man die Frühjahrsdestillation im Herbst trinkt und umgekehrt.«

»Interessant. Was haben wir neulich getrunken?«

»Herbst«, antwortete Doubler nachdrücklich, als hätte das eigentlich klar sein müssen.

»Fabelhaft. Einfach fabelhaft«, sagte der Colonel bei der Erinnerung an den Geschmack.

Doubler räusperte sich und fragte, ein wenig zögerlich: »Wie haben Sie sich danach *gefühlt*?«

»*Gefühlt*? Ich hatte das *Gefühl*, den besten verdammten Gin Tonic meines Lebens getrunken zu haben. Und Sie sprechen mit einem Mann, der im Lauf der Jahre in Offiziersheimen einige davon vernichtet hat.«

»Ja, ja. Aber abgesehen vom *Geschmack*, wie hat es Ihre Stimmung beeinflusst, als Sie ihn getrunken haben?«

Der Colonel dachte nach. »Nun, das ist ziemlich schwer auszudrücken. Ich brauche vielleicht einen zweiten davon, um das Gefühl klarer fassen zu können. Aber ich würde sagen, er hat mich dazu gebracht, mich an einige meiner ruhmreichsten Tage zu erinnern. Ist das möglich? Geht das einen Schritt zu weit?«

Doubler war sehr zufrieden mit dieser Antwort. »Nein, das ist mehr oder weniger das, was ich erwarten würde.« Er zögerte kurz, ehe er vorsichtig fortfuhr. »Wir sind doch Freunde, oder?«

»Ja«, erwiderte der Colonel rasch, »wenn das bedeutet, dass Sie an mich denken, wenn Sie ein paar Flaschen für Ihre Liebsten zurückhalten.« Maxwell lachte schallend. Als Doubler nicht reagierte, fügte er ernst hinzu: »Natürlich, alter Junge.«

Doubler fuhr fort: »Die Tatsache, dass ich einen sehr guten Gin produziere, ist kein Zufall. Ich beginne mit außergewöhnlich gutem Wodka, und ich verwende erlesene Pflanzenextrakte. Die Herstellung von Gin ist eine *Wissenschaft*. Sie verlangt nach bestimmten Fähigkeiten, der Nase eines Kochs, dem Molekularwissen eines Chemikers und den Augen eines Botanikers. Und ich wage zu behaupten, ich beherrsche diese Wissenschaft ziemlich perfekt. Und« – er hörte, wie Maxwell sich räusperte, um ihn zu unterbrechen – »ich werde die Zutaten bestimmt nicht verraten. Das Rezept wird mich ziemlich sicher ins Grab begleiten. Aber lassen Sie mich ein paar Überlegungen mit Ihnen teilen.«

Der Colonel grunzte zustimmend.

»Ich bestehe darauf, dass meine Herbstdestillation im Frühling getrunken wird und meine Frühjahrsdestillation im Herbst. Meine Kunden respektieren das. Wenn ich Gin herstelle, dann kreiere ich gerne zu gleichen Teilen Erinnerungen und Versprechungen. Ich werde bald eintausend Flaschen herstellen; sie sind alle schon vergeben. Versenden werde ich sie im Herbst, damit die glücklichen Empfänger sie trinken können, wenn die Tage kürzer werden und die herbstliche Flora das Ende des Jahres ankündigt. Die Flaschen, die ich jetzt ausgeliefert habe, sind vom Herbst letzten Jahres. Davon haben Sie gekostet. Ich habe die Theorie, dass ich den Konsumenten des Gins, sollte er ihn außerhalb der Saison trinken, grob in zwei Kategorien aufteilen kann: nostalgisch oder hoffnungsvoll.«

»Wie meinen Sie das?« Doubler hörte aus dem Tonfall des Colonels heraus, dass sein Interesse geweckt war.

»Ich glaube, der Drink erinnert einen entweder an den Herbst der bereits vergangenen Jahre oder lässt einen an den Herbst der kommenden Jahre denken, je nach Persönlichkeit.«

»Dann bin ich …?« Der Colonel war sich nicht sicher, welches Urteil gefällt werden würde.

»Ich würde sagen, Sie sind wahrscheinlich eher von der nostalgischen Sorte. Sie glauben, Ihre besten Tage liegen hinter Ihnen.«

»Also, das ist schon ein ziemlicher Schlag.« Maxwell versuchte heiter zu klingen, doch es fiel ihm schwer, die Enttäuschung in seiner Stimme zu verbergen.

»Oh, ich halte das nicht für *schlecht*! Statistisch gesehen ist es in Ihrem Alter *wahrscheinlich*, dass Ihre besten Tage hinter Ihnen liegen. Aber wenn Sie mit Stolz und Glück darauf zurückblicken können, dann ist das eine sehr *positive* Eigenschaft. Es bedeutet nicht, dass Sie sich nicht auf die Jahre freuen können, die vor Ihnen liegen, aber Sie sollten auf jeden Fall dafür sorgen, dass jeder einzelne Herbst *zählt*.«

»Donnerwetter! Ich habe eigentlich angerufen, um Gin zu kaufen, nicht um mir die Zukunft vorhersagen zu lassen.«

»Ha! Ja, ich schätze mal, ich klinge wie ein Wahrsager. Aber die Reaktion lügt nicht, und wir sollten uns alle damit auseinandersetzen, selbst ich, nach so vielen Jahren. Mir ist zum Beispiel aufgefallen, als ich mit Ihnen neulich hier auf der Mirth Farm meinen Gin getrunken habe, dass der Drink mich zum allerersten Mal, seit ich mich erinnern kann, dazu gebracht hat, mir die Zukunft vorzustellen, statt der Vergangenheit nachzuhängen.«

Doubler nahm das Telefon wieder mit in die Küche und stellte den Apparat auf das Holzbrett neben dem Herd, damit er den Wasserkessel aufsetzen konnte. An den Backofen gelehnt fuhr er nachdenklich fort: »Ich habe einen kleinen Schluck getrunken und mich gefragt, was die kommenden Jahreszeiten wohl für mich bereithalten werden. Ob ich mich mal an Brombeergelee versuchen soll oder ob es ein gutes Jahr für Holzäpfel wird. Ich habe mich mit einer *Begleitung* an meiner Seite gesehen, gesund und fit, wie wir zusammen die letzten Früchte des Jahres ernten. Das hat mir ein Gefühl der *Hoffnung* gegeben.«

Der Colonel machte ein Geräusch, als wollte er ihn wieder unterbrechen. Doubler merkte jedoch, dass er in der Lage war, eine allmähliche Erkenntnis in Worte zu fassen, und er wollte seinen gedanklichen Faden nicht verlieren. »Während ich bis vor Kurzem vielleicht Sorge hatte, dass ich nie wieder diesen Sinn einer Verbundenheit spüren würde, wurde mir stattdessen klar, dass ich uns *zu zweit* um unser geteiltes Leben herumwandern sah. Und sobald ich dieses Bild gesehen hatte, wusste ich, dass es geschehen könnte. Es hat mich in Bezug auf die Zukunft nicht nur hoffnungsvoll, sondern *zuversichtlich* gestimmt.« Doubler klang von seiner eigenen Erkenntnis überrascht, doch er hatte dieses Bild mit sich herumgetragen, und je länger er es betrachtete, umso mehr glaubte er daran, dass es möglich war.

»Und das alles haben Sie aus einem kleinen Schluck Gin gezogen?« Die Begeisterung des Colonels wuchs. Er war nun noch entschlossener, etwas von diesem Zeug mit den magischen Wahrsagereigenschaften in die Finger zu bekommen.

»Ja. Die pflanzlichen Inhaltsstoffe sind überschaubar. Eine herbstliche Hecke eingefangen und in Alkohol konserviert. Mein hausgemachter Wodka ist perfekt, um diese Aromen festzuhalten, diese *Gefühle*, wenn Sie so wollen, und sie direkt in

Ihr Gehirn abzugeben, sobald der Drink Ihre Zunge berührt. Ich glaube, dass das Gehirn den Geschmack dann analysieren muss und Sie dazu einlädt, sich Ihre zukünftigen Herbste vorzustellen oder die vergangenen genauer zu betrachten.«

Der Colonel war überhaupt nicht skeptisch und gab Doubler nicht das Gefühl, albern zu sein. Stattdessen wirkte er begeistert von diesen ungeahnten Eigenschaften. »Das klingt alles plausibel. Der Drink hat mich aufgerüttelt. Zum Nachdenken gebracht. Jetzt, wo ich es mir genauer überlege, hat er mir die glücklichsten Tage meines Lebens in Erinnerung gerufen. Vielleicht bin ich deshalb so versessen darauf, mehr davon zu bekommen.« Er hielt inne. »Wissen Sie, Doubler, ich war mal jemand. Ich war ein *Anführer*. Männer haben zu mir aufgesehen, meine Entscheidungen respektiert. Niemand hat mich angezweifelt oder meine Autorität infrage gestellt. Ein Wort, ein Nicken, und sie haben meinem Befehl Folge geleistet. Das war ein wunderbares Gefühl, das ich nie wieder so erleben werde.«

Doubler hörte die Wahrheit in den Worten des Colonels und versicherte ihm rasch: »Ich kann mir vorstellen, was das für eine harte Umstellung sein muss, aber es braucht Sie wirklich nicht traurig zu machen. Nehmen Sie diese Jahre als Ihre Ruhmesjahre und lassen Sie sie in der Erinnerung wiederaufleben. Im Wissen, dass Sie auf Ihr Leben stolz sein können. Nehmen Sie dieses Wissen mit auf Ihr Sterbebett, und Sie werden als glücklicher Mann sterben. Sie haben nicht nur ein erfülltes Leben voller Sinn gehabt, sondern Sie sind sich dessen jetzt bewusst. Kein Bedauern, nur wunderbare Erinnerungen. Das ist ein beneidenswerter Zustand, den man erst einmal erreichen muss.«

Der Colonel seufzte, nicht überzeugt. »Vermutlich. Es ist einfach hart, sich umzugewöhnen. Zu begreifen, dass man nicht länger von Bedeutung ist.«

»Ich bin sicher, Sie haben noch viel zu bieten. Und wir sind alle fähig, uns zu verändern. Selbst *ich*. Ich habe so viele Jahre damit verbracht, mich mit meinen Kartoffeln zu beschäftigen, aber Mrs. Millwood hat mir gezeigt, dass ich alles, was ich von ihnen lerne, vielleicht auch auf mich selbst übertragen kann. Mir war nie klar, dass ich ein freundlicher Mensch bin, bis sie mir gesagt hat, dass ich freundlich zu meinen Kartoffeln bin. Ich hätte nicht gedacht, dass Freundlichkeit Kartoffeln gegenüber zählt. Ich bin ihr sehr dankbar. Sie hat mir das Gefühl gegeben, mutiger, verantwortungsvoller, fähiger zu sein. Und, Maxwell, auf eine oder sogar mehrere schlechte Jahreszeiten kann eine außergewöhnlich gute folgen. Genau wie schlechte Muster durch Freundlichkeit durchbrochen werden können. Ich schätze mal, wir neigen alle zur Kartoffelfäule, aber für die meisten von uns sitzt sie nur in den Blättern, und wenn sie unser Innerstes noch nicht hat verfaulen lassen, können wir höchstwahrscheinlich verhindern, dass sie weiteren Schaden anrichtet.«

Das anhaltende Schweigen zeigte Doubler, dass ihm der Colonel seit der ersten Erwähnung von Kartoffeln nicht mehr folgen konnte. Also wandte er sich wieder dem eigentlichen Thema zu und erklärte nachdrücklich: »Sie führen vielleicht keine Armee in den Krieg, aber Sie müssen die nächsten paar Jahre nicht damit verschwenden, in Selbstmitleid zu baden. Vertrauen Sie mir, ich habe die letzten Jahre genau damit verbracht. Es ist nur ein Vorschlag, aber ich glaube nicht, dass Sie die restliche Zeit, die Ihnen auf Erden bleibt, vergeuden, wenn Sie gut auf die Menschen an Ihrer Seite achten.«

»Ich weiß gar nicht so recht, was ich fühlen soll, alter Junge. Ich habe angerufen, um Gin zu kaufen, und nun bin ich irgendwie *verunsichert*.«

»Die Pensionierung muss hart für Sie sein. Aber vergessen Sie nicht, dass es wahrscheinlich auch hart für Ihre Frau ist.«

Der Colonel klang aufgebracht: »Himmel, nein, das glaube ich nicht. Ich denke, sie hat sich sehr auf unseren Ruhestand gefreut. Ich war immer sehr beschäftigt, wissen Sie, deshalb war sie wahrscheinlich extrem einsam, hat Däumchen gedreht und darauf gewartet, dass ich endlich nach Hause komme. Jetzt für sie da sein zu können, ist einer der wenigen Vorteile.«

»Da habe ich keinen Zweifel. Aber, Maxwell, vergessen Sie nicht, der Ehemann zu sein, den sie braucht. Achten Sie darauf, was sie für Sie und für alle anderen in ihrem Umfeld tut. Es reicht nicht, auf die Reue zu warten, die als Beilage zur Einsamkeit serviert wird. Ich verstehe langsam, dass wahre Liebe nichts bedeutet, wenn man sie nicht mit angemessenen Taten zum Ausdruck bringt. Wenn Sie das tun, werde ich zusehen, dass ich die Kapazitäten für Sie noch ein bisschen ausreize. Wer weiß, vielleicht mache ich eine Extrakiste Gin nur für Sie.«

»Das würden Sie für mich tun?«

»Ich glaube, Sie haben einen guten Kern, Maxwell. Sie müssen nur Wege finden, es auch zu zeigen. Das Gute im Innern ist wertlos, wenn es nicht geteilt wird.«

Die Antwort des Colonels verlor sich im lauten Pfeifen des Wasserkessels, der mit ordentlich Dampf seinen Siedepunkt erreicht hatte. Doubler legte den Hörer auf und machte sich daran, seinen Tee zuzubereiten.

KAPITEL 23

Als Mrs. Millwood das nächste Mal anrief, begrüßte Doubler sie so überschwänglich, wie es ein paar Wochen zuvor noch undenkbar gewesen wäre.

»Während Sie faul in diesem Krankenhaus herumliegen, dem Sie so zugetan scheinen, macht der Frühling hier draußen seinem Namen alle Ehre. Das wird Sie sicher freuen. Offenbar kann ihn nichts mehr aufhalten. Die Mirth Farm platzt fast aus den Nähten vor neuem Leben, alles sprießt und grünt.« Doubler war sehr zufrieden mit sich. Er schwelgte in seiner Fröhlichkeit, getragen von einem Glücksgefühl, das sich in immer neue Höhen der Euphorie schraubte.

»Das ist schön«, erwiderte Mrs. Millwood leise, denn sie konnte mit Doublers Freude nicht mithalten.

»Und der Tümpel – Sie wissen schon, der kleine Teich in der Nähe vom Gatter? –, da hat sich ein Stockentenpärchen eingenistet. Ich bin ganz aus dem Häuschen. Keine Ahnung, ob wir dort vorher schon mal Enten hatten. Das ist doch ein positives Zeichen, ein gutes Omen, meinen Sie nicht?«

Am anderen Ende der Leitung war ein kaum hörbarer Seufzer zu vernehmen. »Es gibt dort jedes Jahr Enten«, antwortete Mrs. Millwood dumpf.

»Nein, nein, nicht auf dem *kleinen* Tümpel, dem Regenwassertümpel nahe beim Tor. *Da* ist jetzt ein Entenpärchen.«

»Ich weiß, welchen Teich Sie meinen, und dort gibt es immer ein Entenpärchen. Sie haben da schon Küken großgezogen, und ich sehe sie oft nebeneinanderher watscheln. Sie überqueren die Auffahrt und wandern langsam zurück nach Hause. Dabei sehen sie immer aus, als wären sie völlig ins Gespräch vertieft.« Mrs. Millwood klang sehnsüchtig, doch in seiner eigenen Überschwänglichkeit nahm Doubler ihre trübe Stimmung immer noch nicht wahr.

»Sind Sie sicher? Ich glaube nicht, dass ich sie dort schon mal gesehen habe.«

»Ja, ich bin mir sicher, Mr. Doubler.« Sie fuhr ihn beinahe an. »Nur weil Sie etwas nicht wahrnehmen, heißt das nicht, dass es nicht passiert. Während der dunklen Jahre in Ihrem Verzweiflungstal haben die Osterglocken trotzdem geblüht, die Küken sind geschlüpft, die Weidenkätzchen sind über Nacht aus kahlen Zweigen hervorgebrochen – es ist alles immer da. Der Frühling macht sein Ding, Mr. Doubler, ganz egal, ob Sie ihn bemerken.«

Doubler war so begeistert von seinen Neuigkeiten gewesen, dass er eine Weile gebraucht hatte, um die Niedergeschlagenheit in ihrer Stimme zu bemerken. Doch nun hielt er inne.

»Alles in Ordnung mit Ihnen, Mrs. M.? Sie klingen ein bisschen verstimmt. Haben Sie die Nase voll?«

»Und ob ich das habe! Natürlich habe ich die Nase voll, Mr. Doubler. Ich möchte gerne gesund werden, und das klappt einfach nicht.«

Doubler spürte, wie sein Herz schmerzhaft pochte, während seine Gedanken rasend schnell die möglichen Gründe für ihre Verschlechterung durchgingen. »Sie sind doch im Krankenhaus, damit es Ihnen besser geht, Mrs. M. Was zum Teufel machen die dort mit Ihnen?«

»Ich glaube, sie wissen es selbst nicht mehr genau. Anscheinend bin ich für die ein Rätsel.«

»Aber die Ärzte werden Sie wieder hinbekommen. Sie werden Sie behandeln, und dann sind Sie ganz bald wieder auf den Beinen, nicht wahr?«

Mrs. Millwood schwieg eine Weile, doch dann antwortete sie mit klarer, fester Stimme: »Ja, Mr. Doubler, das ist der Plan, und ich bin nicht in Stimmung, mir etwas anderes sagen zu lassen. Aber ich vermisse mein eigenes Bett, und ich bin so unendlich *müde*.«

»Oh je. Soll ich Sie in Frieden lassen, damit Sie sich ausruhen können?«

»Ich wünschte, es wäre so leicht. Ich muss schlafen, aber der Schlaf kommt einfach nicht. Wahrscheinlich liegt es an der Untätigkeit. Mein Gehirn will offenbar nicht abschalten, wenn ich ihm so wenig Futter gebe, an dem es sich abarbeiten kann.«

»Ja, natürlich, Untätigkeit kann furchtbar erschöpfend sein. Daran erinnere ich mich nur zu gut aus meinen Zeiten im dunklen Tal. Manchmal war ich so leer, dass ich kaum genug Energie hatte, morgens aus dem Bett zu steigen. Dann lassen Sie uns doch mal nachdenken. Gibt es irgendetwas, was Sie dort tun können, um sich ein bisschen zu verausgaben?«

Mrs. Millwood versuchte noch nicht einmal, die Frage ernst zu nehmen. »Hier? Sie machen wohl Witze.«

»Ich könnte Sie besuchen?«, schlug Doubler vorsichtig vor. Er würde auf der Stelle ins Auto steigen und den Hang hinunterdüsen, wenn sie ihm grünes Licht gab.

»Ich habe viele Besucher, Mr. Doubler. Das ist die falsche Art von Verausgabung.«

»Verstehe.« Genau wie sie ihre Mutlosigkeit nicht versteckt hatte, gelang es nun ihm nicht, die Eifersucht in diesem einen Wort zu verbergen.

Mrs. Millwood bemerkte seine Enttäuschung und setzte sofort alles daran, die Sache zurechtzubiegen. »Sie brauchen mich wirklich nicht zu besuchen. Glauben Sie mir, ich tue Ihnen einen Gefallen. Auf den Stationen geht es zur Besuchszeit zu wie in einem Bienenstock. Verständlicherweise verliert das Personal da gerne mal die Geduld. Mit den Kranken können sie gut umgehen, aber für die Gesunden haben sie keine Nerven. Meiner Erfahrung nach können die Gesunden sehr, sehr anspruchsvoll sein. Und der Parkplatz? Das ist ein Witz. Beim Reinfahren ziehen Sie ein Ticket, und wenn Sie Glück haben, finden Sie innerhalb von einer Stunde eine Lücke. In der Zwischenzeit zahlen

Sie ein Vermögen für das Privileg, nicht parken zu können. Bis meine Besucher bei mir am Bett auftauchen, sind sie meistens stinksauer und vergessen dabei ganz, dass ich hier liege und mich nach einem Abenteuer wie dem Wettrennen um einen freien Parkplatz *sehne.*« Sie hielt inne, um Luft zu holen. Dann fügte sie wieder leiser hinzu: »Diese Telefonate sind doch perfekt, oder? Sie sind genauso gut wie unsere gemeinsamen Mittagessen. Erinnern Sie sich an unsere Mittagessen, Mr. Doubler?«

»Natürlich tue ich das! Wie könnte ich die vergessen? Wir haben fünfzehn Jahre lang jeden Tag zusammen zu Mittag gegessen! Diese Mittagessen haben mein Leben gerettet!«

»Das ist lustig. Ich musste erst gestern an unsere Mittagessen denken. Ich war mir nie ganz sicher, ob wir *zusammen* gegessen haben oder nur jeder für sich zufällig an einem Tisch.«

»Oh, eindeutig zusammen. Ich würde sogar so weit gehen zu sagen, dass wir unsere Mahlzeiten gemeinsam eingenommen haben.«

»Aber wir haben nicht das Gleiche gegessen.«

»Früher hätte ich vielleicht auch geglaubt, dass es darauf ankommt, aber seit Sie nicht mehr da sind, schmecken mir meine Kartoffeln einfach nicht mehr. Ich würde sogar so weit gehen zu sagen, dass ich lieber eines Ihrer grässlichen Sandwichs mit Ihnen essen würde als alleine meine selbst angebauten Kartoffeln.«

Mrs. Millwood lachte erfreut. »Wenn das mal kein Zugeständnis ist, Mr. Doubler. Ich wusste doch, dass Sie all die Jahre mein Mittagessen immer neidisch beäugt haben.«

»Oh, so weit würde ich dann doch nicht gehen. Aber ich glaube nicht, dass man das Gleiche essen muss, um ein gemeinsames Mahl einzunehmen. Bei unseren Mahlzeiten ging es nicht um das Essen, oder? Außerdem sind wir eigen, Sie und ich. Sie mochten Ihre Sandwichs und ich meine Kartoffeln, aber trotzdem haben wir jeden Tag *gemeinsam* gegessen.«

»Ein gemeinsames Mahl, das gefällt mir. Es klingt irgendwie nach einem heiligen Ritual.«

»Es *war* heilig, Mrs. Millwood.«

Während der folgenden langen Stille dachten sie beide darüber nach.

Mrs. Millwood sprach zuerst. »Würden Sie etwas für mich tun?«

»Alles! Ihr Wunsch sei mir Befehl. Was kann ich für Sie tun?«

»Würden Sie mir vorlesen? Nicht jetzt, aber wenn ich morgen anrufe, wünsche ich mir etwas zum Nachdenken, das nichts mit *dem hier* zu tun hat. Ich scheine nicht in der Lage zu sein, die Welt auf Kommando auszublenden. Und etwas anderem zu lauschen als dem Unsinn in meinem Kopf, könnte mir vielleicht helfen, etwas Frieden zu finden.«

Eine Welle des Stolzes erfüllte Doubler. Bei dem Gedanken, etwas so Intimes wie ein Buch zu teilen, fing es in ihm an zu kribbeln. »Natürlich. Es wäre mir eine Ehre. Was soll ich Ihnen denn vorlesen?«

»Egal. Sie haben bei sich auf dem Hof doch Tausende von Büchern, da ist bestimmt genau das Richtige darunter. Sie kennen mich gut genug – schließlich speisen wir seit bald fünfzehn Jahren miteinander.«

»Das war so wunderbar, Mrs. Millwood. Unsere gemeinsamen Mittagessen waren das Beste an den vergangenen fünfzehn Jahren.«

»Werden Sie womöglich sentimental, Mr. Doubler?«

»Ein bisschen.«

»Aber nicht rührselig?«

»Gott bewahre, nein! Als Bauer darf man nicht zu viel rühren. Außer bei Kartoffelbrei vielleicht. Dann bin ich schon eher heiter. Selbst bei schlechtem Wetter. Mit Heiterkeit lässt sich viel Kartoffel puffern.«

»Das war aber eine geistreiche Antwort!«

»Wie schön, wenn ich Sie erfreuen konnte.«

Mrs. Millwoods Lächeln verklang, und sie fuhr wieder besorgt fort: »Aber ich möchte kein heiteres Buch vorgelesen bekommen. Heiter würde nicht passen.«

»Nichts Rührseliges, nichts Heiteres, versprochen.«

»Etwas Nachdenkliches. Ergreifendes. Etwas, das mich noch fesselt, lange nachdem Sie aufgehört haben zu lesen.«

Doubler ging in Gedanken bereits fieberhaft die Bücherregale durch. »Puh. Da habe ich aber eine Aufgabe vor mir. Aber keine Sorge, ich werde etwas Passendes aussuchen.«

Sobald sie das Gespräch beendet hatten, stand Doubler vor den Bücherregalen. Die enorme Tragweite der Aufgabe war beängstigend, doch gleichzeitig war es ihm eine Ehre, und er war fest entschlossen, genau das richtige Buch zu finden. Das Buch, das Mrs. Millwood helfen würde zu schlafen *und* sie gleichzeitig zum Nachdenken anregte. Ein Buch, das weder rührselig noch heiter war. Eine Geschichte, die Teil ihrer eigenen gemeinsamen Geschichte werden würde.

Er starrte auf die vollgestopften Regale im Wohnzimmer. Oben im Flur gab es noch mehr davon. Nun bereute er, sie nie auf irgendeine Art geordnet zu haben, obwohl er es oft vorgehabt hatte. Mit den Fingern fuhr er über zerfurchte Buchrücken. Er liebte die Unebenheiten und Falten, die ihre eigenen Geschichten erzählten, oft ganz unabhängig von den Worten zwischen den Buchdeckeln. Jedes beschwor wenn schon keine Erinnerung, dann zumindest einen Gemütszustand herauf, und ihm wurde zum ersten Mal klar, wie aufschlussreich seine Bücher waren. Jeder Zentimeter Regalfläche war besetzt: Manche lagen quer über den hochkant stehenden Büchern, um wirklich alle Lücken im Regal auszufüllen.

Seine Finger hielten in der Suche inne, als er eine ganze Reihe unberührter Rücken erreichte. In diesem Abschnitt gab es Bücher, die auffallend *ungelesen* wirkten. Er trat einen Schritt zurück und betrachtete die Wand als Ganzes, um das Muster zu interpretieren, das sich abzuzeichnen begann.

Langsam schüttelte er den Kopf, ehe er die Bücher im Einzelnen wieder genauer betrachtete. Die Titel klangen vertraut, und auch sie beschworen einen Gemütszustand herauf. Doch er hatte sie nicht gelesen. Verwirrt ließ er den Blick weiterwandern, von oben nach unten, von links nach rechts, um zu entschlüsseln, was sie ihm sagten. Der Regalabschnitt ganz rechts war nicht ganz so vollgepackt. Es handelte sich um Bücher, denen man ihr Lesealter ansah: geliebte Bücher, viel gelesene Bücher, Bücher, mit denen man eingeschlafen war, die zu Boden gerutscht waren, die an einem Sommertag mit nach draußen an den Picknicktisch genommen worden waren. Die beim Öffnen die verräterischen Überreste von Krümeln und Schweiß preisgaben.

Erstaunt begriff er plötzlich, was er da vor sich sah. Die Chronologie seines Lebens in bedeutsamen Kapiteln. Er war nämlich in der Aufbewahrung seiner Bücher doch einer gewissen Logik gefolgt und war sich sicher, dass Mrs. Millwood das Muster fortgesetzt hatte. Seine Bücher waren in der Reihenfolge, in der er sie gelesen hatte, ins Regal gewandert, von oben nach unten, von links nach rechts, sodass sie geordnete Zeitsäulen bildeten. Und all die Aufmerksamkeit oder Gleichgültigkeit, die er ihnen entgegengebracht hatte, spiegelte ihm nun den Biorhythmus seines Lebens wider. Erneut studierte er den ungelesenen Abschnitt. Es handelte sich mit Sicherheit um ein Regal voller Bücher, das er in den Jahren nach Marie gebaut hatte. Jetzt erinnerte er sich daran, dass er im Tal der Verzweiflung unfähig gewesen war zu lesen. Vielleicht war es dort einfach zu dunkel gewesen. Er hatte es sicherlich versucht, daran zweifelte er nicht, und man hatte ihm noch immer Bücher geschenkt. Er hatte sie aufgeschlagen und so *getan*, als würde er sie lesen, doch jedes von ihnen hatte ihn im Stich gelassen. Keinem war es gelungen, ihn aus dem Sumpf zu ziehen. Jedes hatte in seiner Pflicht versagt und war deshalb dazu verdammt, ungelesen und ungeliebt zu bleiben und nichts als Bruchstücke einer traurigen Zweitgeschichte erzählen zu können. Irgendwie hatte er vergessen, wieder nach seinen Büchern zu greifen.

Waren das die Bücher, die er wieder aufsuchen sollte? Doubler legte den Kopf schief und studierte die Titel und Autoren. Es befanden sich einige seiner Lieblingsschriftsteller darunter. Er fragte sich, ob sie wohl eine zweite Chance bekommen würden, jetzt das zu leisten, was ihnen damals nicht gelungen war. Dann wanderte sein Blick zu den freien Stellen ganz in der Ecke, die es noch zu füllen galt. Dieser Platz stellte seine Zukunft dar, aber es war nicht mehr viel davon übrig. Er brauchte diesen Platz für die Bücher, die in den kommenden Monaten und Jahren gelesen werden würden. Und er würde sie sehr sorgfältig auswählen, denn das waren die Bücher, in die er sich verlieben musste.

KAPITEL 24

»Er war ein alter Mann und fischte allein in einem Boot im Golfstrom, und seit vierundachtzig Tagen hatte er keinen Fisch gefangen.«

»Oh je, ich weiß nicht, ob ich die Kraft habe, damit klarzukommen. Was ist denn das, Mr. Doubler?«

»Es geht um einen alten Mann und seinen *Kampf*«, erwiderte Doubler ungeduldig, denn er wollte weiterlesen.

»Was für eine Art von Kampf?«

»Darf ich einfach lesen, Mrs. M.?« Er fuhr mit melodiöser Stimme fort: *»Der alte Mann war dünn und hager und hatte tiefe Furchen im Nacken. Die braunen Flecken auf seinen Wangen waren gutartiger Hautkrebs, den die vom Tropenmeer reflektierte Sonne …«*

Mrs. Millwood unterbrach ihn erneut. »Heiliger Strohsack. Ist es ein Buch über Krebs und Tod, Mr. Doubler?«

»Nein, natürlich nicht. Es wäre sehr unpassend, Ihnen ein Buch über Krebs und Tod vorzulesen, Mrs. Millwood. Das ist *Der alte Mann und das Meer* von Ernest Hemingway. Es ist ein Buch übers *Fischen*.«

»Ein Buch übers Fischen? Ein Buch übers Fischen will ich mir ganz bestimmt nicht anhören. Dann doch lieber eines über Krebs und Tod.«

»Das Fischen ist eine *Metapher*. Sie müssen sich keine Sorgen wegen des Fischens machen.«

»Natürlich muss ich mir Sorgen wegen des Fischens machen. Es klingt für mich durchaus so, als ginge es hier vor allem ums Fischen.«

»Nein, es geht um den *Kampf*. Den Kampf eines alten Mannes, zu beweisen, dass sein Leben immer noch Sinn hat. Er hat eine ziemliche Pechsträhne hinter sich, aber dann fängt er einen riesigen Fisch, den prachtvollsten Fisch überhaupt, auch wenn er all seine Kraft brauchen wird, um ihn an Land zu ziehen.«

»Schafft er es?«

»Ich kann Ihnen das Ende nicht verraten, aber vertrauen Sie mir, Mrs. Millwood, der alte Mann ist sehr *hartnäckig*.«

»Ich glaube, die Metapher klingt für mich interessanter als die Fischerei, aber ich bin mir nicht sicher, dass ich ein Buch über einen alten Mann hören will, der kurz vor dem Tod nach Sinn sucht. Lesen Sie mir lieber *Der Kleine Prinz* vor, Mr. Doubler.«

»Das ist doch für Kinder!«

»Oh nein, überhaupt nicht. Es ist ein Buch von großer Tiefgründigkeit. Ich glaube, es geht darin darum, sich trotz der enormen Belastungen des Erwachsenenlebens die Fähigkeit zu bewahren, zu erkennen, was im Leben wirklich wichtig ist. Es ist ein Buch über das Leben und die Liebe und die Erweiterung unseres Horizonts.«

Doubler war nicht überzeugt. »Aber es ist ein sehr kurzes Buch. Selbst mein Fischerei-Buch ist vielleicht zu kurz. *Der Kleine Prinz* ist noch kürzer.«

»Kurz ist gut! Ein kurzes Buch mit einem beglückenden Ende vor Augen ist genau das, was ich brauche. Was wir beide brauchen.«

»Nein, ich glaube, wir müssen uns einem Projekt zuwenden, das Sie noch lange Zeit beschäftigen wird, Mrs. Millwood. Wir brauchen etwas, das Ihre Gedanken auf die Reise lenkt und nicht auf das Ziel. Mein Buch ist nicht sehr lang. Aber es ist dicht erzählt. Es ist ein Buch, in dem jedes Wort so viel wiegt wie zehn andere oder noch mehr. Es wird Sie zum Nachdenken bringen und garantiert Gesprächsstoff liefern.« Er blätterte durch die Seiten bis zum Ende. »Ich glaube, das erfüllt unseren Zweck viel eher, meinen Sie nicht?«

Mrs. Millwood lachte leise, da sie langsam Doublers Argumente verstand. »Glauben Sie, dass ich mich auf den Tod vorbereite, Mr. Doubler? Glauben Sie, das wird mein letztes Buch sein?«

Doubler schluckte. »Der Gedanke ist mir gekommen, ja.«

»Also haben Sie extra eine langsame Geschichte ausgesucht?«

»Nun ja, schon, aber eine sehr ergreifende. Ich habe darauf geachtet, dass sie auch alle Ihre anderen Kriterien erfüllt. Es ist keine heitere Geschichte, Mrs. Millwood. Und meiner Meinung nach auch nicht rührselig. Letzten Endes bezwingt der alte Mann mehrere Haie und lebt weiter, um wieder fischen zu gehen. Indem er seine körperlichen Dämonen besiegt, überwindet er auch seine metaphorischen. Ziemlich erhebend, würde ich sagen.«

»Ihr Buch klingt gut, Mr. Doubler. Sie dürfen es mir vorlesen. Ich würde nur ungern so viele Seiten abwarten, und dann kommt der alte Mann mit leeren Händen zurück. Ich war mir nicht sicher, ob ich so einer Geschichte viel Zeit widmen wollte. Aber jetzt, wo ich weiß, dass es einen erhebenden Schluss gibt, begebe ich mich gerne mit Ihnen auf Ihren Angelausflug.«

Doubler freute sich. Er machte es sich in seinem Stuhl gemütlich, kehrte zum Anfang des Buches zurück und begann zu lesen.

KAPITEL 25

Doubler hatte gerade mit einem Grunzen seine schlammverschmierten Stiefel ausgezogen, als er ein Auto vorfahren hörte. »Früher kam hier nie jemand vorbei, und jetzt hat man keine Ruhe mehr.« Grummelnd zog er seine Stiefel wieder an, um nachzusehen.

Dass ihn dabei eher vorfreudige Neugier als Sorge erfüllte, überraschte ihn selbst. Er bog um die Ecke und zuckte zusammen: Statt wie erwartet Midge mit dem kleinen roten Auto anzutreffen, erblickte er ein ihm unbekanntes Fahrzeug. Es handelte sich um einen braunen Kombi, wobei Doubler beim Näherkommen feststellte, dass die Karosserie so schlammverspritzt war, dass sich darunter im Grunde jede Farbe verbergen konnte. Der Fahrer war bereits ausgestiegen und hantierte am aufgeklappten Kofferraum herum, weshalb er nicht zu sehen war. Doublers instinktive Furcht vor einem Besuch von Peele verschwand sofort, denn er war sich sicher, dass der größte Kartoffelbauer der Region garantiert nicht in so einem Fahrzeug herumfahren würde.

Der Kofferraumdeckel fiel mit einem metallischen Knall ins Schloss, und Olive tauchte dahinter auf, etwas nervös winkend. Sie trug ein elegantes grün-beiges Tweedkostüm und flache, praktische Schnürschuhe aus Leder. Ihre stahlgrauen Haare hatte sie im Nacken zu einem Knoten geschlungen.

Mit ausgestreckter Hand eilte Doubler auf sie zu. Der Tag war herrlich, immer noch kalt, aber klar, und in der Luft lag der Duft von Neubeginn. Voller Freude begrüßte er herzlich seine Besucherin.

»Na, das ist aber eine Überraschung! Ich habe nicht wirklich damit gerechnet, dass Sie meine Einladung annehmen.«

»Ich hoffe sehr, es macht Ihnen nichts aus, dass ich so unangemeldet hereinschneie, aber ich habe beschlossen, mal wieder meinen Führerschein auszugraben. Die Aussicht auf ein Stück Gebäck aus Ihrer Dose war einfach unwiderstehlich.« Ihre Stimme klang klar und hell durch die Nachmittagsluft. Doubler entspannte sich. Bei ihrem letzten Besuch war Olive so furchtbar scheu gewesen, und ihre fast greifbare Verletzlichkeit hatte ihm Sorge bereitet. Die Olive von heute trat wesentlich selbstbewusster auf.

»Nein, natürlich macht es mir nichts aus. Sonst hätte ich es nicht vorgeschlagen. Kommen Sie rein, da ist es schön warm.«

»Was für ein herrliches Plätzchen Sie hier oben haben, Mr. Doubler.« Olive blieb stehen, um die Aussicht zu genießen. Ihr Blick schweifte über die verschlossenen Scheunen, den aufgeräumten Innenhof und das fehlende landwirtschaftliche Gerümpel, das ihr eigenes Zuhause kennzeichnete.

Doubler öffnete die Haustür und ließ Olive voran in die Küche gehen.

»Man weiß nicht so recht, was man erwarten soll, wenn man den Berg hier hochkommt. Keine bellenden Hunde, keine pickenden Hühner auf der Auffahrt. Kein Lebenszeichen mitten im Winter. Nur nackte Erde. Das kann schon ein bisschen trostlos sein, oder? Und trotzdem habe ich mich hier gleich so aufgehoben wie selten gefühlt, als ich mit Maxwell und den anderen da war. Selbst wenn es keinerlei Anzeichen menschlichen Lebens gegeben hätte, hätte ich mich willkommen gefühlt.« Sie hielt inne, um die Gerüche der Küche zu erschnuppern, und erlaubte ihren Sinnen, alles zu erkunden und zu erfahren.

Doubler errötete vor Stolz. »Das freut mich. Die Mirth Farm bekommt sehr gerne Besuch. Leider war ihr aktueller Besitzer nicht immer ganz so gastfreundlich.«

»Hauptsache, ich störe nicht.« Olive hatte bereits ihren Mantel aufgehängt, die Schuhe ausgezogen und in einem hölzernen Lehnstuhl am Kopf des Tisches Platz genommen. Sie schien sich sehr zu Hause zu fühlen, als sie nun die verschiedenen Marmeladengläser auf dem Küchentisch inspizierte und sich nebenbei im Zimmer umsah. Sie runzelte die Stirn über die kleinen ungewöhnlichen Details und Eigenheiten, die Doublers Persönlichkeit widerspiegelten, und nickte anerkennend bei den Dingen, mit denen sie sich identifizieren konnte und die sie guthieß.

Doubler war hocherfreut. Leise vor sich hin pfeifend setzte er den Wasserkessel auf und holte aus der Speisekammer einige Scones zum Aufwärmen sowie ein großes eingewickeltes Dattel-Walnuss-Früchtebrot.

»Sie haben Glück, Olive – ich war diese Woche in Backlaune.« Er deckte den Tisch für zwei Personen und stellte den Kuchen dazu.

»Ich glaube, ich habe noch nie einen Mann getroffen, der bäckt, so wie Sie. Im Fernsehen sieht man die, aber in echt ist mir noch nie einer begegnet.«

»Ach, ich bin sicher, so selten sind wir gar nicht. Backen ist eine ziemlich befriedigende Mischung aus Wissenschaft und Kunst, deshalb reizt es mich so. Es ist anders als in den anderen Bereichen meines Lebens – man kann nicht gleich so viel experimentieren. Erst muss man die Grundrezepte lernen. Aber wenn man die gemeistert hat, kann man nach Herzenslust ausprobieren und verfeinern.«

»Ihr Gin ist definitiv experimentell.«

»In der Tat. Er wird jedes Mal anders. Wie der Gin wird, hängt enorm von der Jahreszeit ab, vom Wetter und von dem, was die Hecken zu bieten haben. Ich nenne es hochtrabend meine Mirth-Farm-Spezial-Pflanzenextrakte, aber das bedeutet nur, dass ich mein Zuhause nicht oft verlasse.«

»Fühlen Sie sich nicht einsam hier? Ich muss mich ab und zu nach draußen zwingen, sonst würde ich wahrscheinlich versauern.« Olive widmete ihre Aufmerksamkeit nun ganz dem einladenden Küchentisch. »Früher war ich auch eine leidenschaftliche Bäckerin, aber eher Brot als Kuchen. Ich stehe nicht so auf

Süßes.« Während sie sprach, beugte sie sich vor und häufte eine ordentliche Portion Marmelade auf ihren Scone.

»Ich bin beeindruckt!«, rief Doubler mit echter Bewunderung in der Stimme. »Das verlangt großes Geschick!«

Dass sich das Lob auf zwei unterschiedliche Dinge beziehen konnte, nahm Olive gar nicht wahr. »Ja, ich habe wahrscheinlich fast zwanzig Jahre gebraucht, um das Brotbacken zu meistern, aber es hat keinen Sinn, für mich allein zu backen. Es würde nur schlecht werden, weil ich nicht genug verbrauche, und außerdem esse ich inzwischen sowieso nicht mehr viel.«

Doubler beobachtete, wie sie einen zweiten Scone mit Marmelade bestrich. Er stellte sich ihr tristes Dasein vor und wie sein eigenes Leben aussähe, wenn nicht nur menschliche Gesellschaft, sondern auch alle Annehmlichkeiten fehlen würden. »Ich backe sehr gern für mich selbst. Ich liebe einfach den Geruch von Teig beim Gehen oder von Kuchen im Ofen. Ja, vermutlich wäre die Freude noch größer, wenn ich sie teilen könnte, aber deshalb kann ich es mir selbst nicht völlig versagen. Ich würde verkümmern. Ich war immer der Meinung, dass es wichtig ist, einige schöne Dinge nur für sich selbst zu tun. Backen gehört für mich dazu. Der Vorgang beruhigt mich, und die Ergebnisse bauen mich auf.«

»Da haben Sie sicher recht. Es fehlt mir. Backen ist auf seine ganz eigene Art wirklich befriedigend, ja. Dieses Gefühl, wenn man den Teig fest knetet und er förmlich danach verlangt, Brot zu werden. Er erwacht in deinen Händen zum Leben, und nichts kann ihn davon abhalten, seine Form einzunehmen. Vielleicht macht das den Reiz aus, das Wissen, dass man nie ganz die Kontrolle hat, sodass jeder Erfolg ein kleines Wunder ist. Es kann dabei so viel schiefgehen, so viele kleine Katastrophen. Aber wenn man es richtig hinbekommt und weiß, es wird perfekt, dann gibt es einfach nichts Besseres.« Olive nahm einen weiteren großen Bissen von ihrem Scone und kaute nachdenklich, bevor sie mit einem Schluck Tee nachspülte.

Dann sprach sie weiter, mehr an den Teller vor sich gerichtet als an Doubler. »Aber es macht mir keine Freude, das Backen. Nicht mehr. Zu viele Erinnerungen an ein großes, volles, glückliches Haus stecken in der Angst vor einem unaufgegessenen Laib.«

Doubler hielt inne und setzte sich zu ihr an den Tisch. »Wo ist Ihre Familie, Olive? Warum wohnen Sie ganz allein in diesem riesigen Bauernhaus?«

Olive hob herausfordernd den Blick. »Dasselbe könnte ich Sie fragen.«

»Meine Situation ist ziemlich klar. Aber Maxwell hat mir eher den Eindruck vermittelt, dass Sie aus freien Stücken Eigenbrötlerin sind.«

»Eigenbrötlerin? Das klingt ein bisschen abfällig. Ich bin *allein*, keine Frage. Aber ich bin mir nicht sicher, ob es frei gewählt ist. Eher durch die Umstände bedingt. Und was Maxwell betrifft, ich verstehe nicht ganz, was er erreichen will.« Olive brach ab und musterte Doubler, als versuchte sie zu entscheiden, ob sie ihm vertrauen konnte oder nicht. Was auch immer sie sah, sie beschloss fortzufahren. Ihre Worte überschlugen sich beinahe vor lauter Eile, Gehör zu finden.

»Er war derjenige, der an mich herangetreten ist, wegen der Nutzung von meinem Hof durch das Tierheim. Er war sehr überzeugend – ich kann mich nicht daran erinnern, dass ich in der Angelegenheit viel zu sagen gehabt hätte –, aber es klang einfach extrem sinnvoll. Ich war ohnehin die ganze Zeit da, ich hatte den Platz, ich war nicht bereit, mir etwas Kleineres zu suchen, und ich wusste, dass ich die Gesellschaft gut brauchen könnte. Er kam zu mir und schlug vor, ich könnte das Haus und die Wiesen drum herum mit dem Tierheim teilen. Ich hielt das für eine ausgezeichnete Idee. Er meinte, es würde mir eine Aufgabe geben, und ich habe ihm geglaubt.«

»Das war sehr großzügig von Ihnen.«

»Ich weiß nicht, ob es Großzügigkeit meinerseits war. Es hat mich nicht wirklich etwas gekostet, Ja zu sagen, und so viele gute Gründe sprachen dafür. Ich dachte, es würde einen Teil der Leere füllen, etwas Leben und Farbe in mein Dasein bringen. Ich hatte mir dabei schon vorgestellt, mich überall mit zu engagieren.« Ein Schatten huschte über Olives Gesicht, ehe ihre Miene plötzlich aufleuchtete. »Oh, sehen Sie nur! Ein Distelfink!« Sie zeigte durchs Fenster, wo ein kleiner bunter Vogel auf einem kahlen Dornenzweig gelandet war, der zu der dichten Hecke gehörte, die das Haus vollkommen zu überwuchern drohte.

»Na, das ist ja ein farbenfroher kleiner Kerl. Ich weiß nicht, ob er mir schon mal Gesellschaft geleistet hat!« Doubler saß ganz still und beobachtete ihn aufmerksam, bis der Vogel davonflatterte.

»Es ist eine Sie, wenn ich mich nicht irre. Es liegt an diesen Fruchtständen. Sehr weise von Ihnen, die welken Blüten nicht zu kappen. Fleißige Gärtner sind manchmal ein bisschen *zu* eifrig. Sie schneiden alles weg und vergessen, dass die Samen in den kargen Monaten eine ganze Horde neuer Besucher in ihren Garten locken. Wunderbar, einfach wunderbar. Gut gemacht!«

Doubler strahlte. Es störte ihn nicht, dass seine Nachlässigkeit als gute Absicht gedeutet wurde, wenn als Ergebnis diese kleinen Besucher mit ihren rot-gelben Farbtupfern vorbeikamen.

»Bezaubernd!«, fuhr Olive fort. »Einfach charmant. Wussten Sie, dass man eine Gruppe von Finken im Englischen als ›charm‹ bezeichnet?«

»Ach, wirklich?«

»Und es gibt kaum etwas Charmanteres als ein großer Schwarm Distelfinken, der wie ein rot-goldener Blitz tief über dem Boden seine Flugkünste vorführt. Da ist es wirklich eine Freude zuzusehen.«

Doubler beobachtete weiter den Vogel, der auf Futtersuche umhersauste und den bunten Kopf dabei ständig wachsam hin und her drehte.

»Vermutlich gilt ein einzelner Distelfink noch nicht als ›charm‹?«

»Nein, ein einzelnes Exemplar hat nichts Charmantes an sich. Weshalb sollte man auch charmant sein, wenn man niemandem damit imponieren kann.«

»Aber sie ist trotzdem eine Schönheit, auch wenn keine anderen da sind, die sie mit ihrem Charme beeindrucken kann.« Doubler wandte seine Aufmerksamkeit wieder Olive zu. »Und was ist dann schiefgelaufen?«, nahm er den Faden von zuvor auf. »Sie scheinen mit dem Tierheim jetzt ja gar nicht viel zu tun zu haben.«

»Ich weiß auch nicht. Es fing so an, wie ich mir das vorgestellt hatte, aber ich vermute, ziemlich bald muss Maxwell mich an einem schlechten Tag erwischt haben. Solche Tage gibt es bei mir, müssen Sie wissen. Tage, an denen das Leben an sich bereits schmerzhaft ist. Es ist schwer zu beschreiben, und ich habe es auch nie wirklich versucht. Zu sagen, ich bin traurig, trifft es nicht. Ich bin verzweifelt. Aber ich bekomme diese Anfälle, ohne dass sich etwas im Vergleich zum Tag davor verändert hätte – es gibt keinen Auslöser, kein Ereignis. Ich wache einfach mit dem Gefühl auf, dass ich es nicht schaffe. Oder noch schlimmer, dass ich es nicht einmal versuchen will.«

Doubler nickte, denn dieser Zustand war ihm vertraut. »Ich weiß, wovon Sie sprechen. Ich kenne das – oder zumindest etwas Ähnliches. Bei mir gab es jedoch einen Auslöser, deshalb war es vielleicht nicht ganz so lähmend wie bei Ihnen.«

Olive wirkte so niedergeschlagen bei dem Gedanken – ob es dabei um ihre Traurigkeit ging oder um seine, konnte Doubler nicht genau sagen.

»Ich glaube, man nennt es Depression«, sagte sie und sah

dabei immer noch etwas melancholisch aus dem Fenster. »Aber das Wort ist kläglich unzulänglich. Es klingt dumpf, wie eine oberflächliche Delle oder eine flache Einkerbung. Wie der Abdruck, den der Finger im Teig hinterlässt, bevor sich dieser wieder ausdehnt. Aber für mich fühlt es sich ganz anders an. Es ist ein grausames, scharfkantiges Gefühl. Ich bin so sehr damit beschäftigt, es irgendwie zu ersticken, bevor es mich erstickt, dass ich oft denke, ich sterbe noch bei dem Versuch.«

Doubler nickte verständnisvoll, denn er kannte die scharfen Kanten der Traurigkeit sehr wohl. »Also hat Maxwell Sie erwischt, als Sie am Boden waren. In den Abgrund gestürzt, nenne ich es. Inwiefern hat das die Situation im Tierheim verändert?«

Olive gefiel das Wort »Abgrund«. »Ein Abgrund trifft es besser, so viel besser als eine Depression! Vielen Dank! Ja, Maxwell ist mir begegnet, als ich sehr verzweifelt war, und ich habe ihm wohl einen Floh ins Ohr gesetzt. Das tue ich gerne mal, wenn ich mich selbst als nicht gesellschaftsfähig empfinde. Er hat mich beim Wort genommen. Also hat er allen erzählt, dass sie mich nicht stören sollen, und jetzt lassen mich alle in Ruhe. Am Anfang haben die Mitarbeiter vom Tierheim mein Esszimmer als Hauptquartier benutzt. Ich habe die Gesellschaft sehr genossen. Dadurch kam Leben ins Haus, und es hatte wieder eine Bestimmung. Doch bald nach diesem Vorfall hat Maxwell verkündet, dass er den Container bringen wird, damit ich wieder mehr Platz hätte. Natürlich war das vollkommen unnötig. Er meinte, er will mir nicht ins Gehege kommen oder in meiner Schuld stehen. Auch da war er wieder so überzeugend, dass ich offenbar kein wirkliches Mitspracherecht hatte. Und jetzt höre ich nur noch das Kommen und Gehen. Es ist ganz anders als das, was ich mir erhofft hatte.«

Doublers erste Reaktion war Empörung, doch diese wurde schnell von Erleichterung abgelöst, als er begriff, wie einfach es sein würde, dieses Ungleichgewicht zu korrigieren und wieder

Leben und Freude in Olives Dasein zu bringen. »Aber, Olive, das lässt sich doch ganz leicht ändern! Das haben wir in Nullkommanichts geklärt. Natürlich müssen Sie mit einbezogen werden. Es ist schließlich Ihr Land, Ihr Stall und Ihr Zuhause. Sie können nicht unsere Gönnerin sein und sich dann nicht mit einbringen dürfen.«

»Aber was ist mit Maxwell?«, sorgte sich Olive. »Ich habe den Eindruck, dass es ihm lieber wäre, wenn ich für mich bliebe. Er macht überhaupt keine Anstalten, sich mit mir anzufreunden. Im Gegenteil, er gibt sich besondere Mühe, mir aus dem Weg zu gehen.«

»Ich bin sicher, dass das so nicht stimmt. Er nimmt sich ein bisschen wichtig, ja, und er kommandiert gerne andere herum, aber hinter der harten Fassade ist er ganz in Ordnung, glaube ich.«

»Ich weiß nicht. Dieser nette junge Derek sorgt immer dafür, dass ich zu den Treffen eingeladen werde. Er hat auch darauf bestanden, dass ich zum Tee auf die Mirth Farm mitkomme. Maxwell meinte, es würde mir sicher nicht gefallen, es wäre zu viel für mich – und das, obwohl ich direkt neben ihm stand!«

Doubler nickte lächelnd. »Eine kluge Frau hat mir mal erklärt, was Maxwells Problem ist: Er leidet unter dem, was sie das Anführer-in-der-Krise-Syndrom nennt. Er kann einfach nicht fassen, dass er für niemanden mehr wichtig ist, deshalb übt er gerne Macht über alle aus.«

»Das kann ich nur bestätigen.« Olive lachte erfreut und beugte sich dann verschwörerisch vor. »Stellen Sie sich vor, ich habe ihn mal draußen im Hof Befehle bellen hören und dachte, er macht die studentischen Helfer zur Schnecke. Also bin ich rausgerannt. Aber er hat mit den Katzen gesprochen! Ihnen befohlen zu warten, bis sie an der Reihe sind, und eine ordentliche Schlange zu bilden! Als könnte man eine Katze zu irgendetwas zwingen, was sie nicht will!«

Olive und Doubler lachten miteinander, und Doubler staunte wieder einmal über sein Glück. Er hatte sich diese plötzliche Störung seines Einsiedlerdaseins nicht ausgesucht, aber sein Leben fühlte sich auf einmal grenzenlos an.

Nachdem das Gelächter verklungen war, dachte er wieder über den Colonel nach und fügte, nun etwas ernsthafter, hinzu: »Er hat natürlich viele Jahre im Militär gedient und ist ein bisschen altmodisch. Wahrscheinlich ist er es nicht gewohnt, dass jemand Gefühle zum Ausdruck bringt. Wenn er Sie an einem schlechten Tag erwischt hat, hat ihm das womöglich eine Heidenangst eingejagt, weil er nicht wusste, wie er Sie trösten soll. Lieber ist er schnell davongerannt.« Doubler konnte Olive ansehen, wie erleichtert sie wirkte, dass sie ihm davon erzählt hatte. Ihre Augen funkelten, und sie wirkte nicht mehr so ängstlich geduckt.

»Ich bin ja so froh, dass ich gerne backe!«, rief Doubler. »Sie sind genau wie dieser Vogel – der hätte auch nicht Halt gemacht, um das Fensterbrett genauer zu untersuchen, wenn ich nicht für Futter gesorgt hätte. Und hätte ich meine Speisekammer nicht mit dem Versprechen von Kuchen und Scones gefüllt, wären Sie mich nicht besuchen gekommen.« Doubler sah wehmütig drein. »Ich musste ganz schön lange auf diesen Distelfinken warten.« Dann erkundigte er sich bei Olive: »Hatten Sie eigentlich Familie? Ich kann mir nicht vorstellen, dass Sie immer allein in diesem großen alten Haus herumgegeistert sind.«

»Oh, nein, wir waren eine große Familie. Ich habe drei erwachsene Kinder, zwei Töchter und einen Sohn, und sie erfüllen mich mit Stolz und Freude. Die nächste Generation wächst auch schon rasend schnell heran. Die drei haben zusammen fünf Kinder, und bestimmt werden es noch mehr.«

»Das ist ja wunderbar, drei Kinder, auf die Sie stolz sein können!« Doubler war erleichtert. Nachdem er Maddies Geschichte gehört hatte und seine eigene kannte, wollte er sich nicht noch mehr Einsamkeit ausmalen. »Dazu noch Enkel. Ich hatte angenommen, Sie sind auf dieselbe Art allein wie ich. Was für eine Freude!«

»Ach, ich habe sie alle schrecklich gern. Und sie werden so schnell erwachsen!« Olive lächelte, doch Doubler spürte, dass sie nicht ganz aufrichtig war.

»Aber … da gibt es etwas, das Sie mir nicht erzählen. Sie sind nicht ganz ehrlich zu sich selbst oder zu mir. Einen von uns belügen Sie.«

»Ich lüge nicht. Ich könnte nicht stolzer sein. Sie sind wunderbare Kinder. Das Glück meines Lebens, und die Enkel genauso. Eine neue Generation begabter, bezaubernder Menschen.«

Da wurde Doubler auf einmal klar, wo die Unstimmigkeit lag, und er brachte sie zur Sprache. »Aber, Olive, Sie backen nicht mehr. Ihr Haus ist leer.«

»Sie sind zu weit weg, um mal eben zum Tee vorbeizuschauen. Das ist die Wahrheit«, betonte sie.

»Aber sehen Sie sie denn? Kommen sie zu Besuch? Fahren Sie hin?« Doubler versuchte, das hoffnungsvolle Gefühl von zuvor festzuhalten, doch er spürte, wie es sich rasend schnell auflöste.

Olive bestätigte seine Befürchtungen. »Meine ältere Tochter lebt in San Francisco, mein Sohn in Sydney und meine jüngere Tochter in Melbourne.«

»Oh.« Doublers Optimismus zerfiel zu Staub.

»Genau. Nicht gerade in Besuchsnähe«, spielte Olive die Tatsachen elegant herunter.

»Am anderen Ende der Welt.« Doubler schüttelte traurig den Kopf.

Olive spürte den unterschwelligen Vorwurf und beeilte sich, ihre Kinder und deren Entscheidungen zu verteidigen. »Sie hatten meinen Segen. Die Welt ist so klein geworden für ihre

Generation. Sie können einfach umziehen und sich woanders niederlassen, wo immer sie wollen, wann immer sie wollen. Es kam mir kleinlich vor, sie zurückzuhalten, nachdem sie alle mit dieser überwältigenden Reiselust aufgewachsen sind.«

»Aber gleich ans andere Ende der Welt? Was haben die drei sich nur dabei gedacht, Sie hier zurückzulassen?« Doublers Ungläubigkeit machte ihn unsensibel.

»Es ist kompliziert. Mein Mann hat noch gelebt, als sie weggezogen sind, und damals haben wir beide uns selbst genügt. Wir hatten unseren Ruhestand genau geplant. Wir hatten vor, sie zu besuchen – vielleicht sogar das halbe Jahr auf Reisen zu sein. Aber dann ist er ganz unerwartet gestorben, kaum dass er sich zur Ruhe gesetzt hatte. Und ich habe festgestellt, dass ich sehr gerne in seiner Begleitung gereist bin, alleine weniger. Das wusste ich damals ja noch nicht.«

»Verstehe. Keiner von uns weiß im Vorfeld, zu was für Menschen wir mal werden. Wie oft sehen Sie Ihre Kinder denn?«, erkundigte er sich, um die Unterhaltung wieder in positivere Bahnen zu lenken.

»Ich war noch nicht dort«, gab Olive schüchtern zu.

»Noch nie?«

»Nein. Noch nie.« Sie sah ihm direkt in die Augen, denn sie weigerte sich, sich deswegen zu schämen. Doubler fiel es jedoch schwer, ihren Gesichtsausdruck zu interpretieren.

»Und wie oft besuchen die drei Sie?«

»Es ist schwierig für sie – sie haben ihre Berufe und die Familie und Freunde. Außerdem bekommen sie nicht viel Urlaub«, erklärte sie mit einer lockeren Handbewegung. »Mit kleinen Kindern hierherzukommen wäre ein enormer Aufwand.«

»Aber Sie kommen schon mal zu Besuch?«, hakte Doubler nach.

Olive zögerte. »Noch nicht. Aber sie werden es tun. Alles wird einfacher, wenn die Kinder größer sind.«

»Aber sie fehlen Ihnen doch sicher ganz schrecklich!«, rief Doubler.

»Ja, natürlich. Und sie vermissen mich auch alle sehr. Das weiß ich. Sie flehen mich an, hier alles zu verkaufen und zu ihnen zu ziehen. Meine Tochter in San Francisco hat jede Menge Platz und hätte mich wirklich gerne näher bei sich. Und die anderen beiden, die sich ihr Leben und ihre Familie in Australien aufbauen …«

»Sie geraten in Versuchung.«

»Die Kinder versuchen zumindest, mich zu locken. Sie versprechen mir einen besseren Lebensstandard, ein besseres Klima, bessere Gesundheitsversorgung. Sie sagen mir immer, wie viel *besser* mein Leben wäre, wenn ich zu ihnen ziehen würde.« Nach einer kurzen Pause fuhr sie fort: »Aber das hier ist mein *Zuhause*. Ich bin nicht abenteuer*un*lustig – als junge Frau bin ich ganz schön viel gereist, und mit meinem Mann auch noch – aber jetzt werde ich müde. Ich will hier leben und hier sterben. Ich will bei meinem Mann sein.«

Doubler studierte Olives Gesicht in der Erwartung, dass sie in Tränen ausbrechen würde, doch sie war sehr gefasst. »Aber Ihr Mann ist tot, und Sie sind am Leben«, wandte er vorsichtig ein. Diese starke Frau hatte noch viele Jahre, vielleicht Jahrzehnte vor sich.

»Ich werde schon früh genug sterben«, erklärte sie stoisch. Dann zuckte sie mit den Schultern. »Jedenfalls glauben sie, dass es gut funktionieren würde, wenn ich zu ihnen ziehe, aber sie würden es bald bereuen. Ich könnte vielleicht ein bisschen mit den Kindern helfen, aber höchstwahrscheinlich wäre ich eine Last. Je älter ich werde, umso weniger könnte ich tun und umso schwieriger wäre es für mich, alleine hierher zurückzukommen. Ich kann mir einfach nicht vorstellen, wie es funktionieren soll. Außerdem tut es den Jungen gut, wenn sie ihr eigenes Nest bauen, ihren eigenen Lebensweg finden. Ich habe mich in meiner Jugend nach dieser Freiheit gesehnt, darum muss ich sie ihnen auch zugestehen, sonst käme ich mir furchtbar egoistisch vor. Ich bin von zu Hause ausgezogen, als ich fast noch ein Kind war. Mit achtzehn habe ich geheiratet.«

Doubler versuchte, die Bedeutung zwischen den Zeilen herauszuhören, denn Olive war so sehr damit beschäftigt, ihren Kummer herunterzuspielen. Also drängte er noch ein bisschen weiter. »Sie haben vielleicht Ihre Freiheit gesucht, aber ich bezweifle, dass dazugehörte, ans andere Ende der Welt zu reisen.«

»Nun hören Sie doch auf, das ständig zu betonen. Da fühle ich mich ja noch schlechter statt besser«, scherzte Olive, doch ihre Augen waren voller Panik.

Doubler war nicht auf die Idee gekommen, dass seine Aufgabe sein könnte, sie aufzumuntern. In seinem regelmäßigen Austausch mit Mrs. Millwood hatten sie sich einfach Geschichten erzählt, sich abwechselnd berichtet, was so los war, oder die Ereignisse des Tages kommentiert, die ihnen am meisten am Herzen lagen. Doch er hatte aus ihrem Dialog immer Trost gezogen, oder etwa nicht? Also hatte Mrs. Millwood vielleicht die ganze Zeit genau das getan: dafür gesorgt, dass er sich besser fühlte.

»Kennen Sie Mrs. Mitchell?«, wechselte er rasch das Thema.

»Natürlich. Also zumindest eilt ihr ein Ruf voraus.« Olive war froh, dass der Moment des Verhörs beendet war.

»Was wissen Sie über sie?«

»Hat nicht mehr alle Tassen im Schrank, heißt es«, erwiderte Olive fröhlich.

Doubler dachte kurz darüber nach. »Um ehrlich zu sein, bin ich mir nicht sicher, ob sie verrückter ist als Sie oder ich. Wir drei – Sie, Mrs. Mitchell und ich –, wir sitzen alle im selben Boot. Wir sind auf die eine oder andere Weise mit dem Grund und Boden verbunden. Unsere Körper bestehen aus Fleisch, Blut und Erde. Genau wie unsere Herzen. Wir sind alle einsam, weil wir von unseren Partnern leichtfertig verlassen wurden – nicht wirklich selbst gewählte Einsamkeit, aber wir haben es uns auch nicht einfach gemacht.«

»Ihre Frau ist auch gestorben?« Diese Frage hatte Olive seit ihrem ersten Besuch auf der Mirth Farm beschäftigt.

»Alle unsere Geschichten sind ein bisschen unterschiedlich. Der Mann von Mrs. Mitchell lebt noch, aber sie wünscht sich, es wäre anders. *Ihr* Mann ist zur denkbar ungünstigsten Zeit gestorben. Meine Frau … nun ja, sie hatte ihre Gründe. Aber langer Rede, kurzer Sinn: Genau das, was uns glücklich macht, ist das, was uns von unseren Familien trennt.« Er dachte an Julian und dessen verächtliche Haltung, was Doubler und seine Lebensform betraf. »Ich glaube, wir haben offen gesagt ziemlich viel Glück, dass wir einander haben. Sie kennenzulernen und zu hören, dass Sie Kinder haben, die Sie schätzen, aber nicht sehen können … Das ist viel schlimmer als meine Situation. An meinem Sohn liegt mir nicht besonders viel, und meine Tochter ist sehr enttäuscht von mir, deshalb passt es mir ganz gut, dass ich die beiden nicht allzu oft sehe.« Doubler lächelte Olive an, um ihr zu zeigen, dass bei dieser Aussage keine Bitterkeit mitschwang.

»Dann hatte Tennyson also recht? Ich habe mich das oft gefragt. Ist es wirklich besser, geliebt und verloren zu haben, als niemals geliebt zu haben?«

Doubler dachte darüber nach. »Mrs. Mitchell liebt ihre Kinder, glaube ich, aber sie haben sie sehr im Stich gelassen, deshalb ist sie furchtbar enttäuscht. Alles, was sie sich wünscht, ist, dass ihr Mann nach Hause kommt. Sie hat ihren Mann sehr, sehr geliebt und hatte eine lange, glückliche Ehe. Ich glaube nicht, dass sie auch nur einen einzigen Tag ändern würde.«

»Sie sind sehr gut darin, die Aufmerksamkeit auf andere zu lenken, Mr. Doubler. Was ist mit Ihnen? Was ist mit Ihren Kindern? Kümmern die sich um Sie, wie sie es sollten?«

Doubler stand auf, um aus dem Fenster zu sehen. »Wie sie es sollten? Ich weiß nicht, ob sie sich um mich kümmern sollten oder nicht. Es stimmt, sie tun es nicht, aber ich habe sie auch nie darum gebeten, also glaube ich nicht, dass sie mich in dieser Hinsicht enttäuschen.«

»Aber Sie verstehen sich nicht gut mit ihnen?«

»Es fällt mir schwer, mit ihnen auszukommen.«

»Möchten Sie darüber reden?«

»Nicht wirklich. Ich schäme mich nicht deswegen. Es ist mir nicht peinlich. Es ist, wie es ist. Aber meine Kinder haben vor vielen Jahren eine Entscheidung getroffen. Sie haben beschlossen, dass ich der Schuldige bin. Vielleicht war ich das, vielleicht auch nicht. Aber die Sache ist die: Ich war da. Ich bin nicht weggegangen. Ich habe sie nicht verlassen. Ich habe nicht beschlossen, dass das Leben mit ihnen nicht das ist, was ich verdient habe. Ich war für sie da, falls sie mich brauchten. Aber sie haben die Liebe einer abwesenden Mutter der unzureichenden Liebe eines anwesenden Vaters vorgezogen. Das ist in Ordnung – es macht mir wirklich nichts aus –, aber es war ihre Entscheidung.«

»Die beiden müssen sehr gelitten haben.«

»Müssen Sie das?« Doubler wandte sich mit echter Neugier an Olive.

»Natürlich. Sie waren bestimmt am Boden zerstört, oder nicht?«

»Ich weiß es nicht. Es fällt mir schwer zu verstehen, was die Menschen denken. Mir wäre lieber, sie würden es stattdessen einfach sagen. Deshalb schätze ich Mrs. Millwoods Freundschaft so sehr. Sie erwartet nie von mir, dass ich etwas selber herausfinde. Was gut ist, denn meistens habe ich keinen blassen Schimmer.« Doubler lachte über sich selbst, als ihm wieder klar wurde, wie wenig er ohne Mrs. Millwoods wertvolle Einschätzung und Interpretation wirklich verstand.

»Ich wusste, dass Gracie Millwood für Sie putzt, aber mir war nicht klar, dass Sie beide befreundet sind. Es hat mir so furchtbar leidgetan, von ihrem Zustand zu hören. Es steht wohl nicht gut um sie. Sie war so eine freundliche Frau.«

Doubler sah Olive scharf an. »*War* freundlich? Sie meinen bestimmt, *ist* freundlich. Ihr ist noch viel Freundlichkeit gegönnt, vielen Dank. Mrs. Millwood ist auf dem Weg der Besserung«, erklärte Doubler mit solchem Nachdruck, dass kein Platz für Widerrede blieb.

Olive schien entsetzt über ihren Fehler und stammelte: »Es freut mich sehr, das zu hören. Ich habe etwas Tratsch aufgeschnappt und wohl falsch interpretiert. Aber natürlich sind Sie der Wahrheit näher. Verzeihen Sie mir. Wo waren wir stehengeblieben? Wir haben über Ihre Kinder gesprochen, richtig?«

Doubler, erleichtert, dass er das Gespräch über Mrs. Millwood nicht fortsetzen musste, versuchte Olive seine Situation so gut wie möglich zu erklären. Ihm war bewusst, dass er vieles davon zum ersten Mal in Worte fasste. »Ich weiß nur, dass Julian, nachdem Marie weg war, mir gegenüber sehr kalt wurde, sehr distanziert. Und Camilla? Was hätte ich mit Camilla tun sollen? Sie brauchte ihre Mutter oder zumindest einige Antworten, und ich konnte ihr nichts von beidem bieten. Es war unendlich schwer, sie zu lieben. Ist es immer noch.«

»Weil sie kalt war wie Julian?«

»Nein, weil ich sie enttäuscht habe, genau wie ich ihre Mutter enttäuscht habe. Ich tue es immer noch. Jedes Mal wenn ich sie anschaue, sehe ich es in ihren Augen. Sie wünscht sich eine andere Art von Vater, und ich weiß nicht, wie ich diese Person sein soll. Ich weiß nicht, wie sie auf die Idee gekommen ist, dass es den Vater ihrer Träume geben könnte. Er hat nie existiert.«

»Aber ich nehme an, Sie haben die schwierigste Zeit mit ihnen zusammen durchgestanden? Haben die beiden ihre Meinung schließlich geändert? Die Zeit heilt die schlimmsten Wunden.«

»Nein«, erwiderte Doubler pragmatisch. »Ich habe beschlossen, dass ich sie nicht brauche. Ihre Mutter brauchte mich nicht. Sie brauchten ihre Mutter. Ich habe in diesem heillosen Chaos, das Marie hinterlassen hat, keine Rolle für mich gesehen. Ich habe die beiden einfach gehen und ihr eigenes Leben aufbauen lassen.«

»Mein Gott. Sie sind aber ziemlich hart, Doubler.«

»Bin ich das? Glauben Sie das?«

»Oh ja. Fast ein bisschen brutal.«

»Oh.« Diese Offenbarung war für Doubler höchst interessant. »Ich weiß nicht wirklich, was von mir erwartet wurde. Ich bin einfach hiergeblieben. Ich habe mit meinem Leben auf die einzige Art und Weise weitergemacht, die ich kannte. Ich habe meine Kartoffeln angebaut, und das tue ich immer noch. Meine Kinder sind nicht mein Vermächtnis. Meine Kartoffeln sind mein Vermächtnis.«

»Ja, ziemlich, ziemlich brutal.«

»Jetzt hören Sie doch auf damit!« Doubler hatte das Gefühl, sehr verständnisvoll mit Olive und ihrer Situation umgegangen zu sein und nun im Gegenzug eine ähnliche Großzügigkeit erwarten zu dürfen.

Olive fuhr fort: »Wie meinen Sie das, Ihre Kinder sind nicht Ihr Vermächtnis? Das sind sie doch automatisch. Sie sind das, was Sie hinterlassen werden.«

»Ich sehe das anders. Sie sind Fleisch und Blut, aber ich erkenne mich in ihnen nicht wieder. Wenn ich Kartoffeln züchte – und ich habe wesentlich mehr Kartoffeln gezüchtet als Kinder gezeugt –, dann sortiere ich die nicht so guten aus, damit ich die guten weiterproduzieren kann. So habe ich sie immer weiter verbessert. Ich hatte Einfluss darauf, was aus diesen Kartoffeln geworden ist. Dahingegen war ich absolut nicht in der Lage, meine Kinder irgendwie zu beeinflussen. Ich sehe in ihnen nichts von mir. Sie interessieren sich nicht für mich oder meinen Hof oder mein Lebenswerk.«

»Also, ich will ja nicht unhöflich sein …«, Olive setzte an, genau das zu tun, »aber es sind nur Kartoffeln. Das ist für junge Menschen vermutlich nicht sonderlich spannend. Es ist schwer für Leute in ihrem Alter, sich für Knollen zu begeistern, die unter der Erde wachsen. Ich meine, können Sie den beiden wirklich vorwerfen, dass sie sich ihren eigenen Weg gesucht haben?«

Doubler rief aufgebracht: »Aber was ich hier tue, ist bahnbrechend!« Dann wurde ihm bewusst, dass er selten über diese Dinge sprach, und senkte die Stimme. »Ich habe eine Kartoffel erschaffen, die als der heilige Gral aller Kartoffeln gefeiert werden wird.«

»Oh, na ja, das klingt natürlich schon beeindruckender. Der heilige Gral, sagen Sie? Nun bin *ich* ganz aufgeregt. Ich könnte mich für einen heiligen Gral begeistern. Jeder könnte das.« Dann dachte sie kurz nach, ehe sie ihre Worte wieder relativierte. »Aber nicht die Jungen. Ich frage mich, ob sie sich da überhaupt für etwas begeistern können, wo ihnen doch die Welt zu Füßen liegt, ganz zu schweigen von YouTube. Sie finden den heiligen Gral vermutlich etwas angestaubt.«

»Angestaubt?«, protestierte Doubler. Es war sein Lebenswerk, das sie hier beiseitewischte.

»Na ja, es ist die Vergangenheit, oder? Alle suchen seit Ewigkeiten nach dem heiligen Gral. Er wird keine Kredite abbezahlen oder ihnen zu einer Beförderung verhelfen. Sie können ihn nicht fahren oder darin Urlaub machen. Vermutlich ist er heutzutage einfach nicht sonderlich erstrebenswert.«

»Aber es ist der heilige Gral der *Kartoffeln*.«

»Damit landen Sie bei mir nicht. Um ehrlich zu sein, haben Sie ihn mit dieser Formulierung sogar einen Hauch abgewertet.«

Doubler sprach selten über sein Großes Kartoffelexperiment, aber er hatte sich in seiner Überzeugung selten so angegriffen gefühlt wie jetzt unter Olives prüfendem Blick. »Es ist so, ich bin mir ziemlich sicher, dass mein Patent ein Vermögen wert sein wird. Es wird im Land keinen Kartoffelbauern geben, der nicht irgendwann meine Kartoffeln kaufen will«, behauptete er frech.

»Haben Sie denn genug? Können Sie alle versorgen? Es gilt das Gesetz von Angebot und Nachfrage, Doubler, und es klingt, als würden Sie eine Menge brauchen, wenn Sie alle Kartoffelbauern im Land versorgen wollen.«

»So einfach ist es nicht. Haben Sie bei sich auf dem Hof je Kartoffeln angebaut?«, wollte er von Olive wissen.

»Ja, haben wir. Aber um ehrlich zu sein, haben wir es bald wieder aufgegeben. Ich will ja Ihr Lebenswerk nicht kleinreden, aber die Kartoffeln waren ein ziemliches Ärgernis. Man konnte sie nicht Jahr für Jahr in derselben Erde ziehen, sie waren anfällig für Krankheiten, Fäule und so weiter. Oh, diese verdammte Fäule!« Olive lachte wehmütig, als würde sie alle Annehmlichkeiten der Welt dafür eintauschen, wieder zu jenen Tagen der Kartoffelfäule zurückkehren zu dürfen.

»Genau. Das ist es ja, was ich Ihnen sage. Ich habe eine Kartoffel entwickelt, die gegen Kartoffelfäule resistent ist. Dadurch können Sie Kartoffeln auf demselben Acker immer und immer wieder anbauen.«

Olive machte große Augen. »Also, das ist in der Tat interessant. Ich glaube, da wäre Don sofort dabei gewesen. Wenn ich mich recht erinnere, hat er mich damals überredet, dass Kartoffeln die Mühe nicht wert sind, aber ohne Fäule? Da würden wir sie vermutlich immer noch anbauen. Aber ich war mit einem Bauern verheiratet; wir haben von der Landwirtschaft gelebt. *Ich* interessiere mich für solche Dinge. Ich interessiere mich für Ihren Hof und was Sie anbauen und für das Land, genau wie Sie. Zu einer bahnbrechenden Arbeit auf dem Gebiet der Kartoffeln habe ich einen *Bezug*. Ich kann mir jedoch vorstellen, dass Ihre Kinder sofort das Weite suchen. Es ist einfach nicht sehr glamourös.«

»Ich mache die Arbeit nicht, um *glamourös* zu sein«, beharrte Doubler.

»Ich weiß. Sie haben es gemacht, weil Ihnen Ihr *Vermächtnis* wichtig ist. Und das ist völlig in Ordnung. Ich werde Sie dafür nicht verurteilen. Wenn ich mir überhaupt ein Urteil erlauben würde, dann, dass Ihr Umgang mit Ihren Kindern ein bisschen extrem war. Ich glaube nicht, dass Sie die Faustregel ›Blut ist dicker als Wasser‹ angewendet haben.«

»Nein, wahrscheinlich nicht.« Doubler suchte nach einer vergleichbaren Regel, die für ihn gegolten hatte. »Vielleicht die ›Stärke ist dicker als Blut‹-Faustregel.«

»Ja, das klingt eher nach Ihrem Erziehungsansatz.«

»Wir können nicht alle perfekte Eltern sein, oder?«

»Nein. Und unsere Kinder können auch nicht alle perfekt sein«, bestätigte Olive weise und gab damit mehr zu als in der gesamten bisherigen Unterhaltung.

Doubler verstummte, denn er dachte über dieses Verständnis füreinander nach. Ihre Geschichten waren so unterschiedlich und das Ergebnis doch dasselbe. Keiner von ihnen hatte Kinder, die in den ihnen verbleibenden Jahren eine Rolle spielen würden. Beide hatten sie sich gleichmütig mit den Umständen abgefunden, doch Olive konnte ihre Enttäuschung kaum verbergen. Doubler konnte ihr bei diesem Gefühl der Verlassenheit nicht helfen, denn er kannte es aus seinem eigenen Blickwinkel zu gut, um irgendjemandem nützlich zu sein. Er fragte sich jedoch, ob er nicht etwas gegen ihre leeren Tage tun könnte.

»Ich glaube, das Team könnte Sie sehr gut brauchen – wir ächzen ein wenig unter der Last«, erklärte er frech, denn er war sich bewusst, dass er bisher herzlich wenig zu einem Team beigetragen hatte, das ihn noch gar nicht wirklich aufgenommen hatte. »Die Tiere brauchen Sie auf jeden Fall, und ich habe eine ganz spezielle Freundin, der es, wie ich glaube, sehr guttun würde, etwas Zeit in Ihrer Gesellschaft zu verbringen. Dürfte ich Sie miteinander bekanntmachen?«

»Mich und Ihre spezielle Freundin? Aber natürlich, es wäre mir ein Vergnügen. Ich kann eine oder zwei Freundinnen gut brauchen, egal ob speziell oder nicht. Machen Sie nur, Doubler.« Olive beäugte die Scones vor ihrer Nase, und nach einem kurzen fragenden Blick in Richtung Gastgeber nahm sie sich noch einen dritten.

KAPITEL 26

Das Telefon schellte schrill durchs Wohnzimmer. Besorgt hob Doubler ab, denn sein erster Gedanke war, dass der ungewöhnlich frühe Anruf bedeutete, dass es Mrs. Millwood plötzlich schlechter ging oder dass es andere schlimme Nachrichten gab.

Stattdessen klang das forsche Bellen des Colonels aus dem Hörer. »Guten Morgen, mein Junge. Wenn meine Quellen nicht lügen, haben Sie sich mit der verrückten Maddie Mitchell angefreundet.«

Doublers anfängliche Erleichterung schlug schnell in Verärgerung um. Ziemlich gereizt erwiderte er: »Ich habe sie besucht, ja, und nach einem etwas holprigen Start sind wir ganz gut miteinander klargekommen. Das Adjektiv ›verrückt‹ ist meiner Meinung nach allerdings weder zutreffend noch angemessen.«

»Nun, nach den jüngsten Ereignissen werden Sie Ihre Meinung womöglich ändern. Aber schön zu hören, dass Sie eine Art Durchbruch erreichen konnten – das ist mehr, als der Rest von uns geschafft hat. Es bedeutet aber auch, dass jetzt zwangsläufig Sie gefragt sind. Ich habe die Rolle des bösen Cops etwas zu oft gespielt, um nach dem Debakel von letzter Nacht helfen zu können.«

Doublers Gedanken überschlugen sich. Nach Olives Beschreibung erkannte er hier die außergewöhnliche Fähigkeit des Colonels wieder, sein Gegenüber zu verwirren, indem er sich ganz selbstverständlich als Autorität präsentierte. »Was für Ereignisse? Was ist letzte Nacht passiert? Doch nicht wieder der Esel?«

»Nein, diesmal nicht. Anscheinend hat Mrs. Mitchell versucht, ihr Haus abzufackeln.«

»Was?!«, rief Doubler. »Geht es ihr gut?«

»Großer Gott, ja.« Der Colonel klang einen Hauch ungeduldig. »Ein spektakulär erfolgloser Versuch, wie ich höre, aber die

Polizei wurde eingeschaltet, und die haben den Sozialdienst verständigt. Also wer weiß, was die jetzt mit ihr machen. Könnte vielleicht gut sein, mal vorbeizuschauen?«

»Bin schon unterwegs.« Doubler legte den Hörer ohne Abschiedsgruß oder Dank auf die Gabel. Er war viel zu sehr von Sorge um Maddie erfüllt. Ohne zu zögern und ohne seine übliche Nervosität eilte er zur Garage, denn er wollte seine neue Bekannte möglichst schnell erreichen, bevor die Leute von der Behörde sie völlig verwirrten.

Doubler rechnete mit einer Szene der Verwüstung, einem verkohlten Dach vielleicht oder dem verräterischen gelbschwarzen Absperrband, doch Maddies Haus wirkte ziemlich intakt, und sie öffnete ihm seelenruhig die Tür, ein entwaffnendes Lächeln des Willkommens auf den Lippen.

»Maddie, ich habe mir solche Sorgen gemacht. Geht es Ihnen gut?«

»Oh, Sie haben von meinem kleinen Problemchen gehört, ja? Kommen Sie rein.«

Doubler folgte ihr in Richtung Wohnzimmer. Sofort stieg ihm ein unangenehmer, beißender Geruch in die Nase. Etwas zögerlich betrat er den Raum. Das veloursledernе Sofa war fast vollständig von hässlichen braunen Flecken überzogen, und den Teppich rings herum zierte eine Menge rußiger Schmutz.

»Ich muss gestehen, ich bin fast ein bisschen enttäuscht. Ich hatte gehört, Sie hätten das Haus abgebrannt!«

»Oh, das hatte ich nie vor. Warum um alles in der Welt sollte ich das tun? Ich habe nur versucht, das Sofa zu verbrennen, aber es ist ziemlich neu und leider mit so einem feuerfesten Material überzogen. Ich hab's einfach nicht in Gang gekriegt.«

»Das sehe ich. Was ist denn passiert? Haben Sie die Feuerwehr gerufen?«

»Nein, nicht nötig – es gab ja kaum eine Flamme, aber ich habe wohl die Rauchmelder ausgelöst. Und als die netten Leute angerufen haben, konnte ich sie nicht überzeugen, wegzubleiben. Ich hatte eine ziemlich kratzige Stimme – dieser verdammte Stoff ist bloß ein bisschen geschmolzen, aber es hat furchtbar gestunken, und der Rauch war beißend scharf. Wahrscheinlich dachten sie, ich sterbe an einer Rauchvergiftung, und haben deshalb die Feuerwehr geschickt.«

Maggie zuckte mit den Schultern, während Doubler und sie das Sofa betrachteten. »Die waren ziemlich sauer auf mich. Nett, aber sauer. Dann kam die Polizei, denn angeblich ist es ein Verbrechen, sein eigenes Sofa anzuzünden. Und dann wurde der Sozialdienst gerufen, was das größere Problem ist, denn die halten mich sowieso schon für plemplem, und angeblich zündet kein *normaler* Mensch sein Sofa an.«

»Da könnten sie nicht unrecht haben, Maddie. Was haben Sie sich nur dabei gedacht?« Doubler drückte die Schiebetüren auf, die auf die kleine Terrasse hinausführten, und sah sich um.

»Na ja, ich habe nicht wirklich nachgedacht. Ich hatte die Schnauze voll von dem Sofa und wollte es loswerden.«

Naserümpfend schob Doubler das Sitzmöbel Stück für Stück auf die offene Tür zu. Es war leichter als erwartet, deshalb konnte er es problemlos alleine von der Stelle bewegen. »Womit hat es Sie denn so geärgert?«

»Es hat sich über mich lustig gemacht.«

»Na, dem haben Sie ja jetzt einen Riegel vorgeschoben. Gut gemacht. So schnell wird sich dieses Sofa über niemanden mehr lustig machen, was? Sehen Sie es sich nur an. Es ist zur Lachnummer geworden. Hier, packen Sie mal mit an.«

Maddie zog lachend eine Grimasse, während sie Doubler half, das Sofa über die Metallschiene der Schiebetür zu wuchten.

»Ach, mein Lieber, Sie müssen mich für völlig durchgeknallt halten. Vielleicht bin ich das ja. Ich bin es einfach nur so leid, dass dieses verdammte Möbelstück in meinem Leben den meisten Platz einnimmt. Es ist immer da, in meinem Blickfeld. Ich glaube, ich habe mich mit ihm unterhalten, und womöglich bin ich wütend geworden, weil es mir nicht geantwortet hat. Es ist einfach immer da, so gehorsam, so fügsam. Es hat keinerlei Unternehmungsgeist.«

Doubler schob das Sofa auf die Terrasse hinaus. Dann kam er wieder herein und schloss die Schiebetür hinter sich. Kopfschüttelnd sagte er leise: »Maddie, es ist ein Sofa.«

»Ich weiß. Das weiß ich jetzt. Ich war verwirrt.«

Doubler betrachtete den leeren Platz, an dem das Sofa gestanden hatte. »Haben Sie es mit Ihrem Mann verwechselt, Maddie?«

Sie sah ihn entrüstet an. »Natürlich nicht. Weshalb sollte ich meinen Mann anzünden wollen? Ich bin ja nicht verrückt.« Sie starrte das Sofa an, vielleicht in Erwartung einer Antwort. »Ich weiß nicht mehr, was ich gedacht habe. Vielleicht habe ich beschlossen, dass es keinen Sinn hat. Ja, das muss es sein. Ein Zweisitzer erfüllt hier keinen Zweck mehr, nicht wahr?« Sie wandte sich an Doubler. »Es verbrennen zu wollen, war albern, stimmt's? Ach, was bin ich doch für eine dumme Kuh!«

Doubler führte sie sanft zum verbliebenen Sessel und ermunterte sie mit leichtem Druck auf die Schultern, sich zu setzen. Fragend sah er sie an, ehe er sich vorsichtig erkundigte: »Ich verstehe, dass Sie verwirrt waren, aber Sie wollten niemandem wehtun, oder? Ich meine, das Sofa anzuzünden ist eine etwas heftige Reaktion darauf, dass es Ihnen nicht geantwortet hat.«

Maddie dachte angestrengt nach. »Für einen Ehemann, ja, aber nicht für ein Sofa.«

»Ich glaube, Sie haben unrealistische Erwartungen an Ihre Möbel, meine Liebe.«

Maddie sah sich traurig im Zimmer um. »Wissen Sie, was mich in diesem Haus so fertigmacht, Doubler? Der Winter.« Sie machte eine Pause. »Schon komisch, oder? Meine Jungs haben behauptet, sie würden die Vorstellung nicht ertragen, wie ich noch einen Winter auf dem Hof vor mich hin leide, aber ihnen war wohl nicht klar, wie wichtig diese dunklen Monate für mich waren.«

Doubler nickte mitfühlend, denn er wusste sofort, was sie meinte. »Ja, der Winter ist ein Segen. Ich meine, es ist hart, wenn man Vieh zu versorgen hat – alle müssen gefüttert und getränkt werden, egal wie das Wetter ist –, aber für uns Bauern ist der Winter die Verschnaufpause.«

»Ja, genau. Die kurzen Tage waren Gold wert – sobald es draußen zu dunkel wurde, um noch irgendetwas zu tun, konnte man einfach ins Haus gehen. Und wenn man genug vorgesorgt hatte, konnte man ganz gemütlich von den Früchten der eigenen Arbeit leben.«

Da konnte Doubler ihr nur zustimmen. »Wenn man das ganze Jahr hart gearbeitet hat, dann sind diese dunklen Morgenstunden ein wahres Vergnügen. Lange im Bett bleiben! Im Grunde nicht viel zu tun, bis es hell wird! Aber ich glaube, das war eben früher so, Maddie. Landwirte brauchen inzwischen nicht mehr auf den Sonnenaufgang zu warten. Ihre Traktoren sind mit starken Scheinwerfern ausgestattet und von Computern gesteuert. Heutzutage können sie vierundzwanzig Stunden am Tag arbeiten.«

»Selber schuld! Der Winter ist dazu da, sich etwas Speck anzufuttern. Wir ebenso wie die Tiere. Im Winter haben wir uns immer ausgeruht. Da habe ich gelesen und auch gelernt. Vieles davon vor dem Feuer. Im Sommer, wenn es achtzehn Stunden hell ist, dann arbeitet man achtzehn Stunden, nicht wahr?«

»Stimmt. Ich habe mich nie darum gekümmert, ob die Uhren vor- oder zurückgestellt werden. Bis heute nicht. Bei Tagesanbruch bin ich draußen, und ich komme wieder rein, wenn ich die Hand nicht mehr vor Augen sehen kann. Wobei ich jetzt, wo ich älter werde, so wenig Schlaf zu brauchen scheine, dass ich einfach nur im Bett liege und auf die Morgendämmerung warte.«

»Schlafen können Sie noch genug, wenn Ihre Zeit abgelaufen ist.« Maddie blickte nach draußen in den trüben Morgenhimmel. »Aber jetzt? Es ist ein Witz. Mein Haus sorgt dafür, dass das ganze Jahr über eine einheitliche, neutrale Jahreszeit herrscht. Es ist komfortabel, aber vielleicht *zu* komfortabel. Meine Gefühle sind wie betäubt. Es ist schwer, sich an etwas zu freuen, wenn der Kontrast fehlt. Die Uhren stellen sich automatisch vor und zurück, der Durchlauferhitzer ist so programmiert, dass er immer genau die richtige Menge an Hitze produziert, egal wie das Wetter ist. Es ist alles sehr *effizient*. Weil ich ans Gas angeschlossen bin, muss ich auch nicht darauf achten, wie viel Öl noch im Tank ist. Ich muss noch nicht einmal selbst entscheiden, ob ich die Feuerwehr rufe. Das tut anscheinend der Rauchmelder für mich. Eigentlich sollte ich mich nicht beschweren. Ich komme mir so schrecklich vor, wenn ich vor meinen Söhne jammere. Es gibt Menschen, die würden alles für so einen bequemen Ruhestand geben … Schönes Haus, nette Siedlung, Geld auf der Bank, eine monatliche Pension.«

»Aber?«

»Aber ich bin kein Mensch mehr. Ich erfülle keinen *Zweck* mehr. Als ich noch vom Land gelebt habe, kam ich mir immer so geschäftig und nützlich vor. Solange ich mich nicht körperlich eingebracht habe, ist nicht viel passiert. Ich habe diesen Hof mit jeder Faser meines Körpers gelebt. Ich habe im Rhythmus mit den Jahreszeiten geatmet. Und ich war immer zufrieden. Manchmal bin ich vor Glück fast geplatzt, nicht oft, aber manchmal. Manchmal war ich auch verzweifelt, wenn ich etwas nicht alleine lösen konnte. Aber mein Normalzustand war Zufriedenheit, und ich glaube, mehr kann man sich nicht wünschen.«

Doubler stand auf und streckte seinen Rücken. »Zufriedenheit wird unterschätzt.«

»Von den Jungen auf jeden Fall. Meine Söhne würden Zufriedenheit verschmähen. Sie verachten Leute, die ihre so genannte

›Komfortzone‹ erreichen. Ganz im Ernst. Als wäre das Erreichen von Komfort gleichbedeutend mit Versagen.«

»Und doch haben sie versucht, eine komfortable Umgebung für Sie zu schaffen, oder? War nicht genau das das Ziel, als man Sie vom Hof hierher umgesiedelt hat?«

»Mit diesem Argument quäle ich mich herum. War es mir zuliebe oder ihnen selbst zuliebe? Ich fürchte, Letzteres. Eine leicht schrullige Mutter auf einem zerfallenden Hof klang vermutlich langfristig nach einer Menge Arbeit. Und so konnten sie ihre Kompetenz unter Beweis stellen, indem sie mit Bauunternehmern verhandelt und den Bauernhof verkauft haben. Das Land wurde in Parzellen unterteilt. Für mich fühlte sich das grausam an, aber sie waren überzeugt davon, dass es finanziell die beste Lösung ist.«

Doubler dachte wieder an Julian, was ihn zu der Frage brachte: »Haben die beiden das Geld eingesteckt?«

Maddie wirkte schockiert. »Du lieber Himmel, nein! Sie haben es angeblich in eine private Vorsorge für mich gesteckt.«

Doubler blickte zweifelnd drein. »Das klingt nützlich.«

»So habe ich das verstanden. Daraus stammt das Einkommen, von dem ich lebe. Aber ich gebe so gut wie nichts aus. Geld scheint auf mein Konto zu fließen und wieder zu verschwinden, ohne dass ich einen Finger rühre.«

»Sie Glückliche! So langsam finde ich, Ihr tragisches Schicksal klingt ziemlich beneidenswert.«

»Was ist mit Ihnen? Wovon leben Sie? Sie sind in meinem Alter und schuften sich immer noch krumm und bucklig. Haben *Sie* denn einen Finanzplan für den Ruhestand?«

Doubler lächelte. Maddie klang erstaunlich vernünftig. »Gewissermaßen, ja. Es ist vielleicht ein bisschen weit hergeholt, aber momentan erwirtschafte ich mit meiner Wodkaproduktion ein ganz nettes Sümmchen, und genau wie Sie brauche ich wenig Geld. Ganz unter uns, ich produziere nebenbei einen sehr begehrten Gin. Den tausche ich gegen alle meine Lebensmittel ein. Selbst mein Holzvorrat geht auf diese Weise nie zur Neige.«

»Meine Güte. Sie *handeln mit Gin*? Sie betreiben einen *Tauschhandel*?« Maddie klang entsetzt.

»So ist es. Das ist die höfliche Umschreibung dafür.«

»Ist das überhaupt legal?«

»Ich glaube nicht. Vermutlich nicht.«

»Ahhh so«, erwiderte sie fromm.

Doubler beobachtete sie aufmerksam. Einen Moment zuvor hatte sie geistig so fit gewirkt, aber nun, wo sie ihn selig lächelnd ansah, fragte er sich, wie schlüssig ihre Gedanken wirklich waren.

»Maddie, was machen wir denn jetzt mit Ihnen?«

»Ich weiß nicht. Ich bin verzweifelt. Ich muss etwas tun. Ich muss fliehen, aber ich weiß nicht, wie. Um ehrlich zu sein, wenn Thomas in diesem Heim nicht immer noch am Leben wäre, würde ich mich umbringen.«

Doubler war bis zu diesem Moment auf und ab gewandert, doch das ließ ihn abrupt innehalten. »So dürfen Sie nicht denken!«

»Warum denn nicht? Der nützliche Teil meines Lebens ist vorbei, ab jetzt ist es nur noch ein Geduldspiel. Das würde ich gerne beschleunigen.« Sie sah ihn an und blinzelte ein paarmal. »Manchmal denke ich darüber nach, Thomas mit einem Kissen zu ersticken.«

Doubler eilte wieder zu ihr. Dieses Mal kniete er sich vor sie hin und nahm ihre Hände in seine. »Maddie, Sie müssen vorsichtig sein. Wenn jemand Sie das sagen hört, wird man Sie tatsächlich einsperren.«

»Aber wir sind beide so ohne Hoffnung. Wenn er sterben würde, könnte ich auch sterben und müsste nicht den Rest meines Lebens damit verbringen, mich mit einem Möbelstück zu streiten.«

Doubler warf einen Blick auf das stumme Sofa draußen. Es hatte angefangen zu nieseln, und er fragte sich, ob je ein Sofa trauriger ausgesehen hatte. »Oder einem Esel?«, fragte er hoffnungsvoll.

»Der Esel war auf jeden Fall ein besserer Gesprächspartner als das Sofa, das muss ich ihm lassen.«

»Was für ein Glück für den alten Percy. Stellen Sie sich nur mal vor, was passiert wäre, wenn er sich nicht von seiner gesprächigen Seite gezeigt hätte.« Doubler deutete mit dem Kopf auf die Schiebetüren und das triste Szenario dahinter. »Aber mal ganz im Ernst, wir müssen schnell mit den Behörden sprechen, und vielleicht mit Ihrer Familie.«

»Ach, die Jungs werden keine Probleme machen. Ich bin hier ja in Sicherheit. Ich kann mir nicht vorstellen, dass sie mir Ärger machen.«

»Da wäre ich mir nicht so sicher. Sie sind bestimmt keine schlechten Menschen. Aber was, wenn man ihnen sagt, dass sie für eine Vollzeitpflege für Sie aufkommen müssen? Was passiert dann? Es würde mich nicht überraschen, wenn Sie mit dieser Sofa-Aktion etwas negative Aufmerksamkeit auf sich gezogen hätten. Ich werde gründlich nachdenken müssen. In der Zwischenzeit tun Sie bitte nichts. Zünden Sie kein Streichholz an, bringen Sie sich nicht um, ersticken Sie Ihren Mann nicht, und klauen Sie keine Esel. Sie müssen mir versprechen, dass Sie brav sind. Geben Sie mir vierundzwanzig Stunden, aber falls irgendjemand vorbeikommt, egal wer, dann rufen Sie mich sofort an.«

Doubler suchte das Zimmer nach einem Stück Papier und einem Stift ab. In der Küche wurde er schließlich fündig. Er schrieb ihr seine Nummer auf und klemmte sie unter das Telefon.

»Sofort, haben Sie mich gehört?«

»Ja, Sir.« Maddie grinste ein bisschen zu fröhlich.

KAPITEL 27

»Auch ich hatte einen sehr ereignisreichen Vormittag, Mr. Doubler.«

Doubler hatte Mrs. Millwood die Geschichte von Maddie Mitchell erzählt und wollte jetzt gerne über die möglichen Folgen dieser jüngsten Entwicklung spekulieren. Er hatte es kaum erwarten können, Mrs. Millwood auf den neuesten Stand zu bringen, denn er war sich sicher, dass Sie eine Meinung zu Maddies Geisteszustand haben würde. Doch Mrs. Millwood hatte selbst Neuigkeiten, also hörte Doubler auf zu reden und hörte stattdessen zu.

»Betty, die ich inzwischen wirklich ins Herz geschlossen hatte, ist heute Morgen gestorben.«

»Betty?«, fragte Doubler erschrocken. »Von einer Betty weiß ich gar nichts. Wer ist Betty, und wo ist sie in Ihrem Freundeskreis einzuordnen?«

»›Wer *war* Betty?‹, meinen Sie sicherlich. Betty war meine Bettnachbarin, hier im Krankenhaus. Und eine gute Gefährtin. Sie war ein bisschen älter als ich, aber fest entschlossen, gesund zu werden und noch zehn Jahre oder so zu leben. Niemand konnte an ihrem Lebenswillen zweifeln, aber wer oder was auch immer über diese Dinge bestimmt, hat anders entschieden, und sie ist einfach gestorben.«

»Oh, ich bin wirklich sehr traurig, das zu hören, Mrs. M. Es tut mir leid, dass Sie Ihre neue Freundin verloren haben, kaum dass Sie sie kennengelernt hatten.«

Mrs. Millwood seufzte. »Sie war ein wunderbarer Mensch. Sehr sanft. Mir tut es auch leid. Ich habe sie wirklich ganz gut kennengelernt. Das soll heißen, gut genug, um zu wissen, dass ich sie mochte und es unwahrscheinlich war, etwas zu erfahren, was meine Meinung diesbezüglich geändert hätte.«

»Und haben Sie schon eine neue Bettnachbarin?«

»Natürlich! Der Zeitplan hier sieht keine Pietätspausen vor, und das ist auch richtig so – es gibt schließlich genug andere Leben zu retten.« Mrs. Millwood senkte die Stimme ein wenig. »Aber bisher sind die Vorhänge um den Neuzugang zugezogen, also wird es noch eine Weile dauern, bis wir wissen, ob Betty eine würdige Nachfolgerin hat. Die Messlatte liegt jedenfalls hoch.«

»Mir wäre lieber, Sie würden sich nicht zu sehr ans Kommen und Gehen auf Ihrer Station gewöhnen, Mrs. M. Ich will nicht, dass Sie sich allzu heimisch fühlen. Sie sollten so schnell wie möglich nach Hause kommen, ganz wiederhergestellt – das war der Plan.«

»Ich muss ein wenig Flexibilität in den Plan einbauen, Mr. Doubler«, erwiderte Mrs. Millwood in neutralem Tonfall. »Und auch wenn es nicht klug ist, irgendetwas oder irgendjemanden an diesem Ort zu gernzuhaben, muss ich doch das Beste aus den Gegebenheiten machen.«

»Natürlich, Mrs. M. Und darin sind Sie auch ganz besonders gut.«

Mrs. Millwood fuhr mit ihren Neuigkeiten fort. »Betty hat eine Schwester. Sie kam, direkt nachdem Betty das Zeitliche gesegnet hat. Sie war jeden Tag zu Besuch, und die beiden standen sich sehr nahe, deshalb ist es wirklich eine Schande, dass ihre Schwester so kurz zuvor gestorben ist. Aber wir wissen eben nie, wann eine Unterhaltung unsere letzte sein wird. Das erinnert einen daran, beim Abschied immer etwas Nettes zu den Menschen zu sagen, die man liebt. Man möchte in dieser Hinsicht nichts bereuen, oder?«

»Und haben Betty und …«

»Maureen.«

»Haben Betty und Maureen etwas zu bereuen?«

»Nicht, was ihre Gespräche betrifft. Aber Maureen war trotzdem untröstlich und saß schließlich herzerweichend schluchzend auf meiner Bettkante. Ich musste meine eigenen Besucher fast sofort wieder wegschicken, so aufgelöst war die arme Maureen.«

»Sie hat ihre geliebte Schwester verloren. Es muss ihr das Herz gebrochen haben.« Doubler fragte sich, ob seine Kinder je eine solch enge Beziehung zueinander haben würden.

»Es war ein bisschen komplizierter als das, und gleichzeitig auch wieder nicht. Wie sich herausgestellt hat, waren die beiden Schwestern so etwas wie ein Team. Sie besaßen sich ergänzende Fähigkeiten. Maureen strickt sehr gern, genau wie ich, aber komischerweise – und das kommt mir wirklich sehr sonderbar vor, auch wenn ich mir kein Urteil erlauben will …«

»Das tun Sie nie, Mrs. M.«

»Ich versuche es zumindest. Das Sonderbare ist jedenfalls, dass Maureen nie gelernt hat *anzuschlagen*.«

»*Was* zu tun?« Doublers Gehirn suchte nach Bedeutungen für dieses Wort, aber es fielen ihm keine ein.

»Das tut man mit den ersten Maschen, die man strickt, wenn man ein neues Projekt beginnt. Man benutzt eine Stricknadel und seine Finger, um die ersten Maschen aufzunehmen. Das nennt man anschlagen. Aber aus irgendeinem Grund hat Maureen das nie gelernt. Und da sie es nie tun musste, glaubte sie irgendwann, es nicht zu können. Für alles, was sie je gestrickt hat, musste Betty ihr immer die Maschen anschlagen.«

»Und das hat sie bedauert?«

»Sehr. Maureen hat glaubt, dass sie nun nie wieder stricken würde, denn wie sollte sie ohne ihre Schwester Maschen anschlagen? Ich habe mich eine Weile gefragt, ob das wohl die Art von Traurigkeit ist, die man einfach gerne eine Weile mit sich herumträgt, aber ich musste mich entscheiden. Maureen ist schließlich nicht mehr die Jüngste, und es kam mir ziemlich tragisch vor, dass sie jetzt nach dem Tod ihrer Schwester vielleicht nie wieder strickt. Also habe ich es ihr gezeigt.«

»Und hat sie es hinbekommen?«

»Bei den ersten paar Versuchen hat sie sich schlicht geweigert zu glauben, dass sie es lernen kann. Aber ich vermute, sie wollte einfach der Erinnerung an ihre Schwester treu bleiben. Wir halten uns alle gerne für unersetzbar, nicht wahr? Und vielleicht hatte sie das Gefühl, es Betty schuldig zu sein.

Aber ich habe ihr so freundlich wie möglich erklärt, dass Stricken einfach keine Aufgabe für zwei ist. Manchmal brauchen wir jemanden, der uns ergänzt, wir fühlen uns ohne denjenigen einfach unvollständig. Und es ist durchaus vorstellbar, dass sich Maureen ohne Betty an ihrer Seite nie wieder ›ganz‹ fühlen wird, aber bei dieser Art von Verbindung geht es eher um spirituelle Dinge und weniger um Wolle und Stricknadeln.«

»Konnten Sie es ihr denn schließlich beibringen?«

»Erst nach weiterem Nachbohren. Wie sich nämlich herausgestellt hat, war Maureen, abgesehen von ihrem fehlenden Können in Sachen Maschenanschlag, in ganz vielen Bereichen wesentlich talentierter als Betty! Maureen war eine viel bessere Köchin. Maureen konnte Auto fahren, während Betty es nie gelernt hat. Als ich das hörte, konnte ich ihr erklären, dass es für Betty vermutlich sehr wichtig war zu glauben, dass Maureen nicht ohne sie klarkam. Doch dass es jetzt keinen Grund mehr gab, weshalb Maureen es nicht selbst lernen sollte. Danach war sie so fest entschlossen, dass sie fast ein bisschen besessen wirkte.«

»Und hat sie gelernt anzuschlagen?«

»Ja, wie der Teufel! Sie war ziemlich schockiert, wie einfach es ist!«

»Das ist *sehr* interessant, Mrs. Millwood. Und was haben Sie daraus gelernt?«

»Ich habe gelernt, dass zwei Menschen sich manchmal ergänzen müssen, es aber komplizierter sein kann, als es auf den ersten Blick erscheint. Maureen dachte, sie braucht Betty zum

Anschlagen der Maschen. Aber ich glaube, viel wichtiger war für Betty, dass Maureen sie brauchte.«

Doubler dachte über seine Mittagessen mit Mrs. Millwood nach und wie sehr er ihre Gesellschaft am Küchentisch brauchte, um sich ganz zu fühlen. Er hoffte sehr, dass ihre Verbindung eine spirituelle war und keine der Wolle-und-Nadeln-Sorte.

»Und was haben *Sie* aus Ihrer Unterhaltung mit Maddie Mitchell heute gelernt?«, gab Mrs. Millwood die Frage zurück.

»Maddie Mitchell braucht die Ergänzung durch ihren Mann. Alles andere in ihrem Leben erinnert sie nur an diese Tatsache. Sie ist nicht verrückt. Sie ist nicht grausam. Sie ist einfach nur einsam.«

Mrs. Millwoods Antwort war leise, fast ein Flüstern. »Ich bin stolz auf Sie, Mr. Doubler. Wir haben heute beide eine Menge gelernt.«

KAPITEL 28

Kleine blasse Knospen, die man leicht mit Wassertropfen verwechseln konnte, balancierten auf den kahlen Zweigen, die Doublers Weg säumten. Unter seinen Füßen drängten sich die Knospen hoffnungsvoller Glockenblumen zwischen den früheren, mutigeren Narzissen hindurch. Doubler schritt die Grenzen seiner westlichen Felder ab und staunte über die vielen Anzeichen des Frühlings, die um seine Aufmerksamkeit buhlten. Es war immer noch kalt, aber es lag nicht mehr die Bedrohung von eisiger Kälte in der Luft. Stattdessen versprach die Atmosphäre ihm wärmere, längere Tage und das Grün, das bald seine fruchtbaren Äcker mit einer ganz neuen Generation von Leben füllen würde.

Doubler wusste, dass er über viele Jahre hinweg nicht in der Lage gewesen war, richtig zu sehen. Eine Dunkelheit hinter den Augen hatte seine Wahrnehmung verdüstert. Dieser Schleier reichte von Pechschwarz bis hin zu einem dichten grauen Nebel, je nach Stimmung, doch er war immer da, schränkte sein Sichtfeld ein und zwang ihn, mit zusammengekniffenen Augen die Dinge zu betrachten, bei denen er das Gefühl hatte, sie kontrollieren zu können – das, was er mit absoluter Klarheit verstand.

Doch in den letzten Wochen hatte sich der Schleier nach und nach gelüftet. Und auch wenn er noch nicht völlig verschwunden war, war er doch durch etwas Helleres ersetzt worden, das Doubler einen Blick in die Zukunft und über seinen eigenen direkten Horizont hinaus erlaubte.

Heute empfand Doubler eine Klarheit, in der alle Antworten offensichtlich erschienen. Selbst die auf Fragen, die er gar nicht hatte stellen wollen. Er konnte einen Weg zu seinem Glück sehen, der sich so deutlich abzeichnete wie seine Kalksteinauffahrt im winterlichen Mondschein.

Sobald er von seinem Rundgang zurückgekehrt war, rief er Maddie Mitchell an. Das Gespräch verlief sehr einseitig. Es handelte sich weniger um einen Dialog als um eine Reihe einfach zu befolgender Anweisungen:

»Maddie, heute ist ein wunderschöner Tag. Wir machen einen Ausflug. Machen Sie sich schick.« Lächelnd lauschte er dem Schwall von Fragen, der darauf folgte. »In spätestens einer halben Stunde bin ich da.«

Er wusste, dass es sich hier um eine andere, ganz neue Ausgabe seiner selbst handelte, die weder der vor Marie noch der nach Marie entsprach. Es war der Doubler von heute, und er war fest entschlossen, das in vollen Zügen zu genießen.

Er verließ den Hof mit einem verschmitzten Ausdruck der Entschlossenheit im Gesicht. Die Mütze hatte er zum Schutz vor den Elementen tief in die Stirn gezogen, und als er in den Land Rover stieg und den Motor startete, wiederholte er immer wieder kleine Mantras.

Er fühlte sich nämlich *mutig*. Wieder verließ er sein Zuhause und war jedes Mal zuversichtlicher, dass er niemanden im Stich lassen würde, falls er nicht zurückkehrte. Ihm war bewusst, dass er vielmehr Menschen im Stich lassen würde, wenn er sein Zuhause *nicht* verließ. Mit diesem Gefühl der Sinnhaftigkeit steuerte er geübt die Kurven des steilen Hangs hinunter und machte sich als Erstes auf den Weg zur Neubausiedlung, in der Mrs. Mitchells ungeliebtes Heim stand.

Auf dem Weg kam er an einigen interessanten Anwesen vorbei, die er bisher kaum wahrgenommen hatte. Schließlich bog er in den Laurel Drive ein. Als er eine Querstraße namens Sunrise Avenue passierte, wünschte er sich, sie möge nach Osten zeigen, bezweifelte es jedoch gleichzeitig. Im Vorbeifahren las er die Namen der tadellos gepflegten Häuser: Brookview und Lakeside, Meadow Charm und Oakdene. Vermutlich war die Siedlung auf ehemaligem Weideland gebaut, umringt von Eichenwald. Vielleicht hatte es auch mal einen See gegeben, in den ein plätschernder Bach mündete. Doch jetzt klangen die Namen wehmütig und voller Sehnsucht, statt eine herrliche Vergangenheit zu preisen. Doubler beschloss, sich davon nicht die Laune verderben zu lassen. Ob Mrs. Millwood zu seinen dunkelsten Zeiten wohl die Ironie des Namens von Doublers Hof aufgefallen war? »Mirth« bedeutete schließlich Fröhlichkeit.

Kurz darauf hielt er vor Mrs. Mitchells ordentlichem Häuschen. Er hatte das Gefühl, dass sein uralter Land Rover mit seinen großen Reifen, bereit für jede Exkursion, genau das richtige Fahrzeug für seine geplante Ausfahrt war. Er drückte auf die Hupe, woraufhin Mrs. Mitchell fast sofort in der Tür auftauchte. Sie winkte fröhlich, jedoch mit besorgt gerunzelter Stirn.

»Prima. Dann sind Sie also bereit?«

»Oh ja, das ist schon ein echtes Abenteuer. Seit Ihrem Anruf bin ich ganz nervös. Ich bin Ausflüge nicht gewöhnt, aber hier bin ich und vertraue mich Ihnen an.« Sie stieg zu Doubler ins Auto.

»Sehr gut, sehr gut. Wir haben keine lange Reise vor uns, aber machen Sie es sich gemütlich.«

Doubler, nun in der Rolle des Begleiters und Beschützers, verspürte eine weitere freudige Welle von Selbstvertrauen, als er den betagten Wagen aus der verkehrsberuhigten Zone der Siedlung ins geschäftige Einbahnstraßentreiben der Stadt lenkte. Leise redete er dem Auto gut zu, als es den Berg hinauf und um scharfe Kurven ging, während Maddie Mitchell sich stocksteif an ihren Sitz klammerte. Sie wusste nicht, ob sie Doubler für seine plötzliche Unbekümmertheit tadeln oder bewundern sollte.

»Gleich sind wir da!«, rief Doubler über das Dröhnen des Motors hinweg. Er bog in die holprige Zufahrt zur Grove Farm ein und lobte den Land Rover: »Genau dafür bist du gemacht, mein Lieber.«

Als Maddie Mitchell die Einfahrt erkannte, jammerte sie los. »Sie bringen mich zu Percy? Geht es darum? Ein Besuch bei diesem verdammten Esel? Ich kann nicht gerade behaupten, dass ich begeistert bin, Doubler. Überhaupt nicht begeistert.«

»Oh, Sie können Percy natürlich Hallo sagen, wenn Sie unbedingt wollen, aber das sollten wir nicht überstürzen. Sie müssen sich sein Vertrauen erst wieder erarbeiten. Zufällig sind wir nicht wegen des Esels hier. Es gibt da noch jemanden, den ich Ihnen gerne vorstellen möchte.«

Doubler hielt vor dem Wohnhaus an und half Maddie beim Aussteigen.

»Erwarten Sie uns bereits?«, fragte er Olive, als diese die Haustür öffnete.

»Natürlich. Am besten setzen wir erst einmal Teewasser auf, einverstanden?« Sie ging voraus Richtung Küche.

Doubler hielt Maddie die Tür auf und folgte ihr. Er plapperte munter weiter, um den beiden Frauen ihre Befangenheit zu nehmen. Seine eigene Neigung zur Ängstlichkeit in Gesellschaft der meisten Leute blendete er völlig aus. »Hier riecht es aber gut! Olive, haben Sie gebacken? Also, Olive, das ist Maddie Mitchell. Ich nehme an, Sie beide kennen sich, oder?«

»Freut mich sehr.« Olive drehte sich mit ausgestreckter Hand in der Küchentür um.

Maddie zog ängstlich ihre Strickjacke fester um den Körper, auf der Suche nach etwas Trost und Schutz in dieser unbekannten Umgebung. Olive gegenüber war sie ein wenig misstrauisch, aber das Haus faszinierte sie. Sie hatte das Gebäude oft gesehen, hätte sich aber nie erträumt, es einmal zu betreten. Neugierig sah sie sich um und registrierte anerkennend jedes Detail, ähnlich wie Olive es auf der Mirth Farm getan hatte.

Olive redete derweil fröhlich weiter, um die Atmosphäre aufzulockern. »Ich glaube, wir sind uns lustigerweise nie begegnet, oder, meine Liebe? Ich weiß gar nicht, wie das sein kann, zwei

Bauersfrauen in dieser kleinen Gemeinde. Wir hätten uns doch eigentlich bei vielen Gelegenheiten über den Weg laufen müssen. Aber ich glaube, wir sind es nie, oder?«

Auch wenn Maddie ihre Gefühle nur schwer in Worte fassen könnte, sie war sich minderwertig vorgekommen, in der Defensive, vielleicht sogar eingeschüchtert. Doch allein durch die Formulierung »zwei Bauersfrauen« war das Gleichgewicht wiederhergestellt. Auf einmal fühlte sie sich dieser anderen Frau ebenbürtig. Sie antwortete neugierig und offen. »Anderes Ende der Stadt. Unterschiedliche Schulen für unsere Kinder. Ihre waren auf der St. Joseph, richtig?«

Olive nickte. »Das wird es sein. Verschiedene Schulen, verschiedene Kirchen, nicht einmal dieselben Pubs.«

»Wir hatten ja auch nur einen kleinen Betrieb. Nichts in Ihrer Größenordnung.«

»Ach, aber sie hätten sich trotzdem gekannt, nicht wahr, Ihr Thomas und mein Don? Die sind sich bestimmt begegnet. Die Landwirte haben doch immer zusammengehalten, egal wie groß der Hof war. Sie schienen sich immer gegenseitig auszuhelfen. Hatten ihre eigenen Netzwerke, ihre eigene Gemeinschaft, hab ich recht? Schließlich hatten sie dieselben Metzger und Futterhändler.«

Doubler ließ Olive die Stille mit ihrem Geplauder füllen und genoss es zu beobachten, wie Maddie immer mehr auftaute, je sicherer sie sich fühlte.

Sie setzten sich um den kleinen Küchentisch, und Olive schenkte beim Reden den Tee ein.

»Sie hatten einen Kleinbauernhof, richtig, Maddie? Ich schätze mal, da gab es nicht viele Anlässe, bei denen sich unsere Männer hätten treffen können, außer Ihr Thomas war auch auf dem Bauernmarkt. Da steckte mein Don meistens am Wochenende. Aber ein Kleinbauernhof stellt genau dieselben Anforderungen, nicht wahr?«

»Oh ja, aber wir haben im Grunde nur das angebaut, was wir gebraucht haben. Sind ziemlich unter uns geblieben. Ich glaube, wir waren nicht absichtlich ungesellig, unsere Tage waren nur einfach sehr ausgefüllt. Diese Art von Leben bedeutet pausenlos Arbeit. Es gibt immer irgendetwas zu tun. Manchmal gibt es *zu viel* zu tun. Die Leute denken, es ist ein beneidenswertes Dasein, aber im Grunde ist es hauptsächlich eine Schufterei. Ich hatte oft das Gefühl, im tiefsten Mittelalter zu leben.«

»Oh, ich weiß, was Sie meinen. Es ist wirklich Knochenarbeit. Sich ums Vieh kümmern, um die Gerätschaften und zwischendrin auch noch der normale Haushalt! Das ist nichts für Zartbesaitete.« Olive verstummte und sah aus dem Fenster. »Wir hatten mal eine Menge Land, aber am Schluss haben wir nur noch Ackerbau betrieben. Dabei kam am meisten rum. Wir waren nicht groß genug, um für die Supermarktketten interessant zu sein, und die Bürokratie wuchs ins Unermessliche. Wir haben einen Teil des Landes verkauft, kurz vor Dons Tod. Das sollte unsere Rente sichern. Der Plan war, genug zu verkaufen, um unsere Last zu verkleinern, aber immer noch genug Land ringsherum zu besitzen. Das Geld sollte für Reisen und alles Mögliche reichen. Ein paar Bequemlichkeiten, wenn wir älter werden. Das war jedenfalls die Idee.«

»Aber es ist immer noch ein großes Gelände hier. So wie's aussieht, genug Land, um sich krumm und bucklig zu schuften?« Auch Maddie sah nun aus dem Fenster und betrachtete die Menge an landwirtschaftlicher Fläche nicht im monetären Kontext, sondern was die körperliche Anstrengung betraf.

»Wir sind inzwischen ehrlich gesagt nicht mehr groß genug, um rentabel zu sein. Etwa vierzig Hektar haben wir jetzt. Früher war es fünfmal so viel. Trotzdem ist es schön. Ich mag es zu gehen, bis ich müde werde, ohne dabei meinen Grund und Boden zu verlassen. Das ist ein Privileg, finde ich.«

Maggie nickte eifrig. »Sie haben so recht. Unser Hof war viel kleiner, aber wir haben jeden Zentimeter genutzt, und wenn man rings herumgelaufen ist, wurde es einem bewusst. Jetzt ist mein Garten hinterm Haus kleiner als diese Küche. Kaum groß genug für etwas Gemüse, aber selbst das ist nicht möglich – außer Steinen und Planken gibt es da nicht viel.«

Doubler, der bis zu diesem Punkt erfreut gelauscht und kaum ein Wort gesprochen hatte, lachte. »Planken? Was haben Sie, einen Garten oder eine Yacht?«

Auch Maddie lachte ein bisschen. »Ich weiß. Terrassenplanken sind gut für die Schnecken, das ist aber auch alles.«

»Und für Sofas, Maddie. Ich habe gehört, Terrassen eignen sich ausgezeichnet für Sofas.«

Beide Frauen lachten, wobei Olive rasch den Blick senkte, da sie nicht wusste, ob sie über den Sofa-Vorfall Bescheid wissen durfte.

Maddie Mitchell wurde jedoch schnell wieder ernst. »Aber die Idee dahinter war, dass es nicht viel Arbeit machen würde. Meine Söhne haben an alles gedacht, als sie das Haus gekauft haben.« Sie dachte kurz darüber nach, ehe sie fortfuhr: »Wissen Sie, wenn sie richtig clever gewesen wären, dann hätten sie mir was gekauft, was *viel* Pflege braucht. Sie hätten mir ein kleines, schmales Haus kaufen sollen mit vielen steilen Treppen und einem langen Rasenstück mit besonders schnell wachsendem Gras, das man jeden Tag mähen muss. Das hätte mich viel schneller ins Grab gebracht, dann hätten sie sich keine Gedanken mehr um mich machen müssen. Ohne Anstrengung oder Verschleiß werde ich wohl nicht so schnell das Zeitliche segnen. Außer ich sterbe vor Langeweile, was gar nicht mal so unwahrscheinlich ist.«

Doubler, dem das alles viel zu vertraut war und der Angst hatte, dieser melancholische Gedankengang könnte sich auf Olive auswirken, versuchte Maddie vom Thema Sterblichkeit abzulenken. »Na, na, das ist zu viel Gerede vom Tod. Ich habe Sie schließlich hierhergebracht, um Tee zu trinken und sich über schöne Dinge zu unterhalten. Olive, wie geht's Percy?«

Doch Maddie war etwas klar geworden, etwas ganz Neues, oder zumindest etwas, das sie noch nie laut geäußert hatte, und sie wollte es unbedingt in Worte fassen, bevor es sich wieder verflüchtigte. »Aber der Tod ist doch das eigentliche Thema, oder? Er ist nicht nur das, worüber keiner spricht, obwohl es so offensichtlich im Raum steht. Steht da, dick und breit, unübersehbar und tippt ungeduldig auf die Uhr. Der Tod ist immer irgendwo in der Nähe. Man kann ihn ignorieren, aber er wird nicht verschwinden.«

Olive und Doubler fingen an zu lachen, denn ihnen gefiel Maddies leidenschaftlicher Ausbruch, aber sie brachte die beiden mit gerunzelter Stirn und einem Kopfschütteln zum Schweigen.

»Für uns ist das nicht so schlimm, vor allem wenn wir sowieso nur herumsitzen, Däumchen drehen und auf ihn warten. Aber was ist mit denen, die wir lieben? Niemand kann planen, solange man alte Leute zu versorgen hat, oder? Die Kinder haben keine Ahnung, wann wir ableben, was alles in allem ziemlich rücksichtslos von uns ist.«

Doubler lachte leise. »Ha! Da haben Sie nicht ganz unrecht. Mein Sohn, Julian, kann es kaum erwarten, dass ich ins Gras beiße. Er ist überzeugt davon, dass ich das finanzielle Potenzial verschwende, das die Mirth Farm ihm bieten sollte, und er kann seine Ungeduld kaum verbergen. Er ist jetzt weit über dreißig, aber ich habe durchaus berechtigte Chancen, noch mal zwei Jahrzehnte zu leben, also wird er lange warten müssen. Er wird auch nicht auf dem Hof leben wollen, wenn er ein alter Mann ist! Dazu ist er das komfortable Leben schon viel zu sehr gewohnt. Aus diesem Grund und nur deshalb bin ich fest entschlossen, dort oben so lange wie irgendwie möglich Landwirtschaft zu betreiben. Ich werde extra lange leben, nur um ihn zu ärgern. Am liebsten wäre ich selbst noch topfit, wenn er senil wird. Das würde mich wirklich amüsieren.«

Olive beobachtete Doubler aufmerksam. Sie speicherte einige dieser besorgniserregenden Aussagen für später ab, um genauer darüber nachzudenken. Jetzt stieg sie erst einmal auf Doublers heiteren Ton ein: »Na, es ist ja durchaus wahrscheinlich, dass Sie noch eine ganze Weile weitermachen, oder? Sie führen ein gesundes Leben dort oben. Dieser viele Sauerstoff und dann noch der Gin.« Sie lächelte ihre beiden Gäste an und schüttelte langsam den Kopf. »Sehen Sie uns an, drei arme alte Seelen und nicht ein einziger Bauer in der nächsten Generation, an den wir unsere Liebe zum Land weitergeben könnten. Das ist schon Pech, was? Wie hoch ist da die Wahrscheinlichkeit, was glauben Sie?«

Doubler überschlug kurz die Zahlen und sah vor seinem inneren Auge Generationen von Kartoffeln wachsen. »Ziemlich gering, würde ich sagen. Insgesamt haben wir sieben Kinder, und nicht eines davon will das, was wir in ihrem Alter wollten. Angenommen es besteht bei jedem eine fünfzigprozentige Chance, dass er oder sie in unsere Fußstapfen treten will, dann beträgt die Wahrscheinlichkeit eins zu hundertachtundzwanzig, dass es keiner will. Schlechtes Ergebnis, würde ich sagen.«

Maddie fragte wenig beeindruckt: »Haben wir irgendetwas falsch gemacht? Vielleicht erschien der nächsten Generation ein Leben von der Landwirtschaft einfach nicht glamourös oder erstrebenswert genug.«

Olives müdes Gesicht bekam tiefe Furchen, als sie angestrengt darüber nachdachte. Eine Welle der Enttäuschung schwappte über sie hinweg und hinterließ eine Traurigkeit, die einer unumstößlichen Erkenntnis entsprang. »Unsere Kinder jedenfalls haben ja gar nie in der Erde gewühlt! Wir haben sie nicht auf dem Hof großgezogen, sondern in einem kleinen Reihenhaus in West Mead Park. Da ist es doch kein Wunder, dass sie sich nach der weiten Welt gesehnt haben. Das ist ein einfacheres Leben, ja – ein kleines, ordentliches Haus kann durchaus attraktiv sein, wenn man eine Familie großzieht –, aber es ist auch ein bisschen einengend, oder? Sobald sie erwachsen waren, wollten sie so weit weg von hier wie nur möglich. Wir waren einige Jahre lang Pachtbauern, als die Kinder noch klein waren. Gekauft haben wir den Hof erst, als die jüngste auch zur Universität ging. Es war immer Dons Traum, wieder aufs Land zurückzukehren. So ist er aufgewachsen. Aber unsere Kinder nicht. Also gibt es nichts, was sie an das hier binden würde. Sie haben nicht ihre gesamte Kindheit über aus dem Fenster diese Hügel, diese Aussicht gesehen. Sie saßen vor dem Fernseher, das war ihre Aussicht. Und die ist so viel abwechslungsreicher – der Horizont ist viel weiter entfernt. Auf ihren Bildschirmen haben sie ihre Landschaften gesehen, den ganzen Rest der Welt. Da waren die Möglichkeiten grenzenlos, also zogen sie fort. Auf der Suche nach etwas, was ihnen alle versprochen hatten außer ihrer Mutter.«

Doubler sah Olive mitfühlend an. »Das ist schon hart, nachdem Sie sich Ihr ganzes Leben um sie gekümmert haben.« Er hätte genauso gut über seine eigene Situation oder über die von Maddie sprechen können.

»Das stimmt. Und kaum waren die Kinder aus dem Haus und eins nach dem anderen nach Übersee ausgewandert, habe ich mich einige Jahre lang um meine Eltern gekümmert, und dann um die von Don.«

»Und jetzt sind Sie allein.« Wieder sprach Doubler für sie alle.

»Manchmal kommt es einem schon ein bisschen unfair vor, ja«, gab Olive zu. »Aber es gab schließlich keinen Vertrag. Mich um meine Kinder zu kümmern war nie an Bedingungen geknüpft. Ich habe es nie im Tausch gegen etwas getan, was sie später im Leben für mich tun würden. Selbst wenn ich gewusst hätte, dass sie mich verlassen und ans andere Ende der Welt ziehen, hätte ich nicht damit aufgehört. Ich hätte nichts anders gemacht.«

»Und doch hat Sie vermutlich nichts davon abgehalten, sich aus Pflichtgefühl heraus um Ihre eigenen Eltern zu kümmern.«

»Wie für jeden aus meiner Generation war das auch für mich selbstverständlich. Und ich wollte es auch, es hat mich froh gemacht. Ich habe sie sehr geliebt und oft besucht. Eines Tages war ich dort, und sie wirkten so unglaublich gebrechlich. Selbst fast wie Kinder. Sie haben wohl schon um Hilfe gebeten, aber nicht mit Worten – es war das Licht in ihren Augen, das mir gesagt hat, was ich tun muss, und diesem Instinkt bin ich gefolgt, ohne ihn wirklich infrage zu stellen.«

»Und jetzt sehen Ihre Kinder nicht, dass Sie sie auf ähnliche Art brauchen?« Doubler wollte Olive helfen, es für sich zu klären, egal wie schmerzhaft es auch sein mochte. Gleichzeitig war er sich eines nagenden Zweifels bezüglich seiner eigenen Kinder bewusst. Versuchte Julian ihm vielleicht ernsthaft zu helfen? Womöglich wollte sein Sohn tatsächlich das Beste für ihn, und Doubler war nur vom Schlechtesten ausgegangen.

Während Doubler versuchte, die jüngsten Ereignisse diesbezüglich zu durchforsten, verfolgte Olive immer noch ihren Gedankengang. »Ich bin sicher, sie würden meinen Schmerz erkennen, wenn sie mich in natura vor sich hätten. Aber das passiert ja nicht. Wir haben unsere verabredeten Skype-Treffen, und diese Momente weiß ich sehr zu schätzen. Aber wenn ich mich nicht dazu im Stande fühle, wenn ich eine meiner Phasen habe, dann gehe ich einfach nicht ran. Das würde ich dann nicht wollen. Sobald es mir wieder besser geht, sage ich ihnen, ich wäre zu beschäftigt gewesen. Das gefällt ihnen natürlich. Alle meine Kinder wollen am liebsten hören, dass ihre Mutter ein abwechslungsreiches, erfülltes Leben hat, in dem sie nicht viel gebraucht werden.«

Olive hatte Tränen in den Augen, die sie nicht wegwischte. Stattdessen sprach sie weiter. »Außerdem sehen sie mich ja immer nur auf einem kleinen Monitor. Da gibt es kein Licht, das sie wahrnehmen oder interpretieren könnten – ich glaube nicht, dass sich so was digital übertragen lässt. Wir unterhalten uns und tauschen unsere Neuigkeiten aus. Ich erzähle vom Tierheim – die Kleinigkeiten, die mir der Colonel in der Woche eben so hingeworfen hat – und versichere ihnen jedes Mal, dass sie das Beste für ihre eigenen Familien tun. Und daran glaube ich auch fest. Das ist so. Die Möglichkeiten, die die Welt ihnen bietet, sind so vielfältig und toll. Es ist wunderbar, dass sie das voll auskosten können.«

Doubler dachte immer noch an Julian und fragte sich, ob er solche Gefühle empfand oder ob ihm tatsächlich jegliches Pflichtgefühl seinem Vater gegenüber abging. »Glauben Sie, unsere Kinder haben Angst vor dem Alter? Sie müssen doch wissen, dass ihre eigenen Kinder nicht für sie da sein werden. Die werden auch das Weite suchen, genau wie sie es getan haben.«

Olive schnaubte verächtlich. »Diese Generation macht sich nicht die geringsten Sorgen wegen des Älterwerdens. Sie glauben einfach nicht daran. Die neue Religion ist die Kirche der Ewigen Jugend. Die wird verehrt. Alles, wonach sie streben, ist, dem Alter zu trotzen, das Alter zu besiegen, als wäre die Zeit etwas, gegen das man tatsächlich mit Waffen wie Grünkohl und Granatapfel ankämpfen kann.«

Olive blinzelte ihre Tränen weg, um ihre Besucher wieder klarer sehen zu können. »Sie glauben, ich scherze. Oh nein. Sie machen sich jeden Morgen diese Säfte aus Grünzeug und Ingwer. Sie planen jeden Tag ›Zeit für sich‹ ein und ›Achtsamkeitsmomente‹, was dasselbe ist, aber sie versichern mir, es wären grundsätzlich verschiedene Dinge und müssten extra beachtet werden. Sie glauben fest daran, dass sie nie alt werden, wenn sie sich selbst mit Aufmerksamkeit überschütten. Weshalb also für etwas vorsorgen, was einem nie passieren wird? Und wenn sie nicht zum Altar der Jugend pilgern, dann beten sie zum Gott des Geldes. Denn wenn man hart genug arbeitet und genug Reichtum anhäuft, dann kann man damit die Versorgung im Alter bezahlen und die nächste Generation wieder aus der Pflicht entlassen.«

»Klingt für mich, als würden sie dafür sorgen, immer so viel tun zu müssen, dass keine Zeit bleibt, sich der eigenen Verantwortung zu stellen«, meinte Doubler.

»Aber sie tragen nicht wirklich Verantwortung für mich, sehen Sie das nicht? Sich im Alter um mich zu kümmern, kann immer nur eine freie Entscheidung sein, sonst wäre es für uns alle die Hölle. Stellen Sie sich das mal vor! Die Verbitterung und der Unmut, wenn sie durch schlechtes Gewissen dazu gezwungen wären, ihr sonnenverwöhntes Leben hierfür aufzugeben.« Olive machte eine Handbewegung, die nicht nur den Raum mit seinen staubigen Dielen und alten Bücherregalen einschloss, sondern auch die uralten Felder draußen und die sanften Hügel dahinter, wo der englische Winter sich immer noch hartnäckig hielt.

»Das Berufsleben hat sich ja auch so verändert. In den guten Jobs muss man sich ständig beweisen. Es gab mal eine Zeit, da hat man sein ganzes Leben für eine einzige Firma gearbeitet, und gegen Ende des Arbeitslebens wurde erwartet, dass man mal einen Gang runterschaltet. Man wurde sogar dafür *respektiert*, dass man kürzertritt. Aber jetzt muss man ständig den Job wechseln und dabei jedes Mal die Karriereleiter ein Stück weiter hochklettern. Da gibt es hier eine Beförderung und da, und dabei rennt man im Hamsterrad mit jüngeren, fitteren, ehrgeizigeren Leuten um die Wette, die einem dicht auf den Fersen sind. Die warten nur darauf, dass man stolpert. In diesem Wettlauf gibt man nicht auf. Da steckt man nicht im Job zurück, um sich um die alten *Eltern* zu kümmern. Niemand hält einem die Stelle frei, während man sich eine Auszeit nimmt. Die dazu noch von unbekannter Dauer wäre. Ob es uns gefällt oder nicht, wir leben alle immer länger und länger. Ich könnte morgen tot umfallen, aber genauso gut in zwanzig Jahren immer noch leben. Vielleicht sogar in dreißig, Gott bewahre! Woher sollen die Kinder wissen, worauf sie sich da einlassen? Sie können in ihrem Leben nicht für mich die Stopptaste drücken und dabei riskieren, ihres überhaupt nicht mehr leben zu können. Nein, das hier ist Fortschritt, und Fortschritt sieht nicht vor, dass die moderne Familie sich einschränkt, um sich umeinander zu kümmern.«

Doubler war hin und her gerissen, Olive die Freiheit zuzugestehen, diese intensiven Gefühle zum Ausdruck zu bringen und dem Bedürfnis, die Stimmung für alle Beteiligten aufzulockern. Er war sich unsicher, ob die Themen Maddie auf dieselbe Weise berührten: Sie hatte sich während der letzten Minuten ganz aus der Unterhaltung zurückgezogen.

»Maddie, was denken Sie denn?«, erkundigte er sich.

Das ließ Olive innehalten. Sie war mit der Teetasse in der Hand umhergewandert, hatte beim Reden aus dem Fenster gesehen und all die Fragen beantwortet, die sie sich bisher nicht getraut hatte zu stellen. Nun fühlte sie sich so im Recht und war außerdem froh und stolz darauf, Entscheidungen getroffen zu haben, die ihre Kinder von der Pflege für sie entbanden. Doch auf einmal wurde ihr klar, dass sich noch eine weitere Frau im Zimmer befand, die sich von ihrem Standpunkt angegriffen fühlen könnte. Sie wusste von Doubler, dass Maddie in letzter Zeit ein schwieriges Verhältnis zu ihren Kindern gehabt hatte.

Maddie zuckte mit den Schultern und wirkte ziemlich unbewegt. »Ich denke, Sie haben recht. Absolut.«

»Ja, wirklich?«

»Ja. Ich hätte es genauso gemacht. Sie sind dabei ja nicht ganz selbstlos. Wenn Sie wollten, dass sich Ihre Kinder hundertprozentig gut fühlen, dann könnten Sie das hier verkaufen und sich vom Bruchteil des Erlöses eine moderne Wohnung in der Nähe von einem von ihnen kaufen. Dann müssten Ihre Kinder nicht mit der Angst und den Schuldgefühlen leben, die sie wahrscheinlich dann und wann überfallen. Aber Sie haben das Richtige getan, indem Sie hiergeblieben sind. Sie haben das vertraute Leben mit Ihrem toten Mann gewählt statt ein unbekanntes Leben mit Ihren Kindern. Das erscheint mir eine durchweg vernünftige Entscheidung zu sein, und ich kann nur applaudieren.«

»Vielen, vielen Dank, ja. Es ist mitunter entsetzlich einsam, aber Sie haben recht – ich würde Don nicht verlassen. Nicht jetzt. Nicht nach allem, was wir zusammen durchgemacht haben, um hier zu sein.«

Maddie nickte wissend. »Nehmen Sie zum Beispiel meine Söhne. Die können nachts gut schlafen. Sie erzählen ihren Freunden, dass sie alles richtig gemacht haben. Ich weiß das, weil ich gehört habe, wie sie es zu den Ärzten gesagt haben. Sie haben unser Leben für uns geregelt, meinen Thomas ins Heim gesteckt, mir ein kleines Haus gekauft, bei dem man sich nicht um viel kümmern muss. Ich muss sehr aufpassen, dass ich keine Anzeichen des Verfalls zeige. Ich achte darauf, in ihrer Gegenwart beim Aufstehen nie schmerzhaft das Gesicht zu verziehen, sonst siedeln sie mich ruckzuck in einen Bungalow um. Oder noch schlimmer.«

»Oh, das wäre aber gar nicht gut. Was würden wir ohne Treppen machen? Wenn man nicht mehr nach oben ins Bett gehen kann?« Bei der Vorstellung eines ebenerdigen Gebäudes schüttelte Olive sich. Was Maddie mit etwas »noch Schlimmerem« meinen könnte, wollte sie sich lieber gar nicht erst ausmalen.

Auch Doubler stellte sich vor, wie es wäre, morgens nicht im Dämmerlicht langsam die Treppe hinunterzusteigen. Noch im Halbschlaf nach dem Geländer zu greifen und beim Tritt von der letzten Stufe in den kühlen Hausflur im Tag angekommen zu sein. Er konnte sich kein anderes Aufwachritual vorstellen.

»Ganz richtig«, stimmte er zu, im Stillen dankbar für sein Zuhause und seine Unabhängigkeit.

»Aber verstehen Sie, meine Söhne haben diese Dinge geregelt, ohne mich ein einziges Mal zu fragen, was ich will. Sie haben mich nicht einbezogen, sondern immer behauptet, mich damit nicht belasten zu wollen. Um ehrlich zu sein, hasse ich das Haus. Ich hasse den durchgehenden Teppichboden und die leicht sauber zu haltenden Flächen. Ich hasse den selbstreinigenden Backofen und die Terrasse im Garten. Mir fehlen meine schmutzigen Fingernägel und die Schmerzen im Körper, wenn man nach einem langen Arbeitstag ins Haus kommt. Nur diese Schmerzen haben mich schlafen lassen. Auf unserem Hof habe ich geschlafen wie ein Baby. Jetzt kann ich überhaupt nicht mehr schlafen. Wie auch? Ich bin nie müde.« Maddie wirkte, als würde sie gleich in Tränen ausbrechen, als ihr die Eintönigkeit ihres Alltags zum ersten Mal mit voller Wucht bewusst wurde. Wobei sie in Wirklichkeit natürlich in einem schrecklichen täglichen Kreislauf von Verleugnung, Begreifen, Entsetzen und Verschlechterung gefangen war.

Sie fuhr fort: »Ich wäre so gerne mal wieder müde. Ich wäre gerne so erschöpft, dass ich es gerade noch schaffe, mich nach oben zu schleppen – ja, nach *oben* – ins Bett. Ich würde gerne die Vorhänge offen lassen, damit mich die Morgendämmerung weckt, egal wie tief ich schlafe, egal wie weit ich in meinen Träumen reise.« Sie sah ihre Zuhörer mit vor Entsetzen weit aufgerissenen Augen an, während sie versuchte zu vermitteln, wie schrecklich ihr Leben geworden war. »Ich kann die Vorhänge aber nicht offen lassen, weil direkt vor meinem Schlafzimmerfenster eine Straßenlaterne brennt. Und ich kann die Fenster nicht aufmachen, um frische Luft hereinzulassen, weil die Fenster – halten Sie sich fest – sich nicht öffnen lassen.«

»Wie bitte?«, tönten Olive und Doubler im Chor, die langsam ein schlechtes Gewissen bekamen, dass ihr Landleben bisher relativ unbehelligt seinen Gang ging.

»Doch, das stimmt! Ich habe diese spezielle Doppelverglasung, die zwischen den Scheiben die warme Luft speichert und damit meine Heizkosten senkt, aber dafür soll man die Fenster nicht öffnen. Man soll hinausschauen. Weshalb man das tun sollte, ist mir schleierhaft. Ich sehe gegenüber sowieso nur das gleiche Haus noch einmal.«

Olive legte Maddie tröstend die Hand auf den Arm. »Aber Sie wissen schon, wie viel Glück Sie haben, oder? Es gibt eine Menge Leute, die Sie beneiden und Sie für eine undankbare Nörgeltante halten würden. Diese Siedlung, in der Sie wohnen, ist sehr begehrt. Ihre Jungs haben sich gut um Sie gekümmert, sie haben Ihnen ein einfacheres Leben geschaffen. Vermutlich, weil sie Sie *lieben.*«

Dieses Argument tat Maddie mit einem schmallippigen Kopfschütteln ab. »Lieben? Das glaube ich nicht. Liebe geht Hand in Hand mit Respekt, und sie haben mich nie gefragt, was *ich* will. Nicht ein einziges Mal. Sie haben alles *für* mich gemacht, nicht *mit* mir. Und, ja, ich klinge undankbar, weil ich undankbar *bin*. Ich hatte ein Zuhause und habe ein Leben gewählt, das zu mir gepasst hat, und ich kann ihnen einfach nicht verzeihen, dass sie mich aus diesem Haus herausgerissen haben.«

Olive griff nach Maddies Hand, um sie fest zu drücken, während dicke Tränen über ihre Wangen kullerten.

»Wie albern von mir zu weinen. Ich bin nicht traurig. Ich bin *wütend.*«

Olive, selbst den Tränen nahe, tröstete sie mit ihrer eigenen zornigen Version derselben Geschichte. »Sie sind wütend und traurig, und beides ist in Ordnung. Ich bin auch sauer auf meine Kinder. Ich bin wütend, dass sie mich verlassen haben. Ich bin wütend, dass ich meine Enkelkinder nicht kenne. Und ich bin wütend, dass sie mich vor die Wahl gestellt haben. Wenn ich meine Enkel aufwachsen sehen will, muss ich den Hof aufgeben. Ich muss alles aufgeben, was ich kenne und liebe. Das *will* ich nicht. Und ich bin wütend, dass mich das irgendwie zu einem schlechten Menschen macht. Dass ich nicht mütterlich genug bin – nach allem, was ich getan habe –, um alles für Enkelkinder aufzugeben, die ich noch nie getroffen habe.« Olive hielt inne, weil ihr wieder bewusst wurde, dass sie wenig über Maddie wusste und womöglich ungewollt etwas Verletzendes sagte. Sie schluckte hörbar, dann erkundigte sie sich vorsichtig: »Was ist mit Ihnen, meine Liebe? Haben Sie Enkelkinder, die Ihr Leben versüßen?«

»Ja, vier Stück. Und es sind liebe Kinder, aber ich weiß nicht, wie ich in diesem Haus Oma sein soll. Ich schaffe es ja kaum, Mensch zu sein. Was soll ich machen? Was kann ich ihnen zeigen? Was um alles in der Welt soll ich ihnen beibringen? Es hätte mir gefallen, meinen Enkelkindern den Bauernhof zu zeigen. Ich hätte ihnen zeigen können, wo ihr Mittagessen herkommt. Sie hätten lernen können, wie man Karotten sät. Das hätte schon gereicht. Jetzt habe ich ein paar Puzzles für sie da, aber sie machen einfach den Fernseher an, und dann sitzen wir zusammen da und schauen in die Glotze, bis sie wieder heimgehen. Es ist kein Wunder, dass sie sich nicht wirklich für mich interessieren. Ich bin keine interessante Person.«

Doubler verspürte einen Stich des schlechten Gewissens und schwor sich, seinen Enkelkindern zu zeigen, wie man Karotten sät. Natürlich musste er das tun. Es wäre ein Rückschritt für die Gesellschaft als solche, wenn niemand mehr wusste, wie man Karotten aussäte. Indem er all die Jahre in Selbstmitleid gebadet hatte, war er seinen Aufgaben ausgewichen. Die Enkel sollten mittlerweile eigentlich längst in der Lage sein, Kartoffeln zu stecken. Doch als er gerade auf den Tisch hauen wollte, um die Aufmerksamkeit der Frauen auf seine schrecklichen Versäumnisse zu lenken, rief Olive: »Also, Maddie, das ist absolut haarsträubend. Alles.«

»Ja?«, fragte Maddie mit zitternder Unterlippe zurück.

»Ja. Sie wohnen in einem Haus, das Sie hassen, und warten darauf zu sterben. Ich wohne hier auf dem Hof, Ihrer Vorstellung vom Himmel, wo es Tiere zu füttern und Karotten zu säen gibt. Mich wird man hier mal raustragen müssen, freiwillig gehe ich nicht. Und selbst dann werde ich mich vermutlich noch wehren. Ich würde lieber am Rand eines Feldes begraben werden oder so.«

»Was wollen Sie damit sagen?« Doubler sah von einer zur anderen.

»Verstehen Sie denn nicht? Es ist doch ganz offensichtlich. Kommen Sie hierher auf den Hof, Maddie, und wir teilen uns die Arbeit.«

»Hierher?«, fragte Maddie mit unverhohlenem Entsetzen.

»Ich weiß, es klingt absurd, aber die Wahrheit ist, ich bin nicht wirklich in der Lage, mich hier zu versorgen. Ich war nie richtige Bäuerin, eher die Frau eines Bauern. Kommen Sie und zeigen Sie mir, wie es geht. Ich will auch wieder schmutzige Fingernägel haben.«

»Aber Sie kennen mich doch kaum!«, quietschte Maddie, eher beleidigt als geschmeichelt.

»Ich kenne nur meinen eigenen Schatten, und wenn Sie's genau wissen wollen, habe ich davon die Nase gestrichen voll. Ich will noch mal von vorn anfangen. Ich will etwas anderes mit diesem Lebenskapitel machen. Holen wir uns die Kontrolle zurück!«

Nun war Maddies Interesse geweckt. Sie litt schon so lange unter dem Gefühl des totalen Kontrollverlusts. »Ist das denn möglich? Sind wir nicht zu alt?«

»Himmel, nein! Wenn es darum geht, das Ruder in die Hand zu nehmen, sind wir im *besten* Alter. Schließlich dürfen wir für den Rest unseres Lebens tun, was wir wollen, oder? Wenn wir uns etwas verdient haben, dann das. Und Sie können Ihre verbleibenden Tage damit verbringen, Karotten auszusäen, wenn Sie das wollen.«

Olive sah das Funkeln in Maddies Augen. Sie konnte sehen, dass ihr Gegenüber es als echte Möglichkeit in Betracht zog, also drängte sie weiter: »Ich bin mir außerdem nicht sicher, ob Sie alleine besser klarkommen als ich. Was ich so höre, sind Sie ein bisschen labil. Aber vielleicht können wir gegenseitig aufeinander aufpassen, damit wir nichts Dummes anstellen.«

»Laden Sie mich ein, als gelegentlicher Gast vorbeizuschauen, oder zu kommen und zu gehen, wie ich will? Ich bin mir nicht ganz sicher, was genau Sie mir vorschlagen.«

»Kommen und gehen Sie, wie Sie möchten. Ich habe hier genug Platz für Sie und Ihre Sachen.«

Maddie verstummte, während sie über die praktischen Details nachdachte. Ängstlich fragte sie Olive weiter aus, wobei ihre Sorge an der tiefen Falte zwischen ihren Brauen abzulesen war. »Wie viel Platz haben Sie denn? Werde ich Ihnen im Weg sein? Kann ich ein paar von meinen Sachen unterbringen?«

»Dieses Haus ist so groß, dass wir selbst zu zweit noch herumgeistern werden.« Olive betrachtete Maddie prüfend, ehe Sie hinzufügte: »Sie würden aber nichts *Dummes* anstellen, oder? Sie werden keine Tiere entführen oder mein Haus anzünden? Sie sind nicht wirklich verrückt, Maddie, oder?«

»Ich weiß es nicht. Ich glaube nicht, dass ich verrückt bin. Ich bin nur sehr einsam, und es ist durchaus möglich, dass mich das ein bisschen in den Wahnsinn treibt.«

Doubler lächelte still in sich hinein. Als er Maddie hierhergebracht hatte, hatte er fast zu hoffen gewagt, dass so etwas passieren würde. In letzter Zeit schien irgendwie alles möglich. Aber es hinderte ihn nicht daran, vor Glück fast zu platzen beim Gedanken daran, dass diese beiden Frauen vielleicht in der Lage wären, sich zu ergänzen.

»Olive, das ist genial. Das ist wirklich keine schlechte Idee, Maddie. Sie könnten sich hier gegenseitig aushelfen und vor Unfug bewahren. Außerdem wäre Percy direkt nebenan, dann würde Thomas ihn gleich sehen, falls er nach Hause kommt.«

»Oh, Thomas würde es hier wunderbar gefallen. Da bin ich mir ganz sicher. Was ist mit Thomas, Olive? Könnte er auch hierherkommen, falls es ihm je wieder besser geht? Vielleicht erholt er sich, wenn er weiß, dass es Erde zum Umgraben gibt.« Maddie zögerte. Eine intensive Erinnerung drohte, die Begeisterung über die neuen Möglichkeiten zu ersticken. »Percy hasst mich«, sagte sie leise.

»Nun.« Doublers Tonfall war streng. »Sie haben den Esel ja auch nicht immer anständig behandelt, oder? Wer will schon in einer Garage hausen? Sie sagen, Sie haben darunter gelitten, vom Land in eine Neubausiedlung umziehen zu müssen. Stellen Sie sich mal vor, was für ein Trauma das arme Tier erlitten haben muss. Ein Esel verdient Erde unter seinen Hufen. Aber ...« – sein Ton wurde sanfter – »Percy wird lernen, Ihnen zu verzeihen. Ich bin sicher, Esel können gut verzeihen.«

»Ich weiß nicht so recht. Esel leiden gerne stumm vor sich hin. Dieser Esel wird mir immer ein schlechtes Gewissen machen. Haben Sie gesehen, wie er mich anschaut?«

»Vielleicht lernt er wieder, Sie zu mögen, wenn Sie ihm jeden Tag ein paar Karotten bringen und aufhören, mit ihm davonlaufen zu wollen.« Auch in Olives Tonfall lag Schelte, und Doubler erkannte, dass sie stärker war, als es auf den ersten Blick wirkte. Maddie würde sich behaupten müssen.

»Als ich das erste Mal mit ihm abgehauen bin, war er glücklich, wirklich. Er ist neben mir den Feldweg entlanggetrabt, als dachte er, wir wären unterwegs zu einem Abenteuer. Er war ein Engel.«

»Weil er dachte, es geht nach Hause!«, sagte Olive. »Wahrscheinlich dachte er, Sie bringen ihn zu Thomas.«

»Vermutlich, ja. Thomas mochte er immer am liebsten.«

»Und stattdessen haben Sie ihn in einer Garage ohne Licht eingesperrt.«

»Die Garage hat ein Fenster. Ich bin ja nicht verrückt. Wobei es zugegebenermaßen nach Norden rausgeht.«

Doubler sah sie streng an. »Genau. Ein kleines Fenster nach Norden raus ist kein glückliches Zuhause für einen alten Esel. Aber Sie können es jetzt wiedergutmachen. Ziehen Sie ihm ein paar Karotten, und wenn Sie Thomas besuchen, können Sie ihm was erzählen. Sie können über Percy sprechen, über Ihr Gemüse, Sie können ihm berichten, wenn Sie die ersten Glockenblumen des Jahres sehen, die ersten Schwalben oder wenn Sie den ersten Kuckuck rufen hören. Vielleicht geht es ihm weniger elend dort, wenn er weiß, dass Sie hier weniger leiden.«

Maddie erholte sich rasch von der Schelte und konzentrierte sich auf die Möglichkeit eines Neuanfangs. »Das ist schon ein sehr reizvolles Angebot. Die Zügel wieder selbst in die Hand nehmen, das gefällt mir.«

»Dann habe ich bei Ihnen das eine oder andere gut. Sie können mir nämlich im Gegenzug dabei helfen, den Colonel wieder in den Griff zu bekommen. Ich habe es ziemlich satt, vom Tierheim und allem, was hier vor sich geht, ausgeschlossen zu sein. Das ist *respektlos*.«

Doubler schaltete sich ein. »Er will Sie ganz bestimmt nicht ausschließen. Er hat nur etwas Angst vor hysterischen Frauen.«

»Hysterisch? Ich? Da kann er sich auf was gefasst machen. Wollen wir doch mal sehen, wie er mit einer hysterischen und einer durchgeknallten Frau klarkommt. Daran wird er was zu knabbern haben.« Olive sah Maddie an und zwinkerte. Die beiden genossen sichtlich den Moment der Solidarität.

»Aber zwei Bauersfrauen? Kann das funktionieren?« Maddies überlastetes Gehirn ging immer wieder denselben Gedanken durch, um einen Teil des Gewirrs zu entknoten und zu glätten, um klare Informationen zu haben, an denen sie sich festhalten konnte.

»Sie waren nie eine Bauersfrau, Sie waren immer Bäuerin. Und ich würde sehr gerne mehr lernen. Ich habe an dem Tag damit aufgehört, als Don gestorben ist, aber es gibt jede Menge Dinge, die Sie mir beibringen könnten.«

Maddie richtete sich ein wenig auf, denn sie verstand das Lob und genoss es sehr. »Es wäre mir eine Ehre. Mal sehen, an was ich mich noch erinnern kann. Irgendwas Nützliches muss da oben doch noch drin sein.«

»Ich kann ja ein Auge auf Sie beide haben. Falls Sie Probleme bekommen oder so«, bot Doubler großzügig an.

Olive lachte. »Ich glaube nicht, dass wir die Hilfe eines Kartoffelbauern brauchen, vielen Dank. Aber Sie können uns gerne dann und wann Ihren Traktor leihen.«

Beim Gedanken, irgendjemandem eines seiner heiligen Fahrzeuge zu überlassen, zuckte Doubler innerlich zusammen. Er nickte unverbindlich, wobei er insgeheim hoffte, die Frauen würden ihre ehrgeizigen Ziele etwas niedriger stecken, bevor er das Versprechen einlösen musste.

Olive wandte sich an Maddie, nun wieder ganz ernst. »Wenn das funktionieren soll, dann müssen wir aber produktiv sein – dann dürfen wir nicht einfach nur hier sitzen, in unsere Teetassen heulen und uns über unsere schrecklichen Familien beschweren oder darüber, wie sehr uns unsere Ehemänner fehlen. Wir werden Landwirtschaft betreiben. Etwas Gemüse anbauen. Uns wieder die Hände schmutzig machen. Das muss der Deal sein. Dann fühlt es sich nach richtiger Arbeit an.«

Maddies Augen leuchteten bei dieser Aussicht. »Entweder ich lebe damit länger, oder es bringt mich um. Beides ist besser, als langsam und qualvoll an Langeweile zu sterben.«

»Also, ich kann mir nicht vorstellen, dass wir beide uns zusammen langweilen. Dafür wird es viel zu rund gehen. Aber lasst uns jetzt einen Pakt schließen, dass wir uns eher gegenseitig mit einem Kissen ersticken, als an Langeweile zu sterben.«

Doubler schnappte erschrocken nach Luft. »Passen Sie auf, was Sie sagen, Olive. Die gute Maddie nimmt Sie sonst womöglich beim Wort. Da brauchen Sie nur einmal zu gähnen, und schon kommt sie mit einem Kissen an, um Sie zu erlösen. Wenn ich Sie wäre, würde ich wachsam bleiben und dafür sorgen, dass es immer genug zu tun gibt.« Er lachte, bedachte Maddie dabei jedoch mit einem strengen Blick. Diese sah ihn unschuldig an und blinzelte nur.

Hoffentlich habe ich das Richtige getan, dachte Doubler. Er schlug sich auf die Oberschenkel, um das Ende des Treffens zu signalisieren.

»Ich finde zumindest den Gedanken tröstlich, dass es keiner von Ihnen beiden *schlechter* geht«, erklärte er. Dann stand er auf und schaute aus dem Fenster. Die Aussicht war nicht so großartig oder grenzenlos wie seine, aber auf ihre eigene Art charmant und zweifellos eine Verbesserung zu den Lorbeerhecken vor Maddies Fenster.

Die beiden Frauen hinter ihm unterhielten sich weiter aufgeregt, während Doubler sich nicht ohne Stolz fragte, was Mrs. Millwood wohl von seiner Aktion halten würde.

KAPITEL 29

Am nächsten Morgen erwachte Doubler mit einem Schlag und spürte sofort, dass etwas ganz und gar nicht stimmte. Die Hände ins Bettlaken gekrallt, setzte er sich auf und sah sich panisch um. Das Geräusch eines dumpfen Aufschlags hallte durch die Stille noch in seinen Ohren wider, um die Wette mit seinem klopfenden Herzen. Fest davon überzeugt, dass ihn irgendein Gepolter geweckt haben musste, lauschte er angestrengt nach Hinweisen auf einen Eindringling. Er konnte nicht mit Sicherheit sagen, ob das Geräusch in seinem Kopf einem Traum oder der Realität entsprungen war.

Nach einigen Augenblicken adrenalinerfüllter Panik ließ er sich wieder ins Kissen zurückfallen, denn ihm wurde plötzlich klar, dass es das ungewöhnliche Licht in seinem Schlafzimmer war, das ihn so erschreckt hatte. Zum ersten Mal in über zwanzig Jahren hatte er verschlafen.

In Gedanken überprüfte er seine Checkliste von Ängsten. Er ging eine Sorge nach der anderen durch, die ihn jeden Tag beim Aufwachen automatisch überfielen, und stellte dabei fest, dass er erstaunlich frei von Furcht war. Irgendwie erschienen die Dinge, die ihn üblicherweise bei Sonnenaufgang aus dem Bett trieben, nach dem gelungenen Treffen von Maddie und Olive tags zuvor weniger drängend als sonst. Während Doubler die Unterhaltung noch einmal durchging, war er auf einmal hellwach vor lauter Vorfreude auf den Moment, wo er Mrs. Millwood von seinem Erfolg berichten durfte.

Er zog seinen Morgenmantel über und machte sich auf den Weg in die Küche. Sein leicht schlechtes Gewissen ob des späteren Starts in den Tag wurde vom wohligen Gefühl einer guten Nacht aufgewogen. Doch auf dem Weg die Treppe hinunter fiel sein Blick auf ein braunes Päckchen auf dem Fußabstreifer unterm Briefschlitz, und er verfluchte sich für seine Selbstzufriedenheit. Peele war wieder da gewesen.

Kurz war Doubler versucht, das Päckchen vorerst in der Schublade verschwinden zu lassen, doch als er am Telefon vorbeiging, schien Mrs. Millwoods Stimme durch den Flur zu hallen: »Sie sind ein mutiger Mann, Mr. Doubler.« Davon gestärkt machte er einen entschiedenen Schritt auf die Tür zu, hob das Päckchen auf und zerriss die Verpackung.

Darunter kam ein Taschenbuch zum Vorschein, ein bebildertes Bestimmungsbuch über die Gartenvögel Englands. Zwischen den Seiten steckte eine Postkarte von Hever Castle. Als Doubler sie umdrehte, erkannte er Camillas akkurate Handschrift.

Lieber Dad, ich hoffe, du kannst es für dein neues Hobby brauchen. Die Amsel, Seite 28, mag ich am liebsten! Ich fand Amseln immer ein bisschen langweilig, aber sie sind viel interessanter, als man auf den ersten Blick vermuten könnte … Erinnert dich das an jemanden?! In Liebe, Camilla. (PS: Ich war mit den Kindern auf Hever Castle und habe diese Postkarte für dich mitgenommen. Erinnerst du dich?)

Er las die Nachricht noch mal von Anfang bis Ende. Die Verpackung ließ er einfach auf den Fußabstreifer fallen, dann ging er in die Küche, wo er eine Kanne Tee vorbereitete. Während er darauf wartete, dass das Wasser kochte, blätterte er im Vogelbuch. Auf Seite 28 studierte er das Bild der Amsel. Mit ihrem leuchtend gelben Schnabel und dem passenden Augenring wirkte sie auf Doubler überhaupt nicht langweilig. Sie wirkte sehr hübsch und selbstbewusst. An wen soll sie mich erinnern? fragte er sich. Wieder bewunderte er den Vogel und schloss dann seine Person aus. Vielleicht meinte Camilla sich selbst? Oder vielleicht jemand ganz anderes. Ihr Ehemann jedenfalls war langweilig.

Doubler maß die Teeblätter ab und rührte gedankenverloren um, während er versuchte, sich an die Bedeutung von Hever Castle zu erinnern. Er war sich sicher, dass er mal dort gewesen war, aber er war nicht in der Lage, die Erinnerung ans Licht zu holen. War es eine gute Erinnerung für seine Tochter oder eine weitere Gelegenheit, bei der er sie enttäuscht hatte? Sosehr er sich auch bemühte, ihm fielen keine Details ein. Daraus schloss er, dass es sich um ein glückliches Ereignis handeln musste, da Doubler sich wesentlich besser an die schmerzhaften Dinge erinnerte. War das für andere auch so? Er beschloss, Mrs. Millwood zu fragen, wenn sie anrief.

Wie sich herausstellen sollte, war Mrs. Millwood nicht ganz so zufrieden mit Doubler, wie er gehofft hatte. In Erwartung einer durch und durch erfreulichen ausgedehnten Unterhaltung hatte er eine frische Kanne Tee aufgebrüht, ein Tablett mit Keksen gerichtet und beides vorsichtig ins Wohnzimmer balanciert. Mit dem Telefon neben sich hatte er es sich gemütlich gemacht und auf den Anruf gewartet.

Als das Telefon schließlich klingelte, erkundigte er sich kaum nach Mrs. Millwoods Befinden, sondern stürzte sich sofort in einen ausführlichen Bericht über die jüngsten Entwicklungen. »Wer hätte das gedacht, Mrs. M.? Ich, ein Kuppler! Und ausgerechnet Maddie und Olive zu verkuppeln!« Er lachte leise und zufrieden. »Ich bin überzeugt, dass die beiden wunderbar miteinander auskommen. Oh, gewiss werden sie sich ab und an auf die Nerven gehen, denn, wenn wir ehrlich sind, haben beide ihre schwierigen *Phasen*, nicht wahr? Aber ich glaube, dass sie sich gegenseitig inspirieren werden. Sie klingen bereits jetzt wie ein altes Ehepaar und sind bereit, sich gegenseitig die Fehler zu verzeihen, weil sie wissen, dass die positiven Aspekte die nicht so guten Momente überwiegen.«

Doubler nahm einen großen Schluck Tee und kuschelte sich noch behaglicher in seinen Sessel, um begeistert weiterzuerzählen. Mrs. Millwood hatte jedoch auf diese Pause gewartet, die erste Möglichkeit zur Unterbrechung.

»Und wie geht es *Ihnen*, Mr. Doubler?«

»Mir? Bestens, Mrs. M.!«, rief er und redete sofort weiter: »Sie hätten Maddies Gesicht sehen sollen, als Olive vorgeschlagen hat, sie könnte auf dem Hof mithelfen! Ganz unter uns, ich hatte gehofft, dass etwas in dieser Art passieren würde, aber ich hatte keine Ahnung, dass es so schnell und selbstverständlich klappen würde. Das war wirklich herrlich!«

»Mr. Doubler!«, wiederholte Mrs. Millwood streng. »Ich habe gefragt, wie es *Ihnen* geht.«

»Wie ich schon sagte, mir geht es gut.« Doubler holte tief Luft, um seinen Monolog fortzusetzen.

»Midge ist sich da nicht so sicher. Sie macht sich Sorgen um Sie. Und ich auch, wenn ich ehrlich bin.«

»Aber Mrs. Millwood! Um mich brauchen Sie sich doch keine Gedanken zu machen. Ich bin kerngesund!«

»Finden Sie es nicht ein wenig seltsam, Mr. Doubler, dass Sie durch die Gegend laufen und die Probleme anderer Leute lösen, Ihren eigenen aber aus dem Weg gehen? Midge und mir kommt das nämlich komisch vor.«

Doubler runzelte die Stirn und dachte erst nach, ehe er antwortete. »Meine eigenen Probleme? Ich glaube nicht, dass ich wirklich Probleme habe.« Er beeilte sich, fröhlich fortzufahren: »Ach, und ich hatte übrigens ein vertrauliches Gespräch mit Maxwell! Wer hätte das gedacht? Jetzt bleiben nur noch Sie, Mrs. M. Wenn wir Sie gesund machen und nach Hause holen können, bin ich so glücklich wie seit Jahrzehnten nicht mehr. Vielleicht so glücklich wie nie zuvor. Von Peele habe ich keinen Piep mehr gehört, also habe ich mir offensichtlich grundlos Sorgen gemacht. Als könnte dieser Nichtsnutz von Gentechnik-

Verbreiter wirklich zur Gefahr für die Mirth Farm werden. Keine Ahnung, was ich mir da gedacht habe.«

Mrs. Millwood musste ihn erneut unterbrechen. »Sie klingen ziemlich fröhlich, das stimmt. Aber Sie und ich, wir wissen beide, was Sie durchgemacht haben. Da muss ich einfach sicher sein, dass Sie auf Leute zählen können, die *lang*fristig auf Sie aufpassen können, falls ich nicht da bin, um ein Auge auf Sie zu haben. Und das werden weder Olive noch Maddie sein – die haben selbst genug um die Ohren, wie es klingt. Und der Colonel garantiert auch nicht. Midge hat Sie sehr gern, aber ich kann sie nicht bitten, Sie zu übernehmen – das wäre nicht fair.«

»Mich zu übernehmen? Ich bin kein *Projekt*, Mrs. M.« Doublers Laune sauste in den Keller, während er versuchte, die vielen Informationen zu filtern, die Mrs. Millwood gerade durch die Leitung hatte tropfen lassen wie schmutziges Wasser aus einem Spüllappen. »Außerdem will ich, dass *Sie* ein Auge auf mich haben, und *ich* will ein Auge auf *Sie* haben. So wie es immer war.« Doubler schmollte, nun da ihm die gute Stimmung verdorben worden war.

»Mr. Doubler, das ist einfach nicht praktikabel. Wer weiß, wie lange ich noch da bin? Ich war Ihre einzige *verlässliche* Gesellschaft auf der Mirth Farm, deshalb mag ich mir nicht vorstellen, was passiert, wenn ich nicht mehr da bin.«

»Aber Sie werden da sein, Mrs. M.! Wenn Sie wieder auf dem Damm sind. Das haben Sie mir versprochen.« Doubler hätte am liebsten mit dem Fuß aufgestampft, um die Aussage mit der nötigen Trotzigkeit zu unterstreichen, doch stattdessen ließ er sich nach hinten in seinen Sessel fallen. Der Kampfgeist löste sich in Luft auf, noch ehe er die Kraft fand, ihn richtig herbeizurufen.

»Das werden Sie doch, oder?«, fragte er, nun leiser.

»Ich gebe mein Bestes, Mr. Doubler. Gott allein weiß, ob das genug sein wird. Aber ich gebe Ihnen ein Versprechen, das ich auf jeden Fall halten kann. Ich verspreche Ihnen, das Erste, was ich tue, wenn ich hier raus darf, ist zum Mittagessen auf die Mirth Farm zu fahren.«

Doubler wurde sofort munter und richtete sich wieder auf. »Versprochen?« Er erlaubte sich, hoffnungsvoll zu klingen.

»Versprochen. Aber zuerst möchte ich, dass Sie etwas für mich tun, ohne ein großes Theater deswegen zu machen.«

»Alles. Ich werde alles tun«, versicherte er ihr, während er in Gedanken bereits das Mahl plante, das er einer genesenden Patientin servieren würde. Diesmal keine Sandwichs. Niemals Sandwichs. »Etwas Leichtes mit Fisch«, murmelte er, obwohl er den Gedanken eigentlich für sich hatte behalten wollen.

»Egal was ich sage.« Mrs. Millwood war nun ungeduldig.

»Natürlich. Alles, versprochen.«

»Ich möchte, dass Sie mit Ihren Kindern sprechen und ihnen sagen, was Sie denken. Ich möchte, dass Sie mit Camilla reinen Tisch machen. Und ich möchte, dass Sie mit Julian sprechen und ehrlich zu ihm sind. Nicht mehr alles in Ihrem von Kartoffeln erfüllten Kopf für sich behalten. Nicht mehr um den heißen Brei herumreden, was die wichtigen Themen betrifft. Die beiden sind inzwischen erwachsen, also lassen Sie sie an ein paar der Belastungen teilhaben, die Ihnen nachts den Schlaf rauben. Sie müssen sie nicht länger schützen – es ist an der Zeit, dass Ihre Kinder Sie beschützen.«

»Oh«, sagte Doubler überrascht. »Ich hatte gehofft, dass es sich bei dem Versprechen um Schweine handeln würde. Oder Hühner. Da hätte ich nämlich sofort Ja gesagt.«

»Midge wird sich freuen, das zu hören, aber wir wollen Ihnen keine Verantwortung für weitere Lebewesen übertragen, bevor Sie nicht gelernt haben, mit denen, die Ihnen am nächsten stehen, offen zu sprechen.«

Doubler dachte über das Versprechen nach, um das er hier gebeten wurde, und spürte, wie ein Schatten der Angst über ihn hinweghuschte, als er sich fragte, woher Mrs. Millwoods plötzliche Dringlichkeit rührte. Doch sie hatte ihm verspochen, wieder auf die Mirth Farm zu kommen, oder etwa nicht?

»Ich vertraue Ihnen, Mrs. M. Sie haben überraschend oft recht. Früher habe ich mich hilfesuchend an Mr. Clarke gewandt, aber inzwischen sind es definitiv Sie.«

»Na, diesen Tag werde ich mir rot im Kalender anstreichen.« Mrs. Millwood lachte. »Ich bin Ihnen also eine bessere Freundin als ein toter Kartoffelbauer? Wie schmeichelhaft!«

Im Wissen, dass er sie nun fast alles fragen konnte, äußerte Doubler ohne Umschweife einen Gedanken, der ihn beunruhigte. »Mrs. Millwood, würde es Ihnen schmeicheln, mit einer Amsel verglichen zu werden?«

»Aber selbstverständlich. Haben Sie mal eine Amsel singen hören?«

»Um den melodiösen Gesang geht es nicht. Da wäre jeder geschmeichelt.« Doubler versuchte, seine Gedanken zu ordnen. »Sie haben mir aufgetragen, mit Camilla reinen Tisch zu machen. Ich weiß nicht, wo ich da anfangen soll.«

»Suchen Sie einfach das Gespräch, Mr. Doubler. Mehr verlange ich gar nicht. Suchen Sie das Gespräch, und wenn es etwas zu sagen gibt, wird es schon zur Sprache kommen. Worte haben die Tendenz, ausgesprochen zu werden.«

»Aber sie wird mit mir über die *Vergangenheit* sprechen wollen, Mrs. M. Was ist, wenn sich meine Erinnerung an ihre Kindheit nicht mit ihrer deckt? Was, wenn ich es mir falsch gemerkt habe? Was dann?«

»Meiner Erfahrung nach sind unsere Erinnerungen sowieso meistens unterschiedlich. Die Ereignisse sind dieselben, aber die Art, wie sie abgespeichert werden, hängt völlig vom jeweiligen Gemütszustand der Person zu diesem Zeitpunkt ab. Außerdem verändern sich Erinnerungen: Jedes Mal wenn man eine Erinnerung herauskramt, um sie anzusehen, legt man sie später an einem anderen Ort ab. Da kann sich schnell mal was verzerren.«

Das konnte Doubler so akzeptieren. Es schien ihm sehr plausibel, dass eine gute Erinnerung im Nachhinein als schmerzhaft abgespeichert wurde, weil in der Zwischenzeit andere Dinge passiert waren.

»Da könnten Sie recht haben, Mrs. M. Vielleicht gibt es verschiedene Arten, sich an dieselben Ereignisse zu erinnern.«

Im Wissen, dass er nun Mrs. Millwoods ungeteilte Aufmerksamkeit besaß, nahm er seine Geschichte von Maddie, Olive und dem Colonel wieder auf und achtete darauf, auch nicht das kleinste Detail auszulassen.

KAPITEL 30

Am nächsten Morgen saß Doubler neben dem Telefon und versuchte sich einzureden, dass er mutig genug war, um die Nummer zu wählen, die er sorgfältig herausgeschrieben vor sich liegen hatte. Er trug immer noch Mantel und Hut von seiner Morgenrunde, denn er wollte den Schwung nutzen, den er beim Spazieren durch die klare Luft des nahenden Frühlings gesammelt hatte.

Mehrmals griff er nach dem Hörer, um ihn dann wieder auf die Gabel fallen zu lassen. Er wusste, er musste es für Mrs. Millwood tun, aber die Dinge, die er erst vor Kurzem Maddie und Olive anvertraut hatte, kreisten in seinem Kopf. Dann musste er an die Tränen der Einsamkeit dieser beiden Frauen denken und an das, was Mrs. Millwood gesagt hatte. Es waren die Gemeinsamkeiten, die sie alle verbanden, die ihn schließlich die Nummer wählen ließen.

»Camilla«, sagte er, als sie sich meldete.

»Dad? Ist alles in Ordnung?« Sie klang sofort besorgt.

»Ja, alles bestens, vielen Dank. Ich dachte nur, ich melde mich mal bei dir, um zu hören, was du so machst. Wie geht's den Kindern?«

»Gut?«, erwiderte Camilla unsicher.

»Und deinem Mann. Darren? Wie geht's dem?«

»Gut?«

Doubler spürte, wie sie versuchte, die Situation einzuschätzen. Es knisterte förmlich in der Leitung.

Er zögerte. Wie konnte es sein, dass es so unendlich schwer war, mit seiner Tochter ins Gespräch zu kommen? Er dachte daran, wie entspannt er und Midge miteinander umgehen konnten. Entschlossen machte er weiter.

»Vielen Dank für das Vogelbuch, Camilla. Das war eine sehr nette Geste.«

»Ich hoffe, du kannst es brauchen. Es gab so viele zur Auswahl, man sollte es nicht glauben. Vielleicht ist es ein bisschen zu simpel, aber ich kann dir gerne noch was Detaillierteres zum Geburtstag schenken, wenn du magst.«

»Nicht nötig. Das hier erfüllt seinen Zweck vollkommen. Wenn ich lerne, auch nur die Hälfte der Vögel darin zu bestimmen, bin ich schon sehr zufrieden. Ich denke, es reicht völlig aus.«

»Ich bin froh, dass du ein Hobby hast. War auch höchste Zeit. Julian ist überzeugt davon, dass du dort oben so ganz allein langsam den Verstand verlierst.«

Doubler dankte Camilla insgeheim, dass sie Julian erwähnt hatte, denn das erlaubte ihm einen eleganten Übergang. »Camilla, wo du schon von deinem Bruder sprichst: Wie es scheint, ist Julian hinter meinem Auto her. Er meint, etwas Kleineres wäre praktischer für mich. ›Spritzig‹ war das Wort, das er benutzt hat, glaube ich. Er will den Land Rover eintauschen, damit ich keinen Ärger mehr damit habe, aber wie sich herausgestellt hat, ist meine alte Kiste ein kleines Vermögen wert.« Doubler hielt inne, damit Camilla diese Neuigkeiten verdauen konnte. »Das hat mich schon ein bisschen überrascht.«

Camilla seufzte übertrieben laut. »Mein Gott, Dad. Julian will dein Auto genau deshalb haben, *weil* es ein kleines Vermögen wert ist. Das ist dir schon klar, oder?«

»Aha«, machte Doubler nachdenklich und ließ dann zu, dass das Schweigen sich ausdehnte, ehe er mutig fortfuhr. »Der Gedanke ist mir durchaus gekommen, aber nur ganz flüchtig. Dann glaubst du also, er wusste, was er tut?«

»Natürlich wusste er das! Julian ist extrem berechnend. Und nicht gerade für seine Großzügigkeit bekannt, oder?«

Doubler war schockiert, wie schnell Camilla zu diesem Schluss gekommen war.

»Oh«, machte er.

»Das sollte dich doch aber nicht im Geringsten überraschen, Dad. Es ist schließlich nicht das erste Mal, dass er so was macht. Erinnerst du dich daran, wie du uns Mums Ringe gegeben hast? Er hat den Ehering bekommen, ich den Verlobungsring. Er hat mich überredet, mit ihm zu tauschen. Aus sentimentalen Gründen, hat er behauptet. Und den Solitär dann sofort verkauft. Der, den er mir gelassen hat, ist anscheinend so gut wie wertlos.«

»Also wenn du mich fragst, klingt das ziemlich manipulativ.« Doubler fragte sich, ob er diese Geschichte schon mal gehört hatte, und falls ja, warum er sie sich nicht gemerkt hatte.

Camilla lachte. »Das kann man wohl sagen. Mir hat es nicht wirklich etwas ausgemacht. Es war einfach schön, was von Mum zu haben. Der Wert war mir nie so wichtig. Und ich trage den Ehering eigentlich sowieso lieber. Mir hat nur nicht gefallen, dass Julian dachte, ich bin so blöd, nicht zu kapieren, was er tut.«

»Das kann ich mir vorstellen.« Doubler verspürte ein kurz aufflackerndes Gefühl der Gemeinsamkeit, um das er zwar nicht gebeten hatte, das sich aber gar nicht unangenehm anfühlte. »Niemand mag das.« Dann fuhr er vorsichtig fort: »Wenn ich fragen darf, hast du ihn denn darauf angesprochen, als du hinter sein falsches Spiel gekommen bist?«

»Nein. Es war auch nicht das einzige Mal, dass er sich so egoistisch verhalten hat. Aber diese Familie ist schon gespalten genug, Dad. Das will ich nicht noch verschlimmern. Ich nehme an, Julian braucht das Gefühl, uns alle in der Hand zu haben, um mit seinen eigenen Dämonen klarzukommen. Schließlich muss jeder einen Weg finden, das Leben zu meistern, oder? Wieso sollte ich mir da ein Urteil erlauben?«

»Und was würdest du mir empfehlen, wie soll ich mich in dieser Autosache verhalten?«

»Ich weiß nicht. Das bleibt vollkommen dir überlassen. Ich persönlich würde ihn vermutlich einfach machen lassen. Er ist ein sehr unglücklicher Mensch, und vielleicht hat er weniger das Gefühl, vom Leben betrogen worden zu sein, wenn er ab und zu glaubt, uns übers Ohr gehauen zu haben.«

»Das denkst du wirklich? Du meinst, ich sollte ihm meinen hoch geschätzten Land Rover überlassen, damit er ihn gegen einen modernen *Kleinwagen* eintauscht?«

»Also, nein, natürlich nicht. Nicht wenn du dein Auto liebst.« Camilla hatte einen klagenden Ton angenommen. Sie konnte nicht verbergen, wie sehr dieser Konflikt sie belastete.

»Was rätst du mir? Ich bitte dich um deine *Hilfe*.«

»Aber du hast mich noch nie um Hilfe gebeten, deshalb habe ich nicht besonders viel Übung darin. Du tust immer so, als würdest du von niemandem Hilfe brauchen.«

Nach einer kurzen Pause erwiderte Doubler leise: »Das mag sein, aber vielleicht war mir das bis jetzt einfach nie bewusst.«

Camilla war besänftigt. »Julian ist kompliziert. Komplizierter als ich, glaube ich. Ich mag eben keine Konflikte. Ich will einfach nur den Status quo wahren und meine Familie zusammenhalten.«

»So wie ich es mit unserer nicht geschafft habe, meinst du?« Doubler malte sich aus, wie es wohl gewesen sein musste, die verlassene Tochter zu sein.

»Ach, Dad. Du hast das gut gemacht mit uns zwei Teenagern. Das war bestimmt nicht einfach. Du hast dein Bestes gegeben, Mum zu ersetzen, und hast dafür gesorgt, dass es uns an nichts vom Nötigsten fehlt, was uns unsere Mutter nicht mehr geben konnte. Aber vielleicht warst du so sehr damit beschäftigt, uns irgendwie die Mutter zu ersetzen, dass du für Julian nicht immer richtig als Vater da warst. Vielleicht hätte Julian das gebraucht.«

»Glaubst du das wirklich? Meinst du, ich habe ihn zu dem gemacht, was er heute ist? Ein Mann, der seinen eigenen Vater über den Tisch ziehen würde?«

Camilla, die entsetzt war, ihren Vater womöglich beleidigt zu haben, ruderte sofort zurück. »Das klang jetzt sehr hart, oder? Es tut mir leid, Dad. Nein, so habe ich das nicht gemeint. Du hast wirklich dein Bestes gegeben.«

»Ich habe es zumindest *versucht*, aber ich bin sofort bereit zuzugeben, dass mein Bestes nicht ausgereicht hat.« Doubler dachte an seinen Sohn und den Mann, zu dem er geworden war. »Aber ich bin nicht bereit, Julian so leicht wie du vom Haken zu lassen. Er hatte einen schwierigen Start ins Leben, zugegeben. Ich war nicht das Vorbild, das er gerne gehabt hätte, ja. Ich habe ihn auf der ganzen Linie enttäuscht. Auch das. Aber bedeutet das, dass wir beide sein Verhalten akzeptieren müssen? Geht er als mieser Typ durchs Leben, nur weil er keine perfekte Kindheit hatte? Sollte ihm nicht mal jemand sagen, dass betrügen und lügen nicht wirklich in Ordnung ist?«

»Das ist *deine* Aufgabe, nicht meine. Ich will da nicht mit hineingezogen werden. Er ist nur mein Bruder, und der einzige, den ich habe. Außerdem kann ich mich nicht daran erinnern, dass er je anders war. Wenn du jetzt anfangen möchtest, ihn zu erziehen, ist das deine Sache. Aber bitte fang keinen Streit bei unseren sonntäglichen Familienessen an. Ich möchte gerne, dass meine Kinder mit positiven Eindrücken aufwachsen.«

»Wie Hever Castle?«, versuchte Doubler sein Glück in der Hoffnung, dass seine Ahnung ihn nicht trog und es sich für Camilla um eine positive Erinnerung handelte.

»Genau!«, rief sie. »Sorglose gemeinsame Zeit als Familie! Das hat jedes Kind verdient, oder? Ich weiß, ich habe damals total viel Theater gemacht. Ich fand, dass ich schon zu alt war für so einen Ausflug, und Julian war den ganzen Tag ein echter Kotzbrocken, weißt du noch? Aber erst viel später wurde mir klar, was für eine Anstrengung das gewesen sein muss, mit uns einen Ausflug zu machen, so bald nach Mum. Ich weiß, was du damals versucht hast: Du wolltest uns zeigen, dass unsere Kindheit nicht über Nacht zu Ende war, und das war sehr gut, Dad. Bestimmt war das nicht einfach.«

Doubler schloss die Augen und ließ die Bilder langsam kommen. Wie er sich bei seiner Tochter unterhakt, als sie im Gleichschritt über eine weite Rasenfläche spazieren. Durch ein Labyrinth rennen, sich beim Versteckspiel ducken und dabei atemlos lachen, um sich kurz darauf auf Julian zu stürzen.

Dann in einem zugigen Café Schlange stehen, ein Tablett mit Tee und Sandwichs fallen lassen. Mühsam die Tränen zurückhalten. Die mitleidigen und vorwurfsvollen Blicke der Mütter ringsherum, als er allein mit zwei unberührten Tellern am Tisch saß, weil Camilla und Julian das Interesse an Mittagessen verloren hatten. Erinnerungsschnipsel. Nichts weiter als Schnipsel. Aber wenn Camilla es als sorgenfreie Familienzeit in Erinnerung hatte, weshalb sollte er dem widersprechen?

Vorsichtig fragte er: »Wie meisterst *du* denn das Leben, Camilla? Welchen Weg hast *du* für *dich* gefunden? Was ist mit *deinen* Dämonen?«

Sie stieß ein bitteres Lachen aus. »Ich lass dich wissen, wenn ich eine Antwort gefunden habe, ja?« Sie dachte kurz über die Frage ihres Vaters nach und begegnete dann seinem neugierigen Tonfall mit Pragmatismus: »Ich schätze mal, ich versuche für meine Kinder eine so verlässliche Umgebung wie möglich zu schaffen. Ich versuche, sie an den schönen Aspekten meiner Kindheit teilhaben zu lassen, damit die Mirth Farm in ihren Herzen einen positiven Platz einnimmt, bevor sie von den schmerzhaften Kapiteln erfahren. Dafür ist später noch genug Zeit.« Sie verstummte. Dann fügte sie hinzu: »Ich gebe mir große Mühe, meinen Mann und meine Kinder nicht zu enttäuschen.«

»Oh.« Doubler schluckte schwer.

Und schließlich, als würde sie eine Liste auswendig gelernter Antworten abspulen: »Ich versuche, meiner Mutter zu verzeihen.« Sie sagte es mit so überraschend fester Stimme, dass es für Doubler so klang, als könnte sie vielleicht irgendwann auch ihrem Vater verzeihen.

KAPITEL 31

Es klingelte, und Olive beeilte sich aufzumachen. »Kommen Sie rein, kommen Sie rein.« Mit diesen Worten riss sie die Haustür auf, woraufhin der Colonel erschrocken einen Schritt zurückwich und dabei Derek auf die Zehen trat, der wie immer direkt hinter ihm stand.

»Wir sind heute im Wohnzimmer. Gehen Sie einfach durch.« Olive ließ den Colonel eintreten und drückte Derek im Vorbeigehen beruhigend den Arm, was dieser entgegen Olives wohlgemeinter Absicht eher ein bisschen bedrohlich fand.

Die Verlegung von der Küche ins Wohnzimmer brachte den Colonel ziemlich aus dem Konzept, und nach einer Reihe schneller Überlegungen bereitete er geschickt seinen Rückzug vor. Sein widerwilliger Gang machte deutlich, dass er lieber im Flur verweilen würde, als sich einer ungeplanten Ortsänderung zu überlassen. Und um seine mangelnde Begeisterung für dieses neue Arrangement zum Ausdruck zu bringen, blieb er zurück, während er überlegte, wie er die Situation am besten wieder unter Kontrolle bringen konnte. (Manchmal, dachte er verärgert, wäre es schön, wenn die Leute einfach das täten, was von ihnen erwartet wird.) Olive legte ein für sie gänzlich ungewöhnliches Verhalten an den Tag. Statt ihn gleich auf der Schwelle zum Wohnzimmer ins Gespräch verwickeln zu wollen, schob sie ihn mit einem spielerischen Schubs durch die Tür. Der Colonel, den Olives selbstbewusstes Auftreten zunehmend verwirrte, erschrak noch mehr, als er beim widerwilligen Betreten des Raumes auf einmal Mrs. Mitchell erblickte. Diese saß in einem gemütlichen Sessel in der Ecke und hatte die gefaltete Zeitung auf dem Schoß liegen.

»Das ist ja eine Überraschung«, sagte er über die Schulter an Olive gewandt. Diese war jedoch damit beschäftigt, Dereks Mantel aufzuhängen. Der Colonel hielt seine Jacke fest an sich gedrückt aus Angst, Olive könnte sie ihm gewaltsam entreißen und damit seinen Aufenthalt verlängern.

»Ach, Sie meinen Maddie? Ist das nicht nett? Ich genieße ihre Gesellschaft wirklich sehr.«

Der Colonel wandte Maddie den Rücken zu und senkte die Stimme, allerdings nicht auf unhörbare Lautstärke. »Lassen Sie sich lieber nicht von der einwickeln. Sie spielen ein riskantes Spiel. Sie brauchen sich nur einmal umzudrehen, und schon ist sie mit dem Esel verschwunden.«

»Das glaube ich nicht. Es ist nämlich gar nicht nötig, stimmt's, Maddie?« Olive richtete die Frage an ihre neue Freundin.

»Was ist nicht nötig?« Maddie blickte unschuldig von ihrer Zeitung auf. Ihre Augen jedoch blitzten, und sie unterdrückte ein Lächeln, was verriet, dass sie irgendwie mit Olive unter einer Decke steckte. Weder Derek noch der Colonel hatten eine Ahnung, um was für eine Art von Komplott es sich handeln könnte.

»Der Colonel hier denkt, du machst dich mit dem Esel aus dem Staub, sobald ich dir den Rücken zukehre. Aber seine Sorge ist unbegründet, oder, meine Liebe?«

»Ich kann Percy ja jetzt sehen, wann immer ich will. Das macht ihn ehrlich gesagt wesentlich weniger reizvoll. Aber falls Thomas doch jemals nach Hause kommt, dann weiß er zumindest, wo er uns beide finden kann.« Mit einem zufriedenen Nicken wandte sich Maddie wieder ihrer Zeitung zu. Nur der Griff an ihre Brosche verriet ihre leichte Nervosität, als sie sich wieder den Tagesnachrichten zu widmen schien.

»Nehmen Sie doch Platz, Gentlemen. Machen Sie es sich gemütlich. Ich hole uns was zum Knabbern. Maddie und ich haben nämlich gebacken, stimmt's?«

»Na ja, du hast gebacken. Ich habe zugeschaut. Wobei ich hoffe, was zu lernen. Man ist nie zu alt für ein neues Hobby.« Maddie spielte die unschuldige alte Dame sehr überzeugend, aber weder der Colonel noch Derek ließen sich davon täuschen.

Der Colonel betrachtete sie aus zusammengekniffenen Augen, und Derek lächelte. Ihn faszinierte die Verwandlung.

Bevor Olive das Zimmer verließ, drehte sie sich noch mal um. »Dieser Doubler ist schon ein Charmeur, was? Er war in letzter Zeit öfters mal hier, um Maddie bei der Eingewöhnung zu helfen, und er hat uns beiden einige Grundlagen des Backens beigebracht. Sie sind heute die glücklichen Versuchskaninchen und dürfen von den köstlichen Kuchen kosten, die wir gebacken haben. Paula und Mabel waren gestern erst da und ziemlich angetan. Um ehrlich zu sein, haben Sie Glück, dass überhaupt noch etwas übrig ist.«

»Aber ein Stückchen von dem Rührkuchen mit Zitronenguss ist für den Colonel hoffentlich schon noch da, oder? Der kam nämlich sehr gut an.« Maddie klang ehrlich besorgt, aber Olive war bereits Richtung Küche verschwunden.

Derek zog sich einen Stuhl zu Maddies Sessel hin.

»Also, Maddie, das ist ja schon eine ziemliche Veränderung. Ich wusste gar nicht, dass Sie beide jetzt befreundet sind.«

»Veränderung in der Tat. Der Wilderer wird zum Wildhüter«, murmelte der Colonel, ehe er sich seinem Schicksal ergab und sich schwer auf einen Stuhl am anderen Ende des Zimmers fallen ließ.

»Dann sind Sie also oft hier?«, bohrte Derek nach.

»Ich verbringe inzwischen den Großteil meiner Zeit auf der Grove Farm. Zuletzt habe ich fünf Nächte in Folge hier übernachtet. Ich betrachte es inzwischen als mein Zuhause.« Ihre Lippe zitterte bei dem Wort, und sie blinzelte streng, um die drohenden Tränen in Schach zu halten. Mit belegter Stimme fuhr sie fort: »Ich kann mein Glück gar nicht fassen. Jeden Morgen, wenn ich die Augen aufmache, muss ich mich kneifen.« Nun musste sie doch heftig schlucken. »Wissen Sie, was ich sehe, wenn ich morgens aufwache?«

Derek blickte aus dem Fenster und stellte sich vor, im Bauernhaus aufzuwachen. »Die Aussicht muss fantastisch sein. Was sehen Sie? Die Felder? Die Bäume? Den Himmel?« Sein Lächeln war herzlich. »Verraten Sie es mir.«

»Die Aussicht ist natürlich toll, aber das Erste, was ich sehe, ist eine kleine Stelle mit Schimmel in der Ecke und diesen uralten Wasserfleck an der Decke. Ich schaue ihn an und weiß, ich bin wieder in einem lebendigen Haus, das zwar die Elemente hereinlässt, aber einen warm einhüllt, wenn einem zu kalt wird. Ich liege da, schaue den Wasserfleck an und denke an die Geschichte, die diese Zimmerdecke zu erzählen hat. Da wird mir fast schwindelig vor Glück. Ich habe das Gefühl, einem Albtraum entronnen zu sein.«

Derek sah Maddie ernst an und fragte sich, ob es tatsächlich möglich war, Freude an einer schimmeligen Decke zu finden. Doch ihre Augen glänzten, und der grimmige Gesichtsausdruck, an den sich alle auf der Grove Farm so gewöhnt hatten, war verschwunden.

»Ich habe das größte Glück überhaupt«, fügte sie nachdrücklich hinzu.

Der Colonel betrachtete sie argwöhnisch. »Großer Gott, Maddie Mitchell. Ich hatte erwartet, Sie hinter Schloss und Riegel vorzufinden, und stattdessen genießen Sie eine ganz neue Freiheit.«

»Oh, ich bin noch nicht aus dem Schneider. Ich glaube, ein paar Leute suchen nach mir. Doubler versucht liebenswürdigerweise alle zu beruhigen. Meine Jungs glauben, ich wurde entführt, die Polizei denkt, ich will einer Anzeige wegen Brandstiftung entgehen, und das Sozialamt hält mich für gemeingefährlich. Es läuft also nicht alles glatt.«

»Das will ich meinen. Es gibt schließlich einen Grund, weshalb wir gesellschaftliche Strukturen haben, Maddie. Man kann nicht einfach Esel stehlen und sein Haus anzünden und dann erwarten, keine Konsequenzen tragen zu müssen.«

Während dieses letzten Kommentars betrat Olive wieder den Raum. »Genug jetzt. Maddie lebt heute ohne Konsequenzen, und das gefällt ihr sehr gut, nicht wahr, meine Liebe?« Stolz stellte sie das Tablett ab und schenkte Tee ein.

Beim Anblick der Leckereien stieß Derek einen anerkennenden Pfiff aus. Selbst der Colonel musste widerwillig zugeben, dass dies eine deutliche Verbesserung zu den üblichen Vanillekeksen darstellte.

»Wir lieben unser neues Leben. Seit Jahren sitze ich hier auf diesem Hof, aber wie sich herausgestellt hat, weiß ich in Wirklichkeit erstaunlich wenig darüber. Maddie bringt mir bei, über den Boden nachzudenken und was wir vielleicht erreichen können in Anbetracht unserer beschränkten Möglichkeiten. Sie ist von uns beiden die echte Bäuerin, und in der Zwischenzeit bringt mir der liebe Doubler bei, wie man Bauersfrau wird.«

»Der liebe Doubler? Wann wurde aus diesem missmutigen alten Kartoffelbauern der ›liebe Doubler‹, verdammt?« Der Colonel verdrehte die Augen.

»Es sieht für mich so aus, als hätten Sie beide sich komplett neu erfunden«, stellte Derek fest, der zwar erfreut, aber auch sehr verblüfft war. »Ich muss sagen, das kommt alles ein bisschen plötzlich.«

Olive sprach für beide Frauen: »Ja, es war wirklich plötzlich, nicht wahr, meine Liebe? Doubler hat uns miteinander bekanntgemacht. Maddie hatte ein bisschen Mist gebaut, und Doubler wusste, wie furchtbar einsam ich hier war. Deshalb dachte er, wir könnten uns gegenseitig helfen. Als wir uns getroffen haben, war es einfach sonnenklar. Ich wurde hier ganz alleine verrückt. Um ehrlich zu sein, ich glaube, achtzig Prozent des Weges zum Wahnsinn hatte ich schon geschafft.«

»Ha!«, rief Maddie, die erfreut ihre eigene Misere wiedererkannte. »Und ich war bereits zu hundert Prozent unzurechnungsfähig!«

»Also haben wir uns zusammengesetzt und beschlossen, dass zwanzig Prozent klarer Verstand für uns beide ausreichen und besser sind als nichts.«

Derek fiel auf, wie ähnlich ihr Lachen war. Wie das von ganz alten Freunden.

»Aber Spaß beiseite«, fuhr Olive feierlich fort. »Ich kümmere mich von Natur aus gerne um andere. Das habe ich mein ganzes Leben lang getan. Zuerst um meine Kinder, meinen Mann, dann meine Eltern, seine Eltern, und dann plötzlich, für mich völlig unerwartet und für meine Gesundheit gar nicht zuträglich, war ich mutterseelenallein.« Sie sah den Colonel mit großen Augen an. »Ohne mich von einem Tag auf den anderen auf etwas freuen zu können. Deshalb war ich so glücklich, als Sie mich angesprochen haben, ob hier bei mir nicht Platz für die Tiere wäre. Deshalb bin ich so bereitwillig darauf eingegangen. Ich dachte, es würde gegen meine Vereinsamung helfen und meinem Leben wieder einen Sinn geben. Aber so ist es nicht gelaufen. Im Grunde haben Sie mich vom ersten Tag an ignoriert. Es ist, als wären Sie da, aber dann doch nicht wirklich. Ich höre die Motorengeräusche Ihrer Autos, wenn Sie kommen und gehen, aber keiner macht sich die Mühe, hereinzuschauen und Hallo zu sagen. Da fühle ich mich einsamer, als wenn Sie gar nicht da wären.« Sie sagte es ohne einen Anflug von Vorwurf. Sie legte einfach nur die Tatsachen dar, wie sie sie erlebt hatte. Es war kein Selbstmitleid, das sie hier zur Schau stellte. Stattdessen wirkte sie sehr zufrieden mit ihrer sorgfältigen Analyse.

Entsetzt griff Derek nach ihrer Hand. »Oh, Olive, wir versuchen ja, einmal die Woche vorbeizukommen und Hallo zu sagen, und wir tun unser Möglichstes, Sie auf dem Laufenden zu halten. Aber wenn wir Sie vernachlässigt haben, dann können wir auf jeden Fall öfter reinschauen, wenn Sie das möchten. Ich hatte ja keine Ahnung, dass Sie so leiden.«

»Nein, nein, das ist alles meine Schuld«, schaltete sich der

Colonel ein, der in seinem riesigen Sessel kleiner wirkte als gewöhnlich.

»Ja, Colonel, es ist tatsächlich Ihre Schuld.« In Olives Stimme lag immer noch nicht der Hauch einer Anschuldigung, sondern sie stimmte ihm lediglich zu. »Sie haben mich hierzu überredet, weil es Ihnen gut passte, und sobald Sie sich hier eingerichtet hatten, haben Sie mich links liegen lassen.«

Der Colonel wirkte enttäuscht. »Das war nicht meine Absicht. Aber wenn Sie es so sehen, dann muss ich die volle Verantwortung dafür übernehmen. Sie haben mir gegenüber sehr deutlich gemacht, dass unsere Anwesenheit Ihnen Kummer bereitet, also hatte ich das Gefühl, wir müssen Ihnen mehr Raum lassen.«

»Bei allem Respekt, Sie hatten über den Raum nicht zu bestimmen. Raum hatte ich mehr als genug.«

»Aber Sie haben mir ausdrücklich gesagt, wir sollen Sie in Ruhe lassen. Daran erinnere ich mich ganz deutlich. Derek, hilf mir mal. Olive hat uns doch gesagt, wir sollen das Haus verlassen, oder etwa nicht?«

Derek öffnete den Mund, doch Olive gebot ihm mit erhobener Hand zu schweigen. »Ich hatte einen schlechten Tag. Ich erinnere mich an diese Unterhaltung. Ich habe keine Menschen ertragen und erst recht nicht Ihre ständigen Fragen.«

»Eben. Darauf habe ich reagiert. Ich wollte Ihre Bitte um Privatsphäre respektieren, und wir haben daraufhin alles getan, um Sie nicht weiter zu belästigen.«

»Es ist sehr bedauerlich, dass ich Sie weggeschickt habe. Aber das Gefühl, es nicht mehr zu schaffen, hält nie lange an. Sobald ich wieder stark genug war, habe ich versucht, mich in Ihre Aktivitäten hier mit einzuklinken, aber von diesem Moment an haben Sie mich ausgeschlossen.«

»So ist es.« Maddie nickte zustimmend. »Sie haben ihr das Gefühl gegeben, noch isolierter zu sein als zuvor.«

»Du meine Güte, Olive, seit wann empfinden Sie das denn schon so?«, fragte Derek, über seine Mitschuld grübelnd. Ihm wurde elend bei dem Gedanken, dass er zwar die herrischen Tendenzen des Colonels bemerkt, aber wenig getan hatte, um Olive zu verteidigen oder zu beschützen.

»Von Anfang an«, antwortete Olive mit einem nüchternen Schulterzucken.

»Das tut mir furchtbar leid«, sagte Derek.

»Das tut mir furchtbar leid«, sagte der Colonel fast im selben Moment.

»Das tut uns furchtbar leid«, wiederholten sie im Chor.

Dann stand der Colonel auf und ging im Zimmer umher. Seine ganze Gestalt schien vor Reue in sich zusammengesunken. »Nein, wirklich, ich muss versuchen, mein Fehlverhalten zu korrigieren. Ich habe die Situation falsch eingeschätzt. Ich habe sie falsch interpretiert. Und ich habe keine guten Führungsqualitäten an den Tag gelegt.«

»Doubler sagt, Sie können einfach nicht gut mit hysterischen Frauen umgehen«, kommentierte Maddie freundlich.

Der Colonel blieb stehen und sah sie stirnrunzelnd an. »Doubler kann sich solche dreisten Aussagen nicht erlauben. Er weiß nichts über mich oder über meine Fähigkeit, mit hysterischen Frauen umzugehen.«

»Hat er das wirklich so formuliert, meine Liebe, oder hat er gesagt, der Colonel kann einfach nicht gut mit Frauen umgehen, egal welchen Temperaments?«, erkundigte sich Olive bei Maddie, als wäre der Colonel gar nicht mehr da.

»Nein, nein, er hat definitiv gesagt, Hysterie wäre keine Stärke des Colonels.«

Derek lachte laut, und der Colonel hob die Stimme, um den Lärm zu übertönen. »Verzeihung, meine Damen? Ich bin immer noch anwesend.«

»Oh, Entschuldigung, das tut mir leid. Aber vielleicht bekommen Sie jetzt eine Ahnung davon, wie es ist, mit Ihnen in einem Raum zu sein. Ich sage etwas, oder zumindest versuche ich es, aber Sie sind schon wieder am Aufbrechen, kaum dass Sie gekommen sind. Das ist *respektlos*.«

Der Colonel, der gerade beschlossen hatte zu gehen, setzte sich stattdessen wieder in seinen Sessel und sah die beiden Frauen herausfordernd an.

Derek ergriff das Wort. »Auch wenn wir das vielleicht nicht gerne hören wollen, Maxwell, aber Olive hat schon recht. Wir kommen freitags meistens als Letztes hier vorbei, und oft fühlt es sich ein bisschen gehetzt an. Es ist schließlich ihr Hof.«

Der Colonel schob nachdenklich die Mütze zurück. »Das ist eine berechtigte Anmerkung. Wir sollten uns vielleicht regelmäßiger treffen. Würde das helfen?«

»Es wäre zumindest ein Anfang«, stimmte Olive zu.

»Aber das reicht nicht, oder? Als Ausgleich dafür, die ganze Zeit ignoriert worden zu sein. Ich würde das nicht so stehenlassen, Olive. Ich würde es keine Minute länger zulassen«, drängte Maddie, der Olives hastige Zustimmung missfiel.

»Ich glaube nicht, dass Sie da etwas mitzureden haben, Maddie. Soweit ich weiß, sind Sie quasi ein Flüchtling. Je weniger wir von Ihnen hören, umso besser«, wehrte sich der Colonel.

Olive gebot ihm jedoch rasch Einhalt. »Nein, Colonel, so nicht. So sprechen Sie nicht mit Mrs. Mitchell, nicht in meinem Haus. Sie ist hier als mein Gast, und man wird sie mit dem nötigen Respekt behandeln.«

Derek schaltete sich ein, von der Verwandlung der beiden Frauen ebenfalls ermutigt. »Was können wir tun, um es wiedergutzumachen, Olive? Ich fühle mich schrecklich, dass Sie sich ausgenutzt vorkamen, wo Sie uns allen gegenüber doch so großzügig waren.«

Olive betrachtete die beiden Männer aufmerksam und verschränkte die Arme vor der Brust. »Ich will einen Neuanfang,

Gentlemen. Genau wie der Neuanfang von Maddie und mir. Wie der Neuanfang, den Doubler für sich wagt. Er sagt, er erfindet sich als *Vater* neu. Was wieder mal zeigt, dass man nie zu alt ist.«

»Okay, den bekommen Sie. Einen Neuanfang. Wir heißen Sie als eine von uns im Team willkommen, wir werden uns häufiger treffen, und die Treffen werden länger dauern – dann können wir viel tiefer ins Detail gehen. Würde das helfen?« Derek merkte, dass er, ohne unterbrochen worden zu sein, für den Colonel gesprochen hatte.

»Ich will nicht, dass Olive sich mit weniger zufriedengibt, als ihr zusteht«, sagte Maddie, deren knallharte Entschlossenheit von Olives eher versöhnlicherer Haltung nicht im Geringsten gemindert wurde. »Ich finde, sie sollte das Sagen haben. Sie sollte Vorsitzende des Vereins sein.«

»Vorsitzende? Brauchen wir einen Vorsitz? Das klingt für mich alles ein bisschen überzogen«, meinte der Colonel und fragte sich, was mit seiner sorgfältig aufgebauten Hierarchie passieren würde, wenn Olive plötzlich aus dem Nichts zur Allmacht befördert wurde.

»Es gibt immer einen Vorsitzenden«, beharrte Maddie.

»Olive als Vorsitzende ist ein ausgezeichneter Vorschlag. Ich glaube, das würde unseren Ehrgeiz anstacheln, uns ein bisschen mutiger werden lassen. Mehr Struktur und Rechenschaftspflicht ist eine sehr gute Idee, Maddie«, lobte Derek. Er betrachtete es als ersten Schritt von vielen zu einer gerechteren Neuordnung des Universums.

Olive strahlte. »Ich muss zugeben, ich bin ziemlich entzückt. Vorsitzende! Ich war noch nie *Vorsitzende* von irgendwas.« Sie ließ sich auf einen Stuhl fallen, als würde sie von Gefühlen überwältigt. »Vielen Dank, Maddie, das war ein sehr lieber Vorschlag. Und vielen Dank, Derek. Sie waren immer sehr nett zu mir, und das weiß ich zu schätzen. Und Colonel, es tut mir leid, wenn ich gelegentlich schlechte Tage hatte. Ich bin sicher, das hat Sie ein bisschen erschreckt. Nichts versetzt einen verklemmten Gentleman wie Sie so in Angst und Schrecken wie eine indisponierte Frau.«

Der Colonel öffnete den Mund, um zu widersprechen, doch Olive war noch nicht fertig. »Wo wir schon dabei sind, es gibt da noch etwas, das Sie für Maddie tun können.«

Der Colonel wirkte erschöpft. »Sie beide sind heute aber wirklich nicht zu bremsen.«

»Um ehrlich zu sein, fühle ich mich richtig gut. Ich war schon lange nicht mehr Teil eines Paares, und ich weiß es zu schätzen. Sich um den anderen zu kümmern gehört da einfach dazu, oder? Ich hoffe sehr, dass wir zusammen viel bewirken können.«

»Das fürchte ich in der Tat. Aber ich weiß nicht, was ich für Maddie noch tun kann. Seit Jahren helfe ich ihr immer wieder aus der Patsche. Sie mögen mich für respektlos halten, aber was denken Sie, wer bringt Maddie jedes Mal zurück nach Hause, wenn sie hier wieder auftaucht und versucht, den Esel zu stehlen – ja, zu *stehlen*? Und wer hat die Besitzer der Traktoren, Pferdeanhänger und Lieferwagen, mit denen sie gekommen ist, überredet, keine Anzeige zu erstatten? Wer, glauben Sie, hat sogar inoffiziell ein Wörtchen mit der *Polizei* geredet, um sicherzugehen, dass Ihre Maddie nicht für viele verschiedene Delikte festgenommen wird, die normalerweise hart bestraft werden? Wie zum Beispiel Fahren ohne Führerschein, Einbruch, Entführung, Diebstahl … Wer, glauben Sie, hat ihr all die Jahre den Rücken freigehalten?«

»Es tut mir leid«, sagte Maddie leise. »Ich habe Ihnen ziemlich viel Ärger gemacht.«

Olive stand auf, um sich solidarisch neben Maddie zu stellen. »Wir sind beide sehr dankbar für Ihre Hilfe in der Vergangenheit, aber nun brauchen wir noch einmal Ihre Überredungskünste. Doubler und ich sind der Meinung, dass vermutlich nur Sie Maddie aus der Klemme helfen können.«

»Nun ja, ich kann es ja mal versuchen – auf ein Mal mehr kommt es nicht an –, aber diesmal hat sie nicht nur die Feuerwehr und die Polizei gegen sich, sondern auch noch das Sozialamt, und wer weiß, was die daraus machen? Ich kann es versuchen, aber wenn die glauben, dass sie nicht weiter alleine wohnen kann, dann werde ich auch nicht viel ausrichten können.«

»Aber darum geht es ja gar nicht. Sie wohnt doch gar nicht *allein*. Sie ist hier bei mir, und wir übernehmen gegenseitig die volle Verantwortung für unser Wohlergehen. Mal sehen, wie das funktioniert. Vielleicht gibt es das totale Chaos, aber damit kommen wir klar. Die letzten paar Tage waren chaotisch, aber für mich auch die glücklichsten seit Langem. Wir haben morgens ein richtiges Frühstück gekocht! Sorgen machen wir uns weniger wegen des Sozialamts. Sondern wegen der Söhne.«

»Ja, da hat Olive recht – sie sind es, die mich am liebsten einsperren würden.« Maddie wirkte ängstlich.

»Nun übertreiben Sie mal nicht«, schalt der Colonel. »Ihre Söhne wollen Sie doch nicht einsperren. Sie halten große Stücke auf Sie und wollen nur Ihr Bestes.«

»Sie sind sehr sauer auf Doubler, und sie glauben, Olive hier hätte mich in eine Sekte hineingezogen.«

»Eine Sekte? Mein Gott, das wäre die seltsamste Sekte der Welt. Ein furchteinflößendes Netzwerk aus zwei alten Frauen und einem Esel. Ich bin nicht sicher, ob Sie da auf viele Anhänger hoffen dürfen.«

»Ich bin keine alte Frau. Ich bin die frisch ernannte Vorsitzende eines eingetragenen Vereins.« Olive klang gleichermaßen beleidigt und würdevoll.

»Das stimmt. Wohl gesprochen«, meinte Derek, der an einer Unterhaltung schon lange nicht mehr so viel Spaß gehabt hatte.

»Trotzdem sollte es wohl machbar sein, Ihre Söhne von den Vorzügen dieses Arrangements zu überzeugen«, seufzte der Colonel im Wissen, dass eine schwierige Aufgabe vor ihm lag.

»Genau. Was soll schon Schlimmes passieren?«, fragte Olive unschuldig.

»Ich hoffe, alle stimmen zu, dass es so das Beste ist. Ich wäre glücklicher, würde meiner Familie weniger zur Last fallen, und es ist ein wunderbarer Ort für die Enkelkinder. Ich werde Karotten mit ihnen säen.«

»Wir haben ein Gemüsebeet geplant, nicht wahr, meine Liebe?« Olive strahlte.

»Dann wollen Sie also, dass ich mit Ihren Jungs rede. Sie zur Vernunft bringe?« Der Colonel wandte sich an Maddie.

»Ja, sie sind gute Jungs, vernünftig. Dann können die sich mit dem Sozialdienst auseinandersetzen«, antwortete Maddie glücklich.

»Und die wiederum mit der Polizei«, fügte Olive hinzu.

»Die dann die Sache mit der Feuerwehr klärt«, schloss Derek.

»Heiliger Strohsack, Olive, ich hoffe sehr, Sie wissen, worauf Sie sich da einlassen. Ihre Freundin hier ist ein unberechenbares Energiebündel.«

Maddie errötete ein wenig. »Vielen Dank, Colonel. Das ist das Netteste, was mir seit Langem jemand gesagt hat.«

Olive stand auf. »Es war eine ausgezeichnete Besprechung, meine Herren. Aber wir können hier nicht den ganzen Tag herumsitzen und plaudern – es gibt viel zu tun. Sie können uns berichten, was Sie erreicht haben, wenn wir uns das nächste Mal sehen.« Mit diesen Worten geleitete sie den Colonel zur Tür, ehe sie sich umdrehte, um Derek pantomimisch zuzuzwinkern und ihm einen Luftkuss zuzuwerfen.

Derek drückte sie kurz, dann scheuchte Olive die beiden Männer hinaus. Kaum waren sie gegangen, machten sich Olive und Maddie daran, den nächsten Streich zu planen.

KAPITEL 32

Der Regen hatte die ganze Nacht ohne Unterlass auf die Dachziegel getrommelt und prasselte den Vormittag über weiterhin erbarmungslos gegen die nach Norden gewandten Fenster der Mirth Farm. Kleine Wasserlachen hatten sich auf einigen Fensterbrettern gebildet, wo der Regen in den alten Fensterrahmen winzige Schlupflöcher fand, und vor der Hintertür zierte eine Pfütze den Boden, in der sich das Regenwasser von Doublers Stiefeln und seinem Mantel gesammelt hatte.

Doubler zog seinen immer noch feuchten Regenmantel wieder über die Jacke, zurrte die Kapuze fest und eilte quer über den Hof, um seine Arbeit fortzusetzen. Trotz des heftigen Regens blieb er kurz stehen, um einen Blick in den dunklen Himmel hinauf zu werfen und für den kalten, reinigenden Regen zu danken, der die Mirth Farm sauber waschen und ihm dabei helfen würde, den Ackerboden fürs kommende Jahr vorzubereiten.

Doubler war hoffnungsvoll, und mit der Hoffnung kam die Lust auf neue Projekte. Das erste davon nahm bereits Gestalt an und füllte langsam die Leerstellen seiner Zukunft. Er hatte angefangen zu experimentieren, und zwar mit fünf Säcken Gerste, im Tausch gegen eine einzige Flasche Mirth-Farm-Gin. Die feuchten Körner hatte er zum Keimen ausgebreitet. Zum Geräusch der Regentropfen auf dem Wellblechdach der großen Scheune bewunderte er nun das grüne Malz und erstellte in Gedanken eine Liste der notwendigen Schritte, um selbiges in etwas wesentlich Interessanteres zu verwandeln. Während er so dastand, merkte er auf einmal, dass das Trommeln des Regens auf dem Dach über ihm von lautem Klopfen abgelöst worden war. Er folgte dem Geräusch hinaus bis zur Seite der Garage. Dort stand Midge mit einem gelben Regenhut auf dem Kopf und hämmerte einen Nagel in zwei Holzbretter.

»Oh, hallo!«, begrüßte sie ihn fröhlich unter ihrem Hut hervor, als wäre es das Normalste auf der Welt, auf einem fremden Grundstück ohne Erlaubnis einem Heimwerkerprojekt nachzugehen. »Ich dachte, Sie sind heute Vormittag im Tierheim. Eigentlich wollte ich das hier fertig kriegen, bevor Sie zurückkommen. Es war als Überraschung gedacht.« Fröhlich grinsend versuchte Midge, ihr Gesicht mit dem klatschnassen Mantelärmel abzutrocknen.

»Ich *bin* überrascht. Dieser Teil Ihres Plans ist also aufgegangen.« Doubler betrachtete das begonnene Projekt zu ihren Füßen. Noch war nicht mal ein Grundgerüst zu erkennen, nur ein Haufen vorgesägter Teile und einige Leisten, mit denen Midge sehr gekonnt hantierte.

»Lassen Sie mich raten. Ihr Vater hat gerne geschreinert.«

»Ehrlich gesagt, nein. Das ist mein Ding. Ein Hobby von mir.«

»Ihre Talente erstaunen mich immer wieder aufs Neue. Sie wollen mich nicht zufällig in das Geheimnis einweihen?«

»Ach, und ich dachte, Sie würden es gleich erraten. Ich baue Ihnen ein Hühnerhaus. Nicht von Grund auf«, entschuldigte sie sich. »Ich habe einen Bausatz gekauft. Aber ich werde noch ein Gehege darum bauen, dann müssen Sie die Hühner nicht frei herumlaufen lassen, falls Sie Angst um Ihre Kartoffeln haben.«

»Das ist momentan wahrscheinlich meine geringste Sorge.« Doubler verstummte. »Sagen Sie, machen Sie das oft?«

»Hühnerställe bauen? Großer Gott, nein. Das hier ist mein erster.«

»Nein, ich meine, Dinge auf dem Grundstück anderer Leute aufzustellen, ohne sie vorher zu fragen.«

»Ähm, diese Hürde habe ich übersprungen. Ich habe mit Mum darüber gesprochen, und sie meinte, wenn es ernst wird, würden Sie in letzter Minute einen Haufen Ausreden finden, um doch keine Hühner zu halten. Sie war der Meinung, es wäre besser, den Stier bei den Hörnern zu packen. Wir haben zusammen diesen Plan ausgeheckt, obwohl, eigentlich ist es Mums Plan. Ich bin nur die Arbeitskraft, die unter ihrer Anleitung alles ausführt.«

»Das klingt plausibel. Und keine von Ihnen beiden fand, dass es höflich wäre, kurz mit mir darüber zu sprechen.«

»Oh, doch, natürlich. Wir waren uns einig, dass wir auf jeden Fall zuerst mit Ihnen reden müssen, aber dann haben wir uns doch umentschieden. Wir kamen zu dem Schluss, dass die Risiken die Vorteile überwiegen. Wir haben uns gedacht, dass Sie weniger Gründe finden würden zu widersprechen, wenn der Hühnerstall erst einmal steht.«

Während ihrer Unterhaltung setzte Midge nach einem Blick auf den Plan ihre Arbeit am Gerüst des kleinen Hauses fort.

»Es ist eine Arche«, erklärte sie nebenbei.

»Gut. Falls es vierzig Tage und vierzig Nächte weiterregnet, kann ich wenigstens damit wegschippern.«

»Nicht diese Art von Arche. Zumindest glaube ich das. Außerdem, falls das Tal überflutet wird, sind Sie hier oben doch bestens aufgehoben. Da bleiben Sie lieber, wo Sie sind. Ich wüsste nicht, wo Sie in einer Arche hinfahren sollten.«

»Stimmt«, meinte Doubler schulterzuckend.

»Vorausgesetzt, es macht Ihnen nichts aus, von Kartoffeln zu leben.«

»Gott bewahre. Das würde mir nicht das Geringste ausmachen. Ich lebe seit Jahrzehnten von Kartoffeln.«

Midge griff nach einem weiteren Sperrholzbrett und schob es an seinen Platz, um es dann festzunageln. Das Hühnerhaus nahm langsam Formen an.

»So schnell wie Sie arbeiten, werde ich Eier essen können, bevor der Regen aufgehört hat.«

»So ist's recht. Denken Sie lieber an die zukünftigen Ziele statt an die Tatsache, dass ich hier unbefugt herumwerkele. Es tut mir leid, wenn Sie das Gefühl haben, dass wir uns zu viel rausnehmen, aber Mum war so begeistert, als ich das mit den Hühnern vorgeschlagen habe. Da ist der Plan irgendwie von alleine entstanden. Zuerst haben wir überlegt, in einem Ihrer bestehenden Gebäude Platz für die Hennen zu schaffen, aber Mum war der Meinung, dass es Ihnen viel mehr ausmachen würde, wenn wir irgendwas umräumen.«

»Sie müssen sich nicht entschuldigen. Ich bin ehrlich gesagt ziemlich gerührt. Wirklich.«

Midge blickte auf und lächelte, bevor sie nach einem weiteren Brett griff und sich einige Nägel zwischen die Lippen steckte.

»Ich vermisse Ihre Mutter ganz schrecklich«, gestand Doubler plötzlich. Seine Stimme war im Rauschen des Regens kaum zu hören.

Midge sprach aus dem Mundwinkel, um die Nägel nicht zu verlieren. »Ich weiß. Ich glaube, ihr fehlt es auch, hier oben zu sein. Sie macht sich auf jeden Fall viele Gedanken um Sie. Dieser Plan hier hat sie mächtig aufgemuntert. Sie glaubt, dass die Hennen Ihnen gute Gesellschaft leisten werden.«

»Da hat sie bestimmt recht. Wobei es das Federvieh schwer haben würde, wenn es Ihre Mutter ersetzen soll.«

Midge nahm zwei der Nägel aus dem Mund, während sie darüber nachdachte. »Niemand erwartet, dass die Hühner Mums Platz einnehmen. Aber es muss hier oben trotzdem mitunter sehr einsam sein.«

»Früher war es das. Inzwischen bekomme ich andauernd Besuch. Ich habe ja kaum noch fünf Minuten meine Ruhe.«

»Tut mir leid«, meinte Midge und sah dabei überhaupt nicht so aus.

»Es ist wunderbar, Sie hier zu haben. Sie erinnern mich so sehr an sie.«

»Vielen Dank. Ich nehme das als Kompliment, vor allem weil ich weiß, wie sehr Sie meine Mutter schätzen.«

»Oh, das tue ich. Ich schätze Sie beide sehr. Sie sind beide ganz wundervoll.«

Doubler warf einen Blick auf den Bauplan am Boden und fand das Brett, das Midge als Nächstes brauchen würde. »Hier, bitte schön«, sagte er, als sie gerade danach greifen wollte. »Wissen Sie, Midge, hier oben gibt es eine Menge zu tun. Da wären zum einen natürlich die Kartoffeln und die Hausarbeit. Wenn ich ganz ehrlich sein soll, ist es mir ein bisschen zu viel. Falls Sie also je Arbeit suchen oder etwas Geld brauchen, ich würde für Sie hier auf dem Hof immer eine Aufgabe finden.«

Midge lachte. »Ach, Doubler, Sie sind wirklich süß.«

Doubler wirkte betreten.

Mit einem fröhlichen Lächeln erklärte ihm Midge: »Ich habe schon einen Job.«

»Ach, ja? Entschuldigung. Wie albern von mir. Ich dachte, wenn Sie hier einfach tagsüber vorbeischauen und so ein Projekt ausführen können, müssen Sie viel Zeit haben. Ich bin so dankbar für Ihre Hilfe. Ich wollte Sie nur nicht ausnützen, indem ich Ihnen nichts dafür zahle.«

»Ich verstehe schon. Sie brauchen sich nicht zu entschuldigen. Nein, normalerweise arbeite ich Vollzeit, aber momentan habe ich auf drei Tage die Woche reduziert, damit ich mehr Zeit habe, mich um Mum zu kümmern. Ich schaue auch bei ihr zu Hause nach dem Rechten.«

»Sie sind wirklich ein Engel. Mir zu helfen war garantiert nicht Teil des Plans. Das ist ganz besonders nett.«

»Ich hatte es mir so nicht vorgestellt, aber ich habe auch keine festen Pläne gemacht. Ich war mir nicht sicher, wie ich Mum helfen könnte, und hatte eigentlich damit gerechnet, dass sie längst wieder zu Hause ist. Also dachte ich, ich würde sie dort unterstützen. Aber nachdem sie immer noch im Krankenhaus liegt, habe ich mehr Zeit als erwartet. Und wie es aussieht, kann ich ihr am besten helfen, indem ich mich um Sie kümmere.«

»Meine Güte, wie lieb. Als was arbeiten Sie denn? Etwas Handwerkliches vermutlich«, riet er, während Midge einige Bretter zurechtruckelte, damit das Dach schön dicht war.

»Ich bin Anwältin.«

»Oh.« Eine intelligentere Antwort fiel Doubler nicht ein.

»Ich bin Partnerin in einer Kanzlei unten in der Stadt. Wir sind zu viert. Wir arbeiten jetzt schon ein paar Jahre zusammen und kommen gut miteinander aus. Die anderen waren sehr verständnisvoll, als ich gesagt habe, dass ich reduzieren will.«

Diese Information musste Doubler erst einmal verdauen. »Midge, Sie überraschen mich immer wieder. Ich hatte ja keine Ahnung, dass Sie so einen wichtigen Job haben. Jetzt ist es mir noch peinlicher, dass Sie mir hier helfen.«

»Hilfe hat viele Gesichter. Ich arbeite gerne mit den Händen und habe selten Gelegenheit dazu. Mir macht das hier Spaß. Wahrscheinlich haben Sie gedacht, weil meine Mutter Putzfrau ist, würde ich etwas Ähnliches machen?«

»Nein. Natürlich nicht. Und ich betrachte Ihre Mutter auch nicht als Putzfrau. Nicht dass irgendetwas falsch daran wäre, Putzfrau zu sein«, stammelte er. Es beschämte ihn, dass er tatsächlich angenommen hatte, Midge würde eher mit den Händen als mit dem Kopf arbeiten. »Ihre Mutter muss sehr stolz auf Sie sein!«, rief er, als wäre ihm der Gedanke gerade erst gekommen.

»Vermutlich, ja.«

»Aber Sie gibt überhaupt nicht mit Ihnen an«, stellte er fest.

»Tut sie nicht?«

»Nein. Ich hatte keine Ahnung, dass Sie beruflich so erfolgreich sind. Ich bin überrascht, dass sie es gar nie erwähnt hat.«

»Mich überrascht das kein bisschen. Sie neigt nicht zum Angeben, oder? Es ist nicht ihre Art. Und ich weiß, dass sie meine Erfolge nicht für sich verbucht.«

»Aber darin steckt ein Widerspruch.«

»Ach ja?«

»Ja, wenn sie wirklich glauben würde, dass Ihre Leistungen nichts mit ihr zu tun haben, dann wäre sie in der Lage, darüber zu sprechen, ohne anzugeben. Wenn sie eine prahlerische Person wäre, könnte sie nur darüber sprechen, wenn sie Ihren Erfolg auch als ihr eigenes Verdienst werten würde. Und umgekehrt.«

»Wenn Sie meinen.« Midge klang nicht sehr überzeugt.

»Das tue ich. Sie muss extrem stolz auf Sie sein und will trotzdem nicht prahlen.«

»Vielleicht haben Sie recht. Sie ist eine sehr bescheidene Frau. Ich glaube, sie denkt nicht mal, dass ihre Gene etwas damit zu tun haben könnten, was aus mir geworden ist. Aus meiner Sicht war sie natürlich ein großes Vorbild.« Midge sah Doubler mit vor Stolz strahlenden Augen an. »Sie hat unglaublich hart gearbeitet und viele Opfer gebracht.« Ihre Stimme wurde leiser beim Gedanken an die vielen Mühen ihrer Mutter. »Ich glaube, sie betrachtet sich als evolutionäres Sprungbrett. Ihre Aufgabe im Leben war einfach, mir alles zu ermöglichen.«

Doubler nickte. Das konnte er sich bei Mrs. Millwood sehr gut vorstellen. Aber er war immer noch erstaunt. »Was glauben Sie, weshalb hat sie Ihren Erfolg vor mir geheim gehalten? Wir reden über *alles*. Unsere Gespräche sind sehr offen. Aber sie hat nie ein einziges Wort darüber verloren, dass Sie *Anwältin* sind. Noch dazu eine Anwältin hier in der Stadt! Und es ist ja nicht so, als hätte ich nicht in den letzten Jahren dann und wann mal juristischen Rat gebraucht. Ich bin wirklich verwirrt.«

»Glauben Sie, es könnte aus Rücksicht Ihnen gegenüber sein?«

»Rücksicht?«

»Sie weiß, dass Ihre Kinder für Sie eine Enttäuschung sind. Vielleicht will sie nicht, dass Sie sich noch schlechter fühlen.«

»Aber der berufliche Werdegang meiner Kinder enttäuscht mich doch nicht! Mein Sohn ist reich und erfolgreich. Ich habe nicht die leiseste Ahnung, was er für eine Aufgabe erfüllt, aber er scheint finanziellen Erfolg erzielt zu haben und ist sehr zufrieden mit sich. Meine Tochter hat keine berufliche Laufbahn eingeschlagen, aber das war ihre eigene Entscheidung. Sie hat einen Mann mit traditionellen Werten geheiratet.«

»Mit traditionellen Werten?« Midge sah Doubler mit hochgezogenen Augenbrauen fragend an.

»Falsche Formulierung. Mit entsetzlich veralteten Vorstellungen. Es ist vielleicht nicht das, was ich mir für sie gewünscht hätte, aber sie hat eine Reihe persönlicher Entscheidungen getroffen, die zu ihrer aktuellen Rolle geführt haben. Ich bin nicht enttäuscht von der Berufslaufbahn meiner Kinder. Aber natürlich bin ich für sie auf viele verschiedene Arten eine Enttäuschung gewesen.«

»Es tut mir leid, dass Sie solche Schwierigkeiten mit ihnen haben. Es muss schwer gewesen sein, sie alleine großzuziehen, und noch schwerer, keine innige Verbindung zu haben, die diese Mühe belohnt.«

»Einen Großteil der Erziehung hat ihre Mutter übernommen. Als sie dann nicht mehr da war, musste ich ihnen nur noch den letzten Schliff geben, aber wie es scheint, habe ich selbst da versagt.«

»Sie haben ihnen zu essen und zu trinken gegeben und sie raus in die große Welt geschickt. *Das* ist die eigentliche Aufgabe. Mehr müssen Sie nicht tun. Und wenn Sie's genau wissen wollen, egal wie viel Liebe da ist, Kinder sind immer vorprogrammiert, ihre Eltern zu verlassen. Dadurch dass Sie ihnen nicht besonders nahe stehen, haben Sie sich vermutlich einen ganzen Haufen Enttäuschung erspart.«

»So kann man es natürlich auch betrachten. Trotzdem ist es schade, dass es so schief gelaufen ist. Ich wäre gerne ein besserer

Vater gewesen. Sie haben mir nur nie die Gelegenheit dazu gegeben. Als Marie uns verlassen hat, haben sie sofort mich dafür beschuldigt. Natürlich konnten sie nicht sich selbst dafür verantwortlich machen – das wäre selbstzerstörerisch gewesen –, aber ich habe mich immer gefragt, weshalb sie nicht Marie die Schuld geben konnten.«

»Vielleicht zu schmerzhaft?«

»Möglich. Aber im Grunde hat Julian einfach beschlossen, dass es meine Schuld war, ohne die Gründe wirklich zu hinterfragen. Er hat geglaubt, ich hätte sie dazu getrieben, und nie irgendwelche Zweifel daran zugelassen.«

Midge antwortete ganz sachlich: »Unsere Eltern formen uns. Das ist einfach so. Entweder gefällt uns, wo wir herkommen, oder wir hassen es. Aber wir können es nicht ändern. Wir können es annehmen oder ihnen den Rücken zukehren. Ihre Kinder haben Ihnen die Schuld gegeben und sich von Ihnen abgewandt – wahrscheinlich um sich vor noch größerem Schmerz zu schützen. Mum hat vermutlich gesehen, wie Sie leiden, und wollte Ihre Aufmerksamkeit nicht auf die Unterschiede lenken. Meine Mutter und ich standen uns schon immer sehr nahe.«

»Julian bin ich peinlich. Er glaubt, er hätte einen besseren Start ins Leben verdient, als der Sohn eines Kartoffelbauern zu sein. Es kränkt ihn.«

»Das klingt ziemlich hart. Ich kann mir nicht vorstellen, mich für die Arbeit meiner Mutter zu schämen. Ich bin stolz auf sie. Mum hatte nicht dieselben Möglichkeiten wie ich, aber sie ist sehr, sehr klug und zeigt das auf viele Arten. Manchmal hasse ich es, dass sie für andere putzt. Ich finde, sie hat mehr verdient. Aber sie ist eine erwachsene, unabhängige Frau. Sie hat eine Familie großgezogen und trotz Dads frühem Tod zusammengehalten. Außerdem kümmert sie sich gerne um Sie.«

»Wir sind ein gutes Team, Ihre Mutter und ich.« Doubler dachte nach. »Aber sagen Sie mal, wenn ich ein juristisches

Problem habe, wendet sich Ihre Mutter dann an Sie? Sie sagt immer, sie würde einen Experten fragen.«

»Mich oder irgendeinen befreundeten Anwalt. Ich schätze, sie kennt jede Menge Leute, die sie fragen könnte.«

»Es ist nämlich so, ich habe da einige Unterlagen, die ich ihr eigentlich an dem Tag zeigen wollte, als sie krank wurde. Ich wollte die Sache angehen, muss aber zu meiner Schande gestehen, dass ich überhaupt nichts deswegen unternommen habe …«

»Was für Unterlagen?«

»Peele, der Kartoffelbauer, dem das Land ringsherum gehört, hat mir ein paarmal geschrieben. Er macht mir ein bisschen Angst, aber ich weiß nicht genau, warum. Er will den Hof hier kaufen und hat ziemlich viele indirekte Drohungen ausgesprochen …« Doubler verstummte und sah verlegen drein.

Midge runzelte die Stirn, und da Doubler glaubte, den Grund zu kennen, nahm er ihren Einwand vorweg: »Ich schätze, ich sollte solche Angelegenheiten mit Julian oder Camilla besprechen. Es klingt dumm, dass ich das nicht getan habe, aber ich habe irgendwie das Gefühl, dass Julian hinter dem Kaufangebot stecken könnte. Es ist nur ein Verdacht, aber wenn ich richtig informiert bin, dann spielen Julian und Peele zusammen Golf, und mir ist aufgefallen, dass sich Julian überdurchschnittlich für den Wert dieser Immobilie interessiert. Ich klinge wie ein paranoider alter Dummkopf, aber es ist durchaus möglich, dass die beiden unter einer Decke stecken. Würden Sie es sich mal anschauen? Wäre das eine sehr unverschämte Bitte?«

Die Falte auf Midges Stirn wurde immer tiefer. »Es wäre mir ein Vergnügen.« Sie warf einen Blick zum sich verdunkelnden Himmel hinauf. »Wie's aussieht, wird der Regen bald wieder stärker. Lassen Sie mich das hier fertig machen. Sie können ja inzwischen schon mal das Teewasser aufsetzen und nach was Essbarem suchen. Dann sehen wir uns das nachher zusammen an.«

Doubler drehte sich rasch um und machte sich auf den Weg ins Haus. Angestrengt überlegte er, was die Speisekammer wohl hergab, und bis er die Küche betrat, kreisten seine Gedanken nur noch darum, Midge mit dem besten Mittagessen zu beeindrucken, das die Mirth Farm zu bieten hatte.

KAPITEL 33

Doublers Verhältnis zum Tagesanbruch hatte sich verändert. Am Anfang, als Mrs. Millwoods Besuche ausgeblieben waren, hatten die Stunden nach dem Aufwachen jeden Morgen so brach gelegen wie seine Winterfelder und waren ihm auch ebenso unfruchtbar erschienen. Doch jetzt, wo er sich auf die täglichen Gespräche mit Mrs. Millwood verlassen konnte, klammerte er sich so fest an das Versprechen des nächsten Anrufs, dass sich in seinem Gehirn nichts anderes in den Vordergrund drängen konnte. Nach jedem Telefonat fühlte er sich vorübergehend gesättigt und war in der Lage, andere Dinge zu erledigen, die ihm mehr abverlangten. In den frühen Morgenstunden jedes Tages jedoch konnte er seine Anspannung nur durch körperliche Arbeit abbauen.

Doubler hatte immer hart gearbeitet, aber nun war er von einer brennenden Energie erfüllt, die er selbst mit Schufterei kaum bezwingen konnte. Bei Tagesanbruch wanderte er bereits ruhelos über seine Felder. An diesem Morgen beschäftigten ihn die Überlegungen zu einem Single Malt Whisky, und er hatte die notwendigen Schritte für dieses jüngste Projekt skizziert. Dafür brauchte er keine neumodischen Gerätschaften, davon war er überzeugt. Was für einen Mönch im fünfzehnten Jahrhundert gut genug gewesen war, würde ihm vermutlich ebenfalls ausreichen. Seine Liste war trotzdem umfangreich, und er fragte sich, wessen Hilfe er wohl in Anspruch nehmen könnte. Er verfolgte das Projekt mit enormer Dringlichkeit. Im Grunde tat er alles – egal ob Backen oder Putzen oder Flaschen Stapeln – mit einer nie dagewesenen Konzentration, was ihn dermaßen effizient machte, dass ihm immer noch zu viel Zeit blieb, in der er nichts anderes tun konnte, als zu warten.

Nach seinem morgendlichen Aktionismus, in dem er alles erreicht hatte, was er sich vorgenommen hatte, saß er nun wieder da, das Fernglas auf den Knien, mit einem Stapel ungelesener Bücher neben sich. Das Kreuzworträtsel hatte er bereits mit derselben freudlosen Routine gelöst, sodass die Zeit nun qualvoll langsam dahinkroch. Als er zwanghaft das Fernglas an die Augen hob, erwartete er nicht wirklich, etwas Neues zu sehen, schließlich hatte er bereits tausendmal ergebnislos hindurchgeschaut. Doch da war ein Wagen, der langsam durchs Tor fuhr. Eine kleine Bewegung nach links zeigte ein zweites Fahrzeug, das dicht dahinter folgte. Doubler notierte hastig das Kennzeichen des vorderen Wagens auf den Rand des Kreuzworträtsels, doch noch beim Schreiben wurde ihm klar, dass hier gerade ein Projekt zu Ende ging.

Dies waren die Besucher, auf die er gewartet hatte. Er hatte gewusst, irgendwann würden sie kommen. Mit Blick auf wichtigere Belange hatte er in letzter Zeit den Gedanken daran verdrängt, aber das waren sie, daran hegte er keinen Zweifel.

Der erste Wagen, ein schwarzer Range Rover, glänzte im Sonnenlicht. Der zweite von ähnlicher Größe folgte so dicht dahinter, dass Doubler das Nummernschild beim besten Willen nicht hätte erkennen können, selbst wenn er es versucht hätte. Zusammen schlängelten sich die beiden Fahrzeuge den Berg hinauf, als wären sie ein Gespann. Doubler hielt den Atem an und spürte, wie sein Körper reagierte. Sein Herz klopfte laut, seine Brust schmerzte, statt Blut floss Adrenalin durch seine Adern, und seine Knie zitterten so sehr, dass an Flucht nicht zu denken war, obwohl sein Gehirn sie kreischend befahl.

Als er das Fernglas senkte, huschte ein Zaunkönig am Fenster vorbei. Das unverwechselbare Flattern in Bodennähe sprang Doubler ins Auge. Er richtete sich auf und verließ den sicheren Hafen seines Wohnzimmers, um seinem Feind gegenüberzutreten. Kurz überlegte er, seine Schrotflinte zu holen, doch dafür hätte er die großen Scheunen aufschließen müssen, und die wollte er definitiv vor neugierigen Blicken schützen.

Es war bereits nach elf, mehr Wärme als jetzt würde der Tag nicht bringen. Doubler streckte das Gesicht der Sonne entgegen und atmete tief ein, um seine Nerven zu beruhigen und Kraft daraus zu ziehen. Dann ging er ums Haus herum nach vorn, stellte sich breitbeinig hin und wartete auf die Ankunft seiner Besucher. Seine Haltung war die eines Mannes, dessen Schrotflinte nicht weit entfernt war.

Die schwarzen Autos bogen brummend um die letzte Kurve auf den Hof und kamen nur wenige Meter vor Doubler zum Stehen. Die schweren Türen öffneten sich mit einer dominanten Selbstverständlichkeit, vor der dünnere, kleinere Autotüren nur kuschen konnten. Begleitet wurde das Ganze von einer Kombination aus Piepsen und blinkenden Lichtern. Anweisungen für einfältige Fahrer? fragte sich Doubler.

Peele schob sich als Erster aus seinem Wagen. Als er um das Fahrzeug herumging, musterte Doubler ihn aufmerksam. In seinem langen schwarzen Mantel wirkte der Besucher wie ein Bestatter, und die dunkle Krawatte unterstrich dieses düstere Bild. Doubler zwang sich, möglichst gleichmäßig zu atmen, doch die bedrohliche Symbolik schien bewusst gewählt.

»Doubler? Ich bin Peele. Legion Peele, Ihr Nachbar.«

Der zweite Besucher, eine kleinere Ausgabe von Peele, hatte sich ebenfalls zu ihnen gesellt und nahm den Platz neben seinem Chef ein. Er nickte nur. Offensichtlich musste dieser Gentleman nicht vorgestellt werden, so als existierte er nur als Anhängsel zu Peele.

»Ich weiß, wer Sie sind, Peele. Ich lebe seit bald vierzig Jahren hier oben auf dem Hof. Da bekommt man mit, was die Nachbarn so treiben.«

»Das kann ich mir vorstellen. Es ist ein ziemlich guter Aussichtspunkt, den Sie hier haben.« Peele sah sich anerkennend um. Sein Blick erinnerte an den eines Schneiders, der für einen Anzug Maß nahm.

Der nebulöse Mann neben Peele hielt währenddessen die Augen fest auf Doubler gerichtet.

Dieser zog Kraft aus Peeles offener Bewunderung für sein Gehöft, was sich in einem Anflug trotzigen Selbstbewusstseins äußerte. »Aber ich glaube nicht, dass ich *Sie* hier schon mal gesehen habe.« Doubler zwang den zweiten Mann, seinem Blick zu begegnen. Die Festigkeit des Bodens unter seinen Füßen, der Berg, der die Mirth Farm trug, schien ihm durch die Fußsohlen hindurch Stärke zu verleihen. Er wackelte mit den Zehen in den Gummistiefeln, um seinen Stand noch fester zu verankern. Mit ausgestreckter Hand nötigte er Peeles Begleiter dazu, auszuscheren und nach vorn zu treten.

»Jones«, sagte der Mann, verweigerte Doubler jedoch den Handschlag. Offensichtlich betrachtete er sich selbst als nicht so wichtig.

»Sie haben meine Briefe bekommen, hoffe ich?«, fragte Peele, sobald Jones wieder seinen untergeordneten Platz eingenommen hatte.

»Ja, das habe ich. Drei Stück.«

»Es ist üblich, auf Post zu antworten, Doubler.«

»Aber nicht verpflichtend. Ich hatte dazu nicht viel zu sagen und habe auch nicht um Post gebeten.«

»Ich habe Ihnen ein sehr großzügiges Angebot für Ihren Hof gemacht. Er liegt mitten in meinen Ländereien, und ich mag keine unerledigten Geschäfte. Ich kann mich Ihnen gegenüber wohl nicht klarer ausdrücken: Doubler, ich möchte dieses Anwesen kaufen.«

Doubler blieb ungerührt stehen, dankbar, dass seine Knie ihn noch nicht im Stich gelassen hatten.

Peele drängte weiter. »Das Angebot beinhaltet einen überdurchschnittlichen Aufschlag. Ein besseres werden Sie nicht bekommen.«

»Ich brauche kein weiteres Angebot. Die Mirth Farm steht nicht zum Verkauf.«

»Alles hat seinen Preis.«

Darüber dachte Doubler ernsthaft nach, den Blick an Peele vorbei auf die beeindruckende Aussicht gerichtet. »Nicht alles. Mir fallen einige Dinge ein, die man nicht kaufen kann. Einen Sonnenuntergang zum Beispiel, eine kühle Brise, den Flügelschlag einer Gänseschar, die tief über diesen Hügelkamm fliegt.«

Peele wirkte zum ersten Mal ungeduldig, auch wenn seine Augen stumpf blieben, egal ob er lächelte oder die Stirn runzelte. Doubler ließ sich davon nicht beirren und fuhr mit seiner Aufzählung fort.

»Gesundheit. Die ist auch unbezahlbar. Geld kann vermutlich die Chancen verbessern, aber man kann sich kein Leben frei von Krankheit kaufen.«

»Das ist sehr richtig und gleichzeitig ein Hinweis darauf, dass Sie nicht jünger werden, Doubler. Sie haben hier oben wirklich sehr gut gewirtschaftet, aber dieser Hof wird Ihnen bald zu viel Arbeit machen. Da wären Sie besser dran, mein Angebot anzunehmen und sich bequem zur Ruhe zu setzen. Mein Angebot macht Sie zu einem reichen Mann.«

Doubler runzelte die Stirn und sah Peele argwöhnisch an. »Sie klingen wie mein Sohn. Er hat genau dasselbe gesagt, Wort für Wort.«

»Julian? Ein vernünftiger junger Mann. Wir sind Mitglieder im selben Golfclub und in vielen Dingen einer Meinung. Der Bursche wird es noch weit bringen. Aber ich kann mir nicht vorstellen, dass er mal in Ihre Fußstapfen tritt. Er ist kein Mann der Kartoffel wie Sie und ich.«

Doubler, der bisher stocksteif dagestanden hatte, als würde er Wache halten, ließ die Schultern etwas sinken, während er Peele erneut musterte. War es möglich, dass dieser Mann und er etwas gemeinsam hatten? War es möglich, dass sie aus dem gleichen Holz geschnitzt waren, vereint durch eine gemeinsame Leidenschaft? Statistisch gesehen ist es möglich, dachte er, so wie ich und mein Sohn trotz der geteilten DNS keine Gemeinsamkeiten haben.

»Das ist er definitiv nicht. Sie sehen sich also als Mann der Kartoffel, ja?« Doublers prüfender Blick suchte bei Peele nach Spuren von Erde unter seinen Fingernägeln, auf den Schuhen oder Hosenaufschlägen, fand aber nichts.

Peele entging die genaue Musterung nicht. »Ich mag anders aussehen als Sie, und meine landwirtschaftlichen Methoden sind ganz andere, aber wir haben trotzdem eine Gemeinsamkeit. Wir wollen beide dasselbe: Spitzenleistungen auf unserem Gebiet. Was ich so höre, besteht kein Zweifel daran, dass Sie ein Experte sind – vielleicht sogar Weltklasse, sagt man. Ich habe zwar mehr Land als Sie und vermutlich sind meine Erträge höher, aber ich bezweifle nicht, dass Sie der bessere Fachmann sind. Ich bin sicher, Sie könnten mir eine Menge beibringen.«

Doublers Brust schwoll ein wenig an. Die Tatsache, dass irgendwo unten im Tal Leute über ihn sprachen und ihn als Weltklasse-Experten betrachteten, erfüllte ihn mit Stolz. Peele erkannte diese Veränderung und ergriff die Gelegenheit.

»Darf ich reinkommen und mit Ihnen reden?« Nach kurzem Zögern fügte er hinzu: »Unter vier Augen.« Mit einer fast unmerklichen Kopfbewegung gebot er seinem Henkersmann, ins Auto zu steigen. Doubler war beeindruckt von Peeles Autorität und forderte seinen Besucher nun selbst mit einer ähnlich minimalistischen Geste auf, ihm ins Haus zu folgen.

»Was für eine Küche!« Peele bestaunte die uralte Einrichtung. »Das ist ja wie in einem Museum.«

Es lag keinerlei Lob darin, doch Doubler interpretierte den ungläubigen Tonfall als Bewunderung.

»Vielen Dank. Es ist mehr oder weniger noch alles genau wie früher, aber es ist ein belebtes Haus, Mr. Peele, kein Museum. Alles funktioniert bestens und lässt mich selten im Stich.«

»Bitte nennen Sie mich doch Legion.«

»Das ist ein ungewöhnlicher Name. Ist mir noch nie untergekommen. Ein Familienname? Nehmen Sie doch Platz, Legion. Ich setze Teewasser auf.«

»Mein Großvater hieß so. Ja, ein ziemlich seltener Name, aber vermutlich auch nicht ungewöhnlicher als Doubler.«

»Das ist ja nicht mein Taufname – ich habe ihn unterwegs irgendwo aufgegabelt.«

»Hat was mit Kartoffeln zu tun, nehme ich an?«

Doubler zuckte mit den Schultern. Er spürte Peeles Blick im Rücken, während er den alten Blechkessel am Hahn füllte und die Kupferabdeckung vom Herd nahm. Ein Wassertropfen, der auf der heißen Platte landete, verdampfte zischend, und Doubler war stolz auf das alles: das Haus, die Aussicht, die Küche und den alten Aga-Herd, mit dem nur er wirklich umgehen konnte.

Er wusste, wenn er das Gleichgewicht irgendwie wahren wollte, musste er den Eindruck vermitteln, ebenso beschäftigt und wichtig zu sein wie sein Besucher. »Ich habe nicht viel Zeit – ich muss gleich noch im Krankenhaus vorbei –, deshalb muss ich nebenher ein paar Dinge erledigen, während wir reden, von Kartoffelbauer zu Kartoffelbauer.«

»Ah, gehen Sie ins St. Anne's? Ein ganz tolles Krankenhaus. Das Personal dort kann ich nur bewundern. Meine Mutter ist dort gestorben, aber die Krankenschwestern und Pfleger hätten nicht netter sein können.«

Peeles Worte erschütterten Doubler, der die innige Hoffnung hegte, Mrs. Millwood besuchen zu dürfen. Bis zu dieser Unterhaltung hatte er nicht darüber nachgedacht, dass es einen dringenderen Grund geben könnte als seine eigene Ungeduld. Doublers Hand zitterte ein wenig, als er nun den dampfenden Kessel vom Herd nahm, um die vorbereitete Kanne zu füllen. Er wollte nicht über die Möglichkeit einer *Frist* in diesem Zusammenhang nachdenken.

»Es ist nicht leicht, wenn man älter wird«, kommentierte Peele vom Tisch aus.

Doubler nahm an, dass Peele das Zittern seiner Hand als Zeichen des Verfalls deutete, und erwiderte beleidigt: »Ich bin immer noch sehr gesund, Mr. Peele, und habe vor, es noch lange zu bleiben. Ich verbringe den Großteil jeden Tages an der frischen Luft und arbeite noch immer so hart wie mit Mitte zwanzig. Das sollte mich fit halten, auch wenn es offenbar jede Menge Leute gibt, die mich gerne los wären.« Er stellte die Teekanne und Tassen auf den Tisch.

»Ich habe von mir selbst gesprochen, Doubler. Mir fällt es immer schwerer, mit den Veränderungen klarzukommen, die notwendig sind, wenn man auf dem neuesten Stand der Technik bleiben will. Die Welt dreht sich so schnell, da komme ich kaum noch mit.«

Doubler betrachtete seinen Besucher, der mindestens fünfundzwanzig oder dreißig Jahre jünger sein musste als er. »Ich habe bei diesem Wettlauf einfach nie mitgemacht.« Aus der Schublade holte er zwei weiße Geschirrhandtücher und breitete sie auf dem dicken Holzbrett aus. Dann zog er einige schwere Messer mit Stahlklinge aus dem Messerblock und legte sie vorsichtig darauf.

Peele beobachtete ihn aufmerksam. »Die Verlockung ist groß, ich weiß, aber wir Bauern werden systematisch ausgequetscht. Importe sind billiger, andere Länder haben andere Prioritäten. Es gab mal eine Zeit, da wurden hier nur britische Kartoffeln angebaut, aber jetzt ist das nicht mehr der Fall. Kartoffeln kommen von überallher. Die Importe drücken die Preise und machen es für Leute wie Sie und mich immer schwieriger mitzuhalten.«

Doubler schien ihn nicht zu hören, denn er war damit beschäftigt, einen Stein aus einem Wassertopf herauszuholen, den er zuvor dort eingetaucht hatte. Nachdem er das überschüssige

Wasser ins Spülbecken geschüttelt hatte, begann er, mit langsamen, gleichmäßigen Bewegungen das erste Messer zu schärfen.

Peele trank einen Schluck Tee und fuhr fort: »Die Größenordnung ist entscheidend – Großbetriebe sind die einzige Zukunft. Sie müssen die Kapazität haben, genug Ertrag zu produzieren, um Veränderungen beeinflussen zu können. Ihre Stimme muss laut genug sein, um über Lobbyarbeit die Regierung zu beeinflussen. Ich verbringe mindestens einen Tag pro Woche in London, um mit Leuten zu reden, die dafür sorgen, dass Kartoffelbauern wie wir weiter existieren können, um unseren Kindern einen gesunden Betrieb übergeben zu können.«

Doubler zuckte zusammen und unterbrach für einen Moment seine Arbeit. Peele erkannte die Ehrlichkeit in seiner Reaktion. Nach kurzem Zögern fuhr Doubler mit dem Messerschärfen fort, indem er den Winkel der Klinge weiterhin akkurat auf fünfzehn Grad hielt.

»Tja, ich schätze, es ist ein bisschen anders, wenn die Kartoffeltradition mit Ihnen endet? Wenn Sie nicht vorhaben, den Hof an Ihre Kinder weiterzugeben, dann ist Ihnen wohl an einem anderen Vermächtnis gelegen als an einem gut laufenden Betrieb?« Peele beobachtete Doubler aufmerksam.

Obwohl dieser nicht sicher war, ob es sich um eine rhetorische Frage handelte, dachte er ernsthaft darüber nach.

Mrs. Millwood und er hatten oft über sein Vermächtnis gesprochen. Aber lag es daran, dass er keine großen Erwartungen bezüglich seiner Kinder hegte, dass er seine Studien so beharrlich verfolgt hatte? Weil er wusste, dass er keine Nachfolger haben würde und etwas hinterlassen wollte, auf das er stolz sein konnte?

Dieser Gedankengang fühlte sich für Doubler neu an. Er stellte sich bewusst einige weitere Fragen, um später genauer darüber nachzudenken. Waren die meisten Eltern schon damit zufrieden, dass ihre genetische Linie fortgesetzt wurde? Konnte das ausreichen? Was hatte Mr. Clarke angetrieben? Diese letzte Frage konnte Doubler nicht mit Sicherheit beantworten, doch er hätte darauf gewettet, dass es Clarke um Exzellenz ging und nicht darum, seiner eigenen DNS den Weg zu ebnen. Voller Ungeduld hätte er gerne Mrs. Millwood befragt. Sie hätte sicher eine Meinung dazu.

»Sie sind sehr scharfsinnig, Mr. Peele. Mein Erbe ist mir tatsächlich wichtig. Mich motiviert die Arbeit der großen Kartoffelbauern vor uns, und wenn ich auch nur einen Bruchteil von dem erreichen kann, was sie auf unserem Gebiet erwirkt haben, dann werde ich als glücklicher Mann sterben.«

»Das bewundere ich. Es ist mal etwas anderes, aber ich schätze, Leute wie Sie sind selten. Trotzdem sind wir gar nicht so verschieden. Sie sehnen sich danach, dass Ihre Arbeit anerkannt wird, also sind Sie nicht ganz selbstlos. Auch ich möchte mir gerne einen Namen machen und bin weiterhin überzeugt davon, dass wir in unserer Welt nur durch Größe Einfluss nehmen können.«

Doubler legte das scharfe Messer vorsichtig beiseite und griff nach dem nächsten, um den Vorgang zu wiederholen.

Peele hob nun ein wenig die Stimme, weil er genug davon hatte, sich mit Doublers Rücken zu unterhalten. »Dafür gibt es eine Maschine, mein Freund. Sie nennt sich Messerschärfer. Damit wäre diese Arbeit in kürzester Zeit erledigt.«

»Oh, ich habe überhaupt nichts gegen moderne Gerätschaften einzuwenden«, erwiderte Doubler ernst, jedoch ohne sich umzudrehen. »Das hier *ist* ein modernes Gerät. Ich benutze es jetzt seit ein paar Jahren. Davor habe ich immer die Augen nach geeigneten Steinen in der Auffahrt offen gehalten. Die findet man mit erstaunlicher Regelmäßigkeit. Jeden Tag sucht man dieselben Stellen am Boden ab und dann, eines Tages – voilà! Der perfekte Stein zum Schleifen. Wer weiß, wo er sich davor versteckt hat, am einen Tag noch unsichtbar, am nächsten wie auf dem Präsentierteller.«

Doubler drehte sich um und lächelte, doch das Lächeln erreichte Peele nicht. Es endete irgendwo direkt hinter ihm, als befände sich noch eine weitere Person im Raum.

»Ich bin sehr angetan von diesem neumodischen Wetzstein. Wirklich sehr praktisch. Wobei es im Grunde jeder Stein tut. Schließlich macht man nichts anderes, als ihn im Winkel so zu neigen, dass er nur ganz winzige Metallpartikel abschleift.«

»Aber denken Sie daran, wie viel Zeit Sie mit dem elektrischen Gegenstück sparen könnten!«, beharrte Peele.

»Vermutlich gar nicht mal so viel. Ich gebe gut auf meine Messer Acht, deshalb muss ich sie nur alle paar Monate schärfen und brauche für jedes nur ein paar Minuten. Ich verbringe wahrscheinlich – hm, was werden es sein, eineinhalb Stunden im Jahr mit Messerschleifen? Wie viel Zeit will mir Ihr modernes Gerät da einsparen, Mr. Peele, und was genau soll ich mit dieser Zeit anfangen? Mir ein Ei kochen?« Doubler lachte leise und wünschte sich, Mrs. Millwood säße mit am Tisch und könnte zuhören.

Es folgte ein langes Schweigen, während Doubler weiter die Klinge schärfte, ehe er ganz plötzlich innehielt und sich zu Peele umdrehte.

»Jede Wette«, sagte er mutig, »dass mein Einfluss länger währt als Ihrer.«

Peele war ein wenig überrumpelt, lächelte jedoch höflich. »Sie sind ganz schön arrogant! Das gefällt mir.« Dann fügte er spitz hinzu: »Es bedeutet, dass in Ihnen doch mehr steckt, als man mich hat glauben lassen.«

Doubler sah ihn mit zusammengezogenen Brauen an. »Sie meinen Julian.«

»Ja. Er war der Überzeugung, dass Sie wenig Ehrgeiz besitzen, aber nach den Gerüchten, die ich gehört habe, scheint das gar nicht der Fall zu sein. Außerdem benehmen Sie sich wie ein Mann, der sich ziemlich sicher ist, noch zu Lebzeiten Erfolg zu haben.«

»Julian hat nicht die leiseste Ahnung, was ich hier oben mache.«

»Tja, wenn Sie ihm etwas von diesem Wissen anvertrauen würden, hätte er vielleicht mehr Interesse daran, in Ihre Fußstapfen zu treten.«

»Ich glaube nicht, dass er der Typ dafür ist. Das hier ist kein schnelles Spiel; es ist ein Lebenswerk.«

Nun war Peele etwas verunsichert. Er neigte nicht dazu, unkalkulierte Risiken einzugehen. Doublers Betrieb beobachtete er nun seit einigen Jahren, und er hatte sein Angebot für den Hof im sicheren Wissen gemacht, genug über den Mann in der Hand zu haben, um falls nötig zu gröberen Druckmitteln greifen zu können.

»Ihr Lebenswerk liegt hinter Ihnen, Doubler. Sie haben Ihren Standpunkt klargemacht, und Sie waren ein echter Vorkämpfer. Aber es kann nicht so weitergehen, und weshalb auch? Für Sie gibt es nichts mehr zu tun.«

Für mich gibt es noch jede Menge zu tun, dachte Doubler. In Gedanken ging er seine mentale Checkliste durch. Zuallererst brauchte er jedoch die offizielle Bestätigung, bevor er aufatmen konnte. Wie lange würde das noch dauern? Wochen? Monate?

Die Warterei war ermüdend, aber Doubler war zuversichtlich, dass sich rasch großer kommerzieller Erfolg einstellen würde, sobald er die Bestätigung einer weltweit anerkannten Autorität besaß. Er hatte auf Mrs. Millwood vertraut, eine Lösung zu finden, die ihn vor Ausbeutung schützte. Und sobald sie ihm die Vorzüge einer wasserdichten Akkreditierung durch eine international anerkannte Institution erläutert hatte, glaubte er, auch den Indern trauen zu können. Ihr Ruf, was Bürokratie und die strikte Befolgung offizieller Abläufe betraf, fühlte sich für Doubler beruhigend an.

Doch nun deutete dieser Eindringling, sein Konkurrent, an zu wissen, was Doubler trieb. Er müsste lediglich einen halben Sack Pflanzkartoffeln aus einer von Doublers Scheunen entwenden und könnte damit seinen Vorteil stehlen, sein Vermächtnis.

»Es gibt in diesem Spiel keine Zweitplatzierten – nur Gewinner und Verlierer –, und jeden Tag gehen Kleinbauern wie Sie pleite«, unterbrach Peele Doublers Überlegungen.

»Mein Hof ist davon nicht bedroht. Der Einzige, der ihn bedroht, sind Sie, und Sie klingen so, als würden Sie gerne helfen wollen, also sollte ich mir doch keinerlei Sorgen machen müssen, oder?«

»Sie sind der zweitgrößte Kartoffelbauer der Region, aber Ihre Kapazitäten betragen nur einen Bruchteil von meinen. Ich verwende die neuesten Technologien, beschäftigte die klügsten Köpfe und die größte Belegschaft. Ich bin auf dem allerneuesten Stand dieser Branche, und selbst für *mich* ist es schwierig, ökonomischen Gewinn aus dem Geschäft zu ziehen. Ich muss ständig kämpfen. Also muss die Lage für Sie noch viel heikler sein.«

»Hier ist nichts heikel. Mein Geschäft läuft gut.«

»Aber Ihre Erträge müssen letztes Jahr doch kläglich gewesen sein – wir hatten die schlechtesten Bedingungen seit Beginn der Aufzeichnungen. Ich habe den Vorteil großer kommerzieller Partner, die auf unsere Ernte angewiesen sind, deshalb kaufen sie alles, was ich produziere. Und die Verträge reichen aus, um die Lücken zu schließen. Aber Sie können doch selbst in einem guten Jahr nicht genug erwirtschaften, also wie um alles in der Welt kommen Sie in einem schlechten Jahr über die Runden? Bei Ihnen müssen die Gläubiger doch Schlange stehen.«

Doubler war hin- und hergerissen von dem süßlichen Ton signalisierter Anteilnahme, ja sogar Sympathie, aber auch der Provokation, die er heraushörte. In Peeles Augen leuchtete außerdem immer noch kein Licht. Sein Gegenüber forderte ihn heraus, daran bestand kein Zweifel, und Doubler fühlte sich gezwungen, seine Ehre zu verteidigen. Schließlich war er ein höchst erfolgreicher Kartoffelbauer kurz vor einer solch bahnbrechenden Innovation, dass es ihn in die Reihen der Kartoffelgrößen katapultieren könnte. Er verdiente außerdem gutes Geld: Seine Beschäftigung war nicht allein wissenschaftlicher Natur. Der kommerzielle Aspekt seines Unternehmens war nicht gerade konventionell und ein Teil davon möglicherweise auch nicht mal legal, doch er hatte keine Schulden, keinen Kredit am Hals und eine endlose Ressource, mit der er seinen Lebensstil pflegen konnte. All das ratterte in seinem Kopf herum und wollte zu gerne die Form prahlerischer Worte annehmen, um diesem Eindringling zu beweisen, dass er in jeder Hinsicht überlegen war.

Doubler blickte in Peeles dunkle, kalte Augen.

»Ich komme über die Runden«, sagte er und schluckte die lautstarken Behauptungen hinunter, die sich Gehör verschaffen wollten.

»Mein Angebot könnte Ihre Rettung sein. Keine schlaflosen Nächte mehr, kein Weckerklingeln in der Frühe. Sie könnten alles etwas lockerer angehen, sich entspannen.«

»Wozu? Weshalb sollte ich mich entspannen wollen? Um zu sterben, meinen Sie?«

»Um Ihren Ruhestand zu genießen«, antwortete Peele gereizt. »Sie erzielen mehr Gewinn durch einen Verkauf an mich als durch alles, was Sie als Bauer erreichen können. Das ist die Wahrheit. Verkaufen Sie, legen Sie die Füße hoch, und genießen Sie die Zeit mit Ihren Kindern und Enkeln.«

Bei dieser Vorstellung musste Doubler lachen, und er fragte sich, was Mrs. Millwood wohl dazu sagen würde, wenn er ihr später von diesem Gespräch berichtete. Er konnte ihr Lob für seinen Mut bereits hören.

»Mein Entschluss steht fest, Mr. Peele. Ich verbringe meine verbleibenden Tage sehr gerne hier oben, vielen Dank. Soll ich Sie nach draußen begleiten?« Mit für ihn ganz untypischer Bestimmtheit nahm er Peeles halb volle Teetasse und kippte den Rest wie eine symbolische Reinigung in den Ausguss.

Peele stand auf. Er schüttelte langsam den Kopf, um seiner tiefen Enttäuschung Ausdruck zu verleihen. Zusammen verließen sie die Küche.

KAPITEL 34

Der Golfclub war erst kürzlich umfassend renoviert worden, mit dem Ziel, moderne, klare Linien zu schaffen und trotzdem noch Anklang bei der traditionellen Klientel zu finden, die sich in der vertrauten Ästhetik eines Gentlemen's Club wohlfühlte. Die letztlich entstandene Mischung aus rotem Samt und von Messing eingefassten runden Fenstern erinnerte unbeabsichtigt an Varieté gepaart mit nautischen Motiven, was so gar nicht zur Landschaft ringsherum passte. Zum Glück bildeten die kurz geschorenen Rasenflächen mit ihren sandigen Vertiefungen eine Pufferzone, die den Besuchern erlaubte, sich langsam zu akklimatisieren, bevor sie das Clubhaus betraten.

Julian fühlte sich im Golfclub sehr zu Hause. Nicht ganz so sehr wie in seinen bevorzugten Londoner Clubs, aber seine Anwesenheit auf dem Land, sein »Rückzug vom Alltagswahnsinn«, wie er es seinen Bankerkollegen gegenüber gerne formulierte, war ihm sehr wichtig. Für Männer wie Julian war es nicht unüblich, sich in der Nähe ihrer Heimat aufzuhalten und gleichzeitig die Dinge zu verabscheuen, die sie an ihre bescheidenen Wurzeln erinnerten. Auch Julian war dieser Gewohnheit verfallen. So verbrachte er zunehmend mehr seiner Freizeit damit, den Kartoffelhof zu umkreisen wie ein Hai, den es in flache Gewässer verschlagen hat.

Julian war ein ehrgeiziger Mann, dessen Bedürfnisse nur durch Reichtum befriedigt werden konnten und dessen Zufriedenheit ausschließlich durch das Streben nach noch mehr Reichtum Ausdruck fand. Der Golfclub war für Julian ein Paradies. Obwohl er von den Vorzügen des Sports selbst nicht ganz überzeugt war, bereitete es ihm umso größere Freude, alten Freunden zu begegnen. Anhand der minderwertigen Qualität ihrer Mäntel oder wenig beeindruckenden Adressen konnte er nämlich seinen eigenen Erfolg messen.

Und doch, seit Julian auf die Idee gekommen war, sich einen Zweitwohnsitz in der Gegend zuzulegen, konnte er den Gedanken irgendwie nicht mehr abschütteln, dass er ohne diesen Besitz nicht wirklich erfolgreich genug war. Außerdem glaubte er inzwischen, dass ein schönes Haus auf dem Land ihn für die vielen Verletzungen und den Verrat entschädigen würde, die er hatte erleiden müssen – nicht zuletzt die entwürdigende Tatsache, dass sein Vater vom Kartoffelanbau lebte.

Er hatte sich zwei Mal mit Peele getroffen, um einen Deal bezüglich der Mirth Farm auszuhandeln. An diesem Morgen hatten sie ihre Verhandlungen wieder aufgenommen, und zwar mittels einer Runde Golf.

Sie hatten achtzehn Löcher gespielt und den jeweils anderen glauben lassen, auf ihn Rücksicht genommen zu haben. Nun schlenderten sie gemächlich zurück zum Clubhaus in der Hoffnung, die Angelegenheit zu einem Abschluss zu bringen, um dann einen Drink an der exklusiven Bar einzunehmen.

Julian kam rasch auf den Punkt. »Sie haben also den alten Herrn besucht. Wie war Ihr Eindruck?«

Zu Julians Überraschung erhellte sich Peeles Miene. »Das ist ja ein unglaublicher Ort, der Hof da oben. Was für eine Aussicht! Und Ihr Vater ist ein interessanter Mann. Hat mir gut gefallen. Nach dem, was Sie so erzählt haben, hatte ich einen Dummkopf erwartet, aber der hat durchaus was auf dem Kasten. Er ist ziemlich clever, was?«

Julian zuckte unverbindlich mit den Schultern. »Aber hat er sich komisch verhalten, was meinen Sie? Ein bisschen verwirrt gewirkt?«

»Nun ja, Sie hatten mich ja schon vorgewarnt, dass er ganz schön schrullig ist. Aber im Nachhinein würde ich ihn als resolut und entschlossen beschreiben. Bei bester geistiger Gesundheit.«

»Sind Sie sicher, dass Sie die richtige Adresse hatten?« Julian lachte laut, doch sein Lachen klang hohl und verbarg seine Verärgerung kaum. Er drängte weiter: »Aber Sie haben ihm ein Angebot gemacht?«

»Ich habe das Angebot wiederholt, das ich ihm bereits schriftlich unterbreitet hatte, aber leider war er fest entschlossen, zu keinem Preis zu verkaufen. Ich glaube auch nicht, dass man ihn von diesem Standpunkt abbringen kann – er schien sich einfach nicht sehr für das Geld zu interessieren.«

»Und Sie glauben, so verhält sich ein vernünftig denkender Mensch?«

»Nein. Seine Weigerung zu verhandeln ist das Verhalten eines Dummkopfs – so ein Angebot bekommt er nie wieder.«

»Genau. Er ist unfähig, eine Entscheidung bei klarem Verstand zu treffen. Er scheint wirklich nicht zu begreifen, was gut für ihn ist. Und er muss Ihnen doch zumindest ein bisschen komisch vorgekommen sein. Ich meine, Sie beide arbeiten zwar in derselben Branche, aber Sie könnten doch nicht unterschiedlicher sein. Sie, einer der schlauesten Geschäftsmänner der Gegend, und er, der den Hof immer noch so bewirtschaftet wie vor vierzig Jahren.«

»Ich gebe zu, er ist seltsam altmodisch. Und ich schätze, sein Verstand kann nicht mehr ganz so scharf sein wie früher. Er ist ein stolzer Mann, daran besteht kein Zweifel, und vermutlich ist es der Stolz, der ihn aufrechterhält. Doch sein Alter macht sich bemerkbar. Er wirkte leicht abwesend, und während unserer Unterhaltung ist er mehrmals abgeschweift. Es kam einem fast so vor, als würde er auf andere Stimmen lauschen – entweder in seinem Kopf oder im Raum. Das war mitunter schon etwas beunruhigend. Ich hatte das Gefühl, dass wir das Gespräch nicht nur zu zweit führen.«

Die Kritik an seinem Vater gab Julian sofort Auftrieb. »Sie haben recht, er ist nicht ganz bei Sinnen. Es ist wirklich eine Schande, aber im Lauf der Jahre hat er viel durchmachen müssen, und wahrscheinlich hat das seine Spuren hinterlassen.«

»Ihre Mutter?«, fragte Peele, der gerne die offizielle Version zu diesem Thema hören wollte, das Anlass von viel Tratsch und Spekulation gab.

»Genau.« Julians Tonfall ließ keinen Zweifel daran, dass das Thema damit beendet war. »Aber Sie haben eine definitive Summe genannt?«

»Ja, ich habe alles aufgeschrieben. Aber ich bin mir nicht sicher, ob Sie deswegen noch etwas unternehmen können. Ich habe ihm die Argumente dargelegt. Ich war großzügig. Geld scheint nicht zu ziehen, also werden wir wohl abwarten müssen. Wobei ich genau wie Sie kein großer Fan davon bin. Wie steht es um seine Gesundheit?«

»Er ist stark wie ein Ochse. Nein, nein, Abwarten ist keine Option.« Julian schüttelte langsam den Kopf. Er weigerte sich zu glauben, dass er seinen Vater nicht austricksen konnte. »Sagen Sie, Legion, wie sehr wollen Sie den Hof haben?«

»Ich brauche ihn. Das wissen Sie. Ich war Ihnen gegenüber ganz offen. Die Mirth Farm liegt mitten in meinen Ländereien, und ich kann so überhaupt nichts machen. Ich kann zum Beispiel die Zufahrtsstraße nicht ändern. Und den Verkehr umzuleiten, vor allem die schweren Lastwagen, kostet mich extra. Das kann ich mir bei der heutigen Marktlage nicht leisten. Wir führen hier eine geschäftliche Unterhaltung. Ich will größere Effizienz erreichen, und ich bin geliefert, wenn Ihr alter Herr nicht mitspielt.«

»Und Sie sind immer noch bereit, meinen Anteil wie besprochen auszuzahlen?«

»Ja. Ich halte mein Wort. Aber ein Anteil von nichts ist nichts, Julian. Sie müssen das selbst regeln. Ich fürchte, mein Versuch ist gescheitert.«

Julian blickte mit zusammengekniffenen Augen an Peele vorbei in die Luft. »Ich habe da noch einen Plan, einen gewagteren Plan, aber dazu muss ich massive Opfer bringen. Packen Sie noch einen Hektar Land auf den Bonus drauf, den wir vereinbart haben, und ich werde dafür sorgen, dass es klappt.«

Peele wirkte entsetzt. »Julian, das kann ich nicht.«

»Natürlich können Sie. Sie haben es doch selbst gesagt – ein Anteil von nichts ist nichts. Legion, ich bin Ihre einzige Chance, an dieses Land zu kommen. Wenn ich keinen Erfolg habe, verlieren Sie absolut nichts. Der Status quo bleibt unverändert. Aber wenn ich erfolgreich bin, bekommen Sie die Mirth Farm und alle Zufahrtsstraßen, die Sie wollen, ohne weitere Hindernisse.«

»Einen Hektar, sagen Sie?«

»Ja. Wo genau ist mir egal. Irgendwo in der Nähe der Hauptstraße in die Stadt. Ich möchte gerne ein Projekt in dieser Gegend verwirklichen, und wenn Dad mal nicht mehr auf dem Hof ist, möchte ich einen kleinen Teil von meinem Zuhause als Andenken an meine Mutter bewahren.« Julian verstummte und blickte zu Boden, gerade lange genug, damit seine Worte ihre Wirkung entfalten konnten.

Peele legte ihm die Hand auf die Schulter. »Natürlich. Das verstehe ich völlig. Sollen Sie haben. Einen Hektar plus Ihren Bonus. Sie wissen, dass ich zu meinem Wort stehe, aber ich lasse meinen Anwalt trotzdem eine Vereinbarung aufsetzen, damit wir alle wissen, woran wir sind. Dann sind Sie am Zug. Wie Sie richtig sagen, ich verliere nichts, wenn Sie keinen Erfolg haben.«

Julian hob den Blick und nickte. Unfähig, sein Lächeln ganz zu unterdrücken, erlaubte er sich ein schiefes Grinsen. »Sehr gut. Dann sollten wir das jetzt mit einem Drink besiegeln, einverstanden?«

Die beiden Männer spazierten einträchtig in Richtung Bar.

KAPITEL 35

Doubler hatte Mrs. Millwood einiges an Neuigkeiten zu berichten, und so stürzte er sich voller Eifer hinein.

»Peele besaß doch tatsächlich die Frechheit, persönlich auf dem Hof aufzutauchen – noch dazu in einem Range Rover. Es gab mal eine Zeit, da hätte mich ein solcher Besuch wieder in den Abgrund stürzen lassen, aber seit ich Ihre Midge mit im Boot habe, bin ich wesentlich selbstbewusster.«

»Da bin ich aber froh. Sie hat mir erzählt, dass sie Ihnen hilft.« Mrs. Millwoods Antwort war leise, doch Doubler konnte den Stolz in ihrer Stimme hören.

»Ihre Tochter ist ein *Engel*. Ich glaube, sie macht sich mit dieser Peele-Geschichte ganz schön viel Arbeit. Hat sich da richtig drin verbissen. Sie glaubt, etwas auf der Spur zu sein.«

»Wie ich Midge kenne, wird es ihr Spaß machen, sich mit jemandem wie Peele anzulegen«, freute sich Mrs. Millwood.

»Sie ist nicht die Einzige, die in den Kampf zieht. Der Colonel hat es mit Maddies Familie *und* dem Sozialamt aufgenommen. Angeblich haben sie so etwas wie einen *Pflegeplan* aufgestellt.«

»Oh, ein Pflegeplan klingt sinnvoll. So einen sollten wir alle haben, was?«

»Wenn ich es richtig verstanden habe, ist Olive Maddies Pflegeplan, wodurch alle anderen aus dem Schneider sind. Keine Ahnung, wie der Colonel das geschafft hat. Aber wenigstens haben sie nicht den armen Percy zum Chef ernannt.«

»Der Colonel kann einen schon überraschen. Es würde mich nicht wundern, wenn er angeboten hat, selbst ein Auge auf die beiden zu haben. Er hat einen guten Kern«, sagte Mrs. Millwood.

Doubler murmelte zustimmend, während er an die langen Unterhaltungen mit Maxwell dachte. »Sie haben recht. Ich schulde ihm einen Gefallen. Vielleicht schulde ich ihm eine ganze *Kiste* an Gefallen. Ich werde dafür sorgen, dass er bei der nächsten Abfüllung nicht zu kurz kommt.«

Mrs. Millwood lachte glücklich. »Laut meiner Quellen werden Sie bald mehreren Leuten Gefallen schuldig sein. Wie ich höre, hilft jetzt sogar *Olive* Midge bei ihren Peele-Nachforschungen.«

»Wirklich, tut sie das?« Doubler dachte einen Moment lang darüber nach, was Nettsein für Folgen hatte. »Ich war immer ziemlich stolz darauf, von niemandem abhängig zu sein, aber jemanden um Hilfe zu bitten, ist gar nicht so furchtbar, wie ich dachte.«

Dann berichtete er Mrs. Millwood von seinem Gespräch mit Camilla.

»Das klingt sehr gut, Mr. Doubler. Camillas Erinnerungen sind ganz anders als Ihre – vielleicht waren Sie ihr ein viel besserer Vater, als Sie selbst glauben.«

»Das weiß ich nicht, aber es ist vermutlich noch Zeit übrig, um jetzt ein besserer Vater zu sein.«

»Und wie wollen Sie das machen?«

»Ich werde mich anstrengen, die richtigen Fragen zu stellen.«

»Das klingt sehr vernünftig, Mr. Doubler. Und was ist mit Ihrem Sohn? Glauben Sie, es gibt noch Möglichkeiten, auch ihm ein besserer Vater zu sein?«

»Er ist gerade auf dem Weg zu mir. Will irgendetwas mit mir besprechen. Aber auch mich beschäftigt etwas, das ich zuerst loswerden will.«

»Es wird Ihnen guttun, Ihre Gedanken auszusprechen. Aber denken Sie immer daran, unsere Kinder sind nicht das Ergebnis unserer selbst. Manchmal sind sie einfach so, wie sie sind.«

»Sie sind nur eine Abfolge von DNS, Mrs. M.«, betete Doubler herunter, als würde er es selbst nicht ganz glauben.

»Sie klingen heute Morgen sehr nachdenklich, Mr. Doubler. Beschäftigt Sie noch etwas anderes?«, erkundigte sich Mrs. Millwood sanft.

Das stimmte tatsächlich. Es war nämlich ein Brief gekommen, in steiler, schnörkeliger Handschrift an ihn adressiert und mit einer ganzen Reihe indischer Briefmarken verziert. Der Brief lag nun in derselben Schublade, in der die meisten von Doublers unerledigten Dingen ruhten. Es lag nicht an mangelndem Mut, dass er den Umschlag noch nicht geöffnet hatte, da war er sich sicher. Stattdessen war er zunehmend davon überzeugt, dass der Inhalt Mrs. Millwoods Vermächtnis genauso betreffen würde wie sein eigenes. Und zweifelte noch daran, ob diese Bestätigung allein ihr ausreichend Motivation bot, aus dem Krankenhaus zu kommen und wieder zu genesen.

»Nein, Mrs. M. Alles in Butter. Ich muss mich jetzt mit Julian aussprechen, aber sobald ich das hinter mir habe, werde ich wieder klarer denken können. Vielleicht können wir nachher noch mal sprechen? Er sollte jeden Moment hier sein.«

»Na, dann alles Gute. Und vergessen Sie nicht – ich mag zwar unpässlich sein, aber ich begleite Sie bei jedem Schritt.« Mrs. Millwoods Stimme war leiser als sonst, und in ihrem Tonfall lag eine Feierlichkeit, die Doubler zuvor noch nie bemerkt hatte.

»Vielen Dank, Mrs. M. Darauf zähle ich.« Er beschloss, für sie beide stark zu sein.

Julian kam kurz nachdem Doubler den Hörer aufgelegt hatte. Doubler verschwendete keine Zeit damit zu warten, bis es sich sein Gast gemütlich gemacht hatte, oder ihm etwas zu trinken anzubieten, was ungewöhnlich für ihn war. Stattdessen führte er seinen Sohn an der Küche vorbei ins Wohnzimmer. Julian musste sich unter dem Türrahmen durchducken und hatte noch keine Ahnung, dass diese Unterhaltung ganz anders verlaufen würde, als er sie geplant hatte.

»Julian, setz dich. Lass uns über Geld reden.«

Julian strahlte, so erfreut war er, dass sein Vater selbst den Anfang zu diesem Gespräch gemacht hatte. »Ausgezeichnet, Dad. Höchste Zeit, dass wir diese Unterhaltung führen. Was hat er geboten?« Sein Blick huschte im Zimmer umher, als könnte er die Summe am Arrangement der Möbel ablesen.

»Wer? Peele? Nein, Julian, ich spreche nicht über den Verkauf des Hofes. Ich spreche über Geld*sorgen.*« Er gebot Julian mit einer ungeduldigen Handbewegung zu schweigen, während er in seinem Sessel Platz nahm und das Telefon ein Stück näher zu sich heranzog, als würde er es Mrs. Millwood ebenfalls bequem machen.

Julian sah seinen Vater ungläubig an und fuhr sich nervös durch die Haare. »Dad. Du hast keine Geldsorgen. Du sitzt hier auf einem Vermögen. Einer Goldmine. Wenn du verkaufst, musst du dir nie wieder Gedanken machen. Genau das versuche ich dir doch schon die ganze Zeit zu sagen.« Er bemühte sich, beschwichtigend zu lächeln, und Doubler erkannte in diesem Moment, wie eine Schlange aussehen würde, wenn sie versuchen würde zu lächeln, bevor sie zubiss.

»Ich spreche nicht von *meinen* Geldproblemen, sondern von *deinen.*« Doubler lehnte sich bequem in seinem Sessel zurück und blickte auffordernd auf den Platz gegenüber in der Hoffnung, Julian möge es ihm gleichtun. Die Tatsache, dass sein Sohn so viel größer war, verschaffte Doubler bei dieser sorgfältig geplanten Konfrontation einen beträchtlichen Nachteil. Und dass Julian beschlossen hatte, diesen Größenunterschied noch zu betonen, indem er stehen blieb, gab Doubler ein ganz ungutes Gefühl. Deshalb war er erfreut, an der plötzlichen Röte in Julians Wangen zu erkennen, dass er ihn ertappt hatte.

»Ich? Machst du Witze? Ich habe keine Geldsorgen. Es läuft ziemlich gut. Meine Bonuszahlung letztes Jahr war in der Abteilung absoluter Rekord. Ich bin ganz sicher nicht derjenige mit Geldproblemen.« Julians Gesicht neigte von Natur aus zu einer spöttischen Miene, sodass es sich jetzt beim Versuch, besonders viel Verächtlichkeit auszudrücken, grotesk verzerrte.

»Warum um alles in der Welt«, sagte Doubler und machte eine bewusste Pause, »solltest du dann versuchen, mir durch eine List meinen Wagen abzuschwatzen?«

»Eine List? Dir deinen Wagen abschwatzen?« Einen Augenblick lang wirkte Julian ernsthaft verwirrt, doch dann verengten sich seine Augen zu schmalen Schlitzen, als er begriff, worauf sein Vater anspielte. »Vorsicht, Dad, du klingst ziemlich verwirrt. Ich habe nur versucht zu helfen. Schau her, mir gefällt der Gedanke nicht, dass du hier draußen alleine festsitzt. Ich dachte, ich mache dir das Leben ein bisschen leichter. Darf ein Sohn seinem Vater heutzutage nicht mehr helfen, ohne Hinterlist vorgeworfen zu bekommen?«

»Das ist völliger Schwachsinn, Julian, und das weißt du. Als du angeboten hast, mein Auto gegen einen Clarins einzutauschen, hast du ganz vergessen zu erwähnen, dass mein Wagen ein *Vermögen* wert ist.«

»Ist er das? Ich hatte keine Ahnung. Und Clarins ist eine Kosmetikmarke, Dad. Ein Auto gegen einen Lippenstift einzutauschen wäre in der Tat hinterlistig von mir gewesen.« Julian wippte auf den Fersen und lachte über seine eigene Scharfsinnigkeit. Er blieb stehen, die Hände hinterm Rücken verschränkt.

»Noch einmal, das ist völliger Schwachsinn, Julian.« Doubler bemühte sich trotz seiner gemütlichen Sesselposition um einen möglichst herrischen Tonfall. Er genoss den Klang des Wortes ›Schwachsinn‹ beim zweiten Mal sogar noch mehr. »Du wusstest genau, was du tust, als du mir angeboten hast, mir den Wagen abzunehmen. Und, was noch schlimmer ist, du hast mich glauben lassen, dass du in der Lage bist, auch mal nett zu sein.«

»Ich weiß nicht, wovon du redet, Dad. Für mich klingt das, als hättest du irgendeine Art von Zusammenbruch erlitten. Ein

Zusammenbruch mit paranoiden Tendenzen.« Julian lächelte erfreut über seine Diagnose. »Ich schätze mal, das war zu erwarten, nach all den Jahren hier oben ohne Freunde.«

»Hier geht es nicht um mich oder meine Freunde. Hier geht es um dich und deine Geldprobleme. Ich bin dein Vater. Du kannst mir vertrauen. Ich versuche, dir zu *helfen*.«

»Ich habe keine Geldprobleme.« Julian, der zu einer gebückten Haltung neigte, als hinge ständig ein sehr scharfer Gegenstand direkt über ihm, der drohte, ihn zu erschlagen, richtete sich zu voller Größe auf und ballte die Fäuste. Die Geste war nicht bedrohlich – er wirkte nicht, als würde er gleich seinen Vater schlagen –, aber seine Fingerknöchel traten weiß hervor, und seine Wangen waren gerötet. Diese beiden Verfärbungen zusammengenommen schienen nahezulegen, dass er demnächst platzen würde.

»Aber warum dann dieser alberne Vorwand, um mir mein Auto abzuluchsen? Ein Auto, das ich sehr mag und das zu meinen Bedürfnissen perfekt passt?«

Julian seufzte theatralisch. Er verlor langsam die Geduld mit seinem Vater und auch das Interesse, sein Täuschungsmanöver zu leugnen. »Weil dieses Auto, wie du offensichtlich weißt, ein kleines Vermögen wert ist und hier bei dir in der Garage verrottet.«

Doubler blickte ernst zu seinem Sohn auf und nickte ob der ausgesprochenen Wahrheit. »Das ist in Ordnung, und ich gebe dir recht, es sollte nicht in der Garage verrotten. Dass es so viel Geld wert ist, war ein regelrechter Schock. Aber warum sagst du mir das nicht einfach, wenn du keine Geldsorgen hast? Warum lässt du mich nicht selbst entscheiden, ob ich es verkaufen möchte? Du bist sehr erpicht darauf, dass ich den Hof verkaufe – warum hast du mich nicht einfach gedrängt, das Auto auch zu verkaufen?«

Julian legte den Kopf in den Nacken und blickte zur Zimmerdecke hinauf, als würde er zwischen den alten Balken nach einem weniger begriffsstutzigeren Publikum suchen.

»Weil, Dad«, sagte er und senkte mit übertriebener Langsamkeit den Kopf, »es an dich verschwendet ist.«

»Was? Das Geld? Dieses Haus? Der Wagen?« Doubler amüsierte sich prächtig. Er hatte diese Unterhaltung in Gedanken so oft geprobt, und da er für seinen Sohn keine sonderliche Zuneigung empfand, fühlte er sich auch kaum dafür verantwortlich, wie seine Aussagen aufgenommen wurden. Sein Sohn bedeutete ihm nichts, also konnte dessen Verhalten auch kein schlechtes Licht auf Doubler werfen. Es gab hier keine Täuschung – es war genau so, wie er es erwartet hatte.

»Ja, das alles. Es ist einfach verschwendet. Ich könnte daraus so viel mehr Geld machen.«

»Aber warum? Für was? Hast du Schulden? Hast du ein Spielproblem?«

»Nein, Dad. *Herrgott noch mal.* Ich vermehre einfach gerne Geld. Ich bin gut darin. Ich sehe nicht gerne zu, wie Chancen vertan werden.«

»Aber es ist *mein* Auto. Es ist ein *gutes* Auto. Es ist das einzige, das ich je besessen habe. Hat das Auto wirklich seine Chance vertan? Es erfüllt seinen Zweck genau hier, und du scheinst versessen darauf zu sein, es in ein Allerweltsprodukt zu verwandeln.«

»Es ist kein Allerweltsprodukt, ganz im Gegenteil. Es ist ein Land Rover aus dem Jahr 1949, Serie 1 mit Originalausstattung, in perfektem Zustand. Und ich habe bereits einen sehr interessierten Käufer.«

»Aber es ist nicht *dein* Wagen! Ich versuche, irgendeinen Grund zu finden, irgendeine Rechtfertigung für deine List. Sag mir, dass du Schulden hast oder irgendwelche anderen finanziellen Sorgen. Dann kann ich dir helfen. Ich kann dir Geld geben. Du musst es dir nicht so quälend erschleichen. Wenn es keinen

Grund gibt, dann bist du vielleicht …« Doubler sah sich auf der Suche nach dem richtigen Wort im Zimmer um. »Dann bist du vielleicht einfach nur ein Scheißkerl.«

Julian zuckte sichtbar zusammen und trat einen Schritt zurück. »Dad! Das ist jetzt aber ziemlich unverschämt! So kannst du nicht mit deinem Sohn reden.« Er fing an, ungelenk im Zimmer auf und ab zu gehen, wobei es ihm nicht gelang, eine würdevolle Haltung zu finden, die Überlegenheit ausdrückte.

»Aber, Julian, du hast gerade versucht, mir mein Auto abzuschwatzen, indem du mich belügst. So geht man nicht mit seinem Vater um. Mir wird das erst jetzt klar, und ich weiß gar nicht, weshalb ich so lange gebraucht habe, aber du bist tatsächlich ein ziemlicher Scheißkerl.«

Julian blieb vor dem Sessel seines Vaters stehen und beugte sich mit bebenden Nasenflügeln über ihn. Doubler spürte die Hitze seines Hasses. »Erstens, ich hatte keine Ahnung, dass du etwas von Autos verstehst. Die Tatsache, dass du wusstest, wie viel es wert ist, und du es trotzdem in einer Scheune verrotten lässt, zeigt doch nur, wie wenig finanziellen Sachverstand du hast.« Er richtete sich wieder auf. Mit vor Wut blitzenden Augen suchte er nach einem zweiten Grund für seine Verärgerung. Als er ihn fand, brachte er ihn triumphierend vor. »Zweitens, Geld zu machen habe ich im Blut. Es ist mein Job, und du solltest mir dafür etwas Anerkennung zollen.«

Diese Wendung fand Doubler interessant. Sollte er seinem Sohn tatsächlich ein Maß an Genialität zugestehen? Hatte er eine Fähigkeit an ihm nicht erkannt? »Was genau machst du beruflich, Julian?«

Julians Antwort war ein Knurren. »Ich arbeite für eine Bank. Ich bringe ihnen einen Haufen Geld ein.«

»Mhm, ja.« Doubler fragte sich, ob er das eigentlich wissen müsste. Hatte er je gefragt? Wahrscheinlich nicht. »Liebst du deinen Beruf?«, erkundigte er sich sanft.

Einen Moment lang schien es so, als würde das Wort »lieben« Julian innehalten lassen, doch dann fuhr er ungeniert fort. »Er hat seine Vorzüge. Ich bin gut darin, aber es ist auch ein sehr stressiger Job, deshalb muss die Bezahlung stimmen, und das tut sie. Ich verdiene einen Haufen Geld.«

»Warum ist es stressig? Worüber machst du dir Sorgen?« Doubler war ernsthaft interessiert. Vielleicht empfand sein Sohn dieselbe unergründliche Furcht, wie er sie jedes Frühjahr erlebte, kurz bevor die ersten grünen Triebe erschienen.

Julians Blick war ins Leere gerichtet beim Versuch, das Gefühl zu beschreiben. »Wenn ein Deal gut läuft, dann gibt es kein größeres Hochgefühl. Aber wenn ein Deal platzt, wenn ich die Lage falsch einschätze« – er machte bewusst eine Pause –, »dann kann das die Bank ein Vermögen kosten. Das ist ein wahnsinniger Druck.«

Doubler stellte sich diese Angst vor und versuchte, sie zu verstehen und mit irgendeiner seiner eigenen Erfahrungen zu verknüpfen. »Aber es stirbt doch niemand, oder? Ich meine, wenn du nicht zur Arbeit erscheinst, dann *leidet* niemand darunter? Du verdienst dann vielleicht weniger Geld für dich oder die Bank. Aber andererseits, wenn du nicht zur Arbeit gehst und damit einer falschen Entscheidung entkommst, dann verlierst du nicht so viel Geld, wie wenn du gearbeitet hättest. So oder so, wenn du nicht erscheinst, entsteht daraus weder echter Schmerz noch Leid. Ist das richtig?«

Julian war sichtlich durcheinander. »Machst du dich über mich lustig? Ich bin stolz auf das, was ich erreicht habe. Ich habe aus nichts etwas gemacht, was mehr ist, als du von diesem alten Kasten und deinen verdammten Kartoffeln behaupten kannst.«

»Nun ja, wie du selbst sagst, ich habe die letzten vierzig Jahre herumgesessen und Däumchen gedreht. Die beiden Dinge, die ich besitze, mein Wagen und mein Haus, sind jetzt anscheinend ein Vermögen wert, ohne dass ich auch nur einen Finger rühren musste. Vielleicht ist es bei dir dasselbe? Wenn du *weniger* tun würdest, vielleicht würdest du dann *mehr* bekommen. Auf jeden Fall hättest du dann sicherlich weniger Stress.« Wenn Doubler Pfeife rauchen würde, hätte er sie in diesem Moment ausgeklopft. Er wirkte nachdenklich, aber das Herz schlug laut in seiner Brust.

»Du bist wirklich ein frustrierender alter Mann. Dieser Hof ist eine Tonne Geld wert, und du lässt die Gelegenheit einfach verstreichen. Der Wert dieses Autos steigt ins Unermessliche, und wieder vermasselst du es. Wo steckt denn dann das Ergebnis deiner harten Arbeit?« An dieser Stelle malte Julian Anführungszeichen in die Luft, was ihn in Doublers Augen noch kindischer wirken ließ als sonst.

Doubler erhob sich aus seinem Stuhl. »Mein Geschäft steht gut da. Um genau zu sein, habe ich all die Jahre gut verdient. Ich werde ganz sicher keinen Hunger leiden, und ich habe das beste Dach über dem Kopf, das ich mir wünschen könnte. Außerdem arbeite ich fleißig an meinem Vermächtnis. Wir sollten alle versuchen, etwas zu hinterlassen. Aber genau wie bei dir, Julian, ist das, was ich tue, nicht von besonders großer Bedeutung. Wenn ich morgen tot umfalle, wird niemand leiden.«

Julian grinste höhnisch. »Ist das die einzige Art, wie du Erfolg messen kannst? Ich glaube nicht, dass es dir eine besonders nützliche Währung sein wird.«

»Vielleicht hast du recht. Aber ich frage mich schon, welchen *Wert* wir als Individuen haben, als Maß für ein gut gelebtes Leben. Es gab da mal diesen Mann …«

»Oh Gott«, stöhnte Julian, »dein verdammter Kartoffelheld. Ich weiß, ich weiß – ohne ihn hätten wir keine Pommes. Was für eine Tragödie.«

»Eigentlich wollte ich gar nicht über Mr. Clarke sprechen, auch wenn sein Beitrag für diesen Planeten über Pommes weit hinausgeht. Nein, nein, ich musste an einen Kerl denken, von dem mir eine liebe Freundin mal erzählt hat.«

Julian stöhnte wieder und ließ sich schließlich mit seiner ganzen Länge in den Stuhl gegenüber fallen. Er rutschte tief hinein und streckte die Beine aus. Die Haltung drückte weniger eine Niederlage, sondern eher die unglaubliche Langeweile aus, die er gleich würde ertragen müssen. Er fuhr sich mit beiden Händen durchs Haar, um dann sein Gesicht und die Augen mit übertriebener Geste zu reiben, als müsste er Tiefschlaf vertreiben.

Doubler fuhr fort, unbeeindruckt von Julians pantomimischer Einlage. »Er war Neurochirurg. Ein *Hirn*doktor. Meine liebe Freundin hat eine Sendung über ihn gesehen, und wir haben uns danach lange über dieses Maß an persönlichem Einsatz unterhalten. Was meine Bekannte so beeindruckt hat, war, dass der Chirurg während seines gesamten Berufslebens morgens mit dem *Fahrrad* zur Arbeit gefahren ist. Mit dem *Fahrrad*! Selbst bei Schnee! Er war ein so guter Arzt, dass er regelmäßig in eines dieser alten Ostblockländer gereist ist, um dort unglaublich komplizierte Operationen durchzuführen. Die Leute standen Schlange, hatten oft tagelange Reisen auf sich genommen, um von diesem Mann behandelt zu werden. Und er hat diese ganze Arbeit unentgeltlich gemacht, in seinem Urlaub. Dann fuhr er wieder nach Hause und operierte weiter Leute, die einen schrecklichen Tod gestorben wären, wenn er nicht gewesen wäre.«

Doubler fuhr fort, immer noch unbeeindruckt von der gekräuselten Oberlippe seines wenig begeisterten Zuhörers. »Was meine Bekannte so tief beeindruckte, wenn ich mich recht erinnere, war dieses *Fahrrad*. ›Wenn ich jemanden an mein Gehirn lasse, an meine Erinnerungen und meine Fähigkeiten, dann würde ich wollen, dass dieser Mann zu Hause von einem Chauffeur abgeholt wird.‹« Doubler lachte bei der Erinnerung an Mrs. Millwoods Worte und wiederholte sie, wie er sie gehört hatte. »›Stattdessen sind es die Banker und die Anwälte in ihren schicken Autos, die ihn von der Fahrbahn drängen. Woher sollen sie auch wissen, dass dieser Mann auf seinem Fahrrad die Macht besitzt, ihnen das Leben zu retten?‹«

Julian fing genervt an, die Taschen nach seinem Autoschlüssel abzuklopfen und damit zu signalisieren, dass er nicht wünschte, diese Unterhaltung fortzusetzen. Doubler lachte leise in sich hinein. Seine Augen wurden ein wenig feucht bei der Erinnerung an Mrs. Millwoods Empörung.

»Dad, was laberst du denn da? Ich habe wirklich keine Ahnung, auf was du hinauswillst. Du wirst langsam ein bisschen plemplem, alter Mann. Hörst wohl Stimmen, was? Ich weiß nicht, wie es ist, hier tagein, tagaus alleine festzusitzen. Irgendwie habe ich das Gefühl, dass deine liebe Freundin gar nicht existiert. Hast du überhaupt Freunde, Dad? Irgendjemanden?«

Doubler hörte auf zu lachen und schaute feierlich drein. »Ja, mein Sohn, langsam glaube ich, dass ich die habe.«

Julian sah sich im Zimmer nach Anzeichen dieser Freunde um. Da er nichts fand, lächelte er seinen Vater mitleidig an und erhob sich.

»Du sprichst von einem florierenden Geschäft. Ich sehe keine Beweise dafür. Du sprichst von deinen Freunden. Auch von denen sehe ich keine Spur. Du hast die einmalige Gelegenheit, Geld aus diesem alten Kasten zu schlagen, genau zu dem Zeitpunkt, wo du dir Gedanken darüber machen solltest, wie du dich verkleinern und für die restlichen Jahre deines Lebens vorsorgen kannst. Und du weigerst dich auf eine erschreckend leichtsinnige Art und Weise. Ich habe Angst um dich, Dad. Ich habe Angst, dass du die Fähigkeit verloren hast, diese wichtigen Entscheidungen allein zu treffen, und ich glaube, es ist an der Zeit, dass ich eingreife und deine Angelegenheiten regele, bevor du etwas Katastrophales anstellst. Ich werde nicht stillschweigend zusehen, wie du bankrott gehst. Ich werde die nötigen Schritte unternehmen.«

»Schritte, mein Sohn? Du wirst Schritte unternehmen?« Doubler zog fragend die Augenbrauen hoch.

»Ich kann nicht einfach dasitzen und zusehen, wie du dein Leben und mein Erbe ruinierst. Seit wann geht es so bergab, Dad? Wann ist dein Leben aus den Fugen geraten?«

Doubler dachte über diese Formulierung nach. Sein Leben war tatsächlich aus den Fugen geraten. Doch nun sagte ihm sein Bauchgefühl, dass sich nach und nach wieder alles zurechtrückte.

»Du bist so schwach, so passiv, so gleichgültig, Dad. Ich will nicht werden wie du. Ich will ein Mann der Tat sein: entschlossen und sicher. Deshalb muss ich eingreifen. Ich tue das für *dich*.«

Doubler betrachtete seinen Sohn und wusste nicht, ob er ihn bedauern oder sich selbst bemitleiden sollte, dass er ihn großgezogen hatte. »Du hast mich gefragt, an welcher Stelle es angefangen hat bergab zu gehen. Aber was genau meinst du damit? Woran misst du meinen Erfolg? Was weißt du überhaupt über meine Geschäfte, um dich als Richter aufzuspielen?«

Julian warf die Hände in die Luft. Hätte er mit den Füßen aufstampfen können wie das kleine Kind, von dem er gleich sprechen würde, er hätte es getan. »Ich weiß noch ganz genau, wie du mir gesagt hast, dass du der größte Kartoffelbauer im Land werden willst. ›Im ganzen Land‹, hast du gesagt! Ich weiß es noch, als wäre es gestern, obwohl es lange vor Mum war. Du hattest so hohe Ziele, so viel Ehrgeiz. Du wolltest der Größte sein, und nichts würde dich aufhalten! Da hab ich an dich geglaubt, Dad. Aber sieh dich doch an. Du lässt zu, dass Peele dich in deinem eigenen Spiel schlägt. Du hast dich zurückgelehnt und zugeschaut, wie er alles um dich herum aufgekauft hat. Jetzt sitzt du hier fest, ohne die Möglichkeit zu expandieren. Du wurdest immer und immer wieder überlistet. Ich finde es traurig, zuzusehen, wie du langsam, aber sicher zu Grunde gehst. Du bist wie ein Skorpion in einem Kreis aus Feuer, der sich selbst zu Tode sticht.«

»Skorpione«, erklärte Doubler mit einer Eselsgeduld, während er innerlich bebte, »machen das übrigens gar nicht. Sie sind immun gegen ihr eigenes Gift, und es scheint doch sehr unwahrscheinlich, dass eine Kreatur, die sich aus Angst vor Feuer selber umbringt, hundert Millionen Jahre Evolution überlebt haben soll. Ich fürchte, das ist ein Mythos, wenn auch ein sehr anschaulicher, und du hast ihn schön beschrieben, also wollen wir diese kleine Ungenauigkeit unter den Tisch fallen lassen. Deine Erinnerung trügt dich, Julian. Ich hatte niemals vor, der Größte zu werden. Mein erklärtes Vorhaben war es, der *Beste* zu werden.«

»Dad, du bist *Kartoffel*bauer. Ich glaube nicht, dass du der beste sein kannst, ohne der größte zu sein. Du klammerst dich also an Strohhalme. Es gibt keinen Preis für die Zweitplatzierten im Leben, Dad.«

»Weißt du, was, Julian, so schwer es auch sein mag, das in dein winziges Gehirn reinzubekommen, aber es ist durchaus möglich, dass ich bereits *nachweisbar* der Beste bin. Es ist durchaus möglich, dass ich im Spiel des Lebens gewonnen habe. Ganz bestimmt in der Kartoffelliga.«

Doubler stand auf und ging zur Kommode, wo er den großen weißen Umschlag aus der Schublade holte. Dann kehrte er zu seinem Stuhl zurück, den Preis auf dem Schoß. Er betrachtete den Umschlag, strich gedankenverloren über die Schrift, ehe er sich wieder seinem Sohn zuwandte.

»Du kennst Schrödingers Katze, nehme ich an?«

Julian seufzte ungeduldig und sah auf die Uhr, womit er sein Unwissen weder zugab noch leugnete.

»Ich bin, so wie wir hier sitzen, gleichermaßen Versager und erfolgreich. Zumindest so lange dieser Umschlag ungeöffnet bleibt. So lange ist es fair anzunehmen, dass ich beides sein kann.« Doubler seufzte. »Aber um auf das zurückzukommen, was du vorhin gesagt hast: Ich frage mich, ob man Erfolg finanziell messen kann. Ich glaube nicht, dass Geld ein Maßstab sein kann. Schließlich ist es an sich wertlos. Es muss etwas anderes geben, dem gegenüber man Rechenschaft ablegen muss, wenn der Tag der Abrechnung kommt. Geld kann nicht der entscheidende Faktor sein. Es ist einfach nicht so *wichtig*.«

»Genau davon rede ich, Dad. Deine offensichtliche Missachtung finanzieller Belange ist bizarr. Du magst Landwirt sein, aber um heutzutage erfolgreich zu sein, musst du einen Geschäftssinn haben, und in dieser Hinsicht scheinst du absolut zu versagen. Was ist nur los mit dir?«

»Ich habe mir vorgenommen, ein *konsequentes* Leben zu leben. Und ich glaube, was das angeht – völlig unabhängig von irgendwelchen äußeren Legitimationen, die sich hier in diesem Umschlag befinden mögen oder auch nicht, betrachte ich mich als erfolgreich. Oder zumindest nicht als Versager.«

»Wovon leitest du das ab, Dad? Gemessen an was bist du erfolgreich, wenn Geld dich so wenig interessiert?«

»Ich wollte der beste Kartoffelbauer des Landes werden. Das war meine Absicht. Meine Ziele waren unterschiedlich und sind im Lauf der Jahre immer wieder überarbeitet worden. Ich bin überzeugt davon, dass ich viele dieser Ziele erreicht habe, aber es ist durchaus möglich, dass ich außerdem noch zu Lebzeiten meine Aufgabe erfüllt habe. Selbst wenn ich noch nicht ganz am Ziel bin, dann bin ich schon zufrieden mit dem Wissen, große Schritte in die richtige Richtung gemacht zu haben. Ich werde den Weg noch ein bisschen weiter gehen. Nicht zuletzt habe ich es vielleicht für einen anderen leichter gemacht, das zu vollenden, was ich begonnen habe. Es ist durchaus möglich, dass jemand einen kleinen Verweis auf meine Arbeit in vielleicht einer landwirtschaftlichen Fachzeitschrift findet oder in meinem Nachruf – je nachdem, wer den schreibt – und etwas sein Interesse weckt und derjenige dann da weitermacht, wo ich aufgehört habe. Wer weiß, vielleicht dauert es noch mal ein ganzes Leben, das zu vollenden, was ich begonnen habe.«

»Wovon redest du? Du baust Kartoffeln an. Niemand wird deine Arbeit fortsetzen, Dad. Du entwickelst hier kein Heilmittel gegen Krebs.«

»Nein, das tue ich nicht. Ich wünschte, ich könnte es, und würde alles dafür geben, *dieses* Ziel zu erreichen. Ich spreche von meinen wissenschaftlichen Bemühungen. Von dem, was wir gerne mein Großes Kartoffelexperiment nennen. Ich spreche über Studien, die ich seit mehreren Jahrzehnten betreibe.«

»Oh, das Streben eines Gelehrten! Auch bekannt als völlige Weltfremdheit. Das erklärt vieles. Ich bin Typen wie dir an der Uni begegnet. Arm wie Kirchenmäuse, alle miteinander, und soweit ich das beurteilen kann ohne auch nur einen einzigen originellen Gedanken! In der Berufswelt natürlich völlig unbrauchbar.«

»Ich glaube, unsere Meinungen könnten nicht entgegengesetzter sein.« Doubler war elend zumute.

»Also, Dad, dann lass mich noch mal zusammenfassen: Du hast Kartoffeln studiert, und was auch immer du glaubst, darüber herausgefunden zu haben oder auch nicht, hältst du für so wichtig, dass irgendjemand irgendwo deine Arbeit finden und fortsetzen wird? Ich hoffe sehr, du zählst dabei nicht auf mich! Wie groß sind die Chancen, dass jemand über diese Arbeit stolpert? Klingt für mich nach einer sehr unrealistischen Hoffnung.«

»So unrealistisch ist das gar nicht. Ich habe meine Ergebnisse offiziell eingereicht. Meine Recherche ist ausführlich dokumentiert. Ich habe nichts dem Zufall überlassen, und fairerweise muss ich erwähnen, dass ich nicht ganz bei null angefangen habe. Ich habe dort weitergemacht, wo ein anderer Gentleman aufgehört hat. Er weilt nicht mehr unter uns, und *ich* bin über *seine* Arbeit gestolpert, deshalb halte ich es für gar nicht so unwahrscheinlich, dass jemand über *meine* stolpert. Es ist jetzt ja auch viel einfacher, nicht wahr, seine kleinen Erfolge zu dokumentieren und ein bleibendes Zeichen zu setzen, als es für meine Vorgänger war. Das zumindest ist ein Fortschritt.«

Doubler dachte angestrengt nach. Er war fest entschlossen gewesen, dass Julian sich seinen Defiziten als Sohn stellen sollte, doch stattdessen hatte er selbst Gelegenheit bekommen, über sein Leben nachzudenken. Diese Gedanken waren ihm nicht fremd – er gab sich oft solchen Überlegungen hin –, doch er hatte sie noch nie laut geäußert. »Aber falls ich heute sterbe, dann glaube ich … ja, ich habe ein sinnvolles Leben gelebt. Kannst du von dir dasselbe sagen? Wenn du morgen sterben würdest, Julian, kannst du ehrlich dasselbe behaupten? Was wird man über dich sagen, Julian? ›Oh, seht nur, er hat viel Geld verdient, und jetzt ist er tot‹?«

»Ein schneller Tod kommt mir gerade sehr verlockend vor. Wenn ich morgen sterbe, dann bleibt mir wenigstens das langsame Abgleiten in die Senilität erspart. Ich weiß nicht, was du glaubst erreicht zu haben, egal an welchem Maßstab gemessen. Du hast deine Frau in die Verzweiflung getrieben, deinen Kindern die Mutter genommen und dir dann einen egoistischen Zusammenbruch erlaubt. Seither verschwendest du dein Leben damit, Kartoffeln zu ernten, während die risikofreudigen Unternehmer ringsherum dich mit einer Mischung aus Verstand und Technologie abgehängt haben. Und auf diese kleine Liste bist du stolz?«

»Nun, ich hoffe doch sehr, dass nicht du meine Grabrede schreiben wirst, Julian. So wie du das erzählst, möchte ich nicht in Erinnerung bleiben.«

»Und wer sollte ein Interesse daran haben, sich an dich zu erinnern, Dad? Du hast dich bei deinen Enkeln nicht gerade beliebt gemacht. Du und ich, wir sind uns fremd. Deine Tochter steckt permanent in der Krise, weil sie schwach ist, genau wie du. Sie ist schwach. Und sie ist mit einem noch schwächeren Mann verheiratet. Diese Gene verheißen für ihre Nachkommen nichts Gutes.«

»Du kennst dich also mit Genetik aus, ja?«, fragte Doubler.

»Weißt du, was, Dad? Du bist wirklich ein unglücklicher alter Sack.«

»Ich? Unglücklich?« Doubler dachte an die jüngsten Ereignisse und fragte sich, wann er dabei auch nur ein kleines bisschen unglücklich gewesen war. Er lachte auf, vor Überraschung ebenso wie vor Freude, als ihm bewusst wurde, wie glücklich er geworden war.

»Unglücklich und verrückt«, murmelte Julian, angewidert von der Freude seines Vaters.

»Weißt du, was, Julian? In diesem Moment gerade fühle ich mich schlecht. Ja, das tue ich wirklich. Aber ich brauche keinen Psychologen, um den Zusammenhang zu erkennen: Mir geht es immer dann schlecht, wenn du zu Besuch kommst. Die restliche Zeit bin ich überglücklich.«

Julian schnaubte vor Wut. »Du bist nicht glücklich, Dad. Du sitzt hier oben fest, kannst dich kaum noch um dich selbst kümmern und bist eindeutig nicht mehr in der Lage, vernünftige Entscheidungen zu treffen. Welcher normale Mensch lehnt ein Angebot dieser Größenordnung ab? Es ist nicht nur dein Geld, das du da aus dem Fenster wirfst, weißt du – es ist unser Erbe. Deine Enkel könnten ganz sicher ein bisschen was davon für ihre Ausbildung brauchen, und indem du ihnen das nimmst, was ihnen rechtmäßig zusteht, beweist du selbst deine Unvernunft.«

»Weshalb um alles in der Welt sollte ich die Ausbildung deiner Kinder bezahlen? Du verdienst ein Vermögen, hast du mir selbst gesagt. Außerdem sind es *deine* Kinder – ich habe meinen eigenen eine gute Ausbildung finanziert, und was hat mir das gebracht? Einen Dreck.« Doubler schluckte mühsam ein

Schluchzen hinunter, das unangekündigt in seinem Hals aufgetaucht war und ihn mit seiner Vehemenz überraschte.

Sobald er sich wieder im Griff hatte, fuhr er mit Resignation in der Stimme fort: »Vermutlich habe ich als Vater versagt. Ich habe eine Frau großgezogen, die sich nicht traut, den Mund aufzumachen aus Angst, die Menschen um sie herum zu enttäuschen, und ein Ekelpaket von Sohn, für den ich mich schäme.«

Julian fing wieder an, die Hände rhythmisch zu Fäusten zu ballen. »Du tust immer so, als hättest du uns alleine großgezogen, aber jedes Mal wenn du mich oder meine Kinder beleidigst, besudelst du die Erinnerung an Mum. Du solltest dich schämen.«

»Oh, Julian. Du bist dermaßen verkorkst. Es ist doch so, wir schleichen alle auf Zehenspitzen um das Thema herum, als wäre deine Mutter tot. Aber das ist sie nicht, oder? Um ehrlich zu sein, ich wünsche mir, sie wäre tatsächlich gestorben. Dann würdest du zu mir sagen, ich soll mein Leben nicht wegwerfen, sondern wieder unter die Leute gehen und Bridge spielen oder mich mit den anderen einsamen Seelen treffen. Aber in Wahrheit hat eure Mutter euch beide genauso verlassen, oder?«

Der Satz hing im Raum wie eine Abrissbirne.

Doubler fragte sich, ob er zurückrudern sollte wie bisher. Immer wenn er an diesen Punkt kam und anfing, das Ungesagte auszusprechen, sah er den Schmerz. Er nahm den Schmerz seiner Kinder und verwandelte ihn in seinen eigenen. Er versicherte ihnen, wie sehr Marie sie geliebt hatte, aber dass sie mit dem Leben einfach nicht zurechtkam und einen Neuanfang brauchte, um überhaupt überleben zu können. Nichts davon wusste er mit Sicherheit, und er glaubte es auch nicht, aber als Vater war es nicht seine Aufgabe, ihnen noch mehr Kummer aufzubürden, als sie ohnehin schon erlitten hatten.

Julian sah seinen Vater kalt an, denn er fühlte sich auf vertrautem Gelände. Er sagte das, was er jedes Mal gesagt hatte, wenn sie versucht hatten, darüber zu reden. »Ich respektiere die Entscheidungen meiner Mutter. Sie ist eine starke Frau, die das, was sie getan hat, tun musste, um sich selbst zu schützen. Sie musste nicht *uns* verlassen, sondern dich und den Matsch und die Kartoffeln. Sie hat sich dort selbst gefunden, und ich bin glücklich für sie.« Er schluckte hörbar und starrte seinen Vater herausfordernd an, doch Doubler überzeugte die Trotzhaltung nicht.

»Aber, Julian, sie hat nie zurückgeblickt. Sie hat euch nicht nachgeholt, sie hat sich nicht nach euch erkundigt, sie hat nicht gesagt, dass sie euch sehen will oder euch vermisst.« Doubler wollte aufhören, aber irgendetwas an Julians abfälliger, herablassender Haltung trieb ihn weiter.

»Weil du sie verjagt hast, Dad. Mütter verlassen ihre Kinder nicht ohne Grund. Sie musste fliehen, um sich selbst zu retten, und hat dabei das größte aller Opfer gebracht.«

»Das größte aller Opfer, Julian? Sie ist keine Märtyrerin. Sie ist in *Spanien*, verdammt. Nicht gerade das andere Ende der Welt, oder? Nicht gerade *unerreichbar*. Sie unterrichtet tagsüber Yoga und hilft abends ihrem Typen in der Bar aus, und weißt du was, Julian? Sie leidet nicht seit Jahren Qualen. Es bereitet ihr keine Mühe auch nur zu atmen. Sie wollte nicht vor lauter Traurigkeit sterben. Nein, das war mein Leben ohne sie, nicht ihr Leben ohne mich.«

Julian schnaubte ungläubig. »Du hast nicht mit dem Leben gekämpft, Dad – du hast einfach mit deinen Kartoffeln weitergemacht. Sie waren das Einzige, was dir wichtig war.«

»So hast du es wahrgenommen, Julian, denn das war es, was du sehen wolltest. Ich habe meine Vaterrolle auf die einzige Art weitergespielt, die ich konnte. Ich habe so normal weitergemacht wie möglich, weil es mir für euch das Beste erschien, um eure Kindheit zu vollenden. Ich habe gelernt zu kochen, damit ihr beide zu essen habt. Ich habe gelernt, Wäsche zu waschen, damit ihr Kleider in den Schränken und saubere Laken auf den

Betten habt, und ja, ich habe meine Kartoffeln gesteckt und geerntet und gepflegt, weil darin meine Erlösung lag, tief in der Erde um uns herum.«

»Da hast du aber die Geschichte schön neu geschrieben. Du hast doch kaum mit der Wimper gezuckt, als sie ging. Und die Wahrheit ist, wenn du den Mut hättest, würdest du zugeben, dass du dir wünschst, sie hätte uns mitgenommen.«

Doubler blickte seinen Sohn ungläubig an. »Ist es das, was dich so wütend macht? Du kannst mir alles Mögliche vorwerfen, aber *das* nicht. Natürlich wünsche ich mir, sie hätte euch mitgenommen! Damit wäre ich klargekommen. Ich hätte nicht jeden Morgen beim Aufwachen den Schmerz und die Angst in euren Gesichtern gesehen. Ich hätte mich nicht um deine Albträume und Camillas ständiges Weinen kümmern müssen. Ich hätte gelitten, ja, aber es wäre allein mein Leiden gewesen, nicht das von zwei Kindern, die das Herz und die Seele der Familie ohne ein Wort der Erklärung verloren hatten.«

»Ich war dabei, Dad. Du hast nicht gelitten.«

»Das glaubst du wirklich? Dann will ich dir mal erzählen, was wirklich passiert ist, Julian. Ich kam heim und musste feststellen, dass meine Frau weg ist. Alle ihre Kleider, alle ihre persönlichen Dinge und ihr Reisepass, alles weg. Ihr Konto war leergeräumt. Es wirkte gut vorbereitet, es wirkte vorsätzlich, aber es war so *unfassbar*, dass wir alle vom Schlimmsten ausgegangen sind. Sechsundzwanzig Tage lang suchte die Polizei nach ihr. Ich habe die Krankenhäuser abgeklappert, ich war sogar in einer Leichenhalle, um eine Tote zu identifizieren. Ihre Eltern dachten, sie hätte sich das Leben genommen. Ich dachte, sie wäre *entführt* worden. Das alles habe ich euch verschwiegen, weil ich euch nichts anderes sagen konnte als: ›Sie ist weg, aber ich habe keine Ahnung wohin‹. Und dann, nach sechsundzwanzig Tagen bekam ich ein Päckchen von ihrem Anwalt. Sie war in Spanien und hatte die Scheidung eingereicht. Sie wollte kein Sorgerecht haben. Sie hatte ihre Ringe zurückgeschickt. Das war's. Aber da konnte ich doch nicht trauern, oder? Sie war nicht gestorben – sie hatte ihren Posten einfach ohne Vorankündigung verlassen.«

»Das alles weiß ich, Dad. Was ich sagen will, ist, du hast nicht gelitten. Du hast sie dazu gebracht zu gehen, aber du musstest nicht den Preis dafür zahlen.«

»Ich habe meine Frau verloren. Meine Kinder hatten ihre Mutter verloren. Ich konnte es mir schlicht nicht leisten zu leiden. Ich habe mich um euch gekümmert und meine Trauer aufgeschoben, bis Camilla dir an die Uni gefolgt ist. Erst dann, als ich auf die leere Mirth Farm zurückgefahren bin, hat meine Trauer eingesetzt. Erst dann bin ich in das schwarze Loch gefallen, das von da an mein Zuhause wurde. Ich bin erst jetzt dabei, mich davon zu erholen, Julian, und wenn du das nicht erkannt hast, dann habe ich meine Aufgabe besser erfüllt, als ich dachte.«

Julian erwiderte unbeeindruckt in höhnischem Tonfall: »Und du glaubst, das ist vergleichbar damit, eine Mutter zu verlieren?«

»Nein, Julian, das tue ich nicht. Ich behaupte nicht zu verstehen, wie sich das anfühlt. Aber du hast keine Mutter *verloren* – sie hat euch *verlassen*. Wobei, ›Verlust‹ allein trifft es nicht. Das klingt wie etwas ziemlich Achtloses, für das wir alle verantwortlich waren. ›Ups, wir haben sie *verloren*‹. Nein, wir haben sie nicht *verloren*. Es war kein Unfall. Es war ihre bewusste Entscheidung, kein spontaner Entschluss. Jetzt ist sie wieder verheiratet und lebt das Leben, das sie gewählt hat. Sie hat entschieden, nicht zurückzukommen, als ihr zu Hause ausgezogen seid. Sie hat entschieden, keine Großmutter für eure Kinder zu sein. Sie strickt keine kratzigen Pullover oder backt Weihnachtskekse. Sie hat nie auch nur einen Hauch von Interesse an euch oder mir oder den Enkeln oder meinen Kartoffeln gezeigt. Sie amüsiert sich prächtig in ihren Yogahosen.«

Das Telefon neben Doubler fing an zu klingeln, was beide zusammenzucken ließ.

Doubler griff nach dem Hörer und bedeckte ihn mit der Hand. »Du findest selbst raus, Julian. Ich muss rangehen. Es ist wichtig.«

Julian wirkte kurz verdutzt, doch dann durchfuhr ihn ein Ruck, als wäre er aus tiefem Schlaf erwacht, und er schüttelte verwirrt den Kopf.

»Hallo, hallo!«, rief Doubler laut, wohl wissend, dass es diese Worte waren, die seinem Sohn in den Ohren klangen, als er die Haustür hinter sich zuschlug. Doubler wünschte sich sogar, sein Sohn möge hinter der Küchentür stehenbleiben und den folgenden Wortwechsel mitanhören.

»Ziemlich genau so, wie wir uns das gedacht hatten. Keine plausible Erklärung. Nichts zu seiner Verteidigung. Sie wären stolz auf mich gewesen – ich habe ihn einen Scheißkerl genannt. Sogar *zweimal.* Ich glaube, da konnte er mir gar nicht widersprechen.«

Was auch immer Mrs. Millwood am anderen Ende der Leitung erwiderte, brachte Doubler lauthals zum Lachen. Zwischen den Lachern musste er schnaufend nach Luft schnappen, sodass er gar nicht mitbekam, wie Julians Auto ansprang und mit hoher Geschwindigkeit rückwärts vom Hof fuhr.

KAPITEL 36

Der Colonel hatte sich nur vage zu den Gründen seines Besuchs geäußert. Obwohl Doubler sich wegen der vielen neuen Aufgaben, die er auf sich genommen hatte, etwas unter Druck fühlte, hatte er ihm versichert, dass er jederzeit auf dem Hof willkommen wäre. Um die Aussage zu unterstreichen, hatte er Tee und Kuchen bereitgestellt.

Schon bei seiner Ankunft wurde deutlich, dass dem Colonel unwohl zumute war. Erst setzte er sich ein paar Minuten hin, stand dann aber auf, um im Zimmer umherzugehen, und setzte sich dann wieder hin. Mürrisch starrte er in seine Tasse, begann zu sprechen, brach aber doch ab und wandte sich seinem Kuchen zu.

Doubler nahm neben ihm Platz. »Sie wissen doch, dass ich ein viel beschäftigter Mann bin, Maxwell? Wenn Sie also etwas auf dem Herzen haben, dann spucken Sie es einfach aus.«

Der Colonel wirkte betreten. »Natürlich. Verzeihen Sie. Ich bin froh, dass Sie sich die Zeit nehmen konnten, mich zu empfangen. Ich habe da ein kleines Problem, aber es fällt mir schwerer, darüber zu sprechen, als ich erwartet hatte.«

»Was beschäftigt Sie? Der Gin? Ich habe Ihnen ja gesagt, ich tue mein Möglichstes. Bald werde ich eine bessere Vorstellung von den Kapazitäten haben.«

»Nein, das ist es nicht. Also nicht direkt, obwohl es damit zu tun hat.«

Doubler, der vom Colonel nichts zu befürchten hatte, gab sich große Mühe, ihn zu beruhigen. »Sagen Sie's einfach geradeaus – das macht es für uns beide so viel leichter.«

»Ich bin nicht sehr geübt, was dieses Von-Mann-zu-Mann angeht. Ist nicht meine Art. Aber nach unserer letzten Unterhaltung muss ich einfach mit Ihnen sprechen. Erinnern Sie sich? Sie haben über die Vergangenheit und die Gegenwart gesprochen, über Herbst und Hoffnung und dieses ganze, Sie wissen schon, Wahrsager-Zeug. Sie waren sehr direkt. Sie haben zu mir gesagt, ich soll nach Hause gehen und die Menschen um mich herum wertschätzen. Ich glaube, Sie wollten damit andeuten, dass ich ein besserer Ehemann sein soll. Was das betrifft, brauche ich nun einen Rat.«

Doubler merkte, wie er rot wurde. Er stammelte eine Antwort, entsetzt, der Colonel könnte glauben, dass er in der Lage wäre, gerade auf diesem Gebiet Ratschläge zu geben. »Oh, da kann ich ganz bestimmt nicht helfen. Ich habe ein oder zwei Dinge geschafft, auf die ich stolz sein kann, aber ein guter Ehemann zu sein gehört definitiv nicht dazu. Im Gegenteil, ich würde Ihnen dringend raten, sich an mir bei allem, was persönliche Beziehungen angeht, kein Beispiel zu nehmen – sonst wird es kein gutes Ende nehmen.«

»Ganz im Gegenteil, Sie sind genau der Richtige für diese Aufgabe.« Der Colonel fand sichtlich Trost in Doublers Unbehagen. Er holte tief Luft. »Ich bin zu dem Schluss gekommen – und das ist es auch, wo ich Ihre Hilfe benötige –, dass ich lernen muss zu backen.«

»Zu backen? Sie wollen backen lernen?« Doubler machte sich nicht die Mühe, seine Ungläubigkeit zu verbergen.

»Ja, und ich dachte, wenn mir das jemand beibringen kann, dann Sie«, erklärte der Colonel so würdevoll wie möglich.

Doubler lachte, ein echtes, herzliches, ungehemmtes Lachen, das durch den Schock noch verstärkt wurde. »Ich muss gestehen, damit habe ich jetzt nicht gerechnet. Wie zum Teufel sind Sie da drauf gekommen?«

Der Colonel seufzte schwer und schüttelte den Kopf, um seine tiefe Verzweiflung zum Ausdruck zu bringen. »Meine Frau ist so verdammt *kompetent*. Es gibt kaum etwas, das sie nicht kann. Wenn ich mir ansehe, was sie an einem normalen Tag alles leistet, kann ich nur staunen. Ich hingegen scheine ihr nur im Weg herumzustehen. Es kommt mir so vor, als gäbe es kein Fleckchen, wo ich sie nicht störe.«

»Und Sie glauben, da hilft Backen?«, erkundigte sich Doubler verwundert.

»Die Frauen vom Tierheim schwärmen dauernd von Ihnen und Ihrem vermaledeiten *Kuchen*. ›Oh, Doublers Scones! Doublers Zitronenkuchen! Wie hat Doubler den Guss nur so glatt hinbekommen?‹« Der Tonfall des Colonels war spöttisch, fast schon verächtlich.

Doubler war hocherfreut. »Das höre ich gern. Ich glaube, die meiste Zeit halten sie mich für einen geschwätzigen Idioten. Jetzt bin ich wirklich geschmeichelt.«

»Ich hätte nie gedacht, dass Backen eine *Tugend* ist. Wenn meine Truppe mich jetzt hören könnte.« Beschämt ließ der Colonel den Kopf hängen.

Doubler zuckte mit den Schultern. »Alle Menschen essen gerne, und die meisten wissen die Mühe eines halbwegs anständigen Kochs zu schätzen. Diese Kunst zu erlernen bereut man fast nie. Aber was Ihre Motive betrifft, bin ich mir unsicher. Wollen Sie, dass Paula und Mabel Sie *bewundern*?«

»Oh Gott, nein! Mir wäre sogar am liebsten, sie würden hiervon nie etwas erfahren. Ich will, dass sie weiterhin ein bisschen Angst vor mir haben, so wie jetzt. Aber ich hätte nichts dagegen, wenn meine Frau der Meinung wäre, dass ich zu *irgendwas* nütze bin.«

Doubler dachte darüber nach und stellte sich vor, was für Folgen es haben würde, wenn sich der Colonel diesem neuen Hobby zuwenden würde. Irgendwas passte nicht an dem Bild, aber er konnte es nicht benennen. »Wissen Sie, ich glaube, Sie sind da auf dem Holzweg.«

»Nein, glauben Sie mir, ich habe viel darüber nachgedacht. Paula und Mabel scheinen Ihnen Ihre nicht unerheblichen Fehler gegen das Versprechen eines Biskuitkuchens zu verzeihen.

Vielleicht geht es Kath mit mir genauso?«

»Lassen Sie uns noch mal gründlich überlegen, bevor Sie Ihre Küchenschürze umbinden.« Doubler schwieg einige Minuten lang, während der Colonel weiter unbehaglich auf seinem Stuhl herumrutschte.

»Sagen Sie«, meinte Doubler schließlich. »Kocht Kath denn?«

»Oh ja, ja, sie ist eine traumhafte Köchin.« Der Colonel nickte begeistert, sehr belebt bei dem Gedanken.

»Und backen tut sie auch, ja? Mal einen Kuchen hier, einen da?«

»Ja, durchaus. Ich bekomme zwar nicht viel davon zu sehen – sie glaubt, es ist schlecht für meine Gesundheit –, aber sie bäckt diese tollen kleinen Dinger für ihre Wohltätigkeitsveranstaltungen und jede Menge andere Leckereien für den Frauenverein. Bei ihr sieht das noch dazu so einfach aus.« Er schnitt sich ein Stück vom Kuchen ab, der vor ihm stand, als würde ihn die Erinnerung an die Kochkünste seiner Frau hungrig machen.

»Interessant.« Doubler sah dem Colonel beim Essen zu.

»Sie klingen nicht gerade überzeugt«, erwiderte der Colonel mit vollem Mund.

»Ich denke nur nach.« Doubler war sich weiterhin unschlüssig, obwohl er nicht sagen konnte, weshalb. Er lehnte sich in seinem Stuhl zurück und schloss die Augen, um alle Ablenkung auszublenden, während er in Gedanken Mrs. Millwood heraufbeschwor. Er malte sich aus, diese Unterhaltung mit ihr zu führen. Auf einmal erschien alles viel klarer.

»Versuchen Sie, Ihre Frau zu beeindrucken, Maxwell? Oder wollen Sie mit ihr *konkurrieren*?«

»Wie meinen Sie das? Ich will nur, dass sie zufrieden mit mir ist. Ich dachte, Sie könnten mir ein bisschen Unterricht geben, so ganz unter uns, und dann fahre ich heim und überrasche sie mit etwas, für das sie mich vielleicht bewundert.«

»Aber denken Sie doch mal nach. Sie würden ihr auf die Zehen treten! Einfach in die Küche gehen und dort etwas backen, in diesem Raum, den sie all die Jahre für sich alleine hatte? Klingt für mich nach einer vorprogrammierten Katastrophe.« Doubler, der inzwischen überzeugt davon war, dass er recht hatte, fuchtelte mit einer Gabel herum. »Sie wird Sie nicht bewundern – sie wird sich ärgern!« Doubler lachte erfreut. »Womöglich hasst sie Sie sogar!«

»Ich finde das jetzt nicht besonders lustig und frage mich, was Sie daran so erheitert. Ich komme und bitte Sie um Hilfe, aber Sie scheinen nur darauf aus zu sein, mich zu demütigen. Ich bin enttäuscht, Doubler. Ich dachte, wir könnten Freunde sein.«

»Wir sind Freunde! Sehen Sie uns doch an! Wir führen eine ehrliche, offene Unterhaltung. Ich bin ziemlich zufrieden mit mir. Sie sind hierhergekommen auf der Suche nach einer Möglichkeit, sich nützlich zu machen, und nun bin ich selbst eine Hilfe. Ich bin von mir selbst überrascht, wirklich.«

»Aber Sie helfen mir überhaupt nicht. Sie lachen mir ins Gesicht und schmettern meine geniale Idee ab. Ich habe sonst nichts zu bieten. Wenn ich nichts tue, hasst sie mich. Wenn ich etwas tue, hasst sie mich. Ich kann nicht gewinnen.«

»Natürlich können Sie das. Sie müssen es nur genauso planen, wie sie es bei einem Feldzug tun würden. Sie können Ihrer Frau nicht einfach den Krieg erklären – nicht auf einem Gebiet, auf dem sie so stark ist.«

»Was schlagen Sie vor?«

»Was tut sie denn *nicht* gerne? Ich meine, Sie beschreiben sie als Mensch voller Vorzüge, aber es muss doch Bereiche oder Aufgaben geben, wo Sie ihr etwas abnehmen und einen positiven Beitrag leisten können.«

»Ich habe absolut keine Ahnung, was sie *nicht* gerne tut. Ich habe sie nicht gefragt. Sie scheint alles zu können. Erschreckend tüchtig.«

Doubler dachte an seine eigenen Hobbys und die vielen Gespräche mit Mrs. Millwood zu diesem Thema. Er holte tief Luft. »Eines weiß ich: Backen hat keinen Sinn, wenn man es nicht von Herzen gerne tut. Es ist nichts, was jemand tun *muss*. Man tut es, weil man es will. Vielleicht um anderen Menschen Freude zu bereiten oder weil der Vorgang des Backens an sich für einen eine therapeutische Wirkung hat. Aber niemand hat die Pflicht zu backen. Mein Vorschlag wäre, sie zu überraschen, indem Sie ihr eine ihrer Pflichten abnehmen. Das klingt für mich strategisch viel erfolgversprechender.«

Der Colonel wirkte etwas pikiert. »Aber es klingt nicht annähernd so *spaßig*. Ich habe mich ganz gerne als Bäcker gesehen. Es ist doch eine logische Tätigkeit, oder? Abwiegen und abmessen, einige Regeln befolgen. Und dann – voilà! Schon habe ich gewonnen!«

»Ah, sehen Sie, Sie wollen doch mit ihr konkurrieren. Aber meine Empfehlung wäre, sie mit etwas anderem zu beeindrucken, mit etwas, das Sie nicht zum Star macht. Machen Sie etwas weniger *Glamouröses*.«

»Wie was zum Beispiel? Das Frühstück?«

»Wenn ich Sie wäre, würde ich mich aus der Küche gänzlich fernhalten. Sie können es doch in Ihrem Beruf nicht so weit gebracht haben, ohne gut in praktischen Dingen zu sein. Wo liegen Ihre Talente?«

Der Colonel war nicht sehr mitteilsam.

»Was ist mit Maschinen? Was ist die komplizierteste Mechanik, mit der Sie je zu tun hatten?«

»Als junger Mann habe ich gerne an Motoren herumgeschraubt. Ein paar restauriert und wieder neu zusammengebaut. Ich habe das Gehirn eines Ingenieurs, deshalb kenne ich mich in diesem Bereich sehr gut aus.«

»Hervorragend. Also könnten Sie einen Motor zerlegen und wieder zusammenbauen?«

»Ich wäre etwas eingerostet, aber, ja, ich denke schon.«

»Dann habe ich die perfekte Aufgabe für Sie. Die Wäsche. Das schaffen Sie.«

Die Augen des Colonels weiteten sich vor Entsetzen. »Die Wäsche? Das kann ich nicht. Um ehrlich zu sein, jagt mir diese Maschine eine Höllenangst ein.«

»Also meiner Meinung nach ist eine Waschmaschine wesentlich weniger abschreckend als ein Backofen. Und beide sind weniger beängstigend als ein Fahrzeugmotor. Wenn Sie einen Automotor zerlegen können, können Sie ganz bestimmt eine Waschmaschine programmieren. Fangen Sie damit an, wenn Sie etwas beitragen wollen. Ich zeige Ihnen die Grundlagen, damit Sie sich nicht komplett zum Narren machen, wobei jedes Modell ein bisschen anders ist. Dann zeige ich Ihnen, wie Sie Ihre Hemden selber bügeln. Da wird sie *sehr* beeindruckt sein.«

»Bügeln ist nichts für …«

»Für was?«

»Für Offiziere.«

»Sie sind kein Offizier. Bestenfalls sind Sie Stellvertreter in einer Zwei-Personen-Armee. Maxwell, Ihr Job ist jetzt der eines Ehemanns, und wenn Sie nicht Ihren Beitrag zum Haushalt leisten, sind Sie kein besonders guter. Meistern Sie das mit der Wäsche und dem Bügeln, und schauen Sie mal, was Kath davon hält.«

Der Colonel hatte das Gefühl, trotz seiner Enttäuschung nach dem Allheilmittel fragen zu müssen, wegen dem er gekommen war. »Und Sie glauben, das hat Erfolg?«

»Ich kann es nicht garantieren, aber die leise Stimme, die mir manchmal sehr gute Ratschläge ins Ohr flüstert, sagt mir, ja, es wird Ihre Frau beeindrucken. Es wird sie aus den Socken hauen, vermute ich. Und vielleicht bleibt dadurch ein bisschen mehr Zeit für gemeinsame Unternehmungen.« Nach kurzem Nachdenken fügte Doubler zweifelnd hinzu: »Wenn es das ist, was Kath will.«

»Ich habe immer mit Bridge geliebäugelt.«

»Perfekt, und wenn Sie das beide noch nie gespielt haben, umso besser – dann können Sie es zusammen lernen. Da werden Sie einander indirekt vertrauen müssen.«

Der Colonel, dessen Augen für einen kurzen Moment aufgeleuchtet hatten, wirkte wieder niedergeschlagen. »Bügeln. Wer hätte gedacht, dass ich mal so tief sinken werde.«

»Auch das ist eine Kunst, nur eine, die Sie noch nicht gemeistert haben. Man kann gar nicht tief sinken, wenn man etwas Neues lernt. Stattdessen werden Sie merken, wie es Sie beflügelt. Ich wette, Sie sind extrem gut darin.«

Maxwell nahm sich noch ein weiteres Stück Kuchen und betrachtete es etwas gekränkt. Doubler ließ ihn essen und schloss die Tür der Speisekammer hinter sich. Als er wieder zurückkam, war Maxwells Teller leer. Doubler stellte eine unbeschriftete Flasche mit durchsichtiger Flüssigkeit daneben.

»Ist es das, was ich glaube?«, fragte der Colonel hoffnungsvoll.

»Ja, Sir. Betrachten Sie es als Belohnung für noch zu leistende Dienste. Dann wollen wir mal ans Werk gehen und Ihnen die Grundlagen beibringen. Danach können Sie nach Hause fahren und Ihrer Frau helfen. Sie wird es Ihnen danken. Probieren Sie mal einen kleinen Schluck hiervon eiskalt serviert, vor und nach Ihrer Wiedergeburt, und schauen Sie, ob die Aromen einen unterschiedlichen Einfluss auf Ihre Einstellung haben. Das würde mich interessieren.«

Dann machte Doubler sich daran, einen pensionierten Colonel in die Geheimnisse der Waschmaschine einzuweisen. Es war eines von Doublers Spezialgebieten. Er genoss das Unterrichten dieser Kunst sehr, die Genauigkeit, Aufmerksamkeit und logischen Sachverstand erforderte, weil es ihm Gelegenheit gab, sein enormes Wissen unter Beweis zu stellen. Er begann mit einem rigorosen Training, zu dem die Grundlagen des Etikettenlesens und der unterschiedlichen Programme gehörten, und beendete seine Meisterklasse mit einer speziellen Unterweisung darin, wie man einen Waschgang unterbrach, um Feinwäsche herauszunehmen, bevor der heftige Schleudergang empfindliche Fasern beschädigen konnte. Während der Arbeit erklärte er Maxwell die Mechanik der Maschine und fragte seinen Schüler immer wieder ab, um sicherzugehen, dass dieser das Wissen auch behalten hatte. Dabei dachte er die ganze Zeit an den bevorstehenden Anruf. Mrs. Millwood würde von dieser Geschichte begeistert sein. Hingerissen dozierte er über Verträglichkeit und Spielraum, was die Trennung von Bunt- und Weißwäsche betraf. Die ganze Zeit über formulierte er innerlich bereits seinen Bericht. Es beflügelte ihn so sehr, dass er Maxwell schließlich sogar ziemlich überstürzt nach Hause schickte. Dessen Kopf rauchte vor lauter Informationen zu diesem komplexen Thema.

KAPITEL 37

Als Julian Peele entdeckte, steuerte er mit ausgestreckter Hand zielstrebig auf ihn zu, etwas Ähnliches wie ein Lächeln im Gesicht. Aus dem Augenwinkel nahm er zwei Frauen am Nachbartisch wahr, die vor Tassen mit heißer Schokolade garniert mit Unmengen von Schlagsahne saßen.

»Legion.«

»Julian.«

Die beiden Männer setzten sich und bestellten nach einem Blick in die Karte etwas zu trinken, während sie sich an Small Talk versuchten. Sie waren sich ebenbürtig, sowohl was ihren Status als auch das Maß an Unbeholfenheit im Umgang mit anderen Männern betraf. Deshalb entspannten sich beide sichtlich, als sie die Belanglosigkeiten schließlich hinter sich ließen, um sich aufs Tagesgeschäft zu stürzen.

Julian eröffnete die Unterhaltung mit einem traurigen Kopfschütteln. »Großer Gott. Er ist wirklich verrückt geworden.«

Peele lachte. »Dann hatten Sie also auch kein Glück? Ich habe Ihnen ja gesagt, er wird nicht nachgeben.«

»Er muss nicht nachgeben. Er hat nachweislich nicht mehr alle Tassen im Schrank.« Julian sah Peele ernst an. »Ich habe mir Rat von einem Arzt und einem Anwalt eingeholt, und beide geben mir recht. Natürlich ist es nicht überraschend, dass er einen weiteren Zusammenbruch erlitten hat, bei seiner Vergangenheit. Aber er wird zunehmend senil und ist nicht mehr wirklich in der Lage, so ganz allein dort oben mit seinen psychischen Problemen klarzukommen. Man hat mir nahegelegt, eine Vollmacht zu beantragen, und ich habe den Ball ins Rollen gebracht. Mein Arzt ist nach meinem Bericht vom letzten Besuch bei meinem Vater überzeugt davon, dass er Anzeichen von Schizophrenie zeigt, daher sind wir uns alle einig, dass es am besten ist, wenn ich formal einschreite. Vielleicht kann ich ihn sogar zwangseinweisen lassen, wenn ich beweisen kann, dass er eine Gefahr für sich selbst und die Gemeinschaft darstellt. Das sollte nicht allzu schwierig sein. Wie Sie selbst berichtet haben, hört er Stimmen. Er ist nicht ganz bei Trost. Ihr Angebot auszuschlagen ist ein weiterer Beweis dafür, finden Sie nicht auch?«

Peele wirkte, als wäre ihm nicht ganz wohl in seiner Haut. »Mag sein, dass er verwirrt gewirkt hat, aber das kommt mir schon etwas drastisch vor. Ich würde diesen Kauf gerne so abwickeln, dass es ihm damit gut geht. Vielleicht könnte ich ihm ein bisschen mehr bieten und sehen, ob das den Ausschlag gibt?«

Julian war erstaunt. »Vorausgesetzt, diese Steigerung kommt aus Ihrem Anteil und nicht aus meinem. Ich will keinen Penny weniger, wenn ich Ihnen dabei helfe, das Ziel zu erreichen. Wenn wir meinen Weg gehen, dann brauche ich Ihre Unterstützung. Jemand muss als Zeuge auftreten, und da er keinen anderen Besuch bekommt, kann auch niemand sonst für ihn bürgen.«

Peele nickte langsam. »Ich werde tun, was nötig ist, wenn der Zeitpunkt gekommen ist, aber lassen Sie mich erst noch mal den Einsatz erhöhen. Das wird keine Auswirkungen auf den Deal haben, den ich Ihnen anbiete. Ich würde nur gerne noch einmal versuchen, ihn freiwillig dazu zu bewegen. Wobei ich nach wie vor überzeugt bin, dass er zu keinem Preis anbeißen wird.«

Julian richtete den Blick gen Zimmerdecke, als hielte der blinkende Rauchmelder die Antworten auf alle Probleme der Welt bereit. Er hatte die Fingerspitzen aneinandergelegt, während er über den Vorschlag nachdachte. Er musste aus diesem Deal genug Cash herausschlagen, um eine anständige Hütte hinstellen zu können, aber was noch wichtiger war, es würde ein ordentliches Stück Land für ihn vorgemerkt sein. Das wäre eines Tages ein Vermögen wert. Besser jetzt zuschlagen, wo die Vermögensbewertungen in der Luft hingen. Es gab viel Unsicherheit auf dem Markt, solange der genaue Verlauf der neuen Bahnstrecke noch nicht bestätigt war. Aber eines war sicher: Wem das Land gehörte, der besaß den Schlüssel zur Macht.

Er nickte und wollte gerade seine Zustimmung bekunden, als er von einer Störung hinter sich abgelenkt wurde. Es war eine der verflixten Frauen am Nachbartisch, die plötzlich Theater machte. Julian drehte sich um, um zu sehen, was los war, und stellte entsetzt fest, dass die jüngere der beiden Frauen die ältere gewaltsam festhielt. Die jüngere trug ein Tweedkostüm, wie es vielleicht vor dreißig Jahren mal modern gewesen war, während die absonderliche Kleidung der älteren wohl ein Golf-Outfit darstellen sollte. Die grellen Farben passten überhaupt nicht zueinander. Es wirkte fast so, als hätten sich die beiden als Golferinnen verkleidet und dabei keine Ahnung von Etikette. Julian rollte genervt die Augen und wandte sich Peele zu, doch als er seinen Namen hörte, drehte er sich wieder ruckartig um.

»Julian«, zischte die ältere Frau. Sie versuchte, sich aus der Nische zu befreien, doch ihre Begleiterin hielt sie am Ärmel fest und redete beschwörend auf sie ein, um sie zu beruhigen.

»Setz dich hin, Olive. Das ist nicht der *Plan*.«

»Oh, denen schlage ich den Schädel ein.« Als wollte sie beweisen, wozu sie körperlich fähig war, schlüpfte sie aus ihrer Strickjacke, sodass Midge mit dem Kleidungsstück in der Hand dasaß. Midge war entsetzt und belustigt zugleich. Resigniert gab sie auf und lehnte sich zurück, um den Dingen ihren Lauf zu lassen.

Olive stand nun breitbeinig zwischen den beiden Männern. Sie wusste nicht, wen sie mehr verachten sollte, und entschied sich für beide.

»Was sind Sie doch für ein abscheuliches Paar.« Ihre kaum verhohlene Abscheu hätte ziemlich bedrohlich wirken können, wären da nicht der quietschgelbe Pullover und die rote Schottenkaro-Hose gewesen, die sie in einem Secondhand-Laden gekauft hatte, um sich der Golfwelt anzupassen. Zur Krönung trug sie eine cremefarbene gestrickte Kappe mit Bommel in der Mitte, die ihr während ihres Handgemenges mit Midge nach vorn über ein Auge gerutscht war. Das verlieh ihr einen verwegenen Look, der so gar nicht zur angeekelten Empörung passte, die sie ausstrahlte.

Während Olive die beiden abfällig musterte, gab Peele dem Barkeeper ein Zeichen, der nickend nach dem Telefon griff, um Hilfe zu rufen. Dann wandte Peele sich mit einem höflichen Lächeln wieder an Olive.

»Kann ich Ihnen helfen?«

»Ja, genau das sollten Sie besser mal tun.«

»Und Sie sind?«

»Das geht Sie überhaupt nichts an. Ein *Niemand*. Betrachten Sie mich einfach als *unsichtbare Freundin*.« Das gefiel Olive ziemlich gut. Sie kam sich mysteriös und unheilvoll vor. »Ich hab hier gesessen und zugehört, wie Sie beide Pläne schmieden und über diesen wunderbaren Mann sprechen, als wäre er irgend so ein schusseliger Schwachkopf, aber ich verrate Ihnen mal was – er ist cleverer als Sie beide zusammen.«

»Aber, aber!« Peeles Gebaren hätte kaum herablassender sein können. »Die Gespräche anderer Leute zu belauschen gehört sich nun wirklich nicht.«

Daraufhin wandte sich Olive direkt an Julian. »Genau wie seinem Vater ein Vermögen abzuluchsen.«

Julian schnappte empört nach Luft. »Ich tue nichts dergleichen. Außerdem, was mischen Sie sich hier überhaupt ein? Ich agiere als Mittelsmann. Ich versuche, meinem Vater dabei zu helfen, den Wert seiner Immobilie umzusetzen, solange er das noch kann. Ich tue ihm einen Gefallen.«

»Indem Sie einen Anteil des Kaufpreises einstreichen? Das nennen Sie einen Gefallen? Na, mit Ihnen möchte ich es mir nicht verscherzen.«

Julian seufzte theatralisch. Es war nicht das erste Mal, dass seine zwischenmenschlichen Beziehungen infrage gestellt wurden, und der Vorwurf beunruhigte ihn nicht im Geringsten. »Zerbrechen Sie sich mal nicht Ihr Köpfchen, was das angeht. Das ist eine Sache zwischen meinem Vater und mir.«

»Ach, dann weiß er also, dass Sie einen Anteil für sich raushandeln, ja? Er weiß, dass Sie sich heimlich hinter seinem Rücken treffen? Er weiß, dass Sie vorhaben, ihn übers Ohr zu hauen und ihm sein Haus unterm Hintern weg zu verkaufen?«

»Jetzt beruhigen Sie sich mal. Sie sind ja ganz hysterisch.«

»Hysterisch? Sie glauben, das ist hysterisch? Na, dann können Sie aber noch was erleben.«

Gerade als Olive in ihrer Rolle so richtig in Schwung kam (eine Rolle, die sie bei einer von ihr sehr bewunderten Rechtsanwältin in einem TV-Gerichtsdrama abgeschaut hatte), kamen der Barkeeper und ein anderer Mann, vielleicht der Hausmeister oder der Gärtner, quer durch die Bar auf sie zu und bauten sich links und rechts von Olive auf. Sie hatten eigentlich vorgehabt, gewaltsam einzugreifen, doch beim Näherkommen erkannten sie, dass die Unruhestifterin schon ziemlich betagt war und trotz ihrer befremdlichen Verkleidung eine gewisse Würde ausstrahlte. Sie zögerten.

Etwas nervös wandte Peele sich an den Barkeeper. »Diese Frau stört den Club, und als Mitglied wünsche ich, dass man sie hinauswirft.«

Olive zog die Mütze vom Kopf und wischte sich damit in einer eleganten Bewegung über die Stirn. Sie schenkte den beiden Männern neben sich ein zuckersüßes Lächeln und schwankte dabei ein wenig. Der Barkeeper streckte die Hand aus, um sie zu stützen, und sie hielt sich dankbar an seinem Arm fest. Damit hatte sie die beiden geschickt auf ihre Seite gezogen und besaß nun ihre persönlichen Bodyguards.

»Ich habe eine leichte Herzschwäche«, erklärte sie und

klopfte sich auf die Brust. »Nichts Schlimmes, aber bei Stress und Konfrontationen verschlimmert es sich. Gentlemen, geben Sie mir einen kurzen Moment. Sie sind mich gleich los, versprochen. Und Sie können ja dableiben, um ein Auge auf mich zu haben.«

Der Barkeeper trat ein Stückchen näher an sie heran, um seine Bereitschaft zu unterstreichen, ihr eine Stütze zu sein. Jegliche Bedrohung, die von dieser kleinen Frau in ihrer seltsamen Verkleidung ausgegangen sein mochte, war längst verflogen. Außerdem war der Barkeeper – dem viel Club-Tratsch zu Ohren kam – selbst neugierig. Er hatte Julian nie wirklich gemocht, denn dieser benahm sich wie ein reicher Mann, gab aber kaum Trinkgeld. Die Einladung, dieser Show beizuwohnen, war viel zu verlockend.

Olive fühlte sich weiter gestärkt. »Julian, so leicht kommen Sie mir nicht davon. Sie halten sich für sehr clever, Ihren Vater hinters Licht zu führen, was? Aber ich muss Ihnen leider sagen, dass der hier schlauer ist.« Sie zeigte auf Peele.

»Nun machen Sie sich doch nicht lächerlich.« Julian war bereit, den Vorwurf des doppelten Spiels zu akzeptieren, doch die Behauptung, ein Kartoffelbauer wäre intelligenter als er, empörte ihn zutiefst.

»Oh doch, das ist er. Sie glauben, Sie landen da diesen schlauen Coup, indem Sie Ihren Vater für ein paar Kröten übers Ohr hauen. Aber er ist Ihnen so was von voraus, er macht sich nur lustig über Sie.«

Mit gerunzelter Stirn wandte Peele sich wieder an den Barkeeper. »Gentlemen, mit Verlaub, ich zahle meinen Mitgliedsbeitrag nicht, um hier sitzen und mich verleumden lassen zu müssen. Sorgen Sie dafür, dass diese Frau das Gelände verlässt. Ich gehe davon aus, dass sie kein Mitglied ist, deshalb verstehe ich nicht, was sie hier überhaupt macht.«

»Wir sind Gäste eines Mitglieds und haben damit jedes Recht, hier zu sein«, rief Midge von der sicheren Entfernung ihres Sitzplatzes aus.

»Das stimmt«, bestätigte der Barkeeper. »Sie wurden diese Woche jeden Tag vom selben Mitglied angemeldet. Ich glaube, er spielt gerade eine Runde Golf.«

»Genau so ist es.« Olive wandte sich verschwörerisch an den Barkeeper. »Sehr freundlich von ihm, uns Zutritt zu seinem privaten Club zu verschaffen, aber er selbst hat überhaupt keinen Mumm. Ein alter Soldat, wer hätte das gedacht? Aber er sagt, seine Tage auf dem Schlachtfeld sind längst vorbei. Jeden Tag ist er sofort mit seinem Golfschläger abgezogen, kaum dass wir da waren.« Nun schenkte sie dem Gärtner ein entwaffnendes Lächeln. »Lässt uns einfach sitzen, der Gute.«

Mit blitzenden Augen wandte sie sich wieder ihrer Beute zu. »Sie versuchen, Ihrem Vater das Geld aus der Tasche zu ziehen, aber in der Zwischenzeit will dieser Mann hier Ihnen *beiden* ein Vermögen abluchsen.«

»Er?« Julian sah Peele fragend an.

»Meine Freundin Midge hat ein bisschen über die Mirth Farm recherchiert. Sie gehört übrigens auch zu den *unsichtbaren Freunden* Ihres Vaters. Ihr Vater war so klug, ihr Ihre Briefe zu zeigen, Mr. Peele, und wie sich herausgestellt hat, ist da eine ziemliche Verschwörung im Gange. Es gibt da eine ... Wie heißt das noch mal, Midge?«

»Eine urkundlich eingetragene Vereinbarung«, antwortete Midge mit einem entschuldigenden Lächeln.

»Genau. Zur Mirth Farm gibt es eine Vereinbarung, dass keine der umliegenden Ländereien als Bauland verkauft werden dürfen.« Olive sah am Barkeeper vorbei zu Midge hinüber. »Habe ich das so richtig gesagt?«

»Absolut, Olive. Genau so ist es.«

»Wenn Peele den Hof kauft, kann er bis ans Ende seiner Tage Häuser bauen. Er kann tun und lassen, was er will. Aber ohne die

Mirth Farm sitzt er auf einem Haufen wertlosem Land.« Wieder sah Olive Midge fragend an. »Habe ich etwas vergessen?«

»Nein, das fasst es im Großen und Ganzen zusammen. Aber ich glaube, Julian sollte den Wert der Ländereien für zukünftige Grundstückserschließungen nicht unterschätzen. Der Gemeinderat hat Peele bereits inoffiziell seine Zustimmung gegeben. Meine Quellen sagen, man hat es sozusagen vertraulich abgenickt. Stimmt doch, Mr. Peele?«

Julian sah aus, als würde er gleich platzen. »Ist das wahr? Sie haben vor, das Land zu erschließen?«

Peele zuckte mit den Schultern, als wäre das offenkundig. »Sie können doch nicht so blind gewesen sein. Ich hätte Ihnen doch selbst ein Grundstück als Bauplatz gegeben. Dazu wäre ich unter der urkundlichen Vereinbarung nicht in der Lage gewesen.«

»Sie *Mistkerl*!«

Peele zuckte wieder mit den Schultern. »Ich bin auch kein größerer Mistkerl als Sie. Vielleicht sind Sie noch schlimmer. Mein Handeln war voll und ganz durch eine wirtschaftliche Gelegenheit motiviert, Sie hingegen wollten davon profitieren, Ihren Vater abzuzocken. Wer ist da bitte der größere Mistkerl?« Peele blickte auf der Suche nach einem offiziellen Urteil zu Olive auf.

Sie schlug sich auf die Seite des Kartoffelmannes. »Da gebe ich Ihnen recht, Mr. Peele – Julian schießt den Vogel ab. Seinen Vater übers Ohr zu hauen ist wirklich das Allerletzte. Ich glaube, etwas Schlimmeres habe ich noch nicht erlebt.«

»Laut Mrs. Millwood hat er erst letzte Woche versucht, seinem Vater dessen Land Rover abzuluchsen! Dieser Mann hat wirklich Nerven. Er wollte seinem Vater den Oldtimer wegnehmen, ohne ihm zu sagen, wie wertvoll er ist«, fügte Midge an Peele gewandt hinzu, um weiteres Beweismaterial gegen den Sohn zusammenzutragen.

Peele wirkte angeekelt. »Das ist wirklich unterste Schublade, Julian. Haben Sie denn überhaupt kein Ehrgefühl?«

Julian platzte fast vor Empörung. »Sie erlauben sich hier, sich über mich zu erheben? Sie waren bereit, mich um mein Erbe zu betrügen. Um Land, das ein unfassbares Vermögen wert ist. Sie haben sich absichtlich dumm gestellt. Sie wollten mich mit einem ein Hektar großen Grundstück und einem Einfamilienhaus abspeisen, obwohl Sie die ganze Zeit wussten, dass Sie eine verdammte Stadt bauen würden. Ich hätte mir mein Traumhaus gebaut und Sie sofort die ganze Vorstadt eingeladen.«

Peele verteidigte sich, ohne mit der Wimper zu zucken. »Ich habe Ihnen einen Deal angeboten, den Sie nur zu gerne angenommen haben. Sie haben weitere Konditionen zu Ihren Gunsten ausgehandelt, und die habe ich akzeptiert. In der Zwischenzeit waren Sie dazu bereit, Ihren Vater zwangseinweisen zu lassen, ihn wenn nötig mit Gewalt aus seinem Haus zu entfernen, nur damit Sie an etwas Geld kommen.«

Fasziniert sah der Barkeeper zu, wie die Beleidigungen hin und her flogen, gebannt wie ein Tennistrainer im Turnierfinale. Keiner der Spieler schien die Oberhand zu gewinnen. Um genau zu sein, war die einzige Person, die bereits siegessicher lächelte, die ältere Dame, die das Spiel so souverän in Gang gebracht hatte. Sie wirkte sehr zufrieden mit sich, wenn auch etwas erschöpft.

Der Barkeeper nahm Olive sanft, aber bestimmt am Arm. »Setzen Sie sich doch. So schnell werden die beiden das nicht ausgetragen haben. Dann können Sie mit Ihrer Bekannten vom Rand aus zuschauen. Darf ich Ihnen etwas bringen, um die Nerven zu beruhigen? Einen kleinen Whisky vielleicht?«

»Gütiger Himmel, nein. Ich glaube nicht, dass ich jetzt einen Whisky verkraften würde – das ist ein Schlummertrunk, kein Drink für tagsüber. Ein guter Freund von mir empfiehlt für diese Tageszeit einen Gin Tonic. Meistens hat er recht. Wären Sie so nett, mein Lieber?«

Der Barkeeper eilte davon, um zwei Gin Tonic zuzubereiten, sozusagen als Arznei. Julian und Peele warfen sich indessen immer noch Beleidigungen an den Kopf.

Auf dem Weg zur Bar raunte der Barkeeper dem Gärtner zu: »Bleib lieber mal noch da. Vielleicht brauche ich doch noch deine Hilfe.« Er wies mit dem Kopf in Richtung Julian, der inzwischen aufgestanden war und sich mit geballten Fäusten auf den Tisch stützte.

KAPITEL 38

»Mr. Doubler, ich habe eine Gänsehaut.« Mrs. Millwood sprach so leise ins Telefon, dass es einem Flüstern glich.

»Was ist denn passiert, Mrs. M.?« Doubler drückte den Hörer mit beiden Händen ans Ohr, um sie besser zu hören.

»Es kommt mir vor, als würde ich von Apfelzüchtern aus der Vergangenheit heimgesucht. Sie *erscheinen* mir.«

»Geht es Ihnen gut? Sie klingen irgendwie verstört.«

»Das bin ich tatsächlich ein wenig. Verstört, aber ganz aufgeregt. Es *kribbelt* förmlich.« Sie klang nicht aufgeregt, sie klang erschöpft.

»Sprechen Sie weiter«, forderte Doubler sie zögernd auf. Er hatte ein wenig Angst vor dem, was er hören würde.

»Ich verschwende nicht meine Zeit, während ich hier herumliege. Ich habe fleißig recherchiert, und Sie werden nie erraten, auf was ich gestoßen bin. Ich habe noch eine weitere Apfelpionierin aus dem neunzehnten Jahrhundert namens Mary Ann gefunden. Wobei diese hier M-A-R-Y Ann heißt und die andere M-A-R-I-A Ann. Was denken Sie, ist das nicht ein Zufall? Wie hoch ist da wohl die Wahrscheinlichkeit?«

Doubler versuchte nachzurechnen, aber er hatte ja keine Daten zur Verfügung. Um eine Antwort geben zu können, müsste er die Wahrscheinlichkeit kennen, Mary Ann zu heißen oder eine Variation dieses Namens zu haben *und* Apfelzüchterin zu sein. Selbst ohne genaue Zahlen schätzte er das Ergebnis auf deutlich weniger als eins zu einer Milliarde. Außerdem gab es noch andere Faktoren zu bedenken: ihr Geschlecht, den historischen Kontext. Zahlen flackerten vor seinen Augen vorbei.

»Ich werde das noch genauer überprüfen müssen, aber vermutlich etwa eins zu einer Milliarde. Höchstens.«

»Genau.« Mrs. Millwood musste husten. Das Geräusch klang

dumpf, als würde sie den Hörer mit der Hand zuhalten. Als sie weitersprach, klang sie immer noch schwach. »Ich glaube, es ist mehr als ein Zufall. Ich glaube, es ist ein *Zeichen*. Es zieht mich zu diesen Pionieren hin, und sie erinnern mich an *Sie* und *Ihr* Vermächtnis. Wie würden Sie sich fühlen, Mr. Doubler, wenn ein paar Jahre nach Ihrem Tod Mr. Peele *Ihrer* Kartoffel *seinen* Namen geben würde?«

»Das wäre eine Katastrophe«, antwortete Doubler geradeheraus. »Und ganz abgesehen von der Ungerechtigkeit ist Peele auch ein schrecklicher Name für eine Kartoffel.«

»Eine Katastrophe, da gebe ich Ihnen recht, wobei es in Wirklichkeit Ihre Bedeutung nicht schmälern würde. Das Vermächtnis wäre immer noch da, Ihre harte Arbeit hätte immer noch das Schicksal von Kartoffelbauern rund um den Globus verändert. Aber die Vorstellung, dass niemand je erfahren würde, dass Sie es waren, wäre traurig! Von jetzt an wäre sie als Peele-Kartoffel bekannt. Würden Sie sich da nicht im Grab umdrehen, Mr. Doubler?«

»Worauf Sie sich verlassen können. Ich würde eine Ewigkeit darauf verwenden, eine neue, resistente, tödlichere Kartoffelfäule in die Erde abzusondern, um die Peele-Kartoffel ein für alle Mal zu beseitigen. Ich würde ihn aus dem Jenseits ruinieren.« Doublers Überzeugung geriet ins Wanken. »Aber ich kann mir nicht vorstellen, dass Peele mich posthum vom Thron stößt. Sie? Ist das eine ernsthafte Sorge Ihrerseits?«

»Nun!«, begann Mrs. Millwood verschwörerisch. »Ich hätte es nicht für möglich gehalten, bis ich mich mit der Geschichte der vielen faszinierenden Frauen der Apfelwelt beschäftigt habe. Ich habe einen Ihrer Lieblinge recherchiert, den Bramley-Apfel. Ich habe mir gedacht, wenn ich mehr über eine Apfelsorte herausfinde, die Sie höher schätzen als meinen Granny Smith, würden Sie meine Ergebnisse vielleicht ernster nehmen. Und genau das ist *ihr* passiert.«

»Wem?«

Doubler musste auf Mrs. Millwoods Antwort warten, während sie wieder hustete. Sobald sie sich genug erholt hatte, um weiterzusprechen, krächzte sie den Namen: »Mary Ann Brailsford. Der Bramley war nämlich *ihre* Entdeckung. Sie allein ist verantwortlich für seine Existenz. Doch kurz nach ihrem Tod hat ein Nachbar das Recht erteilt, den Baum weiterzuzüchten, wenn er im Gegenzug *seinen* Namen trägt. Dabei hätte es der Brailsford sein müssen. Der Apfel war ihr Vermächtnis. Und sie hat es nicht einmal erfahren …«

»Das fühlt sich grundlegend falsch an. Es tut mir so leid«, entschuldigte sich Doubler bei allen Frauen stellvertretend für alle Männer.

»Wenigstens hat Granny Smith ihr Vermächtnis gesichert. Sie wusste zwar nie, wie weit es ihr Apfel bringen würde – sie starb, bevor er weltberühmt wurde –, aber heute kennen Milliarden von Menschen ihren Namen, und jedes Jahr pilgern Zehntausende zu einem Festival ihr zu Ehren. Auch wenn diese Menschen es vielleicht nicht wissen, aber sie feiern ein *Vermächtnis*. Es ist immer noch erstaunlich, welche Bedeutung sie für die Welt hatte. Auch wenn die Australier ihren Apfel für sich beanspruchen, war Granny Smith nur ein einfaches Mädchen aus *Sussex*.«

»Das sind wichtige Informationen. Wir werden das im Hinterkopf behalten, wenn wir *unsere* Kartoffel taufen, Mrs. Millwood. Und von jetzt an werde ich den Bramley den ›Brailsford‹ nennen. Der Bramley ist für mich gestorben«, erklärte Doubler mit Nachdruck.

»Für mich auch!«, stimmte Mrs. Millwood ihm erfreut zu. »Aber Mr. Doubler?«, fügte sie nach kurzem Zögern hinzu.

»Ja, Mrs. M.?«

»Es war vermutlich nur ein Versprecher, aber Sie haben gerade *unsere* Kartoffel gesagt. Es ist nicht wirklich unsere Kartoffel, oder? Ich möchte nicht gerne wie Mr. Bramley sein, dieser eigennützige Nachbar, und Ihnen das Rampenlicht stehlen.«

»Oh, es ist ganz sicher unsere Kartoffel. Ohne Ihre Hilfe hätte ich sie schlicht nicht züchten können. Kartoffeln brauchen reichhaltige, dunkle Erde, das stimmt. Das ist *mein* Anteil. Aber sie brauchen auch Licht, Mrs. Millwood. Sie haben für das Licht gesorgt. Ohne Sie wäre ich in diesem tiefen Tal verendet, und unsere Kartoffel wäre ebenfalls gestorben.«

»Dann werde ich auch ein Vermächtnis haben, Mr. Doubler?«

»So ist es.«

»Das ist ja höchst aufregend, Mr. Doubler, denn mein fehlendes Vermächtnis hat mir schon ein bisschen Sorgen bereitet.«

»Oh. Das klingt nach meinem Einfluss«, sagte Doubler schuldbewusst.

»Voll und ganz, ja. Sobald ich mir die Frage gestellt habe, ob Midge mein Vermächtnis sein könnte, habe ich darüber nachgedacht und bin zu dem Schluss gekommen, dass Sie absolut recht haben. Kinder sind nur eine Aneinanderreihung von DNS, sie können nicht unser Vermächtnis sein. Das, was sie erreichen, ist ihr eigenes Werk, genau wie sie die Verantwortung für ihre eigenen Misserfolge tragen müssen.«

»Das klingt sehr nach etwas, was ich sagen würde. Midge ist außergewöhnlich, Sie können wirklich stolz auf sie sein, aber, nein, sie kann nicht Ihr Vermächtnis sein.«

»Aber einen winzigen Teil Ihres Vermächtnisses zu teilen, fühlt sich vielleicht wie eine Entschädigung an. Ich will *irgendetwas* hinterlassen.«

Mrs. Millwood verfiel in Schweigen, und Doubler, der an diese nachdenklichen Pausen gewöhnt war, wartete ab, bis sie weitersprach, während er versuchte, sich nicht vorzustellen, wohin Mrs. Millwood gehen würde.

Nach einer Weile unterbrach Doubler seine eigenen Gedanken, so unglücklich war er mit der Richtung, die sie einschlugen. »Ich teile mein Vermächtnis sehr gerne mit Ihnen, Mrs. M., vorausgesetzt, Sie sind bereit, auch etwas von Ihrem mit mir zu teilen.«

»Aber ich habe kein Vermächtnis, das ich teilen könnte, Mr. Doubler«, sorgte sich Mrs. Millwood.

»Oh, das glaube ich aber schon. Ihre Güte ist Ihr Vermächtnis, und ich hatte einen ganz kleinen Anteil daran, sicherzustellen, dass diese nach Ihnen, nach mir weiterbesteht, dass sie weitergegeben wird. Wenn wir beide zusammen sowohl etwas gegen die Kartoffelfäule als auch gegen die Krankheit der Grausamkeit unternehmen konnten, dann haben wir doch wirklich etwas erreicht!«

»Ich bin mir nicht sicher, dass Güte ein Vermächtnis sein kann, Mr. Doubler, aber ich teile sie sehr gerne mit Ihnen. Ich dachte ja schon immer, Sie brauchen einen Plan B, nur für den Fall, dass aus dieser ganzen Kartoffelgeschichte nichts wird.«

Doubler dachte darüber nach. Sein Vermächtnis hatte ihm immer alles bedeutet, und trotzdem fand er jetzt, dass es ihm reichen könnte, die nächsten paar Jahre ein bisschen von Mrs. Millwoods Güte zu teilen.

»Mr. Doubler«, sagte Mrs. Millwood kaum hörbar.

»Ja, Mrs. M.?«

»Vielleicht möchten Sie mich gerne im Krankenhaus besuchen. Sie könnten mir etwas vorlesen.«

»Das würde ich sehr gerne tun.« Beim Gedanken daran fing sein Herz an zu klopfen.

»Ich bin nicht gerade in bester Verfassung, Mr. Doubler.«

»Das verstehe ich. Sie haben mich zu meinen schlechtesten Zeiten erlebt, Mrs. M. Ich glaube, wir können beide über unsere schwärzesten Tage hinwegsehen.«

»Sehr gut, Mr. Doubler.«

»Dann komme ich morgen vorbei, ja?«

Mrs. Millwood gab einen kleinen Laut von sich, den Doubler als Zustimmung deutete. Nachdem er den Hörer aufgelegt hatte, machte er sich daran, eine Liste der wichtigsten Dinge zu schreiben, die er persönlich mit ihr besprechen wollte.

KAPITEL 39

Sein ganz neues Selbstvertrauen trieb Doubler am Tag seines Krankenhausbesuchs zu entschlossenem Handeln. Die Welt sah schon deutlich besser aus.

Doubler hatte Freunde gefunden, was ihn sehr überrascht hatte, und je besser er sie kennenlernte, umso mehr schätzte er die Gesellschaft von Olive und Maddie. Er genoss das Wissen, dass er als Katalysator für ihre Freundschaft gedient hatte, doch er wusste, dass es eigentlich Mrs. Millwoods Verdienst war. Olive und Maddie waren ihm auch sehr dankbar, doch nun brauchten sie kaum noch Hilfe dabei, ihre Freundschaft zu pflegen. Ohne eine Spur von Nostalgie hatten sie bereits das nächste Kapitel aufgeschlagen. So war Doubler in den Rang aller anderen Besucher der Grove Farm abgerutscht.

Er stand Midge inzwischen recht nahe, die er wirklich für einen Engel hielt, genau wie ihre Mutter. Midge hatte einige Zeit über den Unterlagen gebrütet, die er ihr gegeben hatte, und war angeblich sogar Teil einer Konfrontation mit Peele gewesen. Sie sagte, mehr müsste er darüber nicht wissen – das meiste wäre höchst unerfreulich gewesen –, aber das Wichtigste sei, so Midge, dass Peele Doubler und die Mirth Farm von nun an in Ruhe lassen würde.

Den Brief vom Institut hatte Doubler immer noch nicht geöffnet. Er wusste also nicht, ob die Organisation seine Ergebnisse als Erfolg wertete. Stattdessen hatte er beschlossen, Mrs. Millwood den Brief zuerst lesen zu lassen. Schließlich sollte es ihr gemeinsames Vermächtnis sein. Doubler nahm an, dass sie sodann Midge bitten würde, ihn zu lesen und ihnen beim nächsten Kapitel seines Lebenswerks zu helfen. Er hoffte sehr, dass es ein kurzes Kapitel sein würde. Ein Epilog vielleicht. Doch momentan hatte Doubler keine Eile, das Urteil des Instituts zu erfahren. Er musste sich um dringendere Angelegenheiten kümmern.

Doubler war sehr nervös, als er ankam, ausgerüstet mit all den Dingen, von denen er glaubte, sie würden Mrs. Millwood möglichst empfänglich machen für den Vorschlag, den er ihr unterbreiten wollte. Er hatte die Schätze einen nach dem anderen sorgfältig dem Dunkel des Picknickkorbes anvertraut.

Eine müde Krankenschwester führte Doubler zur Patientin und schloss leise den Vorhang, um ihnen etwas Privatsphäre zu verschaffen. Doubler, den der intime Rahmen etwas erschreckte, zog sich den gepolsterten Stuhl vorsichtig an Mrs. Millwoods Bett heran. Eine Weile saßen sie in einträchtigem Schweigen da, während er ihr Tee einschenkte. Er hatte eine Thermoskanne mitgebracht – zwei, um genau zu sein: eine für den Tee und eine für die Milch.

»Ich habe mir erlaubt, Ihnen eine Porzellantasse mitzubringen«, sagte er und reichte ihr den Tee.

»Das wäre doch nicht nötig gewesen, aber es ist eine schöne Abwechslung. Vielen Dank.«

»Tee schmeckt aus feinem Porzellan einfach *besser.*« Er hielt seine noch leere Tasse ins Licht. »Sehen Sie das, Mrs. Millwood? Daran kann man erkennen, ob es echtes Knochenporzellan ist. Das Licht scheint direkt hindurch.«

Mrs. Millwood schenkte der Vorführung kaum Beachtung, doch sie lächelte.

»Wobei ich es vermutlich allein am Geschmack erkennen würde. Oder ganz bestimmt am Geräusch, das ein Teelöffel macht, wenn er dagegen klirrt.« Um das zu demonstrieren schnipste er mit dem Fingernagel gegen den Rand der leeren Tasse und lauschte aufmerksam. »Ein unverkennbarer Klang.«

Mrs. Millwood betrachtete die Tasse in ihren Händen. »Weshalb heißt es ›Knochenporzellan‹, Mr. Doubler? Liegt es an der Farbe?«

»Es wird aus Knochen gemacht«, antwortete Doubler schlicht.

Mrs. Millwood betrachtete ihre Tasse mit angewidertem Gesichtsausdruck. »Aus richtigen Knochen?«

»Ja. Ich glaube, mindestens dreißig Prozent des Porzellans müssen aus Knochen gewonnen sein, um die gewünschten Eigenschaften zu erreichen.«

»Oh«, machte Mrs. Millwood besorgt. »Die arme Mabel. Sagen Sie ihr das lieber nicht.«

Doubler schenkte sich ebenfalls Tee ein und trank einen Schluck. »Was würde Mabel zum Thema Knochenporzellan sagen?«

»Sie schätzt es sehr – sie hat im Büro ihre eigene Porzellantasse. Aber sie überlegt, Veganerin zu werden. Ich nehme an, Knochenporzellan ist gegen die Regeln des Veganismus, oder was meinen Sie?«

»Gegen die strengen auf jeden Fall«, antwortete Doubler vage, denn das Veganertum gehörte nicht zu seinen Spezialgebieten.

»Andere gibt es nicht. Veganer sind per Definition streng. Ich glaube *Strenge Regeln* steht in ihrer Verfassung. Aber selbst Teil-Veganer haben doch sicher etwas dagegen, dass für ihr Teeservice Knochen verwendet werden.«

Doubler dachte darüber nach, während er einen weiteren Schluck Tee trank. »Ich werde Mabel nichts sagen, wenn Sie es auch nicht tun.«

Ihm fiel auf, dass Mrs. Millwood ihren Tee kaum anrührte, aber sie schien sehr damit zufrieden, die Tasse zu halten, als würde die Wärme allein ihr Nahrung geben. Er trank seine Tasse aus, trocknete sie ab und stellte sie wieder in den Korb.

»Ich schaffe nicht mehr viel, müssen Sie wissen, aber auf das Ritual einer Tasse Tee würde ich nicht verzichten wollen. Vielen Dank.« Sie reichte ihm die Tasse, und er schluckte, als er ihre durchscheinende, von blauen Flecken überzogene Haut sah. Er stellte die volle Tasse neben das Bett, in der Hoffnung, keine

Aufmerksamkeit auf ihren schockierenden Mangel an Appetit zu lenken.

»Nun ja, es ist nicht dasselbe wie zu Hause, aber ich habe gelernt, mit der Thermoskanne einen ganz anständigen Tee zu machen. Ich packe mir jetzt oft welchen ein, wenn ich über längere Zeit in der Scheune bin. Das Geheimnis ist die Milch. Man darf sie nicht mit in die Kanne geben.«

»Ach wirklich? Das glaube ich Ihnen jetzt einfach mal, Mr. Doubler. Es gibt nicht viel, was Sie über diese Dinge nicht wissen.«

»Wenn man einmal eine Kanne mit Tee hat schlecht werden lassen, wird man den üblen Geschmack nie wieder los. Die Milch also immer separat aufbewahren. Das ist mein Rat. Und eine Thermoskanne niemals verleihen.«

»Ich werde es mir merken.«

»Das meine ich ernst. Eine Thermoskanne ist wie eine Zahnbürste. Die gehört nur Ihnen. Sie wollen wissen, was da drin war. Da wollen Sie keine Überraschungen erleben.«

»Genau wie mit einer Zahnbürste, Mr. Doubler.« Mrs. Millwood lachte leise in sich hinein.

Er betrachtete sie aufmerksam. Sie lag da in ihrem Kissen und war viel blasser und dünner als in seiner Erinnerung. Bei dieser Erkenntnis zog sich sein Herz zusammen. Sie wirkte jedoch entspannt. Ihre Augen waren halb geschlossen, und ein sanftes Lächeln umspielte ihre Lippen, das Echo ihres Lachens von gerade eben. Auf Doubler wirkte sie *aufnahmebereit*.

»Mrs. Millwood«, begann er sanft, »Sie haben eine Phase enormer Genesung vor sich. Ich denke … ich glaube, Sie werden für lange Zeit außer Gefecht sein.«

»Wer weiß?« Sofort war sie hellwach und stützte sich trotzig auf ihre Ellenbogen auf. »Ich bin im Grunde so stark wie ein Ochse. Nur meine Umgebung schwächt mich. Wenn ich nach

Hause kann, wird es mir schnell besser gehen, und dann bin ich ruckzuck wieder auf den Beinen.«

»Das mag so sein, Mrs. Millwood, aber ich möchte Ihnen trotzdem einen Vorschlag machen, wenn ich darf. Ich finde, Sie sollten mit mir nach Hause kommen und sich auf dem Hof erholen.« Doubler hoffte sehr, dass diese direkte Aussage automatisch zu einem Moment des Überlegens führen würde, während Mrs. Millwood sich mit der Idee anfreundete. Doch stattdessen schüttelte sie heftig den Kopf.

»Auf dem Hof? Das klingt nach sehr viel harter Arbeit, Mr. Doubler. Bei allem Respekt.«

»Oh nein, ich meine damit nicht, dass Sie dort irgendetwas tun müssten. Ich habe das ziemlich gut im Griff. Ich habe festgestellt, dass ich durchaus in der Lage bin, den Haushalt selbst zu erledigen – es braucht nur ein gewisses Maß an Organisation und Planung. Das Haus ist picobello sauber. Aber mir fehlt Ihre Gesellschaft, und ich glaube, dass Sie sich dort vielleicht schneller erholen.«

»Das klingt für mich ziemlich weit hergeholt, Mr. Doubler. Wo würde ich denn schlafen?«

Doubler schwieg einen Moment. Er stellte sich die dunklen Tiefen des Picknickkorbes vor und konzentrierte sich in Gedanken auf das kleine Schmuckkästchen, das er zuvor dort platziert hatte. Unter dem Tee, unter den Blumen, unter der Dose mit dem selbst gebackenen Shortbread, unter dem ungeöffneten Umschlag vom *Institute of Potatoe Research and Development* in Nordindien.

»Ich möchte, dass Sie darüber nachdenken, zu mir auf den Hof zu ziehen. Ich wünsche mir, dass Sie bei mir wohnen.«

»Bei Ihnen wohnen.«

»Ja, als meine Frau.«

»Ihre Frau! Oh, Mr. Doubler, jetzt wollen Sie mich aber auf den Arm nehmen!« Nun setzte sich Mrs. Millwood kerzengerade auf. Ihre erhobene Stimme war schrill, doch ohne Tragweite, sodass sie nicht die Aufmerksamkeit anderer Patienten oder Besucher auf der Station auf sich zog. Doubler schien es so, als wäre das Universum in der Lage, sehr klein zusammenzuschrumpfen.

Nichtsdestotrotz senkte er selbst die Stimme und ermunterte Mrs. Millwood damit, es ihm gleichzutun. »Nein. Ich habe noch nie in meinem ganzen Leben etwas so ernst gemeint. Ich vermisse Sie. Ich vermisse Sie jeden einzelnen Tag, und ich möchte Sie an meiner Seite haben. Ich möchte mich um Sie kümmern.«

»Sind Sie sicher, dass Sie nicht den Verstand verloren haben? Was vermissen Sie wirklich? Meine Putzarbeit? Ein bisschen Geplauder am Mittagstisch?«

»Nein, das Putzen ist erledigt. Das Geplauder? Das ist unersetzbar. Es fehlt mir mehr, als Sie sich vorstellen können. Ich hatte keine Ahnung, wie reich gefüllt mein Leben war, bis es durch Ihre Abwesenheit leer wurde.«

»Das ist sehr erfreulich zu hören. Aber unsere Unterhaltungen stehen Ihnen ja immer noch zur Verfügung. Habe ich das die letzten Wochen über nicht bewiesen? Wir haben doch fast täglich telefoniert. Und was ist mit all den neuen Menschen in Ihrem Leben? Da müssen Sie mich wirklich nicht heiraten. Das scheint ein bisschen drastisch.«

»Es ist nicht drastisch. Ich habe viel darüber nachgedacht. Pausenlos, um genau zu sein.«

»Nun, damit bin ich wohl etwas im Nachteil. Ich hatte keine Zeit, mich auf dieselbe Weise vorzubereiten wie Sie. Sie sind mir in Ihren Gedanken ein wenig voraus. Vielleicht müssen Sie mir Zeit geben aufzuholen? Wie lange genau denken Sie denn schon darüber nach, mir einen Antrag zu machen?«

Doubler überlegte. Wie lang? Der Gedanke hatte ihn in jüngster Vergangenheit so besetzt, dass er sich nicht daran erinnern konnte, wann es nicht das Erste gewesen war, woran er morgens dachte, und das Letzte abends vor dem Einschlafen. »Ich kann es wirklich nicht sagen. Möglicherweise schon immer. Mindestens drei Monate.«

»Also, da wäre es nur fair, mir etwas Zeit zu geben, mich an die Vorstellung zu gewöhnen.«

Doubler studierte ihre Miene. Ihre Gedanken waren weit weg. Vielleicht hatte sie bereits begonnen, sich an die Idee zu gewöhnen. Etwas Zeit, um ihn einzuholen, war vermutlich eine vernünftige Bitte. Sein Blick wanderte zu ihrem Nachttisch. Zu den kleinen Pappbechern, in denen ihre abgezählten Pillen warteten.

»Nein. Ich glaube nicht. Ich glaube nicht, dass die Zeit für uns arbeitet. Ich kann nicht garantieren, dass ich nicht plötzlich tot umfalle, während ich darauf warte, dass Sie sich an die Idee gewöhnen, und Sie wirken auch nicht sonderlich stabil, was mögliche Prognosen angeht. Wir haben keine Zeit für eine lange Phase des Umwerbens.«

»Aber wir hatten noch überhaupt kein Umwerben! Das braucht nicht nur Zeit. Das verlangt nach Taten! Sie müssen alle möglichen Dinge tun, damit ich Sie heiraten will.«

»Dinge?« Sein Antrag war ihm so offensichtlich erschienen, und nun legte Mrs. Millwood ihm nichts als Steine in den Weg. Er versuchte, seine Ungeduld zu unterdrücken. »Wie was zum Beispiel?«

»Romantische Dinge. Lange Spaziergänge am Fluss.«

»Spaziergänge.« Doubler stellte sich kurz einen Spaziergang vor, der nichts mit seinen Kartoffeln zu tun hatte. Es war ein unwahrscheinliches, aber nicht vollkommen unangenehmes Bild.

»Und Kino. Wir würden wahrscheinlich ein paarmal zusammen ins Kino gehen wollen. Händchen halten. Schauen, ob wir dieselbe Art von Filmen mögen. Was mögen Sie für Filme, Mr. Doubler?«

Doubler dachte angestrengt nach, denn er war sicher, dass es eine richtige Antwort gab, und sein Instinkt sagte ihm, dass Epen über den Ersten Weltkrieg vermutlich nicht dazuzählten. Wenn es nach ihm ging, war das Kino über *Die Brücke am Kwai* nie hinausgewachsen.

»Ich mag alles, was Sie mögen, Mrs. Millwood. Ich würde gerne neben Ihnen im dunklen Kino sitzen und Ihre Hand halten. Das würde mir schon reichen.«

Mrs. Millwood dachte eine Weile darüber nach. Es war eine gute Antwort.

»Und Restaurants? Wir müssen ein paarmal essen gehen. Romantische Restaurants sind am besten.«

»Ich kann gut kochen, Mrs. Millwood. Ich glaube nicht, dass wir ins Restaurant müssen. Wir würden nur das Essen dort mit dem Essen vergleichen, das ich für Sie kochen könnte, und ich bin mir ziemlich sicher, dass es dagegen abfallen würde.«

»Aber darum geht es doch.«

»Ach ja?«

»Ja! Wir würden in ein Restaurant gehen, ganz erwartungsvoll, und dann schnell herausfinden, dass es uns nicht gefällt. Die Einrichtung wäre etwas zu überladen. Das Personal hochnäsig. Wahrscheinlich würde man betont laut und langsam mit uns sprechen.«

Doubler lachte bei der Vorstellung.

»Und wir würden die gesamte Mahlzeit über daran denken, wie viel besser das Essen doch zu Hause wäre. Sodass wir, sobald wir fertig sind, sofort aufstehen würden, ohne Nachtisch zu bestellen.«

»Und stattdessen kalten Apfelauflauf aus dem Kühlschrank essen?« Das Bild nahm beim Sprechen vor seinem inneren Auge Gestalt an.

»Genau! Und damit wäre es ja noch nicht getan. Wir würden unseren Freunden davon erzählen. Wir würden miteinander darüber reden. Noch Jahre später würden wir sagen: ›Weißt du noch, wie wir mal in dieses romantische französische Restaurant gegangen sind und die Angestellten uns wie Schwachköpfe behandelt haben?‹ Dann würden wir lachen. Und niemand sonst würde es so lustig finden, weil man dabei gewesen sein musste.« Mrs. Millwood überlegte weiter. Ihre Augen glänzten. »Und es gäbe noch andere Anlässe. Das eine Mal, als wir in dieses schicke Lokal gegangen sind, von dem alle so geschwärmt haben.«

»Und das Essen hat uns nicht geschmeckt?«

»Wir hatten gar keine Gelegenheit, das Essen zu probieren. Es gab einen Stromausfall.«

»Ach ja?«

»Ja, und während alle anderen geduldig darauf gewartet haben, dass der Strom zurückkommt, sind wir einfach kichernd zur nächsten Pommesbude gegangen. Wir waren die Ersten in der Schlange, noch bevor den anderen klar wurde, dass sie in dem Lokal nichts mehr zu essen bekommen würden.«

»Haben wir das?« In diesem Moment fragte sich Doubler, ob Mrs. Millwood ein Ereignis beschrieb, das sie in der Vergangenheit erlebt hatte, so lebendig war ihre Schilderung. Doch sie wirkte nicht sehnsüchtig, sie wirkte begeistert. Ihre Augen leuchteten.

»Und dann die Kneipe, in die wir nach einem langen Regenspaziergang eingekehrt sind, und Sie haben darauf bestanden, denen zu zeigen, wie man ein Ploughman's Sandwich richtig serviert. Wir dachten, gleich wird der Kellner wütend und schmeißt uns raus.«

Doubler musste lächeln. Diese Erinnerung konnten sie wohl eher zusammen erschaffen. Doch dann wurde ihm voller Scham bewusst, wie nervtötend besserwisserisch er manchmal wirken musste.

»Und hat er uns rausgeworfen?«

»Nein, mein Liebster. Der Besitzer des Pubs hat in Ihnen den besten Kartoffelbauern des Landes erkannt und uns zum Mittagessen eingeladen.«

»Oh, gut. Das klingt nach einer guten Geschichte.« Ihr Gebrauch des Wortes »Liebster« war ihm nicht entgangen, doch er ließ es in der Luft hängen wie eine Blase, denn er wollte nicht danach greifen, aus Angst, sie könnte zerplatzen.

»Also, Kino und Theater. Musik und Essen. Das wollen wir in unserer Werbungsphase.«

»Und was meinen Sie, wie lange wird das dauern?«

»Das Umwerben? Weiß der Geier! So etwas kann man nicht vorhersagen. So lange es eben dauert, bis Sie mir einen Antrag machen und ich Ja sage. In der Zwischenzeit werden wir all diese Dinge gemeinsam erleben und Erinnerungen geschaffen haben, die uns tragen, wenn wir nicht wirklich in der Lage sind, neue zu kreieren.«

Doubler war voller Zweifel. »Das klingt ziemlich lange.«

»Nein! Überhaupt nicht! Wir mögen vermutlich dieselben Dinge. Wir haben eine Menge gemeinsam. Ich sage Ihnen, wer begeistert sein würde. Meine Tochter Midge. Sie hat Sie sehr ins Herz geschlossen.«

»Und umgekehrt. Sie war mir eine große Hilfe. Wesentlich mehr als meine eigene Tochter.«

»Was würde Ihr Sohn davon halten?«

»Er würde glauben, Sie sind auf mein Geld aus. Auf meine Kartoffeln.«

»Aufs Geld aus? Nun, dieses alte Haus ist nicht gerade ein Luxusschuppen. Aber es ist ein glückliches Heim, und das zählt mehr als alles Geld der Welt.«

Doubler dachte an das Angebot, das er abgelehnt hatte. Unter diesen Umständen ziemlich viel Geld.

»Aber dann«, fügte Doubler mit Bestimmtheit hinzu, »würde er Ihre jüngsten gesundheitlichen Wehwehchen in Betracht ziehen und daraus schließen, dass Sie nicht mehr lange da wären. Das würde ihn etwas beruhigen.«

»Würde es das? Nun, das ist aber ein ziemlich schlechtes Benehmen von meinem Schwiegersohn.«

»Ich weiß. Wie sich herausgestellt hat, ist er kein sonderlich netter Mensch. Das hat er von seiner Mutter. Aber dann würden wir eine große Menge Spaß haben, indem wir ihm das Gegenteil beweisen und sie alle überleben.«

»Ihre Enkelkinder wollen wir nicht überleben. Das sollte man sich nicht wünschen. Da hätten wir keine eigenen Zähne mehr.«

»Das stimmt, und ein paar dieser Enkelkinder sind ganz in Ordnung. Ich glaube, Sie würden sie mögen. Es besteht immer Hoffnung für die nächste Generation. Güte und Freundlichkeit können ein rezessives Gen sein, da bin ich mir sicher.«

Während Doubler sprach, griff Mrs. Millwood etwas umständlich in das Schränkchen neben dem Bett, um ihre Wolle und die Stricknadeln herauszuholen. Zuerst zog sie das Stück bereits gestrickte Decke heraus, strich es glatt und ließ Doubler die Arbeit bewundern.

»Oh, verflixt«, schimpfte sie dann und ließ sich erschöpft in die Kissen fallen. »Es hat sich alles irgendwie verheddert.«

Doubler beugte sich vor und zog die Wolle heraus. Vier unterschiedliche Farbtöne, die alle gleichzeitig gebraucht wurden, hatten sich zu einem fantastischen Farbengewirr verwickelt. »Lassen Sie mich nur«, sagte er. »Ruhen Sie sich aus.«

In aller Gelassenheit machte sich Doubler an die Arbeit, die Wolle so weit zu entwirren, dass er vier einzelne Wollhäufchen vor sich hatte. Diese wickelte er dann wieder jeweils zu festen Knäueln auf, mit denen Mrs. Millwood leichter arbeiten konnte. Er war glücklich, ihr kleines Problem zu lösen, sanft an den Knötchen und Schlaufen zu ziehen. Mrs. Millwood schlief nicht wirklich, sondern lag entspannt mit halb geschlossenen Augen da und überließ Doubler für eine Weile das Kommando.

Doubler bewunderte das Strickwerk. Das komplizierte Muster nahm langsam Formen an, wobei sie noch viel vor sich hatte, bevor man es Decke nennen konnte. Er breitete es aus, damit es über ihrer hellblauen Krankenhausdecke eine weitere, Wärme spendende Schicht bildete. Mrs. Millwood ergriff das obere Ende, um es noch näher zu sich heranzuziehen.

Dann ruhte sie immer noch sehr still. Doubler packte vorsichtig seinen Korb aus, indem er die Blumen in einem Marmeladenglas arrangierte, das er extra zu diesem Zweck mitgebracht hatte. Als Nächstes stellte er die Dose mit dem Shortbread daneben, in der Hoffnung, dass sie etwas essen würde. Er zögerte, als seine Finger das Schmuckkästchen ertasteten. Dann nahm er es heraus und klappte den Deckel auf. Der hübsche Ring glänzte sanft.

»Ich glaube, den lasse ich hier, wenn es Ihnen nichts ausmacht – dann können Sie ihn sich ansehen, während Sie sich an die Vorstellung gewöhnen. Sonst vergesse ich ihn nur im Korb, und er bedeutet mir sehr viel: Er hat meiner Mutter gehört.« All das sagte er ganz leise, als würde er mit sich selbst sprechen.

Doubler war nicht sicher, ob Mrs. Millwood wach war und ihn hören konnte, doch sie antwortete ebenso leise, kaum mehr flüsternd. Die Augen hielt sie dabei geschlossen, und ihr Atem ging flach. »Das ist wahrscheinlich eine sehr gute Idee. Ich werde ihn mir auf jeden Fall anschauen. Und vielleicht brauche ich doch gar nicht so viel Zeit. Wer weiß, wie lange uns allen bleibt? Das lernt man hier. Aber nur um auf der sicheren Seite zu sein, sollten wir uns fix an diese Erinnerungen machen.«

»Dann wäre da noch das hier«, sagte er mit einer Beiläufigkeit, die er nicht spielen musste. Er schob den ungeöffneten Brief vom Institut unter die Keksdose. »Das können Sie sich mal ansehen, wenn Sie sich dazu in der Lage fühlen. Wenn Midge da ist.«

Mrs. Millwood erwiderte nichts, und ihre Augen blieben geschlossen.

»Es hat keine Priorität, Mrs. M. Wenn Sie nur genug Kraft für eine Sache haben, dann verwenden Sie sie darauf, sich an meinen Vorschlag zu gewöhnen. Das ist das Wichtigste.«

Mrs. Millwood lächelte schwach, doch ihre Augen blieben weiterhin geschlossen. Es zerriss Doubler das Herz, das gleich darauf wieder einen Satz machte.

»Dann auf Wiedersehen. Ich schaue morgen zur selben Zeit wieder vorbei, ja?«

Mrs. Millwood antwortete nicht. Ihre Hände hielten immer noch ihre Wolle fest, als hätte sie Angst, jemand könnte sie ihr wegnehmen, während sie schlief.

Ohne sich noch mal umzudrehen, ging Doubler leise davon.

DANKSAGUNG

Im Vorbeigehen aufgeschnappte Gesprächsfetzen (oft in ganz abwegigen Situationen) landen in meinem Kopf, schlagen dort Wurzeln und verweben sich irgendwann zu ihren ganz eigenen Geschichten. Die haben dann natürlich nicht mehr wirklich etwas mit dem zu tun, was ich mal zufällig mitgehört habe. Trotzdem bin ich extrem dankbar für die (unwissentliche) Inspiration durch einen stolzen Bauern in der Schlange vor dem Schlachthaus, durch einen unangenehmen jungen Mann völlig ohne erkennbare Skrupel (der mich über die gelegentlich auftretende Unmöglichkeit verwandtschaftlicher Liebe hat nachdenken lassen) und durch meine hinreißende Schwester Pippa und ihren Mann Al, deren Unterhaltung beim Frühstück das erste Samenkorn für dieses Buch gepflanzt hat.

Die Geschichte ist natürlich frei erfunden, leider ebenso wie Doublers Kartoffelfäule-resistente Knolle und sein Gin mit den magischen Kräften. Trotzdem kommen in diesem Buch Personen vor, die tatsächlich gelebt haben und deren Wirken für uns alle Bedeutung hat.

John Clarke OBE ist in den Geschichtsbüchern wohl bekannt. Er erhielt noch zu Lebzeiten viele hochrangige Auszeichnungen, und Innisfree, sein Zuhause, wurde 2013 zum Kulturdenkmal ernannt. John Clarke legt in diesem Buch den Grundstein für Doublers Arbeit und motiviert ihn, an sein Vermächtnis zu glauben. Als Leser erfahren Sie dabei nur das Notwendigste über Clarkes Bemühungen, aber wenn Sie mehr wissen wollen, finden Sie einen viel ausführlicheren Bericht über sein Leben und seine Arbeit in Maurice McHenrys Buch *John Clarke: A Potatoe Wizard*. Es gibt in Nordirland inzwischen ein jährliches Fest zu Ehren des unangefochtenen Großvaters der Maris-Piper-Kartoffel, und auch wenn die Besucherzahlen noch nicht an jene herankommen, die zu Maria Ann Smiths

»Granny Smith Festival« pilgern, so ist es vielleicht nur eine Frage der Zeit.

Mary Ann Brailsford pflanzte den Samen des ersten dokumentierten Bramley-Apfelbaumes, aber sie war keine Apfelzüchterin, sondern einfach nur von ihrer Mutter ermutigt worden, sich mit solchen Dingen zu beschäftigen. Im Gedenken an Mary Ann und ihre Mutter Elizabeth werden wir die Apfelsorte Bramley bei uns in der Familie immer als »Brailsford« bezeichnen.

In einer Unterhaltung zwischen Mrs. Millwood und Doubler ist die Rede von einem Neurochirurgen. Damit ist selbstverständlich Henry Marsh gemeint, dessen wunderschöne, bescheidene Memoiren *Do No Harm* ein Dankesbrief an all die mutigen und fähigen Chirurgen ist, die durch ihre Arbeit ständig Gutes tun.

Das *Central Potatoe Research Institute of Northern India* gibt es tatsächlich. Ich habe aus dem Busfenster im Vorbeifahren ein Schild dafür gesehen, als wir uns den steilen Berg nach Shimla hinaufgeschlängelt haben. Ob es die richtige Institution wäre, um über die Echtheit von Doublers Entdeckung zu entscheiden, weiß ich nicht. Wahrscheinlich schon.

Nicht zuletzt möchte ich meinem wunderbaren Ehemann Jon danken sowie meinen tollen Kindern Eoin, Poppy, Millicent und Sonny. Gemeinsam haben sie mir alles beigebracht, was ich über die Liebe weiß, ein kleines bisschen über Gin und so gut wie nichts über Kartoffeln.